Christian Schärf

Ein Winter in Nizza

Christian Schärf

Ein Winter in Nizza

Roman

eichborn

MIX
Papier aus verantwortungsvollen Quellen
FSC www.fsc.org
FSC® C014496

Papier: holzfrei Schleipen – Werkdruck,
der Cordier Spezialpapier GmbH

Dieser Titel ist auch als E-Book erschienen

Eichborn Verlag in der Bastei Lübbe AG

Originalausgabe

Umschlaggestaltung: Christina Hucke, Frankfurt
Einband-/Umschlagmotiv: © Ullstein bild – Heritage Images/
Ann Ronan Pictures
Satz: Dörlemann Satz, Lemförde
Gesetzt aus der Berkeley Oldstyle
Druck und Einband: GGP Media GmbH, Pößneck

Printed in Germany
ISBN 978-3-8479-0580-6

5 4 3 2 1

Sie finden uns im Internet unter www.eichborn.de
Bitte beachten Sie auch www.luebbe.de

Für C.

Warum dürfte die Welt, die uns etwas angeht –,
nicht eine Fiktion sein?

Friedrich Nietzsche, Jenseits von Gut und Böse

Erster Teil

1.

Am 2. Dezember 1883, einem Sonntag, wehte eine starke, aber milde Brise vom Hafen her die rue Ségurane zur Place Garibaldi hinunter. Das Pferdefuhrwerk, das am späten Nachmittag vor dem Haus Nummer 38 hielt, beförderte einen Neuankömmling, der, so angestrengt er auch aus dem Fenster der Kutsche hinausblickte, nichts sehen konnte als verschwommene Schemen und ineinanderfließende Farben. Er hatte starkes Kopfweh, spürte ein die Augäpfel wie Nadeln traktierendes Stechen und hustete in regelmäßigen Schüben in ein nicht mehr ganz sauberes Taschentuch.

Trotz der Wollsocken, die ihm seine Mutter noch nach Genua gesandt hatte und die er jetzt trug, hatte er kalte Füße und fror schon seit Ventimiglia von unten nach oben langsam durch. Er sah das als kein gutes Zeichen an, war er doch nach Nizza gekommen, um dem Winter zu entfliehen, den schweren Wolken vor allem, die zwischen Oktober und März auch über der ligurischen Bucht viel zu oft hingen, die sich in sein Gehirn fraßen und dort oft tage-, manchmal wochenlang wie Blei liegen blieben. Auch der Kälte wollte er entkommen, die ihn noch in Norditalien so oft ereilt hatte, und die er jetzt, wie es schien, in den Wollsocken seiner Mutter nach Nizza mitgebracht hatte.

Er erhob sich wie ein uralter Mann von seinem Sitz in der Kutsche. Er sei in der Hüfte schief, hatte ein Arzt zu ihm gesagt, er bewege sich jetzt schon nach langem Sitzen wie ein Greis, und das mit erst achtunddreißig Jahren!

Er stieg aus und blickte zum Himmel. Er sah immer noch nicht viel, nur dass die in seinen Augen verschwommen schimmernde Farbe kein Blau war, sondern ein mattes Grau, durchsetzt von dunkleren, fast schwarzen Flecken. Dafür also war er hierhergekommen, war diese ganze verdammte Küste hinuntergefahren, in diesen fürchterlich ruckelnden Zügen mit ihren schäbigen Holzbänken, auf denen er schon nach Minuten seinen Ischiasnerv deutlich spürte, und in diesen schrecklichen, schlecht gefederten Kutschen, die er sich als einzige Gefährte leisten konnte und die ausnahmslos von primitiven, ihm unsinnige Gespräche aufzwingenden Subjekten gesteuert wurden. Hier in Nizza scheine immer die Sonne, hatte es geheißen, er hatte es in zahllosen Berichten schwarz auf weiß gelesen, 220 Sonnentage habe diese Stadt, mehr als alle für ihn auf dieser Welt erreichbaren Orte – und nun das.

Den Aufzeichnungen, Vorhersagen und Bulletins der Meteorologen kann man genauso wenig trauen wie früher den Sprüchen der Regenmacher, dachte er. Das sollen also die Früchte der großen positiven Wissenschaft sein! Lächerlich! Er holte wieder sein großes Taschentuch heraus und schnäuzte sich in heftigen trompetenden Stößen. »Vous avez de la chance. Il fait beau pour décembre«, sagte der Kutscher von seinem Bock herunter in das Schnäuzen hinein. »Wie meinen?«, gab der Gast noch halb hinter seinem Taschentuch versteckt zurück; er hatte kein Wort verstanden.

An der Tür des Hauses gewahrte er die klaren Konturen eines schmutzig silbergrauen Klopfers. Vielleicht ist es doch nicht so schlecht gewesen, hierherzukommen, dachte der Reisende, wahrscheinlich ist es das Licht, das berühmte Licht Nizzas, das ihn besser sehen lässt, auch wenn es heute noch durch eine Wolkendecke hindurchmuss. Dieses Licht habe schon Nike zum Triumph geführt, dachte er, es sei das *halkyonische* Licht von den glückseligen Inseln Griechenlands, das Nike mitgebracht und das sie mit der Gründung dieser Stadt hier verewigt habe. Hier müsse es ihm glücken, hier werde er es schaffen. Nikes Triumph müsse der seine werden. Dieser Sieg aber würde der Sieg Zarathustras sein.

Während er dies dachte und im selben Augenblick Lust bekam, den Gedanken gleich hier und auf der Stelle weiterzuverfolgen, ja als er gerade seinen Notizblock zücken wollte – wo hatte er ihn nur hingesteckt? –, wurde die Tür geöffnet, und eine alte kleine Frau mit gekrümmtem Rücken stand vor ihm. Durch ihre gebückte Körperhaltung war ihr Kopf fast auf der Höhe seiner Hüften.

Er suchte mit den immer noch schmerzenden Augen den Raum vor sich ab, um zu sehen, wer ihm geöffnet habe. Ob man ein Zimmer für ihn habe, rief er, der Kutscher habe ihn vom Bahnhof hierhergebracht, er komme geradewegs von Villefranche, wo er den Doktor Paneth aus Wien vergeblich aufgesucht habe, sei zuvor auch schon in Menton gewesen, wo zweimal im Jahr die Zitronen blühten, und komme doch eigentlich aus Genua, was, wenn man es ganz genau nähme, auch nicht richtig sei. Er schreibe ein Buch, rief er in die dunkle Ferne des muffigen Hausflurs, er habe eigentlich immer ein Buch geschrieben, wo er auch hingekommen sei, habe er sich sogleich dem Vorhaben gewidmet, ein Buch zu schreiben. Aber diesmal sei es kein gewöhnliches Buch, kein Buch wie alle anderen, nicht einmal ein Buch wie seine anderen Büchern, von denen an sich schon kein einziges wie die aller anderen sei.

Die Alte blickte mühsam zu ihm auf und schüttelte den Kopf. Immer lädt man die Deutschen bei ihr ab. Sie drehte sich um und ging stumm in den Flur hinein. Der Gast zweifelte nicht daran, dass er ihr folgen solle, auch wenn sie keinerlei Zeichen dazu gegeben hatte. Sie verschwand schlurfend in einem vom Flur abgehenden Zimmer, dessen Tür blitzschnell ins Schloss fiel. Er blieb allein mit seinem kleinen Koffer in der einen und seinem grauen Regenschirm in der anderen Hand in dem stockfinsteren und nach altem Keller riechenden Flur stehen. Nach zwei endlosen Minuten kam sie mit einem großen rostigen Schlüssel zurück. Das Eckzimmer im zweiten Stock, sagte sie nur und hielt ihm ein Blatt Papier hin, in das er sich wohl einzutragen hatte.

Morgen früh um acht komme Cécile, ihre Enkeltochter, mit Kaffee und Croissants. Heute sei Sonntag, da habe die Kleine frei, man könne die jungen Dinger ja nicht immer nur ins Joch spannen. Das könne er nicht vertragen, wollte er sagen, auf gar keinen Fall Kaffee und Croissants, das gäbe eine Jahrhundertmigräne, das bitte nicht, dann lieber gar kein Frühstück. Aber die Alte war schon wieder hinter der Tür verschwunden. Danach wurde es totenstill.

Mühsam stieg er die Treppen hinauf und schlurfte den Flur

entlang. Der Kellergeruch folgte ihm bis in den zweiten Stock. Er betrat das Zimmer. Ein Stuhl, ein Tisch, ein Bett, ein Schrank, ein Waschtischchen mit einer Porzellankanne, in der Ecke ein Ohrensessel, der aussah, als sei er die Heimstatt aller Motten Nizzas. Die Wände des Zimmers waren kahl und in einem vergilbten Weiß gehalten, der Boden bestand aus breiten, ausgetretenen Dielen, es gab keinen Teppich und keinen Ofen. Er setzte sich an den Tisch, nahm die Brille ab und beugte sich zu dem Anmeldeformular hinunter. Seine Augen saßen wie zwei glühende Eisen in seinem Kopf. Seine Schläfen pochten wie Dampfhämmer. Seine Zunge war vollkommen ausgetrocknet. Seine Lendenwirbel schmerzten, als müsse er auseinanderbrechen. Er suchte die richtige Stelle auf dem Anmeldeformular und fand sie nicht. War es ein leeres Blatt Papier, das er vor sich hatte, oder waren seine Augen jetzt schon so schlecht, dass er auf dem Blatt nichts erkennen konnte? Er trug sich kurzerhand mitten auf dem Blatt ein: *Dr. Friedrich Nietzsche. Universitätsprofessor aus Basel*, und unterschrieb in unleserlichem Gekritzel mit seinem wahren Namen: *Fridericus Lux, Nux, Dux, Crux*.

2.

Als am nächsten Morgen, Punkt acht Uhr, Cécile mit dem Kaffee und den Croissants eintrat, saß Nietzsche vollständig angezogen am Tisch.

Es habe so ausgesehen, als sei der Professor die Nacht gar nicht im Bett gewesen, schrieb Cécile abends in ihr Tagebuch. Er sagte, er habe doch gesagt, keinen Kaffee und auch keine Croissants, ob er das nicht gesagt habe? Er esse ausschließlich Grahambrot, und zwar das von seiner Mutter ihm zugeschickte, er habe noch genug da für die nächsten Tage. *Grahambrot* klinge seltsam, notierte Cécile und unterstrich das Wort Grahambrot, sie frage sich immer, wie die Deutschen diese vielen verschiedenen Brotsorten hinunterbekämen, auf die sie so stolz seien.

Er trinke keinen Kaffee, sondern morgens nur Pfefferminztee, fuhr der Gast fort, alles andere greife seine Magenwände an. Es tue ihm leid, das so direkt sagen zu müssen, aber er müsse sich endlos übergeben, wenn er Kaffee trinke. »Ich habe in der Nacht etwas gefröstelt, kann man denn keinen Ofen ins Zimmer stellen?«, sagte er ohne jeden fordernden Ton in der Stimme.

»In diesem Zimmer hat es noch nie einen Ofen gegeben«, war ihre Antwort. »Es liegt nach Süden, zum Hafen hin, und ist auch ohne Ofen warm genug. Es hat sich noch niemand über einen fehlenden Ofen in diesem Zimmer beschwert. Wir haben auch keinen zusätzlichen Ofen«, sagte sie und zog entschuldigend die Schultern hoch.

Es sei erstaunlich, dass sich darüber noch niemand beschwert habe, gab er zurück. Dieses Zimmer sei kälter als alle Zimmer, die er jemals im Süden bewohnt habe.

Er werde heute die Stadt erwandern, sagte er nach einer Pause, deren bleierne Stille, so Cécile, eine aus dem Grab herauskommende Stille gewesen sei. Es lief ihr eiskalt den Rücken hinunter.

»Ich werde mich vor allem erkundigen, wann die Schiffe nach Korsika abgehen«, sagte der Mieter.

»Sie wollen nach Korsika übersetzen?«

Cécile konnte sich diesen weltfremd anmutenden Mann nicht auf der wilden Insel vorstellen, auf der es von Strauchdieben und Desperados nur so wimmelte. Für ihre Begriffe, so schrieb sie, könnte ein halbblinder deutscher Professor in dieser Umgebung keine zwei Tage überleben.

»Wenn es die Umstände erlauben, ja, dann werde ich bis nach Korsika reisen«, gab er zurück. Nietzsche sagte das mit leiser Stimme wie zu sich selbst und fuhr nach einer Pause, immer noch im Ton eines Selbstgesprächs, fort: »Auf der Insel Napoleons, um genau zu sein, in Ajaccio, der Geburtsstadt des Imperators, wird mir gelingen, was nicht einmal diesem gelungen ist. Was noch keinem Menschen jemals gelungen ist.«

Cécile begriff nicht, was er meinte. Was war ein Imperator?

Die Geschichte der Menschheit werde in zwei Teile zerbrechen, einen vor ihm und einen nach ihm, sagte er. Dann war er ruhig. Eine ungeheuer bedeutsame Stille lag nun wieder über dem Zimmer. Eine eigentümliche Beklemmung überkam sie.

Später notierte Cécile in ihrem Tagebuch: *Er ist ein unheimlicher Mann, mir graut vor ihm. Er wirkt düster und besessen, sein Schnurrbart ist riesig, und er riecht nach Erbsensuppe. Das ganze Zimmer hat nach Erbsensuppe gerochen, obwohl er bestimmt keine Erbsensuppe am Abend auf dem Zimmer gegessen hatte. Er hat offenbar gar nichts gegessen, und schon gar keine Erbsensuppe. Weshalb riecht er dann nach Erbsensuppe? Hat er in Erbsensuppe gebadet? Oder benutzt er ein Erbsensuppenparfum aus Deutschland? Weshalb sollte denn die Geschichte der Menschheit in zwei Teile zerbrechen, nur weil er auf Korsika wäre? Vielleicht ist es ein Verrückter. Vraiment bizarre!*

»Gutes Kind«, sagte er zu ihr. »Wie alt bist du?«

»Zweiundzwanzig, mein Herr«, antwortete sie zögerlich und erwartete, dass er nun die ersten Versuche unternehmen würde, sie zu verführen, das war sie von den Gästen nicht anders gewohnt.

Nietzsche starrte vor sich hin.

Ob sie denn einmal studieren wolle, fragte er sie plötzlich. Er kenne eine Dame in Rom, die stehe mit den studierenden Frauen in ganz Europa in Verbindung. Viele seien es ja nicht, aber immerhin, er lächelte gequält und sagte, er könne etwas für sie tun, wenn sie studieren wolle, sie müsse in der Schweiz studieren, da sei alles viel freier und für Frauen einfacher.

Sie antwortete ihm, sie habe keine Absicht zu studieren. Sie gehe gern an den Strand und mit ihrer Freundin spazieren, Nizza gefalle ihr, sie liebe die Socca, die er probieren müsse, sie spreche sogar schon ganz gut Nissà, den Dialekt von Nizza, sie kümmere sich um die liebe Mamie, den einzigen Menschen, den sie noch habe, und sie verdiene nebenbei ganz gut. Weshalb sollte sie studieren?

Nietzsche nahm sein dünnes Brillengestell ab und sah sie an. Seine Augen saßen tief in den Höhlen, waren ganz klein und hatten abwechselnd den wässrigen Glanz erloschener Sterne und das trübe Leuchten matt gewordener Edelsteine, so dass man ihnen keine Farbe eindeutig zuordnen konnte. Zumal sich darüber buschige dunkle Augenbrauen erhoben, die diese Augen wie Trauerflore umkränzten und mit dem gewaltigen Schnurrbart eine zeremonielle Einheit bildeten, die aus dem Mann, wie Cécile schrieb, eine Art *Croque-Mort*, einen Totengräber, machte. Sein Blick sei wie blind, nicht weniger *horrible* sei seine hohe Stirn, die etwas Klares und Kaltes habe, als sei sie aus Wachs und jedenfalls aus einem toten Material. Seine Stirn erinnere sie an die Stirn ihres toten Vaters im Sarg.

Das bleierne Schweigen, das immer wieder eintrat, hielt Cécile nicht lange aus. Schließlich gab sie dem schwermütig vor sich hin Starrenden ein paar Empfehlungen zu Wanderungen. Er müsse die Promenade des Anglais hinunter oder hinüber zum Mont Boron, von wo aus er über die ganze Stadt sehen könne. Er könne bequem an einem Tag die ganze Engelsbucht durchwandern bis hinüber nach Antibes. Abends sei es besonders schön, da blinkten die Leuchttürme von Antibes und von Cap Ferrat wie zwei weit draußen auf dem Meer aufgestellte Wächter der Bucht einander zu. Außerdem dürfe er die *vague de quatre heure* nicht verpassen, die Vier-Uhr-Welle, die jeden Tag um diese Zeit urplötzlich den Strand überspüle.

»Niemand weiß, weshalb das so ist, weshalb diese eine hohe Welle immer zur selben Zeit das Ufer überspült«, sagte sie. »Aber sie hat uns noch nie im Stich gelassen.«

Es schien ihr, als höre er gar nicht zu.

»Ich werde bald aufbrechen«, sagte er. »Heute muss ich noch einmal nach Villefranche.« Er blätterte in einem kleinen schwarzen Notizbuch, das neben ihm auf dem Tisch lag. Die Seiten schienen ihr mit einer winzig keinen Schrift vollständig bedeckt zu sein. Ob er seine eigene Schrift überhaupt noch lesen kann?

Cécile beschloss, dass es besser sei, sich zurückzuziehen. Sie nahm das Tablett in der Absicht, alles wieder mitzunehmen, den Kaffee und die Croissants und auch das Schälchen mit der Marmelade, als er aufsah und sein Blick starr auf ihr haften blieb: »Wissen Sie, wie man mich in Genua nannte?«

Er ließ erneut eine Pause entstehen und sagte dann mit einem müden Lächeln: »Il piccolo santo.« Ob sie das verstehe?

Nein, sie verstehe die Sprache nicht, die man in Genua spreche, nur Französisch, Deutsch und ein bisschen Nissà.

Das sei Italienisch, sagte Nietzsche darauf, und es bedeute: *Der kleine Heilige.*

Sie solle das Tablett hierlassen, sagte er dann, er habe Lust auf Kaffee. Er hob die Tasse mit dem Milchkaffee an seinen Mund und nippte daran.

»Ob mir die Leute in Nizza auch so einen Namen geben werden?«, fragte er und lächelte traurig unter seinem gewaltigen Schnurrbart. Cécile antwortete: »Die Namen der Heiligen sind hier wohl alle schon vergeben.« Sie lachte. Worauf auch er lachte. Richtig gelacht habe er, notierte Cécile am Abend. Er habe ihr den Eindruck eines Menschen vermittelt, der eigentlich gern lache, der aber gewöhnlich einfach keinen Anlass dazu finde.

3.

Der Wiener Physiologe Dr. Josef Paneth, ein Schüler Ernst von Brückes und ein enger Freund Sigmund Freuds, welcher Paneth in seiner *Traumdeutung* erwähnt, hielt sich von November 1883 bis zum April 1884 in der Funktion eines Spezialisten für Neurologie und Sekretionen aus Forschungsgründen in der zoologischen Station von Villefranche, zehn Kilometer östlich von Nizza, auf.

Paneth war neben seiner naturwissenschaftlichen Profession in hohem Maße philosophisch interessiert. Er sah in der Philosophie keinen Gegensatz zu seinen physiologischen Studien, sondern erblickte darin deren notwendige Ergänzung. Regelmäßig konsultierte er Kant und Schopenhauer. Immer intensiver beschäftigte ihn gerade aus Sicht des Mediziners die Erkenntnistheorie, in der er die problematische, und eben darum unumgängliche Grundlage aller naturwissenschaftlichen Forschung erblickte.

Die ihn stets beunruhigende Frage, was wir überhaupt wissen können, hatte ihn schließlich auch zu Nietzsche geführt, und er blieb an dem Philosophen hängen, der unter Kennern schon damals einen exklusiven Ruf genoss und dem man überraschende Resultate auf vielen Gebieten zutraute. Paneth war davon überzeugt, Nietzsche habe gerade die Probleme der Erkenntnis, ihre Möglichkeiten und ihre Grenzen am tiefsten und radikalsten durchdacht. Doch, so war zu hören, hatten Nietzsche diese Fragen so sehr angegriffen, dass er sich persönlich immer mehr in einen fragwürdigen Zustand manövriert hatte.

Obwohl es seiner streng wissenschaftlichen Haltung widersprach, fragte sich der Physiologe manchmal, wie so einer wie Nietzsche eigentlich lebte. Er vermochte sich nicht vorzustellen, wie ein solcher Denker seinen Alltag gestaltete, ja auch nur die Vorstellung, dass er einen Alltag haben musste, machte ihn ratlos.

Paneth hatte gehört, dass sich Nietzsche winters im Mittelmeerraum aufhielt und erkundigte sich in seinen Wiener Kollegenkreisen, ob jemand zufällig wisse, wo genau dieser merkwürdige Reisende anzutreffen sei. Dazu konnten weder Freud noch ein anderer seiner medizinischen Kollegen in Wien etwas Verlässliches sagen. Vor allem Freud tat so, als kenne er Nietzsche als Autor fast gar nicht, ja als könne er nicht einmal seinen Namen richtig aussprechen. Das Z störe ihn erheblich, hatte er einmal zu Paneth gesagt, ob man das Z denn mitspreche und ob es sich aufgrund der merkwürdigen Konsonantenhäufung in diesem Namen nicht eigentlich um einen Osteuropäer, zum Beispiel einen Polen, handle, dessen Deutsch zu wünschen übrig lasse. Er, Freud, habe schließlich gehört, dieser Nietzsche drücke sich meist nur fragmentarisch aus.

Doch auch Freuds vorgebliche Ignoranz konnte nicht verhindern, dass bald schon im wissenschaftlichen Wien die Frage kursierte, wie man an Nietzsche herankommen könne, bis man nach einer Phase anhaltender Ratlosigkeit auf Franz Overbeck, Professor für Kirchengeschichte und Neues Testament in Basel, stieß, den besten Freund Nietzsches aus Basler Tagen, wie sich herausstellte, und schriftlich bei ihm anfragte. Overbeck ließ sich mit der Antwort so viel Zeit, dass die Anfrage schon wieder in Vergessenheit geraten war. Er war noch immer über jeden Schritt Nietzsches informiert und überwachte dessen Reisen im Alpenraum und am Mittelmeer aus der Ferne mit den Augen des besorgten Freundes. Overbeck bestätigte schließlich den Wiener Kollegen, dass sich Nietzsche diesen Spätherbst zuerst in Genua aufhalte und dann beabsichtige, nach Menton, vielleicht auch weiter bis nach Nizza zu reisen.

Über Overbeck gelangte Paneths Anfrage, versehen mit dem Hinweis, hier handle es sich um einen an Verehrung grenzenden Bewunderer, kurz darauf zu Nietzsche selbst, der sich unverzüglich bei Overbeck erkundigte, wo genau sich der Wiener Forscher eigentlich aufhalte. Das aber wusste Overbeck nicht, und, da Paneth bereits, ohne eine Adresse bei Overbeck hinterlassen zu haben, nach Villefranche abgereist war, erkundigte sich Overbeck nun wiederum bei Freud, ob er etwas über den Verbleib Paneths an der französischen Riviera wisse.

Freud antwortete, er interessiere sich im Grunde nicht für Paneth, der sich in letzter Zeit mehr für Nietzsche interessiert habe als für die Neurologie und die Frage der Sekretionen, was ja unstreitig seine eigentliche Aufgabe sei. Höchstwahrscheinlich sei er aber von November an in der zoologischen Station von Villefranche anzutreffen, wo er an der Erforschung von Zellen arbeite, von denen er wahrhaftig annehme, sie trügen dereinst seinen Namen, was er, Freud, für nichts weniger als anmaßend halte. Tatsächlich hatte Sigmund Freud Jahre später aufgrund der Entdeckung der so genannten *Paneth-Zellen* ein Glückwunschtelegramm abgeschickt (das wie alle anderen Glückwünsche aufgrund des bereits im Jahre 1890 erfolgten Ablebens Paneths lediglich seine Gattin Sofi erreichte).

Auf seinem Weg von Genua nach Nizza kam Nietzsche Ende November 1883 durch Villefranche, wo er sogleich das Laboratorium der zoologischen Station und also Dr. Paneth, von dessen Zuspruch er sich ungeheuer viel versprach, aufsuchte. Nietzsche fühlte sich von Gegnern und Feinden umzingelt und sah jeden, den er auf seiner Seite glaubte, als einen Erleuchteten an. Er träumte davon, einen kleinen Kreis von Verehrern um sich zu scharen, um mit ihnen eine philosophische Kolonie zu gründen. Von dieser kleinen Gemeinde aus, so hoffte er, würde sein Werk seine unvergleichliche Wirkung beginnen und sein Name in die Welt getragen werden.

Doch hatte Nietzsche zunächst Pech. Als er nach Villefranche kam, befand sich Paneth auf einer Forschungsreise, die ihn während der letzten Novemberwoche nach Korsika führte. Nietzsche fasste diesen Umstand als ein Zeichen auf. Dass jemand, der wie dieser Österreicher seine Schriften schätzte, nach Korsika aufbricht und sich in dem historischen Moment auf der Insel Napoleons, ja vielleicht gar in Ajaccio selbst aufhielt, war für Nietzsche ein Zeichen für Paneths geistige Nähe zu ihm. Paneth wurde in Nietzsches Augen zu seinem Künder und Vorläufer auf der seligsten der seligen Inseln, die er im

Zarathustra beschrieben hatte, eine Art Johannes der Täufer auf Tauchstation.

Überall sah Nietzsche solche Winke des Schicksals. Überall identifizierte er sich vollständig mit der weltgeschichtlichen Bedeutung, die der Ort, an dem er sich aufhielt, ihm mitzuteilen schien: Genua konnte er nur unter dem Blickwinkel betrachten, dass es die Geburtsstadt des Christoph Kolumbus gewesen war, und in Nizza hat er immer geglaubt, er könne bis nach Korsika sehen, wo er bald schon selbst landen und das Eroberungswerk Napoleons übertreffen werde, so dass in wenigen Jahrzehnten kein Mensch mehr bei dem Wort Korsika an Napoleon denken würde. Vielmehr würde die Insel dann als Stätte der Umwertung aller Werte in die Geschichte eingehen und auf ewig mit seinem, Nietzsches, Namen verknüpft bleiben.

Wie oft doch Nietzsche gerade über diese Vorahnungen seiner weltgeschichtlichen Größe gesprochen hat!, notierte Cécile am Ende dieses Winters in ihr Tagebuch. *Im Grunde hat ihn nichts anderes beschäftigt*. Ob es denn kein Zufall gewesen sei, hatte er zu ihr gesagt, dass Richard Wagner just zu der Stunde in Venedig für immer die Augen geschlossen habe, als er den letzten Punkt unter seinen *Zarathustra* gesetzt habe, am 13. Februar 1883 zwischen 15 und 16 Uhr, um genau zu sein?

Was denn Venedig seither anderes sei als ein Schicksalsort, der in einer alles andere in den Schatten stellenden Beziehung zu seinem *Zarathustra* stehe. Wer würde in einigen Jahren noch über die längst vergangene große Zeit Venedigs sprechen, über die Epoche der Dogen, über die große Seefahrer- und Handelsnation mit ihrem Reichtum und ihren Künsten? Etwas Neues habe sich ereignet, das alles Alte verblassen lasse. Die Todesstunde Wagners sei zum Menetekel der Geschichte geworden, nämlich just als die Stunde, in der sein *Zarathustra* das Licht der Welt erblickt habe. Damit erst sei das Alte abgestorben und das Neue habe begonnen. Man werde begreifen, dass sein Buch nichts Geringeres als die Bibel eines neuen Zeitalters sein werde. Alles zuvor Geschehene werde fortan unter dem Blickwinkel Zarathustras betrachtet werden müssen.

Aber das sei nur der Anfang gewesen, denn nun, Korsika und also Ajaccio und Napoleon vor Augen, werde er der Geschichte eine neue Wendung geben, nicht nur eine Wendung, nein, eine neue Richtung werde er setzen, kurz, eine neue Menschheit erschaffen. Denn es sei ja unbestreitbar, dass die Menschheit nichts anderes sei als eine permanente Entwicklung auf einen über den Menschen selbst hinausweisenden Zustand hin. Die Geschichte des Menschen sei ein Überbietungsgeschehen, das kein Ende finden könne und das von Anfang an ein einziges Ziel gehabt habe: über den Menschen hinaus. Worauf es dabei einzig und allein ankomme, sei doch, welche Steuerung diese Entwicklung erführe und wer sich dazu ermächtige, das Steuer in die Hand zu nehmen.

Nachdem er so gesprochen hatte – auf den Spaziergängen brach es oft mit großer Plötzlichkeit aus ihm heraus, und nicht selten brachte, wenn es bergauf ging, der vermehrt eingeatmete Sauerstoff sein ganzes Nervensystem in Wallung –, war er meist völlig verstummt und in sich zusammengesunken, und jener tote Blick hatte sich dann um seine Augen und über sein Gesicht gelegt, vor dem sich Cécile schon am Morgen des ersten Tages in der rue Ségurane gefürchtet hatte.

Cécile hörte ihm fast immer nur zu. Sie widersprach nie. Wenn er schwieg, schwieg sie auch. Wenn er sprach, versuchte sie, seinen Worten zu folgen, was ihr anfangs kaum gelingen wollte. Doch nach und nach wurde ihr immer mehr vom Wesen und von den Reden dieses Mannes begreifbar, wie ein Puzzle setzten sich die Teile zusammen, ohne jemals ein ganzes Bild zu ergeben. Sie setzten sich jedesmal anders zusammen, und das Bild vom Ganzen blieb bloß eine Ahnung, doch an diese Ahnungen gewöhnte sie sich schnell. Sie hatte noch niemanden kennengelernt, der solche Reden hielt, und sie konnte beim besten Willen nicht einsehen, weshalb man solche Reden überhaupt halten musste.

Da er Dr. Paneth in der zoologischen Station von Villefranche nicht antraf, hinterließ Nietzsche seine Karte und notierte darauf mit Bleistift, er werde nun nach Nizza weiterreisen und dort jederzeit dem Herrn Doktor zur Verfügung stehen. Zurück in Villefranche erkundigte sich Paneth sofort bei der Post, ob man die Adresse eines Professor Dr. Nietzsche in Nizza kenne.

Da dies nicht der Fall war, reiste Paneth am 3. Dezember 1883 auf eigene Faust nach Nizza, um bei der dortigen Post nach dem Gesuchten zu fahnden. Ebenfalls am 3. Dezember setzte sich, nachdem er Céciles Kaffee getrunken hatte und sich danach immer noch ganz wohl fühlte, Nietzsche in Richtung Bahnhof in Bewegung, um den Zug nach Villefranche zu nehmen, in der Absicht, nun Dr. Paneth tatsächlich zu treffen, dessen Rückkunft in Villefranche man ihm für den Abend des 2. Dezember in Aussicht gestellt hatte.

Während Nietzsche bei strahlendem Sonnenschein, was ihm an einem Dezembertag wie ein Naturwunder vorkam, in Villefranche ankam, lief er in einem ausdauernden Trab, der ihm tags zuvor unmöglich gewesen wäre, durch die engen düsteren Gassen der Altstadt zum Meer hinunter, nur um in der zoologischen Station Dr. Paneth erneut nicht anzutreffen. Man teilte ihm mit, Paneth sei nach Nizza gefahren, habe aber nicht gesagt, aus welchem Grund. Nietzsche eilte sofort zum Bahnhof zurück und setzte sich in den nächsten Zug nach Nizza, musste jedoch fast zwei Stunden auf dessen Abfahrt warten. Als er in seinem Zimmer in der rue Ségurane ankam, war der Österreicher bereits wieder abgereist, hatte aber seinerseits eine Karte hinterlassen, auf der er die Hoffnung äußerte, man werde sich nun hoffentlich bald persönlich kennenlernen.

Ich bin in Nietzsches Zimmer gewesen, schrieb Paneth seiner Braut an diesem Abend nach Wien. Es ist sehr unbequem, und man sieht ihm an, dass er es vor allem wegen des günstigen Preises gemietet hat. Nicht einmal ein Ofen ist vorhanden, und die darin herrschende Kälte hat mich schon in den wenigen Minuten, in denen ich mich dort aufgehalten habe, erschauern lassen. Nichts Behagliches findet man in diesem Raum.

Noch habe ich Nietzsche nicht gesehen, und doch bedauere ich ihn schon zutiefst, weil er zweifellos sehr krank ist und als Kranker vollkommen allein ein Leben führen muss, das man in der Tat keinem Hund wünschen würde. Dass er sich bei alldem auch noch als der bedeutendste aller Zeitgenossen vorkommt, kann die Kränkung, die ihm von allen Seiten zugefügt wird, nur verstärken.

Abschließend schreibt Paneth: Dieser große Denker wolle die Welt verändern und einen neuen Menschen schaffen, und er habe darüber, was ihm nun beim Anblick seines Zimmers in Nizza klar geworden sei, den Bezug zu den wirklichen Menschen offensichtlich verloren. Es sei das Zimmer eines grenzenlos Vereinsamten. Irgendein seltsamer Geruch liege in der Luft, der ihn an die Isolation eines Menschen gemahne, dem jede Gesellschaft fehlt. Dennoch oder vielleicht auch gerade deshalb könne er die Begegnung mit Nietzsche kaum erwarten.

4.

Tags darauf schrieb Nietzsche an seine Mutter und seine Schwester nach Naumburg, er könne von der belebenden, ja förmlich elektrisierenden Wirkung der Lichtfülle Nizzas auf sein ganzes System gar keinen Begriff geben. Der beständige schmerzhafte Druck auf sein Gehirn, der im September in Naumburg angefangen und der ihn seither nicht verlassen habe, sei verschwunden. Das Stechen in den Augäpfeln, mit dem er hier angereist sei, ebenfalls. Seine Schläfen hätten sich vollkommen beruhigt, der Ischiasnerv gebe Ruhe. Er brauche Licht, vor allem Licht, trübe Tage vernichteten ihn, und hier in Nizza gebe es Licht, sogar im Dezember, in Überfülle.

Zudem hatte er Bekanntschaften gemacht, von denen er berichten konnte. Bei seinen Mittagessen in der *Pension de Genève* hatte er einen preußischen General mit Tochter kennengelernt. Der sei zwar stockkonservativ und sterbenslangweilig, aber aus altem Schrot und Korn und mit tadelloser Genealogie. Mit am Tisch saß auch eine gewisse Lady Memet Ali, die behauptete, sie sei die Frau eines indischen Maharadschas. Mit ihr, die immer sehr bedeutungsvoll dreinschaue, könne er sich zwar schlecht unterhalten, weil sie nur Englisch spreche, und das noch schlechter als er selbst, aber das mache ihm nichts aus. Er wusste, dass sie sich ohnehin nichts zu sagen hatten und die Frau des Maharadschas lieber mit ihren Gewändern glänzte als mit der Beherrschung von Fremdsprachen.

Immerhin gab es da noch eine alte süddeutsche Pfarrersfrau, die, wenn auch mit schwäbelndem Einschlag, im Grunde perfekt Englisch sprach und immer für eine Übersetzung bereitstand. Übersetzungen wurden aber nur selten gewünscht.

Besonders bemerkenswert unter der bunten Gästeschar der Pension war ein prächtig kostümierter Perser, der meist mit Nietzsche am Tisch saß und nie ein Wort sprach, von dem es auch hieß, er habe noch nie irgendetwas gesprochen, der aber allein durch seine pfauenartige Erscheinung Eindruck machte. Er wirkte, als sei er vor nicht allzu langer Zeit einem alten orientalischen Märchen entsprungen und werde bald wieder dorthin zurückkehren.

Wie sie, Mutter und Schwester, sähen, befinde er sich in guter, ja bester Gesellschaft, fasste Nietzsche in seinem Brief zusammen.

Vor allem die Russen und Engländer beeindruckten ihn. Er beobachte das Auftreten gerade der Russen mit gehörigem Respekt, da sie ihren Reichtum auf eine Weise zur Schau stellten, wie er es noch nie gesehen habe. In mondäner Aufmachung spazierte die russische Oberschicht in scheinbar täglich wachsender Zahl die *Promenade des Anglais* hinauf und hinunter, so dass er den Eindruck gewönne, Nizza werde binnen Kurzem unfehlbar zu einer russischen Stadt werden. Was die Russen in Sankt Petersburg oder Moskau an klimatischen Zumutungen zu ertragen hätten, würde für sie an der Côte d'Azur in Nizza ins Gegenteil verkehrt.

Drei Tage und drei Nächte dauerte die Bahnfahrt von Sankt Petersburg an die Côte d'Azur, die Züge hielten unterwegs nur, um Verpflegung aufzunehmen, ihre Interieurs waren mit sagenhaftem Luxus ausgestattet und transportierten ausschließlich blaues Blut in den Süden, das nach Licht und Wärme gierte. Zuerst, im Jahre 1856, hatte sich Nietzsche vom Wirt der Pension de Genève sagen lassen, seien der Zar nebst Zarin hier angekommen. Nachdem die Russen mit der Niederlage im Krimkrieg den Zugang zum Mittelmeer verloren hatten, erholte sich die Zarenfamilie ausgerechnet am Mittelmeer von dieser Schmach und entdeckte als bevorzugten Aufenthaltsort die Stadt an der Engelsbucht.

Nietzsche fand, als der ins barbarische Deutschland versprengte Pole aristokratischen Ursprungs, der er zu sein glaubte, er sei hier in bester, wenn nicht sogar allerbester Gesellschaft.

Er fand es charakteristisch für die Haltung seiner Mutter ihm gegenüber, dass diese auf den polnischen Stammbaum, den sich Nietzsche auch zu Hause in Naumburg mit Beharrlichkeit zusprach, allergisch reagierte. Sie stamme aus Pobles bei

Leipzig und nicht aus Posen oder Warschau, hatte sie mehr als einmal zu ihm gesagt, er möge sich damit abfinden, dass er nun einmal Sachse und sein Vater evangelischer Pfarrer gewesen sei und kein slawischer Fürst, der in den Oderwäldern wilde Eber jagte, ekstatische Tänze tanzte und die Bevölkerung gnadenlos ausbluten ließ. Er müsse sich nur den Ortsnamen Pobles mehrmals schnell nacheinander vorsagen, dann wisse er, woher er komme.

Der letzte September, den er in Naumburg verbracht hatte, war der schlimmste Monat seines bisherigen Lebens gewesen. Er hatte die ersten beiden Teile des *Zarathustra* fertig gehabt. Er empfand diese Arbeit als eine ungeheure Synthese, von der er glaubte, dass sie in noch keines Menschen Kopf und Seele gewesen sei, eine übermenschliche Anstrengung war zu Ende gebracht, die in seinen Augen ohne historischen Vergleich war – und dann, nach dieser weltgeschichtlich einmaligen Leistung, musste er sich in Naumburg mit der Canaille seiner Verwandtschaft auseinandersetzen. Hatte jemals ein Mann wie er in der Geschichte etwas Derartiges zu erdulden gehabt?

Kaum war er in Naumburg angekommen, ging es nur noch um Wurstbrote und Wollsocken. Kaum hatte er sich zu seiner Mutter in die Küche gesetzt, fing sie an, ihn über seine Heiratsabsichten zu befragen. Kaum trat er seiner Schwester gegenüber, vermisste die an ihm die Wirksamkeit und die Weltläufigkeit des Professors. Ging er über den Marktplatz, sprachen ihn alte Leute, die ihn von früher kannten, immer noch wie einen Schuljungen an und fragten, ob er jetzt für immer nach Naumburg zurückgekehrt sei und endlich seiner Mutter in ihrem beschwerlichen Alltag zur Seite stehen werde. Jeder Tag wurde ihm da zu einer Krankengeschichte. Dann musste er sich mit seiner vom Neid zerfressenen, rachsüchtigen Schwester herumschlagen. Sie war in seinen Augen ein wahres Miststück, das jeden seiner Versuche, eine Frau zu finden – die es durchaus gab, es gab sie ja, diese Versuche –, im Keim erstickte und dies auch weiterhin tun würde. Sie würde nicht davon ablassen, sofern sie nicht, was nicht unwahrscheinlich schien, bald schon zusammen mit ihrem antisemitischen Ehemann im Urwald von Paraguay von den Termiten aufgefressen würde. Dieser Ehemann der Schwester verfolgte die fixe Idee, am anderen Ende der Welt Deutschland noch einmal zu gründen. Dazu stellte er in Sachsen einen Trupp von versprengten und verunsicherten Menschen zusammen, Arbeitslose ohne Hoffnung und erschöpfte Tagelöhner, verarmter Adel und einschlägig Vorbestrafte, gefallene Mädchen und gebrechliche Alte.

Nietzsche lachte auf, als er an diese Gesellschaft dachte. Er stellte sich vor, wie sich ihre Mitglieder im Urwald aus Hass und Missgunst gegenseitig zugrunde richteten, durch Inzucht degenerierten und den dummen Antisemiten gleich mit in den Untergang rissen. Keiner von denen würde je zurückkommen aus der Ameisenhölle, auch nicht seine Schwester. Bei dieser Vorstellung wurde ihm so leicht ums Herz, dass er sich, was selten vorkam, dafür vor sich selbst schämte.

Er möge sich doch nun endlich ernsthaft um eine Frau bemühen, hatte ihm die Mutter im September in Naumburg immer wieder empfohlen, und die Schwester pflichtete dem bei, die falsche Schlange. Sie war es doch gewesen, die seine Freundschaft mit Lou von Salomé systematisch zerstört hatte. Jetzt, da die Lou aus seinem Leben verschwunden war, heuchelten sie wieder Besorgnis. Davor hatten sie alles Menschenmögliche unternommen, um ihm die junge Russin abspenstig zu machen. Die Lou war aber die Frau gewesen, mit der er sein Leben leben wollte und also sein Projekt, denn sein Leben war ja nichts anderes als ein großes, ein ungeheures Projekt, hätte zu Ende führen können. Sie war die einzige Frau, die ihm je das Wasser hatte reichen können, und gerade sie war von dem Naumburger Pack mit brutalem Kalkül und finsterster Gemeinheit vertrieben worden. Jetzt sah er sich ganz auf sich allein gestellt, von jetzt an würde er alles allein vollbringen müssen.

Es war zu dieser Zeit, als seine Schwester diesen Volksverhetzer namens Förster, einen übergeschnappten Studienrat, mit ins Haus brachte. Ein unerträglicher Zeitgenosse, von dem sie ununterbrochen schwärmte, wenn er nicht da war, und den sie anhimmelte, wenn er da war, was wiederum ihre grundlegende Beschränktheit bewies und natürlich ihre irrsinnige

Torschlusspanik, sie wurde schließlich schon bald vierzig. Dr. Bernhard Förster wiederum war von einer geradezu lächerlichen Begeisterung für Richard Wagner erfüllt. Er sah in Wagner, dessen Musik er nach Nietzsches fester Überzeugung gar nicht begreifen konnte, den geistigen Wegbereiter für seine eigenen antisemitischen Exzesse. Manchmal zitierte er auswendig und mit erhobenem Zeigefinger aus Wagners Schmähschrift »Das Judentum in der Musik«. Zudem war Förster von germanischen Kolonisierungsplänen erfüllt, die er sich nicht anders als weltumspannend vorstellte; Paraguay sollte nur der Anfang sein. Einmal, den künftigen Schwager unter vier Augen ins Vertrauen ziehend, hatte Förster zu ihm in zugleich prophetischem und verschwörerischem Ton gesagt, am deutschen Wesen könne, ja müsse dereinst die Welt genesen, eine Aussage, die in Nietzsche einen Brechreiz verursachte, von dem er sich die halbe Nacht nicht erholte.

Mit der Schwester hatte der Förster dann ganze Nachmittage in heroischer Selbstverleugnung geschwelgt, was dieser für die schlichtweg höchste Tugend hielt, tatsächlich aber bei ihm eine zur zweiten Natur gewordene Heuchelei war. Er hatte zuerst vom Christentum geschwärmt und dann vom Heidentum und dann vom Mittelalter und von den Germanen. Zuletzt schwärmte er meist auch noch von den Sachsen, die er mit nach Paraguay zu nehmen gedachte und sang Lobeshymnen auf den sächsischen Menschenschlag, den er für einzigartig unter, wie er sagte, *allen deutschen Stämmen* hielt. Elisabeth sah diesen selbstvergessenen Hilfslehrer bei seinen Reden ununterbrochen mit feucht glänzenden Augen an. So etwas hätte sie auch vom Bruder vernehmen wollen, doch der sprach gar nicht mehr, wenn der Förster da war oder murmelte nur unverständliche Kommentare vor sich hin, die keineswegs Zustimmung verhießen.

Förster betrachtete sich als Vegetarier und Arier, eine Kombination, die ihm, Nietzsche, schon rein vom Vokabular her zuwider war. Nietzsche würde, sagte er zu Förster, wenn er könnte, so viel Fleisch verschlingen, wie ihm nur erreichbar wäre, er würde, wenn er könnte, seine Zähne jeden Tag ins lebende, ins rohe, noch zuckende Fleisch schlagen und ganze

Stücke aus diesem Leben herausreißen. Nur konnte er es eben nicht, sein Zustand erlaubte es ihm nicht, aber sein Denken sei nichts anderes als ein unersättliches fleischfressendes Tier.

Als die Mutter bemerkte, dass die Schwester dem Förster ganz und gar verfallen war und, was das Allerschlimmste war, nun auch noch ernsthaft mit dem Gedanken spielte, diesen Narren tatsächlich in den südamerikanischen Urwald zu begleiten, da hat sie ihn, den lieben Fritz, gebeten, mit ihr zusammen dagegen vorzugehen und nun – wie sie es zuvor schon mit der Schwester gegen die Lou getan hatte, in der Absicht nämlich, ihm das Naumburger Haus samt der Schwester unerträglich werden zu lassen – mit ihm gegen den Förster zu arbeiten. Doch die Schwester ahnte natürlich, wie die Mutter auf ihre Verbindung mit Förster reagieren würde und sah voraus, was sie vorhatte. Daher hat sie sich so schnell wie möglich und ohne das Geringste zuvor darüber verlauten zu lassen, infamerweise auch noch auf brieflichem Wege, mit Förster verlobt. Dass so etwas gesetzlich möglich war, konnte Nietzsche einfach nicht glauben. Eine Verlobung sei ja, gab Elisabeth mit einem überlegenen Lächeln zurück, gar kein gesetzlicher Akt.

In diesen Tagen war Nietzsche klar geworden, dass sein *Zarathustra* eine Fortsetzung finden *musste*, dass er nun gegen alle falsche Moral und gegen jede Form der Heuchelei, deren Ursprung und Sitz er im Christentum festgestellt hatte, einen Gegenentwurf vorlegen *musste*, weshalb er einen ›Wegweiser zur Erlösung von der Moral‹ für den dritten Teil seines Buches plante. Nizza hatte ihn schon nach drei Tagen mit so viel Licht und also Zuversicht erfüllt, dass er nicht länger zögerte, dieses Werk auf der Stelle in Angriff zu nehmen.

Seine Schwester und seine Mutter verkörperten bis in alle Einzelheiten, wogegen er die Umwertung aller Werte werde in Stellung bringen müssen, rief er mit seltsam tiefer Stimme aus, und Cécile hätte geschworen, dass man es vorne am Hafen gehört haben musste. Sie war am Abend noch einmal in sein Zimmer gekommen, um nachzusehen, ob er noch etwas benötigte. Da hatte er angefangen zu reden, ohne Punkt und Komma, von seiner Familie, seiner früheren Verlobten und von dem ungeheuren Plan, den er in die Tat umzusetzen hatte. Und schon wieder hatte Cécile das Gefühl, sie müsse das Puzzle von vorn beginnen, das dieser Gast immer wieder vor ihr ausbreitete.

Diese plötzliche Genesung, rief er aus, dieses berauschende Gefühl, gesund und immer gesünder zu werden – wer vor ihm wäre dazu in der Lage gewesen, die Philosophie des Gesundwerdens zu schreiben? Das wunderbare Nizza-Licht habe ihm mit einem Schlag den ganzen dritten Teil des *Zarathustra* vor Augen geführt, als Form, und nur darauf komme es ja an. Die Form vor Augen, müsse er nur noch alles niederschreiben, Worte finden, aber die flögen ihm dann zu, er werde dann geführt wie ein Kind im dunklen Wald. Er brauche Licht, noch mehr Licht dazu, und er brauche einen Freund neben sich und habe schon nach dem in Venedig sitzenden Heinrich Köselitz aus Annaberg alias Peter Gast aus München alias Pietro Gasti aus Venedig gerufen, den er, weil er bei seinem ursächsischen Namen, mit dem im Musikgeschäft kein Blumentopf zu gewinnen sei, eben einen Künstlernamen benötigt habe, Peter Gast nenne, was ins Italienische, so leid es ihm tue, nur mit Pietro Gasti zu übersetzen sei, ein Name aber immerhin, der sich auf allen Opernplakaten und in sämtlichen Feuilletons hervorragend machen würde. Er brauche also Licht, er brauche Peter Gast, und sie, Cécile, möge das offene Wort ihr gegenüber verzeihen, – er brauche drittens dazu wohl auch eine Frau.

Cécile hatte nach drei Tagen schon nicht mehr daran geglaubt, dass der neue Gast noch darauf zurückkommen würde. Cécile hatte schon viele Männer gekannt, und sie hatte allerlei über sie notiert, ihre Vorlieben und Abneigungen vor allem, aber einer wie Nietzsche war ihr noch nicht untergekommen. Sie hatte ihre Aufzeichnungen zunächst als eine Art Buchführung angefangen, einzig und allein, um den Überblick zu behalten, und war bald schon an dem Punkt angelangt, an dem sie, über die reine Tatsache hinaus, dass jemand bei ihr war und diesen oder jenen Preis bezahlt habe, Notizen festhielt, die vor allem die individuellen Eigenarten ihrer Gäste betrafen.

Bevor sie ihn an diesem Abend allein ließ, empfahl sie wegen des Lichts, das er so schätzte, einen Ausflug nach Èze zu machen. Nirgendwo in der ganzen Gegend sei das Licht heller als in Èze, sagte sie. Er nickte so abwesend, als habe er gar nicht verstanden, was sie gesagt hatte und fragte sie dann, ob sie ihn dahin begleiten werde. Am Sonntag, antwortete sie, sei ihr freier Tag, aber sie könne sich doch gar nicht mit ihm unterhalten, dessen Welt alles, nur nicht die ihre sei. Nietzsche holte zu einer großen Geste mit dem Arm aus, mit der er ihr zu verstehen gab, dass er solche Einwände nicht gelten ließ und die gemeinsame Unternehmung beschlossene Sache war:

»Meine Welt ist sehr einfach zu begreifen, glauben Sie mir, mein Fräulein. Man kann sie einatmen, man kann sie schmecken und mit allen Sinnen ertasten. Und wer nur den kleinsten Teil meiner Welt mit seinem Leib begriffen hat, der wird nirgendwo anders mehr leben wollen als in ihr.«

»Also dann bis Sonntag«, gab sie zurück, sah ihn kurz und scharf an, wie um sich zu vergewissern, in welchem Geisteszustand er sich gerade befand und ging hinaus.

5.

Es ist deprimierend, schrieb Josef Paneth an seinen Mentor und väterlichen Freund Ernst von Brücke, mit einem so großen Geist wie Friedrich Nietzsche in dessen kahlem, aller Tröstungen beraubtem Zimmer zu sitzen, ich auf dem Bettrand, Nietzsche auf einem einfachen Holzstuhl, dessen Beine nicht mehr ganz fest sind, und unter dem Gewicht des Philosophen auf eine Weise hin und her wackeln, dass man befürchten muss, der Stuhl könne jeden Moment unter ihm zusammenbrechen.

Nietzsche klage über alle möglichen Symptome, schrieb Paneth, seiner fachlichen Meinung nach sei er aber aufgrund von Überarbeitung magen- und kopfleidend. Immer wieder betonte Nietzsche im Gespräch mit Paneth die unvergleichliche Bedeutung der ›ungeheuren Aufgabe‹, die ihm gestellt sei und blicke dabei stets auf die blanke Tischplatte.

Anders als es sein letztes Buch, *Also sprach Zarathustra*, erwarten ließ, und entgegen aller Vorstellungen, die Paneth sich von diesem Mann gemacht hatte, trat Nietzsche ohne jedes theatralische Pathos auf und bemühte sich unablässig, seinem Gast gegenüber freundlich und zuvorkommend zu sein. Zugleich wirkte er auf ihn die ganze Zeit über auch etwas düster und gedrückt.

Sein offenbar rapide schwindendes Augenlicht bedinge, dass Nietzsche einen nicht wirklich ansehe, sein Blick sei eher eine Art dumpfes Suchen nach einem Gegenüber, bei dem sich kein Finden einstellen wolle, schrieb der Naturwissenschaftler seinem Mentor nach Wien. Man merke ihm an, dass er es nicht gewohnt sei, Gäste zu empfangen, ja dass er mit Besuch ganz und gar nicht rechne, diesen unbedingt als störend empfinde. Auf ihm liege ein Imperativ, der im Grunde permanentes Arbeiten fordere und zerstreuende Gespräche, die sich nicht um seine Arbeiten drehten, ausschließe. Hinzu komme, dass Nietzsche nur immer sehr kurze Zeiträume zum Arbeiten nutzen könne und für den Rest der Zeit aufgrund von Migräne und Magenschmerzen oder anderen Übeln mehr oder weniger lahmgelegt sei, ein Umstand, der ihm den Genuss von freier Zeit unmöglich werden lasse.

Wenn er als Psychologe urteilen dürfte, so Paneth weiter in seinem Brief, dann würde er Nietzsche als einen Gefangenen seiner Ambitionen bezeichnen, als ganz und gar unfreien Menschen also, der sich jedoch aufgrund der Kühnheit seiner Gedanken als den freiesten aller Lebenden, als den Entdecker der eigentlichen Befreiung und daher als den Befreier schlechthin betrachte. Die Inspirationen des *Zarathustra* zum Beispiel, von denen er immer wieder in Andeutungen sprach, hätten Nietzsche dermaßen erfüllt, dass er sich trotz seines erbärmlichen Zustands und seiner jammervollen Lebensverhältnisse als den Glücklichsten der Sterblichen betrachte. Das Buch erschüttere seinen Autor immer wieder von Neuem, jedes Mal, wenn Nietzsche darin lese, breche er in Tränen aus, hatte er zu Paneth schon zu Anfang ihres Gesprächs gesagt. Deshalb vermeide er die Lektüre oftmals tagelang, um dann doch nicht anders zu können, als zu ihr zurückzukehren. »Sehen Sie, das Glück läuft mir nach«, hatte Nietzsche gesagt, »das kommt davon, dass ich nicht den Weibern nachlaufe. Das Glück ist ein Weib.«

Diese Haltung habe sein Nervensystem zerrüttet, was sich daran erkennen lasse, dass sich Nietzsche bereits nach einem gewöhnlichen, nicht im Geringsten anstrengenden Gespräch völlig ermattet zeige, einem Gespräch, wie sie, Paneth und sein Mentor, es stundenlang führen könnten und hinterher sogar davon erfrischt wären.

Sie hatten viel von Sizilien gesprochen, wohin Nietzsche (neben Korsika, das er aufgrund der grenzenlosen Identifikation mit Napoleon aufsuchen wollte, und Valencia, dessen Klima er für noch günstiger als das Klima Nizzas hielt) unbedingt noch einmal reisen wollte. Bei seiner einzigen Reise, die ihn nach Sizilien geführt hatte, war Nietzsche nur bis Messina gekommen und hatte demnach Sizilien noch gar nicht richtig betreten. Auf Sizilien glaubte er das Griechenland der großen alten Philosophen noch lebendig. Da Nietzsche Denken und Schaffen als unmittelbar mit den klimatischen Bedingungen verknüpft hielt, in denen sie entstanden, war er der Überzeugung, auf Sizilien lägen zweifellos noch immer die schöpferischen Idealbedingungen der Eleaten vor.

Jeden einzelnen der vorsokratischen Philosophen betrachtete er als ungemein bedeutungsvolle Persönlichkeit. Er sprach zu Paneth voll Bewunderung von Heraklit, Anaximander und Empedokles, meldete jedoch gegenüber Parmenides schon die ersten Bedenken an. Bei Parmenides zeigten sich bereits erste Spuren Platons, ja Parmenides sei in gerader Linie ein Vorläufer Platons, mit dem das Unheil des Abendlands seinen Lauf genommen habe. Die ungeheure Lebendigkeit der Vorsokratiker in Nietzsches Vorstellungswelt, also ausgerechnet jener Philosophen, von denen wir historisch am wenigsten wissen, erfüllte Paneth mit einem leichten Grauen. Die Vorsokratiker besaßen für Nietzsche tausendmal mehr Realität als der Mensch, der ihm gerade gegenüberstand. Er erzählte von ihnen wie von engen Freunden.

Als Philosoph habe Nietzsche sich immer gegen den Irrsinn der historischen Wissenschaften gewendet, die in all ihren Momenten fundamental gegen das Leben gerichtet seien und aus jungen hoffnungsvollen Männern in kürzester Zeit verzweifelte Greise machten. Er selbst aber, so Paneth an von Brücke, verkörpere geradezu die Vollendung dieser historischen Wissenschaften, indem er die Grenze zwischen Wissen und Wünschen durchstoßen habe und mit seiner ganzen Existenz dort angekommen sei, wohin die anderen nur in Gedanken vordrängen. Nietzsche, so Paneth, sei vom Wahn ergriffen, in aller Intensität das leben zu müssen, was die anderen nur mühsam in ihren Studierstuben auf dem Papier rekonstruierten, um dafür einen akademischen Grad zu erhalten und es danach weitgehend zu vergessen.

Dazu passe, dass er gar nicht erkennen könne, was für Menschen ihn tatsächlich umgeben. Er habe zum Beispiel eine sehr angenehme junge Person um sich, die sich in diesem öden Haus, das er bewohne, hingebungsvoll um ihn kümmere, eine junge Französin, die gut Deutsch spreche, die Enkelin der Hauseigentümerin. Nietzsche sei aber gar nicht dazu in der Lage, die Reize dieser Person zu erkennen, sondern halte sie für beschränkt, was er, Paneth, vollständig anders sehe. Er halte nämlich diese Frau für eine Art Engel, der vielleicht als einziges Wesen das traurige Genie aufrichten und ins Leben zurückführen könnte. Aber Nietzsche dachte auch in ihrem Beisein an nichts als an die Vorsokratiker.

Paneth war keine viertel Stunde mit Nietzsche zusammen, als Cécile klopfte und fragte, ob jemand einen Kaffee wünsche. Das Angebot wurde von den beiden Herren abgelehnt, doch stellte Nietzsche Cécile Paneth gegenüber in aller Förmlichkeit vor. Paneth gab ihr die Hand. Er fand, dass sich in diesem Mädchen eine aristokratische Schönheit verberge, die auch beim Wiener Opernball für Aufsehen sorgen könnte. Bei der Berührung ihrer Hand durchfuhr ihn ein sehr angenehmes Gefühl, das sofort wieder verschwunden war und dessen kurze Gegenwart sich Paneth nicht erklären konnte. Irgendetwas an der Konsistenz ihrer Haut beeindruckte ihn zutiefst. Er suchte nach einem Wort dafür, und die Tatsache, dass er keines fand, hielt er schließlich für einen Anlass, das Phänomen näher zu untersuchen.

»Sind Sie sicher«, sagte er später, zum Abschied, zu Nietzsche, »sind Sie wirklich sicher, dass das Glück ein Weib ist?«

6.

Am Sonntagmorgen brachte sie ihm seinen Kaffee, den er inzwischen zu sich nehmen konnte, ohne dass ihm dabei übel wurde. Es war gar keine Rede mehr von solchen Empfindlichkeiten, Cécile hatte sogar das Gefühl, Nietzsche würde sich das Thema verbitten, wenn sie selbst davon anfinge. Sie fand ihn zerstreut, aber heiter und noch längst nicht zum Aufbruch bereit. Sie müssten in einer halben Stunde los, sagte sie. Die Betrübnis und Bitterkeit, die er in den ersten Tagen ausgestrahlt und vor der sie sich gefürchtet hatte, schien wie weggeblasen.

Der Winter sei ein schlimmer Gast, aber nicht der schlimmste, sagte er zu ihr und lächelte mit seinen halbblinden Augen, wobei er sie an einen Clown erinnerte, den sie vor Jahren, als Kind, in einem Zirkus gesehen und der sie mit seiner freundlichen Hilflosigkeit gerührt hatte. Wenn sie den Zug verpassten, müssten sie drei Stunden auf den nächsten warten, sagte sie. Unheimlicher als der Winter, sagte Nietzsche, sei ein anderer Gast, und der stehe vor der Tür.

»Wer denn?«, fragte Cécile zurück.

»Der Nihilismus, mein Kind, der Nihilismus«, sagte er mit einem bedeutungsvollen Ton in der Stimme.

Sie sagte auch dazu kein Wort. Nach dem Winter kommt der Frühling, dachte sie und hatte gleichzeitig keinen Zweifel daran, dass es Menschen gebe, die die Jahreszeiten anders bezeichneten als sie.

»Aber der Winter ist schon schlimm genug«, fuhr er fort, »er sitzt bei mir im Zimmer, jeden Abend, vom Händedruck seiner Freundschaft sind meine Finger schon ganz blau. Schauen Sie!«

Tatsächlich hatte der Gast blaue Finger, und sie fragte ihn, ob es denn heute Nacht in seinem Zimmer so kalt gewesen sei, dass er blau gefrorene Finger bekommen habe; sie bewohne das Zimmer genau über ihm, in dem ebenfalls kein Ofen stehe, und sie habe überhaupt nicht gefroren.

»Es war kalt«, antwortete er, »aber die blauen Finger kommen vor allem daher, dass ich die ganze Nacht geschrieben habe. Die Finger waren am Morgen vor Anstrengung ganz steif und sind wohl mehr wegen der Steifheit als wegen der Kälte an den Knöcheln blau angelaufen.«

Auf den Hinweis, er habe die ganze Nacht geschrieben, reagierte sie nicht, obwohl sie ihm anmerkte, dass er eine Reaktion erwartete. Was sollte sie darauf sagen? Genauso gut hätte er sagen können, er habe die ganze Nacht genäht oder Karten gelegt. Das war seine Sache, fand sie. Die Hauptsache war, dass er keinen Lärm machte. Nietzsche senkte resigniert den Blick. »Die ganze Nacht geschrieben. Und wer wird es lesen?«

Sie schwieg, und er fuhr fort: »Fünfzehn Leser, die in Deutschland versprengt in Kleinstädten vor sich hin vegetieren. Davon sind zehn nicht normal. Die Übrigen haben die Syphilis, sind der Trunksucht verfallen oder haben Henkelohren. Und vielleicht noch nicht einmal die werden mich lesen. Das ist die Realität, mein Fräulein. Dafür habe ich die ganze Nacht geschrieben. Ich frage mich manchmal, ob ich überhaupt für Menschen schreibe.«

Sie dachte nach. Also für Tiere ja wohl auch nicht. Und überhaupt, sie wüsste mit der Nacht etwas Besseres anzufangen, dachte sie, sagte aber nur: »Allez, es wird Zeit, mein Herr.«

Sie müssten den Zug um zehn Uhr bekommen. Dann wären sie um elf in Èze-Bord-de-Mer, der Bahnstation an der Küste.

»Das Dorf liegt in der Höhe über dem Meer. Es geht sehr steil hinauf, der Pfad ist voller Geröll und nicht ungefährlich«, sagte sie. Der Aufstieg dauere außerdem mehr als zwei Stunden. Ob ihm das alles bewusst sei?

Das sei ihm ganz und gar nicht bewusst gewesen, jetzt sei es ihm aber bewusst, sagte er, und gerade so wolle er es. Sein Leben sei ein einsames Wandern von Jugend an, er könne gar nicht sagen, wie viele Rücken und Gipfel er schon erklommen habe. Cécile nickte und gewann zugleich den Eindruck, seine Rede sei doppeldeutig oder verberge einen hintergründigen Sinn, den sie nicht erfasste, den zu erfassen sie auch für überflüssig hielt, denn umständlicher, fand sie, könne man nicht sagen, dass man sie verstanden habe. Auch schien es ihr zugleich, als zitiere er solche Sätze nur, als seien es Sätze einer anderen Person und er mache sich einen Spaß daraus, sie für seine eigenen auszugeben. Fast wäre er ihr wieder unheimlich geworden, wenn er bei alldem diesmal nicht so heiter und gelöst gewesen wäre.

Er erhob sich von seinem Stuhl, der dabei ein weiteres Mal verdächtig knarrte, und ging in einem verhaltenen Tanzschritt zur Tür, an der an einem Haken sein Mantel hing. Er bewegte sich wie ein Mann, dem etwas gelungen ist, etwas Großes, ein Wurf, von dem er schon lange geträumt hatte, wie ein Mann, von dem nun alle Last abgefallen ist.

Er drehte sich von der Tür zu ihr um: »Man muss tanzen«, sagte er, »wie die Griechen muss man tanzen lernen und das Lachen als Religion einführen, dann wird alles besser, Mademoiselle.« Sie nickte wie ein Kind, das die Erklärungen der Erwachsenen nicht versteht. Ganz Afrika tanze, ob ihr das bewusst sei, fuhr Nietzsche fort und hielt seinen Mantel in der rechten Hand, ohne ihn anzuziehen. Sie antwortete, es sei ihr nicht bewusst gewesen, aber jetzt sei es ihr bewusst, und sie tanze übrigens auch gern.

Sie erreichten die Bahnstation von Èze bei schönstem Sonnenschein und 15 Grad Celsius, wie ein Barometer am Ausgang anzeigte, zu dem Nietzsche sofort hinüberging, um aufs Glas zu klopfen. Was es eigentlich bewirken solle, wenn man bei einem Barometer aufs Glas klopfe, wollte Cécile wissen. Das wisse er nicht, antwortete Nietzsche, das sei so eine Angewohnheit. Stehe er vor einem Barometer, auf dem er etwas ablesen wolle, so klopfe er zuerst aufs Glas. Er frage sich gerade, ob er diese Angewohnheit unbedingt hinterfragen müsse. Sie zuckte mit den Schultern.

Ohne weitere Verzögerung begannen sie mit ihrem Marsch zum Bergdorf. Der Geröllpfad stieg gleich steil an, die Alpen sprangen hier aus großer Höhe schroff ins Meer, das Dorf oben schien ihm verwunschen, wie ein einsamer, verwaister Adlerhorst. Von der Bahnstation aus gesehen, hing es scheinbar frei über dem Meer und erweckte den Eindruck einer Ansiedlung aus einer längst vergangenen Zeit, eine winzige Festung, die vom Ufer aus niemals zu erobern wäre. Cécile hatte ihre altbewährten Bergschuhe an, mit der sie diese Führung schon öfter gemacht hatte, sie trug einen roten Poncho und hatte ihre schwarzen Haare streng nach hinten zusammengebunden.

Ein solches Muster an Schönheit habe ich in meinem Leben noch nicht gesehen, obgleich ich viel gesehen habe, schrieb Paneth fast ein Jahr später an von Brücke, der diesen Brief nach Paneths Tod an Sigmund Freud übergab. Paneth hatte noch den Satz »Das Glück ist ein Weib« im Ohr, als er am nächsten Tag wieder in die rue Ségurane zurückkehrte. Doch kam er nicht in der Absicht, Nietzsche zu besuchen. Er wartete auf der Straße, streunte herum, saß eine halbe Stunde in einem Café, von dem aus er den Hauseingang beobachten konnte, und erblickte nach geschlagenen vier Stunden tatsächlich Cécile, wie sie das Haus verließ. Er ging ihr nach, holte sie noch vor dem Burgberg ein und sprach sie in einem geeigneten Moment an.

Sie sah sich Paneth genau an und fand ihn passabel. Paneth war, als öffnete sich eine Tür in ihm, hinter der eine große grüne Wiese mitten im Sommer voller blühender Blumen war, und die Insekten sprachen in sirrenden und summenden Tönen zu ihm und sagten, das hier sei das Paradies, er könne durch die Tür gehen, und er müsse nie wieder umkehren.

Zwei Tage später schlich er an Nietzsches Zimmer vorbei in das darüberliegende Zimmer Céciles und stellte sich dabei vor, wie der Philosoph hinter dieser Tür gerade weiter an seinen Mythen und Lehren feilte. Er hatte keineswegs vor, mit ihr über Nietzsche zu sprechen.

Sie entstamme ohne Zweifel der Malerei der florentinischen Renaissance, schrieb er tags darauf an Ernst von Brücke nach Wien; sie sei, das könne er dem Freund versichern, ein Geschöpf, das nur von alten Meistern erschaffen worden sein könne. In diesem Augenblick sei er sich vorgekommen, als trete ihm die Kunstgeschichte in einer ihrer Gestalten entgegen und als wollten die Bilder ihm sagen, dass es zu ihnen eine lebendige Entsprechung gebe.

Er, Paneth, möchte dem Freund die Einzelheiten ersparen, auch weil er fürchte, dieser könne das alles falsch verstehen. Er, von Brücke, wisse, wie ihn die Malerei der Renaissance mit sich fortreiße. Und er kenne auch den Preis, der für ein Meisterwerk zu zahlen sei.

7.

Sie sei, sagte Nietzsche plötzlich in eine Phase längeren Schweigens hinein, als sie das erste Drittel des steinigen Pfads hinter sich gebracht hatten, zweifellos die Zeugin eines historischen Augenblicks, höchstwahrscheinlich einer die Geschichte der nächsten tausend Jahre wie nichts anderes prägenden Entdeckung. Er habe diese Entdeckung heute Nacht gemacht, die blauen Finger habe er dafür gern in Kauf genommen. Es gehe schlicht und einfach um den Augenblick, ob sie sich vorstellen könne, was das bedeute – der Augenblick?

Sie schwieg, sie hatte durchaus eine Vorstellung, doch schien es ihr, er meine gerade etwas völlig anderes damit als sie. Offenbar, dachte sie, verwendeten Menschen wie dieser Professor die Wörter anders als normale Leute. Was es gewiss nicht einfacher mache, sie zu verstehen.

Zwei Wege würden sich da treffen, begann Nietzsche nun wieder mit fester und geradezu feierlicher Stimme. Einer aus der fernsten Vergangenheit, in dem alles liege, was in diese Vergangenheit abgesunken sei. Und ein anderer, der in die Zukunft führe, über die man noch nichts sagen könne. Nun müsse man nur weiterdenken: In diesem Punkt des Aufeinandertreffens zweier Wege kreuzten sich zwei Ewigkeiten. Müsse also, fuhr er fort, nicht alles, was geschehen werde, schon einmal geschehen sein, ja viele Male schon, und müsse sich das nicht immerfort so weiter vollziehen, bis in alle Ewigkeit?

Sie verstand Nietzsches dunkle Rede vom Augenblick schon irgendwie, aber das mit dem Wiederkommen aller Dinge, so wie sie gewesen seien, ganz und gar nicht. Sie selber hatte eigentlich immer den Eindruck, nichts kehre jemals wieder, dieser Augenblick gerade eben ist vergangen und zwar für immer, basta, anders konnte sie es nicht sehen. Sie sagte nun genau das zu ihm, und sofort verdüsterte sich seine Miene, er schüttelte heftig sein Haupt und hob den Zeigefinger wie zum Widerspruch.

Sie gingen weiter. Sie hatte schon viele Fremde durchs Gebirge geführt, aber so einen wie diesen noch nicht. Der hatte offensichtlich gar keinen Blick für die Landschaft und den Augenblick, sondern steckte immer nur im Denken und hielt die ganze Zeit über den Kopf gesenkt.

Plötzlich hörten sie ganz in der Nähe einen Hund bellen. Sie waren noch zu weit vom Dorf entfernt gewesen, als dass das Bellen hätte von dort kommen können. Es kam nicht weit von oben aus dem Hohlweg. Das bedeutete, sie würden dem Hund unweigerlich begegnen. Nietzsche brachte seinen grauen Regenschirm in Stellung. Es war ihr vollkommen schleierhaft, weshalb um alles in der Welt er ihn bei diesem wolkenlosen, ja makellosen Himmel denn überhaupt mit sich führte. Nietzsche hielt den Blick starr den Weg hinaufgerichtet, aus dem jeden Augenblick ein kläffendes Ungeheuer hervorstoßen musste.

Tatsächlich stand auf einmal ein schwarzer Hund von hüfthoher Größe etwa zwanzig Meter vor ihnen und blickte sie bei voller Anspannung aller Muskeln, mit stramm aufgerichteten Ohren und bewegungslos hängendem Schwanz an.

Nietzsche wurde nervös. Er hielt den Schirm waagerecht mit der Stahlspitze nach vorn und verharrte in einer ebenso drohenden Haltung wie der Hund. Zweifellos richtete sich der Philosoph auf einen Kampf mit dem Tier ein. Offenbar war er der Ansicht, in die Rolle des Beschützers schlüpfen zu müssen. Die Situation stellte für Nietzsche eine unausweichliche Verpflichtung dar, auch wenn er wissen musste, dass er sie aufgrund seiner sehr weit fortgeschrittenen Sehschwäche kaum würde erfüllen können.

Cécile hoffte, Nietzsche würde den Hund, den sie nun erkannte, mit der Schirmspitze nicht verletzen. Dass es zu einem Kampf kommen würde, war für sie ausgeschlossen. Der Hund sah zwar furchterregend aus, er hatte aber noch niemandem etwas getan. Die Situation scheinbarer Bedrohung erstarrte für ein paar endlose Sekunden. Da hörten sie von menschlichen Tritten angestoßenes Geröll.

Hinter dem Gestrüpp tauchte eine kleine breite, schwarz gekleidete Gestalt auf, die Cécile und Nietzsche höchstens bis zur

Schulter reichte, aber vom Umfang her beide zugleich in sich hätte vereinen können. Der kleine Mann hatte lange schwarze Haare und ein in tausend Furchen zerfallenes Gesicht mit tiefbraun gegerbter Haut. Sein Alter war nicht zu schätzen. Er trug ein Gewehr über der Schulter gespannt. Beim Näherkommen erkannte er Cécile und grüßte sie freudig, indem er sein Gewehr abnahm und in die Luft schwang. Der Hund entspannte seine Muskeln, gesellte sich an die Seite des Mannes und knurrte Nietzsche an, als habe er mit ihm noch eine Rechnung offen. Der Philosoph hielt seinen Schirm nun zwar gesenkt, aber in Bereitschaft.

Der kleine dicke Mann und die ihn um Haupteslänge überragende Cécile wechselten offenbar herzliche Worte in einer Sprache, die Nietzsche nicht verstand, die aber, so viel schien ihm gewiss, im Klang dem Italienischen ähnelte. Dann ging der Kleinwüchsige mit dem Hund weiter, man winkte sich noch zu, er nach unten dem Meer entgegen, die beiden Ausflügler weiter in die Höhe, in Richtung des Dorfes.

»Das war Francesco. Er ist Wildhüter hier oder – wie sagt man auf deutsch? – Förster.« Bei dem Wort *Förster* fühlte Nietzsche, wie ihn Schauer der bitteren Erregung durchrieselten.

»Man nennt ihn auch den Zwerg von Èze. Aber das hört er nicht gern«, fuhr Cécile fort.

»Sie kennen sich gut?«, fragte Nietzsche im Ton einer Feststellung.

»Ich war hier schon so oft als Fremdenführerin unterwegs, dass mich in Èze alle kennen und gerade Francesco, den man oft auf dem Pfad treffen kann«, antwortete Cécile.

»Das bedeutet, Sie sind diesen Weg schon viele Male zu zweit gegangen.«

Cécile befürchtete, ein Anflug von Eifersucht komme über Nietzsche. Sie kannte das von dem Holländer, der regelmäßig nach Nizza kam und dem sie immer das Gefühl geben musste, sie sei ausschließlich für ihn da.

Doch ihre Befürchtungen waren ganz unberechtigt gewesen. Nietzsche wertete die Tatsache, dass sie hier schon viele Male und höchstwahrscheinlich mit einer männlichen Begleitperson den Pfad nach Èze hinaufgegangen war, vielmehr als Indiz für die Richtigkeit seiner neu entdeckten Lehre von der Ewigen Wiederkehr des Gleichen. Sein Schritt wurde wieder schneller, tänzerischer, urplötzlich geriet er in eine eigentümliche, ihn mit sich fortreißende Stimmung, in eine alles durchdringende Leichtigkeit, die vielleicht bei einem anderen Typus dazu geführt hätte, dass er ihr näher gekommen wäre, sie vielleicht spontan umarmt oder geküsst hätte.

Nietzsche aber blieb ganz für sich, tanzte für sich, jubelte für sich und dachte auch in vollkommen euphorischem Zustand immer weiter über sich und seine Lehre und was ihre Folgen wären nach.

Er müsse, sagte er, oft stundenlang über etwas nachdenken. Er könne das nicht abstellen, sein Gehirn sei eine Maschine, die er nicht im Griff habe. Er müsse dann Cloralhydrat nehmen, um seiner selbst Herr zu werden. Er könne dann auch nicht einschlafen, und wenn er doch einmal einschlafe, träume er auch wieder nur von den Sachen, über die er zuvor nachgedacht habe. Dann sei sein Schlaf nichts anderes als eine Fortsetzung des Wachens, und wenn er wieder zu sich komme, sei er noch erschöpfter als vor dem Schlafen.

Er könne von Glück reden, antwortete sie, dass er nur in seinen Träumen denke und nicht wie sie von Alpträumen verfolgt werde. Sie habe meist Träume, die sie nicht verstehe. Viele seien so schrecklich und ekelhaft, dass sie schreiend aufwache. Vor ein paar Nächten etwa habe sie geträumt, eine Schlange sei im Schlaf in ihren Rachen gekrochen und habe sich darin festgebissen. Sie habe sich selbst gesehen, wie ihr die schwarze schwere Schlange aus dem Mund hing. Es sei so eigenartig, dass sie sich im Traum in zwei Personen erlebe, einmal sei sie die, der die Schlange im Mund stecke, und zugleich sei sie die, die das entdecke und vor Entsetzen erstarre.

Sie habe sich schließlich überwunden und begonnen, an dem glatten glitschigen Schlangenleib zu ziehen, aber das Vieh habe sich keinen Millimeter von der Stelle bewegen lassen. Zuletzt, als gar nichts mehr zu helfen schien und sie fast schon erstickt wäre, habe sie sich im Traum selbst zugerufen: Beiß zu!

Den Kopf ab! Und sie habe zuerst gezögert, dann aber, weil es nicht mehr anders ging, doch zugebissen und habe im nächsten Moment den Schlangenkopf ausgespien. Das habe sie gerettet, aber die andere Person, die auch sie gewesen sei und die ihr geholfen habe, sei in dem Augenblick, da sie den Kopf der Schlange ausgespien habe, verschwunden gewesen. Das habe sie jedoch nicht gestört, denn sie habe sich wie neu geboren gefühlt und immerzu gelacht und getanzt. Sie könne absolut nicht sagen, was dieser Traum zu bedeuten habe.

Nietzsche sagte nichts. Vielleicht eine Minute, die Cécile wie eine halbe Ewigkeit vorkam, gingen sie schweigend weiter. Dann fuhr sie fort, dass der Doktor Paneth ihr erzählt habe, alle Träume hätten etwas zu bedeuten. In Wien, wo er herkomme, würden sie herausfinden, was jeder einzelne Traum bedeute, ein Kollege von ihm wisse da noch besser Bescheid als er, und irgendwann würden sie eine Landkarte aller Träume vorlegen.

Nietzsche antwortete endlich, ob die Träume in der Weise, wie Paneth und sein Kollege es meinten, etwas zu bedeuten hätten, könne er nicht sagen. Vielleicht müsse man sie als Gleichnisse deuten. Er habe das in seinem *Zarathustra* umzusetzen versucht. Auf jeden Fall sei der Traum der Leitfaden ins Morgen. Es gebe Kulturen, die folgten allein ihren Träumen. Wenn der Häuptling geträumt habe, dass man morgen weiterziehen müsse, dann ziehe der ganze Stamm morgen weiter. Wenn er träume, dass er in der nächsten Woche sterben werde, lege er sich hin und sterbe. Auch wir folgten eigentlich unseren Träumen, nur wüssten wir es nicht.

Sie sagte, nie in ihrem Leben habe sie sich so sehr nach einem Gefühl zurückgesehnt wie heute Morgen nach diesem Lachen, das sie im Traum erlebt habe. Sie habe sich wie befreit gefühlt, nicht nur von der Schlange, sondern auch von sich selbst. Und das sei schön gewesen, schöner als alles, was sie kenne. Aber weshalb das so sei, könne sie nicht sagen.

Nietzsche entgegnete darauf, er kenne ein Pulver, das bewirke wohl einen ähnlichen Zustand. Man fühle sich so leicht und frei und gelöst und fast ohne einen eigenen Körper, dass man sich immer danach zurücksehne. Er führe dieses Pulver auch mit sich, aber er verwende es nicht. Er habe sich geschworen, es nie wieder zu nehmen. Habe man sich an das Pulver gewöhnt, sei das Leben danach nicht mehr zu ertragen.

Nach einem Marsch von zwei Stunden, der ausschließlich über Felsen und Geröll berganführte, kamen sie im Dorf an. Nietzsche war ein geübter Wanderer, er war flink und ausdauernd auf den Beinen, und auch Cécile war den Aufstieg gewohnt; so kamen sie schneller als erwartet oben an. Das Dorf bestand aus einer Ansammlung niedriger weißer Steinhäuser, die an einem spiralförmig in die Höhe zulaufenden Weg eng aneinandergepresst standen. Die Häuser wirkten wie Höhlen, die Türen wie Höhleneingänge, zu denen kleine Treppen hinaufführten, in den Gassen standen Blumen in ausladenden Terrakottatöpfen und vereinzelt Zypressen. Selbst die Straßenschilder waren aus Stein. Die schmalen Fenster wirkten wie Luken, die eher vor dem Licht schützen sollten, als es hereinzulassen.

Die beiden Wanderer stiegen die Gassen immer weiter nach oben, ohne einem einzigen Menschen zu begegnen. Das Dorf schien wie ausgestorben, nicht einmal ein Hund lag auf der Straße. Auf den deutschen Touristen und seine Begleiterin war niemand eingestellt, das einzige Café hatte geschlossen. Am höchsten Punkt des Dorfes, den sie nach zehn Minuten des Gehens durch die verwinkelten Gassen erreichten, öffnete sich der Blick, und man trat in einen kleinen botanischen Garten ein, in dem wie Liegen geformte hölzerne Bänke standen, auf denen man ein Sonnenbad nehmen und dabei in die dunstige Bläue des Mittelmeers und über die Bucht von Villefranche schauen konnte.

Obwohl es Ende Dezember war, schien die Sonne an diesem Mittag so hell und warm auf sie herab, dass sie sich auf die Bänke setzten und den weiten Blick über die Bucht genossen, zur Halbinsel Saint-Jean hinüber und nach Cap Ferrat, das an ihrer Spitze lag. Zurückgelehnt auf seiner Liege, die Bucht überschauend, sagte Nietzsche, es könne einem hier vorkommen, als wolle Gott uns mit diesem Anblick von seiner Existenz überzeugen.

Dieser Aufwand sei für sie persönlich gar nicht nötig, gab sie zurück. Sie sei von seiner Existenz überzeugt. Nietzsche entgegnete nichts.

Das Meer lag in makellosem Blau vor ihnen.

Dies sei das Licht der seligen Inseln, die er in seinem Zarathustra beschrieben habe, es sei dieses Licht, in dem sie jetzt lägen, sagte er. Es sei das Licht der Griechen, das diese hier wiedergefunden hätten, als sie die Küste entdeckten und besiedelten, und es sei das Licht, in dem allein er leben wolle, leben könne, das Licht des Großen Mittags.

Ihr Schweigen fasste er als Zustimmung auf.

Zwischen ihnen habe sich, schrieb Cécile abends in ihr Tagebuch, eine Stimmung glücklicher Harmonie eingestellt, eine innere Beruhigung, die aufkomme, wenn einer dem anderen vertraue und in diesem Moment wisse, dass dies so bleiben werde. Sein ganzes Leben, sagte er, sei nichts als die Sehnsucht nach diesem Licht gewesen. Jetzt, da er es gefunden habe, da er in dieser Seligkeit angekommen sei, wie ertrüge er es noch zu leben?

Er erhob sich langsam, jetzt wieder wie ein sehr alter Mann, von der Bank, trat an den Rand der Klippe heran, blickte lange ins unendlich strömende Blau hinaus und rief so laut er konnte: »Und wie ertrüge ich's jetzt zu sterben!«

8.

Als sie den Pfad zur Bahnstation hinabstiegen, dämmerte es bereits. Nietzsche erzählte Cécile von seinem Zarathustra, wie er ihn ›empfangen‹ habe und wie er mit ihm ›schwanger gegangen‹ sei und wie er ihn geboren habe. Und nun redete Nietzsche nicht mehr wie ein Professor mit einer Studentin, oder wie ein Onkel mit seiner minderjährigen Nichte, sondern wie ein Mann, der auf der Welt nur einen einzigen Menschen hat, dem er sein Leben erzählen, eine einzige Vertraute, der er alles anvertrauen kann.

Es sei der 1. August 1881 gewesen, als ihm Zarathustra erschienen sei, sagte Nietzsche und erhöhte deutlich sein Schritttempo. Im Oberengadin, wo er die Sommer verbringe, bei Sils-Maria, am See von Silvaplana, an dem wie eine Pyramide aufgeschichteten Stein von Surlei habe es sich begeben, 6000 Fuß hoch über dem Meer. Ob sie begreife, die magische Jahreszahl, Anfang und Ende fielen mit der perfekten Zahl 1 zusammen, und die beiden in sich zurücklaufenden Doppelkreise der 8 bildeten die Mitte. Zudem werde die Jahreszahl durch das Datum ergänzt, dem ersten achten.

Für Cécile war es auf einmal ein Vergnügen, ihm zuzuhören. Sie fand es erstaunlich, wie sein Temperament mit ihm spielte, wie er sich in die Schilderung der Entstehung des Zarathustra hineinsteigerte, und wie er unbeirrbar nicht von einer Entstehung, sondern von einer Geburt sprach. Zwar hatte sie immer noch nicht verstanden, was er eigentlich genau mit alldem meinte. Vielleicht verstand sich Nietzsche ja selbst nicht, doch vermochte er es zumindest, sich an seinen eigenen Reden zu begeistern und zuzulassen, dass sie ihn immer weiterführten, bis er zu Ansichten und Einfällen kam, mit denen er vorher nicht im Geringsten gerechnet hatte.

Hatte sie das nicht schon öfter bei Männern erlebt? Über die Erregung kamen sie zu sich, schöpften Selbstvertrauen und entkamen ihrem Selbstmitleid. Nietzsche war aber zweifellos einzigartig in dieser Hinsicht. Er war dazu in der Lage, sich vollkommen durch sich selbst und seine Reden immer wieder auf Höhepunkte der Selbstbegeisterung zu treiben.

Zarathustra, das sei doch eine Figur, die er erfunden habe, sagte sie, jedenfalls könne sie sich nicht vorstellen, dass jemand diesen sonderbaren Namen trage. Gewiss, gab Nietzsche zurück, eine Figur, aber eine Figur in einem nur literarischen Sinne sei Zarathustra doch auch wieder nicht. Er sei ja seinem Geist entsprungen. Aber er habe ihn nicht wirklich erfunden, er habe ihn buchstäblich – sie müsse es wahrhaftig so verstehen, wie er es sage – geboren. Von der Empfängnis, am 1. 8. 1881 bis zur Niederkunft am 1. 2. 1883 seien 18 Monate vergangen, das sei der Schwangerschaftszeitraum eines Elefantenweibchens.

Nachdem er das Wort *Elefantenweibchen* ausgesprochen hatte, trat eine Stille ein, die zusammen mit der sich auf die Landschaft herabsenkenden Dämmerung gespenstig wirkte. Sie gingen eine Zeit lang wortlos nebeneinander her. Von unten kam ihnen der Zwerg Francesco mit seinem Hund entgegen; sie hörten sein Singen und sahen ihn schon von weitem durch das Gestrüpp hindurch, hinter dem er immer wieder verschwand und auftauchte. Als Francesco noch nicht ganz in Hörweite war, rief er ihnen etwas zu, das weder Cécile noch Nietzsche verstehen konnten. Offensichtlich war er angetrunken. Als der Hund sie bemerkte, rannte er los, auf die beiden zu, und Nietzsche zückte wieder seinen Schirm. Doch der Hund strich nun, heftig mit dem Schwanz wedelnd, um sie herum. Nietzsche, den Schirm fest am Griff umklammert, stand still und drehte sich fortwährend nach ihm um, indem der seinen Kopf und seinen Oberkörper verdrehte.

»Er tut uns nichts«, beruhigte Cécile ihren Begleiter, der, immer noch in der festen Absicht, beschützend einzugreifen, den Griff des Schirms umfasste und seine Muskeln in Anspannung hielt. »Man muss selbst herausfinden, wem man trauen kann«, entgegnete Nietzsche und blieb in Kampfpose. Francesco, bei dessen Anblick Nietzsche auf einmal schwindelig wurde, weil er sich nicht vorstellen konnte, wie man so klein, so breit, so alt und so gegerbt von Sonne und Wind sein und zugleich so schwarze dichte Haare haben, in die sich keine Strähne Grau mischte, und bei alldem zugleich so gute Laune habe könne, wiederholte seinen Zuruf, als er fast bei ihnen angekommen war.

»Was hat er denn gesagt?«, wollte Nietzsche wissen, als Francesco an ihnen vorbei weitergegangen war.

»Dass Sie ein guter Torero wären. Und: Sie sollten nicht die Pasta seines Bruders Federico verpassen, der besitze unten am Meer ein kleines Restaurant«, erklärte Cécile.

»Aber er hat doch viel mehr gesagt, oder?« Nietzsche bohrte weiter. Cécile spürte, dass er von Francesco auf eigentümliche Weise fasziniert war.

»Er hat noch gesagt, diese Pasta zusammen mit dem Valpolicella, den sein Bruder vor ein paar Tagen direkt aus dem Veneto bekommen habe, sei die pure Lust.«

Bei dem Wort *Lust* stockte Nietzsche.

»Wie kann es sich dieser Zwerg herausnehmen, von Lust zu sprechen?«, rief er empört aus.

»Was weiß denn der schon von der Lust, was weiß er von – der Wollust?«

Er sah ihr von unten herauf bedeutungsvoll direkt in die Augen. Jetzt wurde er ihr wieder unheimlich. Sie möge jetzt genau zuhören, sagte er. Er habe das heute Nacht geschrieben, ausgerechnet das, und nun sei dieser Zwerg mit seiner Rede über Lust gekommen: »Die Wollust narrt alle Wirr- und Irrlehrer, denn sie ist das Gartenglück der Erde, aller Zukunft Dankesüberschwang an das Jetzt.«

»Schön«, sagte sie.

»Ich habe das heute Nacht geschrieben und weiß es noch immer Wort für Wort auswendig. So oft habe ich es wieder und wieder gelesen, dass sich mir der Wortlaut eingeprägt hat. Und ich sage es Ihnen nun ganz offen, Fräulein Cäcilia, ich habe darüber bittere Tränen vergossen, weil diese Sätze wahr sind, so wahr, wie nur je ein menschlicher Satz wahr sein kann.«

Cécile fand, dass der Professor jetzt doch ein bisschen anstrengend wurde. Von seinem plötzlichen Überschwang ungerührt erwiderte sie, Francesco habe nicht von einem Gartenglück oder so gesprochen, sondern von der Lust auf Pasta und Rotwein.

Ja!, rief Nietzsche daraufhin aus, und zwischen ihrer Rede und dieser Erwiderung lag keine Zehntelsekunde. Dieser Zwerg, das sei er doch, das sei der Geist der Schwere, nun sei er ihm also leibhaftig begegnet.

Sie gingen wortlos nebeneinander her. Nietzsche spürte jetzt die Anstrengung des Fußmarsches. Er schlug vor, dass man sich auf einen der großen Steine setzen möge, die überall am Wegesrand lagen. Sie wählten einen der größten Steine aus, der so beschaffen war, dass er zwei Sitzflächen aufwies. Diese Flächen lagen in einem Winkel zueinander, dass sie mit dem Rücken aneinanderstießen, als sie sich hinsetzten. Cécile spürte plötzlich den Körper des Philosophen an ihrem Rücken, und eine merkwürdige Empfindung überkam sie. Die ganze Zeit über, schon seit seiner Ankunft, war ihr die Vorstellung unmöglich gewesen, dass dieser Mensch überhaupt einen anderen Körpern ähnlichen Körper hatte, einen, den man wie andere menschliche Körper spüren könne. Immer war ihr, als müsse sich dieser Körper unbedingt entziehen, wenn man in die Nähe einer Berührung mit ihm käme. Nun aber saßen sie Rücken an Rücken und sprachen miteinander. Die Vibrationen, die Nietzsches Stimme aussandte, strömten aus seinem Rücken in den ihren über. Es war ihr unmöglich, das Gefühl zu benennen, das sie dabei empfand. Aber es war eine kleine Ewigkeit, in der dieser Zustand anhielt und die sie genoss. In dieser Zeit achtete sie wenig auf die Bedeutung seiner Worte, die an ihr Ohr drangen. Plötzlich, wie auf eine Verabredung hin, die gar nicht stattgefunden hatte, erhoben sie sich fast gleichzeitig und setzten ihren Weg fort.

Eigentlich habe er gehofft, sagte er, dass das Buch dieses Jahr an Ostern erscheine. Sein Verleger in Leipzig habe ihm das auch zugesagt gehabt. Der Erlöser vom Erlöser sollte an Ostern das Licht der Welt erblicken. Das wäre weltgeschichtlich angemessen gewesen, so Nietzsche, aber daraus sei nichts geworden, weil die Druckerei zuvor lieber den Erlös von fünfhunderttausend Gesangbüchern eingestrichen und diese dem Druck des Zarathustra vorgezogen habe. Was für ein Hohn, was für ein Spott auf den Antichristen, als den er Zarathustra in die Welt gesetzt habe: Ausgerechnet eine halbe Million Gesangbücher würden vorgezogen! Verkennung sei nun einmal das Los alles Neuen, rief er, jetzt wieder scheinbar vollständig bei Kräften, und wahrhaftig, er kenne sein Los.

»Wahrscheinlich war es eher so«, sagte Cécile, »dass auf Ihren Zarathustra einfach niemand gewartet hat, auf die Gesangbücher aber schon.«

»Mein Verleger Schmeitzner«, sagte Nietzsche, ohne auf Céciles Einwand im Geringsten einzugehen, »Schmeitzner ist Antisemit. Und wer ist in Deutschland eigentlich nicht Antisemit, die Juden ausgenommen und ich selbst.«

Man habe einen Schwager, und der sei natürlich Antisemit. Man habe einen Verleger, und der sei Antisemit. Man habe eine Schwester, und die werde wegen des Schwagers Antisemitin und behaupte nun fortan, immer schon Antisemitin gewesen zu sein. Und man habe einen antisemitischen Verleger, der einem immer wieder dazu auffordere, doch selbst einmal etwas Antisemitisches zu schreiben, ja sogar vollkommen arglos den ungeheuerlichen Vorschlag unterbreite, den Zarathustra ins Antisemitische umzudichten.

Schmeitzner habe das Erscheinen des Zarathustra, nachdem er immerhin schon gedruckt gewesen sei, den halben Sommer lang einfach verbummelt, nicht zuletzt weil er ununterbrochen für die antijüdische Allianz agitiert und für nichts anderes mehr Zeit gehabt habe. So sei das in Deutschland. Ein Volk von engstirnigen Fanatikern. Man müsse nur nach Naumburg gehen.

»Naumburg?«, fragte sie. »Wo liegt das?«

»In der Mitte«, gab er zurück, »in der deutschen Mitte. Tiefer kann man nicht in Deutschland drinstecken, als wenn man in Naumburg ist. Ich bin dort aufgewachsen. Das Fetteste in Naumburg sind die Ratten, und warum? Weil sie als einzige Lebewesen dort keine Protestanten sind. Ohne Luther wäre die katholische Kirche um 1550 herum schon am Ende gewesen«, sagte Nietzsche, der nun wieder in Rage geriet. »Aber dieser Narr musste sie ja unbedingt retten, indem er ihr durch Widerstand ein neues Leben gegeben hat. Ohne die katholische Kirche hätte sich diese niedersächsische Canaille aber auch nicht profilieren können. Luther hat die katholische Kirche dazu benutzt, groß herauszukommen. Also hat er sie retten müssen.«

»Von dieser Stadt habe ich noch nie etwas gehört«, sagte Cécile. Sie dachte schon, er habe seine Suada gegen Luther damit beendet, denn Nietzsche schwieg ein paar Minuten lang. Sie hatte auch den Namen Luther noch nie gehört und hoffte, er würde jetzt nicht endlos weiter von diesem Unbekannten sprechen.

Dann sagte er: »Andererseits habe ich stilistisch, und ich betone: stilistisch, allein in Luther in deutscher Sprache einen Vorläufer. Hätte es Luther nicht gegeben, wäre mein Zarathustra als Antichrist gar nicht nötig gewesen. Wiederum andererseits: hätte es Platon nicht gegeben, so wäre es auch nicht zum Katholizismus gekommen.« Nach diesem Satz entstand wieder eine Pause.

»Man hätte also all das viel früher, sozusagen schon am Anfang verhindern können?«, fragte Cécile.

»Nein«, antwortete er, »zu verhindern war es wohl nicht.«

Sie sah ihn aus ihren grünen Augen streng an, und er hielt sofort inne. »Warum dann aber das alles?«, sagte sie dann und legte die Stirn in Falten, was ihr für Momente den Anschein einer geübten Denkerin gab. Sie hatte das Gefühl, eine passende Antwort gegeben zu haben.

Er bemerkte das und sah sie an. Er überlegte eine ganze Weile, vielleicht tat er auch nur so, denn seine Antwort war für die lange Zeit des Nachdenkens äußerst knapp: »Damit es uns eine Lehre sei.«

9.

Von Overbeck hatte Paneth erfahren, wie verzweifelt Nietzsche noch Anfang des Jahres über seinen Zarathustra gewesen war. Overbeck hielt auf Paneth als Mensch wie als Wissenschaftler große Stücke und fand, wenn er sich über Nietzsches Zustand jemandem anvertrauen dürfe, dann ihm.

Nietzsche hatte Overbeck im März, unmittelbar nach der Fertigstellung der ersten beiden Teile seines Buches, mitgeteilt, er wisse nicht, wozu er noch weiterleben sollte. Er erkenne nun endgültig die Unvollkommenheit seines Wesens, die zahllosen Fehlgriffe in seinem Lebenslauf und die Unglücksfälle seiner gesamten geistigen Vergangenheit. Seinen Zarathustra habe er schließlich als seine letzte Torheit bezeichnet, nur seine Müdigkeit und Verzweiflung hätten ihn davon abgehalten, die Drucklegung zu widerrufen.

Paneth beruhigte Overbeck zunächst. Seit er in Nizza lebe, sei Nietzsche vollkommen euphorisiert, ja er schreibe sogar an einem dritten Teil des Zarathustra. Das beruhigte Overbeck jedoch keineswegs. Im Gegenteil, er forderte Paneth zu noch mehr Wachsamkeit gegenüber Nietzsches Zuständen auf.

Nietzsches in Venedig sitzender Freund Heinrich Köselitz, ein, so Overbeck, mittelmäßiger Komponist, den der Wagner-Gegner Nietzsche aber überall und unablässig in den höchsten Tönen lobte, hatte gerade, als Nietzsches Depression auf dem Höhe- beziehungsweise Tiefpunkt gewesen war, Nietzsche geschrieben, es gebe auf der ganzen Welt nichts Derartiges wie den Zarathustra. Ohne Zweifel handle es sich um eine heilige Schrift und so weiter. Woraufhin Nietzsche sofort wieder an sich und sein Buch glaubte. Er geriet darüber geradezu in einen Rausch von Selbstbewusstsein und kannte keine andere Formulierung mehr als die, sein Dasein sei nun *gerechtfertigt*. Diesem Buch, schrieb Köselitz, sei die Verbreitung der Bibel zu wünschen, ihr kanonisches Ansehen und ihr Kommentargefolge. Als Nietzsche das las, sank er vor Freude auf die Knie und küsste das Briefpapier.

Paneth war sich darüber längst im Klaren, dass Nietzsche davon besessen war, sein Leben unter allen Umständen gerechtfertigt zu sehen. Diese Rechtfertigung konnte allein in der Erfüllung einer ungeheuren Aufgabe, einer wahrhaften Menschheitsaufgabe liegen. Er selbst stellte sich diese Menschheitsaufgabe und musste sie ganz allein lösen.

Paneth betrachtete Nietzsche schon nach zwei Begegnungen mit den Augen des Naturwissenschaftlers und sah ihn als Fall. An seinen Lehrer und Freund von Brücke schrieb er, man habe es hier offensichtlich mit einer evolutionären Endstufe zu tun, schlichter gesagt, mit einer Endstufe des bürgerlichen Individualismus, der über das durch Nietzsche Repräsentierte nicht mehr hinausgelangen könne, der in und mit Nietzsche stagniere und in dieser Stagnation von den Entwicklungen in den Naturwissenschaften überholt und auf den historischen Schrotthaufen katapultiert werde. Nietzsche sei also nur der Agent einer Abwicklung, das Sinnbild des Bankrotts einer Epoche.

Das war für Paneth die nüchterne Diagnose des Falls Nietzsche. Die Fantasien des weltgeschichtlich Ungeheuren, das Nietzsche anvisierte, waren in den Augen des Naturwissenschaftlers Zeichen des Niedergangs. Die wohlfeile Bestätigung durch einen Menschen, dem er vertraute, weil er ihn selbst als seinen Adlatus aufgebaut hatte, einen Menschen wie Köselitz, genügte Nietzsche, um bedingungslos an sich und seine Sache zu glauben. Er bemerkte nicht einmal mehr, wie sehr ihm der durch und durch erfolglose, menschenscheue und untalentierte Köselitz nach dem Munde redete, wahrscheinlich in der Hoffnung, Nietzsche werde ihn, Köselitz, weiterhin mit den Lorbeeren bekränzen, die er selbst nicht ernten konnte.

Bei ihrer letzten Begegnung führte Nietzsche Paneth zur Cours Saleya, wo es auch kurz vor Weihnachten einen üppigen Blumenmarkt gab. Der Philosoph sagte zu seinem Begleiter, er sei nun nichts anderes mehr als der Evangelist seines einzigen Sohnes, was Paneth zuerst als eine schöne, im Nachhinein jedoch als eine fürchterliche Formulierung empfand.

»Wissen Sie«, sagte Nietzsche dann, »Köselitz ist für mich die größte Katastrophe, schlimmer noch als meine Mutter, was man kaum glauben wird, wenn man meine Mutter kennt.« Aus einer boshaften Laune heraus hatte Nietzsche Köselitz abwechselnd Peter Gast oder Pietro Gasti genannt, je nachdem, ob er die weitere Laufbahn dieses Musikers in Deutschland oder in Italien vermutete, eine Prognose, die jeden Tag wechseln konnte. An manchen Tagen schloss Nietzsche jede Erfolgsaussicht für seinen Freund, sei es in dem einen oder dem anderen Land, schlichtweg aus. Dann bezichtigte er ihn der Hochstapelei, der künstlerischen Anmaßung und des Opportunismus. Dann nannte er ihn weder Gast noch Gasti, sondern bei seinem bürgerlichen Namen, Köselitz.

Nietzsche ahnte nicht, dass Paneth in einem Briefwechsel stand, der praktisch einzig und allein um Nietzsche kreiste und im Kern das Problem falsch verstandener Größe zum Thema hatte. Overbeck hatte Paneth geschrieben, er stehe seiner Zeit und vor allem dem Christentum und namentlich der zeitgenössischen Theologie nicht weniger kritisch gegenüber, als dies Nietzsche tue. Er verzichte allerdings auf Veröffentlichungen, in denen diese Kritik zum Ausdruck komme, weil er genau wisse, dass diese Veröffentlichungen ihn in der Universität und in der gesamten bürgerlichen Gesellschaft unmöglich machen würden.

Nietzsche aber habe sich zum gegenteiligen Handeln entschlossen. Er lege es geradezu darauf an, sich unmöglich zu machen und habe sich auch schon längst überall unmöglich gemacht, wo man ihn früher geschätzt habe. Nun müsse er unbedingt und monomanisch an sein Werk glauben, denn er habe nichts anderes mehr als sein Werk und, wie er fälschlich glaube, Peter Gast.

Genau da wende sich aber, schrieb Overbeck weiter, der Gast mit Grauen, denn nicht Köselitz sei Nietzsches wahrhaft aufrichtiger Freund, sondern er, Overbeck. Wer verwalte denn die Pension des Beurlaubten und Umherreisenden, die dieser noch für weitere eineinhalb Jahre von der Universität Basel erhalte? Und wer werde sich finanziell um den armen Nietzsche kümmern, wenn die Universität die Zahlungen einstellen wird? Die Mutter bestimmt nicht, die wisse schon lange nicht mehr weiter mit ihrem Herzensfritz und packe aus Verzweiflung ununterbrochen Pakete mit fetten Würsten und dicken Socken.

Sie, Nietzsche und Overbeck mit seiner Frau, hätten zu dritt zusammen in Basel im selben Haus, in der Baumannshöhle, gewohnt und hätten dort eine sehr innige Freundschaft entwickelt. Sie seien wie selbstverständlich zum Du gekommen, was Köselitz bei Nietzsche nicht einmal in Aussicht gestellt sei; vielmehr habe Nietzsche diesen mit der ridikülen Etikette *Peter Gast* beziehungsweise *Pietro Gasti* für alle Zeiten dem Gelächter ausgesetzt und halte ihn auch sonst auf Distanz. Alle Versuche von Seiten Köselitz', Nietzsche nach Venedig zu locken, seien außerdem von diesem harsch zurückgewiesen worden.

Nietzsche meide Venedig seit Längerem, schrieb Overbeck an Paneth. Die Stadt bedeute die tiefste Wunde in seinem Herzen, denn sie bleibe für alle Zeiten mit der Person Richard Wagners verknüpft. Dass Köselitz nun komponierend am Canal Grande sitze, wenige Schritte von dem Palazzo entfernt, in dem Richard Wagner gestorben sei, könne man nur als Treppenwitz der Geschichte einstufen, so Overbeck weiter, einen Witz allerdings, den Nietzsche als Ausdruck seiner ureigensten Tragödie verstehe.

Overbeck fügte in seinem letzten Brief an Paneth hinzu, es habe sich fatalerweise ein neuer Verehrer bei Nietzsche gemeldet, ein gewisser Paul Lanzky, Hotelier aus Vallombrosa bei Florenz, der Nietzsche zutiefst bewundere und ihn in seinen Briefen mit *verehrtester Meister* anrede, während Köselitz nur *lieber Herr Professor* schreibe. Nietzsche habe ihm, Paneth, nicht ohne Stolz mitgeteilt, dass er zum ersten Mal von einem seiner Leser mit *verehrtester Meister* angeredet worden sei. Dies erfülle ihn mit den eigenartigsten Gefühlen, und er, Overbeck, wisse auch, mit welchen.

Nietzsche wolle Lanzky demnächst in Nizza empfangen und beabsichtige, dazu die Wohnung zu wechseln, weil man in seinem kahlen und eiskalten Zimmer niemanden empfangen könne. Nietzsche möchte, so Overbeck, sein Schicksal unbedingt mit dem Lanzkys verknüpfen, obwohl er ihn persönlich fast gar nicht kenne. Die Begegnung mit Paneth hatte ihn doch eher ernüchtert. Da Paneth, wie Nietzsche an Overbeck schrieb, aus nichts anderem als aus Nüchternheit bestehe, sei in dieser Hinsicht nichts anderes zu erwarten. Paneth, so sehr er ihn schätze, tauge jedenfalls keineswegs für die geplante Kolonie. Lanzky hingegen sei ein wahrhaft Begeisterter. Er habe Nietzsche, schon bevor er ihn überhaupt kennengelernt habe, für das Frühjahr nach Italien eingeladen und ihm eine einsiedlerische Wohnung abseits des Hotels versprochen. Und Nietzsche erwäge momentan tatsächlich, im Sommer nach Vallombrosa zu gehen. Noch aber sei es zu früh, mit Lanzky zusammenzutreffen.

Paneth hatte seit einigen Tagen den Eindruck, Nietzsche wolle die Wohnung wechseln, jedoch, um vor Lanzky zu fliehen. Vor nichts, habe er gesagt, fürchte er sich mehr als vor blinder Verehrung, das begrenze ihn, das mache ihn zu einem Erkannten und Gedeuteten, was er auf keinen Fall akzeptieren könne. Sich ihn zum Meister zu erwählen, sei der pure Irrsinn, er sei, hatte er zu Paneth gesagt, ein gefährliches Tier, der richtige Umgang mit ihm sei, sich von ihm abzuwenden. Erst wenn ihr mich verleugnet habt, werde ich euch wiederkehren, habe er im Zarathustra geschrieben, und das sei auch so gemeint.

Im Übrigen beschäftigte Paneth jetzt ein anderes Problem als Nietzsches Ruhmverlangen, schrieb er nach Wien an von Brücke. Er hatte mit der jungen Bedienerin Nietzsches seit Kurzem eine Geliebte. Er wusste, er würde sich von dieser Frau so bald nicht lösen können. Dazu kannte er sich zu gut. Auch diese Dinge analysierte er wie ein Naturwissenschaftler, doch vermochte er nicht, in ihre Abläufe einzugreifen. In dem Zustand, in dem er sich jetzt befand, war er ein Ausgelieferter, das war ihm klar, aber gerade dagegen stand kein Mittel zur Verfügung. Dennoch fragte er sich immer wieder, wie er mit dieser Situation zurandekommen könne, denn zur Jahreswende, um genau zu sein, am 3. Januar, würde Sofi anreisen.

10.

Er sei Pole, sein Name laute im Polnischen Niecki, der Vernichter, der Nihilist, der Geist, der stets verneine. Als er angefangen habe, jede Aussage, jeden Glauben, jede Hoffnung mit einem Fragezeichen zu versehen, habe er schnell herausgefunden, dass die Menschen, gleich wo und wie sie lebten, vor allem dem Dünkel unterworfen seien. Sie lebten ausnahmslos in dem Bewusstsein zu wissen, was gut und was böse sei. Er aber, Niecki, der Vernichter, sagte Nietzsche zu Paneth, als sie sein Zimmer zu einem Spaziergang verließen, sei gekommen, diesen Dünkel zu zerstören. Irgendwann habe dieser Mensch kommen müssen, und nun es an der Zeit, nun sei *er* an der Zeit.

Es war an Weihnachten, am frühen Nachmittag des 26. Dezember, als Nietzsche und Paneth von der Coline du Château kommend, die Ponchettes entlanggingen, über die Cours Saleya, wo der Meeresforscher die zum Verkauf ausliegenden Fische, Hummer und Langusten bewunderte, über den sich anschließenden Marché des Fleurs, wo die Blumenverkäufer schon wieder der Mimosenblüte entgegendämmerten, um in Höhe der im Wiederaufbau befindlichen Oper auf den Quai du Midi zu gelangen und in Richtung Westen am Meer entlang auf die Promenade des Anglais zu gehen. Vor knapp drei Jahren, sagte Nietzsche, sei hier die Oper abgebrannt, am 23. März 1881, um genau zu sein.

Man habe Donizettis *Lucia di Lammermoor* gegeben, da sei, gerade als die Sopranistin zur berühmten Wahnsinnsarie angesetzt habe, bei den Gaslampen an der Bühnenrampe ein Feuer ausgebrochen. Mitten in die irrsinnigen Koloraturen dieser Oper hinein, so Nietzsche zu Paneth, habe sich das Feuer selbst wie eine Wahnsinnskoloratur in Windeseile ausgebreitet und auf das aus Pappmaché gebaute Szenenbild übergegriffen. Die uralte Holzbestuhlung sei ebenso rasch in Flammen gestanden wie das Pappmaché, sagte Nietzsche und blieb stehen, als verlangte diese Schilderung eine kurze Andacht.

Die Zuschauer seien in ihren engen Sitzreihen sofort zu Gefangenen der Flammen geworden und hätten kaum eine Chance zur Flucht gehabt. Im Parterre habe man sich noch in Sicherheit bringen können, als in den oberen Rängen schon eine Massenpanik ausgebrochen sei, die etliche Opfer gefordert habe. Die Zuschauer auf den billigen Plätzen hätten praktisch gar keine Chance gehabt, viele seien zu Tode getrampelt worden. Die anderen seien bei lebendigem Leibe verbrannt. Dreiundsechzig teils zur völligen Unkenntlichkeit verkohlte Kadaver habe man am nächsten Morgen in der Kirche Saint-François gegenüber der Oper aufgebahrt. Vom Theater seien nur die Grundmauern stehen geblieben, was man jetzt schon fast nicht mehr glauben könne, da der Wiederaufbau so zügig voranschreite.

Die Oper werde nun noch schöner, sie werde richtig italienisch werden. »*La Fenice* ist das Vorbild, der Phönix, der immer wieder aus der Asche ersteht, nichts anderes ist ja die Oper, auch nach Wagner ist sie das, vielleicht nach Wagner gerade erst.« Die Nennung Wagners war der Punkt, an dem Nietzsche jedes Mal in Fahrt geriet. Meist vergaß er sein ursprüngliches Thema und begann über Wagner zu sprechen, ein Vorgang, der fast immer in eine Suada aus Bezichtigungen und Beschimpfungen ausuferte. Jetzt aber blieb er beim Brand der Oper. Der Neubau der Oper von Nizza schien ihm wie ein Symbol der Überwindung Wagners durch eine neue Musik, deren Ankunft, davon war er fest überzeugt, unausweichlich sei.

Was sich nicht mit der Musik erfassen lasse, sagte Nietzsche, erzeuge bei ihm Ekel und Abscheu. Er sei schon von Konzerten zurückgekommen und aus der Oper in die sogenannte Wirklichkeit hinausgetreten, und da sei ihm die sogenannte Wirklichkeit gespenstisch vorgekommen. Die Musik sei nichts, was man festhalten könne, die Musik sei auch nichts, was man direkt benennen könne, doch erzeuge sie zugleich nichts so sehr wie das Bedürfnis, das, was sie sei, festzuhalten.

Wenn die Musik vorbei sei, müsse man denken. Ob er, Paneth, das nicht schon bemerkt habe? Dieses von der Musik herkommende Denken aber richte sich unmittelbar gegen die moralischen Vorurteile, gegen den Dünkel des Wissens, gegen die Gewissheiten darüber, was gut sei und was böse. Dieses moralische Denken sei ohne jeden Zweifel das falsche Denken, so Nietzsche, es sei immer nur Ausdruck von Herrschaftsansprüchen gewesen. Die Mächtigen hätten die Welt so gedeutet, wie sie es gewollt und gebraucht hätten. Das sei der ganze Grund für Gut und Böse. Aus diesen Deutungen sei der große Dünkel entsprungen, den er, Niecki, der Nihilist, der Vernichter, der Geist, der stets verneint, bekämpfe.

Paneth blieb stehen und blickte aufs Meer hinaus. Es war aufgewühlt, draußen tobte ein Sturm, der wie so oft im Halbrund der Engelsbucht abgebremst wurde und nur als starke Brise an der Promenade ankam. Immerhin reichte diese Brise aus, um hohe, wild schäumende Wellen ans Ufer zu spülen. Paneth bemerkte, dass Nietzsche für die ihn umgebende Natur keinen Blick hatte, dass er sie nicht wirklich wahrnahm, sondern die Gegenwart zum Anlass nahm, über sie hinaus zu denken. Wenn er sich in eine Rede wie die über die Musik hineinsteigerte, vergaß er alles um sich herum. Wind, Licht und Wolken bewertete er allein darauf hin, ob sie seiner Gesundheit zu- oder abträglich waren. Niemals wies er auf eine Naturerscheinung um ihrer selbst willen hin. Wenn er die Wellen überhaupt als solche bemerkte, so wurden sie ihm unweigerlich zum Gleichnis für einen Gedanken. »Das Meer«, sagte Nietzsche in diesem Moment, »spielt eine unendliche Melodie. Die Wogen sind ein Bild für den Weltengrund, Wellen und Musik gehören zusammen.«

Er sei zum Theologie-Studium nach Bonn gegangen, sagte Nietzsche nach einer Weile, knapp hinter dem aufs Meer hinausschauenden Paneth gehend, als sie die Jetée, die Ruine des auf Palisaden ins Meer gebauten Casinos, passierten, das Anfang April dieses Jahres abgebrannt war.

Vor über zwanzig Jahren sei das gewesen, seine Mutter habe sich so sehr gewünscht, er möge einmal Hofprediger werden oder ein anderes hohes Amt in der evangelischen Kirche bekleiden. Er komme aus einer Theologendynastie, der Vater sei Pfarrer gewesen, der Großvater mütterlicherseits auch, der Großvater väterlicherseits sogar Superintendent. Der Weltengrund werde aber nicht in der Theologie erfahren, sondern allein in der Musik, das habe er schon ganz früh, noch in den Kinderschuhen steckend, erkannt, in der Musik, die, und das habe er nur unwesentlich später bemerkt, unmittelbar zur Philosophie verführe.

Er habe das schon gewusst, bevor er nach Bonn gegangen sei. In Bonn selbst habe er dann ein rechtes Lotterleben geführt, jedenfalls in den Augen seiner Mutter, sie habe sich da viele Sorgen um ihren Musterfritz gemacht.

Er sei durchaus hinter den Weibern her gewesen damals und habe einmal nach Naumburg geschrieben, dass er mit feuerrot gekleideten Damen in der Oper gewesen sei, er mit weißer Weste und Glacéhandschuhen, die Damen mit Federboa und so weiter, worauf ihm die Mutter nur geantwortet habe, man sei gerade damit beschäftigt, alle Vorhänge des Hauses zu waschen und habe bis jetzt seinen Brief nur überflogen. Man habe gar nicht recht begriffen, was er da schildere, aber allein der Ton missfalle sowohl der Mutter als auch der Schwester. Alles, was er jenseits seiner Pflichten gemacht habe, hätte er niemals nach Naumburg berichten können, weshalb es ein Fehler gewesen sei, von dem Opernbesuch mit den Damen zu erzählen. Diesen Fehler habe er nur ein Mal begangen. Daher habe er seinen Bordellbesuch auch nie der Mutter erzählt, obgleich er immer ein Gefühl von Illoyalität der Mutter gegenüber gehabt habe, wenn er ihr etwas verschwiegen habe.

»Das ist doch aber vollkommen normal«, entgegnete Paneth. »Auch ich habe meiner Mutter nie von meinen Bordellbesuchen erzählt, das wäre ja noch schöner gewesen, außerdem hätte es meine Mutter gar nicht hören wollen.«

Einmal, sagte Nietzsche, es sei in Köln und nicht in Bonn gewesen, er sei von Bonn nach Köln gefahren, um den Dom zu besichtigen, habe er später nach einem Restaurant gefragt und sei von einem Dienstmann in ein zwielichtiges Etablissement gebracht worden. Er, Nietzsche, habe ahnungslos den Raum betreten und schon am schummrigen roten Licht gemerkt, dass da etwas nicht stimme. Plötzlich seien ihm mehrere halbnackte Damen entgegengekommen und hätten damit begonnen, sich seiner zu bemächtigen, indem sie vollkommen hemmungslos ihre Arme um ihn zu schlingen versuchten.

Da habe er im Vorraum ein Klavier entdeckt. Er sei zuerst wie erstarrt gewesen, einige der Frauen oben völlig unbekleidet vor sich zu sehen. Er habe keinerlei Lust, sondern nur Ekel empfunden, sei, wie in Trance, an den schamlosen Geschöpfen mit ihren üppig ihm entgegenwallenden Formen, ihrer nackten Haut und ihren blutrot geschminkten Lippen vorbeigegangen, auf das Klavier zu, in dem er sofort das einzig seelenvolle Wesen in dieser Gesellschaft erkannt habe, und habe nach einer kurzen Überwindung einige Akkorde angeschlagen. Die Damen seien merklich von ihm zurückgewichen, als hätte er mit seinem Klavierspiel seinen Schutzgeist befreit, der nun den Raum beherrschte.

»Und dann?«, wollte Paneth wissen.

»Sofort nach dem Anschlagen der Akkorde hat sich meine Erstarrung gelöst, und ich bin mit wenigen ausgreifenden Schritten ins Freie gelangt. Noch vor der Tür hat mich das grässliche Gefühl verfolgt, ich werde von einer unüberschaubaren Masse an quellenden Brüsten und entblößten Schenkeln förmlich begraben und unter dieser schließlich formlosen Masse flössen Ströme von Blut, das alles mein Blut war, feuerrot und dampfend heraus. Ich schämte mich wegen des Blutes, das niemals hätte fließen dürfen und das ich nicht verbergen konnte. Es stellte mich bloß, das viele Blut verriet mich. Zugleich wusste ich, dass die Scham, die ich empfand, auch die Scham meiner Mutter war.

Sie waren nun schon auf der Höhe des Hotels Ritz. Die Musik werde über die Wollust triumphieren, habe Nietzsche gesagt, da kenne er sich aus, darüber sei er sich völlig im Klaren. Aber wann das sein werde, wisse er nicht.

Bei dem Wort *Wollust* habe er immer Unbehagen empfunden, sagte Paneth an diesem Abend zu Cécile und vergrub sein

Gesicht zwischen ihren Brüsten. Es klinge so theologisch oder akademisch und entspringe doch eigentlich den verklemmten Fantasien von Theologen und Akademikern.

11.

Am 3. Januar 1884 traf Sofi Schwab in Villefranche ein. Sie kam mit ihrem Zimmermädchen Eleonore, einer gestandenen Frau von Mitte vierzig, auf die der Ausdruck *Mädchen* nicht mehr zutraf, aber im Ausdruck des Zimmermädchens in der Familie fortwährend verwendet wurde. Eleonore war für Sofi seit deren Kindertagen so etwas wie eine Gouvernante; sie selbst nannte sich Hausdame. Eleonore wusste seit jeher, was für Sofi gut war, sie plante bis auf die Minute die Tage für sie durch und erstellte den Speiseplan, in dem penibel auf Ausgewogenheit und Abwechslung geachtet wurde.

Eleonore hatte auch, zwar widerwillig, weil sie der Ansicht gewesen war, diese Reise sei unnötig, auf den Befehl der Eltern Sofis hin dann aber mit aller Konsequenz die Fahrt nach Villefranche bis in die kleinsten Einzelheiten geplant. Als höhere Tochter war Sofi daran gewöhnt, keinen Handgriff selbst erledigen zu müssen und sich ganz ihren Bildungsaufgaben, was in ihrem Fall Klavierspielen und Französischlernen hieß, zu widmen.

Sie hatte insgeheim Angst, auf französischem Boden ihre Französischkenntnisse anwenden zu müssen und sich dabei zu blamieren. Die Reise nach Villefranche war Sofis erste Reise ins Ausland überhaupt, entsprechend intensiv waren die Eindrücke, die sie aufnahm. Als sie bei Genua zum ersten Mal das Meer sah, stieß sie einen kurzen spitzen Schrei der Begeisterung aus, was einen finster zweifelnden Blick von Eleonore zur Folge hatte, der zunächst jede weitere Gefühlsäußerung von Seiten Sofis im Keim erstickte.

Später sagte sie zu ihrer Hausdame, sie wolle aufschreiben, was sie sehe, es sei alles so aufregend, und nichts dürfe verloren gehen. Eleonore kaufte daraufhin ein leeres Heft, das als Tagebuch dienen sollte. Doch nicht Sofi selbst hielt das Erlebte im Tagebuch fest – das erledigte ebenfalls Eleonore für sie, die statt eines persönlich gefärbten Tagebuchs eine Art Buchhaltungsbericht der Reise niederlegte.

Jemanden wie Eleonore gebe es nicht noch einmal auf der Welt, sagte Sofi, als sie auf der zoologischen Station angekommen waren und Paneth ihr einen Kuss auf die Wange gab, der Hausdame aber ein kühles »Küss die Hand, Gnädigste« zuhauchte.

Eleonore nickte mit einer kleinen Verbeugung Paneth zu. Sie konnte ihn nicht ausstehen, und er wusste das. Er kannte Eleonore, seit er Sofi kannte, sie wurde ihm sozusagen mit der Braut von den Eltern vorgestellt. Das war nun schon gut fünf Jahre her, Eleonore war in dieser Zeit keine Handbreit von Sofi gewichen, und er konnte sich auch nicht vorstellen, dass Eleonore in ihrer künftigen Ehe jemals von Sofis Seite weichen würde. Eleonore wiederum befürchtete, nach einer Heirat von Sofi mit Paneth würde sie überflüssig werden und den Haushalt der Schwabs womöglich verlassen müssen. Das war Grund genug für sie, den Bräutigam zu hassen und, so gut es ging, indirekt zu bekämpfen.

Eleonore habe in den gesamten fünf Jahren ihrer Bekanntschaft dafür gesorgt, dass es zwischen ihm und Sofi zu praktisch keiner Intimität, und sei es der harmlosesten, gekommen sei, schrieb Paneth an Freud. Er habe sich schon mehrmals überlegt, wie er über befreundete Anästhesisten an schnell wirkende Gifte herankommen könne, solche nämlich, die im Körper nicht mehr nachweisbar seien. Freud riet davon ab, das sei definitiv der falsche Weg. Paneth solle Sofi heiraten und dann Kraft patriarchalischer Gewalt Eleonore des Hauses verweisen. Er, Freud, handle immer so, weshalb Paneth sich denn überhaupt von einer Frau etwas vorschreiben lasse?

Paneth war nicht der Typ zur Durchsetzung patriarchalischer Herrschaft. Freud wusste das und hatte umso mehr Freude daran, Paneth damit zu ärgern. Er überlege sich inzwischen, ganz in Nizza zu bleiben und Cécile zu heiraten, schrieb Paneth Freud zurück, worauf dieser antwortete, Huren könne man nicht heiraten, es dennoch zu tun, sei ein schwerer Fehler, denn sie hätten die Fähigkeit zur Treue, so sie diese denn jemals besessen hätten, durch ihr unzüchtiges Leben verloren. Diesen Brief ließ Paneth, der in Cécile alles sah, nur keine Prostituierte, lange unbeantwortet.

Er habe in den nächsten Tagen in Nizza zu tun, sagte Paneth beim Abendessen zu Sofi, woraufhin ein deutlich vernehmbares Aufatmen von Seiten Eleonores zu hören war. Sofi seufzte zugleich still in sich hinein. Sie habe gehofft, sagte sie, er hätte endlich einmal Zeit für sie und sie könnten ein paar schöne Tage in der Gegend verbringen. In Wien habe er nie Zeit gehabt, weil er ununterbrochen seine Zellen erforsche, und nun sei sie extra hergekommen, und er habe nicht einmal an dieser herrlichen Küste und bei diesem frühlingshaften Wetter für sie Zeit. Eleonore warf ein, Wissenschaftler hätten nie Zeit, darauf dürfe sie, Sofi auch fürderhin nicht rechnen, Wissenschaftler seien mit ihrer Arbeit verheiratet und hielten sich nur Ehefrauen, um gegenüber den restlichen Aufgaben, die im Leben zu erledigen seien, den Rücken frei zu haben. Wissenschaftler lebten einzig und allein für ihre Forschung, die dann in den allermeisten Fällen zu nichts führe.

Paneth ignorierte diese Spitze und schwor sich, Eleonore doch noch zu vergiften. Er habe, sagte Paneth, aber für ausgezeichnete Gesellschaft gesorgt, die ihn an diesem Sonntag, den er wegen wichtiger Gespräche in Nizza zu verbringen habe, mehr als ersetzen werde. Es handle sich um den gerade in ganz Europa berühmt werdenden Philosophen Friedrich Nietzsche, der ortskundig sei, gerne nach Villefranche komme und mit den beiden Damen einen Ausflug über die Halbinsel Saint-Jean unternehmen werde.

Nietzsche sei ein ausgezeichneter Gesprächspartner, hoch kultiviert, ein langjähriger Freund Richard Wagners und Professor für klassische Philologie in Basel. Er arbeite gerade an einer griechischen Metrik und habe ihm schon höchst interessante Diskurse über den Vergleich zwischen dem deutschen und dem griechischen Distichon gehalten.

Na, das werde ja ein toller Nachmittag, sagte Sofi, eine Vorlesung über griechische Metrik, gehalten von einem Schweizer Professor, könne man sich etwas Unterhaltenderes vorstellen?

Sie habe gehört, fiel Eleonore mit schnarrendem Ton ein, Nietzsche sei Atheist und Ästhet, und er schreibe skandalöse Bücher, die, außer dass sie Skandale erzeugten, keinen Pfifferling wert seien. Freud habe gesagt, dieser Nietzsche sei ein Lüstling ohnegleichen, vielleicht der bizarrste Nachfolger des teuflischen Marquis de Sade, den es je gegeben habe, er predige den Rausch und den Immoralismus und schreibe über orgiastische Bockstänze, bei denen Massenunzucht geübt werde. Er, Paneth, möge nur nicht annehmen, sie sei über diesen merkwürdigen Vogel nicht im Bilde. Sie werde es auf keinen Fall zulassen, dass Sofi mit diesem Verderber der Jugend in Berührung komme.

Aber warum denn nicht?, beeilte sich Sofi zu sagen, sie müssten diesen interessanten Menschen unbedingt kennenlernen. Weshalb sie denn sonst so weit reise, wenn verhindert würde, dass sie mit berühmten und begabten Menschen in Kontakt trete. Es führe kein Weg daran vorbei, Nietzsche müsse kommen.

Paneth atmete auf. Eleonore sagte, sie werde den Professor aber sofort nach Hause schicken, wenn er anfange, mit seinen Reden das gute Kind zu verderben. Nietzsche sei ein kranker Mann, entgegnete Paneth, von dem man nichts zu befürchten habe. Außerdem halte er extrem auf Etikette und lasse eine hervorragende Kinderstube erkennen.

»A bisserl pervers derf er scho sein!«, rief Sofi aus und bekam einen Lachanfall. Eleonore bekam eine steife Oberlippe und schwieg. Nietzsches Kommen war beschlossen.

12.

Er habe seine philologische Laufbahn abbrechen müssen, sein Buch über antike Metrik sei Fragment geblieben. Seine Augen hätten nicht mehr mitgespielt. Er werde es auch nicht mehr fortführen, das Metrikbuch. Schließlich habe ihn die Philologie zur Verzweiflung gebracht. Das Christentum und die Philologie hätten ihn zugrunde gerichtet, er sei für die akademische Welt verloren, sagte Nietzsche, als er mit Sofi und ihrer Gouvernante über die Halbinsel Saint-Jean spazierte. Eleonore notierte im Gehen das ein oder andere seiner Worte, um, falls erforderlich, Zeugnis über etwaige verderbliche Einflüsse ablegen zu können.

»Sie wollten über griechische Metrik sprechen, hat man uns gesagt«, sagte Eleonore. »Vielleicht könnten Sie dann die Anmerkungen zu ihrer Biographie zunächst zurückstellen.«

Ob sie sich denn überhaupt für griechische Metrik interessiere, fragte Nietzsche Sofi. »Brennend!«, rief diese aus. Nietzsche wusste erst nicht, was er mit dieser Aussage anfangen und wie er sich nun verhalten sollte. Er hatte als Antwort das Gegenteil erwartet. Außerdem vermied er es, von Dingen zu sprechen, die zu den Alltäglichkeiten seines alten Berufs gehörten. Aber da es die beiden Damen zu erwarten schienen, besann er sich.

Der deutsche Hexameter sei viel lustiger als der griechische, fing Nietzsche dann doch von Metrik an. Im griechischen Vers schwinge das Tragische ohne Trost mit. Schicksalsbesessen und schicksalsversessen seien die Griechen gewesen, die gesamte Antike habe die Hoffnung nicht gekannt. Sein Schicksal zu lieben, das habe er von den Griechen gelernt. Und genau darin sei er der erste wiedergeborene Grieche aus dem antiken Hellas.

Auch sie denke oft über Seelenwanderung nach, habe Sofi gesagt, als Nietzsche darauf anhaltend geschwiegen habe.

Das habe er nicht gemeint, gab er ernüchtert zurück.

»Was hat Sie denn eigentlich hierher nach Nizza verschlagen?«, versuchte Sofi nun, auf ein anderes Thema umzulenken. Er blinzelte sie an, was sie für ein Lächeln nahm.

»Das Licht«, antwortete er knapp und fuhr fort: »Ich brauche dieses halkyonische Licht zum Existieren, sonst brauche ich eigentlich gar nichts, nur dieses Licht.«

Sie habe das Wort *halkyonisch* nicht verstanden, das habe sie, Eleonore, der Sofi sofort angemerkt, aber man frage ja nicht so einfach bei einem Professor nach einem bestimmten von ihm benutzten Wort, auch wenn er offensichtlich Fantasiewörter benutze.

»Dieses Nizza-Licht«, fuhr er fort, »ist wie kein anderes, das ich jemals kennengelernt habe. Es versetzt mich in äußerst produktive Zustände.«

Aber er müsse dazu allein sein, ganz allein. Denn, sie sollte wissen, Nizza sei ein Schandfleck in der südlichen Herrlichkeit, die französische Stadt sei unausstehlich und das Publikum schauderhaft. Jeder in Nizza sei ein Schwindler oder ein bereits zugrunde gerichteter Mensch, das spüre er bei jeder Begegnung. Er selbst sei ja auch ein Schwindler oder Hochstapler und zugleich ein zugrunde gerichteter Mensch, und man merke es ihm zweifellos an. Deshalb passe er hierher. In seiner Pension, in der er bis vor Kurzem gegessen habe, säßen ausschließlich nichtsnutzige oder aussortiere Subjekte. Geld hätten die meisten schon, vielleicht nur gepumptes Geld, aber sonst auch nichts. Das Geld habe sie nach Nizza geführt, all die Engländer, Russen und Amerikaner, und nun wüssten sie nichts mit sich anzufangen und würden von Tag zu Tag immer nichtsnutziger herumsitzen.

Die Russen hätten damit angefangen, sagte er, die Décadence nach Nizza zu bringen, die reichen Russen seien plötzlich vor ihrem fürchterlichen Sankt-Petersburg-Klima geflüchtet, hätten die vereiste Neva und die schlammigen Sümpfe ihrer Heimat verlassen und seien hier in der Sonne gelandet. Sie hätten in kurzer Zeit, denn ihre Invasion habe erst in den sechziger Jahren begonnen, alles mit ihrem Wodka unterspült, sogar eine russische Kathedrale werde man in Nizza bauen, während die christlichen Kirchen immer mehr verfielen, seit Nizza französisch sei.

»Sie sprachen gerade über Metrik«, merkte Eleonore an und versuchte, das Thema wieder auf das unverfängliche Gebiet akademischer Fragen zu leiten.

Nizza sei mithin eine russische Stadt auf französischem Territorium mit italienischen Wurzeln, fuhr Nietzsche fort, ohne auf Eleonores Worte einzugehen. Überall wimmle es von betrunkenen Russen. Aus diesem Grund solle sie auf gar keinen Fall nach Nizza fahren, das sei nichts für zart besaitete Seelen, an jeder Ecke warteten italienisch sprechende französische Huren auf russische Millionäre, die sie auf englisch ansprechen. Jede Frau werde abends auf der Promenade des Anglais daraufhin angesehen, ob sie käuflich sei – und beinahe jede sei es.

Der saubere Herr Professor kennt sich offenbar in diesem Milieu gut aus, notierte Eleonore.

Ein äußerst schwieriges Pflaster sei dies für einen produktiven Geist wie ihn, fuhr er fort. In Sofi keimte ein Funken Mitleid auf mit diesem armen Menschen, der alles von sich verlangte und in der schäbigsten aller Welten lebte. Aber, sprach er weiter, ausgerechnet hier richte er sich wieder auf, ausgerechnet hier gelinge es ihm, aus dem Wellental, in das er verstoßen gewesen sei, herauszukommen und nun dem eigentlichen Höhepunkt seines Lebens zuzusteuern, nämlich sein Hauptwerk demnächst in Gänze auszuarbeiten. Wobei sein bis jetzt vorliegendes Hauptwerk nur als die Vorhalle zu seiner eigentlichen Philosophie zu betrachten sei.

Sofi sah ihn mit spöttischem Blick von der Seite an. Offenbar hatte ihre mädchenhaft naive Ausstrahlung Nietzsche zum Monologisieren verführt. Er hatte das Gefühl, die junge Frau höre ihm mit Verständnis und Interesse zu. Wenn sie ehrlich war, musste sie zugeben, wenig von dem verstanden zu haben, was der Professor sagte.

Er spreche, sagte Nietzsche, von seinem Zarathustra, vom dritten Teil, den er in diesen Wochen verfasse, wie im Rausch schreibe er alles nieder, ein Gott rede es ihm ein, niemand wisse heutzutage so wie er, was das bedeute: Inspiration. Er sei ein von der heftigsten Form der Inspiration Heimgesuchter, ein Besessener zuweilen, aber naturgemäß auch ein Geschlagener.

»Ein Gott?«, schaltete sich Eleonore schnarrend ein, »ein Gott? Für einen normalen Menschen gibt es nur den einen Gott!«

»Verzeihen Sie, Gnädigste«, gab Nietzsche zurück, »aber es gibt viele Götter, und mit manchen stehe ich auf Du und Du. Das eben ist Göttlichkeit, meine Teuerste, dass es Götter, aber keinen Gott gibt.«

Sofi jauchzte vor Vergnügen. Blasphemie, schrieb Eleonore auf.

Er sei seinen von Schopenhauer übernommenen, jedoch gegenüber dem Pessimismus Schopenhauers weitaus umfassenderen Pessimismus losgeworden, indem er seine Herrschsucht entdeckt und sich zu ihr bekannt habe. Er predige nun das Ja-Sagen, er lehre den Tanz, man solle tanzen wie die Griechen tanzten und das Lachen als Religion einführen. Alles würde dann gebessert, ob sie das nicht auch meinten, fragte Nietzsche die beiden Frauen, die schwiegen.

Sie umrundeten auf einem bequemen Fußweg die Halbinsel und gelangten an ihre Spitze, zum Cap Ferrat. Der Wind peitschte die Wellen gegen die Felsen, so dass man auf einem Meter Abstand nicht mehr hören konnte, was der andere sagte. Nietzsche redete, als sie an der Spitze des Caps dicht beim Leuchtturm stehen blieben, ununterbrochen weiter, man konnte sehen, wie er den Mund bewegte und gegen den Lärm aus Wind und Wellen anbrüllte.

Nach ein paar Minuten der kollektiven Taubheit, in denen sie einfach dagestanden hatten, gingen sie weiter, von der Spitze des Caps weg und in eine ruhigere Zone hinein. Sein Lehrmeister, sagte er, als Sofi ihn wieder verstehen konnte, sei Stendhal gewesen, ob sie ihn kenne?

Sofi schüttelte den Kopf. »Wo ist das gewesen, in Basel?«, wollte sie wissen. Nein, antwortete Nietzsche. Stendhal sei Franzose, und als er, Nietzsche, geboren worden sei, sei Stendhal gerade zwei Jahre tot gewesen.

Das tue ihr leid, entgegnete Sofi mechanisch, und Nietzsche tat so, als hörte er es nicht.

Er spreche nicht von direkter Lehre, sondern von Stendhals Schriften. Sie müsse unbedingt *De l'amour* lesen, Stendhals Traktat über die Liebe. Eleonore wurde hellhörig. Hier witterte sie den ersten Versuch dieses unausstehlichen Menschen, das Gespräch in Richtung Unzucht zu führen.

Stendhal glaube an die Kristallisation in der Begegnung zweier Menschen, dozierte Nietzsche weiter. Wenn sie eintrete, könne man nichts mehr dagegen tun. Das sei, lehre Stendhal, wie bei einem Zweig, den man in eine Salzgrube werfe. Um den Zweig herum bildeten sich unzählige Kristalle, bis er ganz vom Salz umfasst und gar nicht mehr als Zweig zu erkennen sei, sondern wie ein Objekt aus einer anderen Welt aussehe.

Ob er das in seinem eigenen Leben kennengelernt habe, wollte sie wissen.

Nietzsche ließ eine Pause entstehen, um seinen nachfolgenden Worten mehr Gewicht zu verleihen.

»Einmal habe ich es erlebt«, antwortete Nietzsche. »Eine Kristallisation, wie sie bei Stendhal im Buche steht, nein, noch weitaus heftiger, als sie der liebeskundige Franzose beschreibt. Ich bin wohl von der Art, dass ich es nur einmal und dann nie wieder erleben kann.« Er ließ erneut eine Pause entstehen, hielt an, wandte sich direkt Sofi zu und fuhr dann fort: »Aber ich bin abgewiesen worden. Meine Mutter und meine Schwester haben versucht, mir die Frau, die ich geliebt habe, auf infamste Art und Weise abspenstig zu machen. Sie haben sie aufs Übelste diffamiert und mich als naiven Idioten hingestellt, der sich von einer zweitklassigen Russin, die, so tönten sie, jede Woche andere Verehrer an der Nase herumführe, zum liebestollen Narren machen lässt.«

Er setzte sich wieder in Gang. Sofi und Eleonore, die – Sofi aus Bestürzung, Eleonore aus Vorsicht – ebenfalls stehen geblieben waren, folgten.

Er sei daraufhin in die Einsamkeit gegangen, im Sommer habe er sich auf 6000 Fuß im Hochgebirge aufgehalten und nur mit den Eisriesen geredet. Darüber sei er selbst zu einer Art

Eisriese geworden, sagte er und brachte Sofi damit zum Lachen. Sie spürte, wie sein Schicksal sie angriff, wie sie mit ihm mitzuleiden begann. Zugleich fand sie ihn äußerst unterhaltsam.

Die Winter werde er nun wohl in Nizza verbringen, in der Großstadt, doch sie möge sich nicht täuschen, hier sei er nicht weniger einsam als im Gebirge, sagte er. Die Einsamkeit in der Großstadt sei weitaus schlimmer als die Einsamkeit im Hochgebirge. Wobei die Einsamkeit in einer französischen Stadt viel schlimmer sei als in einer italienischen. Italien sei auch für den Einsamen ein einziger Trost, während es in Frankreich keine Spur von Trost gebe. Ja, das Kennzeichen der französischen Kultur sei ihre Kälte, das spüre man auch in Nizza.

Er kenne noch nicht die Einsamkeit und die Kälte in einer österreichischen Stadt, in Wien etwa, sagte Sofi und hatte das überraschende Gefühl, plötzlich wie er zu sprechen.

Die dauernde Einsamkeit habe auch ihr Gutes, so Nietzsche weiter. Sie habe ihn eine Konzentration gelehrt, mit der er Menschen durch ein einziges Wort zutiefst erschüttern könne. Auch sei er dazu in der Lage, Menschen zu erraten, sie mit einem Blick zu durchschauen, ihre Seele zu ergründen, ja sie so genau zu kennen, dass er sie töten könne.

Ob er auch ihre Seele schon durchschaut und ergründet habe, ob er jetzt und hier in der Lage sei, sie mit einem Wort zu töten. Zweifellos, sei er das, gab Nietzsche in scherzhaftem Ton zurück. Doch er werde jetzt davon absehen, schließlich wolle er ihre, Sofis, Gesellschaft nicht entbehren. Umso besser für ihn, denn dann wäre er ja auch mit Eleonore allein. Sie hatte sich zu ihm hingeneigt und die Worte in sein Ohr geflüstert. Beide brachen daraufhin in ein kleines Kichern aus.

Sofi und Nietzsche haben wohl geglaubt, schrieb Eleonore, ich hätte das nicht gehört, doch ich habe es genau verstanden, ich verfüge ja für mein Alter noch über ein ausgezeichnetes Gehör, außerdem kenne ich das kleine Miststück.

»Dann sind Sie ja ein ganz gefährlicher Mann!«, sagte Sofi immer noch im halben Flüsterton zu Nietzsche und hakte sich bei ihm ein.

Eleonore schrieb in Sofis Tagebuch, sie habe in diesem Moment die wohl bedenklichste Eigenschaft Sofis durchkommen sehen, eine überbordende Begeisterung für das Abseitige und Abnorme. Das, so die Hausdame, habe sie befürchtet, und nun sei es da, und es werde höchste Anstrengungen kosten, es in den Griff zu bekommen.

Nietzsche sei gerade für junge Frauen der heimtückischste Verführer, notierte Eleonore weiter. Seine in seiner Halbblindheit wurzelnde Hilflosigkeit fordere ihre Muttergefühle heraus, und sein intellektuelles Hasardeurtum rege zugleich ihre Abenteuerlust an. Wer sonst als dieses schnauzbärtige Monstrum mit seinen merkwürdigen Ansichten könnte die Sofi dermaßen in seinen Bann schlagen. Gewiss, der Paneth sei ihr zu nüchtern, ein adäquater Ehemann wohl schon, standesgemäß ausgesucht von der Familie, aber keine Spur von Leidenschaft herrsche zwischen den beiden. Für einen wie Nietzsche könne sich Sofi hingegen begeistern.

Für Eleonore war klar, dass dafür Sorge getragen werden müsse, dass dieser Zeitgenosse nicht mehr in Villefranche auftaucht. Sätze wie: sein Werk stehe im Zeichen des Fragezeichens, oder: der Mensch sei eine Brücke zum Übermenschen, versetzten Sofi augenscheinlich in helle Begeisterung. Eleonore führte diese Sympathie für die Provokation auf Sofis Unreife zurück. Doch es steckte mehr dahinter. Nietzsches Sätze öffneten einen Spalt in ihrem seit frühester Kindheit von Konventionen bestimmten Leben, eine Lücke, durch die hindurch sie in ein anderes, freieres Leben sehen konnte, ohne allzu viel erkennen zu können. Doch allein die Tatsache, dass diese Ahnung entstand, versetzte Sofi in eine ihr wohltuende, die Sinne und den Geist stimulierende Aufregung und ließ in ihr eine spontane Verschworenheit mit diesem rücksichtslosen Denker entstehen.

Nietzsche schenkte Sofi zum Abschied eine Fotografie. Sie zeigte ihn im Halbprofil in angestrengter Denkerpose. Eleonore hielt das für den Gipfel der Frechheit, zumal er auf die Rückseite schrieb: *mihi ipsi scripsi*: *Also sprach Zarathustra*. Was das denn bedeute: *mihi ipsi scripsi*, wollte Sofi von Nietzsche wissen, sie habe zwar Latein ein paar Jahre in der Schule gehabt, doch liege ihre Schulzeit nun doch schon eine ganze Weile zurück. Es bedeute, antwortete Nietzsche in bedeutungsvollem Ton: Niemand erzählt mir Neues, also erzähle ich mich mir selbst.

»Sie müssen wiederkommen«, flehte Sofi den Philosophen zum Abschied an und sandte ihm ihren sehnsüchtigsten Blick zu. »Sehr gerne, mein Fräulein«, gab er zurück. »Ich kenne da einen steilen Pfad, der zu einem bezaubernden kleinen Bergnest namens Èze führt. Dort ist vor ein paar Tagen eine ungeheure Inspiration über mich gekommen.«

»Wirklich?!«, rief Sofi begeistert aus.

»Wenn Sie wollen, führe ich Sie demnächst da hinauf«, schlug Nietzsche vor und nahm ihre beiden Hände in die seinen. Eleonore sprang sofort dazwischen und schmetterte das Vorhaben ab. Sofi habe sich in der nächsten Zeit vor allem um ihren Bräutigam zu kümmern. Deshalb und nicht zum Bergsteigen sei sie schließlich den weiten Weg hierhergekommen. Der Ausflug heute genüge erst einmal. Zu viel frische Luft sei im Winter vielleicht für ältere Herren angenehm, für junge Damen sei sie schlichtweg ungesund.

Das habe er nicht bedacht, entschuldigte sich Nietzsche und senkte gegenüber Eleonore demütig den Kopf. Aber vielleicht dürfe er dem reizenden Fräulein sein neuestes Werk widmen, die beiden ersten Teile von *Also sprach Zarathustra*. Den dritten Teil schließe er, wie gesagt, in diesen Tagen ab und werde ihn bald seinem Verleger in Leipzig übergeben. In der vergangenen Nacht habe er ein Tanzlied geschrieben, das ihr gefallen könnte.

»Erlauben Sie, dass ich die erste Leserin dieses Tanzlieds werde«, sagte Sofi leise und im Ton konspirativen Raunens. Sie werde es morgen mitsamt den ersten beiden Teilen seines Buches mit der ersten Post erhalten, sagte Nietzsche. Es sei schön, einen so geistreichen Menschen kennengelernt zu haben, sagte Sofi. Sie blieben noch bis zum 25. Januar in Villefranche. Ob er es einrichten könne, nicht doch noch einmal vorbeizukommen? Eleonore werde das schon erlauben.

Aber selbstverständlich, mein gnädiges Fräulein, sagte Nietzsche fein lächelnd und verabschiedete sich mit einem

Handkuss sowohl bei Sofi als auch bei Eleonore. Wie es sich gehörte, berührte Nietzsche Sofis Hand nicht mit dem Mund. Bei Eleonore streifte jedoch sein Schnurrbart ihre Haut.

Er hat zugegebenermaßen eine gute Kinderstube, schrieb Eleonore anschließend in Sofis Tagebuch, den Bericht über diesen für Sofi so denkwürdigen Tag zusammenfassend. Die Berührung mit seinem buschigen schwarzen Schnurrbart auf ihrer Hand sei ihr allerdings schon auch unangenehm gewesen, zumal der Schnurrbart von der kondensierten Atemluft feucht gewesen sei. Gerade dieser wilde Schnurrbart lasse erahnen, dass hinter der Etikette das Ungeheuer lauere, vor dem alle, die Nietzsche kennen, so eindringlich warnten. Deshalb dürfe, so wahr sie Eleonore heiße, Sofi diesen Mann nie wieder zu Gesicht bekommen.

13.

Zwei Tage später traf Nietzsches Postsendung bei Sofi ein. Sie las sofort die ersten beiden Teile des *Zarathustra* und kümmerte sich kaum um ihren aus Nizza zurückgekehrten Bräutigam, der sich zudem äußerst verschlossen gab und sich am liebsten hinter einer Zeitung verschanzte. Eines Nachts, als sich Doktor Paneth unter dem Vorwand, todmüde zu sein, in sein Kabinett zurückgezogen hatte und schon das Schnarchen Eleonores durch die Wohnung dröhnte, setzte sich Sofi an den Schreibtisch und verfasste einen Brief, den sie an ihre alte Wiener Schulfreundin Resa von Schirnhofer nach Zürich senden wollte, wo diese studierte.

Sofi schrieb, sie habe einen wunderbaren Mann kennengelernt, einen Philosophen erster Güte, der winters allein in Nizza und sommers im Engadin lebe und der gerade ein Meisterwerk abschließe. Er sei ganz und gar hilflos, weil fast blind, sprühe aber vor Geist und Witz und verstehe sie, Sofi, von Grund auf in ihrem Dasein als Frau. Er habe sich, habe er gesagt, die Fähigkeit erworben, Menschen mit einem einzigen Wort zu töten, habe dies aber noch nicht ausgeführt, nicht aus Skrupel, denn er sei Immoralist, sondern weil er ein so höflicher Mensch sei. Selbst Eleonore schwärme von seiner tadellosen Erziehung.

Eleonore möge ihn aber trotzdem nicht, und schon deshalb sei er ihr, Sofi, von Anfang an sympathisch gewesen. Eleonore habe gesagt, was Nietzsche über die Frauen geschrieben habe, sei der bare Unsinn, in seinem bisherigen Werk sei nichts so schwach wie die Stellen, die sich mit den Frauen beschäftigten, und das besage bei einem derart fragwürdigen Werk schon viel. So empfehle er zum Beispiel, die Peitsche nicht zu vergessen, wenn man zu einer Frau gehe. Sie, Resa, solle selbst sagen, ob das eine so schlechte Empfehlung sei? Auch frage sie, Sofi, sich, ob er die Peitsche nur für die Frau oder auch für sich mitbringe oder zum abwechselnden Gebrauch für beide, was sie sich gerade lebhaft vorzustellen versuche. Sie, Sofi, habe jedenfalls große Lust, die Peitsche einmal mit Nietzsche auszuprobieren, aber selbstverständlich werde es dazu nicht kommen, nicht nur weil Eleonore stets an ihrer Seite wache, sondern vor allem, weil Nietzsche so krank sei und vielleicht darüber sterben könne.

Nietzsche sage von sich, er schreibe sich selbst und nichts als das. Wenn es so in diesem Mann aussehe, wie sein Buch es verkünde, dann wolle sie nicht mehr von der Seite dieses wilden Geistes weichen. Endlich habe sie einen Mann kennengelernt, der ihre tiefsten Sehnsüchte zu erkennen und zu befriedigen vermag. Nietzsche spreche von der Wollust, wie sie es noch nie von einem Mann gehört habe. In ganz Wien habe sie keinen Mann gekannt, der es verstanden hätte, so davon zu sprechen. Ihr Verlobter lehne seinerseits das Wort Wollust rundheraus ab, das sage doch schon alles.

Sie versichere es ihr, Resa, dieser Nietzsche verstehe mehr von Frauen, als jeder andere heute lebende Mann. Sie möge sich nur sein jüngstes Produkt durchlesen, das Tanzlied, das er ihr, Sofi, einen Tag nach seiner Niederschrift geschickt habe. Sie sei tatsächlich die erste Leserin dieses Wunderwerks, und sie sei sicher, er, Nietzsche, habe es antizipierend auf ihre Begegnung hin geschrieben:

O Mensch! Gib Acht!
Was spricht die tiefe Mitternacht?
Ich schlief, ich schlief –,
Aus tiefem Traum bin ich erwacht:-
Die Welt ist tief,
Und tiefer als der Tag gedacht.
Tief ist ihr Weh-,
Lust – tiefer noch als Herzeleid:
Weh spricht: Vergeh!
Doch alle Lust will Ewigkeit –,
– will tiefe, tiefe Ewigkeit.

Sie, Resa, solle nun selbst darüber nachdenken, wie sie das finde. Er habe ihr sein Foto geschenkt, er sei darauf als tiefer Denker abgebildet, die Stirn auf eine Hand gestützt, eine Widmung auf der Rückseite. Sie werde jedenfalls alles dafür tun, Nietzsche wiederzusehen. Und wenn sie dafür auf eigene Faust, ohne Eleonore davon zu unterrichten, nach Nizza reisen müsse.

Sofi Schwab sollte Friedrich Nietzsche nie mehr wiedersehen. Sie heiratete Josef Paneth im Mai des Jahres 1884 in Wien mit Sigmund Freud als Trauzeugen. Ein Jahr später wurde dem Paar ein Sohn geboren, den Sofi Fritz nennen wollte, was Eleonore, die noch immer im Haushalt des Paares wohnte, mit Unterstützung des Gatten ablehnte. Nietzsches Foto behielt Sofi immer bei sich, der Satz *mihi ipsi scripsi* wurde zu ihrem Lebensmotto, auch wenn keine praktischen Taten daraus folgten. Ihr Ehemann starb im Januar 1890 mit zweiunddreißig Jahren an Tuberkulose, ein Jahr nach Nietzsches Zusammenbruch in Turin.

Nietzsche beendete den dritten Teil des Zarathustra am 18. Januar 1884 und schickte das Manuskript unmittelbar zu seinem unzuverlässigen Verleger Schmeitzner nach Leipzig. Der Philosoph befand sich Mitte Januar auf dem Höhepunkt seiner Euphorie, sein Werk und seine schöpferischen Möglichkeiten betreffend. Er glaubte fest an die sein Genie befördernde Wirkung des Lichtes und der Luft von Nizza. Er beschloss, in der nächsten Zeit eine Akademie unter dem Zeichen Zarathustras zu gründen und wollte von jetzt an Menschen finden, die dazugehören sollten.

So begann er wieder, sein Mittagessen in der Pension de Genève in der petite rue Saint-Étienne einzunehmen, um schließlich am 1. Februar 1884 ganz in diese Pension einzuziehen und sie für die kommenden zwei Winter jeweils als Quartier zu wählen. Die Zusammenkünfte mit Josef Paneth, der bis Mitte März in Villefranche blieb, wurden seltener und blieben schließlich ganz aus. Paneth schrieb an Sofi, als diese wieder nach Wien zurückgekehrt war, ihm und seiner naturwissenschaftlichen Erziehung sei diese ganze Sprachmanier, dieses

Zuspitzen und Ausfeilen einzelner Gedanken sehr konträr. Er liebe eine ruhige fortlaufende Auseinandersetzung viel mehr als das Springen von einem Gedanken zum anderen, wie es bei Nietzsche der Fall sei. Das Aphoristische behage ihm ganz und gar nicht und erbringe letztlich auch keinen wissenschaftlichen Ertrag. Mit dem Zarathustra wisse er aus diesen Gründen nichts anzufangen. Das Buch sei zudem voller Schwulst. Vor allem, was er über die Frauen zu sagen habe, sei doch sehr schwach und bringe ein Höchstmaß an Weltfremdheit zum Ausdruck.

Sofi schrieb zurück, sie gebe ihm, was die Stellen über die Frauen betreffe, vollkommen Recht. Das alles habe sich Nietzsche in seiner Einsamkeit ausgedacht, und es beruhe offenbar auf keinerlei Erfahrung. Zu allem anderen könne sie sich nicht äußern, da sie es nicht verstehe.

Zweiter Teil

1.

Bei seinem ersten Zusammentreffen mit Paul Lanzky in der Pension de Genève machte Nietzsche plötzlich die Bemerkung, dass der Deutsche eine äußerst merkwürdige Rolle in der Weltgeschichte spiele. Der Deutsche verkörpere in diesem zwischen Tragödie und Komödie hin und her pendelnden Schauspiel doch zweifellos den Knecht. Das sei selbstverständlich keine Hauptrolle, doch sei der Deutsche der Ansicht, es müsse gerade für ihn auch als Knecht irgendwann zur Hauptrolle reichen.

Lanzky lauschte aufmerksam dieser spontanen Synopse des deutschen Wesens. Der indische Maharadscha, der in vollem Ornat mit ihnen am Tisch saß, blickte teilnahmslos an Lanzky und Nietzsche vorbei.

Der Deutsche, fuhr Nietzsche fort, verhalte sich treu gegenüber allen nur vorstellbaren Situationen und Herren, seine Unterwürfigkeit sei ausgeprägt bis hin zur Servilität, ein Aspekt, der bewirke, dass andere Völker jeden Respekt vor dem Deutschen verlieren müssten. Wen der Deutsche einmal als seinen Herrn akzeptiert habe, dem bleibe er treu bis in den Tod, gleichgültig ob es sich um einen Kretin oder um einen Größenwahnsinnigen handle. Im Gegenteil, je größenwahnsinniger der Herr, desto mehr schätze ihn der deutsche Knecht. Der Deutsche könne mit etwas, das nicht vom Größenwahn herkomme, absolut nichts anfangen. Durch einen perfekt gespielten Größenwahn könne in Deutschland auch der Kretin zum Herrscher aufsteigen.

Lanzky war überrascht, dass ihn Nietzsche schon kurz nach ihrem Zusammentreffen mit solchen Ansichten konfrontierte. Offensichtlich gab es für ihn keinerlei Distanz zwischen sich und dem neuen Verehrer zu überwinden. Lanzky, der selbst mit seiner deutschen Abstammung gebrochen und nichts so sehr betrieben hatte, als nichts mehr mit Deutschland und den Deutschen zu tun haben zu müssen, fand Nietzsches Tiraden über die Deutschen ausgerechnet ihm gegenüber recht überflüssig. Immerhin wurde er damit auf die Art und Weise der Unterhaltung eingestimmt, die Nietzsche zu schätzen schien. Gegenüber seinen Verehrern redete nur der Meister, auch wenn er sich öfter wiederholte. Um sich diese Wiederholungen zu erklären, hielt sich Lanzky immer den Satz vor Augen, den ihn schon seine Professoren an der Universität gelehrt hatten und mit dem sie ihre eigenen permanenten Wiederholungen rechtfertigten: *Repetitio est mater studiorum*.

Auch lebten die Deutschen alles bis auf den Grund aus, fuhr Nietzsche im Speisesaal der Pension fort, was bei ihrem Hang zu größenwahnsinnigen Herren eine besonders tragische Note bekomme. So seien die Deutschen hingebungsvolle Genießer weltgeschichtlicher Katastrophen, die sie, um auf diesem Gebiet nur ja nichts auszulassen, am liebsten selbst hervorbrächten. Sie genössen, so Nietzsche, noch die selbst erzeugte Katastrophe, wenn sie darin nur ihre selbst gewählte Knechtschaft genießen könnten.

Der Deutsche sei es doch, der in bestimmten Intervallen die ganze Welt daran erinnere, weshalb es Herren und Knechte geben müsse. Die deutschen Philosophen, die bis zu ihm hin ja allesamt hundsgewöhnliche Theologen gewesen seien, die deutschen Philosophen, so Nietzsche, ergingen sich in endlosen Tiraden zur Begründung der freiwilligen Knechtschaft, allen voran der Vollender dieser Geschmacklosigkeit, Hegel.

Nietzsche fing darauf an, über Hegel herzuziehen, wobei Lanzky das meiste nicht einleuchten wollte, vor allem, da in ihm der Eindruck entstand, Nietzsche habe gar nicht so viel von Hegel begriffen, ja zwischendurch kam ihm die Vermutung, Nietzsche habe Hegel nicht einmal gelesen. Lanzky erkannte in Nietzsches Rede über Hegel jedenfalls nichts von dem wieder, was er selbst von Hegel gelesen oder gewusst hatte, und dennoch entstand in ihm der Wunsch, dem Meister unbedingt in allem zuzustimmen, was der über Hegel sagte.

Nietzsche, notierte Lanzky in das Tagebuch, das er für seine italienische Geliebte führte, sei ein derart außerordentlicher und alles überragender Denker, dass er die Phänomene, über die er spreche, gar nicht studieren müsse. Das komme daher, dass er, indem er alles durchdacht habe, eben auch das durchdacht habe, was andere und auch solche, die er gar nicht kenne, jemals durchdacht haben. Seine Urteile seien daher stichhaltig, und man müsse sich ihnen unweigerlich anschließen, auch wenn man aufgrund eigener Erfahrung oder weil man die anderen anders verstanden habe, anderer Meinung sei. Binnen Kurzem sei man dann gar nicht mehr anderer Meinung, sondern schließe sich der Meinung des Meisters vollkommen überzeugt an. Das gelte nicht zuletzt für sein Urteil über Hegel, dessen Passage über Herr und Knecht, die Nietzsche rundheraus verworfen habe, so, wie er sie zitierte, gar nicht habe kennen können.

Lanzky hörte Nietzsche mit großer Hingabe zu, was im Speisesaal der Pension am besten ging, da Nietzsche, der meist schweigsam, düster und blass den Speisesaal betrat, beim Essen regelmäßig in Fahrt kam. Er konnte sich dann zu Monologen über buchstäblich Gott und die Welt aufschwingen. Diese Monologe konnten aber plötzlich abbrechen, vor allem, wenn jemand – meist machte der alte preußische General, der vom Nachbartisch aus zuzuhören versuchte, den Anfang –, etwas in Nietzsches Rede hineinsagte, durchaus in der lauteren Absicht, ein Gespräch zu beginnen.

Geriet dann ein solches Gespräch zwischen Nietzsche und dem General oder drei oder noch mehr Teilnehmern der Mahlzeit in Fahrt, verstummte nach und nach ausgerechnet Nietzsche völlig und zog sich aus der Konversation zurück. Lanzky kam es dann so vor, als breche Nietzsche in wenigen Augenblicken sein Interesse an egal welchem Thema weg, und dieses Interesse könne nur wiederkehren, wenn Nietzsche selbst wieder das Wort ergriff, es könne aber auch ganz ausbleiben, weil er sich dazu entschloss, unter diesen Bedingungen und mit diesen Leuten nie wieder zu reden.

Nietzsche sei nun einmal kein Mann für Diskussionen, sondern ein Lehrer, der Schüler um sich versammle und ihnen seine Lehre predige, notierte Lanzky in sein Tagebuch. Er erkannte in Nietzsches Unwillen zur Diskussion das Kennzeichen des außergewöhnlichen Menschen und des großen Mannes, der keine Sekunde in belanglosem Gespräch verschwenden darf, der sein gesamtes Dasein der Konzentration auf seine Aufgabe zu widmen und seine Redezeit ganz dem Monolog gegenüber seiner Schülerschaft zu opfern hat.

Es hatte lange gedauert, bis er Nietzsche in Nizza fand. Um den Jahreswechsel herum hatte dieser sich in der Villa Mazzoleni aufgehalten. Lanzky hatte den Eindruck, Nietzsche habe sich dort, fast jenseits der Stadtgrenze, geradezu verschanzt. Er kündigte dem Meister seine Ankunft brieflich an, wobei er den Brief postlagernd nach Nizza schickte. Zunächst erhielt Lanzky keine Antwort. Eine Woche später erst, als er schon von Vallombrosa in Richtung Nizza abgereist war, weil er den Verehrten nun auf eigene Faust suche wollte, traf ein Brief Nietzsches mit der Anrede »Mein lieber Unbekannter« bei ihm ein. Diesen Brief hat Lanzky nicht mehr gelesen. Er kannte von ihm nur die merkwürdige Anrede, da er seinen Kompagnon in Vallombrosa telegraphisch angewiesen hatte, den Brief zu öffnen, dieser ihm aber nur die Anrede mitteilte, da er den Rest nicht entziffern konnte.

Lanzky fuhr an die Riviera in der vagen Hoffnung, Nietzsche in Nizza schon irgendwie aufzuspüren, doch konnte er ihn dort zunächst nicht finden.

Eines Nachmittags trat Nietzsche wie ein Gespenst in Lanzkys Zimmer. Ohne Vorankündigung war der Gesuchte und, wie der Verehrer sich eingestehen musste, heiß Ersehnte vor ihm gestanden, während Lanzky halbnackt mit einem Anflug von nachmittäglicher Melancholie, die nicht allein, jedoch größtenteils aus dem Gefühl der Vergeblichkeit seiner Suche nach Nietzsche resultierte, auf einer Ottomane hingestreckt war.

Lanzky verstand erst nicht, was das war, ein Phantom oder eine Fata Morgana, dann sprang er im Nu von der Ottomane auf und in seine bereitliegende Hose hinein. In Windeseile knöpfte er sich das Hemd zu und schlüpfte in seine Weste. Als stehe er in einem Wettbewerb, zog er blitzschnell seine Schuhe an und schnürte sie. Augenblicklich stand er in voller Montur vor dem Überraschungsgast, der Lanzky, nachdem er ihm beim Ankleiden aufmerksam zugesehen hatte, aus einem dichten Schnurrbart heraus ein mildes Lächeln schenkte.

Stelle dir vor, schrieb Lanzky seiner italienischen Geliebten, Gott käme herein und du lägst halbnackt auf dem Sofa! Und dann sieht er dir beim Anziehen zu und fragt hinterher, ob er störe!

Nietzsche, der sich zuvor geradezu vor ihm verborgen gehalten hatte, nahm Lanzky wie einen Jünger bei sich auf. Der neue Gast durfte von nun an täglich mit dem Meister zu Tisch sitzen. Nach ein paar Tagen schon traute sich Lanzky, Nietzsche zu sich nach Vallombrosa einzuladen, und dieser erwog ernsthaft, der Einladung im Sommer zu folgen. Tatsache sei, schrieb Lanzky, dass er ihn brauche, jetzt schon, dass er, Lanzky, ihm, Nietzsche, nach wenigen Tagen schon unentbehrlich geworden sei.

Nietzsche ließ sich nun auch, was er zuvor abgelehnt hatte, von ihm mit »Verehrtester Meister« anreden. In dem Meister reifte der Plan, eine Kolonie Gleichgesinnter zu gründen, die sich um ihn und um sein Werk versammeln sollten. Dies sollte nach Nietzsches Vorstellung am Mittelmeer, am besten in oder bei Nizza, wo er, wie er immer wieder auch Lanzky gegenüber versicherte, sich in seinem ganzen Leben am wohlsten gefühlt habe, geschehen. Seine, Lanzkys, Person sei da fest eingeplant, und nun müssten nur noch die übrigen Auserwählten zustimmen und herkommen und sich im Geiste Zarathustras um Nietzsche versammeln.

Lanzky war begeistert. Er stellte sich das äußerst harmonisch, geradezu paradiesisch vor. Schon morgens werde man sich nach einer ausgiebigen Gymnastik im Freien zu einem leichten Frühstück zusammensetzen und einige Verse Zarathustras vorlesen, woraufhin eine Sequenz Musik ertönen werde, vornehmlich natürlich Kompositionen des Meisters, auf dem Klavier vorgetragen und von einer eigens zu diesen Zwecken dauerhaft in der Kolonie weilenden Sopranistin gesungen. Dann werde man sich an ausgewählten Orten in alten hängenden Gärten den Lehren Zarathustras widmen, wobei sein Schöpfer immer anwesend sein und deutend und lehrend die

Diskussion führen werde. Diese wäre natürlich kein Streit von Meinungen, sondern hätte den Charakter einer miteinander vollzogenen Andacht. Der Nachmittag werde dem Schlafen in schattigen Zimmern und dem Schwimmen im Meer gewidmet und der frühe Abend wieder dem Dienst an der Lehre Zarathustras, idealerweise dem puren, also unkommentierten Rezitieren seiner Tafeln und Sprüche. Der Abend werde dem von einem Meisterkoch zubereiteten gemeinsamen Essen und dem anschließenden Absingen der Lieder des Propheten der Ewigen Wiederkehr gelten, wie sie Nietzsche selbst seinen Jüngern in die Feder diktiert habe.

Nietzsche sei derzeit so euphorisch wie wohl noch nie in seinem Leben, notierte Lanzky. Da der Meister den dritten Teil des Zarathustra abgeschlossen und an seinen Verleger versandt habe, sei seine Erleuchtung vollzogen. Wenn nun keine fünfhunderttausend Gesangbücher dazwischen kämen, so sagte er zu Lanzky in, wie dieser fand, entwaffnender Selbstironie, müsste dieser dritte und alles entscheidende, ja die Geschichte von Grund auf verändernde Teil noch in diesem Frühjahr erscheinen. Für das Titelblatt wünsche sich Nietzsche hellblauen Karton und purpurroten Druck.

Nietzsche sei sich gewiss, schrieb Lanzky, dass er mit dem dritten Teil des Zarathustra die deutsche Sprache zu ihrer Vollendung gebracht habe. Nach Luther und Goethe sei noch ein dritter Schritt zu tun gewesen und der sei nun durch ihn vollzogen. Goethe sei oft so wolkig, ergehe sich in Ondulatorischem, während erst er, Nietzsche, einen echt männlichen Zug in die Sprache gebracht habe, ohne doch gleich wie Luther den niedersächsischen Rüpel herauszukehren. Luthers Stil sei ein Pflügen mit schweren Ochsen. Zarathustras Stil hingegen sei ein Tanz, nichts anderes, und noch niemand vor ihm habe in deutscher Sprache so zu tanzen verstanden.

Er könne jetzt nur noch die wenigen wirklich großen Tänzer der Geistesgeschichte um sich herum ertragen, sagte Nietzsche. Lanzky musste ihm deshalb seit einigen Tagen das gesamte Werk Stendhals vorlesen, drei voluminöse Bände. Stendhal, so Nietzsche, sei – bis zu ihm, Nietzsche, hin, der größte aller

Tänzer gewesen, ein wahrer Maestro des Schreitens und Springens, ein Gigant auf zwei leichten, lustigen Beinen.

Lanzky musste, während Nietzsche das sagte, an eine Fotografie denken, die Stendhal als übergewichtigen, vorzeitig gealterten Mann zeigt, dessen schwerer Backenbart zusammen mit der glattrasierten Oberlippe seiner Gestalt die Aura melancholischer Trägheit verlieh. Wie Fotografien doch täuschen können, dachte er.

Wenn er Stendhal lese oder höre, so Nietzsche, werde seine Lebenskraft augenblicklich um ein Vielfaches gesteigert. Denn sicherlich sei Stendhal wahrscheinlich der leidenschaftlichste Mensch gewesen, der vor ihm, Nietzsche, jemals gelebt habe.

Er habe gehört, sagte Nietzsche, dass von Stendhals Traktat über die Liebe seit 1822, also in über sechzig Jahren, nur 17 Exemplare verkauft worden seien. Das Buch gehöre somit zu den am schlechtesten verkauften Büchern aller Zeiten. Zugleich sei es aber eines der bedeutendsten Bücher aller Zeiten, woraus man die tatsächlichen Verhältnisse zwischen Erfolg und Wert eines Buches ermessen könne.

Stendhal sei Frankreichs letzter Psychologe gewesen, fuhr Nietzsche fort, noch bevor er eine Zeile Stendhal aus Lanzkys Mund vernommen hatte. Er habe die Frauen ebenso durchschaut wie die Männer, er habe die Liebe bis auf den Grund analysiert, davon verstehe er, Nietzsche, etwas, davon habe er schon immer viel verstanden, und nach der Lektüre Stendhals habe er restlos alles davon verstanden und auch, dass man die Erkenntnis und das Verstehen nicht horten und archivieren und auch nicht in dicke Folianten oder in die frühvergreisten Gehirne von Doktoranden einsperren dürfe, sondern dass man sie jeden Tag austanzen, durchtanzen, abtanzen müsse. Eben wie Stendhal. Ja man habe sich geradezu in die Sphären des Wissens und der Erkenntnis hinaufzutanzen. Stendhal sei dafür der ideale Tanzlehrer. Stendhal sei der wahrhafte und einzige Fragezeichenmensch, der ihm, Nietzsche, als dem erstmals auf der Bühne der Weltgeschichte erschienenen Ausrufezeichenmenschen tanzend vorausgegangen sei.

Noch bevor Lanzky die Stendhal-Lektüre beginnen konnte,

schien Nietzsche schon alles über diesen Schriftsteller zu wissen. Auch zog er weitreichende, die Kulturen und Nationen betreffende Schlussfolgerungen aus diesem Wissen. In Deutschland, sagte er, als Lanzky mit seiner Lektüre beginnen wollte, in Deutschland könne noch niemand tanzen, er sei der Erste, und er habe es nur lernen können, er beherrsche es nur in solcher Virtuosität, weil er sich von allem Deutschen losgesagt habe. Die Griechen und die Franzosen hätten ihn einen Tanzschritt gelehrt, den die mit ihren schweren Beinen unentwegt keuchend die Mittelgebirge erklimmenden Deutschen niemals hätten entwickeln können. Würde er einmal ganz nach Deutschland zurückkehren müssen, so befürchte er, das Tanzen in kürzester Zeit wieder zu verlernen. Deshalb sei es ja auch ganz und gar unmöglich für ihn, jemals wieder nach Deutschland zurückzukehren.

Das Land der Knechte werde auch ihn wieder zu einem Knecht machen, der mit schweren Beinen und schmerzendem Kopf über das unebene Pflaster der alten deutschen Städte ins kalte feuchte deutsche Grab schlurfe. Er werde deswegen ein anderes Deutschland hier am Mittelmeer erstehen lassen, ein neues Griechenland vielmehr, seine geistige Kolonie der höheren Menschen, und er, Lanzky, sei der erste seiner Jünger. Hier seien selbst die Gräber voller Tanz. Weiter westlich an der Küste, in einem Fischerdorf namens St. Tropez, gebe es einen *Cimetière marin*, einen Friedhof am Meer, den einzigen Ort, den er sich als seinen letzten Aufenthalt vorzustellen vermöge.

2.

Schon nach wenigen Tagen nahm Nietzsche Lanzky auch zu seinen Spaziergängen mit. Was als Spaziergang angekündigt wurde, entwickelte sich zu langen Wanderungen, die meist quer durchs Gelände führten. Unermüdlich ging es bergauf und bergab, über Stock und Stein, wurden ausgedorrte Hügel mehr erobert als erklommen, streifte man furchtlos und zielstrebig wie eine militärische Vorhut durch das hoch stehende Gras einer Feuchtwiese. Lanzky war über Nietzsches Ausdauer umso erstaunter, als er selbst nach einer gewissen Zeit kaum Schritt halten konnte und dem Meister immer ein paar Meter hinterherlief.

Als sie an einem späten Freitagnachmittag vom Mont Boron, wo Nietzsche am liebsten wanderte, weil man dort das ganze Nizza mit der Burg, der Stadt und der gesamten Engelsbucht bis nach Antibes hinüber in einem großartigen Panorama übersehen konnte, zurückkehrten, begegnete ihnen in der Nähe des Hafens eine junge Frau, die Nietzsche, wie es Lanzky schien, recht gut kannte und die er mit einer Freude begrüßte, wie sie Nietzsche in Lanzkys Anwesenheit noch niemals gezeigt hatte.

Hier sehe er, sagte Nietzsche, die Zeugin der Entstehung eines der wichtigsten Teile des Zarathustra, dem Kapitel *Von alten und neuen Tafeln* und in gewisser Weise auch die Patin des anderen Tanzlieds. So stellte Nietzsche die junge schwarzhaarige Frau vor, die, wie sich sogleich herausstellte, zu Lanzkys Überraschung akzentfrei Deutsch sprach.

Durch sie, so Nietzsche scherzend, habe er den Geist der Schwere persönlich kennengelernt. Ohne sie hätte er diesen Geist niemals gefunden. Das sei kein Scherz, fügte Nietzsche hinzu und schlug Lanzky leicht auf die Schulter.

Cécile lächelte fröhlich. »Er wohnt nicht weit von hier«, sagte sie zu Lanzky und lächelte weiter. Der verstand jetzt nichts mehr und fragte auch nicht weiter nach.

Vor der Kirche Notre-Dame-du-Port saßen sie eine viertel Stunde oder länger zu dritt auf einer Bank und betrachteten die im Hafenbecken liegenden Fähren, die nach Bastia, Livorno oder nach Marseille ausliefen. Nietzsche philosophierte darüber, was es bedeutet, mit dem großen Schiff auf hohe See hinauszufahren. Lanzky bedauerte, dass er seinen Notizblock in der Pension vergessen hatte, da Nietzsche unschätzbare Sätze sagte, gerade auch auf seinen Zarathustra hin, den er als *ungeheure Seefahrt* bezeichnete und hinzufügte, noch nie sei jemand mit solchen Segeln über ein solches Meer gefahren.

Ob er schon die Altstadt kenne, fragte Cécile Lanzky, und als der verneinte, verabredete man sich zu dritt für den nächsten Tag, den Samstagnachmittag, in der Altstadt. Als Treffpunkt schlug Cécile die Villa Lascaris in der rue Droite vor.

Lanzky erschien die Freizügigkeit Céciles zunächst nicht weiter bemerkenswert. Ihren Vorschlag zu einem weiteren Treffen hatte er einfach als freundliche Geste hingenommen. Später, als sie wieder in der Pension de Genève waren, kam ihm die Ungeheuerlichkeit dieses Schritts von Seiten einer so jungen, noch dazu allein auftretenden Frau zu Bewusstsein. Doch habe man da schon nicht mehr von der Verabredung zurücktreten können.

Am darauffolgenden Nachmittag irrten die beiden Deutschen in den engen Gassen der Altstadt herum, auf der Suche nach der Villa Lascaris. Nachdem mehrmaliges Nachfragen bei Passanten erfolglos geblieben war und sie erschöpft beschlossen, bei der Kirche Santa Reparata Rast zu machen, sanken sie in die Korbstühle eines gegenüber der Kirche liegenden Cafés und bestellten Tee. Das Problem bei der Befragung der Passanten lag darin, dass sie deren Dialekt, das Nissà, nicht verstanden. Lanzky war studierter Romanist; ähnlich wie Nietzsche in die Altphilologie, war Lanzky vor allem Deutschen in die Romanistik geflohen. Er sprach ebenso flüssig wie sicher sowohl Italienisch als auch Französisch, verstand aber nur wenig Nissà. Er konnte noch nicht einmal unterscheiden, ob es sich um einen ligurischen oder einen okzitanischen Dialekt handle; der italienischen Klangnote nach zu urteilen, tippte er auf ligurisch.

Wenn man nichts verstehe, sagte Nietzsche zusammengesunken in seinem Korbstuhl, sei es egal, ob es Ligurisch oder Okzitanisch sei, was man zu hören bekomme. Man müsse fortan ohnehin Griechisch mit der hiesigen Bevölkerung sprechen, etwas anderes sei gar nicht vorstellbar. Wenn er erst seine Kolonie gegründet habe und Nizza, ganz ähnlich wie einst Genf unter Calvin, *seine* Stadt würde, die Stadt, in der *er* das Sagen über die geistigen und kulturellen Dinge habe – weshalb sonst, nebenbei bemerkt, logiere er wohl in der Pension de Genève –, dann werde er Griechisch als Amts- und Verkehrssprache einführen.

Er denke dabei selbstverständlich nicht an das Griechisch, das man heute in Griechenland spreche, sondern an das alte Griechisch, die Sprache der Phokäer, das Griechisch jener Gründer der Stadt des Sieges, der Stadt Nikes, die einst die barbarischen Ligurer unterworfen und das Land in Besitz genommen hätten. Schon einmal also, so Nietzsche weiter, sei das Ligurische durch das Griechische ersetzt worden, woran er, Lanzky, sehen könne, dass sein Ansinnen einer Wiedereinführung des Griechischen durchaus nicht unrealistisch sei.

Er plane, im nächsten Winter ein Zimmer in der rue de Phocéens zu mieten, wo er, nachdem er sich mit ein, zwei Nebenwerken von der Geburt Zarathustras erholt habe, endlich seine weltgeschichtliche Hauptaufgabe, die Umwertung aller Werte, angehen werde. Diese Tat könne natürlich nur auf Korsika vollendet werden. Hätte er die Umwertung aller Werte dann aber auf Korsika, und zwar, wie er es sich vorstellte, gar nicht in Ajaccio – nein, da wundere er, Lanzky, sich, oder? –, sondern im Herzen der Insel, ja genau: in Corte, an dem Ort, an dem der Imperator gezeugt worden sein soll, vollbracht, so würde er mit seinem Buch als Manifest und Herrschaftslegitimation zu seiner Kolonie in Nizza zurückkehren und die Stadt unverzüglich übernehmen.

Noch wüssten diese ahnungslosen Passanten, die hier über die Place de la Halle aux Herbes schlichen, nichts davon, dass ihr künftiger Gebieter gerade ganz entspannt vor ihnen in einem Café sitze und mit klarem Blick ihre Zukunft schaue.

Nizza würde die erste Stadt eines neuen Zeitalters sein, die Hauptstadt der Umwertung, und damit für alle Zeiten die Kapitale seines, also Zarathustras Geistes. Nizza werde der erste Ort auf französischem Boden sein, der Altgriechisch zu seiner Verkehrs- und Amtssprache erhöbe.

Lanzky war begeistert. Es ging also gar nicht in erster Linie um Bücher, um Philosophie oder um Literatur. Der Wille zur Macht wäre also kein papiernes Elaborat der philosophischen Fantasie, sondern ein realer Herrschaftsanspruch. Er blickte den neben ihm sitzenden Nietzsche an, der wie abwesend auf den Platz vor der Kirche sah. Lanzky hatte plötzlich ein berauschendes Gefühl davon, was darunter zu verstehen sei: Größe. Die ganz nah im Korbstuhl neben ihm zusammengesunkene Gestalt des Denkers erhielt mit einem Schlag die Aura einer ungeheueren Ferne.

Er werde die Kirchen in Tempel des Zarathustra-Kults umbauen lassen, fuhr der Denker fort und nahm das Tee-Ei aus dem Glas. Nichts werde mehr an die alten Heiligen erinnern, die man im Orient enthauptet habe und die mit dem Kopf unter dem Arm in Nussschalen übers Mittelmeer gesegelt kamen, hier gelandet seien und den impertinenten Anspruch erhoben hätten, als Märtyrer verehrt zu werden, gerade so wie die Heilige Reparata, nach der die Kirche benannt sei, auf die man jetzt blicke.

Bald aber werde Zarathustra übers Mittelmeer zurückkommen und die Umwertung bringen und das alte Nizza zu der Stadt seines Triumphs umgestalten. Ihn, Lanzky, habe er, Nietzsche, schon zu seinem Baumeister bestimmt, was er dazu sage?

Lanzky blieb stumm. Ein Zittern überkam ihn, er blickte in die Tiefe einer neuen Zeit.

Unter seiner, Lanzkys, Führung werde aus Nizza das Santiago de Compostella des Zarathustra-Kults werden, er werde große Hallen und breite Straßen mit modernen Statuen und prachtvollen Kultplätzen bauen, nichts werde hier mehr an dieses dreckige italienische Nest aus verwinkelten dunklen Gassen und an die lärmenden Straßen der französischen Neustadt erinnern. Die Promenade des Anglais werde zu einer einzigen Andachtsmeile, von der alle Betrüger und Huren verwiesen würden, was zugegebenermaßen zunächst einmal eine gähnende Leere verursachen werde. Aber sei's drum, sein, Nietzsches, Mausoleum werde hoch oben in den Bergen über der Stadt, auf dem Boden des alten römischen Amphitheaters in den Hügeln von Cimiez entstehen. Es werde zum zentralen Pilgerort des neuen Europas werden. Was dann noch der einfältige Jakobsweg gelte, wenn er erst einmal den von Naumburg nach Nizza führenden Zarathustra-Pfad gegründet haben werde?

Lanzky dachte an ein gewaltiges Mausoleum in den Hügeln über der Stadt mit einer überlebensgroßen Denkmalstatue des Meisters davor. Vor ein paar Tagen, sagte Lanzky wie beiläufig, habe Nietzsche noch den *Cimetière marin* von St. Tropez als seinen letzten Ruheort bestimmt, worauf er, Lanzky, schon vor seinem geistigen Auge eine erste sondierende Reise nach St. Tropez geplant habe. Richtig, rief Nietzsche aus, das denke er immer dann, wenn er sich über die Vollendung der Umwertung nicht ganz im Klaren sei, wenn Zweifel in ihm aufkämen, aber was liege an seinen Zweifeln, sage er sich dann wieder. Wenn ihm wie heute nichts deutlicher vor Augen stehe als das Gelingen seines weltgeschichtlichen Auftrags, dann sehe er sofort das von einer hohen marmornen Kuppel umgebene Grab in den Bergen von Cimiez vor sich. Dagegen werde das Panthéon in Paris, in dem ein paar seiner Vorläufer in peinlicher Enge zusammengedrängt liegen, wie eine einfältige Dorfkirche erscheinen.

In diesem Moment kam Cécile aus der Kirche Santa Reparata heraus. Lanzky atmete bei ihrem Anblick spontan auf. Er wollte es sich nicht eingestehen, doch war ihm angesichts von Nietzsches Mausoleumsfantasien ein wenig düster ums Herz geworden. Jetzt aber sah er die Sonne, die bereits hell und strahlend am Nachmittagshimmel stand, ein zweites Mal aufgehen. In diesem Augenblick hätte er nicht zu sagen vermocht, weshalb denn um alles in der Welt alle Werte umgewertet werden müssten.

»Ich habe schon für Sie beide gebetet, weil ich Sie nicht gefunden habe«, rief Cécile, als sie über den kleinen Platz auf das

Café zuging. Die beiden Männer sprangen wie auf ein Kommando aus ihren Korbstühlen auf und kamen Cécile grüßend entgegen.

Cécile setzte sich zu ihnen. Nietzsche war in aufgeräumter Stimmung und nahm sofort das Gespräch auf. Im Übrigen, so Nietzsche, könne man in Kirchen auch ganz andere Sachen machen als beten. Sein Freund Paul Rée habe im Petersdom oft stundenlang in einem Beichtstuhl gesessen und gotteslästerliche Aphorismen verfasst. Das habe ihn, Rée, immer unwahrscheinlich erregt, und man habe ihn oft geradezu gewaltsam aus dem Beichtstuhl herausziehen müssen, was auf Anhieb nur die Lou geschafft habe. Habe er, Nietzsche, versucht, den dichtenden Rée aus seinem Beichtstuhl im Petersdom herauszuholen, so habe dieser nicht selten angefangen, laut und deutlich seine gotteslästerlichen Aphorismen zu deklamieren, was ihm, Nietzsche, der Rée ja nur habe helfen wollen, von seinem Laster loszukommen, denn doch zu peinlich gewesen sei.

Sie könne sich noch ganz andere Sachen in einem Beichtstuhl vorstellen, habe Cécile, jetzt auf Nissà gesagt, in der Annahme, keiner der beiden Herren könne es verstehen. Lanzky hatte es aber doch verstanden. Plötzlich war ihm, als verstehe er diese Sprache Wort für Wort, als wiche sie nicht im Geringsten von dem Italienischen ab, das er beherrschte.

Er habe Rée, sagte Nietzsche, während sie sich von den Korbstühlen erhoben und in Richtung der Altstadtgassen aufbrachen, als Anstandsherrn in seiner Beziehung mit Lou von Salomé bestimmt gehabt, als Dritten im Bunde, ohne den man sich ja nicht guten Gewissens hätte treffen könne. Rée sei sein Freund gewesen, jahrelang, und er, Nietzsche, habe ihm vertraut. Aber Rée wurde vom Anstandsherrn zum Nebenbuhler, und das habe er, Nietzsche, ihm nicht verziehen. Denn nun habe er seine Schwester als Anstandsdame nehmen müssen.

Sie blieben vor einem Geschäft stehen, in dessen Auslage eine Pyramide von Seifen in allen Farben und Gerüchen lag. Die Seifen rochen nach Lavendel und Thymian, nach Rosen, Oliven und Vanille, sie waren lila und dunkelbraun, hellgelb und karmesinrot, manche Substanzen lagen noch ungeschnitten in meterlangen Stangen oder als unförmige Masse in der Auslage. Cécile nahm einige Seifen in die Hand und roch daran. Sie gab auch Lanzky Stücke zu riechen, während Nietzsche vor dem Eingang des Geschäfts in gebührendem Abstand zur Auslage auf sie wartete.

Beim Weitergehen war es Lanzky so vorgekommen, als dufteten die Seifen, auch als sie sich immer weiter vom Seifenladen entfernten, in ihren vielen Gerüchen weiter, als blieben alle diese Gerüche gleichzeitig in seiner Nase, vermischten sich und traten dann wieder einzeln in den Vordergrund, und als strömten sie nun ausnahmslos von der neben ihm gehenden Cécile aus.

Die Seifen des Südens, sagte Nietzsche, als sie aus den Gassen der Altstadt hinaus und auf die freie Fläche der Place Massenà traten, um von dort sofort wieder in die Gassen der Altstadt einzutauchen, die Seifen des Südens reinigten nicht wirklich, sie machten nicht so sauber wie eine nordische Kernseife. Diese südlichen Seifen seien in ihrer Farbenpracht und ihren süßlichen Düften für die englischen Damen vielleicht das Richtige, die selbst so herb seien, dass man es riechen könne, auch für russische Adlige, die überhaupt froh seien, einmal in ihrem Leben Seife zu sehen, seien sie ideal, sie seien aber beileibe nichts für einen Deutschen, der nun einmal seine Kernseife brauche.

Das Wort Kernseife vernahm Lanzky nur dem Klang nach. Es wurde in seinem Ohr von einem Summen und Zwitschern abgelöst, das ihm ganz entzückend schien, so als sei sein Inneres ein perfekter Sommertag. Plötzlich war ihm, als wüchsen in ihm Blumen heran und als fingen die Blumen zu blühen an und als würden diese Blumen zugleich von den schönsten Schmetterlingen umflattert und von den fleißigsten Bienen bestäubt und von den fettesten Hummeln besprungen. In diesem Augenblick begannen die Blumen in ihm zu singen und zu tanzen, sie wiegten ihre Knospen im Takt, und zwischen den bunten singenden und tanzenden Blumen wuchsen wundervoll tiefgrüne und langstielige Grashalme, auf denen der Wind ein so schmelzendes Lied pfiff, dass ihm, Lanzky, das Herz weit aufging. Aus den Bäumen ringsumher sangen die Amseln, tirilierten die Drosseln, und die Meisen frohlockten, und der Kuckuck schickte sein sehnsüchtiges Rufen dazwischen, das dumpf und weich im Blätterwald widerhallte, und zwischen den Baumstämmen lugte ein Reh hervor, das den Mund zu einem Kuss zu spitzen schien und verschwand. Lanzky sprang das Glück an, das Glück übergoss ihn mit seinem duftenden Balsam, das Glück nahm seine Glieder in seine Hände, umfasste seinen ganzen Leib, jetzt wollte er ewig leben, jetzt wollte er immer nur er sein, gerade jetzt hatte er seinen Meister für fünf Sekunden vergessen.

3.

Bekanntlich sei ganz Frankreich für seine hervorragende Küche berühmt, aber einige Regionen zeichneten sich durch eine ganz besonders raffinierte Kochkunst aus, die dann auch den Namen dieser speziellen Region tragen dürfe. Dazu gehöre, erklärte Cécile, die Küche Nizzas.

Sie gingen die rue Centrale hinunter bis zur Place Centrale, einem engen Plätzchen in der Altstadt, auf dem in die Düsternis der aus engen hohen Mauern gebildeten Gassen ein wenig Licht fiel. Dort kehrten die drei in das Freiluft-Restaurant *Lou Pilva Leva* ein, das traditionelle Küche anbot. Man saß im Freien auf schäbigen Bänken an langen blanken Holztischen und bestellte die Speisen und Getränke durch ein offenes Fenster hindurch an einer Theke, hinter der eine Frau mittleren Alters stand und lauthals die fertigen Gerichte ausrief.

Nietzsche hatte den Vorschlag gemacht, dort einzukehren, und zwar nicht wegen der *cuisine niçoise*, sondern allein wegen des Namens *Lou Pilva Leva*. Der Name dieses Lokals erinnere ihn an jemanden, an eine Frau; diese Frau, raunte er Lanzky zu, werde einmal mit ihm hier sein, sie werde zu seiner Kolonie gehören, werde die Herrin dieser Kolonie sein. Er, Lanzky, werde noch bemerken, dass die Umwelt voller Zeichen sei, die auf die Ankunft Zarathustras vorausdeuteten. Der Name des Restaurants sei so ein Zeichen. Er möge auf jede Kleinigkeit Acht geben.

Cécile orderte mit derselben Lautstärke, mit der die Wirtin die Bestellungen ausrief, nur ein paar Oktaven höher, drei *ballons des gris de gris*. Nietzsche sagte zunächst, er verzichte lieber auf den Wein, er trinke niemals Wein, und wenn er es dennoch tue, gerate er in Zustände, gegen die Sterben eine Wohltat sei. Cécile ließ jedoch nicht locker, sie sagte, das dürfe er sich nicht entgehen lassen, den Rosé aus Bellet und die *socca*, den Pfannkuchen aus Kichererbsenteig, den man heiß mit den Fingern zu sich nehme, auch wenn man sich die Finger dabei verbrenne. Damit habe man die richtige Grundlage für das, was danach komme. Die *socca* sei nämlich nur der Auftakt, man könne hier essen, bis man von den Bänken falle.

Lanzky hörte Cécile mit Hingabe zu. Er bestellte alles, was sie vorschlug. Nach der *socca* bestellte Cécile eine *pissaladière*, ein mit den kleinen Oliven Nizzas und mit Anchovis belegter Zwiebelkuchen, dessen Grundlage die *pissala*, ein mit Zwiebeln gemischtes Sardellenpüree, darstellt. Nach einem Teller gegrillter Sardinen, deren Verzehr mit Kopf und Schwanz Cécile den staunenden Herren demonstrierte, kamen die *petits farcis niçois* an die Reihe, gefüllte Tomaten, Zwiebeln, Artischocken oder Zucchini, aus denen das Olivenöl nur so herausquoll. Nietzsche trank und aß mit wachsender Lust, Cécile freute sich darüber und schenkte ihm kräftig nach.

Sie wollte wissen, woher sich die beiden Herren eigentlich kennen. Nietzsche sagte, Lanzky sei sein Schüler, und zwar der einzige, den er, Nietzsche, als Schüler bislang akzeptiere. Lanzky fand die Bezeichnung Schüler, wiewohl er, der Nietzsche immer wieder mit *Meister* ansprach, sie an und für sich nicht als falsch betrachtete, an dieser Stelle unangebracht. Er kam sich dadurch gegenüber Cécile ein wenig herabgesetzt vor. Lanzky berichtigte denn auch, er sei auch Hotelier und Dichter, im Augenblick sei er dabei, sich ganz der Dichtung gegenüber zu öffnen.

»Oho«, rief Nietzsche aus, »hört, hört, ein Dichter!« Ob sie, Cécile, wisse, dass die Dichter lügen?

Selbstverständlich wisse sie das, antwortete Cécile und fragte Nietzsche, ob es jemanden gebe, der etwas anderes über die Dichter denke?

»Dichter sind Narren«, rief Nietzsche aus, so dass seine Stimme plötzlich den gesamten kleinen Platz durchtönte. »Possenreißer, die so tun, als wären sie die Freier der Wahrheit, das sind die Dichter!«

Cécile überlegte. Ob denn die Wahrheit dann eine Hure sei, wollte sie plötzlich von Nietzsche wissen, als die Wirtin mit reibeisenartigem Gebrüll eine Fischsuppe ausrief: *la soupe aux poissons!*

Lanzky sagte, er wiederhole und betone, dass er Nietzsche zwar als seinen Meister ansehe, sich als Dichter aber als unabhängig betrachte. Er arbeite seit Langem an einer Novelle.

Die beste aller Novellen habe Goethe geschrieben, fing Nietzsche darauf an, wischte das Olivenöl aus seinem Schnurrbart und verschlang ein Stück der *tourte de blette*, die inzwischen gekommen war. Er, Lanzky, könne auf diesem Gebiet gar nichts erreichen, Goethe habe hier die Maßstäbe gesetzt. Goethes Löwen-Novelle bilde für alle Zeiten den Höhepunkt der Novellenkunst.

Er habe gar nicht die Absicht, Goethe zu übertreffen, gab Lanzky kleinlaut zurück, das dürfe sich ohnehin niemand anmaßen, es sei nur so, er schreibe eben eine Novelle, so wie mancher andere, die Novelle sei doch sehr populär, und nur weil Goethe eine Novelle geschrieben habe, müsse man kein Verbot über das Novellenschreiben verhängen.

»Das ist doch auch nicht verboten, oder?«, fragte Cécile, und Nietzsche nickte.

»Jeder kann machen, was er will, gerade auf dem Gebiet der Dichtung kann jeder machen, was er will«, sagte er und trank sein Glas in einem Zug aus.

Unterdessen war es dunkel geworden. Auf der Place Central hatte sich gegenüber den Bänken, auf denen sich die Dreiergruppe inmitten vieler anderer Gäste befand, ein alter, etwas heruntergekommener Mann mit einem Akkordeon aufgebaut. Er schnallte sein Instrument um und begann zu spielen. In einem aufreizend schleppenden Dreivierteltakt intonierte er einen Gassenhauer im Dialekt Nizzas.

Cécile begann zu lachen, offensichtlich fand sie den Text lustig, während Lanzky und Nietzsche kein Wort verstanden, aber vom Rhythmus mehr und mehr ergriffen wurden und unter der Bank mit den Füßen zu wippen begannen. Die rauchige abgenutzte Stimme des Straßensängers schmetterte einen simplen Refrain gegen die Häuserwände, die hoch und eng zusammenstanden und von denen es wie aus einem immer erregter agierenden Chor zurückschallte, was die Wirkung des Vortrags verstärkte.

Das Lied hatte unendlich viele Strophen, es schien kein Ende nehmen zu wollen, und zwischen jede der Strophen war ein Refrain eingelassen, den der Sänger doppelt so laut sang wie die Strophen, den er auch manchmal unmittelbar aufeinanderfolgend wiederholte. Cécile bewegte die Schultern im Rhythmus, und Lanzky konnte nicht mehr länger an sich halten, er forderte sie mit hektisch auf sie zukommenden Bewegungen zum Tanzen auf. Cécile willigte etwas verwundert über die plötzliche Forschheit des Nietzsche-Schülers und angehenden Dichters ein, und im nächsten Moment glitt das Paar in einem grotesk verschleppten Walzertakt über das alte Pflaster der Place Centrale.

Um die Tänzer herum bildete sich eine kleine Gruppe von Passanten, die den merkwürdig langsamen und doch mitreißenden, die Verworfenheit der Welt, alles Unglück und alle Infamie, aber auch den Trost und die Hoffnung intonierenden Takt mitklatschten und schließlich, erst sachte, dann immer lauter werdend, in den Gesang einstimmten. Der Musiker fand sich plötzlich inmitten einer von seinem Gesang und seinem Spiel beflügelten Menschenschar und ließ keine Anstalten erkennen, das Lied zu beenden; eher hatte man den Eindruck, er beginne es immer wieder von vorne.

Cécile riss sich von Lanzky los und eilte zu dem noch immer am Tisch sitzenden Nietzsche hin, um ihn nun seinerseits auf die Tanzfläche des kleinen, von zwei Gaslaternen schwach erleuchteten, in ein zauberhaftes Goldgelb getauchten Platzes zu lotsen. Er schien wie angeklebt auf seiner Bank, hatte jetzt auch alle rhythmischen Bewegungen und Zuckungen eingestellt und wehrte mit beschwörender Gestik das Ansinnen Céciles ab.

»Kommen Sie, Maestro!«, rief Cécile, »die heilige Cäcilia, Schutzpatronin der Musiker und der Tänzer, befiehlt es Ihnen!«

Nietzsche lächelte und schwieg und machte weiter keine Anstalten aufzustehen. Lanzky stürzte hinzu: »Lassen Sie den Meister in Frieden, Cécile. Er hat zum Tanz und zur Musik alles gesagt, was dazu gesagt werden kann.«

»Aber er soll ja auch nichts sagen. Er soll tanzen!«, sagte Cécile.

Da erhob sich Nietzsche mit allem Ernst und aller Würde, nahm Céciles zarte Hand, drückte sie fest in der seinen, sah sie mit seinen tiefbraunen Augen aus dem Gebüsch seiner schweren Brauen heraus fest an und sagte: »Glaub mir, mein Kind, ich würde tanzen, wenn ich könnte. Ich kann aber nicht, ich bin zu blind, zu krank, zu klug dazu.«

In diesem Augenblick wurde Cécile von einem ihr bis dahin nicht bekannten Mitgefühl überwältigt. Sie konnte sich nicht dagegen wehren, sie wollte ihn auf der Stelle umarmen, und sie umarmte ihn mit der Innigkeit, mit der man einen Vater umarmt, den man nach langer, lebenslanger Fremdheit endlich erkennt und von dem man endlich auch erkannt wird.

Lanzky befürchtete, Nietzsche könne sich zu einem unüberlegten Schritt hinreißen lassen und mit Cécile zu dem italienischen Gassenhauer tanzen, aber er konnte in den Gesichtszügen des Denkers keine Regung erkennen.

4.

Vor allem die Abende waren fürchterlich. Kehrte er nach dem Nachtmahl in sein Zimmer zurück, so starrten ihn die öden Wände mit ihren geschmacklosen Tapeten wie eine Galerie von Fratzen an. Er heizte dann sofort den Ofen, zog seinen Schlafrock an, setzte sich, oft zitternd, in seinen Sessel, wartete, bis es wärmer wurde, und starrte seinerseits die Wände an.

Die Einsamkeit allein mache aus einem in wenigen Minuten eine lächerliche Figur, die durch Denken und Weiterdenken nur immer lächerlicher würde, sagte er zu Lanzky. Er kenne seine Lage genau und wisse, dass er in hohem Maße gefährdet sei. Aber etwas zwinge ihn, zu denken und immer weiterzudenken, sein Gehirn sei einfach nicht zu stoppen, was das denn sei, wollte er von Lanzky wissen, das Gehirn.

»Wir haben es nicht im Griff«, sagte Nietzsche, »es verfährt mit uns, wie es will, es kann noch nicht einmal nachts ruhen und produziert die merkwürdigsten Gesichter und Geschichten. Es kommt mir so vor, als seien ich und mein Gehirn zwei Figuren, die ineinander wohnen und sich fortwährend bekämpfen.«

Lanzky schwieg, wie meist, wenn er das Gefühl hatte, der Meister manövriere sich durch seine Reden in eine scheinbar ausweglose Lage. Meist manövrierte er sich auch selbst wieder aus einer solchen Lage heraus. Diesmal aber schien er ratlos und fragte mit ängstlichen Augen, wann und woran man denn merke, dass man wahnsinnig werde?

Sie gingen wie fast jeden Tag die Promenade des Anglais hinunter. An einer bestimmten Stelle bogen sie über den felsigen Strand zum Meer hin ab. Sie setzten sich auf die warmen Steine, die aussahen, als habe die Sonne sie mit ihrem gleißenden Licht über Jahrtausende gebleicht. Jetzt schien die Sonne schon sehr heiß auf sie herab. Sie warteten auf die Vier-Uhr-Welle, die tatsächlich immer erst gegen fünf kam. Jemand ging fast nackt und sehr vorsichtig ins Wasser und schwamm ein Stück hinaus. Als der Mann zurückkam, rief er noch im Wasser stehend: *Elle est bonne!*

»Das sagt man, wenn das Meer eine angenehme Temperatur hat«, sagte Nietzsche, und Lanzky hoffte bereits, das heikle Thema seines Wahnsinnigwerdens sei damit erst einmal in den Hintergrund geraten. Doch Nietzsche fing sofort wieder damit an.

Wenn er bemerkte, dass der Wahnsinn käme, würde er sich sofort das Leben nehmen, sagte er. Sobald er sich sicher sei, jetzt werde er wahnsinnig, würde er keine Sekunde länger zögern. Er befürchte nur, man werde, wenn es so weit sei, schon nicht mehr in der Lage sein, es zu bemerken.

An diesen trostlosen, stummen Abenden in seinem Zimmer habe er oft fantasiert, es müsse einen Apparat geben, mit dem man sofort mit einem anderen, abwesenden Menschen sprechen könne. Wenn er abends sprechen könne, denn schreiben könne er abends nicht mehr, und doch sei sein Gehirn gerade am Abend besonders aktiv, ja es sei einfach nicht ruhig zu stellen, außer für ein, zwei Stunden mit Cloralhydrat – wenn er also abends sprechen könnte, wäre er schon gerettet. Er würde dann einen Freund mit seiner Stimme aufsuchen und mit ihm über seine Gedanken sprechen, Overbeck in Basel oder Köselitz in Venedig, und würde sich weniger einsam und von sich selbst wie befreit fühlen. O, die Menschheit habe noch Erfindungen zu machen, große, bedeutende Erfindungen, an denen sie genesen könne, rief er aufs Meer hinaus.

Nietzsche wusste nicht, dass es diese Erfindung bereits gab. Er las niemals Zeitung. Lanzky hatte ihm nichts von Mister Bell aus England erzählt, weil er befürchtete, Nietzsche sei darüber tief enttäuscht, dass nicht er, sondern ein ihm unbekannter Engländer das Telefon ersonnen habe, und seine Euphorie, in der er seit Wochen lebte, werde abrupt enden. Nietzsche fühlte sich als die Spitze einer revolutionären Umwandlung aller Verhältnisse und war der festen Überzeugung, die großen Erfindungen folgten seinen Gedanken. Wie könnte er da akzeptieren, dass sie schon gemacht worden sind?

Sein Gehirn sei ein Hort, in dem er den schwersten aller Gedanken mit sich herumtrage, sagte Nietzsche und blickte weiter aufs Meer hinaus. Diesen Gedanken gebe es nur in seinem Gehirn, mit dem er abends allein zwischen den Tapetenfratzen sitze. Der schwerste Gedanke, sein Dogma, er wälze es immer wieder durch seinen schmerzenden Kopf: die *Ewige Wiederkehr des Gleichen*. Er wälze es in seinem Kopf, und dort finde es keinen Ausweg. Niemandem könne er es sagen, es sei noch nicht an der Zeit, *er* sei noch nicht an der Zeit. Wie also sollte er nicht wahnsinnig werden?

Aber selbst wenn er spontan abends mit Overbeck oder Köselitz sprechen könnte, andere kämen ohnehin nicht in Frage, frage er sich, ob er dann überhaupt mit ihnen sprechen würde. Ob er dann nicht erkennen müsste, was er längst erkannt habe, dass doch ein solches Dogma gar kein Gespräch vertrage, dass es eine Sache der Schrift sei, des Niederlegens und Behauptens in Buchstaben. Dass der Träger des Dogmas sich keinesfalls dem Gespräch öffnen dürfe, in dem sein Dogma ja unweigerlich zur Disposition gestellt würde, in dem es von allen Seiten beäugt und beschnuppert und schließlich zu dem anderen Gerümpel der Weltgeschichte geworfen würde, bevor es überhaupt eine tragende Rolle spielen könne. Das aber würde er, so Nietzsche, noch weniger ertragen als die Einsamkeit.

Er hatte gerade erst Overbeck geschrieben, hatte ihm euphorisch seinen Zustand geschildert, geschrieben, nie sei er mit solchen Segeln über ein solches Meer gefahren, diese Januarwochen in Nizza gehörten zu den glücklichsten seines Lebens. Er habe jetzt Erholung nötig, das verstehe sich, und zu seiner Erholung werde er einen Generalangriff auf den deutschen Obskurantismus, gleichsam als Nebenwerk und als Vorbote zur Umwertung starten. Ein solches Nebenwerk, eine solche Zwischenaufklärung – er, Overbeck, verzeihe ihm diesen Ausdruck – sei für trübe deutsche Tassen jetzt genau die richtige Kur. Denn er sei ja immer noch Aufklärer, auch und gerade mit und nach dem Zarathustra, wahrscheinlich habe es einen solch radikalen Aufklärer, wie er es sei, überhaupt noch nie gegeben.

Zugleich hatte er seiner Schwester Elisabeth geschrieben. Jetzt wollte er auch mit dem Familienproblem reinen Tisch machen. Die Zeit schien ihm dafür reif. Endlich sah er sich dazu in der Lage, seine Schwester anzugehen und ihr zu sagen, dass sie ganz allein Schuld sei an seinem Zerwürfnis mit Lou.

In diesem Brief hatte Nietzsche seine Schwester schließlich gebeten, sich mit der Lou zu versöhnen. Er ließ diese Bitte, nachdem er sie zu Papier gebracht hatte, tatsächlich stehen, obwohl es natürlich undenkbar war, dass sich seine Schwester mit der Lou jemals versöhnen könnte, weil seine Schwester rachsüchtig bis zum eigenen Untergang war, den sie lieber in Kauf nähme, als auf die geliebte Rache zu verzichten. Außerdem hielt sich Lou schon längst, was sie ursprünglich zu dritt geplant hatten, mit Paul Rée in Wien zum Studieren auf. Man könne selbstverständlich lebenslänglich studieren, wenn man die Mittel dazu aufbringe, sagte er. Es sei aber sicher, dass sich der Zweck des Studierens irgendwann gegen einen kehre und man davon statt klüger immer dümmer würde. So und nicht anders werde es Lou und Rée ergehen, nur ahnten sie noch nichts davon und hielten sich immer noch für ungemein klug. Seine Schwester halte sich ja auch für klug, woran man lernen könne, dass diese Selbsteinschätzung auf praktisch jeden zutreffe, auch auf die dümmste Gans, und diese Einschätzung mithin wertlos sei.

»Wenn ich so darüber nachdenke«, sagte er zu Lanzky gewandt, »habe ich schon wieder keine Lust mehr, mich mit meiner Schwester zu versöhnen.«

Die Sache mit der Lou sei nun schon eine Weile her und wahrscheinlich denke nur er, Nietzsche, noch darüber nach, während die anderen Beteiligten, das Ganze für geklärt hielten, auch die Lou selbst. Die aber habe ja jetzt Rée an ihrer Seite, er, Nietzsche, wisse das nicht, aber er sei fest davon überzeugt, dass dieses Knautschgesicht mit der Gewürzgurke in der Mitte, dieser Gartenzwerg mit den Dackelbeinchen die Lou für sich gewonnen habe. Immerhin habe er sie sein Schneckerl und sich selbst das Hüsli genannt, was der Lou offenbar gefallen habe, seiner, Nietzsches, Meinung aber doch eigentlich umgekehrt passender wäre.

Nietzsche hatte dann diesen Brief an Elisabeth doch nicht abgeschickt, denn er fürchtete ihre Antwort. Auch wenn er seine Schwester nie als Person gefürchtet habe, so habe er doch immer ihre Worte gefürchtet. In ihren Worten, das sei stets sein Gefühl gewesen, und manchmal habe er davon Alpträume bekommen, in ihren Worten stecke das Gift der fetten Schlange, das ihn sofort um den Verstand bringe. Dieses Gift injiziert zu bekommen, sei schlimmer als der Tod, schlimmer als alle Tode, so kam es ihm vor. Auf der Welt gewesen zu sein und seine Schwester gekannt zu haben, sei eine schlimmere Strafe, als in die Hölle zu kommen oder niemals gelebt zu haben, sagte er zu Lanzky.

Er hatte am selben Tag, an dem er Overbeck und seiner Schwester geschrieben hatte, auch seiner Mutter geschrieben. Seine Mutter sei genauso beschränkt wie seine Schwester, nicht so giftig, aber dafür nicht weniger blödsinnig und, was das Erreichen ihre Ziele anbetrifft, genauso durchtrieben, sagte er. Er habe seiner Mutter geschrieben, er wisse, dass seine Schwester nicht eher Ruhe gebe, als bis sie ihn tot sehe. Bei alldem habe er seinen Zarathustra fertig machen können, was ohnehin ein Wunder gewesen sei, und just in dem Augenblick, da er ihn fertig gebracht habe, sei sie dagestanden und habe ihm Hände voll Schmutz ins Gesicht geworfen.

Lanzky blickte in einen Abgrund, von dem er nicht sagen konnte, wie tief er war. Anscheinend wurde der große Philosoph von nichts so sehr gepeinigt wie von seiner Herkunft. Sich von seiner Herkunft loszusagen, war sein innerstes Anliegen, das ihm jedoch weder mit Schimpfreden noch mit der Produktion eines bedeutsamen Werkes gelingen konnte. Die verhasste Verwandtschaft bliebe ihm immer erhalten, und Nietzsche wusste das. Wenn er die Verzweiflung darüber an die Oberfläche kommen ließ, brach alles zusammen, was er sich in seiner Vorstellung aufgebaut hatte. Dann verwandelte sich der Umwerter aller Werte in einen in den Fängen seiner Mutter verstrickten Sohn und einen von seiner Schwester unterdrückten Bruder.

Zuletzt las Nietzsche Lanzky die Schlusssätze aus dem Brief an seine Mutter vor, Sätze, in denen sein Hass und seine Abscheu gegenüber dieser, wie er sich ausgedrückt habe, *Brut* wie noch nie zuvor zum Ausdruck gekommen ist: »Begreift ihr denn nichts von dem Widerwillen, den ich zu überwinden habe, mit solchen Menschen, wie ihr seid, so nahe verwandt zu sein! Was bringt mich denn zum Erbrechen, wenn ich Briefe meiner Schwester lese und diese Mischung aus Blödsinn und Dreistigkeit, die sich gar noch moralisch aufputzt, hinunterschlucken muss.«

Auch diesen Brief schickte er nicht ab.

5.

Lanzky hatte keine Ruhe gefunden und schon zwei Tage später, getrieben von einer rätselhaften und darum unwiderstehlichen Sehnsucht nach ihrem Duft und ihrer Gestalt, Cécile in der rue Ségurane aufgesucht.

Cécile wusste, dass er kommen würde und war darauf vorbereitet. Sie kämen alle, sagte sie zu ihrer Großmutter, sie verstehe nicht das Gesetz dieser Serie, das praktisch alle Männer, die sie kennenlerne, zu ihr treibe, aber es sei ein Erfahrungswert, und es trete so sicher ein wie das Amen in der Kirche. Von der Zimmervermietung allein könnten sie und ihre Großmutter ja nicht leben; daher müsse man dankbar sein für dieses Gesetz, dem sie sich seit ihrer Jugend unterwerfe, das sie nicht begreife und das wohl nichts anderes als ein Naturgesetz sei.

Die meisten ihrer Kunden waren ihr völlig gleichgültig, bei einigen wenigen stellte sich eine Gewöhnung ein, vor allem wenn sie über längere Zeit kamen und wenn sie ihr angenehm waren. Nicht zuletzt ihre regelmäßigen Aufzeichnungen sorgten dafür, dass sie innerlich auf Distanz bleiben konnte. Sie lernte viele Menschen kennen und machte sich schon in jungen Jahren keine Illusionen über sie. Verliebt hatte sie sich noch nie, und sie fragte sich, wie das wohl wäre. Die Liebe schien ihr so weit entfernt wie der Mond und genauso unerreichbar. Für den deutschen Philosophen mit dem großen Schnurrbart, der als Einziger bisher das Gesetz der Serie durchbrochen hatte, hatte sie eine Sympathie entwickelt, mit der sie niemals gerechnet hätte. Warum, fragte sie sich, sollte ihr dann nicht auch einmal die Liebe begegnen?

Seit ihre Eltern tot waren, hatte sich niemand mehr um sie gekümmert. Die Großmutter nahm sich ihrer an, doch war sie schon gezeichnet von der Krankheit, die ihr nach und nach den Rücken vollkommen krümmte, so dass Cécile schon in ganz jungen Jahren für die Großmutter zu sorgen hatte. Bereits mit zwölf Jahren hatte sich Cécile um die Zimmervermietung gekümmert und mit fünfzehn dann auch durch ihre sogenannte Fremdenführung das Geld für den Lebensunterhalt der beiden verdient.

In den darauffolgenden Jahren hatte sie Duzende von Männern kennengelernt, wurde mit vielen näher bekannt und hatte doch niemals eine innere Bindung wie jetzt zu dem deutschen Philosophen empfunden. Er war anders, nobel und ohne Hintergedanken, sie spürte, dass sein Geist in einer Höhe wohnte, in der niemand anders wohnen konnte. Er war so hilflos in dieser Höhe, er konnte aber nicht anders, als immer wieder hinaufzusteigen, er nahm sie mit auf seine Erkundungen – und er nahm sie ernst.

Lanzky besuchte wie schon zuvor in Florenz auch in Nizza die Bordelle. Er sah darin keinen Widerspruch zur hoch und heilig geschworenen Treue gegenüber seiner italienischen Geliebten. Nachdem Lanzky jedoch bei Cécile gewesen war, wollte er keine andere Frau mehr und suchte nur noch sie auf. Auch davon war in seinem Reisetagebuch keine Rede.

Diesen Abend, zurück vom Ausflug mit dem Meister, erzählte er Cécile die Geschichte, wie er auf Nietzsche gestoßen war. Es war im Frühjahr 1880 gewesen, als Lanzky sich zu Besuch bei dem Astronomen Wilhelm Tempel in der Sternwarte von Arcetri, nahe Florenz, aufgehalten hatte. Der Astronom hatte in der Spitze der Sternwarte ein modernes Fernrohr installiert, durch das er ihn hindurchsehen lassen wollte. Doch bevor es dazu kam, hatte Tempel noch einmal den Raum verlassen, angeblich, um etwas zu holen. Lanzky konnte sich nicht mehr erinnern, worum es sich handelte.

Allerdings kam nun der Herr des Teleskops längere Zeit nicht zurück, und so fing Lanzky an, sich in dem Observationsraum umzusehen, lugte auch einmal durch das auf den Himmel gerichtete Fernrohr, und musste dabei feststellen, dass für seine Augen alles schwarz blieb.

Er habe plötzlich zwanghaft an Galileo Galilei denken müssen, sagte er zu Cécile, die den Namen noch nie gehört hatte. Da, so Lanzky weiter, habe ihn das ungute Gefühl übermannt, der Turm, in dem er sich befunden habe, sei schief und senke sich in jeder Sekunde immer weiter nach einer Seite ab. Er sei augenblicklich der festen Überzeugung gewesen, er sitze im Schiefen Turm von Pisa gefangen und werde mitsamt dem Turm umfallen. So habe er sich instinktiv in die Ecke des Turmzimmers begeben, das seiner Empfindung nach der Senkungsrichtung entgegengestanden habe, um dieser Seite mehr Gewicht zu geben. Immer weiter habe ihn sein ebenso trügerisches wie ihn allmählich überwältigendes Gefühl, der Turm senke sich und werde jeden Moment fallen, in die eine Richtung des Zimmers getrieben, bis er an der Wand angelangt gewesen sei, von der er den Eindruck gehabt habe, sie erhebe sich gegen die gegenüberliegende Wandseite um mehrere Meter. Da habe er hinter einem Mauervorsprung unter einer Dachschräge eine Art verborgenes Arbeitszimmer entdeckt, das so versteckt lag, dass er es ohne seine Wahnvorstellung niemals entdeckt hätte. Dort sei ein winziges Tischchen gestanden, auf dem ein einzelnes Buch aufgeschlagen gelegen habe. Er habe, schon allein weil er in seiner Panik irgendeinen Anker ergreifen musste, das Buch in die Hand genommen und seine Titelseite angeschaut, jedoch weder den Titel noch den Verfasser gekannt. Es habe sich um *Menschliches, Allzumenschliches* von Friedrich Nietzsche gehandelt.

Da Tempel, der ein kindliches Gemüt besaß, und sich in einer beliebigen, zufällig angefangenen Beschäftigung derart verlieren konnte, dass er dazu in der Lage war, einen gerade anwesenden Besuch vollkommen zu vergessen, nicht zurückkam, begann Lanzky, in dem Buch zu lesen. Dabei hatte er sofort das Gefühl, seine Wahnvorstellung vom sich immer mehr zur Seite neigenden Turm lasse nach. Alles in ihm und um ihn herum schien ihm plötzlich klar und konkret zu werden. Er spürte eine große Sicherheit in sich aufsteigen. Lanzky geriet beim Lesen nun selbst in einen Bann, durch den er alles andere vergaß, auch dass er im Turm nur zu Besuch war. Er und Tempel hatten sich an diesem Abend nicht mehr gesehen.

Er habe gelesen und gelesen, sagte er zu Cécile, von der ersten Seite an, ohne auch nur einen Satz zu überspringen, und er habe praktisch in jedem Augenblick eine neue Welt entdeckt, sei mit jedem Satz tiefer in diese Welt hineingeraten und sei sofort der festen Überzeugung gewesen, dass dies und nur dies seine Welt sein müsse.

Nietzsche habe ihn auf die Chemie der Begriffe und Wertschätzungen hingewiesen, er habe ihm von der ersten Seite an gezeigt, dass all unser Urteilen, unser Wollen und unsere höheren Werte aus bestimmten vom Willen und von speziellen Interessen geprägten Perspektiven stammten, dass die Vernunft durchaus ein Kind der Vernunftlosigkeit sei, das Gute eine Ausgeburt des Bösen, das Wahre ein Vehikel des Falschen, dass das interesselose Anschauen aus begehrlichem Wollen entspringe, die Hingabe für andere dem Egoismus, die großen Empfindungen dem Willen zum Untergang.

Doch, so Lanzky, führe all dies bei Nietzsche nicht zum Pessimismus, nicht zur Ablehnung des Daseins aufgrund des Zerfalls der höchsten Werte und ihrer Verwurzelung im Niedrigen. Nein, das sei es ja gerade, das sei die Volte, die Nietzsches Philosophie so einzigartig mache, er, Nietzsche, plädiere dafür, eben diese Beschaffenheit der Welt nicht nur zu akzeptieren, sondern sie zu bejahen, sie zu feiern und sich selbst darin wie ein Wollender zu bewegen. Es sei die Bewegungsart des Künstlers, damit habe Nietzsche den Pessimismus, der ausnahmslos alle Intellektuellen und Künstler Europas in den letzten fünfzig Jahren befallen habe, besiegt und überwunden.

Der Pessimismus, so Lanzky zu Cécile, während er ihr den Rücken massierte, sei das Gift der Romantik, das Gift, das die Romantik von ihrem Spuk in den Köpfen zurückgelassen habe. Schopenhauer habe dieses Gift in alle Richtungen verspritzt, und es sei langsam über die Lektüre Schopenhauers in alle Gehirnwindungen nicht nur der deutschen, sondern der gesamten europäischen sogenannten Intelligenz geflossen.

Nietzsche habe Schopenhauer ebenfalls verschlungen, tagelang sei er in Leipzig nicht mehr vom Sofa heruntergekommen, nachdem er *Die Welt als Wille und Vorstellung* in einer Buchhandlung zufällig gefunden, gekauft und zu lesen angefangen habe. Erst mit und durch Schopenhauer habe Nietzsche, der zuvor nichts weiter als ein fleißiger Philologe gewesen sei, angefangen zu philosophieren. Er, Nietzsche, betrachte Schopenhauer seither als seinen Erzieher, und er musste, um voranzukommen, gerade diesen Erzieher, der sich mit seinem Pessimismus sofort in Nietzsches Gedanken eingenistet habe, überwinden.

Nietzsche setze gegen den Pessimismus den Freien Geist, sagte Lanzky und griff so fest zu, dass Cécile kurz aufschrie, um gleich danach ein zufriedenes Schnurren hören zu lassen. Der freie Geist, so Lanzky weiter, stehe für den Willen zur Gesundheit. Dazu bedürfe es der Selbstbeherrschung der höchsten Zucht, das sei die neue Ethik, die er, Lanzky, von Nietzsche gelernt habe, die Selbstbildung zum freien Geist.

Lanzky arbeitete sich langsam Stück für Stück ihren Rücken hinunter, verweilte dann bei Céciles Lendenwirbeln und begann damit, den Ansatz ihres Hinterteils zu kneten. Der freie Geist trete an, um alle Werte umzudrehen, fuhr Lanzky fort, der freie Geist dringe immer tiefer in die Dinge im Sinne einer Kritik der Wertschätzungen ein und werte sie schließlich um.

Der freie Geist, sagte Lanzky und massierte immer hingebungsvoller, käme zu einem bestimmten Zeitpunkt gar nicht mehr daran vorbei, alle Werte umzuwerten. Er glaube nicht, dass jemals einer mit einem solchen generellen Verdacht in die Welt gesehen habe, wie Nietzsche, sagte Lanzky und senkte langsam seinen Körper auf die nun völlig entspannt auf dem Bauch liegende Cécile hinunter, bis er, ihre Hinterbacken mit beiden Händen umgreifend und wieder sanfter massierend, direkt vor der Masse ihres Gesäßes zur Ruhe kam. Sein Mund sprach weiter, aber ein paar Augenblicke später sprach er ohne Worte, praktizierte er eine Sprache, die kein Ohr zu hören vermochte und die nicht mehr erzählte, sondern betete, eine über ihm thronende Gottheit anbetete, so ausdauernd und so leidenschaftlich, bis aus der Höhe die Segnungen kamen, und Lanzky sich, den Meister und dessen gegen den Glauben gerichteten Ideen für einige Sekunden als widerlegt ansah.

6.

Als er gar nicht mehr gewusst habe, wohin, sei er nach Messina aufgebrochen, immer auf der Suche nach Licht, nach noch mehr, noch hellerem Licht, sagte Nietzsche zu Cécile. Er habe dort auch den Sommer verbringen wollen, aber Messina sei letztlich auch eine Katastrophe gewesen, nur vielleicht nicht die schlimmste. Das Licht habe ihn da fast umgebracht, ständig blies der Scirocco, schon im April wurde es unerträglich heiß, morgens sah er den halbnackten Fischern am Hafen zu, wie sie die Fänge ans Ufer brachten, wie sie ihre Netze auf die Mole entleerten, Berge von Fisch kamen da in kürzester Zeit zusammen, das Volk stand in großen Trauben dabei, und sofort begann der Verkauf.

Er habe im Abstand, aus einer schattigen Ecke des Hafens, diese Szene beobachtet und schon zu dieser Stunde am frühen Morgen nur einen Wunsch gehabt – sich seines Anzugs zu entledigen.

Ob er in Messina auch seinen Regenschirm immer dabei gehabt habe, wollte Cécile wissen. Sie hatten sich wieder am Strand getroffen, weit draußen vor der Stadt, in der Höhe von Magnan, wo im Westen die Promenade des Anglais zu Ende ging und die Dichte der neu, zum Meer hin erbauten Villen abnahm. Er, Nietzsche, sei wie ein Arzt für ihre Seele gewesen, notierte Cécile an diesem Abend in ihr Tagebuch. Sie wünschte sich immer neue Treffen mit dem Philosophen, die er, meist nur für eine Stunde, gern gewährte. Sie spürte, dass er sie nicht als Schülerin ansehen konnte, nur in Ausnahmemomenten; wie damals in Èze sprach er zu ihr über seine Philosophie, oft gingen sie schweigend und wie zwei Abgesandte einander unbekannter Sterne, die eine unverhoffte, ihnen selbst nicht ganz geheure Vertrautheit füreinander empfanden, am Strand entlang.

Den Rest dieser Wanderstunden beanspruchte er für sich, für sein Denken und Schreiben. Er schrieb im Gehen, im Stehen, genauer gesagt, wenn ihm ein Gedanke kam und sich festsetzte, wenn dieser Gedanke Form annahm, blieb Nietzsche stehen, nahm sein schwarzes Notizheft aus der Jackentasche, das er ebenso wie seinen Regenschirm immer bei sich führte, und begann mit seinen Aufzeichnungen. Ein Gedanke, der nicht im Gehen gedacht werde, sei wertlos, sagte er zu ihr.

Gewiss, fuhr er fort, den Regenschirm habe er immer dabei, auch bei Sonne, auch in Messina, gerade da habe er ihn gegen die Sonne eingesetzt, und außerdem sei er eine gute Waffe gegen jedermann, auch gegen wilde Hunde, die in Italien überall herumliefen. In der Meerenge von Messina habe er sich einmal entschlossen, ins Wasser zu springen und im Meer zu schwimmen. Im Meer der Eleaten, sie müsse sich vorstellen, was das für ihn bedeutet habe, und da habe er den Schirm natürlich am Ufer zurückgelassen.

Er sei mit einem heiligen Gefühl in dieses Wasser hineingegangen, das Ufer sei steil abgefallen, er sei ein Stück hinausgeschwommen, nicht weit, da sei ihm einer dieser wilden Hunde gefolgt, und er habe sofort gedacht, jetzt habe er den Schirm nicht dabei, jetzt, da er ihn ein Mal wirklich brauche, habe er ihn am Ufer zurückgelassen. Der Hund sei wie toll ihm hinterhergeschwommen, zielstrebig und behände, er habe immer den Kopf über Wasser gehalten, er habe ihn erkannt, als er immer näher kam. Es war tatsächlich einer der räudigen Bestien von der Mole. Von der Furcht gepackt, denn er war nackt und weit draußen, niemand würde ihm gegen das Untier helfen, wurde er plötzlich von einem starken Sog erfasst und zuerst leicht, dann immer stärker nach unten gezogen.

Man fürchte sich vor einem Hund, der einen bedrohe, und komme zugleich in einem Strudel zu Tode, habe er da gedacht und dass er das aufschreiben müsse, denn genau so sei das Leben, aber es sei in diesem Moment unmöglich gewesen, etwas aufzuschreiben, nicht einmal schwimmen sei noch möglich gewesen, und seinen Notizblock habe er ja auch am Ufer gelassen.

Er geriet tatsächlich in den Strudel und konnte sich nur mit Mühe noch über Wasser halten. Der Sog riss ihn immer wieder nach unten, er kam auch immer wieder an die Oberfläche, er sei auch da schon in einer guten körperlichen Verfassung gewesen, doch nach und nach fühlte er seine Kräfte schwinden. Da war plötzlich der Hund dicht neben ihm gewesen, der Hund schwamm ganz zu ihm heran, und er, Nietzsche, griff instinktiv nach dem mageren Leib. Frei von jeder Angst vor der räudigen Kreatur umfasste er den Rumpf des Tieres und hielt sich daran geklammert.

Der Hund sei ganz ruhig und konzentriert mit ihm über den Strudel hinweggeschwommen und habe ihn vor dem Versinken in die Tiefe gerettet. Was geschehen wäre, wenn der Hund nicht gekommen wäre? Der ganze Zarathustra wäre ungeschrieben geblieben. In seinem Kopf sei der Zarathustra ja schon gewesen, aber dieser Kopf hätte in der Meerenge von Messina auf Grund gelegen, und das Gehirn mit dem gesamten Zarathustra darin wäre ein Festmahl für die Fische gewesen.

Bestimmt sei dieser Hund sein Schutzengel gewesen, sagte Cécile. Und vor allem der Schutzengel Zarathustras, gab Nietzsche zurück, denn was läge an ihm, sein Leben sei ja schon gelebt, aber sein Sohn Zarathustra, der habe noch das Licht der Welt erblicken müssen, und er könne sagen, jetzt sei er da und gedeihe prächtig. Andere, nicht er, aber andere, die meisten wohl, würden sagen, sagte Nietzsche, das sei ein Fingerzeig Gottes gewesen, ein Zeichen dafür, dass sein Sohn Zarathustra jetzt tatsächlich das Licht der Welt erblicken werde. Also doch *Gott sei Dank*, sagte Cécile. Nietzsche lächelte.

Er war nach Messina gefahren, weil laut Homer dort, am Rand der Erde, das Glück wohnen sollte. Er konnte es dort aber nicht finden. Vielmehr füllten ihn die Sizilianer jeden Abend derart mit Rotwein ab, dass am nächsten Morgen das Kopfweh ein unerträgliches Ausmaß annahm. Er vermochte sich dem Rotwein zunächst nicht zu entziehen, er trank aus Höflichkeit, auch um die großartige Gastfreundschaft der Sizilianer nicht zu enttäuschen. Rotwein bekam ihm nicht, was die Leute von Messina nicht wissen konnten, und wenn er es ihnen sagen wollte, verstanden sie ihn plötzlich nicht mehr.

Die Menschen von Messina seien so freundlich zu ihm gewesen wie noch niemand zuvor auf der Welt, sagte Nietzsche, in ihm sei sogar die Vermutung aufgekommen, jemand reise ihm voraus, der die Leute besteche, damit sie ihn besonders freundlich behandelten. Selbst wenn er von den Philosophen, die ihn so sehr interessierten, von den Eleaten, zu ihnen sprach, gingen sie darauf ein und stellten weitere Fragen oder erzählten, was sie darüber wussten oder auch nur, was sie sich vorstellten.

Er sei nun tatsächlich im Ursprungsland aller Philosophie angelangt gewesen, und er habe nur noch den einen Wunsch gehabt, auf den Ätna zu gehen, so wie einst der Philosoph Empedokles, der in den Krater hineingesprungen sei. Seine Zustände hätten es jedoch nicht zugelassen, bis zum Ätna zu fahren. Sicherlich hätten sie bewirkt, dass er noch schneller als einst Empedokles im Krater verschwunden wäre, nein, er habe es einfach nicht gewagt, weiter nach Sizilien vorzudringen, es sei zu viel der Geschichte gewesen, Agrigent, Syrakus, das habe er gar nicht ausgehalten, allein die Namen auszusprechen, habe ihn in einen mittelschweren Rausch versetzt. Eine heilige Scheu habe ihn befallen, und so sei er am Hafen von Messina verharrt und habe hinausgeschaut, zum Ätna hin, den man von Messina aus gut sehen könne, mit seinem schneebedeckten Gipfel und der immerwährenden kleinen Wolke darüber.

Cécile sagte, er habe wohl damals von Messina aus so zum Ätna geschaut, wie er heute von Nizza aus nach Korsika blicke. »Da könnten Sie Recht haben, mein Fräulein«, gab Nietzsche zurück. »Aber was bedeutet es denn, an einem Ziele anzukommen, was ist es denn, das Land seiner Träume wirklich und tatsächlich zu betreten? Was bleibt einem dann? Welches Entsetzen packt uns, wenn wir es uns bewusst werden lassen, dass wir angekommen sind?«

Er habe das Land der Griechen nicht nur mit seiner Seele gesucht, er habe es in seinem Kopf gefunden und sei auch noch bis an den geographischen Rand dieses Zauberreiches gelangt, aber es zu betreten, einzudringen, das sei doch etwas anderes gewesen. Auf dem Schiff, das er in Genua nach Messina bestiegen habe, im Verlauf seiner fürchterlichen und endlos erscheinenden Seekrankheit, unter der er die tyrrhenische Küste hinuntergesegelt sei, sei ihm klar geworden, dass es für ihn kein Bleiben mehr geben, dass er nirgendwo auf dieser Welt noch zu Hause sein könne. Auf der aufgewühlten See, hin und her geworfen von den Wellen, habe er sich plötzlich selbst als den Fliegenden Holländer gesehen, von dem Richard Wagners Oper handle. Ob sie sich vorzustellen vermöge, was das bedeute, was in einem vorgehe, wenn einem diese Einsicht überfalle? Verdammt zu sein, nirgends anzukommen und auch nicht sterben zu können? Da sei ihm das Gedicht *Der Wanderer* in den Sinn gekommen, dieses wehmütige Lied mit seinem Refrain *Weh dem, der keine Heimat hat*. Das Gedicht zu schreiben habe ihn dann wieder beruhigt.

Das Land der Griechen, das zu seiner Heimat geworden sei, könne er nicht betreten, das habe er in Messina gelernt, dieses Land gebe es nicht in der Wirklichkeit, so viel Realismus sei ihm doch geblieben. Aber welcher reale Ort könne nun noch der seine sein? Dieser Ort existiere nicht, er fände sich nicht mehr, Naumburg sei es nicht, weil dort die Schlangenbrut seiner Verwandten hause, Genua sei es nicht, weil er das Klima nicht aushalte, und Venedig sei es auch nicht, obzwar Köselitz dort zu Ruhm gelangen werde, aber Venedig, das sei für ihn die Verbotene, die durch Richard Wagners zur Verbotenen Stadt gewordene Stadt. Er habe sich klargemacht, dass es auch nicht Messina und nicht Rom sei, und wenn er einmal ehrlich zu ihr, Cécile, sein dürfe – Nizza sei es auch nicht.

7.

Nach dieser Rede schwieg der Philosoph, sein Schweigen wurde immer tiefer, er sah dabei aufs Meer hinaus, so starr und so lange sah er aufs Meer, als wollte er gar nicht mehr damit aufhören. Urplötzlich fing er wieder an: »Als ich wusste, dass es für mich keinen Ort in der Wirklichkeit dieses Zeitalters geben würde, kam ein Brief aus der Wirklichkeit, der mir ein neues Zeitalter zu versprechen schien. Die hochverehrte Malwida von Meisenbug in Rom, die ich einst in Bayreuth bei der Einweihung des Grünen Hügels kennengelernt hatte, schrieb mir einen Brief, sie schrieb mir diesen Brief am 27. März 1882. Ich habe ihn bis heute immer bei mir.«

Er zog ein zusammengefaltetes Stück Papier aus der Innentasche seiner Jacke, faltete es auseinander und las vor, was darauf stand: »Ein merkwürdiges Mädchen (ich glaube Rée hat Ihnen von ihr geschrieben) scheint mir ungefähr im philosophischen Denken zu denselben Resultaten gelangt zu sein, wie bis jetzt Sie, d.h. zum praktischen Idealismus, mit Beiseitefassung jeder metaphysischen Voraussetzung und Sorge um die Erklärung metaphysischer Probleme. Rée und ich stimmen in dem Wunsch überein, Sie einmal mit diesem außerordentlichen Wesen zusammen zu sehen, aber leider kann ich nicht zu einem Besuch Roms raten, da die Bedingungen des Lebens hier für Sie nicht wohltuend sein dürften.«

Dieser Brief regte Nietzsche gleich in mehrfacher Hinsicht auf. Das alte Fräulein von Meisenbug in Rom war ja für Nietzsche und alle, die zu ihrem weiteren Kreis zählten, unantastbar, ihre Meinungen hatten Gesetzeskraft, aber ihre Behauptung, jemand und noch dazu eine so junge Frau wie die erwähnte Russin sei zu denselben Ergebnissen im Denken gekommen wie er, musste Nietzsche dann doch für eine Anmaßung halten. Wenn diese junge Dame sich um die Erklärung metaphysischer Probleme keine Sorgen machte, dann war das ihre Sache. Auf ihn allerdings traf das nicht zu, ganz und gar nicht, und Malwidas Gleichsetzung zwischen ihm, einem gestandenen Denker und Autor philosophischer Bücher und einer blutjungen Frau aus Sankt Petersburg, wo sich seiner Meinung nach Peter dem Großen kein Philosoph mehr habe blicken lassen, war für Nietzsche dann doch ein trauriges Zeichen seiner Verkennung, das ihn empörte.

Dennoch sei es ihm unmöglich gewesen zuzulassen, dass dieses offenbar zumindest begabte Kind einzig und allein mit Paul Rée verkehren solle, der gar nicht dazu in der Lage gewesen sei, ihr Talent zu erkennen, geschweige denn es zu fördern. Es sei also genau aus diesem Grunde seine Pflicht gewesen, nach Rom zu fahren und sich dem Zirkel um Malwida anzuschließen, doch habe ihn der abschließende Hinweis, Rom tue ihm im Augenblick nicht gut, wiederum zögern lassen.

Deshalb stach er am 29. März mit einem sizilianischen Segler von Genua aus nach Messina in See und segelte bewusst an Rom vorbei, nicht ohne zwischen zwei Übelkeitsanfällen von See aus einen sehnsüchtigen Gruß etwa dort, wo er die Ruinen von Ostia Antica vermutete, in den Salon der Malwida von Meisenbug zu senden.

In Messina wich diese Sehnsucht dann nicht mehr von ihm, ja jeder Versuch, sie zu verdrängen, erbrachte als Resultat nur ihr stetiges Anwachsen. Malwidas Brief und die darin angesprochene Geistesverwandtschaft mit einer zweiundzwanzigjährigen Frau von, wie ihr ausnahmslos jedermann bescheinigte, höchster Intelligenz und erlesenem Geschmack ließ ihm keine Ruhe mehr.

Im Stammland der Philosophie stand es ihm dann immer deutlicher vor Augen, dass diese Frau tatsächlich seine Geistesverwandte sein müsse, dort, im Herzen der alten eleatischen Welt erblickte er plötzlich, den Ätna betrachtend, sich selbst als den weißen, in blauer Einsamkeit thronenden eiskalten Gipfel und sie als die schöne zarte Wolke darüber, die den Gipfel umschwebt und ihn nie verlässt, die als Einzige seine Einsamkeit teilt und begreift, die diese Einsamkeit durch Einverständnis bestätigt und sie damit zugleich aufhebt. Mit diesen Gedanken schlaflos in sizilianischer Nacht liegend fasste Nietzsche den Entschluss, nun sofort nach Rom aufzubrechen.

Nietzsche fuhr darauf zwei Tage lang ohne Unterbrechung von Messina aus mit dem Zug nach Rom, nur um sich dort zunächst einen Tag lang mit schweren Migräneanfällen in ein verdunkeltes Hotelzimmer zu legen. Am nächsten Vormittag jedoch eilte er, noch immer nicht ganz auf der Höhe, in Malwidas Wohnung, via della Polviera 6, stürmte wie ein Besessener die Treppen des Wohnhauses hinauf, um vollkommen außer Atem seiner mütterlichen Freundin vor Erschöpfung förmlich in die Arme zu sinken.

In diesem Moment, von der altersschwachen Malwida gerade noch so gehalten, überfiel ihn das wunderbar beruhigende Gefühl, einfach aufzugeben, auf der Stelle alles sein zu lassen, sich hinzulegen und in Malwidas vor ungewohnter Anstrengung zitternden Armen auf den Tod zu warten. Eine beseligende Entspannung kam über ihn, wie er den Kopf an Malwidas Busen drückte, in diesem Moment fühlte er sich aufgenommen und angenommen von einer Mutter, wie er es als Kind nie gekannt hatte.

Doch hielt dieser Zustand nur wenige Sekunden an. Nach kurzer Erholung schritt er, nun wieder die zurückkehrenden Kräfte in sich spürend, wie von unbekannten Mächten angezogen, zum Klavier, das sich vor einem hüfthohen Bücherbordstand befand, in dem seine eigenen Werke in auffälliger Platzierung in Reihe standen, setzte sich auf den schönen gepolsterten Schemel und schlug einige Takte aus der Ouvertüre von Wagners Oper *Tristan und Isolde* an, ohne jedoch bis zum Tristanakkord zu gelangen. Dabei sah er aus dem Fenster, und sein Blick fiel direkt auf das Capitol, das man von Malwidas Salon aus fast zur Gänze überblicken konnte. Beim Anblick der Reiterbüste Marc Aurels kehrte Nietzsche zu alter Stärke und Entschlossenheit zurück und hieb wie besessen in die Tasten, mit einem Anschlag, der dem Charakter der von ihm gespielten Passage nicht im Geringsten entsprach. Urplötzlich brach er sein Spiel ab und starrte, zu allem entschlossen, auf die Statue des römischen Kaisers.

»Sie sind im Petersdom«, sagte Malwida unter ihrer weißen Haube heraus und legte Nietzsche eine Hand auf die Schulter.

»Wer?«, fragte er wie in Trance zurück.

»Paul Rée und Lou von Salomé.«

Nietzsche stockte, Nietzsche überlegte, er runzelte die Stirn und blickte, den Kopf drehend, zu Malwida hinauf, die so klein war, dass sie stehend nur knapp den sitzenden Pianisten überragte: »Ohne Anstandsdame?«

»Braucht eine intelligente Frau eine Anstandsdame? Brauchen erwachsene Menschen einen Aufpasser?«, fragte Malwida und lächelte wissend.

Nietzsche stürzte davon, rief noch aus dem Treppenhaus Danke!, Danke vielmals! der an der Eingangstür stehenden Malwida zu, die noch immer lächelte und die sich in diesem Augenblick fragte, für wen sie denn noch immer lächelte, denn schon hörte sie unten die Haustür ins Schloss fallen.

Er trieb den Kutscher an, Avanti, avanti zum Vatikan!, der Kutscher fragte ihn, ob er Angst habe, das Jüngste Gericht zu verpassen, das sei seines Wissens noch einmal verschoben worden, aber Nietzsche brüllte von hinten immer nur Avanti, Avanti! und dann: Petersdom, Petersdom! Welche Adresse das gleich wieder sei, fragte der Kutscher spöttisch, aber Nietzsche verstand nicht, er atmete schwer und kam ins Husten, seine Migräne setzte in voller Stärke ein.

Als er die große Kuppel von Weitem im Regen, der während der Kutschfahrt eingesetzt hatte, glänzen sah, ließ er anhalten und stürzte fast noch im Trab aus dem Wagen, der Kutscher ließ ihn laufen, obwohl er nicht bezahlt hatte, er war froh, den Wahnsinnigen los zu sein.

Er überquerte im Laufschritt den menschenleeren regennassen Petersplatz, sein Kopf drohte zu zerspringen, die Heiligen auf den Arkadendächern blickten grau und mitleidlos auf ihn herab, er fürchtete, sich gleich übergeben zu müssen, was keinesfalls im Dom geschehen durfte. Niemals sei er gerannt, auch nicht bei Platzregen, hatte er einmal zu Cécile gesagt, seine Mutter habe dem kleinen, immer ein bisschen renitenten Fritz von einem Unterstand aus zugerufen, er möge laufen, als urplötzlich ein Wolkenbruch auf Naumburg herunterging. Alles um ihn herum sei geflüchtet, aber er, der kleine Pastor – so habe man ihn als Schüler in Naumburg genannt – habe seine Würde behalten und sei gemessenen Schrittes über den weiten Marktplatz gegangen, seiner schimpfenden, selbst schon triefnassen Mutter entgegen. Von da an habe er immer einen Regenschirm mitnehmen müssen. Und nun hetzte er ohne Schirm im Regen ausgerechnet über den Petersplatz und kam sich zugleich wie der verworfenste und wie der hoffnungsvollste unter den Menschen vor. Beide Zustände würde seine Mutter nicht billigen.

Sein Atem ging schnell, und sein Herz raste, als er hastig das Eingangsportal durchschritt, zu hastig, dachte er, für einen, der demütig in die Kirche der Kirchen eintrete. Der Weihrauchduft, der in der Luft hing, bewirkte immerhin, dass seine Übelkeit schlagartig nachließ. Das ungeheure Ausmaß des Innenraums raubte ihm den wenigen Atem, der ihm noch geblieben war, und als sein Blick wie von einem Magnet angezogen in die Höhe der Kuppel abschweifte, fühlte er, wie er von einem Schwindel ergriffen wurde. Der Boden unter seinen Füßen schien nachzugeben. Er musste sich in die erste erreichbare Bank setzen.

Während er dort allmählich ruhiger wurde, blickte er umher und gewöhnte sich mit jedem Augenblick mehr an die gewaltige Wirkung des Ortes. Zahllose kleinere und größere Gruppen von Gläubigen ergingen sich in den Weiten des Kirchenraums, schienen sich sofort darin zu verlieren und wurden durch andere Gestalten ersetzt. Nietzsche wusste, wo er zu suchen hatte. Wieder gefasster, steuerte er an Michelangelos Pietà vorbei auf die hinten im rechten Seitenschiff befindlichen Beichtstühle zu und riss an allen Beichtstühlen die Vorhänge zurück. Die ersten vier waren leer, im fünften fand er den schreibenden Rée.

Beide sahen sich für kurze Augenblicke erstaunt und fragend an. Dann machte Reé eine Bewegung mit dem Kopf, indem er das Kinn nach vorne reckte und so auf den Beichtstuhl vor ihm wies. Nietzsche atmete tief durch, ging die zehn Schritte zum nächsten Beichtstuhl mit einer beinahe frommen Gemessenheit und wagte nicht, den Vorhang zurückzuziehen, sondern räusperte sich in auffälliger Art und Weise zweimal unmittelbar vor dem Vorhang. Zunächst geschah nichts, er räusperte sich noch einmal, nach endlosen Sekunden ging der Vorhang zurück und ein kahlköpfiger Priester in weißem Gewand und lila Umhang blickte ihm streng in die Augen und fragte, ob er denn gar kein Benehmen habe, hier werde gerade eine Beichte abgenommen.

Nietzsche entschuldigte sich nur mit einem demütigen Blick und einer leichten Verbeugung und wartete in der Nähe des Beichtstuhls, bis der Priester herauskam und, ohne ihn noch eines Blickes zu würdigen, davonging. Dann sprang Nietzsche selbst in die verlassene Hälfte des Beichtstuhls und blickte angestrengt durch das dichte Korbgeflecht, das Beichtende und Beichtvater voneinander trennte.

Er gewahrte nichts außer dem Umriss eines Menschen, der unbewegt und stumm, betend vielleicht, auf der anderen Seite des Geflechts verharrte. Frau oder Mann, genau vermochte er das nicht zu sagen, doch wusste er instinktiv, dass sie es war, der er nun gegenübersaß, der er hier im Petersdom zum ersten Mal Auge in Auge und nur noch getrennt durch ein Korbgeflecht, begegnete – dass er sie gefunden hatte.

Er nahm seine Brille ab, der Kurzsichtige versuchte zu erkennen, was er ahnte, aber es gelang ihm auch dann nicht, das Korbgitter war zu dicht, die Beleuchtung zu schlecht, und so nahm er all seinen Mut zusammen und richtete einen Satz an sein verborgenes Gegenüber, der, das war ihm sofort klar, weder der Heiligkeit des Ortes noch der Art der Beziehung zu der ihm gegenübersitzenden Person angemessen war.

Doch er dachte gar nicht mehr an diese Rücksichten, er dachte an nichts mehr, zum ersten Mal in seinem Leben war ihm so, als fiele das Dasein seines Körpers und das Arbeiten seines Gehirns für einen entscheidenden Augenblick in eins, als gäbe es für beide nur diesen Augenblick, und als habe es immer nur diesen einen Augenblick gegeben, als verdichte sich in ihm ein ganzes Leben, und als müsse er sich immer wieder ereignen, allein, um dieses verdichtete Leben für alle Zeit zu retten und zu erhalten. Und so schickte er mit einer Stimme, mit der nicht er sprach, die vielmehr aus ihm kam, durch das Korbgeflecht hindurch, das den Innenraum des Beichtstuhls unterteilte, einen einzigen Satz, von dem er glaubte, er könne und müsse alles sagen, er umschließe auf der Stelle das ganze Schicksal der beiden in diesem Beichtstuhl Sitzenden und öffne zugleich wie mit einem Fanfarenstoß die Pforten zu einer gemeinsamen Zukunft: »Von welchen Sternen sind wir hier einander zugefallen?«

8.

Lanzky konnte Nietzsche zu einem Spaziergang über den Schlossberg bewegen, obgleich Nietzsche wusste, dass Lanzky den auf halber Höhe des Schlossbergs gelegenen Friedhof, den *Cimetière du Château*, ansteuern würde. Nietzsche hatte ein wenig Furcht vor diesem Friedhof und gab das auch zu. Riesige Engel aus Marmor ragten dort über den pompösen Gräbern der Patrizier auf. Wenn man vor dem Tor stand, sah man die Gräber nicht, sondern nur die in abenteuerlicher Höhe und bestürzender Anmut über dem Besucher schwebenden Engel mit ihren gespreizten Flügeln, die aussahen, als würden sie gerade zum Flug ansetzen.

Friedhöfe seien seine Leidenschaft, so Lanzky gegenüber Nietzsche. Nicht nur sein Pessimismus habe ihn immer wieder auf die Friedhöfe geführt. Vor allem die alten italienischen Friedhöfe hätten es ihm angetan, mit ihren Statuen und ihren Grabmälern, die wie Häuser für die Toten nebeneinanderstünden, mit Nischen für Blumen und Kerzen, manche mit Fotografien der Verstorbenen versehen.

Er könne Friedhöfe nicht ausstehen, sagte Nietzsche, wenn er könnte, würde er den Tod abschaffen, im Grunde kämpfe er nicht nur gegen die Dummheit, sondern auch gegen den Tod.

Sie gingen die Gräberreihen auf und ab, Lanzky las Nietzsche die Namen der Toten vor, die dieser aufgrund seiner Kurzsichtigkeit selbst nicht entziffern konnte. Nietzsche bat ihn darum. All diese Namen, sagte er dann, ob er, Lanzky, sich schon einmal überlegt habe, wofür das gut sein solle, all diese Menschen, die lebten, und dann in den Gräbern verschwänden, was das für einen Sinn habe?

Lanzky schwieg. Er war geneigt zu sagen, darin läge überhaupt kein Sinn, wenn es nicht ein geheimer, von Menschen nicht einzusehender Sinn wäre. Aber er sagte es nicht. Stattdessen sagte Nietzsche, all das habe sehr wohl einen Sinn und zwar einen eindeutigen. All diese Toten hätten gelebt, und all diese jetzt Lebenden und alsbald Toten lebten, um in der Summe eine höhere Stufe Mensch hervorzubringen. Dieses ganze Volk, so Nietzsche, sei allein dazu da, aus sich heraus über sich hinauszugelangen und schließlich den einen Typus zu erzeugen, der sie überrage und übersteige. Der Mensch sei nichts anderes als eine Brücke.

Lanzky aber kam gerade auf Friedhöfen und zumal auf diesem pompösen, wie eine tragische Oper sich dem Besucher entgegenwerfenden, scheinbar alle Scham und jeden Abstand hingebenden Friedhof, der mit seinen monumentalen Engeln eine einzige Anklage an die Lebenden darstellte, nicht über sein ursprüngliches Friedhofsgefühl hinweg. Es war das ihn immer wieder befremdende Gefühl eines bitteren Triumphs. Er selbst lebte ja noch, er stand auf beiden Beinen und ging selbstbestimmt durch die Reihen der Gräber, während die Toten vor ihm reglos unter der Erde lagen. Sie hatten alles verloren, sie waren jetzt den Elementen ausgeliefert, und er war immer noch da und konnte sich das klarmachen.

Ihm war bewusst, wie barbarisch dieser Gedanke war, aber dieser Gedanke erwies sich als der einzige, den er fassen, dem er nicht entgehen konnte, wenn er einen Friedhof betrat. Er, sagte Lanzky nun zu Nietzsche, gelange auf einem Friedhof über seinen Pessimismus nicht hinaus. Die Friedhöfe stürzten ihn vielmehr immer wieder direkt in diesen Pessimismus hinein. Er hoffe, er werde von ihm, Nietzsche, lernen, seinen Pessimismus zu überwinden und sich vollkommen der Aufgabe zuzuwenden, die der Meister der Menschheit stelle.

Jetzt könnte er seine Schreibmaschine gut gebrauchen, sagte Nietzsche darauf unvermittelt. In Genua sei die Schreibmaschine, die er sich vor einem Jahr angeschafft habe, um seine Augen zu schonen und weil er oft seine eigene Handschrift nicht mehr lesen könne, unbrauchbar geworden, da aufgrund des schlechten Wetters der Farbstreifen feucht und klebrig geworden sei. Mit einem feuchten und klebrigen Farbband in der Schreibmaschine, sagte Nietzsche und lenkte seine Schritte entschlossen zum Ausgang des Friedhofs, sähe alles, was man geschrieben habe, lächerlich aus. Es könne einem das Schreiben geradezu vergällen und über das Schreiben werde einem auch noch das Denken vergällt, wenn man die verklebten und verschmierten Buchstaben sehe, mit denen man etwa ein Gedicht niedergeschrieben habe.

Als Erstes nach dem Erhalt der Schreibmaschine habe er den Vers »Glattes Eis, ein Paradeis / Für den, der gut zu tanzen weiss« mit seiner Schreibmaschine geschrieben. Das sei beim ersten Mal sauber auf dem Papier gestanden, doch als er es ein zweites Mal geschrieben habe, seien dieselben Verse praktisch unlesbar gewesen.

Deshalb habe er seine Schreibmaschine, die ihm mehr Ärger als Freude eingebracht habe, in Genua gelassen. Leider habe er nicht bedacht, dass das trockene und warme Klima von Nizza gerade auch der Schreibmaschine gut tun würde. Andererseits gehe ihm die Schreibmaschine auch jedes Mal auf die Nerven, wenn er sie zu benutzen versuche. Sie sehe aus wie ein Nadelkissen für Kurzsichtige, und der Kurzsichtige habe jeden Buchstaben einzeln auf diesem Kissen zu suchen und ihn mit seinem Finger niederzudrücken, was für ihn persönlich unendlich anstrengend sei. Die Schreibmaschine versklave den Menschen, Lansky solle sich das merken. Alles Technische komme anbiedernd als Hilfestellung daher, nur um uns zu versklaven und zu seinen Geschöpfen zu machen.

Eigentlich sei er froh gewesen, dass die Schreibmaschine einen Tag nach ihrer Ankunft aus Kopenhagen kaputt gegangen sei, fuhr Nietzsche fort. Die meisten der Buchstaben seien steckengeblieben, wenn man sie niedergedrückt habe, und klebten ihrerseits auf dem Papier. Wenn man versucht habe, sie vom Papier loszumachen, habe man schmutzige Finger bekommen, mit denen man dann auch das Blatt verschmiert habe, ob man wollte oder nicht, da konnte man so viel aufpassen wie man nur wollte, das Blatt müsse man ja irgendwie wieder aus der Maschine herausziehen.

An anderen Tagen habe sie einwandfrei funktioniert, doch habe man nach dem Schreiben rein gar nichts auf dem Papier gesehen. Entweder sei die Luft zu feucht, dann schmiere das Farbband. Oder es sei zu trocken, dann gebe das Band gar keine Farbe ab. Ehrlich gesagt, da komme ihm die Keilschrift der Akkader noch praktikabler vor. Lieber Tontafeln in einem Ofen brennen, als blind und resultatlos auf ein Nadelkissen einhauen. Er habe die Schreibmaschine mit dem Hinweis, sie sei defekt, zurück nach Kopenhagen geschickt, und zwar in der Hoffnung, man werde sie dort behalten.

Lanzky empfand es als kränkend, dass Nietzsche in dem Moment, da Lanzky selbst hatte philosophisch werden wollen, von seiner Schreibmaschine anfing. Dass der fast Blinde mit einem neu entwickelten Gerät wie der Schreibmaschine nicht umgehen konnte, hätte er ihm nicht erst erklären müssen. Lanzky wollte allein schon aus Trotz das zuvor besprochene Thema wieder aufgreifen und fragte Nietzsche, ob er eigentlich die Sargpraktiken und Todesübungen der Sarah Bernhardt kenne. Nietzsche ging aber darauf nicht ein, sondern sagte, die Schreibmaschine sei doch tatsächlich schon zwei Wochen später wieder bei ihm in Genua gewesen. Man habe einen Zettel daran befestigt, auf dem alles Mögliche auf Dänisch gestanden habe, das er naturgemäß nicht habe lesen können. Die Rechnung allerdings sei auf Deutsch gewesen.

Er müsse wohl nicht erwähnen, schloss Nietzsche an, dass der Schaden an der Schreibmaschine keineswegs behoben gewesen sei, dass man also nicht das Geringste an dem Gerät gemacht habe, außer den unverständlichen dänischen Zettel und die deutsche Rechnung hinzuzufügen. Im Übrigen habe er Sarah Bernhardt in Genua gesehen.

Lanzky horchte auf. Diese neuen Erfindungen, sagte Nietzsche, würden uns nicht wirklich weiterbringen. Die Schreibmaschine werde Talente zerstören und Genies an klebrigen Farbbändern verzweifeln lassen. Sie, die Bernhardt, habe die Kameliendame gespielt, sagte Nietzsche dann, ein Gastspiel im Teatro Carlo Felice. Da seien er und Rée sofort hin. Die Kameliendame sei ja die Paraderolle der Bernhardt. Eine solche Berühmtheit wie die Bernhardt hätten sie sich nicht entgehen lassen wollen, vor allem da sie als Pariserin aus patriotischen

Gründen nicht in Deutschland auftrete. Einmal im Leben habe er die Bernhardt doch sehen wollen, auch wenn ihn, Nietzsche, die Kameliendame nicht besonders interessiert habe. Andererseits seien die Abende mit Rée so anstrengend für ihn gewesen, dass er lieber ins Theater gegangen sei, auch in die Kameliendame, als sich mit diesem Griesgram den ganzen Abend herumzuquälen.

Er habe ja das Ansinnen seines alten Freundes Paul Rée nicht ablehnen können, ihn einmal in Genua ein paar Tage lang zu besuchen, aber seinem eigenen Wunsch habe es ganz und gar nicht entsprochen. Nachts habe er Migräneanfälle der übelsten Art gehabt, und tagsüber habe ihn Rée mit seiner positivistischen Philosophie traktiert.

Im Grunde verstehe er nicht, so Nietzsche weiter, weshalb jedermann vor ihm philosophieren müsse. Ständig müsse er sich sogenannte Denker anhören, die sich vor ihm in Pose würfen und ihr von ihnen und meist nur von ihnen so genanntes Denken ausbreiteten. Das interessiere ihn doch gar nicht, und genau genommen verstehe er nicht einmal, weshalb außer ihm heute noch jemand anderer philosophieren müsse. Seinen Freunden außer Overbeck, Overbeck sei die rühmliche Ausnahme, fiele ja nichts anderes mehr ein, als vor ihm philosophisch zu werden, was er zunehmend abstoßend finde und konsequent fliehe. Damals, vor einem Jahr, habe er es noch zugelassen. Rée sei also nach Genua gekommen, und da seien ihm Sarah Bernhardt und die Kameliendame gerade recht gewesen.

Allerdings, so Nietzsche weiter, sei die Bernhardt schon im ersten Akt in Ohnmacht gefallen und liegen geblieben und habe wie tot ausgesehen. Sie sei eine Stunde hinter der Bühne verschwunden gewesen, sei dann zurückgekommen, habe ein paar Minuten weitergespielt und sei dann erneut hingefallen, diesmal mit einem Blutsturz. Damit sei die Vorstellung natürlich beendet gewesen. Vielleicht sollte die Dame sich doch nicht so intensiv mit dem Tod beschäftigen, wie man es von ihr hört.

Lanzky ergriff darauf das Wort, wobei ihm war, als habe er es Nietzsche frech aus dem Mund gestohlen, und sagte, sie, die Bernhardt, schlafe in einem Sarg. Den Deckel lehne sie an der

Seite an, ringsum seien Kerzen aufgestellt, die die ganze Nacht brennen würden. Die Bediensteten müssten die im Sarg Gebettete sodann mit Blumen bestreuen. Wenn sie auf Reisen gehe, nehme sie den Sarg mit. Auch lasse sie sich im Sarg schlafend fotografieren und verteile diese Fotos vor und nach ihren Vorstellungen an ihre Verehrer. Manchmal stelle sie auch ihre Beerdigung nach, um, wie sie sage, sich daran zu gewöhnen. Sie lasse sich dann im geschlossenen Sarg in ein Grab hinabsenken. Das fasziniere ihn, Lanzky, doch sehr, fügte er hinzu, eine so schöne Frau wie die Bernhardt und vollkommen vom Tod besessen.

Er frage sich, sagte Nietzsche, weshalb man sich denn an sein Begräbnis gewöhnen müsse, da es ja nur einmal stattfinde und bei dem man selbst als Hauptperson noch nicht einmal etwas tun müsse. Er, Nietzsche, halte es da lieber mit dem alten Montaigne, der gesagt habe, der Tod finde uns früh genug, so lange wir lebten, sei er noch nicht da, und wenn wir tot seien, müssten wir uns nicht mehr mit ihm beschäftigen. Weshalb also überhaupt an den Tod denken?

Allerdings habe ihn, Nietzsche, Sarah Bernhardt, und das sei das Interessanteste an ihr gewesen, in Aussehen und Habitus doch sehr an Cosima Wagner erinnert. Nur sei Frau Wagner keine Hysterikerin und keine Schauspielerin, sondern die ideale Frau auf diesem Planeten, die ideale Frau für ein Genie und als solche natürlich auch in bestimmter Art und Weise Schauspielerin. Eigentlich sei sie seine, Nietzsches, Frau, sei es schon immer gewesen, wenn er, Lanzky, verstehe, schon vor Wagner, vor Bülow und wie die Hanswurste alle geheißen hätten, die Ariadne durchs Labyrinth geführt habe. Aber sie sei leider schon die Geliebte Richard Wagners gewesen, als er, Nietzsche, sie kennengelernt habe. Cosimas spätere Ehe mit Wagner habe Nietzsche aber stets nur als fortgesetzte Unzucht mit einem Perversen betrachten können.

Lanzky wusste, wenn Nietzsche von Wagner anfing, schlug seine Stimmung meist um. Es war dann nicht vorhersehbar, wie es weitergehen würde. Es bestand die Möglichkeit, dass Nietzsche in eine Schimpftirade ausbrach, dass er ohne Vorwarnung zu randalieren versuchte, was aufgrund seiner Sehschwäche immer etwas hilflos wirkte, dass er einen grässlichen Lachanfall bekam oder dass er, auch das hatte Lanzky in den wenigen Tagen, seit er mit dem Meister zusammen war, schon erlebt, hemmungslos zu weinen anfing. Nietzsches Weinkrämpfe waren berüchtigt, und stets traten sie unweigerlich beim Thema Richard Wagner auf, insbesondere wenn es um dessen Frau Cosima ging, die er freundlich gestimmt Ariadne und, wenn er erzürnt über sie war, die Brieftaube nannte.

Ob es eine Möglichkeit gebe, die Schreibmaschine so schnell wie möglich nach Nizza kommen zu lassen, sagte Lanzky plötzlich, um von Cosima Wagner abzulenken und einen Anfall Nietzsches zu verhindern. Nietzsche ging jedoch nicht darauf ein. Wagner habe mit Cosima das größte Glück, das man sich vorzustellen vermöge, auf seine Person vereinigt, sagte er stattdessen. Wagner habe in allem Glück gehabt, vor allem mit Cosima, da er in ihr die ideal zu ihm passende Frau gefunden habe, vor allem da sie das Unternehmen Bayreuth in die Hand genommen habe, als Brieftaube nämlich, er, Lanzky, begreife doch, was Nietzsche meine.

In Tribschen am Vierwaldstädter See sei er bei Wagner im Salon gesessen, und oben im ersten Stock sei Cosima in den Wehen gelegen. Ihre Schreie gellten durch das ganze große Haus, und Wagner habe im Parterre dazu Klavier gespielt, ohne sich im Geringsten darum zu kümmern. In dieser Nacht sei Sohn Siegfried geboren worden, aber er, Nietzsche, habe nichts davon mitbekommen, da er Cosimas Schreie, die Wagner nicht im Geringsten gestört hätten, nicht habe aushalten können und Chloral genommen habe. Wagner und Cosima hätten sich alles herausgenommen, was man sich überhaupt herausnehmen könne. Er, Nietzsche, habe zeitweise die Gesellschaft der beiden gemieden, da sie ihm moralisch anrüchig erschienen sei und er durch den Umgang mit ihnen seinen guten Ruf als Universitätsprofessor in Gefahr gesehen habe. Damals sei ihm daran noch gelegen gewesen, aber es habe nicht lange gedauert, dann habe er alle Vorsicht Wagner gegenüber fallen lassen und auch nicht mehr an seinen guten Ruf gedacht.

Wenn Nietzsche angesichts von Wagners Rücksichtslosigkeit den Sitten gegenüber bedenke, sagte er darauf, welchen Aufwand er mit seiner Schwester als Anstandsdame in Tautenburg getrieben habe. Elisabeth musste immer mit von der Partie sein, damit er und die Lou sich überhaupt hätten sehen können.

Er sei im August 1882 mit der Lou wochenlang den ganzen Tag durch den Thüringer Wald gelaufen, unablässig im Gespräch, und seine kleine dicke Schwester keuchend hinterdrein, selten habe man sie ganz abgehängt, sie sei zäh gewesen und erstaunlich gut zu Fuß, und wenn man es doch geschafft habe, sie hinter einer Biegung loszuwerden, so habe es garantiert Ärger mit ihr gegeben.

Nichts habe er sich gegenüber der Lou oder zusammen mit ihr herausgenommen, während sich Wagner und Cosima alles herausgenommen hätten, und niemand habe bei denen ein Wort darüber verloren. Dann sei dieser Märchenkönig aus Bayern gar nicht mehr über Wagner zu beruhigen gewesen, so sehr habe er ihn verehrt und ihm Bayreuth ermöglicht und was nicht noch alles für ihn getan. Wenn er dagegen bedenke, wie mit ihm, Nietzsche, umgesprungen worden sei, als er mit der Lou durch den Thüringer Wald gelaufen sei!

Als sei er der schändlichste aller Sterblichen, habe ihn seine Schwester ins Gericht genommen, und seine Mutter habe in dieselbe Kerbe gehauen. Die Lou hätten beide diskreditiert und versucht schlechtzumachen, wo es nur ging. Die Naumburger Tugend, so hätten sie sich selbst genannt, die beiden Canaillen, ha!, rief er über den Friedhof, dessen Ausgang sie immer noch nicht gefunden hatten, an der Naumburger Tugend werde er noch zugrunde gehen.

Aber, fuhr er fort, und Lanzky hatte den Eindruck, jetzt sei Nietzsche nicht mehr zu stoppen, vielleicht sei er ja selbst schuld. Wagner könne eben besser mit den Frauen umgehen als er. Auch darin müsse man talentiert sein. Lanzky, habe Nietzsche plötzlich zu ihm gesagt, es sei wohl so wie Mephisto zu Wagner gesagt habe: *Besonders lernt die Weiber führen.*

Lanzky überlegte, was Wagner denn plötzlich mit Mephisto zu tun habe, ob in Nietzsches Vorstellung Wagner ein direktes

Gespräch mit Mephisto geführt habe, was ihm, Lanzky, eine Sekunde lang durchaus wahrscheinlich vorgekommen sei, oder ob Nietzsche jetzt übergeschnappt sei, was ihm nicht weniger plausibel erschienen wäre, bis ihm, Lanzky, eingefallen sei, dass Nietzsche gerade den Famulus des Faust gemeint habe und nicht den Komponisten.

Im Weiberführen sei er, Nietzsche, zeitlebens ein Dilettant geblieben. Es genüge nicht, so er, den rechten Zeigefinger in seine, Lanzkys, Richtung hebend, sich ihnen gegenüber galant und vornehm zu benehmen, ebenso wenig genüge es, intelligent mit ihnen zu schwatzen, darin sei er gut und auch sehr beliebt, sagte er und blieb, den Zeigefinger senkend, stehen. Nein, Lanzky, sagte er darauf und sah ihn scharf von schräg unten her an, er möge genau zuhören und ihm den folgenden Satz verzeihen, denn er sei wahr: »Man muss sie nicht nur verstehen, man muss auch verstehen, sie zu nehmen.«

9.

Nietzsche begann damit, seine eigenen Werke nach und nach Lanzky zukommen zu lassen, durchaus mit dem strategischen Hintergedanken, zumindest in der kleinen Urgemeinde seiner Lehre, die aus Cécile und eben Lanzky bestand, werde er ernsthaft gelesen, wenn nicht sogar studiert, und man bemühe sich dort auch um erste Versuche einer Auslegung seines Denkens, das nur den Auftakt zu ungleich größeren und wesentlich tiefgreifenderen Interpretationsanstrengungen bilden werde.

So schenkte er Lanzky auch sein jüngst erschienenes Werk, die *Idyllen aus Messina*. Cécile hatte längst gegenüber Lanzky die Erwartung geäußert, er möge sie mit Nietzsches Lehre besser bekannt machen. Nun las er ihr zunächst in einer ihrer gemeinsamen Nächte aus den *Idyllen aus Messina* vor.

Er frage sich manchmal, sagte Lanzky in jener Nacht, ob Nietzsche tatsächlich ein so großer Dichter sei, wie er es von sich glaube. Als Beleg für seine These las er zwei Verse aus dem *Lied des Ziegenhirten* vor, deren poetischen Gehalt er recht zweifelhaft fand: »Die Liebe zehrt an mir / Gleich sieben Übeln – / Nichts mag ich essen schier, / Lebt wohl, ihr Zwiebeln!«

Lanzky schwieg lange, nachdem er diesen Vers vorgelesen hatte. Der Liebesschmerz des Ziegenhirten werde durch die Zwiebeln unweigerlich ins Lächerliche gezogen, sagte er dann. Wenn man vor Liebeskummer, und er wisse, wovon er spreche, sei er doch von seiner italienischen Geliebten, und er meine das wörtlich, auf ewig getrennt und leide darunter wie ein Hund, nichts essen könne, verabschiede man sich doch wohl am wenigsten von den Zwiebeln. Die Zwiebeln müssten vielmehr, und darin liege das Problem, dazu herhalten, dass sich ein Reim auf »Übeln« ergebe, worauf sich aus der ganzen Palette des kulinarischen Wortschatzes wohl nur »Zwiebeln« reime.

Wovon sich ein Ziegenhirte denn sonst verabschieden solle, erwiderte Cécile, von Kaviar und Champagner etwa? Es passe doch ins Bild, dass sich ein Ziegenhirte von Zwiebeln verabschiede; der Reim erscheine ihr gelungen.

Ein Liebhaber, der Zwiebeln esse, und er denke jetzt unbedingt an rohe Zwiebeln, sagte Lanzky, sei von vornherein disqualifiziert, allein sein Atem sei doch für die galante Art ungeeignet. Andererseits spiele das Gedicht in einem Milieu, in dem auch die Angebetete Zwiebeln gegessen haben könnte, und außerdem sei das Lied des Ziegenhirten dem Nachbarn Theokrit von Syrakusa gewidmet und sei demnach in der Antike angesiedelt, wo man wahrlich andere Maßstäbe angelegt habe als in der Gegenwart.

So sei es etwa denkbar, dass Zwiebelatem in der Antike als erotisch anziehend gegolten habe, ganz so wie in einigen Weltgegenden extreme Körpergerüche als Mittel eingesetzt würden, um Geschlechtspartner anzulocken. Es sei, so Lanzky weiter, allerdings die Frage, ob Nietzsche in seinem Gedicht auf ausgerechnet diesen kulturgeschichtlichen Umstand habe hinweisen wollen.

Er begreife einfach nicht, wie ein Philosoph, der den Zarathustra geschrieben habe, ja, der den Zarathustra gerade erst abgeschlossen und darin jedes seiner ungeheuerlichen Dekrete mit *Also sprach Zarathustra* unterzeichnet habe, wie dieser Denker dann sogleich im Anschluss solche Gedichte wie die *Idyllen aus Messina* habe fabrizieren können, deren letzte mit dem Vers *Also sprach der Vogel Specht* ende.

Was sie vom Zarathustra bisher gehört habe, gelesen habe sie ja noch keine Zeile, sagte Cécile, sei das Buch doch gar nicht auszuhalten, wenn man es so ernst nähme, wie er, Lanzky, das nahelege.

Lanzky glaubte zunächst, nicht richtig zu hören und fuhr dann auf. Es handle sich, sagte er mit lauter Stimme, um nichts weniger als um ein heiliges Buch, ein Buch, das die Geschichte der Menschheit über Jahrhunderte bestimmen werde, nicht nur in Nietzsches Augen, da könnten sich weder der Autor noch der Leser einen Spaß erlauben und alles ins Lächerliche ziehen. Heilige Bücher enthielten und ertrügen keinen Spaß.

Wo nun aber so viel Ernst sei, sagte Cécile, da müsse es doch auch Spaß geben, sonst werde der Ernst selbst lächerlich. Wahrscheinlich habe Nietzsche das begriffen. Das Leichte gehöre zum Schweren unbedingt dazu, sonst werde das Schwere buchstäblich unerträglich. Außerdem könne man Nietzsches Buch ja wohl kaum mit der Bibel vergleichen. Diesen Vergleich lehne sie, auch ohne Nietzsches Werk gelesen zu haben, ab. Er mache Literatur, c'est tout, und mit der Literatur sei es wie mit der Liebe, man müsse sie ernst nehmen und doch auch leicht, man dürfe das Spiel nicht vergessen und das Lachen, sonst verkomme alles zu einem Krampf. Das hätten gerade die Deutschen immer noch nicht begriffen. Weshalb, wollte Cécile in einem scheinbar abrupten Wechsel des Themas wissen, Nietzsche eigentlich keine Frau habe. Ob er sich nicht für Frauen interessiere?

Lanzky schien während Céciles ungewohnt heftiger Rede in eine geistige Absenz gefallen zu sein. Sie fragte sich, ob er ein Wort von dem verstanden habe, was sie gerade gesagt hatte. Denn Lanzky starrte, während sie sprach, an die Decke, als zögen großartige Szenen vor seinem geistigen Auge oder an der Decke vorbei.

Plötzlich sagte Lanzky beschwörend leise, wie von heiliger Begeisterung beseelt aus dieser Trance erwachend, ihn habe die Vision ereilt, Nietzsche dehne sich über alle Räume der alten Welt aus, er dringe in alle Gehirne, in alle Herzen ein, bald, sehr bald spreche alle Welt über ihn und *nur noch* über ihn. Sie beide, er, Lanzky und Cécile, so Lanzky, seien die ersten, die in Nietzsches Namen vereint seien, sie bildeten gleichsam seine Urgemeinde, nicht tief in Katakomben Roms, sondern hoch über den Dächern von Nizza, die Ersten, die er zusammengebracht habe, und die im Grunde über nichts anderes als über ihn redeten, die seine Exegese betrieben und somit als die Begründer einer ganz und gar neuen Theologie anzusehen seien, der Wissenschaft der Zarathustra-Studien.

Nietzsche sei wie ein Gespenst, das über Europa schwebe, und nur ein paar vereinzelte Leute hätten es bisher entdeckt, und noch weniger hätten es erkannt. Doch das werde sich ändern, es bereite sich etwas vor, die Lunte sei gelegt, die Lunte, die Europa zur Explosion bringen werde, der Zarathustra sei das Dynamit. Nietzsche habe mit dem Zarathustra selbst die Lunte an das alte Europa gelegt.

Bevor er, fuhr Lanzky, nun wieder sachlicher werdend, fort, in Nizza angelangt sei, habe er, aus Florenz kommend, in Genua übernachtet und dort die Bekanntschaft zweier Deutscher gemacht, zweier verwegen aussehender Männer, beide um die dreißig, die gesagt hätten, sie seien auf der Suche nach dem sagenhaften Nietzsche. Sie hätten weite schwarze Schlapphüte und dichte schwarze Bärte getragen, über denen lächerlich kleine Nickelbrillen auf ihren fleischigen Nasen hingen. Ihre Röcke seien auffallend schäbig gewesen, sie hätten einen perfekt heruntergekommenen Eindruck gemacht, zugleich habe er jedoch geahnt, dass es nicht die Armut habe sein können, die die beiden so habe in Erscheinung treten lassen, dass sie sich vielmehr aus einer seltsamen Art von Eitelkeit so präsentierten.

Ununterbrochen hätten sie ihn mit ihrem Zigarrenrauch eingenebelt, hätten sich mit aller Gewalt in einen Vollrausch getrunken, am Ende des gemeinsamen Abends seien sie vor Alkohol fast ohnmächtig zusammengebrochen. Immer wieder seien ihre Köpfe mit einem Knall auf die Tischplatte gefallen, was sie jeweils wieder habe aufschrecken und einen weiteren Schluck nehmen lassen. Immerhin hätten sie noch die Kraft gehabt, nicht eher zu ruhen, bis er, Lanzky, sich für den folgenden Abend noch einmal mit ihnen verabredet habe. Offensichtlich hätten sie Witterung bei ihm in Richtung Nietzsche aufgenommen, sei ihnen auch noch im Vollrausch gedämmert, dass er, Lanzky, etwas über Nietzsches Verbleib wissen müsse – ja, wenn die gewusst hätten, was er gewusst habe –, er habe aber auch am zweiten Abend nichts verraten.

So lächerlich diese beiden Figuren auf ihn und insgesamt im Stadtbild des eleganten und von jeder bohèmehaften Verkommenheit meilenweit entfernten Genua gewirkt hätten – ihm sei klar geworden, fuhr Lanzky fort, dass es sich bei ihnen um die Vorhut einer Bewegung gehandelt habe, die sich wohl gerade formiere und Nietzsche als ihren Propheten auserwählen werde. Sie seien, hätten sie ihm am zweiten Abend erzählt,

Mitglieder eines Kunstvereins in Berlin, der es sich zur Aufgabe gemacht habe, die so genannte *Moderne* nach Deutschland zu bringen. Es habe sich um den Verein *Auf!* gehandelt, den er, Lanzky, eigentlich kennen müsse, so die beiden, die Zeitungen schrieben ununterbrochen darüber.

Ein solcher Verein sei ihm aber keineswegs bekannt gewesen, wahrscheinlich weil er die Berliner Kultur rein überhaupt nicht kenne und diese ihm, wie das ganze Berlin, immer schon ein Graus gewesen sei und weil er überdies in seinem Italien niemals eine deutsche Zeitung angefasst, geschweige denn aufgeschlagen habe.

Sie hätten sich mit den Namen Hans von Stahl und Fritz von Rausch vorgestellt, und zu seiner Schande habe er, Lanzky, zugeben müssen, dass er auch diese beiden Namen nicht kenne, dass er sie noch nie gehört habe. Doch müsse er sagen, ihm seien diese Namen in ihrer knappen deutschen Schlichtheit, verknüpft mit dem aufgesetzt wirkenden, eine adlige Herkunft vorgaukelnden ›von‹, ebenso lächerlich erschienen wie ihre Träger.

Die beiden hätten an diesem Abend ununterbrochen über die so genannte Moderne gesprochen, besser gesagt, abwechselnd geflucht und gejubelt, wobei er nicht genau begriffen habe, was sie mit *der Moderne* genau gemeint hätten und was ihre permanenten Stimmungsumschwünge in Bezug auf dieses Phänomen denn bedeuten sollten. Einmal hätten sie davon gesprochen, dass man die Moderne auf jeden Fall und so schnell wie möglich auch in Deutschland verwirklichen müsse und dass fortan ausnahmslos jedermann absolut modern zu sein habe. Dann hätten sie aber wiederum behauptet, der Grund allen Übels sei die Moderne, die sich wie eine Krake über die Seelen lege und deshalb von der Wurzel her bekämpft werden müsse.

Dabei hätten sie, so viel habe er mitbekommen, mehrmals Nietzsche abwechselnd als ihren sowohl für als auch gegen die Moderne gerichteten Propheten bezeichnet, als den Genius des Zeitalters, als den Übermenschen selbst, ja, sie hätten über Nietzsche wie über den Messias gesprochen, so dass es ihm,

Lanzky, schon unheimlich geworden sei. Sie, Rausch und Stahl, seien unterwegs zu ihm, sie wüssten, dass er sich in Genua aufhalte; wenn sie ihn gefunden hätten, würden sie ihn nach Berlin bringen und dort als ihren Spiritus Rector installieren. Lanzky habe sich da die Vorstellung einer bohèmehaften Wiederkehr der Heiligen Drei Könige aufgedrängt, von denen sich in diesem Fall einer unterwegs schon zu Tode gesoffen hätte und die beiden anderen auch nicht lebend ans Ziel kämen.

Man könne nur hoffen, dass sie ihn nie fänden, sagte Cécile darauf. Das sei bloß noch eine Frage der Zeit, antwortete Lanzky. Nietzsche werde ein Erdbeben auslösen, und wenn Stahl und Rausch ihn nicht fänden, dann andere, die ebenfalls schon unterwegs seien. Der Zarathustra werde dann jene unvergleichliche Wirkung erzielen, die ihm sein Autor prophezeie. Doch Nietzsche sei sich überhaupt nicht darüber bewusst, dass seine Prophezeiungen hinsichtlich der Größe und Bedeutung dieses Werkes von der Wirklichkeit weit übertroffen würden.

Es gebe einen intellektuellen Untergrund in Deutschland, der Nietzsches Segnungen heiß ersehne und sich bereits in der Ahnung seiner Ankunft befinde. Doch müsse man den Autor vor der Gewalt seiner Wirkung und insbesondere vor diesem Milieu schützen, denn dieses sei in seiner vergifteten und übersteigerten Dekadenz für Nietzsche mindestens ebenso gefährlich wie die Einsamkeit und die ausbleibende Reaktion auf sein Werk, unter denen er jetzt leide, ja es sei noch weitaus gefährlicher.

»Warum hat er keine Frau?«, wiederholte Cécile ihre Frage von vorhin, die Lanzky so geflissentlich überhört hatte.

»Das ist eine andere Geschichte«, antwortete Lanzky zögerlich. Er schwieg, aber Cécile sah ihn so streng an, dass er glaubte, ihr erzählen zu müssen, was er wusste. »Soweit ich es in Erfahrung bringen konnte, hat er sich zwar schon mehrmals leidenschaftlich verliebt, aber keine der von ihm angebeteten Frauen kam auch nur im Entferntesten auf die Idee, seine leidenschaftlichen Gefühle zu erwidern. Er selbst redet nicht darüber, aber alle Welt weiß, Nietzsche sah in Cosima Wagner seine große Liebe. Er habe sie, heißt es, Ariadne getauft, und als Dionysos habe er sie heimführen wollen. Doch sie war bekanntlich schon an Richard Wagner vergeben. Wenn man auf Cosima zu sprechen kommt, bricht Nietzsche in Tränen aus. Bitte vermeide das Thema, Cécile, auch wenn es dich noch so sehr interessiert.

Eine sehr junge Russin, Lou von Salomé, war wohl seine letzte Liebe. Sie wurde ihm zum Verhängnis, denn wie alle Stubengelehrte hat auch Nietzsche eine Schwäche für junge intelligente Vampire. Aber auch Lou wollte ihn nicht, sie hat sich überhaupt gegen jeden Heiratsantrag gestemmt, von denen sie wöchentlich einen oder zwei bekommen hat, und ist statt dessen lieber mit Nietzsches Freund Paul Rée auf und davon. Das hätte Nietzsche fast vernichtet, wenn es nicht zugleich die Tür zu seinem Hauptwerk *Also sprach Zarathustra* für ihn aufgestoßen hätte.«

Wie er, Lanzky, das meine, wollte Cécile wissen. Die nicht erwiderte Liebe habe Nietzsche erst ermöglicht, dieses Buch zu schreiben? Das verstehe sie nicht ganz.

Das verstünden nur produktive Naturen, entgegnete Lanzky, von ihr als Frau erwarte man das nicht.

Sie werde es herausfinden, sagte Cécile und ging zum Fenster, um es zu öffnen. Sie stand nackt am offenen Fenster und ließ die warme Märzluft, die sich an diesem Morgen schon früh über Nizza ausgebreitet hatte, ins Zimmer herein. Sie bitte ihn darum, ihr sein Exemplar des Zarathustra auszuleihen, sagte sie zum Fenster hinaus, doch laut genug, dass Lanzky, der auf dem Bett lag, es hören konnte. Sie habe das Bedürfnis, diesem Mann auf den Grund zu gehen, zum ersten Mal in ihrem Leben habe sie das Bedürfnis, einem Mann auf den Grund zu gehen, wahrscheinlich, weil sie noch nie den Eindruck gehabt habe, dass bei einem der ihr bekannten Männer überhaupt ein Grund vorhanden gewesen sei. Bei Nietzsche sei sie sich aber sicher, dass es einen solchen Grund gebe, da stecke etwas dahinter, das sie in Erfahrung bringen müsse.

Sie sah, während sie dies sagte, noch immer zum Fenster hinaus. Lanzky antwortete nicht. Er hatte wieder nicht zugehört. Ob er sie verstanden habe, wollte sie wissen. Jetzt brummte er zustimmend. Noch am Abend brachte er ihr sein Exemplar des Zarathustra vorbei. Sie las darin die halbe Nacht, ohne auch nur im Geringsten zu begreifen, was sie da las. Sie habe so gut wie nichts von dem, was Nietzsche im Zarathustra geschrieben habe, verstanden, doch eines sei ihr ganz deutlich geworden, schrieb sie morgens in ihr Tagebuch: Es leuchtet.

10.

Nietzsche aß am nächsten Abend für seine sonst so bescheidenen Verhältnisse ungewöhnlich viel und mit großem Appetit. Er trank eine halbe Flasche Rotwein und scherzte mit dem General und der schwäbischen Pfarrersfrau zeitweise in so derber Manier, dass der Dame die Schweißperlen auf die Stirn traten und sie immer wieder verschämt aufs Tischtuch blickte. Mitten in der Unterhaltung erhob er sich plötzlich, ging jedoch diesmal nicht auf sein Zimmer, um sich, wie sonst immer, dumpf brütend in seinen Sessel zu setzen und in seinem Schlafrock langsam durchzufrieren. Vielmehr ging er noch einmal hinaus, zum Strand wandte er zielstrebig seine Schritte, oder jedenfalls dorthin, wo er den Strand vermutete.

Trotz der Straßenbeleuchtung schien es ihm so dunkel, dass er kaum sehen konnte, was sich drei Meter vor ihm abspielte. Er folgte dem Rauschen der Wellen, das man bis weit in die stille Stadt hinein hören konnte; der nahezu Blinde folgte ihm mit einer Sicherheit, von der er nicht wusste, woher sie jetzt kam.

Als er aus den Häuserreihen heraustrat und die Promenade des Anglais überquerte, wusste er, dass er das Meer vor sich haben musste, hörte es nun auch deutlicher als zuvor rauschen und sah, als er in die Richtung blickte, wo Korsika liegen musste, doch nur die tiefschwarze Wand der Nacht.

Er konnte bloß vermuten, dass er am Punkt seiner Verabredung angekommen war. Zugleich wusste er, dass Cécile ihn finden würde, egal wohin er sich verlaufen hätte. Er stieg die Treppen zum Strand hinab, setzte den Fuß vorsichtig auf die Felsen und großen Steine, die dort lagen, und hörte nur noch das sanfte Plätschern der Wellen, die das Ufer erreichten. Plötzlich stand sie neben ihm. »Kommen Sie, hier entlang, Meister«, sagte sie. Cécile nahm ihn bei der Hand und führte ihn zu einem großen Stein, auf dem sie bequem nebeneinander sitzen konnten. Sie schwiegen eine ganze Weile, das Meer brandete schwarz zu ihnen heran und brachte fortwährend einen ebenso lauen wie kühlenden Luftzug mit, der Nietzsche mehr und mehr belebte.

Er könne es nicht verantworten, sagte er plötzlich, während er sich Schritt für Schritt vorantastend und immer noch Céciles Hand haltend, auf dem Felsen niederließ, dass sie den Zarathustra lese. Das sei kein Buch für sie.

Wenn es wirklich ein Buch für alle und keinen sei, dann sei es auch ein Buch für sie, gab Cécile zurück.

Dagegen könne er nichts einwenden, das sei logisch. »Aber, mein Fräulein«, fuhr er mit erhobener Stimme fort, »die Logik täuscht uns oft – auch hier. Tatsächlich ist nichts logisch außer der Logik selbst, weshalb die überall an den philosophischen Fakultäten jetzt auftretenden und sich breit machenden Logiker zwar ihre Denksportaufgaben berechtigterweise zu einer Disziplin gemacht, jedoch zur Philosophie als einer Menschheitsaufgabe selbst nichts beizutragen haben.«

Cécile schwieg. Sie hatte noch nie etwas von der von Nietzsche beargwöhnten Spezies der Logiker gehört. Doch schien er aus ihrem Schweigen eine Frage herauszuhören; es war die Frage, die er indirekt in seinem letzten Satz gestellt hatte. Er sagte: »Die Philosophie muss zur Wurzel des Lebens vordringen, und die Logik ist diese Wurzel nicht. Wenn Sie sich das Leben als Kampf an einem Abgrund vorstellen, mein Fräulein, ein Abgrund, in den jeder der Kämpfenden unweigerlich hineinfallen muss – die Frage ist nur, wie lange sich der Einzelne hält – dann können Sie sich fragen, was die Logik dabei für eine Rolle spielen soll.«

Nietzsche atmete schwer aus. Sie fühle sich beim Lesen wie dieser eine, den er im Untertitel mit *Keiner* bezeichnet habe. Das genüge ihr an Logik, sagte Cécile daraufhin mit vollem Ernst in der Stimme.

Wieder trat eine Pause ein, die diesmal kein Ende zu nehmen schien. Das Rauschen der Wellen, die am Strand ausliefen, schien sich als einziges noch mögliches Geräusch behaupten zu wollen, gegen das jedes gesprochene Wort bedeutungslos wurde.

»Würden Sie es sich denn zutrauen, bei mir in die Schule zu gehen und demnächst meiner philosophischen Kolonie anzugehören, die ich auf der Halbinsel Saint-Jean gründen werde?«, sagte Nietzsche plötzlich in diese Stille hinein.

Das Meer schien nun lauter zu rauschen, die Wellen brachen höher und brandeten mit größerer Wucht ans Ufer, als käme ein Sturm auf. Hinten, da wo man Korsika vermuten konnte, stieg der halbe Mond groß und dunkelgelb wie eine reife Banane aus einer Wolkenbank auf.

11.

In Paris zeige man jetzt eine Ausstellung über Elektrizität, sagte Nietzsche am nächsten Morgen zu Lanzky. Eigentlich müsste er, Nietzsche, dort sein – als Ausstellungsgegenstand. Denn er leuchte, das habe man ihm schon mehrfach gesagt, sein Zarathustra leuchte und durch seinen Zarathustra hindurch er. Er sei wahrscheinlich derzeit die hellste Lichtquelle im Abendland, und seine Leuchtkraft sei noch lange nicht erschöpft. Gleichzeitig fühle er sich manchmal wie der Krickelkrackel, den eine unbekannte Macht übers Papier ziehe, um eine neue Feder zu probieren.

Lanzky überlegte, was er auf diesen plötzlichen Themenwechsel sagen sollte. Ihm fiel aber nichts ein, und bevor er etwas sagen konnte, fuhr Nietzsche in seiner Rede fort. Zweifellos schreibe man gar nicht selbst, wenn man schreibe. Das sei für ihn eine durchgreifende Einsicht. Wer denke, denke auf sich selbst hin, befestige denkend seine Identität, wer schreibe, tue das Gegenteil. Der Krickelkrackel, der sei man dann, und nicht mehr der alte Herzensfritz. Er lachte auf.

Aber das wisse nur er, und er, Lanzky, dürfe es nicht weitersagen, denn niemand verstünde es! Der Krickelkrackel, mit dem sei er tief verschworen, Lanzky dürfe das niemandem weitersagen.

Er werde bestimmt niemandem vom Krickelkrackel erzählen, beeilte sich Lanzky zu antworten und versuchte eine sehr ernste Miene aufzusetzen. Sag es niemand, nur dem Weisen, habe ja schon Goethe im Diwan gesagt, fügte er hinzu und wartete darauf, wie der Meister diese geistreiche Bemerkung kommentieren würde.

»Sie sollen es auch den Weisen nicht sagen, denen schon gar nicht!«, Nietzsche fuhr fast aus der Haut. Die Weisen, ha, das sei die schlimmste Spezies, die gegenwärtig auf der Erde herumkrieche. Die hätten *gar* keine Ahnung. Nein, im Ernst, er wisse, dass er sich auf ihn verlassen könne, es sei aber auch gleichgültig, denn der größte Teil derer, denen er seinen Zarathustra geschickt habe, sei ohnehin vom Stumpfsinn befallen und habe in all der Zeit nicht auch nur ein Wort des Dankes verlauten lassen. Mit dem Krickelkrackel könnten die noch weniger anfangen als mit dem Zarathustra.

»Für wen schreibt man denn überhaupt, he? Für keinen und deshalb für alle«, rief Nietzsche aus. Der Herr Keiner, das sei genau der richtige Adressat. Wenn er, Nietzsche, an die Briefe denke, die er erhalten habe, seit er der Menschheit den Zarathustra geschenkt habe, so müsse er sagen, es sei alles vollkommen unbedeutend, keiner habe durch ihn etwas erlebt, keiner habe sich einen Gedanken über ihn gemacht.

Lanzky hatte sich nach Rom an Malwida von Meisenbug gewandt, weil er das Gefühl nicht mehr losgeworden war, Nietzsche gehe es trotz seiner zeitweise euphorischen Stimmungen zusehends schlechter. Habe er sich ihm anfangs voll und ganz geöffnet und ihn als seinen Schüler akzeptiert, so ziehe sich Nietzsche in den letzten Wochen immer mehr von ihm, Lanzky, zurück und teile ihm nichts mehr mit als seine meist bitteren Scherze, wie den über die Elektrizitätsausstellung in Paris, schrieb er ihr.

Sie, Malwida, sei doch die eigentliche Vertraute des Meisters, da sei er, Lanzky, sich ganz gewiss, und er möchte sie fragen, ob sie einen Rat wisse, wie Nietzsche zu helfen wäre. Denn einerseits lebe er ganz und gar in der Welt seiner Philosophie, also in der Welt Zarathustras, und da sei er sicher, eine zukunftsweisende Rolle zu spielen. Andererseits scheine er jeden Tag bitterer zu werden, verbitterter geradezu, und offensichtlich häuften sich seine depressiven Zustände, was er, Lanzky, daran erkenne, dass Nietzsche immer seltener mit ihm spazieren gehe und lieber allein zu seinen Fußmärschen aufbreche.

Außerdem ende demnächst sein, Lanzkys, Aufenthalt in Nizza zwangsläufig, er müsse nach Vallombrosa zurück, wo er ein Hotel zu führen habe, die Saison beginne im April. Er wolle aber Nietzsche nicht sich selbst überlassen, zumal zu vermuten sei, dass Nietzsche bald schon nach Venedig aufbrechen und sich in die Arme des düsteren Musikus Köselitz werfen würde, in dem der Meister so etwas wie einen Über-Wagner sehe, wo es sich doch in Wirklichkeit höchstwahrscheinlich bloß um einen weltfremden Dilettanten handle.

Malwida von Meisenbug verfolgte den Weg ihres Schützlings Nietzsche von Rom aus mit Sorge. Sie, die sich schon zu Lebzeiten als die Mutter aller Frauenrechtlerinnen sah, ging mit ihren gleichermaßen emanzipatorischen und romantischen Ideen noch aus der ersten Hälfte des 19. Jahrhunderts hervor. Sie hatte als junge Frau in London die Kinder des russischen Revolutionärs Alexander Herzen, Olga und Natalie, betreut, die nach Herzens Tod ihre Pflegetöchter wurden. Später siedelte sie sich in Italien an und wurde als glühende Anhängerin Wagners bald zu einer der engsten Vertrauten der Familie in Bayreuth. Bei der Grundsteinlegung des Festspielhauses im Mai 1872 lernte sie Nietzsche kennen. Zu diesem Zeitpunkt hatte sie sich schon ganz ihrer eigentlichen Lebensaufgabe zugewandt, die darin bestand, junge begabte Frauen und Männer zusammenzubringen und insbesondere studierende Frauen in ihrem Zirkel zu fördern.

Ihrer Auffassung nach wären Nietzsches Probleme durch eine Heirat zu beheben, doch ging dieser nie auf ihre Vorschläge ein, sondern ignorierte sie geflissentlich. Keine von Malwida angepriesene Kandidatin schien ihm zu genügen. Die Gebildeten verabscheute er wegen ihrer Bildung und die Ungebildeten wegen ihrer Ungebildetheit. Die Schönen waren ihm suspekt und die Hässlichen verhasst. Die Mittelmäßigen fand er einfach nur banal, und die Hochstaplerinnen durchschaute er als solche sofort. Malwidas Ansicht zufolge hatte Nietzsche ein fast schon frauenfeindliches Weltbild, das ihrer Auffassung nach einem modernen Philosophen nicht gut anstehe, vor allem wenn er im 20. Jahrhundert, das – da war sich Malwida sicher – das Jahrhundert der Frau werden würde, wirken wolle.

Malwida ließ trotz allen Widerstands ihres Schützlings nicht davon ab, weiter auf das Heilmittel der Ehe bei ihm zu setzen und nun, erst recht auf Lanzkys Brief hin, hatte sie wieder eine junge Dame in der Hinterhand. Die Zürcher Studentin

Resa von Schirnhofer war vermittels ihrer Schulfreundin Sofi Schwab, nachmalig verheiratete Paneth, über die unvergleichlich faszinierende Persönlichkeit Nietzsches im Bilde und hatte Malwida von Meisenbug schon vor längerer Zeit zu verstehen gegeben, dass sie ein Treffen mit dem Philosophen nicht würde ablehnen wollen, so es ihr denn möglich gemacht würde. Sie sähe sich durchaus dazu in der Lage, eine solche Begegnung auch ohne Anstandsdame durchzustehen.

Malwida hielt sie zunächst hin, weil sie annahm, Nietzsche habe die Beziehung mit Lou von Salomé noch nicht ganz verkraftet, doch nachdem sie Lanzkys Brief gelesen hatte, entschloss sie sich, Resa eine Reise zu Nietzsche noch im April dieses Jahres zu empfehlen und teilte ihr mit, wie man den großen Einsamen in Nizza erreichen könne.

Lanzky zeigte sich einigermaßen beruhigt, dass sich nach seiner Abreise aus Nizza Ende März noch jemand um Nietzsche kümmern würde, bis dieser, wovon man ihn wohl kaum würde abbringen können, nach Venedig zu Köselitz aufbräche. Ob er sich allerdings in diese Frau würde verlieben können, sei mehr als ungewiss, schrieb Lanzky an Malwida. Seiner Meinung nach könne sich ein Mann nur einmal verlieben, und wenn diese Liebe scheitere, sei er für immer gezeichnet. So sehe es für Nietzsche nach der Trennung von Lou aus. Und nicht anders gehe es ja auch ihm, Lanzky, seit der Trennung von seiner italienischen Geliebten.

Unsterblich verliebt sei er in sie gewesen, und nichts in der Welt hätte ihn da zur Einsicht und zur Vernunft zu bringen vermocht, schrieb Lanzky weiter, und er wusste zu diesem Zeitpunkt schon, dass er einen Brief mit diesem Inhalt nicht an Malwida abschicken würde. Doch er schrieb, nichts hätte ihn in diesem Augenblick daran hindern können, weiterzuschreiben, einmal musste es doch gesagt werden, davon war er plötzlich überzeugt. Wann sollte er davon sprechen und wem gegenüber, wenn nicht gegenüber Malwida? Der Krickelkrackel machte sich selbstständig, er zog seine Hand mit der Feder übers Papier, und Lanzky ließ ihn gewähren, denn in Malwida stand ihm jetzt die ideale Beichtschwester vor Augen, die Übermutter aller um

Nietzsche versammelten Geister, die große alte Spinne mit ihrem weit gespannten Netz, und nur dieser alten weisen Frau, flüsterte der Krickelkrackel ihm ein, könne Lanzky erzählen, was er von seinem Leben zu erzählen hätte.

Er schrieb über Seiten hinweg die Geschichte auf, die er für seine ganz und gar eigene Geschichte hielt. Eine italienische Baronesse hatte Lanzky eines Abends in Vallombrosa buchstäblich um seinen Verstand gebracht. Mathilde sei ihr Name gewesen, polnischen Ursprungs, seit zwei Generationen sei die Familie in Italien ansässig. Schwerreicher Adel, jede Woche wurde zu Festen und Bällen eingeladen, und einmal war auch er, Lanzky, der kleine Hotelier mit den guten Manieren von nebenan, mit dabei. Einen ganzen Abend hatte er mit ihr getanzt. Er fand sie hinreißend und verliebte sich auf der Stelle in sie.

Als es an diesem Abend in der Villa ihres Vaters, wo Geschäftspartner aus Florenz und Vallombrosa mit der örtlichen Gesellschaft zu einem Ball versammelt waren, spät wurde, nahm Lanzky vollkommen betäubt von den Reizen seiner Tanzpartnerin sein Herz in beide Hände und überredete Mathilde zu einem Spaziergang in den nächtlichen Park. Mit raschen Schritten entfernten sie sich vom erleuchteten Herrenhaus und ließen sich von der Dunkelheit der weitläufigen, im englischen Stil gehaltenen Parkanlage aufnehmen. Bald beschien sie nur noch der Mond, die Milchstraße breitete sich mit all ihren Sternen und Nebeln vor ihren Augen aus, und Lanzky, der langjährige Astronom aus Leidenschaft, erklärte Mathilde den Sternenhimmel mit sämtlichen Figuren und Konstellationen, die ihm bekannt waren.

Sie verzogen sich weit nach hinten in einen kleinen, an den Seiten offenen Pavillon, der ganz von Bäumen umgeben war und das ideale Versteck bildete. Niemand würde sich um diese Zeit dorthin verirren. Über eine Stunde unterhielten sie sich miteinander, als seien sie sich eng vertraut, und Lanzky glaubte sich sicher, gerade jetzt die zauberhafteste Stunde seines Lebens zu erleben.

Die Verschwiegenheit des Ortes, die milde Nacht mit dem milchig scheinenden Mond und vor allem die ihm nun geradezu überirdisch erscheinende Gestalt der Frau brachten Lanzky jedoch dazu, die Situation falsch zu verstehen. Er vermochte nicht, an sich zu halten, vergaß sich und seine guten Manieren und stürzte sich plötzlich von Liebesgefühlen für seine Begleiterin übermannt, in einer Art wütenden Attacke auf Mathilde, riss der Überraschten ihre vielen Kleider vom Leib und versuchte zugleich, sich selbst zu entkleiden. Als Mathilde begriff, was da geschah, wehrte sie sich nach Kräften, die Ungeheuerlichkeit dessen, was da gerade vor sich ging, trat ihr schonungslos vor Augen, doch schien es für Lanzky schon kein Zurück mehr zu geben.

Der zärtliche Flirt mit Mathilde gipfelte in einem kurzen, heftigen Kampf, der darin endete, dass Mathilde sich befreien konnte und Lanzky jäh nach hinten umkippte und regungslos auf dem Rücken liegen blieb. Tränenüberströmt suchte Mathilde ihre teilweise zerrissenen Kleider zusammen und warf sie sich hastig über. Weinend rannte sie in den dunklen Park hinein, in den sich jetzt ein wie aus dem Nichts aufgezogener Gewitterregen ergoss. Lanzky lag erstarrt, Blitze erleuchteten sein kreideweißes Gesicht, der Donner krachte auf ihn herunter, doch er lag regungslos auf dem Rücken, starrte vor sich hin und hoffte, der Blitz möge ihn erschlagen. In dieser Nacht verließ er den Pavillon nicht mehr.

Vom folgenden Tag an schrieb Lanzky täglich unter falschem Absender, so dass niemand in ihrer Umgebung Verdacht schöpfen konnte, Briefe der Entschuldigung an Mathilde. Darin erklärte er ihr seine aufrichtige Liebe und bot ihr immer wieder in beschwörenden Worten an, sie zu heiraten. Nach Wochen des Schweigens antwortete sie, ein einziges Mal nur, sie sei entehrt, für immer unwürdig ihres Standes und aller Männer von Rang, die um sie werben sollten. Sie wisse nicht, wie sie weiterleben könne, und sie bitte ihn, Lanzky, ihr nie wieder zu schreiben. Er habe sie mit seinem unbedachten Handeln vernichtet.

Lanzkys Gefühle für Mathilde wuchsen in dem Maße, in dem sein Schuldgefühl ins Unerträgliche anstieg. Tage- und nächtelang durchstreifte er den weitläufigen Park des Anwesens des Barons, in das sich Mathilde zurückgezogen hatte. Auch schickte er ihr weitere Briefe, die allesamt unbeantwortet blieben. In einem dieser Briefe flehte er sie an, ihm zumindest ein Andenken an ihre Existenz zu gewähren, eine Locke von ihrem Haupthaar, eine Vase mit ihren Tränen oder etwas dergleichen.

Wenige Wochen später traf ein Paket bei Lanzky in Vallombrosa ein, das den in Gips gegossenen Abdruck von Mathildes rechter Hand enthielt. Die Gipshand, deren kleiner Finger merkwürdig vom Ringfinger abgespreizt stand, berührte ihn gerade in dieser Merkwürdigkeit auf unerklärliche Art und Weise. Sie wurde ihm zum lebenden Objekt seiner Verehrung, das er von jetzt an überall mit sich führte. Auch nach Nizza hatte er Mathildes Gipshand mitgenommen.

Über Monate hinweg, fast ein Jahr lang, nährte Lanzky aufgrund der Tröstungen, die ihm dieses Geschenk gewährte, in seinem Herzen die Hoffnung, Mathilde wiederzusehen und schließlich doch noch mit ihr vereint sein zu können. Doch empfing er in dieser Zeit nie wieder ein Zeichen von ihr. Die einzige, ihm indirekt und zufällig zu Ohren gekommene Nachricht über Mathilde, war ihre Abreise aus Vallombrosa an einen unbekannten Ort.

Auch wenn er über Mathildes Aufenthaltsort keinerlei Anhaltspunkt hatte, verminderte sich seine Leidenschaft nicht, sondern wuchs sogar noch weiter, geradezu ins Unermessliche, wie er fand. Mathilde wurde ihm zum Lebens- und Weltprinzip, ihr Bild vor seinem geistigen Auge zum Objekt seiner Andacht, sein Gedenken an sie zum Gottesdienst. War Mathilde in der ersten Zeit seiner Verehrung in der Villa ihres Onkels am Ende eines englischen Gartens verborgen gewesen, so überzog und bedeckte nach ihrer Abreise in Lanzkys Vorstellung ihr Körper nach und nach die gesamte Geographie Italiens. Vor seinem geistigen Auge wurde dieses Land mit Mathilde eins, jeder Hügel, jeder Baum, jeder Strauch zeugte unmittelbar von ihrer Existenz, jede Stadt, in die er kam, war bereits ihre Stadt, und er verfiel auf den unsinnigen Gedanken, wenn Mathilde und Italien ein und dasselbe wären, so wäre es schließlich unausweichlich, sie zu finden.

Er begann zu reisen, kreuz und quer, zuerst durch die Toskana, dann durch die Emilia-Romagna und schließlich an der atriatischen Küste entlang bis nach Venedig hinauf, in der Hoffnung, Mathilde womöglich auf dem Markusplatz zu treffen und mit der aus dieser dann wie zufällig erscheinenden Begegnung resultierenden Kraft eine Kehre in ihrer beider Geschicke abzuleiten.

Trotz dieses ganz auf die Gestalt Mathildes ausgerichteten Weltbilds war Lanzky starken Stimmungsschwankungen unterworfen. An manchen Tagen war es ihm fast unmöglich, seine Wahnvorstellungen aufrechtzuerhalten. An einem solchen Nachmittag vollkommener Niedergeschlagenheit, die sich gerade in Venedig fast jeden Nachmittag bei ihm einstellte, ging Lanzky über die Friedhofsinsel San Michele und durchstreifte die Gräberreihen, ernsthaft mit dem Gedanken spielend, sich in Torcello noch an diesem Nachmittag das Leben zu nehmen. Seine Vision, nun selbst ein Grab in San Michele zu erhalten, tröstete ihn, zugleich zogen dunkle Wolken über der Lagune auf, und es entstand eine Stimmung, als müsse ganz Venedig unter diesem bleiernen Himmel auf der Stelle ersticken, ja als müssten die Toten von San Michele in ihren Gräbern an dieser Atemnot noch einmal sterben.

Sein Entschluss, von San Michele aus nun seine letzte Fahrt nach Torcello anzutreten, stand plötzlich unumstößlich fest. Schon sah er sich in den Mauern der alten Basilika des aufgegebenen Ortes, der einst die Urzelle der Lagunenstadt gebildet hatte, zum Schrecken der dort landenden Touristen an seinem Gürtel aufgehängt, als er vor einem noch recht frischen Grab stehen blieb, auf dem er den Namen Mathildes lesen konnte. Voll ungläubigem Entsetzen las er die Inschrift auf der noch neuen Holztafel zweimal, dreimal, ebenso die Jahreszahlen, die ihre Lebenszeit anzeigten, und sagte beides, Namen und Zahlen, mehrmals vor sich hin und fiel danach in eine Ohnmacht, aus der er erst wieder in einem Krankenhausbett erwachte.

Nun kam ein Selbstmord für ihn nicht mehr in Frage. Er musste weiterleben, um Mathilde weiterleben zu lassen. Um das zu leisten, legte Lanzky ein Journal an, in dem er Mathilde Tag für Tag sein weiteres Dasein schildern und in dem er seine unverbrüchliche Treue ihr gegenüber dokumentieren wollte.

Obgleich er keine Sekunde in dem Bewusstsein geschrieben hatte, das Geschriebene jemals an Malwida abzusenden, kam Lanzky nun, nachdem er es mehrmals durchgelesen hatte, zu der Ansicht, genau dies sei sein Schicksal, genauer werde er es niemals schildern können, und schließlich stand sein Entschluss fest, nun doch den ganzen Brief an Malwida zu senden. Der Krickelkrackel hatte ihn dazu verführt.

Er sollte aus Rom nie eine Antwort erhalten.

Am 30. März 1884 reiste Lanzky aus Nizza ab. Nietzsche atmete auf. Er sei ihm lästig geworden, sagte er zu Cécile. Lanzky arbeite an einer so genannten ›pessimistischen Novelle‹, in der sich alles in der gedanklichen Stimmung Schopenhauers um den Tod drehe. Es sei lächerlich, so Nietzsche, heute noch in der Manier Schopenhauers zu denken und zu schreiben, heute, da er, Nietzsche, längst Schopenhauer und den gesamten Schopenhauerianismus, der im Grunde nichts anderes als der gewöhnliche Pessimismus des Spießbürgers sei, einschließlich seiner christlichen Wurzeln, also auch Wagner, überwunden habe.

Seine Lehre von der Ewigen Wiederkehr bedeute ja nicht zuletzt die Überwindung Schopenhauers und noch mehr die Überwindung Wagners, und da komme dieser Lanzky daher, nenne sich seinen Schüler und schreibe genau wie Schopenhauer und, schlimmer noch, wie Wagner.

Da sollte einem nicht der Kragen platzen! Lieber hätte er einen Hanswurst an seiner Seite gehabt, der beim Essen oder danach ein paar Grimassen geschnitten hätte, als diesen noch im tiefsten 19. Jahrhundert festgewachsenen Opportunisten. Das Äußerste aber sei Lanzkys Ankündigung, demnächst eine Sammlung Aphorismen mit dem Titel *Abendröte* herauszubringen. Das sei nun wirklich der Gipfel, das schlage doch dem Fass den Boden aus, oder nicht? Ob er ihn, Nietzsche, damit parodieren wolle, habe Nietzsche Lanzky gefragt, und dieser habe geantwortet, nein, niemals, er wolle ihn vielmehr weiterschreiben, sagte Nietzsche und ahmte dabei Lanzkys Fistelstimme nach. »Wie gesagt, mein Fräulein, lieber einen Hanswurst!«

Dritter Teil

1.

An Silvester des Jahres 1882 habe er einen unaussprechlichen Ekel für diese Jahreszahl empfunden. 1882 sei das Jahr gewesen, in dem sein Schicksal unter den Menschen besiegelt worden sei. Das Jahr, in dem er Lou gefunden und verloren habe. Cécile horchte auf. »Merken Sie es sich, mein Fräulein: Alles, was in einem Leben entscheidend ist, geschieht in ganz kurzer Zeit, in einigen Tagen, höchstens Wochen, alles andere, was vorher gewesen war, ist Vorspiel, was danach kommt, Vergessen«, sagte er zu ihr.

Sie trafen sich nun öfter am Strand, weit draußen im Westen der Stadt, befreit von der Enge der Altstadt und dem geschäftigen Lärmen der neueren Teile enthoben, ganz am Ende der Promenade des Anglais. Seine Einsamkeit habe gegen Ende des Jahres 1882 astronomische Dimensionen erreicht, sagte er. Zwischen ihm und den Menschen seien beunruhigende Landschaften der Leere entstanden, die vor ihm noch kein Mensch erahnt, geschweige denn durchschritten habe. Er könne es nicht verkraften, dass er als ein Mann, der für die reichste und umfänglichste Wirksamkeit geboren sei, dermaßen in unfruchtbaren Einöden seine besten Jahre zubringen müsse. Dass ein Denker wie er, der sein Bestes niemals in den Büchern, sondern immer nur in ausgesuchten Seelen niederlegen müsse, gezwungen sei, *Literatur* zu machen – das sei ein Fluch, von dem er sich bis heute nicht erholt habe und von dem er sich gewiss nicht mehr erholen werde.

Cécile wurde mit jedem ihrer Treffen deutlicher, was ihr auszusprechen schwerfiel: Vor ihren Augen ereignete sich tatsächlich etwas Großes, aber es bestand weder in der Geburt Zarathustras noch in der Lehre von der Ewigen Wiederkehr des Gleichen, es bestand auch nicht in der Zeitenwende, die ein neuer Kolumbus, ein zweiter Napoleon von diesem Strand aus in Gang setzen würde. Nein, Nietzsche selbst war dieses Ereignis, seine Sehnsucht, sein Ehrgeiz, sein Scheitern. Wenn sie nur die Worte dafür hätte auszusprechen, was das war!

All diese Freunde, von denen er sprach, denen er schrieb, die Künstler, Professoren und Intellektuellen, mit denen er in Verbindung stand, Köselitz in Venedig, auf den er immer noch hoffte, Overbeck in Basel, der die Treue selbst war, Rhode in Tübingen, den er weiter bewunderte, weil er als Gelehrter einlöste, was Nietzsche selbst einzulösen nicht im Stande war, und nicht zuletzt Rée, der einst so geschätzte, ja geliebte, der sein Alter Ego gewesen war und der Nietzsche gemeinsam mit Lou die schwerste Niederlage beigebracht hatte – sie alle kreisten um ihn wie ferne fremde Gestirne, sie bemühten sich um ihn nach Kräften, aber wie sollten sie ihm näherkommen, wie ihm helfen, wie ihn retten?

Die Frage, die in Cécile dämmerte, schien ihr zunächst unaussprechlich, unüberschaubar und von einer undurchdringlichen Schwierigkeit. Dann aber, nach Wochen, in denen sie Nietzsche angehört hatte, wurde sie ihr in ihren Konturen immer deutlicher, und schließlich war sie in einen einzigen kurzen Satz zu bringen: Kann ein Mensch überhaupt vor *sich selbst* gerettet werden?

Es sei doch so, sagte Nietzsche an diesem Nachmittag des 1. April 1884 weiter, dass das Phänomen eines Menschen, sein So-Sein und sein Auftreten als der, der er ist, das eigentliche Rätsel des Lebens darstelle. Alles würde dadurch gelenkt und umgelenkt, alles verändere sich angesichts der Dämonie des Anderen, alles würde unumkehrbar. Er denke da natürlich an Lou – warum müsse es sie geben? Diese Frage sei sinnlos, gewiss, genauso gut könne man fragen, warum es Köselitz geben müsse oder seine Schwester Elisabeth.

Lou sei also einfach da, da könne man nichts machen, und nun lerne man sie kennen, das komme noch hinzu, dass Lou existiere, sei noch nicht das ganze Drama, dass man sie auch noch kennenlerne, vollende erst das Stück. Man lerne sie also kennen, auch daran könne man ja nichts ändern, und was er jetzt sage, gelte für alle Männer, deren Intelligenzgrad den eines Maulesels übersteige – also etwa fünf Prozent. Habe man sie kennengelernt, könne man sich ihr nicht entziehen, man müsse sie begehren, man müsse sich ihr hingeben, man müsse sich opfern. Ihr Dämon fordere das. Der Dämon habe ihn zum Untergang verurteilt. Aber er habe sich dagegen gewehrt, er habe ihm seinen Sohn Zarathustra entgegengesetzt, der nichts weniger als ein Gegendämon für Lou sei und der ihn gerettet habe. Dass er sich nun für Zarathustra, seinen Sohn, opfere, bedeute, dass er sich nicht mehr für Lou opfern werde, dass er ihrem Bann entkommen sei.

Nietzsche schwieg. Er wirkte wie versteinert, seine Gedanken schienen in die Ferne zu schweifen. Ob es nicht auch mit Wagner so gewesen sei, mit Wagner einerseits und mit Cosima andererseits, fing er plötzlich wieder an, mit beiden gleichzeitig, ein Doppeldämon. Beide hätten gleichzeitig ihre Dämonen auf ihn gehetzt, damals in Tribschen. Sie hätten ihn verbannt, hierher an diese blaue Küste, Nizza sei sein Verbannungsort. Die Dämonen hätten den ganzen Zauber des Südens über ihn verhängt, zur Strafe, damit er in Schönheit stürbe, damit all diese Schönheit hier ihn endgültig in die Verzweiflung treibe. Und sie hätten ihn mit Schlaflosigkeit gestraft, eine Schlaflosigkeit, gegen die jetzt nicht einmal mehr Chloral helfe. Seine Natur sei dazu gemacht, all diese Dämonen zu empfangen, sie in sich aufzunehmen und sich von ihnen quälen zu lassen und in einem langsamen Feuer verbrannt zu werden. Genau wie Bruno!, rief er aus, wie Bruno!

»Wer ist denn nun Bruno?«, wollte Cécile wissen.

Die Austreibung Lous aus seinem Tempel durch seinen Sohn Zarathustra sei nur eine im Grunde vorbereitende Tat für die eigentlich ihm auferlegte, alles umstürzende Tat, die nun folgen werde und mit der er die schrecklichen Dämonen Cosima und Richard Wagners vernichten werde. Ob sie wissen wolle, wie der Name dieser Tat laute?

Sie dachte weiter darüber nach, wen er mit Bruno meinen könnte und sagte nichts.

»Die Umwertung aller Werte«, rief er aus.

Nietzsche sprach diese vier Worte mit einer Bestimmtheit und Entschlossenheit aus, als seien es die ersten und die letzten Worte, die auf Erden gesprochen werden dürften. In dem Schweigen, dem er danach lauschte, glaubte er die Verblüffung des Universums darüber zu vernehmen, dass es einen Menschen wie ihn hervorbringen konnte. Cécile begriff nicht, weshalb gerade an dieser Stelle ein solches Pathos und eine geradezu unheimliche Endgültigkeit in seine Stimme trat. Sie beschloss, das Gespräch wieder auf alltägliche Dinge zurückzulenken.

Sie kenne da einen Holländer, sagte sie, der sie schon seit ein paar Jahren besuche, wenn er in Nizza sei und der jetzt auch wieder in der Stadt sei, sagte Cécile. Er leite ein Varieté, mit dem er durch die Lande ziehe, verbringe zur Rekrutierung seiner Artisten große Teile des Jahres auf Java und habe oft die wunderlichsten Mittelchen im Gepäck. Sie werde ihn fragen, ob er nicht ein stärkeres Schlafmittel für Nietzsche habe.

Das sei sehr freundlich von ihr, entgegnete Nietzsche, aber im Moment brauche er gar kein Schlafmittel, eher ein Aufputschmittel. Sein nun für die nächsten Jahre anstehendes Hauptwerk, die Umwertung aller Werte, werde in der nächsten Zeit seine Aufmerksamkeit doppelt und dreifach in Anspruch nehmen. Er werde angesichts der Ungeheuerlichkeit dieser Aufgabe wohl überhaupt nicht mehr zum Schlafen kommen, eine Aufgabe, die er ja ganz auf sich allein gestellt erfüllen müsse. Doch wenn der Holländer etwas zur Schärfung der Sinne und des Verstandes im Koffer habe, würde er es gern probieren.

Da könne sie vermitteln, sagte Cécile, sie selbst nehme ab und zu ein weißes Pulver, das der Holländer ihr gegeben habe, damit könne man die ganze Nacht wach bleiben, in ihrem Beruf sei das manchmal von Vorteil.

2.

Unterhalb der römischen Arena von Cimiez befindet sich eine karmesinrote Villa im genuesischen Stil, die in einem weitläufigen Garten mit hunderten von Olivenbäumen steht. Dahinter liegen die Ruinen einer römischen Therme, die man durchstreifen kann, wenn man gut zu Fuß und nicht allzu kurzsichtig ist.

Unter den Olivenbäumen saßen Nietzsche und Resa von Schirnhofer am 4. April 1884 und tranken Kaffee.

»Kommen Sie nur, mein verehrtes Fräulein!«, hatte Nietzsche auf Resas Anfrage, ob sie ihn um die Osterzeit besuchen dürfe, geantwortet und hinzugefügt: »Die Wintervögel fliegen davon.«

Sie hatte den günstigsten aller Zeitpunkte getroffen, um ihn kennenzulernen, denn gerade am Tag zuvor hatte er den letzten Korrekturbogen des letzten Teils seines Zarathustra abgeschickt. Nun war er frei, freier, als er es jemals gewesen war.

Die Sonne brannte zur Mittagszeit herunter wie im Hochsommer, doch der Olivenbaum, unter dem die beiden saßen, schützte sie.

Das Licht stieß hart und grell zwischen den vielen kleinen Blätter des Olivenbaums hindurch und warf bizarre Schatten auf die Tische und die Gesichter der Cafébesucher. Die Zeit schien angehalten in diesem Park, der mit den antiken Resten im Hintergrund und der Renaissance-Villa im Vordergrund zwei vergangenen Zeitaltern, jedoch keinesfalls der Gegenwart anzugehören schien. Zwei Hunde, ein kleiner schwarzer mit einem langgestreckten Rumpf und äußerst kurzen Beinen und ein großer gelber Setter mit glänzendem Fell streiften, der kleine voller Bewegungsdrang, der große in majestätischer Ruhe, durch die Reihen der Tische und Bäume. Der Kleine schleppte einen Beißring mit sich herum und versuchte, den großen Hund damit zu provozieren, indem er den Ring vor ihm fallen ließ und unversehens wieder danach schnappte und davonrannte.

Es gelang dem Kleinen aber nicht, den Großen aus der Ruhe zu bringen, der sich gemächlich und gelangweilt gähnend mit dem Kopf zwischen den Pfoten ins Gras legte.

Resa beobachtete, wie der Kleine sich immer mehr aufregte, weil er mit seinen Versuchen, den Großen zu ärgern, keinen Erfolg hatte. Er legte ein weiteres Mal den Beißring vor den Großen hin, schnappte ihn dann und begann, mit seinen kurzen Beinen in rasender Geschwindigkeit durch die Baumreihen zu hetzen. Der große Hund schaute ihm mit einem zugleich verschlafenen und verwunderten Blick nach.

Wo die Wiese, auf der die Tische und Stühle des Cafés standen, in den Weg überging, war ein schmaler Randstein in den Boden eingelassen; als der kleine schwarze Hund diesen überquerte, überschlug er sich beim Versuch, einen Höhenunterschied von vielleicht zehn Zentimetern zu überwinden mit seinen kurzen Beinen und seinem langgestreckten Rumpf zwei Mal auf halsbrecherische Art und Weise.

Doch es war nichts passiert. Der Kleine blieb nach seiner unfreiwillig akrobatischen Einlage auf dem Bauch liegen, den Beißring wie eine Beute neben sich und schaute vertrauensselig zu seiner Besitzerin hinüber. Die stand von ihrem Stuhl auf, ging, ihrem kleinen Liebling französische Koseworte zurufend, lächelnd zu ihm hin, hob ihn vorsichtig, als sei er etwas Zerbrechliches, hoch und küsste ihn auf die feuchte Schnauze.

Resa musste sich bei diesem Anblick instinktiv abwenden. Die Hundebesitzerin nahm das schwarze Teufelchen mit zu sich an ihren Tisch, wo sie mit einer Bekannten saß, und ließ ihn auf ihrem Schoß Platz nehmen, von wo aus er zunächst triumphierend umherblickte, um gleich wieder den großen Hund, der vor ihm im Gras lag, anzubellen. Die Frau ließ nach einiger Zeit, als das Bellen unerträglich wurde, den Kleinen wieder hinunter, und das Spiel mit dem Beißring begann von vorne.

Er werde aus der Kreatur nicht schlau, sagte Nietzsche. Nach einer kurzen Zeit des Schweigens stand Resa auf und ging in die archäologische Zone hinüber.

»Wissen Sie, wie die Römer dieses Gebiet um die Stadt Cemenelum nannten?«, rief er ihr nach, als sie sich schon einige

Schritte entfernt hatte. Sie drehte sich um und sah ihn fragend an. »Sie nannten es *Terra Amata*.« Sie nickte: »Wohl dem, der eine Stadt, eine Landschaft oder auch nur einen Garten kennt, die er so nennen kann.«

Von seiner etwas erhöhten Position im Olivenhain konnte Nietzsche Resa die ganze Zeit über sehen, wie sie zwischen den Ruinen der Therme herumging. Manchmal verschwand sie für ein, zwei Minuten zwischen Mauern und Gebüsch, dann tauchte sie wieder auf. Außer ihr gingen zwei weitere Personen in den Ruinen umher, die sich gegen die Sonne Taschentücher auf die Köpfe gelegt hatten und die in Nietzsches Einschätzung nur Engländer sein konnten. Die Engländer werden einmal alles erforscht und kartographiert und in Schubladen verstaut haben und werden dann nicht wissen, was man damit anfangen soll, dachte Nietzsche und stellte im gleichen Augenblick fest, dass der kleine schwarze Hund es sich unter seinem Stuhl bequem gemacht hatte.

Nietzsche beobachtete, wie jetzt einer der mutmaßlichen Engländer mit Resa sprach. Er wies sie auf eine bestimmte Stelle auf dem Boden hin und ging weiter. Der Engländer bückte sich gleich darauf an dieser Stelle, suchte einige Augenblicke lang herum, hob schließlich etwas auf und sah es sich lange an. Nietzsche konnte aus der Entfernung nicht erkennen, was es war.

Er hatte *Vermouth di Torino* bestellt. Als sie zurückkam, zeigte Resa ihrem Begleiter den Fund, den der Unbekannte gemacht und aus Höflichkeit ihr geschenkt habe. Es war die kleine, nicht höher als zehn Zentimeter groß gearbeitete bronzene Figur eines nackten Satyrs, den der Mann unter einer lockeren Wegplatte zufällig gefunden hatte. Resa kratzte mit einer Kuchengabel die an der Figur festklebende Erde ab und legte zunächst die, wie Resa meinte, Pferdefüße und dann das im Vergleich mit dem Rest des Körpers viel zu lang aufragende Glied frei.

»Wissen Sie, an welches Foto mich das erinnert?«

Welches Foto denn? Nietzsche ahnte, worauf sie hinauswollte.

Die Kabinettfotografie, antwortete Resa, die er mit Lou und Rée in Luzern habe aufnehmen lassen und die ihn und Rée als Gespann, vor einem Leiterwagen stehend, zeige, in dem Lou sitze, die Peitsche schwingend. Lou habe es ihr bei der Uraufführung des *Parsifal* vor gut einem Jahr in Bayreuth gezeigt. Lou habe darüber sehr gelacht; sie, Resa, aber sei fast ohnmächtig geworden vor Entsetzen.

Es sei nicht der Scherz an sich gewesen, der sie so schockiert habe. Er, Nietzsche, sei es gewesen, vor dem sie förmlich zurückgeschreckt sei. Er habe etwas in ihr ausgelöst, das sie fast, sie könne es nicht anders sagen, *anästhetisiert* habe. Er sei so derb und vergröbert in einer Querstellung zu sehen, den Blick irgendwie verschlagen und erwartungsvoll lüstern seitlich nach oben richtend, und so habe er sie auf diesem Bild an einen widerspenstigen Ackergaul erinnert, in dem ein Dämon der Begierde wohne, der aber nicht herauskönne und den armen Gaul ganz verrückt mache.

Nietzsche nahm einen großen Schluck Wermuth. Als sie jetzt den Faun gesehen habe, habe sie sich gleich an die Fotografie erinnert. Die Deichsel, die er auf dem Foto in der Hand halte, zeige genau dieselbe Stellung wie das aufgerichtete Glied des Fauns hier vor ihr auf dem Tisch. Dieser Blick, der Rätsel suggerieren möchte, aber nur Gier ausstrahle, das freiwillige Sich-Verwandeln in ein Tier, das sich Einspannenlassen, während man sich der Herrschaft einer Frau aussetzt, das Peitschen, all das sei, und sie sage das gerade jetzt ganz bewusst, da sie ihn nun kennengelernt habe, seiner zutiefst unwürdig.

3.

Es tue ihm aufrichtig leid, ein derart falsches Bild von sich gegeben zu haben. Es sei ein Scherz gewesen, das Foto mit der Peitsche, sonst nichts. Dass Lou die Aufnahme in Bayreuth herumgezeigt habe, spreche nicht gerade für sie. Ob Lou ihr denn auch erzählt habe, was auf ihrer gemeinsamen Reise von Rom über Luzern nach Deutschland vorgefallen sei?

Er kenne doch die Lou, antwortete Resa, und er wisse, dass sie sich am Liebsten in Andeutungen mitteile. Also habe sie, Resa, nichts erfahren, es allerdings auch nicht wissen wollen. Nicht einmal das Foto habe sie sehen wollen, Lou habe es ihr auf der Wiese vor dem Grünen Hügel förmlich aufgedrängt. Natürlich habe sie dann sofort an das Wort mit der Peitsche denken müssen.

Die Sache mit der Peitsche sei das größte Missverständnis seines Werkes und seines Lebens, sagte Nietzsche resigniert. Aber er könne nichts, rein gar nichts mehr dagegen tun, dass man es praktisch überall mit dem größten Vergnügen hervorhebe und selbstverständlich falsch interpretiere. Über nichts seinen Zarathustra Betreffende reden die Leute, über rein gar nichts, außer über die Stelle mit dem Weib und der Peitsche. Man überreiche der Welt ein Geschenk und die Welt hat dafür nichts als Hohn und Spott übrig. Statt dankbar zu sein für ein Jahrhundertbuch, ziehe man eine einzelne Stelle heraus, mache sich fortwährend darüber lustig und verunglimpfe den Autor dafür als Frauenfeind.

Wer ihn kenne, wisse aber, dass er genau das Gegenteil von einem Frauenfeind sei, dass er die Frauen verehre und ihnen gegenüber jederzeit vollkommen die Form zu wahren wisse. Seine englische Bekannte Helen Zimmer habe letzten Sommer in Sils-Maria zu ihm gesagt, es gebe Männer, die verbänden die verehrungsvollsten Theorien über Frauen mit einer brutalen und verachtenden Praxis. Er aber habe vielleicht eine brutale

Theorie, dafür aber eine noble Praxis. Er verkläre sie nicht zu Engeln, um sie hinterher wie Tiere zu knechten. Er betrachte sie als gleichwertige Gesprächspartner, und er sei darin seiner Zeit weit voraus. Gleich welche gebildete Frau ihn, Nietzsche, jemals etwas besser kennengelernt habe, sie sei von seiner *gentilezza* vollkommen überzeugt und begeistert. Ja, das Wort habe sie wirklich benutzt, diese trockene Engländerin: Gentilezza!

»Weshalb haben Sie das mit der Peitsche dann überhaupt geschrieben? Und weshalb haben Sie auf dem Foto Lou eine Peitsche in die Hand gegeben? Sie sagte, Sie hätten darauf gedrungen, dass sie die Peitsche schwinge, während die beiden Ochsen im Joch ständen.« Resa kam sich gerade etwas neugierig vor, beharrte aber auf ihren Fragen. Nietzsche erregte sich keineswegs angesichts ihrer Penetranz, er schien in diesem Augenblick tatsächlich darüber reden zu wollen.

»Kennen Sie das nicht, liebe Resa? Es war eine Laune, und es war, was wahrhaftig selten genug in meinem Leben vorgekommen ist, eine *sehr* gute Laune, die mich dazu gebracht hat, Lou die Peitsche in die Hand zu geben.«

»Lou sagte mir in Bayreuth, Sie seien außer sich vor Verliebtheit gewesen; Sie hätten Lou die Peitsche in einer geradezu unmenschlichen Euphorie aufgedrängt, niemand habe Sie stoppen können in diesem Moment, erzählte sie. Sie hätten fortwährend in dunklen Andeutungen das Schicksalhafte ihres Zusammenseins zu dritt beschworen, so dass Lou und Rée sich immer wieder verständnislos angesehen hätten. Einmal habe Lou, als sie mit Rée allein gewesen sei, gefragt, ob er jedes Mal wisse, was Nietzsche denn eigentlich mit seinen Reden und seinen halb gesungenen und halb deklamierten Aussprüchen meine, und Rée habe nur geantwortet: Weiß der Geier.«

»Das ist eine der typischen Bösartigkeiten von Paul Rée gegen mich!«, rief Nietzsche entrüstet aus. »Er weiß genau, dass er mich damit treffen kann. Wenn er sagt: *Weiß der Geier*, dann ist das eine direkte Anspielung auf Wagner, dessen leiblicher Vater allen Vermutungen zufolge Geyer hieß.«

»Aber Geyer mit Y, oder?«

»Na und? Geyer bleibt Geier. Was er damit sagen wollte? Sie könnten es erraten: Alles, restlos alles, was ich zu sagen habe, sei von Wagner souffliert, ich hätte gar nichts Eigenes, doch drückte ich es so aus, dass es niemand verstünde, außer vielleicht noch Wagner selbst. Deshalb *Weiß der Geier.*«

»Ich finde, das deuten Sie falsch. Es kann doch sein, dass Rée *Weiß Gott* gesagt hat, und dass nur Lou in ihrem jugendlichen Übermut ein *Weiß der Geier* daraus gemacht hat.«

»Glaube ich nicht.«

Es entstand eine Pause, die Resa nicht durchbrechen wollte, weil sie fand, sie dürfe Nietzsches Erregung jetzt nicht noch steigern. Doch der war mit seinen Nerven schon jenseits der Selbstbeherrschung und fing wieder an. Er kenne sich, er sei der Typ, der sich nur ein einziges Mal verliebe. Wenn dies aber eintrete, weshalb nicht der Frau sofort einen Heiratsantrag machen? Er habe Lou in Rom kennengelernt und habe ihr praktisch schon in dem Beichtstuhl, in dem er sie aufgestöbert habe, einen Heiratsantrag gemacht, sein erster Satz an sie sei ja schon ein Heiratsantrag gewesen. Das habe sie aber offenbar nicht so verstanden, und deshalb habe er ihr wenige Tage später einen ganz und gar förmlichen Heiratsantrag gemacht.

Nicht er selbst habe ihn überbracht, wie sie, Resa sich vorstellen könne, sondern er habe seinen Freund Paul Rée damit beauftragt. Das und nicht der Heiratsantrag sei die eigentliche Dummheit gewesen. Denn Rée, dieser Schwachkopf, habe Lou in Rom schon selbst einen Heiratsantrag gemacht gehabt, ohne ihm, Nietzsche, auch nur das Geringste darüber anzudeuten.

Da habe er also den Richtigen geschickt. Als Rée, pflichtschuldig seinen Freundschaftsdienst an Nietzsche erfüllend, mit Nietzsches Heiratsantrag bei Lou vorstellig geworden sei, habe die einen Lachkrampf bekommen, den sie nur habe stillen können, indem sie schallend lachend aus dem Zimmer und aus dem Haus gerannt sei. Rée habe sie noch unten auf der Straße lachen gehört. Jedenfalls habe das Rée später erzählt. Als sie wieder zu sich gekommen und zurückgekehrt sei, habe sie Rée ins Vertrauen gezogen und mit ihm beratschlagt, wie man ihn, Nietzsche, auf Distanz halten könne. Dabei habe er gar keine Abspaltung Rées von Lou gewollt. Vielmehr habe er ein Leben zu dritt geplant.

Er habe also Lou heiraten wollen und beabsichtigt, mit ihr und dem gemeinsamen Freund, der sie ebenfalls habe heiraten wollen, einen gemeinsamen Haushalt zu gründen?, fragte Resa ungläubig.

Es sei um intellektuelle Freiheit gegangen, antwortete Nietzsche, nicht um kleinbürgerliche Besitzansprüche. Aber das hätten die beiden Spießer nicht begreifen können. Er, Nietzsche, hätte Lou durchaus mit Rée geteilt, sie, Resa, könne sich vielleicht vorstellen, auf welchem Gebiet. In die intellektuelle und vor allem in die seelische Gemeinschaft der beiden hätte Rée ohnehin niemals einzudringen vermocht.

Im August dieses verhängnisvollen Jahres 1882 hätten er und Lou in Tautenburg jeden Tag zehn Stunden miteinander gesprochen. Sie seien wie die Derwische durch den Thüringer Wald gerannt und hätten jeden Tag aufs Neue dem Abendland den entscheidenden Todesstoß versetzt. Vergleichbare Dialoge seien auf europäischem Boden noch nie geführt worden, wie sie in Tautenburg zwischen ihm und Lou geführt worden seien. So viele Todesarten wie sie auf ihren hoch inspirierten Gängen durch die tiefen Wälder Mitteldeutschlands für das Abendland erfunden hätten, seien noch nirgendwo erdacht worden. Lou und er hätten unablässig das Totenglöckchen eines ganzen Zeitalters geläutet und das Heraufziehen eines neuen schon am Horizont gesehen.

Seine Schwester sei selbstverständlich immer dabei gewesen und habe ihnen auf den Wanderungen zu folgen versucht, die meist den ganzen Tag gedauert hätten. Aber seine kleine dicke Schwester habe ihnen niemals lange zu folgen vermocht; schon bei der ersten Steigung sei sie zurückgeblieben und habe gepumpt wie ein Maikäfer. An manchen Tagen habe sie sich, abgeschüttelt, abgehängt, zurückgelassen, im Wald verirrt und sei erst nach Einbruch der Dämmerung wieder in Tautenburg eingelaufen. Einmal habe man sie mit Pferden gesucht und habe nach ihr gerufen, bis man sie mit zerrissenen Kleidern, geschundener Haut, weinend und fluchend in irgendeinem Gestrüpp gefunden habe, in das sie sich hoffnungslos verstrickt gehabt habe. Nietzsche lachte laut auf, nachdem er das gesagt hatte. Es war ein triumphierendes Lachen, das für Resa Züge des Wahnsinns offenbarte, so dass sie sich im selben Augenblick vor dem Philosophen zu fürchten begann.

Nach seiner Abreise aus Tautenburg in Richtung Naumburg sei die Schwester verbittert zurückgeblieben und habe es abgelehnt, dass ihr der liebe Fritz noch einmal unter die Augen kommt. Bis Weihnachten habe sie allein in Tautenburg ausgeharrt, so untröstlich sei sie gewesen.

Er und Lou seien nun einmal richtig gut zu Fuß gewesen. Weshalb hätten sie immer warten sollen, bis die keuchende Pute sie eingeholt hätte? Natürlich habe sich seine Schwester rächen müssen, zuerst an ihm und dann an Lou. Deshalb habe sie die Unwahrheiten über ein angeblich unmoralisches Verhältnis der beiden in Tautenburg in die Welt gesetzt, deshalb habe sie Lou in den Rang einer Konkubine gebracht und deshalb habe schließlich seine Mutter zu ihm gesagt, er, der einstige Herzensfritz, sei – und jetzt möge sie, Resa, genau hinhören, denn Ungeheuerlicheres habe selbst seine Schwester nie zu ihm gesagt – *eine Schande für das Grab seines Vaters*.

4.

Er leerte das Glas in einem Zug und schüttelte danach seinen Schnurrbart wie ein Walross, das aus dem Wasser kommt. Sie hatten sich von dem Café in langsamen Schritten entfernt und gingen jetzt in dem Park zwischen den Olivenbäumen herum auf die genuesische Villa zu. Auf einer Holztafel waren Plakate angeklebt, die verschiedene Veranstaltungen ankündigten. Es gebe in zwei Tagen in der Arena ein *Spanisches Stiergefecht*, las Resa vor, und Nietzsche knurrte. Das würde sie gerne besuchen, wann könne man schon einmal einen Stierkampf sehen. Nietzsche schien nicht gerade begeistert zu sein.

Ob sie mit ansehen wolle, wie man ein Tier vor den Augen einer lüsternen Menge zuerst zur Raserei bringe und dann abschlachte, fragte er sie.

Sie hätte ihn nicht für derart mitfühlend gehalten, gab sie zurück, zumal nachdem sie den Zarathustra gelesen habe, wo er auf jeder Seite das Recht des Stärkeren einfordere. Um aber zu ermitteln, wer der Stärkere sei, müsse es doch zuerst einen Kampf geben. Genau das ereigne sich seit Urzeiten im Stierkampf.

Nietzsche zuckte mit den Schultern. Darüber müsse er erst nachdenken, sagte er. Irgendetwas stimme nicht an ihrer Argumentation.

»Eben, und um das beurteilen zu können, brauchen Sie Anschauungsunterricht. Also, sind Sie dabei, Professore?«

»Meinetwegen, ich will nicht bei allem kneifen, auch wenn ich vielleicht den Stier nicht vom Torero werde unterscheiden können.«

»Das macht nichts. Ich werde Ihnen das Gefecht Zug um Zug kommentieren.«

»Es ist sehr freundlich von Ihnen, dass sie für einen alten blinden Mann so viel Gutes tun.«

Resa zögerte, konnte sich aber dann doch nicht zurückhalten und fragte: »Wie alt sind Sie denn eigentlich, wenn ich fragen darf, Professore? Verzeihen Sie, aber der imposante Schnurrbart läßt Sie in gewisser Weise alterslos erscheinen.«

Nietzsche war erstaunt. Es war ihm, als habe ihm seit Langem niemand mehr eine so persönliche Frage gestellt. Er sei, rein biographisch gesehen, neununddreißig Jahre alt, antwortete er, fühle sich aber wenigstens fünfhundert Jahre älter, wenn er nach den Ergebnissen seines Denkens urteile. Er habe sich in kürzester Zeit durch alles hindurchgedacht, durch buchstäblich alles. Sein Gehirn habe in knapp vierzig Jahren eine Materie bewältigt, für die die Schöpfung ursprünglich fünfhundert Jahre und zweihundert geniale Gehirne vorgesehen habe. Das Resultat davon sei aber nichts anderes, als dass er sich uralt fühle. In ihm sei die gesamte Genialität Europas in verdichteter Form zusammengekommen und feiere täglich ihren Jüngsten Tag. Manchmal habe er das Gefühl, er sei nur ein Medium, so wie Platon ein Medium war oder Luther. Er lebe also gar nicht wirklich als Mensch. Wenn er es recht bedenke, habe er wohl nur eine Viertelstunde wirklich gelebt. Dafür habe es sich aber gelohnt, daran gebe es keinerlei Zweifel. Was danach gekommen sei, sei nur noch die Verarbeitung dieser Viertelstunde gewesen, eine lange und schwere Trauerarbeit gewissermaßen.

Resa wollte wissen, ob er ihr sagen könne, was in dieser Viertelstunde vorgefallen sei, was er da erlebt habe.

Sie möge ihm verzeihen, aber das müsse sein Geheimnis bleiben. Er habe Furcht, sich selbst zu verlieren, wenn er dieses Geheimnis preisgeben würde.

»Und wenn ich es schon kenne?«, fragte Resa mit gespielter Koketterie in der Stimme und erkannte sofort, dass sie gerade etwas Falsches gesagt hatte.

»Das wäre mein Untergang«, sagte Nietzsche. »Ich würde auf der Stelle tot umfallen.«

Resa besann sich: »Ich kenne es natürlich nicht. Das war ein Scherz.«

»Wenn ich nur selbst darüber Scherze machen könnte, Resa«, sagte Nietzsche und setzte sich auf eine Bank, die am

Weg stand. Ein Dauerläufer näherte sich in weit ausgreifenden Schritten und lief an ihnen vorbei.

»Sehen Sie sich den an«, sagte Nietzsche.

»Wussten Sie, dass man die Olympischen Spiele wieder ins Leben rufen will? Man spricht in manchen Kreisen darüber wie über die Wiedererweckung der griechischen Mythologie. Wahrscheinlich übt der junge Mann dort schon für den Marathonlauf.«

»Dann kann er sich gleich auch schon auf seine Hinrichtung einstellen«, sagte Nietzsche und lächelte mit listigen Augen in seinen Schnurrbart hinein. Obgleich sie wusste, dass er es als Scherz gemeint hatte, gruselte ihr vor diesem Blick, der, nach ihrem Eindruck zu urteilen, nichts Gutes verhieß.

Als sie wieder in der Altstadt waren, setzten sie sich in eines der Cafés am Cours Saleya. Sie waren dort kaum zehn Minuten gesessen, als Cécile in Begleitung eines großen blonden Mannes, dem Holländer, an ihnen vorbeiging. Nietzsche erkannte sie im Menschengewimmel, das auf dem Platz herrschte, nicht. Seine Augen waren zu schlecht, meist erkannte er die Menschen erst ganz aus der Nähe.

Cécile kam nahe an Nietzsches Tisch heran, gab sich jedoch nicht zu erkennen, sondern nutzte seine Sehschwäche, um Resa im Vorbeigehen genau zu mustern. Sie ging mit ihrem Begleiter zwischen den Caféhaustischen herum und verteilte Zettel, auf denen für ein gerade in Nizza gastierendes Varieté geworben wurde, welches der Holländer betrieb. Cécile ging zu dem Tisch, an dem Nietzsche mit seiner Begleiterin saß, und gab schräg über seinen Rücken hinweg Resa einen Zettel in die Hand.

In dem Varieté wurden indonesische Artisten angekündigt, die der Holländer aus Ostasien mitgebracht hatte, eine rumänische Sängerin, die mit dem Attribut »Die Riesin aus Bukarest« bedacht war. Über ihren Gesang war kein Wort vermerkt. Ferner werde, so der Zettel, ein armloser Geiger aus Deutschland auftreten, ein seit vierzig Tagen hungernder Hungerkünstler aus Böhmen und, als absolute Attraktion, ein aus Marseille kommender so genannter Herrscher der Winde.

Cécile schrieb an diesem Abend an Lanzky, Nietzsche habe jetzt Besuch von der bewussten Österreicherin, die offenbar sehr nett sei, dabei aber reichlich unattraktiv aussehe, was Nietzsche möglicherweise aber wegen seiner schwachen Augen nicht bemerke. Doch werde sich Nietzsche trotz seiner Kurzsichtigkeit nicht in sie verlieben, das habe sie, Cécile, auf den ersten Blick gesehen. Wenn die beiden in das Varieté kämen, würden sie vor allem mit dem Windkünstler ihr blaues Wunder erleben. Nur sie, Cécile, könne Nietzsche vor sich selbst retten und werde alles daran setzen, es zu tun, wenn die Österreicherin wieder abgereist sei.

Einstweilen überlasse sie den Meister dieser Matrone, sie selbst habe immer noch Besuch von dem Holländer. Zwischenzeitlich sei sie von zwei Deutschen namens Stahl und Rausch belagert worden, zwei merkwürdigen Typen, die der Kutscher, weil er gewohnheitsgemäß alle Deutschen bei ihnen ablade, in der Pension ihrer Großmutter abgesetzt habe.

Stahl und Rausch hätten nach nichts anderem als nach Nietzsche gefragt; sie habe ihnen aber keine Auskunft gegeben. Spät nachts seien sie regelmäßig betrunken nach Hause gekommen und ein ums andere Mal ihr gegenüber zudringlich geworden. Wenn aber der Holländer da sei, sei sie für ihn reserviert, er werde rasend vor Eifersucht, wenn ein anderer Mann sie auch nur anschaue. Bei der Art und Weise, wie sich Stahl und Rausch hier aufgeführt hätten, habe der Holländer unweigerlich mitbekommen, wie sie ihre Anzüglichkeiten äußerten und ihre Annäherungsversuche ihr gegenüber unternahmen. Aus diesem Grund habe der Holländer kurzerhand einen kleinen Trupp seiner indonesischen Artisten auf die beiden Deutschen losgelassen, was ihnen nicht gut bekommen sei. Sie seien zwei Tage auf der Orthopädischen Station des Krankenhauses von Saint Roch geblieben, wo sie schon vor der versammelten Ärzteschaft Rache geschworen hätten. Das werde allerdings für die beiden ein schwieriges Unterfangen werden, da Stahl und Rausch gegen die Indonesier hoffnungslos unterlegen seien und bei dieser Revanche erneut den Kürzeren ziehen würden.

5.

Damals habe er den Stier bei den Hörnern packen wollen, sagte Nietzsche, als sie am Sonntagnachmittag zur Stierkampfarena aufbrachen. Einmal müsse man sich dazu entschließen, den Stier bei den Hörnern zu packen, einmal sei man dazu bereit, weil man erkenne, es sei nun so weit und es müsse jetzt sein.

Rée und Lou hatten sich schon ein paar Tage in Luzern aufgehalten, was er, Nietzsche, wusste. Er war der festen Überzeugung gewesen, dass Rée kein Konkurrent für ihn sei, er hielt ihn immer noch für seinen Freund. Aber wenn es um Lou ging, hörte die Freundschaft zumindest für Rée offenbar auf. Das bemerkte Nietzsche erst später, zu spät, dafür fehlte ihm das Gespür. Da die beiden zudem in Begleitung von Lous Mutter waren, meinte er ohnehin nichts befürchten zu müssen, was ihre Beziehung zu dritt hätte trüben können. Nietzsche selbst hatte sich für ein paar Tage zu Overbeck nach Basel begeben, um einmal alles zu besprechen, was er in den vorangegangenen Wochen erlebt hatte, um klarer denken zu können, um zur Ruhe zu kommen.

Schließlich bestärkten ihn Overbeck und seine Frau Ida in dem Entschluss, seinen Heiratsantrag zu wiederholen. Was hätten sie ihm auch raten sollen? Auch sie hielten es für das Beste, wenn er endlich eine Frau an seiner Seite hätte. Aber sie konnten die Lage nicht im Geringsten einschätzen. Nietzsche selbst vermochte das ebenso wenig. Es war ihm nicht bewusst, dass Rée Lou ebenfalls einen Heiratsantrag gemacht hatte. Noch weniger hätte er vermutet, dass Lou und Rée über ihn wie über einen sonderbaren Fall sprachen, den man möglichst auf Distanz halten musste. Zuvor wollte man aber noch ein bisschen seine Kapriolen verfolgen. Sie hatten schon seinen ersten Heiratsantrag amüsiert erörtert und in Luzern nur auf seine nächste Dummheit gewartet, die ihnen Anlass geben würde, sich erneut stundenlang darüber zu amüsieren.

Lou hatte später in Bayreuth mit Resa über die Tage von Luzern gesprochen. Sie könne sagen, sagte sie zu Nietzsche, während sie in die Kutsche stiegen, die sie nach Cimiez bringen sollte, sie wisse alles über Luzern und die dortigen Vorfälle. Nietzsche horchte auf. Die Kutsche fuhr los, und zunächst sagten weder er noch Resa ein weiteres Wort.

Lou habe zu ihr gesagt, er, Nietzsche, habe gesagt, er habe immer den Stein des Weisen gesucht und ihn nun gefunden. Aber es sei gar kein Stein, sondern ein Goldklumpen, und dieser Goldklumpen sei ein Herz – ihr Herz. Auch habe sie gesagt, er habe zu ihr in Luzern vor dem Löwentor gesagt, dass sie zweifellos das intelligenteste aller Weiber sei, und außerdem sei alles, was er je über sie gesagt habe, Unsinn, wahrscheinlich auch dies. Lou habe nicht gewusst, ob sie das als Kompliment oder als Koketterie Nietzsches aufzufassen habe. Sie habe sich dann aber ein bisschen darüber geärgert, da sie das Gefühl bekommen habe, er stelle mit einer solchen Aussage seinen Geist weit über den ihren, eine Rangfolge, der sie damals nicht unbedingt zuzustimmen bereit gewesen sei.

Das sei heute nicht anders, warf Nietzsche in verächtlichem Ton ein. Das Fräulein halte sich für klüger als alle Professoren zusammen, habe ja auch schon seine Mutter über sie gesagt.

Resa fuhr fort: Zuerst hatte Lou geschwiegen, sie ahnte, was nun folgen würde. Nietzsche sah sie bei der gesamten Prozedur nicht einmal an. Unablässig starrte er auf das Löwentor, so dass er seinen Heiratsantrag eigentlich Thorwaldsens Löwen gegenüber machte, der dort als Relief abgebildet ist. Nietzsche war sehr gefasst und, wie auch sonst häufig, äußerst feierlich gestimmt gewesen, und er brachte, den Löwen anschauend, schließlich seinen Antrag ohne jede Verlegenheit mit ruhiger Stimme und in klar gesetzter Rede vor.

Lou hörte sich das ebenso ruhig an. Als Nietzsche geendigt hatte, ließ sie eine lange Pause entstehen, so als müsse sie über seinen Antrag erst einmal nachdenken. Sie fühlte deutlich, wie ihr Gegenüber aus diesem Zögern, diesem Nachdenken mit jedem Atemzug mehr Hoffnung schöpfte. Und die Vorstellung gefiel Lou plötzlich, diese Hoffnung zu zerstören. Sie malte sich aus, wie sie es genießen würde, die Situation mit einem Satz in ihr Gegenteil zu verkehren, einfach weil ihr dieses Spiel mit den Gefühlen und Erwartungen in diesem Moment reizvoller erschien als alles, was mit Liebe, Heiraten und, wie sie sich gegenüber Resa ausdrückte, dem ganzen damit zusammenhängenden menschlichen Gebarme in Verbindung gebracht werden konnte.

Plötzlich wurde Lou klar, dass jedes Vertrauen, jedes Bekenntnis, jedes aufrichtig vorgetragene Wünschen und Wollen auf dieser Welt zertrümmert werden musste, einfach damit man noch atmen könnte. In diesem Moment wusste sie für den Rest ihres Lebens, dass der Intellekt eine qualitativ andere Stufe erreicht hatte als die Gefühle, dass die Gefühle angesichts des Intellekts nur noch Staub und Asche waren, und dass er, der Intellekt, alles rigoros zurückwies, was nicht seine Kälte, seinen Härtegrad, seine Schärfe aufwies.

Lou antwortete ihm auf seinen Antrag mit ganz leiser Stimme, es tue ihr leid, sie könne und wolle nicht heiraten, nicht ihn und auch keinen anderen, ihr Liebesleben sei für immer abgeschlossen und ihr Freiheitsdrang statt dessen total entriegelt.

Genau das habe sie vor dem Löwentor tatsächlich zu ihm gesagt, sagte Nietzsche, noch immer zu Boden blickend. *Total entriegelt.*

Sie hatten inzwischen die Arena auf der Anhöhe von Cimiez erreicht, drängten sich durch die ins halb verfallene Oval strömende Menge und setzten sich wegen Nietzsches Sehschwäche auf den weißen Steinstufen weit nach unten. Es war schon wieder sehr heiß geworden, selbst an der Côte d'Azur etwas zu heiß für Anfang April. Nietzsche hatte sich einen Sonnenschutz aus Leder an den Hut geheftet, so dass sein Gesicht unter Hut und Sonnenschutz verschwunden war. Wenn Resa ihn von der Seite anschaute, sah sie von seinem Profil nur noch den Schnurrbart. Sie selbst hatte Nietzsches grauen Regenschirm aufgespannt, den sie so hoch hielt, dass sich hinter ihr die Zuschauer zurücklehnen mussten, um den als Sonnenschutz eingesetzten Regenschirm nicht direkt vor dem Gesicht zu haben. Doch das Paar machte einen so merkwürdigen Eindruck, dass niemand wagte, es anzusprechen, nicht einmal, um sich zu beschweren.

6.

Resa hatte in Erfahrung gebracht, dass der Stierkampf in Nizza eine eher harmlose Veranstaltung und mit einer spanischen Corrida nicht im Geringsten zu vergleichen sei. Es handle sich im Grunde um nichts weiter als um eine Trachtenschau mit Rindviechern, hatte ihr ein Gast in der Pension de Genève erzählt, es werde kein Blut fließen, den Stieren verpasse man vorher eine leichte Beruhigungsspritze, kein Pferd werde, wie früher üblich, aufgeschlitzt, Pferde würden nicht einmal auftreten, das sei alles behördlicherseits verboten, ja eigentlich habe man bereits 1857 die Stierkämpfer aus Frankreich hinausgejagt. Zwar habe sich niemand lange an diese Verordnung gehalten, doch käme man den Behörden inzwischen so weit entgegen, dass man das Ganze garantiert unblutig über die Bühne gehen lasse.

Resa ließ ihren Begleiter darüber im Unklaren, was wirklich auf ihn zukommen würde. Der Professor war die vorangegangenen zwei Tage noch weitaus feierlicher gestimmt als sonst und sah sich in Erwartung eines heroischen Geschehens, dessen Zeuge er nun werden sollte. Nachdem sein anfänglicher Unwille gegenüber dem Stierkampf überwunden war, stilisierte er die Vorführung in den Horizont eines mythischen Kampfes zwischen Mensch und Tier und beschwor in raunenden Andeutungen die dionysische Urgewalt, die das Dasein durchwalte und die in der Tragödie, in jeder wahrhaften Tragödie und also auch im Stierkampf, zum Ausdruck gelange.

Dass dies alles nur eine harmlose aus Spanien reimportierte und gegenüber den spanischen Stiergefechten ganz und gar abgemilderte Attraktion für Touristen werden würde, wollte Resa ihrem Professore vorher nicht sagen. Sie spürte schon nach drei Tagen ihres Zusammenseins mit Nietzsche, dass ihn nichts so sehr treffen konnte wie die Enttäuschung seiner Leidenschaften. Zwar war es eine der hervorstechenden Charaktereigenschaften Nietzsches, mit zynischem Blick auf die Mitmenschen reihenweise genau solche Enttäuschungen zu bewirken, doch wusste Resa sofort, man dürfe mit ihm selbst und seinen eigenen Meinungen nicht einmal im Ansatz so verfahren.

Ins leise Gemurmel der Zuschauer hinein stimmten Fanfaren plötzlich den Triumphmarsch aus Bizets Oper *Carmen* an, und Nietzsche, der nach der Abkehr von Wagner nichts so sehr verehrte wie Bizet und *Carmen*, erstarrte in zeremoniösem Ernst. Ein junger Mann in eng anliegenden blauen Hosen mit gelben Rüschen an den Bünden, blütenweißem Hemd, gelb und blau gescheckter Weste, einem ebenfalls gelb und blau in den Farben der Provence gehaltenen Halstuch und schwarzem Barett auf dem Kopf betrat den Kampfplatz, hob ein blutrotes Tuch in die Höhe, zückte ein langes Messer und blickte tiefernst in die Runde.

Schon angesichts dieser Szene war Resa zum Lachen zumute, sie konnte es aber gerade noch unterdrücken, da sie spürte, dass es nicht zum heiligen Ernst passte, der ihren Begleiter erfüllte. Wieder ertönte der Triumphmarsch aus *Carmen*, und bei Nietzsche gerieten sämtliche Muskeln in Anspannung, er reckte seinen Kopf in die Höhe, seine Hände lagen starr auf seinen Oberschenkeln, und Resa schien es sogar, als richteten sich die Spitzen seines Schnurrbarts auf.

Jetzt trottete ein Stier herein, ein tiefschwarzer, vor Kraft strotzender Bulle mit schweren Hörnern, der einen gleichermaßen Ehrfurcht erregenden wie sterbensmüden Eindruck machte. Er blieb in gebührender Entfernung vor dem Torero stehen, schnaubte einmal wie auf Befehl und scharrte gemächlich mit einem Huf im staubigen Boden, so als parodiere er den nervösen Kampfeswillen seiner Kollegen. Der Torero hob theatralisch sein Tuch in die Höhe, und der Stier ging, als löse er gelangweilt noch einmal eine schon häufig wahrgenommene Verabredung ein, gemessenen Schrittes auf ihn los, stieß zwei, drei Mal zerstreut in das Tuch und lief ebenso gemütlich, wie er angegriffen hatte, ins Leere. Auf den Rängen war bei jedem dieser Attacken ein kräftiges Olé zu hören. Es schien Resa, als erläutere der Stier dem Publikum in Zeitlupe, wie ein Stierkampf im Prinzip abzulaufen habe.

Der Stier stand still an der Bande und blickte gleichgültig und unbewegt zum Torero hinüber, der in der Mitte des Kampfplatzes mit stolz geschwellter Brust und erhobener Klinge posierte. Resa schien es, als blinzelte der Stier dem Torero mehrmals verschworen zu, doch sie sagte sich, dass dies eine optische Täuschung sein müsse.

Nach einer Weile, während der rein gar nichts geschah und Resa sich fragte, ob überhaupt noch etwas passieren würde, erklang erneut Musik aus *Carmen*, und drei weitere ebenfalls in den Nationalfarben der Provence gewandete Kämpfer betraten schwungvoll die Arena. Jeder einzelne Takt schien Nietzsches Stimmung weiter zu steigern, er wirkte wie elektrisiert und begann, in der Kampfpause, in der Stier und Mensch sich belauerten, mit leidenschaftlichen Worten auf Resa einzureden, indem er den pulsierenden Rhythmus, das Elementare und Pittoreske der Musik hervorhob und zuletzt ausrief: »Das Gegenteil von Wagner! Das Gegenteil von Wagner!«

Gleich nach den drei neuen Stierkämpfern trotteten drei weitere Stiere durch das hölzerne Tor, und nun begannen sie zu acht, je ein Stier und ein Torero, den langsamen walzerartigen Tanz mit dem roten Tuch und der blitzenden Klinge, die auf gar keinen Fall zum Einsatz kommen durfte, zu tanzen. Es sah aus, als versuchten die verkleideten Jünglinge, mit den Bullen einen Gesellschaftstanz zu inszenieren, wobei sie sich nicht einigen konnten, wer denn nun führen sollte. Das Ganze nahm nach wenigen Minuten den Charakter eines sehr langsamen Balletts an. Resa verfolgte das Treiben ein wenig, schmunzelte zuerst in sich hinein, konnte sich gegen den Andrang des Lächerlichen, das von der Vorführung ausging, nicht mehr wehren und brach plötzlich in ein brüllendes Lachen aus, wie es Nietzsche von einer Frau noch nie gehört hatte.

Jetzt zeigte auch Nietzsche eine andere Körpersprache, legte das Steife seiner Sitzhaltung ab und begann selbst, leise über die Tanzschritte von Mensch und Stier zu lästern. Einer der Toreros blieb wie eine Steinsäule stehen, hängte sein rotes Tuch über den Stier, der willig darunter verharrte, und hob den Dolch wie zum Stoß über ihn. Zugleich blickte er voller Ernst in Resas und Nietzsches Richtung. Nietzsche lachte jetzt selbst auf und schrie Resa ins Ohr, der Torero mit seinem ulkigen Barett sehe genau so aus wie Wagner bei der Einweihung von Bayreuth. Darauf brachen beide in haltloses Lachen aus, das nun doch die Verärgerung der in ihrer Nähe sitzenden Besucher erregte, von denen sie einige zur Ordnung riefen.

»Wir sind Ausländer. Wir verstehen nichts!«, gab Nietzsche auf Deutsch unter seinem ledernen Sonnenschutz nach hinten blinzelnd zurück, woraufhin er und Resa noch einmal in schallendes Gelächter ausbrachen und sich scheinbar nicht mehr fassen konnten.

Resa schrieb am Tag ihrer Abreise aus Nizza an Malwida von Meisenbug, Nietzsche habe alles an Wagner messen müssen, seine Welt sei von Wagner vollkommen durchdrungen gewesen, eigentlich sei es ihm nie um etwas anderes gegangen als um Wagner. Bizet sei nur ein Pappkamerad gewesen, den Nietzsche in die Arena geschoben habe, um nun auch *ex negativo* auf die unerreichbare Bedeutung Richard Wagners hinzuweisen.

In den zehn Tagen ihres Aufenthalts in Nizza habe Nietzsche in ihrer Gegenwart wenigstens zwei Weinkrämpfe bekommen, als er über Wagner gesprochen habe. Wagner sei sein Übervater und Dämon geworden, und er sei es auch nach dem Bruch mit ihm geblieben. In Wagner sei Nietzsches toter Vater als Dämon auf die Erde zurückgekehrt, um den Sohn zu bannen. Der Bruch mit Wagner sei nichts anderes als die Wiederholung des Todes seines Vaters gewesen, diesmal aber durch Nietzsche selbst bewirkt. In Wagner habe Nietzsche seinen Vater überwunden, der sein Leben vom Jenseits aus stets im Griff gehabt habe. Diese gewaltsame Tat habe Nietzsche nie verkraftet. Die Schuldgefühle hätten ihn unablässig verfolgt, und er habe sich immer weiter in destruktive Fantasien hineinbohren müssen. Er habe gewusst, erst wenn alle Werte umgewertet wären, wäre seine Schuld gegenüber dem Vater getilgt. Die Erlösung vom Bann dieses fürchterlichen Vaters sei ihm schließlich zu einer weltgeschichtlichen Aufgabe erwachsen. In der Musik Bizets habe er etwas von einem Leben ohne Schuld gespürt, einer wilden ursprünglichen Existenz, die sich im Kampf erschöpfe. Was aber sei dies anderes gewesen als das Spanien-Klischee der französischen Romantiker? Das Christentum sei darin alles andere als überwunden, sondern im Gegenteil: Es werde in seinen Fundamenten bestätigt.

Erneut setzte Bizets Musik ein, und Nietzsche wurde von einem Augenblick auf den anderen todernst. Stiere und Menschen liefen jetzt in einer merkwürdig konfusen Choreographie kreuz und quer, ohne sich gegenseitig in die Quere zu kommen. Die Musik wollte gar kein Ende nehmen, und Resa fragte sich noch immer unter gelegentlichem Lachen, das sie kaum unterdrücken konnte, ob der Kampf schon vorbei sei, zumal als sich die Stiere, von ihrem gemächlichen Tanz sichtbar erschöpft, eine Pause gönnten und sich gemütlich mitten in der Arena niederließen. Während die Stierkämpfer sie mit Rufen und vorgetäuschten Angriffen weiter zu reizen vorgaben, schien der Stierkampf in einen geruhsamen Nachmittag für Mensch und Tier überzugehen.

»Es fehlt nur noch, dass man dem Stier eine Kanne Milch hinstellt«, sagte Resa zu Nietzsche. Dieser legte den Zeigefinger auf den Mund, um Stille anzumahnen, denn es wurde wieder der Triumphmarsch aus *Carmen* gespielt, nun schon zum vierten Mal. Nietzsches Oberschenkel zuckten zu dem synkopischen Rhythmus, er saß vollkommen gerade auf seiner Steinstufe.

In diesem Augenblick wurden fünf blumengeschmückte Ochsen hereingeführt, die um den ersten Stierkämpfer herum gruppiert wurden und eine Art Corso bildeten, mit dem der siegreiche Kämpfer – die drei anderen waren wohl nur seine Assistenten gewesen und verschwanden blitzschnell – eine Ehrenrunde in der Arena drehen sollte. Der müde Stier wurde währenddessen fast unbeachtet von den Zuschauern hinausgeführt. Während dieser Vorgänge wurde ununterbrochen der Triumphmarsch wiederholt, und als der Torero sich vor der Tribünenseite verbeugte, auf der Resa und Nietzsche saßen, stand dieser auf und klatschte entschlossen Beifall, indem er immer wieder wie andere Zuschauer Bravo-Rufe hören ließ.

7.

Schweren Herzens sei sie abgereist, sagte Resa zu Malwida von Meisenbug, als sie diese ein paar Wochen später in Rom besuchte. Sie habe den armen Nietzsche herzlich lieb gewonnen, und doch sei ihr manches an ihm unverständlich geblieben, anderes gar unheimlich geworden. Gleichwohl sei sie der unumstößlichen Überzeugung, den bedeutendsten Mann des 19. Jahrhunderts kennen gelernt zu haben. Das sei Nietzsche in ihren Augen unbedingt und zwar vor allem deshalb, weil er der wichtigste Mann des 20. Jahrhunderts werden würde.

Er fürchte, wie sein Vater im Wahnsinn zu enden, und es scheine ihr, Resa, dass er außer Stande sei, etwas dagegen zu unternehmen. Die Einsamkeit bringe ihn nach und nach um, jeder Versuch, ihr zu entkommen, misslinge. Beim Abschied am Bahnhof habe er sie gefragt, ob sie den nächsten Winter gemeinsam mit ihm in Nizza verbringen wolle, als reine Arbeitsgemeinschaft, nichts anderes sei von Nietzsche beabsichtigt, sie mit ihrer Dissertation und er mit der Umwertung aller Werte.

Sie entgegnete zunächst, das sei eine schöne Idee, doch verfüge sie für ihre Dissertation noch nicht einmal über ein Thema. Darin sehe er das geringste Problem, konterte Nietzsche, schließlich harrten seine Bücher der Auslegung. Sie seien wahre Fundgruben für neue Fragestellungen. Er könne ihr als den vollkommensten aller geistigen Steinbrüche seine *Morgenröthe* nur empfehlen. Die stecke voller Themen, die noch auszuführen seien. In der *Morgenröthe* allein schlummerten fünfhundert Dissertationen, die erweckt werden wollten, in der *Fröhlichen Wissenschaft* gut und gern tausend.

»So viele Doktortitel habe ich gar nicht vor zu erringen«, lachte Resa, »einer reicht mir vollkommen.«

»Die genannten Schriften sind im Grunde nur Vorreden zu meinem Zarathustra, in dem selbst wiederum ein ganzes alexandrinisches System an Dissertationen verborgen liegt, unabsehbar in der Weite und unergründlich in der Tiefe, aber weshalb sich nicht heranwagen? Einer muss damit anfangen, einer oder eben eine«, sagte Nietzsche und fuhr nach einer Pause fort: »Eine Frau mit Doktortitel ist allerdings etwas so Absurdes, dass man ihr auch gleich mehrere verleihen könnte.«

Hierauf habe sah ihn verständnislos an, was er mit dem Hinweis, auch das sei ein Scherz gewesen, aus der Welt zu schaffen suchte.

Nietzsche habe eine Ader für misslingende Scherze, wie sie ihr bei einem Menschen seines geistigen Ranges noch nicht begegnet sei, sagte sie zu Malwida. Auch wisse sie bis zum heutigen Tag nicht, ob der merkwürdige Abschied abends zuvor an ihrer Zimmertür als Scherz oder im Ernst gemeint gewesen sei.

Er begleitete sie, stets wie kein anderer auf die Form achtend, auch an diesem Abend wieder bis vor ihre Zimmertür. Er nahm ihre Hand, sah sie mit einer Rührung im Blick an, von der sie nicht hätte sagen können, ob sie ihr oder ihm selbst galt und schwieg in dieser Haltung, wie es Resa schien, eine halbe Ewigkeit. Dann, urplötzlich, veränderten sich seine Gesichtszüge. Mit einem starren Ausdruck, scheue Blicke um sich werfend, als würde eine entsetzliche Gefahr drohen, wenn ein Horcher seine Worte hörte, die Hand am Mund, den Laut dämpfend, verkündete er ihr flüsternd das Geheimnis, das Zarathustra dem Leben ins Ohr gesagt habe. Das Leben aber habe Zarathustra darauf geantwortet: ›Du *weißt* das, Zarathustra? Das weiß *Niemand*.‹

Nietzsche blickte sich nun unruhig um, wie ein Verbrecher, der vermeiden wollte, auf frischer Tat ertappt zu werden. Er verdrehte die Augen, und sein gesamtes Wesen von einem Moment auf den anderen veränderte sich derart, dass sie glaubte, ein ganz Anderer, ein völlig Fremder stehe nun vor ihr.

Da überfiel sie ein inneres Grauen, das ihr das Blut in den Adern buchstäblich stocken ließ. Er begann, in leise raunendem Ton von der Ewigen Wiederkehr des Gleichen als dem zentralen Mythos seines Denkens zu sprechen, versuchte, die ungeheure Tragweite dieser Idee zu vermitteln und redete mit weit aufgerissenen Augen und in einem schauerlichen Flüsterton, den gespitzten Mund ihrem Ohr zuneigend, auf sie ein:

»Halt! Zwerg! Ich! Oder du! Ich aber bin der Stärkere von uns beiden – du kennst meinen abgründigsten Gedanken nicht! Den – könntest du nicht tragen!«

»Um dieses Gedankens willen werde ich noch recht lange leben müssen«, fuhr er mit heiligem Ernst fort. »Diese lange Gasse zurück: die währt eine Ewigkeit. Und jene lange Gasse hinaus – das ist eine andere Ewigkeit. Glaubst Du Zwerg, dass diese Wege sich ewig widersprechen? Muss nicht, was laufen kann, von allen Dingen, schon einmal geschehen, getan, vorüber gelaufen sein?«

Dann hörte er plötzlich damit auf, verwandelte sich ohne Übergang in die Person zurück, die er vorher gewesen war, und kehrte gleichzeitig zu einer normalen Sprechweise zurück. Sie konnte sich dies augenblicklich nur so erklären, dass Nietzsche auf dem Instrument seiner Einbildungskraft einmal habe *fortissimo* spielen wollen, um das Ungeheuerliche seiner Entdeckung ihr unvergesslich werden zu lassen.

Wenn das seine Absicht gewesen sei, sagte sie später zu Malwida von Meisenbug, so habe er sie gründlich verfehlt. Denn zurückgeblieben sei ihr das Bild eines Mannes, der am Rand des Abgrunds taumle, der seine beispiellose Vereinsamung mit einer weltgeschichtlichen Mission ausstaffiert habe und tief in selbst erfundene Mythen verstrickt sei, die er zunehmend mit der Realität gleichsetze. Seine Sehnsucht nach Schülern, sein Plan, eine Kolonie unter der Sonne des Midi zu gründen, sei ihr in diesem Augenblick als eine weitere Verirrung seines Geistes vor Augen gestanden, und so sei Resa innerlich einen oder mehrere Schritte von Nietzsche zurückgetreten, mit der klaren Empfindung, sich nie wieder so offen und heiter an ihn annähern zu können, wie dies in den ersten Tagen ihres Aufenthalts der Fall gewesen sei.

Sie sagte ihm dann am darauffolgenden Morgen am Bahnhof, dass sie im nächsten Winter nicht werde nach Nizza kommen können, da sie zuerst ihre Studien in Zürich abschließen müsse. Gerne werde sie ihn aber im Sommer in Sils-Maria noch einmal besuchen. Das möge sie tun, denn, so Nietzsche, er habe ihr sein eigentliches Geheimnis noch gar nicht verraten, das

Geheimnis vom Monte Sacro. Schon allein deshalb müssten sie sich wiedersehen. Denn seine Geschichte gehe weiter. Noch niemandem habe er das Geheimnis vom Monte Sacro anvertraut, sie werde die Erste sein.

Resa unterdrückte es in diesem Moment zuzugeben, dass sie das Geheimnis vom Monte Sacro längst kannte, da es Lou ihr schon im Dezember 1882 in Bayreuth anvertraut hatte. Allerdings, und auch das sprach sie nicht aus, hatte Lou dieses Ereignis keineswegs als etwas Besonderes angesehen und schon gar nicht als das tiefste ihrer Geheimnisse.

Die Züricher Studentin Resa von Schirnhofer, die im Jahre 1937 als Zweiundachtzigjährige im Altersheim ein Manuskript mit dem Titel *Vom Menschen Nietzsche* ausarbeiten sollte, reiste nach zehntägigem Aufenthalt am Sonntag, dem 13. April 1884, aus Nizza ab. Nietzsche schrieb nach ihrer Abreise an seinen Freund Köselitz, für den nächsten Frühling sei ein Ausflug von Nizza aus nach Korsika geplant, nämlich zu dritt: Resa, Nietzsche und er, Köselitz. Und er fügte diesem Brief hinzu: *Vivat tertius*, es lebe der Dritte.

Er hatte das mit Resa keineswegs abgesprochen, doch schien die Fantasie, ein Zusammenleben zu dritt zu beginnen, Nietzsche erneut so reizvoll, dass er die Sache für ausgemacht hielt. Köselitz konnte diesem Projekt allerdings nichts abgewinnen und lehnte die Teilnahme an der Reise sofort ab.

Nietzsche erhielt am folgenden Tag eine Rezension zu den ersten drei Teilen des Zarathustra, die mit den Worten begann: »Von einem größeren Kreise werden diese Reden kaum aufmerksam gelesen werden, aber Ref. mag wohl glauben, dass, wie es der Fall sein soll, manche besonders geartete Naturen mit Entzücken Nietzsches Worten lauschen.«

Am Ende seines ersten Winters in Nizza fühlte er sich zumindest so weit verstanden, wie er es von einer Welt erwarten konnte, die er nicht dazu in der Lage hielt, ihn auch nur ansatzweise zu verstehen. Er prüfte die Lage und fand, dass er durchaus Grund zu Optimismus hatte. Sein Aufenthalt an der Côte d'Azur hatte ihm mehr gute als schlechte Tage beschert. Er hatte sich auf dem Höhepunkt seiner Inspirationen und seiner Produktivität erlebt, und er hatte in einer genialischen Tat den dritten Teil des Zarathustra vollendet.

Manchmal, wenn er sich an sich selbst berauschte, dachte er an Lou von Salomé und seine unglückliche Liebe zu ihr zurück wie an ein Ereignis aus einem anderem Leben, das seine Schönheit und seinen Schmerz noch immer in ihm nachbeben ließ. Manchmal hatte er die Hoffnung, auf der Welle seiner nun voll entfalteten Schaffenskraft könne er die verlorene Geliebte doch noch gewinnen, könne sie in seine Kolonie führen und dort mit ihr wie ein Herrscherpaar zusammenleben. Dann schien es ihm für Momente, dass dieser Tag nicht mehr fern sein konnte.

Nietzsche blieb noch sieben Tage in der Stadt, um sie schließlich in Richtung Venedig, wo er am Montag, dem 21. April, ankommen sollte, zu verlassen. An Malwida von Meisenbug schrieb er aus der Serenissima, er sei dankbar, dass sie mit dem Besuch von Resa von Schirnhofer ihm habe wohltun wollen, was ihr auch gelungen sei. Es sei ein Besuch gerade zur rechten Zeit gewesen, heiter und nützlich. Auch sei es angenehm gewesen, keine eingebildete, dumme Gans – womit er seine Schwester meinte – dabei zu haben, die sich als Anstandsdame aufspiele und eine höhere Tugend verkörpere.

In der Hauptsache aber glaube er nicht, dass es einen Menschen geben könne, der ihn über das eingewurzelte Gefühl des Alleinseins hinwegbrächte. Er habe noch niemanden gefunden, mit dem er habe sprechen können, wie er mit sich selbst spreche. Auch mit Resa habe er sich keine Handbreit aus seinem Einsamkeitsverlies hinausbewegt. Zudem sei es ein Nachteil gewesen, dass die gute Resa, um baslerisch zu reden, so *unanemüetig* aussehe. Er könne das Hässliche in seiner Umgebung nicht lange ertragen.

Nietzsche schrieb an diesem Tag noch einen weiteren Brief. Er müsse ihm eine Geschichte erzählen, wandte er sich ebenso geheimnisvoll wie euphorisch an seinen Freund Overbeck in Basel. Eine Geschichte, die auf seinen kommenden Ruhm ein grelles Licht werfe. Er habe mit Resa neben dem Stierkampf auch ein Varieté besucht. Das Wiener Fräulein habe sich zunächst köstlich amüsiert, während er kaum etwas habe sehen können, da seine Augen gerade an diesem Abend in einem besonders schlechten Zustand gewesen seien.

Leider hielt das Varieté nicht ganz, was man auf den Plakaten und auf den in der ganzen Stadt verteilten Handzetteln versprochen hatte. Der angekündigte Hungerkünstler war in der Nacht zuvor verstorben. Der so genannte Herrscher der Winde war an diesem Abend wegen einer starken Diarrhöe außer Gefecht gesetzt gewesen, was Nietzsche nicht störte, konnte man doch in Erfahrung bringen, dieser merkwürdige Artist werde mit der Kraft seines Enddarms sowohl die Marseillaise als auch das Deutschlandlied zu Gehör bringen.

Auch trat der berühmte armlose Geiger nicht auf, da er sich nachmittags den Fuß verstaucht haben soll. Blieben nur die indonesischen Hochseilartisten, die eine schier endlose Reihe von Nummern vorführten, von denen Nietzsche visuell praktisch nichts mitbekam. In diese Darbietungen hinein brach plötzlich ein Tumult aus. Ein Mann mit schwarzem Bart, schwarzem Schlapphut und schwarzem Anzug stürmte in die Manege und brüllte auf Deutsch mit starkem Berliner Akzent folgende Sätze ins Publikum: »Meine Damen und Herren, vergessen Sie, was Sie sehen, und erwarten Sie nichts mehr von diesen lächerlichen Vorführungen! Hier unter Ihnen sitzt der bedeutendste Denker dieses Jahrhunderts, er sitzt da wie Sie alle, er sitzt da, als gälte er nicht mehr als Sie alle, und doch wird in seinem Namen die Geschichte der Welt neu geschrieben werden müssen.«

Der Mann zeigte in seine, Nietzsches, Richtung und schrie: »Hier, in diesem Varieté sitzt wahrhaftig und leibhaftig der größte Philosoph des Abendlandes, der Erneuerer der europäischen Kultur, der größte Artist unter allen, hier sitzt Friedrich Nietzsche!«

Nur die allerwenigsten der Anwesenden verstanden diese Worte. Schon während der Ansprache entstand große Unruhe, da man sich augenblicklich gestört und aufs Unangenehmste berührt fühlte von diesem Décadent, der unrechtmäßig das

Wort an sich riss. Und nach einem kurzen Augenblick der Verblüffung nahmen sich die indonesischen Akrobaten des Mannes an, packten auch noch einen zweiten, auf den Rängen sitzenden und offenbar zu dem Redner dazugehörenden und führten beide nach draußen.

Die Vorstellung ging sogleich mit hektischer Musik weiter, einige Clowns stürmten in die Manege, und Nietzsche bekam nicht mehr mit, was mit den beiden Männern weiter geschah.

Ein paar Tage später hieß es, man habe im Hafenbecken von Nizza die Leichen zweier Unbekannter entdeckt. Cécile erzählte, es habe sich um zwei Deutsche gehandelt, die vollkommen betrunken ins Becken gestürzt seien. Das Varieté sei da schon weitergezogen gewesen.

Wer immer diese beiden Toten denn nun seien, schloss Nietzsche seinen Brief an Overbeck, der Zwischenfall im Varieté werfe ein merkwürdiges Licht auf seine jetzige Stellung in der Welt, und er könne es nur so deuten, dass sein Durchbruch unmittelbar bevorstehe.

Vierter Teil

1.

Nachdem er dem verehrten Meister im Sommer seinen neuen Gedichtband mit dem Titel *Auf Dionysospfaden* hatte zukommen lassen, wurde Lanzky von Nietzsche ein striktes Nizza-Verbot erteilt. Damit habe Lanzky den Bogen überspannt, begründete Nietzsche seine Entscheidung gegenüber Cécile; er wusste, dass Lanzkys Verbannung den Verlust eines Kunden für sie bedeutete und glaubte, seine Maßnahme ihr gegenüber begründen zu müssen.

Jetzt reiche es endgültig, sagte Nietzsche, nie wieder Lanzky. Den habe er überdies im gesamten Mittelmeerraum herumgeschickt, um einen geeigneten Ort für die Umwertung zu finden, und von überall, von Korsika, von Saint Raphaël, aus der Sahara, aus Valencia, einfach von überall her sei er zurückgekommen und habe gesagt, diese Orte seien vollkommen ungeeignet für sein Unternehmen, – ja Himmel Herrgott noch einmal, wo solle er denn die Umwertung vornehmen, in Paraguay vielleicht, im Lamaland? Das wäre noch schöner. Da werde er sich nicht einmal begraben lassen.

In seinen Briefen bat Lanzky Cécile, ihn über die Entwicklungen in Nizza, Nietzsche betreffend, auf dem Laufenden zu halten. Er wollte und konnte die Hoffnung nicht aufgeben, doch noch einmal bei ihm Gnade und vielleicht sogar Anerkennung als Autor lyrischer Gedichte zu finden. Doch zunächst machte Nietzsche keine Anstalten, seine Haltung gegenüber Lanzky zu ändern.

Dass er keinen Ort für die Umwertung gefunden habe, fuhr Nietzsche fort, hätte er diesem Opportunisten und Erzepigonen ja noch verziehen, Lanzky habe immer nur das Beste gewollt, das sei unzweifelhaft, und entsprechend habe er festgestellt, in Saint Raphaël sei es ebenso wie in Ajaccio zu schwül, in der Sahara gebe es keine Bibliothek, und in Valencia seien die Frauen so schön, dass man gar nicht erst zum Denken komme.

Was für ein Unsinn! Die Frauen könnten von ihm, Nietzsche, aus so schön sein, wie sie wollten, er könne es aufgrund seiner Kurzsichtigkeit ohnehin nicht erkennen, und könnte er es, würde es ihn nicht vom Denken abbringen – das sei ja eben das Ethos des Philosophen, gegen Anfechtungen gewappnet zu sein – gegen diese aber besonders.

Den ganzen Aberwitz der erfolglosen Suche hätte er Lanzky verziehen, aber nicht *Auf Dionysospfaden*! Wie habe er das nur wagen können! Außerdem seien die Gedichte in diesem Buch hundsmiserabel. Selbst das hätte er ihm noch verzeihen können, wenn er nicht zugleich seinen Namen, den des Dionysos, gebraucht und damit missbraucht hätte – das verzeihe er Lanzky niemals, das sei Verrat an seiner, Nietzsches, Sache, in die er Lanzky unvorsichtigerweise eingeweiht habe.

Jedoch sei Lanzky nicht nur ein hundsgemeiner Epigone, der gesagt habe, wenn ihm, Nietzsche, das angestrebte Werk mit dem Titel *Abendröthe* – das schon im Vorfeld von ihm selbst verworfene Gegenstück zu seiner *Morgenröthe* – nicht gelingen wolle, so werde er, Lanzky, sich daran versuchen – er sei auch noch ein unübertrefflicher Opportunist, befolge er sich doch nun tatsächlich strikt das von ihm, Nietzsche, Lanzky gegenüber ausgesprochene Nizza-Verbot. Kein Mensch, der etwas auf sich halte, würde sich je von ihm verbieten lassen, nach Nizza zu reisen, aus welchen Gründen auch immer. Aber er, Lanzky, halte sich daran, weiß der Teufel, warum.

Ob Cécile ihn verstehe, hat Nietzsche zu ihr gesagt, er verlange Widerspruch, nicht Gehorsam, er brauche Ideen, die anders seien als seine eigenen, die von anderswo her ihn anwehten, die anders röchen, anders schmeckten, anders zu verdauen seien als seine, die womöglich für ihn ganz und gar unverdaulich wären – und nicht das Ja-und-Amen-Sagen eines romantischen Pessimisten, der wie Schopenhauer denke und wie Wagner schreibe.

Nietzsche war an diesem Nachmittag am Strand nicht zur Räson zu bringen. Wieder einmal hatte er das Gefühl, die ganze Welt habe sich gegen ihn verschworen und alles arbeite nur daran, ihn als Philosoph und Schriftsteller zu vernichten. Jetzt habe er zu allem Überfluss auch noch Lous Buch zu Gesicht bekommen, sagte Nietzsche, und Cécile gab all diese Dinge weiter an Lanzky, der nach jeder noch so unbedeutenden Neuigkeit gierte.

Das Buch sei, so Nietzsche, Lous großartiges Kleinmädchen-Buch, die frauenzimmerhafte Essenz ihres gemeinsamen Tautenburger Aufenthalts. Und was stehe drin? Zuletzt habe sie genau das ausgeführt, was er ihr eingeflüstert habe, kein eigener Gedanke, kein einziger, das sei vielleicht ihre größte Leistung darin, alles sei verdünnter Nietzsche, und mit dieser philosophischen Gans sei er wochenlang durch den Thüringer Wald geschlichen, wegen dieser Literatur-Pute habe er sich mit seiner Schwester bis aufs Blut zerstritten, mit seiner Schwester, die, ihr Kolonisationsprojekt in Lamaland, das ein kolossaler Erfolg sei, beweise das, ein ganz wunderbarer Mensch sei, vielleicht der wunderbarste, der je gelebt habe. Monatelang habe das Lama nicht mehr mit ihm geredet, und alles nur wegen diesem kleinen Äffchen mit den falschen Brüsten, das dann mit einem solch affenartigen Buch um die Ecke komme – *Kampf um Gott* – lächerlich! Gott sei tot!, nicht einmal das habe sie sich aus Tautenburg behalten können.

Lanzky saß in Vallombrosa in seinem Hotel und dichtete an seiner pessimistischen Novelle, kam aber kaum voran, weil er sich von Nietzsche verbannt fühlte und darüber in tiefen Kummer gestürzt war. Seine einst so geliebte Toskana war ihm zum Verbannungsgebiet geworden. Nizza schien ihm nun das gelobte, aber unerreichbare, nie mehr zu betretende Land zu sein.

Täglich las Lanzky im vierten Teil des Zarathustra, den Nietzsche im Winter 1884/85 noch in seinem Beisein in Nizza fertig gestellt hatte und den er dann als Privatdruck in nur 45 Exemplaren erscheinen ließ. Der vierte Teil des Zarathustra war von Nietzsche als Geheimschrift gedacht, als ein Buch, das nur ein Gerücht sein, von dem jeder sprechen, das aber niemand gelesen haben sollte. Daher bereute Nietzsche, dass er einigen Personen, die ihm interessant vorkamen und vertrauenswürdig wirkten, bei Erscheinen des Buches ein Freiexemplar hatte zukommen lassen.

Cécile wusste jetzt über Nietzsches Pläne und Gedanken genau Bescheid, da sie der einzige Mensch in Nizza war, mit dem er überhaupt noch ausführlich sprach – mit allen anderen trieb er, so war Céciles Eindruck, Scherze, ja es schien, als werde er jede Woche mehr zu einem scheinheiligen Witzbold und zu einem Komödianten in seinem eigenen Stück, das er mit sich selbst als einzigem Protagonisten nur noch zu Ende spielen wollte.

Cécile schrieb Lanzky, er möge sein Exemplar des vierten Zarathustra umgehend an den Meister zurücksenden. Nietzsche verlange das jetzt von allen, die vor einem halben Jahr ein solches Exemplar erhalten hätten. Er sei der Ansicht, dieses Buch sei so gefährlich, dass niemand von seiner Existenz auch nur wissen dürfe, er habe zunächst zehn ausgewählten Personen ein Exemplar zukommen lassen, weil er gerade diesen zehn gegenüber glaubte, vertrauen zu dürfen, und nun traue er diesen zehn auch nicht mehr, am wenigsten Lanzky.

Die fünfunddreißig restlichen Exemplare hatte Nietzsche bei Köselitz in Venedig eingelagert, wo sie in einem feuchten Keller vermoderten, nur damit keines davon ans Licht der Lagune und in die Fänge der Öffentlichkeit gelange. Köselitz hatte Nietzsche aufs Genaueste das exklusive Versteck der fünfunddreißig Exemplare des vierten Zarathustra angeben und beschreiben müssen, und nur Köselitz traute Nietzsche die absolute Verschwiegenheit zu, die er gegenüber der Tatsache dieses geheimen Werks forderte. Ziel sei es, so Nietzsche an Köselitz, die Bände dereinst in den Mauern des Palazzos einzulagern, in dem vor drei Jahren Richard Wagner gestorben sei.

Wenn sich Lanzky frage, schrieb Cécile nach Vallombrosa, wie Nietzsche darauf gekommen sei, dieses Buch von den zehn damit Beschenkten mit aller Vehemenz wieder zurückzufordern, so liege die Antwort darauf in dem Umstand begründet, dass unter den Beschenkten auch Helene Druscowitz sei. Er, Lanzky, wisse doch wohl, was das bedeute. Die Druscowitz habe sofort nach Erhalt des dünnen Bändchens Nietzsche geantwortet, sie schreibe umgehend eine Rezension über den vierten Zarathustra und werde diese im *Berner Bund* veröffentlichen.

Nietzsche wurde, als er diese Nachricht erhalten hatte, von einer schweren Migräne mit Ohnmachtszuständen befallen, von der er sich wochenlang nicht richtig erholte. Die streitbare Helene Druscowitz weigerte sich hartnäckig, das Buch wieder herauszugeben, da sie darauf bestand, es sei veröffentlicht und daher nicht mehr ganz und gar der Verfügung des Autors anheimgestellt. Zudem handele es sich um ein Geschenk, und es schicke sich nicht, ein Geschenk zurückzufordern. Nietzsche hingegen behauptete, es sei ganz und gar nicht veröffentlicht, ja es existiere nicht einmal, es sei auch kein Geschenk, sie müsse es zurückgeben.

Ihr sei doch wohl bewusst, was das bedeute, schrieb Lanzky an Cécile. Die Druscowitz sei bekanntermaßen verrückt und nicht nur eines jener literaturbesessenen Weiber, die das Frauenstudium in der Schweiz unglückseligerweise in permanent steigender Zahl produziere. Sie halte sich vielmehr für die inspirierte Prophetin eines neuen Denkens, das sie als das *Universum der Frau* bezeichne.

Da Nietzsche im letzten Sommer in Sils Umgang mit ihr pflegte, hatte Lanzky Erkundigungen über die Druscowitz eingeholt. Sie bezeichnete sich selbst als *Intelligenzbestie*, ja sie behauptete, diesen Ausdruck erfunden zu haben und die Erste und Einzige zu sein, die ihn je verkörpert habe.

Helene Druscowitz gab zwei frauenemanzipatorische Zeitschriften heraus, die eine trug den Titel *Der Fehderuf*, die andere *Der heilige Kampf*. Beides waren für sie Schlüsselbegriffe zum Aufbegehren des weiblichen Geschlechts gegen die Vorherrschaft der Männer. Unter ihrer Führung, so die Druscowitz immer wieder bei ihren zahlreichen öffentlichen Auftritten, werde das 20. Jahrhundert zum Jahrhundert der Frau werden. Künftige Jahrhunderte würden ihrer als die Umstülperin und Umwälzerin des verrotteten Patriarchats gedenken, das sich vor Urzeiten schon auf das Dasein der Frauen wie Mehltau gesenkt habe und Jahrtausende lang dort liegen geblieben sei. Mit ihrem Namen, so die Druscowitz, werde sich die endgültige Befreiung der Frau von dieser Vormacht für die kommende Großepoche verbinden; die nächsten tausend Jahre stünden im Buch der Geschichte unter ihrem Namen.

In diesem Stil und über diese Fragen hatte die Druscowitz mit Nietzsche im Sommer zehn Tage lang diskutiert und ihn dabei regelrecht zur Weißglut getrieben. Denn im Endeffekt schrieb sie sich selbst das Prädikat einer Umwerterin aller Werte zu und erklärte rundheraus, als Mann komme Nietzsche wenigstens zweihundert Jahre zu spät – jetzt seien wohl oder übel die Frauen an der Reihe.

Die Umwertung aller Werte, dozierte sie vor dem verdutzten Philosophen, sei nur durch die Frau zu leisten, weil der Mann per se für die alten Werte stehe und sich von allein nicht ändern werde. Die alten Werte würden unzweifelhaft im Manne verkörpert, und wollte er sie umwerten, müsste er sich selbst umwerten, würde er dies aber tun, müsse er zur Frau werden. Die Umwertung aller Werte bestünde mithin in der Übernahme der geschichtlichen Vormacht durch die Frauen.

In diesem Moment hatte Nietzsche verstanden, dass ihm mit der Druscowitz keine neue Verehrerin, sondern eine Feindin gegenübersaß, ja dass hier eine echte, leibhaftige Gefahr für die Zukunft seines Werkes aufgetaucht war, eine bösartige Kraft, die das gesamte Werk und seine gesamte Wirkung in Frage stellen und ihn im schlimmsten Fall in die zeitgeschichtliche Bedeutungslosigkeit und in die historische Vergessenheit stürzen könnte. Dumm war nur, dass Nietzsche der Druscowitz den vierten Zarathustra bereits am ersten Abend, anlässlich ihres Kennenlernens, überreicht hatte. Er hatte zuvor schon viel von ihr gehört gehabt, vor allem, dass sie mit nur zweiundzwanzig Jahren bereits promoviert gewesen sei, was ihn unwahrscheinlich beeindruckte.

Nach zwei Wochen der Gespräche und des Streits, auf den Nietzsche nie sehr intensiv eingegangen war – Diskussionen widerstrebten im Grunde seiner Natur –, den die Druscowitz aber gerade deshalb umso heftiger zelebrierte, fing Nietzsche an, die gelehrte Dame bis auf den Tod zu hassen. Dem alten

Krämer von Sils, bei dem Nietzsche manchmal nach der Rückkehr von seinen Wanderungen ein Glas trank, vertraute er an, hätte er am vorangegangenen Abend eine Axt gehabt, er hätte ihr mit Wonne den Schädel gespalten. Das wiederum beeindruckte den Krämer so sehr, dass er Nietzsche eine nagelneue Axt zu Sonderkonditionen anbot.

Nietzsche mied von da an jeden Kontakt mit der gelehrten Dame. Doch das Schlimme war, dass sie ihm auf Schritt und Tritt in Sils über den Weg lief und keinerlei Anstalten machte abzureisen. So wurde Nietzsches Aufenthalt in Sils in diesem Sommer zu einem Versteckspiel vor einer Frau, der er in vollkommener Arglosigkeit den vierten und tatsächlich geheimen Teil seines Zarathustra überreicht hatte und die diesen nun nicht mehr herausgeben wollte.

Lanzky schrieb an Cécile, auch er sei nun fest entschlossen, den vierten Teil des Zarathustra nicht mehr an Nietzsche zurückzugeben, und zwar aus Trotz und Bitterkeit darüber, dass ihn der Meister so brüsk zurückweise. Das habe er nämlich nicht verdient, schließlich habe er in Nizza monatelang jeden Abend Nietzsches Monologe mit angehört und nicht ein einziges Mal widersprochen oder auch nur Zweifel an dem von Nietzsche Gesagten geäußert. Außerdem habe er ihm wochenlang Stendhal vorgelesen, ohne ein Wort des Dankes zu erwarten, das dann tatsächlich auch nicht gekommen sei.

Der Meister zeige sich zutiefst undankbar, ihn, Lanzky, jetzt ohne Angabe von Gründen in die Verbannung zu schicken und rein gar nichts mehr von sich hören zu lassen. Nietzsche habe doch im letzten Winter praktisch nicht mehr ohne ihn als Stütze leben können. Alles, nicht nur Stendhal, habe er ihm vorlesen müssen, weil Nietzsche gerade zu später Stunde fast blind gewesen sei. Beim Essen habe er ihm alles vorlegen müssen, weil er die Speisen nicht mehr habe erkennen können. Zeitweise sei er sich vor einem Jahr in Nizza vorgekommen wie der Krankenpfleger des Meisters – und nun diese Zurückweisung.

Wer, außer Cécile, kümmere sich denn jetzt noch um ihn? Er, Lanzky, werde sein Exemplar des vierten Zarathustra – und er dulde hierin keinen Widerspruch, auch nicht von Seiten Céciles – jedenfalls bei sich behalten. Nach der Veröffentlichung eines Artikels über Nietzsche in einer ungarischen Fachzeitschrift habe ihm dieser zwar ein Schreibverbot, alles betreffend, was von Nietzsche handle, auferlegt, aber – wer weiß, vielleicht werde er nun eine Rezension über den vierten Zarathustra verfassen, die dem Meister vielleicht doch noch die Sprache verschlage.

2.

Seine bewährte Methode zur Entdeckung neuer Autoren sei der Zufall, der objektive Zufall gewissermaßen, sagte Nietzsche, als ihn Cécile Mitte Dezember 1886 in seiner einen Monat zuvor bezogenen Wohnung in der Villa Speranza, rue des Ponchettes 17, einem Ableger der Pension de Genève, abholte, um mit ihm in das hinter der Cours Saleya in der rue Saint-François de Paule gelegene *Etablissement littéraire Visconti* zu gehen, einer großen Buchhandlung, wo sie ihn bei der Auswahl neuer Bücher unterstützen sollte.

Er habe seit einiger Zeit das Gefühl, er müsse jetzt einmal etwas Neues entdecken, sagte Nietzsche, als sie sich zusammen auf den Weg machten. Gerade arbeite er an der Vorrede zu seinen alten Büchern, die er ausnahmslos nicht mehr aushalten könne. Alles komme ihm ausgelaugt und abgestanden vor. Ein Denker müsse ständig weiter, müsse immerfort über sich hinausdenken, aber wie, ohne Ideen von außen?

Er hatte die Pension verlassen und sich in der Villa Speranza eingemietet, weil er in unmittelbarer Nachbarschaft zum neu erbauten Opernhaus wohnen wollte. Auf dem Programm dieses Herbstes standen dort die Opern *Carmen* und *Lacmé* sowie die Operette *Boccaccio*. Gerade von Bizets *Carmen* wollte er keine Vorstellung verpassen. Im November hatte er *Carmen* bereits vier Mal an vier Tagen hintereinander gehört und war durch den dadurch verursachten Rausch in eine schöpferisch äußerst fruchtbare Stimmung geraten. In dieser Stimmung, die sich, seit er *Carmen* zum ersten Mal gehört hatte, immer wieder bei ihm einstellte, erwachte in Nietzsche auch die Lust auf neue Lektüre.

Lanzky konnte sich nicht damit abfinden, bei Nietzsche in Ungnade gefallen zu sein. Sein innerer Schmerz darüber überstieg bald bei Weitem den Schmerz über den Verlust seiner italienischen Geliebten. Diesen Verlust glaubte er, in Literatur verwandeln und damit bewältigen zu können. Aber eine endgültige Verbannung aus Nizza, das wusste er, würde er niemals verwinden. Er kannte Nietzsches Launen und hoffte, dieser würde seine Meinung, die Verbannung seiner Person betreffend, wieder ändern.

So auf Rehabilitierung hoffend, verlangte er beinahe täglich einen Brief von Cécile. Fieberhaft wartete er darauf, dass Nietzsche ein Zeichen dazu aussenden würde und erforschte die Briefe Céciles nach jedem noch so kleinen Hinweis darauf. Cécile hatte Mitleid mit ihrem alten Kunden und Verehrer, der ein sanftmütiger Mensch war und den das Pech lebenslang zu verfolgen schien. Deshalb hielt sie die Korrespondenz nach Vallombrosa aufrecht. An einen Sinneswandel Nietzsches, der das über Lanzky verhängte Urteil aufheben würde, glaubte sie nicht.

Nietzsche hatte zu Beginn seines vierten Winteraufenthalts an der Côte d'Azur Lanzky schon fast vergessen. Er legte keinen Wert mehr auf gelehrte Zuhörer, die zwar seine Einsamkeit abmilderten, aber niemals zu adäquaten Gesprächspartnern werden konnten. Zuletzt hatte er sich in Sils-Maria für den Verfasser des Wagner-Lexikons Baron Heinrich von Stein geöffnet und war auch von diesem nach anfänglicher Begeisterung bitter enttäuscht worden. Stein hatte zwar freimütig zugegeben, er begreife vom gesamten Zarathustra nur zwölf Sätze, was Nietzsche einigermaßen angemessen fand – sechs hätten auch genügt, schrieb er an Overbeck –, doch sei von Stein nicht in der Lage gewesen, die Ewige Wiederkehr des Gleichen auch nur in Ansätzen nachzuvollziehen und habe sich dadurch als Gesprächspartner unbrauchbar gemacht. Überdies sei von Stein in den Tiefenschichten seines Denkens durch und durch Wagnerianer geblieben, was für den Denker der Ewigen Wiederkehr schlechterdings ein Affront sei, so dieser an Overbeck.

Der junge Heinrich von Stein war tatsächlich Nietzsches letzter Versuch mit der intellektuellen Welt, in deren Aufbau er eine niederschmetternde Entdeckung gemacht hatte. Sobald ein Mann auch nur in die Nähe dessen gelange, was er, Nietzsche, seine Dimension oder sein Format nenne, erweise dieser sich offen oder verdeckt als unheilbarer Wagnerianer. Das sei, erfuhr Overbeck, bei Baron von Stein nicht anders, die unbeirrbare Fortführung des Wagner-Lexikons, von dem von Stein gleichwohl Nietzsche gegenüber nie gesprochen habe, beweise das, und auch schon deshalb sei nach näherer Betrachtung von Stein für ihn, Nietzsche, nicht mehr akzeptabel.

Die Sommer von Sils verbrachte Nietzsche in der Gesellschaft reicher, gebildeter Bürger aus ganz Europa, die sich den Ort im Oberengadin als Sommersitz erkoren hatten. Man schätzte ihn dort als geheimnisumwitterten Einsiedler, betrachtete seine einsamen Verrichtungen nicht ohne Respekt oder gar Bewunderung, und manch einer sah in dem unter seiner Krankheit wie gebrochen wirkenden Mann das geistige Erdbeben voraus, das die westliche Welt in Kürze erschüttern sollte.

Gewisse Leute erlangten das Vorrecht, ihn anzusprechen und mit ihm zu reden, wenn sie den Eindruck hatten, er sei dazu aufgelegt. Sein Tisch im Hotel Alpenrose sei, wie er seiner Mutter mitzuteilen nicht müde wurde, unter den Hotelgästen der begehrteste, was nicht wenige Beobachter in Sils bestätigen konnten.

Nietzsche war in Sils binnen Kurzem zu einer Attraktion geworden. Sein Gastwirt begriff ihn bereits als Touristenmagnet, den auch Tagesausflügler gern einmal besichtigen wollten, die dann in der Alpenrose zu Abend aßen und zu Nietzsches meist von lebhaften Gesprächen erfüllten Tischen hinüberschielten. Der Krämer des Ortes sollte noch Jahre später den Nietzsche-Touristen erzählen, es habe niemanden in Sils gegeben, der den sanften einsamen Mann nicht geliebt habe. Er sei ein Mensch ohne Fehler gewesen, den jedermann respektiert habe. Er selbst, der Krämer, bewahre noch eine Fülle von Manuskripten bei sich auf, die der Professor bei ihm hinterlassen habe.

Um die Beliebtheit Nietzsches in Sils zu unterstreichen, erzählte der Krämer den Touristen folgende Geschichte: Die Kinder des Dorfs hätten dem wunderlichen Einzelgänger gerne Streiche gespielt und öfter kleine Steine in seinen Schirm gelegt, die auf den Philosophen herabgeregnet seien, wenn er das Utensil habe aufspannen wollen. Dann habe es ein großes

Hallo gegeben, ein schimpfender Philosoph, der mit dem Schirm drohte und lachend davonlaufende Kinder, die sich schon auf den nächsten Spaß mit dem zerstreuten Professor gefreut hätten.

Nietzsche habe jedes Mal vergessen, in seinen Schirm zu schauen, bevor er ihn aufspannte, und so sei der Streich gleich mehrfach gelungen. Wenn er abends noch einmal in den Krämerladen gekommen sei, habe Nietzsche mit einem schelmischen Lächeln auf den Lippen davon erzählt, dass man ihn wieder hereingelegt habe. Dann habe er sich noch ein bisschen bei ihm im Laden auf einen schlichten Hocker gesetzt und seinen Aperitif getrunken. Es sei ein einziges Idyll mit ihm gewesen, so der Krämer, bei dem man auch die ersten Nietzsche-Souvenirs wie ausgediente Schreibfedern oder abgerissene Hosenknöpfe – zu allerdings horrenden Preisen – kaufen konnte. Nur über die angeblich bei ihm lagernden Manuskripte ließ er nicht mit sich reden.

Kam Nietzsche dann aus diesem Idyll, dessen Mittelpunkt er bildete, im Herbst nach Nizza, tauchte er in ein Meer der Anonymität ein. In Nizza hatte er nur noch eine einzige Person, mit der er umging, die er an sich heranließ – Cécile. Inzwischen war diese für ihn zu einer unersetzlichen Begleiterin geworden.

Sie diente ihm als Assistentin für die Verrichtung von Alltagsdingen, vor allem in den Phasen der fast vollständigen Blindheit, deren Auftreten periodisch zunahm. Sie war, seit er die Pension de Genève verlassen hatte, nicht zuletzt auch seine Haushaltshilfe. Dass ihr die Voraussetzungen dazu fehlten, seine Schülerin zu werden, sah er längst als Vorteil an, denn Cécile stand nie in der Versuchung, selbst zu philosophieren, was er als Wohltat empfand. Für Cécile war es ein seltsames Gefühl, als sie feststellte, dass sie von Nietzsche lernte. Zunächst verstand sie nicht, wovon er sprach und was das alles bedeuten sollte, sie konnte dem Gehörten einfach keinen Ort in ihrer Vorstellung zuweisen. Es war eine Landkarte voller weißer Flecken, die sich in ihr abbildete. Manchmal wurde einer dieser Flecken mit Bedeutung gefüllt und lag dann als ein kleines erforschtes Territorium inmitten unerforschter und unbeschriebener Flächen wie eine Insel, von der niemand sagen konnte, weshalb sie ausgerechnet dort entstanden sei.

Er betrete einen Buchladen, sagte er auf dem Weg zum Palais Visconti, greife ins Regal, betrachte das Buch, blättere darin, rieche daran und wisse dann unumstößlich, ob die Sache ihn interessiere oder nicht. So sei es ihm 1865 mit Schopenhauer gegangen, von dem er, der beflissene Student der Altphilologie, der bis dahin ganz und gar in seinen Studien versunken gewesen sei, noch nichts gehört gehabt habe.

In Leipzig sei ihm dann aber zufällig *Die Welt als Wille und Vorstellung* in die Hände gefallen, und da sei es um ihn geschehen gewesen. Er habe in einem Regal nach der *Metaphysik* des Aristoteles gesucht, die irgendwie nach hinten gerutscht und hinter die *Rhetorik*, die er nebenbei bemerkt zu dieser Zeit schon in- und auswendig gekonnt habe, gefallen sei und habe beim Versuch, an die *Metaphysik* heranzukommen, ein anderes Buch versehentlich vom Regal hinuntergeworfen, wobei es sich um den ersten Band von Schopenhauers Hauptwerk gehandelt habe. Er habe den Band aufgehoben, ein paar Sätze auf der ersten Seite gelesen, und sofort sei ihm gewesen, als trete er in ein anderes Universum ein. Er glaube wie besessen an solche Zufälle, habe er zu ihr gesagt und gelächelt, aus ihnen entspringe eine höhere Notwendigkeit, der man folgen müsse und die in keiner noch so ausgeklügelten Systematik stecke.

Habe er vorher nächtelang am Schreibtisch ausgeharrt und griechische Grammatik gebüffelt, stets in dem Wunsch, gerade in griechischer Grammatik besser zu werden als alle anderen, die sich damit beschäftigten, habe er deshalb gegen die aufkommende Müdigkeit immer einen Eimer eiskalten Wassers unter seinem Schreibtisch postiert gehabt, in den er schon beim ersten Gähnen seine Füße hineingestellt habe, um anschließend wieder hellwach zu sein – so sei er mit Schopenhauer tagelang nicht mehr vom Sofa heruntergekommen, habe sich im Nachthemd und in Unterwäsche darauf herumgerekelt und ununterbrochen, ohne den geringsten Anflug von Erschöpfung

Die Welt als Wille und Vorstellung studiert, ach, was sage er? – verschlungen.

Danach sei er kein Philologe mehr gewesen, sondern Philosoph. Vier Tage lang mit Schopenhauer auf dem Sofa hätten ihn mehr geprägt, als Jahre mit den Füßen im Eiswassereimer. Vier Tage Schopenhauer, und er sei für die Wissenschaft verloren gewesen – dumm nur, dass er das so lange nicht habe wahrhaben wollen.

Sie betraten das *Établissement littéraire Visconti* über eine breite, auf der Höhe des Hochparterres gelegene, mit Buchsbäumen bestandene Terrasse, von der im Karneval, wenn die von Blumen prangenden Umzüge vorbeikamen, Mars und die Amazonen heruntergrüßten und selbst Blumen warfen. Sie wurden in die Weite dieses zwischen öffentlicher Bibliothek, Caféhaus und Buchhandlung changierenden Raums förmlich hineingezogen. Nietzsche blieb nach ein paar Umwegen vor einem ihm bereits bekannten Regal mit neuen Übersetzungen ins Französische stehen und bat Cécile, ohne hinzusehen ganz zufällig ein Buch herauszunehmen. Sie stieg zwei Stufen die Leiter hinauf, schloss die Augen und griff ins Regal. Autor und Titel des Buches, das sie in Händen hielt, sagten ihr rein gar nichts: *Fedor Michailowitsch Dostojewskij: L'esprit souterrain. Traduit par E. Halpérine et Ch. Morice.* Sie las es Nietzsche vor.

»Esprit souterrain, unterirdischer Geist – das klingt gut«, sagte er, »das nehmen wir mit.«

»Sagt Ihnen der Name etwas?«, wollte Cécile wissen.

»Nein, überhaupt nichts, ich habe ihn auch schon wieder vergessen. Aber Russen sind in der Literatur selten eine Enttäuschung.« Er hielt sich den Einband dicht vor die Augen: »Also diesen Dostojewskij nehmen wir mit. Es wäre schön, Sie würden mir heute Abend daraus vorlesen.«

Sie las ihm am Abend aus diesem merkwürdigen Buch vor; nichts hätte sie lieber getan. Es schien ihr, als töne die ganze Düsternis und Trostlosigkeit der schlammigen Weiten Russlands daraus hervor, und sie war sicher, Nietzsche empfinde es genauso. Sie spürte beim Vorlesen, wie er die Stimmung dieses schwermütigen Buches in sich eingehen ließ und sich ihr immer mehr hingab. Dazu trank er Wodka, eine halbe Flasche mindestens, und rief vor jedem Schluck *Nastrovje* aus; das sei, wie er zugeben müsse, das einzige Wort aus dem Russischen, das er kenne. Einmal unterbrach er sie und schwor ihr, seine Seele, wenn er eine hätte, wäre eine russische, eine, die aus den Tiefen Sibiriens käme und diese seine russische Seele würde den deutschen Kleingeist mit sich fortreißen, wie eine Flutwelle das alte Gerümpel mit sich fortreiße, das am Ufer stehe. Ja, wenn er eine Seele hätte!, rief er noch einmal in den Raum. Er habe aber nur ein Gehirn und das löse sich gerade in ihm auf – *nastrovje*.

Cécile las und las, zeitweise las sie ganz mechanisch und achtete gar nicht mehr auf den Inhalt, sondern nur noch auf den Klang ihrer Aussprache, die Tönung ihrer Stimme, die Melodie der Sätze. Nietzsche wollte, dass sie ihm stundenlang vorlas, darin war sie inzwischen geübt, wenn er im Sommer nicht da war, las sie ihrer Großmutter vor oder einem ihrer Gäste oder sich selbst, nur um für den Herbst in Übung zu bleiben.

Wie meist, wenn sie ein, zwei Stunden am Stück vorlas, geriet sie auch an diesem Abend in eine leichte Trance. In dieser geistigen Abwesenheit, in der sie die von ihr gesprochenen Sätze wie die Lautketten einer fremden fernen Stimme wahrnahm, trat ihr das Bild jenes Mannes mit erschreckender Genauigkeit vors geistige Auge, dessen Anblick ihr heute Nachmittag in der Buchhandlung Visconti durch Mark und Bein gegangen war. Wie aus dem Nichts war er aufgetaucht, als Nietzsche gerade in den *Dîners Magny* der Brüder Goncourt blätterte. Nietzsche hatte weder sein Auftauchen noch sein Vorübergehen bemerkt. Dieser Fremde blickte sie an, tief und ernst, was nicht weiter bemerkenswert gewesen wäre, denn alle Männer schauten sie an, und manche taten das tief und ernst, aber keiner so tief und so ernst wie dieser geheimnisvolle Mensch, der gemessenen Schrittes, nicht nach rechts, nicht nach links und auch nicht zurückschauend, den breitkrempigen Hut und den eleganten Mantel zurechtrückend, das Palais Visconti verließ.

Sie würde morgen noch einmal in diese Buchhandlung gehen, ging es ihr durch den Kopf, während sie sich lesen hörte, wieder zur selben Stunde werde sie da sein. Der Blick dieses merkwürdigen Herrn schien ihr wie eine stumme Verabredung gewesen zu sein, die sie auf keinen Fall verpassen dürfe. Sie las immer noch weiter, mit den Augen im Buch, mit den Gedanken bei dieser flüchtigen Begegnung, vergessend, dass sie einen Zuhörer hatte, bis sie bemerkte, dass der in seinem Sessel eingeschlafen war.

Sie schwieg und betrachtete die entspannten Gesichtszüge ihres unglücklichen Begleiters, die in diesen Augenblicken befreit von allem Druck schienen, der sonst auf ihnen lag. Sie tastete den schlafenden Freund vielleicht eine Minute lang mit den Augen ab, er schien sich bei dieser ruhigen Betrachtung zu verändern, seine Züge drifteten fast unmerklich und nur minimal in einen anderen Ausdruck, nahmen eine andere Ausstrahlung an, und plötzlich wusste Cécile mit absoluter Sicherheit, an wen sie der Fremde in der Buchhandlung heute Nachmittag erinnerte.

3.

Hans von Bartels, Generalbevollmächtigter der Hansestadt Bremen für Blumendüfte, Rosenblütenwasser und Lavendelessenzen, verbrachte einen Teil des Jahres in Grasse, der in den Bergen über Cannes gelegenen Hauptstadt des Parfums, wo er sich über den Stand der neu entwickelten Gerüche informierte, die er nach Deutschland einführen wollte. Nach einem arbeitsreichen Sommer in der Parfumfabrik von Fragonard verbrachte Bartels den Herbst meist in Nizza, wo sich das Wetter weitaus länger sommerlich zeigte als im gebirgigen Hinterland. In Nizza pflegte Bartels seine festen Gewohnheiten. Zum Beispiel nahm er jeden Abend um halb acht Uhr seinen Aperitif in der Brasserie *Baie des Anges* an der Cours Saleya ein, um danach eines der drei für ihn akzeptablen Restaurants aufzusuchen.

Im November war für vierzehn Tage auch seine Frau nach Nizza gekommen, wo sie endlich gemeinsam Urlaub machen konnten. Anschließend wollte Bartels bis kurz vor Weihnachten zum Abschluss diverser Geschäfte in der Stadt bleiben.

Schon während des Aufenthalts seiner Frau war Bartels während des Aperitifs in der Brasserie ein merkwürdiger Mann aufgefallen, der wie er selbst immer gegen halb acht die Bar betrat und sich jeweils dicht in die Nähe des Ehepaars setzte. Bald waren sie an seinen Anblick gewohnt und hielten ihn, der fast immer dasselbe bestellte wie Bartels, aufgrund seines Aussehens und zumal, da sie bemerkten, dass er seine Getränke durchweg auf Italienisch bestellte, für einen Italiener.

Das Merkwürdige war nur, dass dieser Mensch außerhalb seiner Bestellungen kein Wort sprach, auch zu der Zeit nicht, als er ihnen manchmal zaghaft zuprostete, eine Geste, die sie ebenso zaghaft erwiderten. Zunächst führten die Bartels die Zurückhaltung des fremden Gastes auf die Sprachbarriere zurück, die zwischen Deutschen und Italienern besteht, dann aber wurde das Verhalten des Mannes so merkwürdig, dass sie diese Begründung nicht mehr aufrechterhalten konnten.

Eines Abends kamen sie zu viert mit einem befreundeten deutschen Ehepaar in die Brasserie und setzten sich an einen der größeren Tische. Der Fremde saß schon an seinem Einzeltisch in der Nähe und blickte starr und ausdruckslos zu ihnen herüber. Ein leichtes Kopfnicken sollte wohl einen Gruß signalisieren. Man sprach über die politische Situation in Deutschland, vor allem darüber, ob der junge Kronprinz Wilhelm dazu in der Lage wäre, beim Tod seines Vaters mit noch nicht einmal dreißig Jahren die kaiserliche Herrschaft im Deutschen Reich zu übernehmen.

Plötzlich erhob sich der Fremde mit dem schwarzen Schnauzer, nahm sein Glas, kam zum Tisch der beiden Paare herüber und setzte sich, ohne zu fragen, ob er erwünscht sei, dazu. Man grüßte etwas verwundert, er grüßte wie selbstverständlich auf Deutsch zurück, schwieg dann aber hartnäckig und verfolgte den langsam wieder in Gang kommenden Lauf der Diskussion, ohne auch nur ein Wort dazu beizutragen.

Aus der Nähe sah er noch seltsamer aus, er trug eine weiße Hose, die deutlich zu kurz war, dazu stark abgelaufene Schuhe aus braunem Leder, bei denen ein Schnürsenkel abgerissen und verkürzt wieder in die Schlaufen eingeführt worden war. Dazu hatte er eine rabenschwarze Jacke an mit einem für seine schlanke Figur viel zu weiten, ebenfalls weißen Hemd darunter. Frau Bartels sagte später im Hotel, der Fremde sei ihr vorgekommen wie ein Pfarrer, den man aus seinem Amt gejagt habe und der sich nun als Bohemien versuche, jedoch die Attribute des Pfarrers nicht ablegen könne.

Nietzsche blieb bei den vieren sitzen, bis sie sich erhoben, um ein Restaurant aufzusuchen. Nachdem man sich von ihm getrennt hatte, gab es zwischen den beiden Ehepaaren nur noch ein Thema. Nach und nach wich der mysteriöse Anschein im Auftreten dieses Fremden der Heiterkeit, die sein ungewöhnliches und wie Frau Bartels fand, krauses Äußeres auslöste.

Am meisten lachte man über seine Haare. Er trug das volle

schwarze Haar vorn in einer dicken Tolle, von wo es ein wenig spitzwinklig in die Stirn gewachsen war. Aus einer wunderlichen Laune wohl, anders konnte man es sich nicht erklären, hatte er das äußerste Eckchen davon abrasiert, woraufhin es an dieser Stelle bläulich schimmernd nachgewachsen war. Das vermittelte den Eindruck einer dilettantischen, misslungenen Korrektur und verlieh dem ansonsten mit Schnurrbart, Augenbrauen und Tolle wie von schwarzen Haaren überwucherten Mann das Detail einer punktuellen unmotivierten Rasur, welche an anderen Stellen notwendiger gewesen wäre.

Die beiden Ehepaare steigerten sich so sehr in die Diskussion der Äußerlichkeit des Fremden hinein, dass alle vier auf offener Straße in heftiges Lachen gerieten, das kein Ende nehmen wollte, sondern sich im Gegenteil immer mehr steigerte und schließlich in einem kolossalen Lachanfall gipfelte, dem sich alle vier hemmungslos hingaben und der solche Ausmaße annahm, dass sich die Passanten nach ihnen umdrehten. Nachdem einmal die Dämme gebrochen waren, kamen immer neue Einzelheiten zu der Beschreibung des Fremden hinzu, die immer neue Lachsalven auslösten. Frau Bartels war schließlich so erschöpft vom Lachen, dass sie sich an den Straßenrand auf einen Mauervorsprung setzen musste und fast einen Schwächeanfall erlitten hätte.

Am nächsten Abend trafen sich die vier wieder in der Brasserie *Baie des Anges*, diesmal aber einzig und allein, um den Fremden, der ihnen so viel Freude gemacht hatte, erneut zu sehen. Er kam zur gewohnten Zeit, setzte sich an den Nachbartisch, grüßte kurz durch ernstes Kopfnicken, bestellte, was Bartels bestellt hatte, und schwieg. Schon als er sich setzte und auf Italienisch bestellte, spürten die vier, wie sie es nur mühsam unterdrücken konnten, nicht in lautes prustendes Lachen auszubrechen.

Jeder rief sich selbst zur Ordnung, so gut er konnte. Als sich aber der Fremde einmal gedankenlos über die schwarze Haartolle strich, wie um ihre Festigkeit zu prüfen, platzte es gleichzeitig aus allen vieren heraus. Schon blickten die Kellner von der Bar mit vorwurfsvollen Blicken zu dem deutschen Tisch hinüber. Da geschah das Unfassbare – der bisher so düstere Fremde lachte mit.

Damit hatte nun wirklich niemand gerechnet, und dieses unerwartete Verhalten des Fremden führte dazu, dass die beiden Paare augenblicklich verstummten. Wenn sie über ihn lachten, worüber lachte dann er? Ihr Lachen sei ansteckend, sagte er und lachte weiter. Seiner Ansicht nach könne man durchaus ohne Grund lachen, ja Lachen ohne Grund sei grundsätzlich intensiver als Lachen aus Gründen. Wer ohne Grund zu lachen verstehe, habe vom Leben zweifellos mehr verstanden, als wer immerzu Anlässe zum Lachen brauche und als der, der gar nicht lache.

Noch immer herrschte betretenes Schweigen bei den beiden Ehepaaren. Er gehöre nun schon eine Zeit lang zu ihnen, fuhr Nietzsche fort, habe aber noch nicht gesprochen, weil er den Zeitpunkt noch nicht für gekommen gehalten habe. Man müsse den richtigen Zeitpunkt stets abwarten und dürfe nichts überstürzen. Man habe es nicht in der Hand, sich mitzuteilen, auch wenn man noch so mitteilungsfreudig sei. Vielmehr müsse man den finden, gegen den es Mitteilung geben könne. Wann aber dies der Fall sei, sei äußerst schwer zu bestimmen. Man müsse sich dabei auf seinen sozialen Instinkt verlassen, der bei ihm, so Nietzsche, unter allen Menschentieren sicherlich mit am tiefsten ausgeprägt sei.

Auch die gestrige Unterhaltung über die Hohenzollern habe er zwar hochinteressant gefunden, jedoch keinen Anknüpfungspunkt für sich darin entdecken können. Zu Kaiser Wilhelm falle ihm absolut nichts mehr ein und zu seinem Sohn noch weniger. Es könne aber durchaus sein, dass er demnächst der gesamten Hohenzollerndynastie den Krieg erklären müsse. Das geschehe keineswegs aus politischen Gründen, es sei vielmehr eine von vielen Schlachten, die er im Krieg gegen die Dummheit zu schlagen habe, den er seit unvordenklichen Zeiten als Generalfeldmarschall des Willens zur Macht führe.

Niemand wusste auch nur das Geringste auf diese Rede zu antworten. Hans von Bartels erkannte zwar mit einem leichten Schock, dass sich die Lage nunmehr umgedreht hatte, dass jetzt er und seine drei Begleiter schwiegen und der zuvor schweigende Fremde mit einem Mal ununterbrochen sprach, aber er konnte nichts daran ändern. Er fühlte sich von einer Sekunde auf die andere von einem dämonischen Wesen, das zwischen sie getreten war, zum Schweigen verurteilt, und er spürte, dass es für seine Begleiter genauso war.

Seine Schwester sei nun schon seit einigen Monaten im Urwald von Paraguay, um dort ein neues, besseres Deutschland aufzubauen, fing Nietzsche nach einer kurzen Pause wieder an. Einst werde sich mit ihrem Namen etwas ganz Großes verbinden, nämlich die Wiedergeburt des deutschen Volkes auf den Boden der Neuen Welt. Großartige Familien habe sie mitgenommen nach Paraguay, den reinrassigsten Adel, der in Deutschland überhaupt zu finden gewesen sei. Unermüdlich beackerten unter ihrer Führung diese gut gebauten und hochintelligenten Deutschen den bisher allein von Termiten bewohnten Urwald und nähmen ganz wie vor tausend Jahren die merowingischen und karolingischen Pioniere in den tiefen Wäldern, die ganz Deutschland bedeckten, eine Rodung nach der anderen vor und gründeten eine Siedlung nach der anderen. Wenn der junge Kronprinz Wilhelm dereinst gewahr werde, dass er über ein Volk von Dummköpfen regiere, so werde es daran liegen, dass seine, Nietzsches, Schwester zur selben Zeit über das wahre aristokratische Deutschland herrsche und zwar am anderen Ende der Welt.

Man blickte sich unter den beiden Ehepaaren verwundert an. Was wurde ihnen da geboten? Was ging sie das an? Diese Frage setzte sich in jedem einzelnen ihrer vier Köpfe fest, doch Nietzsche erzählte seine Geschichte von der Schwester und der Gründung von *Nueva Germania* mit einer Selbstverständlichkeit, als sei er ein altbekannter Tischgenosse der eben noch so heiteren Gruppe.

Binnen weniger Minuten wussten sie alles über seine Schwester Elisabeth, ihren antisemitischen Ehemann und sogar über dessen Missgriff beim Versuch, seiner Frau einen Kosenamen zu geben, der zugleich als Herrscherinnentitel gedacht sei. In Südamerika nenne sie sich nur *Eli*, was aus dem Hebräischen komme und »Mein Gott« bedeute. Förster habe die Übersetzung in »Meine Göttin« umgemodelt, ohne zu bemerken, dass er als erklärter Antisemit sich dabei äußerst sorglos der hebräischen Sprache bediente. So viel zum Intelligenzstand der Antisemiten! Denen habe er, Nietzsche, noch weitaus früher den Krieg erklärt als den Hohenzollern. In *Nueva Germania* herrsche also keine Kaiserin, sondern eine Göttin. Man frage sich, warum man noch tatenlos hier in diesem verkommenen Nizza herumsitze und nicht schon auf dem Weg in den Urwald sei, oder?

Frau Bartels nickte, obwohl sie sich keinen Reim auf Nietzsches Ausführungen machen konnte; das Letzte, woran sie jemals gedacht hätte, wäre gewesen, in den Urwald von Paraguay zu fahren und sich dort von einer deutschen Göttin regieren zu lassen.

Nietzsche wurde für das Ehepaars Bartels zum festen Bestandteil des Aperitifs. Sie betrachteten seine Suaden zu Gott und der Welt, die er zwischen halb acht und acht vor ihnen losließ, ebenso als verlässliche Größe ihres Abends wie das Schälchen Oliven, das man ihnen dazu reichte. Als Bartels Ehefrau abgereist war, traf dieser sich weiterhin jeden Abend auf eine halbe Stunde mit Nietzsche in der Brasserie, ohne sich auch nur ein einziges Mal mit ihm zu verabreden. Nie gingen sie nach dem Aperitif miteinander Essen. Nietzsche hatte wie Bartels seine Grundsätze und festen Rituale.

Jedes Mal wenn sie sich in der Bar für eine halbe Stunde unterhalten hätten, sei er, Bartels, gedankenvoll, aber irgendwie auch beschwingt zum Abendessen gegangen. Vollgesogen mit neuen Ansichten wie ein Schwamm sei er dann immer, manchmal falle es ihm schwer, all diese Meinungen und Perspektiven in seinen Horizont einzuordnen, schrieb Bartels Anfang Dezember an seine Frau nach Bremen. Ihm sei keineswegs klar, worauf der Philosoph mit seinen Reden eigentlich hinauswolle. Manchmal vermute er, das Reden selbst sei sein Zweck, und er brauche ihn, Bartels, als Gegenüber, um seine Komödie vor ihm aufzuführen.

Ja, in ihm, Bartels, sei die Ahnung aufgekommen, Nietzsche

habe womöglich die Grenzen zwischen der Bühne und dem Leben eingerissen und gebe sich nun einer permanenten Aufführung seiner selbst hin, zu der er wenigstens einen Zuschauer brauche. Doch müsse einem so wachen und scharfen Geist wie Nietzsche schließlich das ganz und gar Unsinnige dieses Theaters zu Bewusstsein kommen, und er, Bartels, meine zu beobachten, dass genau dies in den letzten Tagen geschehen sei.

Nietzsche sei auf einmal zunehmend düster geworden. Was für ein schwermütiger Herbst, habe er gesagt, schrieb Bartels seiner Frau, Bleigewichte überall, niemand, der ihn etwas aufzuhellen vermöge, nichts um ihn als seine alten Probleme, die alten rabenschwarzen Probleme. Dabei frage sich Bartels, weshalb Nietzsche so deprimiert sei; schließlich habe er eine wunderschöne junge Freundin, die ihn oft in der Brasserie abhole und allein in ihr schon ein Gegenüber, an dem er sich in fruchtbarer Art und Weise würde abarbeiten können. Und außerdem sei er, Bartels, ein fester Bestandteil seines sozialen Lebens, auf den Nietzsche sich jeden Abend um halb acht verlassen könne.

Jedoch scheine ihn all das nicht wirklich zu interessieren. Zwar klage er über seine Einsamkeit – tatsächlich sei Nietzsche in Nizza weit weniger einsam als er, schrieb Bartels an seine Frau, doch sei er einzig und allein mit seinem Werk, seiner Schwester und mit der Oper beschäftigt, in die er sich jeden Abend flüchte. Seine Freundin behandle er oftmals wie eine Dienstbotin, und man frage sich, was die junge Frau überhaupt an diesen alten Brummbären binde.

Nietzsches Stimmung und, damit einhergehend, sein Gesundheitszustand wurden in diesen Wochen tatsächlich immer schlechter. Er lese jetzt Dostojewskij, habe er eines Abends erklärt, ob er, Bartels, wisse, was das bedeute? Er habe verneint, und Nietzsche habe gesagt, wenn er es wüsste, würde er, Bartels, nicht mehr leben wollen. Dabei verzog Nietzsche das Gesicht in einer fremdartig grimassierenden Art und Weise, zog dabei auch die linke Schulter in einem Maße hoch, dass sie nach oben herauszuspringen drohte und ließ im nächsten Augenblick den Kopf bis fast auf die Tischplatte sinken.

Diesen Vorfall schilderte Bartels seiner Frau noch kurz vor seiner Abreise aus Nizza Mitte Dezember. In seinem letzten Brief am 16. Dezember 1886 schrieb er, Nietzsche sei seit drei Tagen nicht zum Aperitif gekommen. Am dritten Tag sei er beunruhigt gewesen und habe sich aufgemacht in die rue des Ponchettes, wo er, nur wenige Schritte von der Brasserie *Baie des Anges* entfernt, Nietzsches Unterkunft gewusst habe.

Er läutete und wartete. Als sich nichts tat, läutete er ein zweites Mal. Nietzsche öffnete schließlich selbst. Er wirkte müde, hatte einen verstörten Ausdruck in den Augen. Sein Gesicht hatte die Farbe kalter Asche. Wieder schnitt er schreckliche Grimassen, offenbar hatte er seine Gesichtsmuskulatur nicht mehr im Griff. Er lehnte bei halb geöffneter Tür kraftlos am Türrahmen und entschuldigte sich für sein dreitägiges Ausbleiben. Er bat Bartels sodann mit tonloser Stimme, mit zu ihm nach oben zu kommen, ließ ihn in einem Sessel Platz nehmen und ging selbst ohne Ankündigung ans Klavier, um ein äußerst schwermütiges Stück zu intonieren. Als er sein Spiel unterbrach, sagte er, es sei ein Auszug aus der Ouvertüre seiner tragischen Oper *Ermanarich* gewesen, die dereinst zur Nationalhymne Nizzas, der Hauptstadt der Umwertung, erkoren werde. Bartels wurde bei dieser Musik wie noch nie zuvor bei Musik schwer ums Herz, und er suchte nach einer günstigen Gelegenheit, den Raum so schnell wie möglich zu verlassen.

Nietzsche variierte seine Komposition und improvisierte dazu und kam dabei in immer schaurigere Tonlagen, so dass es für Bartels feststand, niemand würde freiwillig diese schon nicht mehr als Musik zu bezeichnende Komposition hören wollen, schon gar nicht das Volk von Nizza, das für Untergang und Schwermut so gar kein Organ zu haben schien.

Dann hörte Nietzsche plötzlich auf zu spielen und sagte mit leise beschwörender Stimme, mehr flüsternd als sprechend, wenn er bei dieser Musik die Augen schließe, sehe er eine Fülle fantastischer Blumen, die, sich umschlingend und umrankend, in fortwährendem Wachsen begriffen, an Formen und Farben ständig wechselnd, in exotischer Üppigkeit eine aus der anderen emporsprossen. Über dieses Spiel aus Farben und Formen wachse seine innere Abwesenheit, und sein Kopfschmerz steigere sich ins Unerträgliche, bis er endlose Erdbeerfelder erblicke, über denen ein gigantischer Mond aufgehe, dessen Gelb die Farbe und Beschaffenheit des Eidotters der Naumburger Hühner seiner Mutter habe. Dieser Eidotter sei so tief gelb, dass er schon fast rot anmute, und so drifte auch der Mond über den Erdbeerfeldern immer mehr ins Rote, um schließlich in Myriaden tiefrot und dunkelblau funkelnder Edelsteine zu zerplatzen, die wie ein prunkvolles Hagelwetter auf die Erdbeeren herunterregneten, so dass die Erdbeeren am Boden aufstöhnten vor Wollust, ja in geiler Verzückung schrille Schreie der Erlösung ausstießen, um schließlich nacheinander mit lautem Knall zu zerplatzen. Ihm, der das alles hören und sehen müsse, verginge dabei buchstäblich Hören und Sehen, sein Kopf drohe ihm jedes Mal zu zerspringen, immer in dem Moment, da der Mond in Millionen von Edelsteinen explodiere. Es sei nichts weniger als ein gigantischer Welt-Orgasmus in seinem Kopf, und er wiederhole sich fast täglich. Dann halte er sich vor den Schreien der Erdbeeren die Ohren zu, aber sie schrien in ihm weiter, als sei das Leben ein einziger Orgiasmus wollüstiger Erdbeeren, und sie würden immer lauter werden, so als wolle sich die ganze Welt in Wollust selbst verzehren. Darauf habe Nietzsche wie besessen auf sein Klavier eingehämmert, als wolle er es im Spiel zerstören und dazu laute wilde Gesänge von sich gegeben, die immer wieder in grässliches Schreien und Stöhnen ausgeufert seien.

Hans von Bartels, der sechsundfünfzigjährige Generalbevollmächtigter der Hansestadt Bremen für Rosenwasser und Duftessenzen, wurde von panischem Entsetzen ergriffen. Er sprang auf und rannte davon, ließ alle Türen hinter sich offen stehen, stürzte im Laufschritt die rue des Ponchettes hinunter, über die Cours Saleya, vorbei an den erstaunt ihm nachsehenden Gästen in den Straßencafés, nach Westen, immer weiter, er fühlte, wie sein Herz raste, wie sein Kopf glühte und der Druck darin von Minute zu Minute anstieg. Er wollte ins Freie gelangen, aber er war schon im Freien, er wollte hinaus, aber es gab kein Draußen mehr. Er rannte über die Promenade des Anglais, schrie immer wieder unverständliche Worte vor sich hin, taumelte und lief weiter und schien in seinem Verlangen, die Flucht zu ergreifen, nichts mehr von seiner Umwelt mitzubekommen. Die Leute blieben stehen und sahen ihm zu, niemand wagte es, sich dem Rasenden zu nähern, bis er schließlich mitten auf der Promenade zusammenbrach. Passanten legten ihn auf eine Bank und blieben bei ihm, bis es ihm besser ging. Einen Arzt hinzuzuziehen, lehnte er ab. Als er sich wieder sicher auf den Beinen fühlte, trottete er ohne Begleitung in sein Hotel in der rue Rivoli. Am nächsten Morgen fand man ihn nackt und tot in seinem Bett. Auf dem Schreibtisch lag der unbeendete letzte Brief an seine Frau.

4.

Die allabendliche Lektüre Dostojewskijs regte Nietzsches eigene Freude am Erzählen an. Immer öfter unterbrach er Cécile im Vorlesen und begann, Geschichten aus seinem Leben zu erzählen, die ihm gerade einfielen. All diese Geschichten hatten einen düsteren Hintergrund, der in der Angst wurzelte, die Nietzsche umtrieb, der Angst, verrückt zu werden. In jüngster Zeit drückte sich diese Angst vor allem in der fixen Idee aus, er habe Doppelgänger. Nietzsche war von der Vision getrieben, nicht nur ein einziger, sondern eine ganze Schar seiner Doppelgänger bevölkerte die Erde, und es sei nun die Zeit angebrochen, da sie ihn heimsuchten, da sie sich zu erkennen gäben. Wenn er in einer eher gelösten Stimmung war, bezichtigte er die Doppelgänger lediglich, ihn und sein Werk zu parodieren, alles ins Lächerliche zu ziehen und zu entwerten. Dann aber glaubte er mitunter, seine Doppelgänger wollten ihn aus dem Weg räumen, irgendeine ihm unbekannte Instanz habe diese Doppelgänger geschaffen und losgeschickt, einzig und allein um ihn, der kurz vor der ungeheuersten Tat in der Geschichte stehe und mithin der gefährlichste Mensch auf dem Planeten sei, zu liquidieren. Höchstwahrscheinlich stünden ganze Staatenbünde, die gesamte etablierte Wissenschaft und der internationale Justizapparat hinter diesen Absichten. Ein globales Netzwerk aus Herrschaft und Privilegien bewahrenden Kräften sei hinter ihm her. Sie wollten seinen Ruhm verhindern, die Umwertung anhalten und rückgängig machen und ihn in den Augen der Nachwelt als Verrückten erscheinen lassen, war dann seine feste Überzeugung.

Es könne doch auch sein, dass die Doppelgänger gar nichts Böses im Schilde führten, sondern einfach nur da seien, unabsichtlich und ohne Bezug auf seine Person, dass es einfach Leute seien, die ihm ähnlich sähen, warf Cécile ein.

Das sei ausgeschlossen, entgegnete Nietzsche. Das Prinzip

des Doppelgängers sei die Infamie. Ein Doppelgänger, der nichts Infames im Schilde führe, würde als Doppelgänger gar nicht erkannt werden. Manchmal täusche man sich aber auch in der Vermutung, man habe einen Doppelgänger gesehen.

Gegen Ende des Sommers sei es gewesen, erzählte er, zu einer Zeit, da man in Sils-Maria an manchen Tagen schon den Herbst riechen könne, da sei er an der Haltestelle vor der Post gestanden und habe auf die Kutsche nach St. Moritz gewartet. Die Kutsche sei schon überfällig gewesen, Pünktlichkeit sei im Engadin ja ohnehin ein Fremdwort, daran habe er sich bereits gewöhnt gehabt, und nun habe er überlegt, ob er den täglichen Spaziergang noch einmal zum Zarathustra-Stein nach Surlei oder diesmal, wie er es ursprünglich vorgehabt habe, in der Umgebung von St. Moritz abhalten sollte, denn Warten sei nicht seine Stärke.

Gerade in dem Augenblick, da er den Plan, nach St. Moritz zu fahren, aufgeben wollte, näherte sich aus der Richtung des Dorfes eine männliche Gestalt, deren Erscheinung ihm sofort merkwürdig vorkam. Stetigen Schrittes kam der Mann auf die Post zu, und Nietzsche vermochte sich nichts anderes vorzustellen, als dass dieser Fremde ebenfalls die Kutsche nach St. Moritz nehmen und sich daher gleich zu ihm an die Station stellen werde.

Der Unbekannte war schon auf der Höhe des Souvenirladens neben der Post, als Nietzsche ein Schrecken durchfuhr, wie er ihn so noch nicht gekannt hatte. Denn plötzlich war ihm, als sehe er sich selbst auf sich zukommen. Er sah hin und sah wieder weg, nur um noch einmal hinzusehen, hoffend, er sei gerade einer optischen Täuschung aufgesessen. Er nahm seine Brille ab und setzte sie wieder auf. Ohne Brille sah er nichts, mit Brille wieder den Fremden, der sich näherte. Nach einigen Versuchen, den ersten Eindruck zu korrigieren, musste er sich eingestehen, dass er klar sehe und dass kein Zweifel bestehe.

Ja, das war er, der helle Leinenanzug, das volle schwarze Haar, der buschige Schnurrbart, die schmale gerade Nase, die gebräunte, fast schon wie zu dunklem Leder gegerbte Gesichtshaut, der trübe Blick, die trotz ihrer Trübung stechenden braunen Augen, die dicken Brillengläser, der etwas gebeugte Gang, gestützt auf einen Spazierstock, das war er doch selbst – und doch auch wieder nicht, denn er selbst stand ja schon länger da an der Haltestelle vor der Post, und der Andere kam jetzt erst darauf zu. Es konnte also gar nicht sein, was er da erlebe, es sei unmöglich, sagte er sich. Doch das vermochte ihn nicht zu beruhigen, es wurde ihm immer beklommener zumute.

Das sei das Seltsamste gewesen, was ihm jemals vorgekommen sei, sagte er zu Cécile, er habe sich darüber am selben Abend noch bei einem Mediziner erkundigt, der im Hotel Alpenrose gewohnt und manchmal abends an seinem Tisch gesessen habe. Man nenne das, so dieser Arzt, Autoskopie, fuhr Nietzsche fort, es sei, als habe man sich von sich selbst abgelöst und sehe sich nun selbst, das geschehe oft bei Persönlichkeitsspaltungen.

Ob man das als den Anfang von Wahnsinn bezeichnen könne, habe Nietzsche noch von dem Mediziner erfahren wollen und habe sich dabei so distanziert gegeben, so als gelte seine Frage einer allgemeinen Erscheinung, die ihn am Rande interessiere. Gewiss, habe dieser geantwortet, in einem landläufigen Sinne, könne man es so nennen. Er, Nietzsche, habe daraufhin die ganze Nacht kein Auge zugemacht.

Man verdränge es meist, aber im Grund sei ganz klar: Niemand halte es aus, sich selbst zu sehen, auf Fotografien sei es schon schwer, aber da mache man sich klar, dass man der, den man da sehe, zu einem anderen Zeitpunkt gewesen sei. Das sei mit dem Alltagsverstand noch zu vereinbaren, aber wenn du dich selbst in der Gegenwart, in der Wirklichkeit oder, man möge es nennen wie man wolle, siehst, dann sei das der Anfang deines Untergangs, dann sei eben dies die Eingangspforte zum Wahnsinn.

Der Fremde, der er selbst gewesen ist, postierte sich nun tatsächlich dicht neben ihm und wartete, ohne zu grüßen oder auch nur einen Blick zu gewähren, mit ihm auf die Kutsche. Von der Kutsche war aber immer noch nichts zu hören und zu sehen. Je länger er schweigend neben dem Anderen stand, wurde Nietzsche das Warten zunehmend zu einer Qual, noch dazu, da dieser Andere offensichtlich überhaupt nichts daran merkwürdig fand, hier vor der Post jemanden vorzufinden, der ganz so aussah wie er selbst. Nietzsche fragte sich, ob der Andere überhaupt bemerkte, dass er mit sich selbst dastand, oder ob das völlig an ihm vorbeiging, ein Umstand, den er noch weitaus beunruhigender gefunden hätte.

Es sei doch völlig ausgeschlossen, dass ein anderer man selbst sei, hatte Cécile eingeworfen, das sei nicht logisch, und Nietzsche hatte sofort geschrien, ihn interessiere Logik überhaupt nicht, man langweile ihn nicht mit Logik, allein schon das Wort Logik mache ihn krank. Cécile sehe doch, dass man mit Logik hier nichts ausrichten könne, und aus ihrem Mund das Wort Logik klinge außerdem viel zu studiert.

Sie hatte das geschluckt, wie alles, was Nietzsche in der Zeit ihres Zusammenseins ihr an Zumutungen entgegenbrachte. Dann fuhr er, ohne sich um ihre Reaktion zu kümmern, fort:

Er sei nach einiger Überlegung zu der Überzeugung gelangt, man sehe sich in just dem Augenblick selbst auf sich zukommen, in dem sich das eigene Schicksal erfülle, nämlich wenn man es absolut nicht mehr tragen könne, wenn man es weder verstehen noch aushalten könne, dann werde man von sich selbst befreit und sehe sich im Außen wie einen Anderen. Der Andere, das sei der, den man nicht ertragen, den man nicht aushalten könne.

Dieser Gedanke legte sich im selben Moment wie ein Bann auf Nietzsche. Er wagte nicht mehr, den Anderen anzusehen, auch nur den Kopf in seine Richtung zu drehen, verbot er sich. Zugleich spürte er die ganze Zeit seine Anwesenheit dicht neben sich, unbeweglich, so als habe sich dieser Unbekannte an ihn geheftet, als sei er auch räumlich, also buchstäblich zu seinem Schatten geworden.

Zugleich wurde ihm bewusst, dass die einzige Möglichkeit, diese Situation aufzulösen, darin bestand, den Mann, der zweifellos eine eigene Person darstellte, und doch nicht *wirklich* er sein konnte, anzusprechen. Aber gerade das vermochte er nicht über sich zu bringen. Er stellte sich zu allem Überfluss nun auch noch das ganze Bild aus der Sicht eines Dritten vor: die beiden identischen Männer nebeneinander an dieser verwaisten Haltestelle, die an diesem Nachmittag einfach nicht von der vom Fahrplan angekündigten Kutsche angesteuert wurde, fixiert in der leeren Zeit eines Hochgebirgsnachmittags wie eine steinerne Plastik. Dieses Bild, so lebhaft es sich ihm nun aufdrängte, kam ihm dann aber eher lächerlich vor. Er zweimal, dachte er, das wäre doch der Höhepunkt an Unverschämtheit und das äußerste Maß an Zumutung gegenüber dem Universum, das könne und dürfe es einfach nicht geben, das sprenge definitiv jeden Rahmen.

Cécile notierte in ihren Aufzeichnungen, die sie nun schon das dritte Jahr über Nietzsche anfertigte, sie habe mit ihrer Frage nach seiner Meinung zu dem Phänomen des Doppelgängers bei ihm eine wahrhafte Sturzflut an monologischer Rede ausgelöst. Sie habe damit wohl ins Schwarze getroffen, einen wunden Punkt berührt, doch sei diese Empfindlichkeit allein Nietzsches ständig größer werdender Angst vor dem Wahnsinnigwerden geschuldet gewesen.

An den Tagen zuvor hatte sie versucht, den Fremden aus der *Librairie Visconti* noch einmal zu treffen, was ihr nicht gelang. Sie ging zu derselben Nachmittagsstunde in die Buchhandlung, in der sie ihm beim ersten Mal begegnete. Doch er war nie da. Das für ihr Empfinden Zwingende ihrer ersten Begegnung hatte sie dazu verführt, etwas Besonderes in ihm zu sehen, ein Zeichen, dem sie nachgehen musste, doch brachte sie die Tatsache, dass der Fremde nicht wieder aufgetaucht sei, von dieser Idee bald wieder ab.

Schließlich begann sie, sich selbst für dieses Hirngespinst zu verspotten. Auch die Ähnlichkeit mit Nietzsche hielt sie zuletzt für eine Halluzination. Plötzlich war sie sich sicher, der Mann in der Buchhandlung sei nur ein Wunschbild gewesen.

Doch dann begegnete er ihr einige Tage später wieder. Nicht in der Buchhandlung, wie sie es erwartet hatte, sondern mitten in der Stadt, auf der Place Massenà. Sie spürte sofort, dass er sie erkannte, sie hätte schwören können, er habe ihr sogar unter seinem breitkrempigen Hut heraus zugenickt. Er ging weiter in Richtung Bahnhof, und als sie ihm nachgeblickt habe, trat ihr die unabstreitbare Ähnlichkeit zwischen diesem Mann und Nietzsche wie ein Schock ins Bewusstsein.

Ob er sich vorstellen könne, dass es tatsächlich einen Menschen gebe, der zwar kein Doppelgänger sei, aber ihm dennoch verblüffend ähnlich sehe, wollte sie von Nietzsche wissen, als sie sich am Abend zum Vorlesen trafen. Nietzsche schwieg und wurde blasser im Gesicht. Wenn es einen Menschen gebe, der einem Mann ähnlich sehe und kein Doppelgänger sei, dann könne das nur der eigene Sohn sein, sagte er schließlich.

Er betrachte, sprach er zögerlich weiter, seinen Sohn Zarathustra nicht zuletzt als einen Schutzheiligen, den er sich selbst geschaffen habe, den er sich zu einem bestimmten Zeitpunkt habe schaffen müssen, gerade, um sich gegen einen Doppelgänger von außen zu schützen.

Sie verstand zuerst nicht, was er damit sagen wollte. Dann erklärte er ihr, sein Zarathustra sei am Anfang für ihn wie eine gute Fee gewesen, die ihn vor dem Verrücktwerden beschützen sollte. Zarathustras Bestimmung sei es gar nicht gewesen, die Ewige Wiederkehr zu predigen, sondern ihn, Nietzsche, vor dem Absturz in den Wahnsinn zu bewahren. Es handle sich gewissermaßen um ein über dem Ich schwebendes besseres Ich, das er in einem bestimmten Augenblick seines Lebens aus sich herausgelassen habe, um sich gegen die Umwelt, gegen die Realität, gegen den Wahn – sie möge es nennen, wie sie wolle – immun zu machen.

Nun aber habe ihn diese Furcht ereilt – und sie lasse ihn nicht mehr los: Was wäre, wenn sich die gute Fee in einen bösen Geist verwandelte, der dazu antrete, ihn gänzlich zu zerstören? Was, wenn sein Sohn Zarathustra sich gegen ihn wendete, wenn er gegen den Vater aufbegehrte und zwar aus einem einzigen, nachvollziehbaren Grund: weil sein Vater versagt habe, weil er nicht Manns genug gewesen sei, seinen Sohn der Welt bekannt zu machen, weil er ihn statt dessen zu einem Versager habe verkommen lassen, zu einem weltfremden Tiroler und geschwätzigen Unhold, zu einer Prophetenkarikatur, wie sie die Welt noch nicht gesehen habe und über die die Welt so laut und anhaltend wie noch nie zuvor über irgendetwas lachen musste.

Müsse sich der Sohn denn da nicht schon aus purem Überlebenswillen gegen den Vater wenden? Müsse er nicht Vergeltung üben an einem Erzeuger, der nicht fähig sei, der Frucht seines Geistes das Leben zu ermöglichen, das ihr angemessen sei? Müsse er diesen unfähigen Erzeuger dann nicht aus Notwendigkeit vernichten, müsse er ihn nicht in einen Abgrund stoßen, aus dem es kein Zurück mehr gebe?

Das fürchte er vor allem, das sei sein einziger Antrieb. Seine Philosophie, was sei sie anderes gewesen, als der verzweifelte Versuch, dem Wahnsinn zu entgehen? Sie, Cécile, sei die Einzige, mit der er darüber sprechen könne, sie sei für ihn die einzige Person, die das begreifen könne, während der Rest der Menschheit in ihm ein Monstrum sehe, einen kauzigen Waldschrat, der sich verstiegen habe und inmitten der profanen Welt, in der Gott längst vor seinen hilflosen Verkündigungen, er sei tot, tot gewesen sei, einen neuen Mythos stiften wolle.

Einen Wichtigtuer werde man in ihm sehen, an den sich viele andere Wichtigtuer anschließen würden, durch ihn werde der Wahnsinn salonfähig werden, in seinem Namen würden alle großen Verbrechen der Zukunft begangen werden, dabei habe ihn nur eine einzige Sache durch dieses Leben gehetzt: die Angst, von seinem Vater geholt zu werden, die Panik, das Gehirn seines Vaters unter seiner Schädeldecke zu haben und von diesem seinem Gehirn, das aber in Wahrheit ein fremdes, nämlich das erweichte Gehirn seines Vaters sei, zertrümmert, zermalmt, zerstückelt zu werden.

Und er vertraue ihr, Cécile, nun dieses eine an: mit dem Anderen an der Station in Sils zu stehen, sei der Augenblick gewesen, in dem ihm klar geworden sei, dass er den Kampf in Kürze verloren haben würde. Diese Episode sei zunächst nur die Farce gewesen, doch war es für ihn unbezweifelbar, dass es sich wiederholen werde, und zwar als Tragödie.

Diese Tragödie habe bereits begonnen, und er spüre ihre verhängnisvolle Atmosphäre, er atme diese deutsche Luft, diesen faustischen Duft, er sehe das Kreuz, fühle das Grab und rieche die Gruft. Ihn wehten schon die modrigen Miasmen aus der Weimarer Fürstengruft an, ganz so als wolle dieses düstere Nationalgrab auch ihn, der einst bedeutender sein werde, als all die dort unten faulenden Herzöge und Geistesfürsten, zu sich hinabziehen.

Nizza sei das Gegenteil davon, Nizza sei die Erlösung, geradezu das Paradies gegen diese Gruft, in Nizzas Licht sei er genesen von alldem, aber nun hole ihn das Deutsche wieder ein, eine Nation als Grabkammer ihrer selbst, das ganze Leben ein Vorgefühl des Grabes, zugebracht unter lauter Leichenbittern, die schaurige Gruftluft seiner Heimat, die aus allen Nüstern ströme, aus den Nüstern dieses Nebel- und Niefelvolkes, das der Fluch der ganzen Gattung sei.

So habe er, als er an der Kutschenstation in Sils-Maria gestanden habe, neben dem Unbekannten, seine Niederlage im Kampf gegen den deutschen Wahnsinn zum ersten Mal nicht nur geahnt sondern bestätigt gefunden. Aber das sei ja, wie gesagt, die Farce gewesen, das sei die Komödie gewesen zu seiner Tragödie, nur, dass diese Komödie sehr kurz ausgefallen sei, die Tragödie, die nun langsam in ihren zweiten Akt übergehe, aber sehr lang werde, unendlich lang, wenn er's recht bedenke, eine geschlagene Ewigkeit würde sie dauern.

Der Fremde, der an der Poststation so dicht neben ihm stand, und der zuerst keinen Laut von sich gab, wandte sich plötzlich Nietzsche zu. Das überraschte ihn nicht nur, das beunruhigte ihn nicht bloß, es brachte ihn fast um den Verstand. Der Andere ging ein paar Schritte nach vorne und stand sogleich schräg vor Nietzsche. Dann sprach er ihn an, mit einem freundlichen Lächeln im Gesicht sprach er. Nietzsche konnte sich nicht erinnern, wann und wo er schon einmal ein so freundliches Lächeln gesehen hatte.

Schon beim Blick in dieses gelöste und heitere Gesicht erkannte Nietzsche, dass es nicht ganz und gar sein eigenes Gesicht war. Er atmete auf, zumal der Fremde auch nicht seine Sprache sprach. Er verstand kein Wort von dem, was der Mann sagte. Nicht einmal die Sprache, mit der er zu Nietzsche sprach, vermochte er zu identifizieren. Er hatte diese Sprache, die sehr eigentümlich klang und voller Nasale war, noch nie gehört, sie kam ihm aber freundlich und, er fand kein anderes Wort dafür: weich vor. Ja, der Fremde redete in einem ganz weichen Idiom, in dem alle Laute harmonisch ineinanderflossen, in dem es keine Ecken und Kanten gab und in dem Nasale und Zischlaute ein ausgelassenes Fest miteinander feierten.

Der Fremde fragte ihn etwas, den Ton der Frage verstand er, die Frage nicht. Nietzsche zuckte mit den Schultern. Er hob die Hände entschuldigend in die Höhe und deutete sodann auf seine Ohren, um zu verstehen zu geben, dass er nicht verstanden habe.

Selbstverständlich schloss er, dass sich die Rede des Mannes allein um die Verspätung der Kutsche drehen konnte, aber was hätte er ihm antworten sollen? Außer dass die Kutsche nicht kam, außer dass sie noch nicht da war, hätte er ja nichts zu antworten vermocht. Vielleicht hätte er seine Entrüstung darüber noch zeigen können, aber das fiel ihm in diesem Moment nicht ein. Er war ein Mensch, der sich im Alltag niemals entrüstete, der sich an alles anzupassen versuchte, der jede Zumutung einfach hinnahm. Sein Freund Overbeck hatte einmal zu ihm gesagt, er erzürne sich über den Platonismus wie ein Choleriker und lasse sich gleichzeitig von den einfachsten Leuten alles gefallen. Von jedem Beliebigen lasse er sich übers Ohr hauen, und wenn er es bemerke, beschwere er sich noch nicht einmal, dem Sokrates aber lasse er rein gar nichts durchgehen, dem Thomas von Aquin noch weniger und dem armen Schiller schon gar nichts.

Dann ratterte die Kutsche doch noch die Poststraße hinunter und auf sie zu. Vierspännig ging es weiter, und der Fremde gesellte sich mit der ihm eigenen Freundlichkeit nun Nietzsche zu, fragte mit Gesten und mit aller nur denkbaren Mimik, ob er sich neben ihn setzen dürfe, was dieser mit der ihm größtmöglichen Liebenswürdigkeit, die, das war ihm bewusst, lange nicht an die des Fremden herangereichte, bejahte.

Zunächst herrschte im Innenraum der Kutsche noch Schweigen, dann aber habe der Herr, der, wie Nietzsche nun auffiel, deutlich besser gekleidet war als er selbst und der zudem ein seltsam angenehmes, exotisch anmutendes Parfum ausströmte, angefangen, in seiner fremden Sprache auf Nietzsche einzureden, und zwar in einer Geschwindigkeit, dass diesem Hören und Sehen verging.

Es war ein einziges Zischen und Näseln gewesen, was dieser Herr da von sich gab, eine Sprache wie ein geschmeidiger Tanz, an dem viele geübte Körper beteiligt sind. Dieser redselige Mann ließ nun offenbar keine Rücksichten mehr gelten, es war ihm offenbar gleichgültig, ob er verstanden wurde, wenn er nur reden und seine ganze Freundlichkeit über den Reisebegleiter ausgießen konnte.

Als man an der Bahnstation in St. Moritz anlangte und ausstieg, wurde der Fremde mit der unbekannten Sprache von einer kleinen Gruppe jüngerer, äußerst sorgfältig gekleideter Männer empfangen, von denen einige eine dunkle Hautfarbe hatten. Nietzsche ging nun auf, dass er es in der Kutsche wohl mit einer hochgestellten Persönlichkeit zu tun gehabt haben musste, und dass die ihm entgegenkommenden Menschen zweifellos als seine Bediensteten anzusehen waren.

Einer von ihnen kam auf Nietzsche zu, der selbstvergessen die Szene beobachtet hatte. Mit eben derselben Freundlichkeit wie zuvor der Fremde schüttelte er Nietzsche die Hand und sagte in gebrochenem Deutsch zu dem staunenden Philosophen: »Der Kaiser bedankt sich für die liebenswürdige Gesellschaft, die Sie ihm geleistet haben. Er hat an seinem letzten Ferientag noch einmal allein nach Sils-Maria fahren wollen. Das tut er bei jedem Aufenthalt hier. Er hätte nicht erwartet, so angenehme Gesellschaft zu finden.«

»Der Kaiser?«, fragte Nietzsche. »Welcher Kaiser?«

Der Bedienstete, der zweifellos eine Art Sekretär seiner Majestät war, lächelte kaum erkennbar auf einer Gesichtshälfte, sah Nietzsche darauf mit festem Blick an und sagte: »Mein Herr, Sie sind soeben mit dem Kaiser von Brasilien in der Kutsche gefahren. Er kehrt nun zurück in sein Heimatland.«

Der Kaiser von Brasilien?, dachte Nietzsche, und ein schockartiger Schauer durchrieselte seinen Körper. Er konnte gerade noch die Bemerkung unterdrücken, er habe gar nicht gewusst, dass es in Brasilien einen Kaiser gebe. Er blickte hinüber, wo er seine Majestät glaubte und sah das Haupt des kleinen Mannes noch einmal kurz zwischen den großgewachsenen Leuten seines Gefolges. In diesem Moment drehte sich der Kaiser ebenfalls um. Nietzsche hob die Hand, was er niemals zuvor getan hatte. Ein Heben der Hand, ein Winken zum Willkommen oder zum Abschied war ihm immer als Geste des Sich-Gemeinmachens erschienen, die auf jeden Fall vermieden werden musste. Nun aber hob er zum ersten Mal in seinem Leben zum Abschied die Hand, als wolle er mit dieser Geste vor allem Bedauern ausdrücken. Der Kaiser winkte zurück und lächelte noch einmal sein freundlichstes Lächeln. Dann fuhr der Zug in den Bahnhof ein, und die ganze Szene versank im Dampf der Lokomotive.

5.

Lanzky kam mit dem Nachtzug. Er traf am frühen Morgen in Nizza ein. Eine frische Brise wehte über den Bahnsteig. Er blieb kurz stehen, nachdem er ausgestiegen war, und stellte seinen leichten Koffer neben sich ab. Er hatte aus Vallombrosa kaum Gepäck mitgenommen. Es war ihm auf den Reisen, die er in den letzten Jahren im Auftrag Nietzsches unternommen hatte, zur Gewohnheit geworden, mit wenigen Dingen auszukommen.

Den geeigneten Ort für die Umwertung hatte er finden sollen. Er sah viele wilde Küsten und herrliche Städte am Mittelmeer, die in seinen Augen dafür geeignet gewesen wären, aber er fand schnell heraus, dass Nietzsche für sein anspruchsvolles Unternehmen schließlich gar keinen Ort geeignet finden konnte, weder einen bereits erkundeten noch einen künftig zu entdeckenden. So hatte sich Lanzky, seiner auch sonst gepflegten Ergebenheit gehorchend, selbst darauf verpflichtet, die Orte, die er besuchte, um sie auf ihre Eignung für das Projekt der Umwertung hin zu untersuchen, Nietzsche gegenüber von vornherein als ungeeignet darzustellen. Lanzky glaubte, er rede damit Nietzsche nach dem Sinn und bekräftigte ihn, sein Projekt schließlich doch in Nizza anzugehen.

Diese Tatsache, so Nietzsche weiter, dass Lanzky nicht dazu in der Lage gewesen sei, den geeigneten Tatort der Umwertung zu finden, ja dass er fortwährend die Undurchführbarkeit dieses Unternehmens, gleich an welchem Ort und zu welcher Zeit, behauptete, bestätige seine Überzeugung, dass vor allem die mittleren, ach, was sage er: die mittelmäßigen Charaktere alles zunichte machten. Wie Lanzky schrieben sie zu allem Überfluss noch unsägliche Machwerke, in denen wahre Größe schlecht nachgeahmt würde, und trügen dadurch dazu bei, die Menschheit in den schauerlichen Niederungen festzuhalten, in denen sie seit Jahrmillionen umherirre. Man müsse sich demnach zuerst die Mittelmäßigen vom Hals schaffen. Man müsse sodann hohe Zäune um die eigenen Gedanken bauen und noch höhere um die eigenen Schriften, damit diese grässlich quiekenden und grunzenden Hausschweine des Defätismus nicht in die Gärten des Schöpferischen einbrechen und alles zerstören.

Daher, so Nietzsche zu Cécile, habe er Lanzky schließlich verboten, die Stadt zu betreten. Er möge in Vallombrosa seinen pseudodionysischen Leierkasten abspulen und auf oberitalienischen Friedhöfen seinen zweitklassigen Pessimismus pflegen. Dort könne er keinen Schaden anrichten. Allerdings hier, im leuchtenden Nizza, das nun vielleicht doch der historische und dereinst verehrte Pilgerort der Umwertung werden würde, dürfe er sich auf gar keinen Fall mehr blicken lassen.

Jetzt aber hatte sich Lanzky über alle gegen ihn erlassenen Verbote hinweggesetzt. Jetzt war er da, entgegen Nietzsches Direktiven. Er hatte – was für ein Triumph! – den vierten Teil des Zarathustra nicht zurückgegeben, und er hatte, hinter Nietzsches Rücken stets Kontakt mit Cécile gehalten. So, glaubte er, war er immer über alles informiert, was mit Nietzsche geschah, wie es ihm ging, was er dachte und tat. Er vertraute darauf, dass Cécile ihm restlos alles, was er wissen wollte, auch mitteilte. Als Indiz dafür nahm er die Tatsache, dass sie ihm auch vieles schrieb, das er nicht wissen wollte.

Die von Cécile ihm wörtlich übermittelte Apostrophierung als quiekendes und grunzendes Hausschwein in den kultivierten Gärten des Schöpferischen hatte ihm den Rest gegeben. Jetzt kannte er keine Rücksichten mehr gegenüber dem Meister, jetzt rüstete er selbst zum Angriff.

Lanzky hatte sich entschlossen, in die Offensive zu gehen. Er hatte einen neuen, soeben erschienenen Gedichtband im Gepäck, der den in Lanzkys Augen wunderbar leichtfüßigen Titel *Dionysische Tänze und Sprüche* trug, ein Titel, der dazu geeignet war, Nietzsche ein weiteres Mal in die Verzweiflung zu stoßen und ihm seine eigenen Grenzen aufzuzeigen.

Doch sollte sich der Meister auch noch so sehr aufregen – er, Lanzky, wollte ihm noch einmal zeigen, dass er sein Schüler gewesen ist und was es bedeutet, Nietzsches Schüler zu sein. War es nicht immer schon so, dass die Schüler irgendwann den

Meister überflügeln? Ja, der Titel des Gedichtbands würde den Meister befremden, und der Inhalt würde ihn bestürzen. Hier wären die wahren Tanzlieder aufgeschrieben, von denen Nietzsche nicht einmal zu träumen vermochte, hier spräche Zarathustra endlich einmal Klartext, hier wandelten sich tatsächlich die Friedhöfe in Festplätze, hier käme der Rausch wahrhaftig zu seinem Recht. Auch er, Lanzky, hatte den Pessimismus überwunden, aber mit welch unvergleichlicher Konsequenz! Möglich, dass Nietzsche nach der Lektüre von *Dionysische Tänze und Sprüche* die Umwertung aller Werte aufgeben wird. Möglich, dass er ihn, Lanzky, dann nicht mehr mit dem demütigenden Auftrag der Ortsbesichtigung ausstatte, sondern mit dem der Umwertung selbst.

Als er die Bahnhofshalle verließ, schien das grelle Morgenlicht hart und warm ins Gesicht. Er hätte vergessen können, dass es Mitte Januar war. Das Jahr 1887 hatte gerade erst begonnen, und in Nizza schien schon wieder Frühling zu sein. Gesegnetes Land, dachte er, Terra Amata, die Römer wussten, weshalb sie der Gegend diesen Namen gaben.

Sein erster Weg führte ihn in die rue Ségurane, wo er hoffte, Cécile anzutreffen. Als er läutete, kam die Großmutter heraus und erklärte, Cécile habe noch Besuch, er könne sie erst am Nachmittag sprechen. Lanzky nahm darauf am Hafen eine Kutsche und ließ sich in die Pension de Genève bringen, wo er fragte, ob Nietzsche zu Gast sei, was verneint wurde. Der Wirtin war auch nicht bekannt, wo der Philosoph derzeit logierte. An diesem Punkt hätte Lanzky früher bereits resigniert, jetzt aber raffte er sich erneut auf und ließ sich sofort wieder zurück in die rue Ségurane bringen.

Dort stand er wenige Minuten später erneut vor der tief gebeugten Großmutter und überreichte ihr ein in Geschenkpapier verpacktes Buch. Es handelte sich um ein Exemplar von *Dionysische Tänze und Sprüche*. Er verband seine Gabe mit der Bitte, sie Cécile sobald wie möglich auszuhändigen; sie möge das Geschenk an Nietzsche weiterleiten.

Es wäre besser, dachte Lanzky, wenn Nietzsche das Buch aus den Händen Céciles in Empfang nehmen würde. Darauf mietete Lanzky ein billiges Zimmer in einer düsteren Pension in der Altstadt, in dem er sich ein paar Tage lang verstecken wollte. Die Vorstellung, in der Stadt zu sein und zugleich für die betreffenden Personen unsichtbar zu bleiben, erschien ihm plötzlich ungeheuer reizvoll. Zum richtigen Zeitpunkt, nicht sofort, auch nicht morgen oder übermorgen, würde er vor den Meister treten und sich entweder mit ihm versöhnen oder ihm auf immer seine Gegnerschaft erklären.

Nietzsche sei gestern Abend sehr melancholisch gewesen, sagte Cécile etwa zur gleichen Zeit, als Lanzky sich an diesem Vormittag in sein Hotel zurückzog, um für seine Umwelt unsichtbar zu werden, zu ihrem neuen Liebhaber. Nachdem sie abends Nietzsche vorgelesen hatte, traf sie sich mit ihm, wie jeden Abend seit vier Wochen in ihrem Zimmer in der rue Ségurane. Jean-Marie Guyau musste für ihre Liebe nichts bezahlen, sie gab sie ihm aus freien Stücken, sie hoffte, sie würden für alle Zeiten ein Paar bleiben.

Guyau war der neue, strahlende Stern am Himmel der französischen Philosophie. Das ganze intellektuelle Paris kannte seinen Namen, man sprach über ihn und wartete auf sein nächstes Buch. Doch bevor er es abschließen konnte, musste er sich an der Côte d'Azur von einer Tuberkuloseinfektion erholen, die ihn in den letzten Monaten zur fast vollständigen Tatenlosigkeit verurteilt hatte. Als er Cécile in der Librairie Visconti zum ersten Mal begegnete, fühlte er sich schon fast wieder hergestellt und hatte das Gefühl, diese Frau könne seine vollständige Genesung beschleunigen. Auch wusste er, in wessen Begleitung die Mademoiselle war, als er den offenbar kurzsichtigen Herrn mittleren Alters mit ihr beim Stöbern beobachtete. Guyau wusste, dass sich Nietzsche in Nizza aufhielt, und er erkannte ihn, obwohl er ihn noch nie gesehen hatte, sofort.

Jetzt wollte er von Cécile alles über Nietzsche wissen. Er sah in ihm nicht so sehr seinen Doppelgänger, vielmehr ahnte er in Nietzsches Schicksal die andere, die dunkle Seite seines Erfolgs. Die glänzende Reputation, die er in jungen Jahren bereits in den philosophischen Zirkeln von Paris erlangt hatte, stand in krassem Gegensatz zu der Anonymität, in der Nietzsche trotz seiner ungeheuren Ambitionen und seiner unvergleichlichen Schriften verbleiben musste. Wenige nur kannten in Frankreich den Namen des deutschen Philosophen, Guyau gehörte zu ihnen.

In fünfzehn Jahren, so hatte Nietzsche am Abend zuvor gesagt, sei ihm nicht eine einzige wertvolle Rezension seiner Schriften unter die Augen gekommen, alles werde ganz oberflächlich abgehandelt und beiläufig taxiert. Überhaupt seien Rezensenten die schlimmste Geißel. Wenn einen der Verleger nicht bereits zu Grunde gerichtet habe, würde ein Rezensent gewiss den Rest besorgen. Angesichts der Qualität der Rezensionen sei er dafür, das Rezensionswesen überhaupt abzuschaffen. Es nütze niemandem. Auf der einen Seite stehe ein Autor, der alles, was er habe und alles, was er sei, in sein Buch hineinlege, dessen Buch und dessen Leben schließlich ein und dasselbe seien, und auf der anderen Seite trete ein Rezensent hinzu, dessen Stumpfsinn und dessen Gleichgültigkeit zum Himmel schrien und der schließlich nicht fünf Prozent von dem begreifen könne, was der Autor zum Ausdruck gebracht habe.

Er selbst habe ja die Rezensionen immer ignoriert, mit jedem Jahr, das er älter geworden sei, habe er die Rezensionen seiner Bücher mehr ignoriert, bis er gar nicht mehr daran gedacht habe, dass es so etwas wie Rezensionen zu seinen Büchern jemals habe geben können. Aber er habe ja wahrhaft gute Freunde, und diese Freunde, allen voran sein geliebter Peter Gast, sammelten das wirre Zeug für ihn, über Jahre hinweg durchstöberten sie die Zeitungen und Zeitschriften und sammelten diesen Müll, nur um ihn ihm schließlich vor die Füße zu kippen. Gerade sei wieder so ein Paket angekommen, Rezensionen der letzten zwei Jahre, von ihm, Nietzsche, ausnahmslos ignoriert, aber Köselitz kenne da nichts und sei auch nicht davon abzuhalten, ihm diese gesammelten Irrtümer zukommen zu lassen.

Er, Nietzsche, habe nur das gelesen, was über sein letztes Buch, was über *Jenseits von Gut und Böse* geschrieben worden sei, und das habe ihm dann auch schon wieder gereicht. Es ergebe ein haarsträubendes Kunterbunt von Unklarheit und

Unverständnis. Bald werde sein Buch als höherer Blödsinn, dann als diabolisch berechnend bezeichnet. Ein anderer Kritiker sei der Meinung, der Autor von *Jenseits von Gut und Böse* gehöre aufs Schafott, wieder ein anderer habe gesagt, er, Nietzsche, verherrliche das Junkertum und die Aristokratie und diene sich dem seit hundert Jahren absterbenden Adel an, den er noch immer für seine Zucht und seinen Stil bewundere – in früheren Zeiten sei dies ein Fall für die Guillotine gewesen. Wieder ein anderer wolle in ihm einen neuen Faust sehen und bemitleide ihn darob, weil Faust schließlich alles falsch gemacht und dabei so viel Unglück über seine Mitmenschen gebracht habe. Einer schrieb im Versuch, möglichst drastisch zu wirken, der Sprengstoff, den man verbraucht habe, um den Gotthard-Tunnel durch den Berg zu treiben, sei nichts gegen das Dynamit, das man bei diesem Denker vorfinde.

Da könne sie, Cécile, also sehen, was dabei herauskomme, da sehe sie das Resultat dessen, was er seit 15 Jahre betreibe. Ein paar Maulesel machten ihr müdes Iah dazu und basta. All das sei ihm bekannt, er habe schon, bevor irgendein Rezensent überhaupt eine Zeile über ihn verfasst gehabt habe, gewusst, was dieser schreiben würde. Nichts anderes sei zu erwarten gewesen, und so habe er es auch nicht vermisst, jemals etwas Vernünftiges über sich zu lesen. Er machte dann eine Pause, die in der Empfindung Céciles eine halbe Ewigkeit dauerte.

Dann fing er wieder an: Etwas anderes wiege viel schwerer. Etwas anderes markiere mit aller Strenge sein Schicksal, und dies sei das wahrhaft Niederschmetternde an seinem Leben. Wirklich verheerend sei, dass kein Mensch ihn bisher entdeckt habe, dass es keinen gegeben habe, der ihn in diesen fünfzehn Jahren geliebt habe. Er habe diese lange schmerzensreiche Zeit durchlebt, ohne durch eine echte Liebe getröstet worden zu sein, und er wisse jetzt, dass kein Mensch dies aushalten könne. Auch unter seinen Lesern sei niemand, der etwas von seinem merkwürdigen Schicksal wisse, der auch nur den kleinsten Schimmer davon habe, wer sich eigentlich hinter seinem Werk verberge.

Daher beantworte er die verehrenden Briefe, die ihn in nicht geringer Zahl erreichten, schon lange nicht mehr. Er wittere in ihnen die Verwechslung, noch bevor er sie gelesen habe. Sein ganzer Zarathustra sei aus dieser Entbehrung heraus entstanden und habe ihn bislang davor bewahrt, wahnsinnig zu werden. Aber Zarathustras schützender Glanz verblasse, er könne nicht sagen weshalb, doch dieser Schutzschild würde schwächer und schwächer und gäbe den Blick auf eine Eiswüste und auf eine endlose finstere Nacht frei, in der er sich verlieren werde, in der er endlich ganz vergessen werden würde.

Ob sie ihm heute Abend noch vorlesen solle, fragte sie ihn dann. Er blickte weiter ernst zu Boden, verfiel in Schweigen und, wie er es oft tat, wenn ihn seine Gedanken fast erdrückten, nickte schließlich bedeutungsvoll. Das nahm sie mit einer gewissen Erleichterung wahr und wandte sich den Stapeln von Büchern zu, die in Nietzsches Zimmer überall herumlagen. Sie griff zufällig nach einem Band mit Gedichten von einem Autor, dessen Name ihr unbekannt war.

Auf der ersten Seite des Buches stand C. F. Meyer. Lanzky hatte ihr eine Woche zuvor diesen Band zugeschickt und einige Gedichte mit dem Kürzel *m. b.* versehen, was seine Abkürzung für *molto bello* war. Sie habe ganz zufällig eines dieser Gedichte ausgewählt, und das, sagte sie jetzt zu Guyau, sei ein schwerwiegender Fehler gewesen. Alles hätte sie in diesem Augenblick vorlesen dürfen, nur nicht dieses Gedicht.

Erst während sie es las, wurde ihr klar, was sie da vortrug. Nietzsches Züge verfinsterten sich bei jedem Vers mehr. Sie konnte es spüren, ohne ihn anzusehen. Am Ende ihres Vortrags schlug er die Hände vors Gesicht. Hinter den Händen sprechend bat er sie mit leiser Stimme zu gehen. »Es verfolgt mich«, sagte er noch, »jetzt kommt es auch von Ihnen. Sie waren meine letzte Zuflucht, mein Trost und meine Hoffnung, und jetzt kommt es auch von Ihnen.«

Cécile ging hinaus, das Buch in der Hand. Sie ging beim schwachen Schein der Gaslaternen den Weg am Meer entlang von der rue des Ponchettes zum Hafen hinüber. Sie realisierte noch nicht ganz, was gerade vorgefallen war. In ihrem Zimmer angekommen, wagte sie nicht, das Gedicht noch einmal zu lesen. Später als Guyau zu ihr kam, erwähnte sie den Vorfall mit keinem Wort. Erst am Morgen konnte sie es ihrem neuen Freund erzählen. »Lies es mir vor!«, sagte Guyau jetzt, als er angezogen vor ihr stand. Cécile zögerte immer noch. »Was kann an diesem Gedicht schon so schlimm sein?«, sagte Guyau in gelassenem Ton. Schließlich las sie es ihm vor:

Begegnung

Mich führte durch den Tannenwald
Ein stiller Pfad, ein tief verschneiter,
Da, ohne daß ein Huf gehallt,
Erblickt ich plötzlich einen Reiter.

Nicht zugewandt, nicht abgewandt,
kam er, den Mantel umgeschlagen,
mich deuchte, daß ich ihn gekannt
In alten längst verschollnen Tagen.

Der jungen Augen wilde Kraft,
Des Mundes Trotz und herbes Schweigen,
Ein Zug von Traum und Leidenschaft
Berührte mich so tief und eigen.

Sein Rößlein zog auf weißer Bahn
Vorbei mit ungehörten Hufen.
Mich faßts mit Lust und Grauen an,
Ihm Gruß und Namen nachzurufen.

Doch keinen Namen hab ich dann
Als meinen eigenen gefunden,
Da Roß und Reiter schon im Tann
Und hinterm Schneegeflock verschwunden.

6.

Am *mardi gras,* Kehraus, dem Höhepunkt des Karnevals, der im Jahr 1887 auf den 22. Februar fiel, sahen sich Nietzsche und Cécile zum letzten Mal. Nietzsche hatte ihr tags zuvor für den folgenden Nachmittag einen Spaziergang an der Promenade des Anglais vorgeschlagen. Er befürchtete, dass das närrische Treiben zum frühen Abend hin in der Altstadt und den angrenzenden Quartieren stetig zunehmen würde und irgendwann nicht mehr auszuhalten wäre. Sein Zimmer in der rue des Ponchettes in unmittelbarer Nähe zur Altstadt, lag im Zentrum des Tumults und wäre bis zum Morgengrauen vom Lärm der feiernden und tobenden Menge erfüllt.

Für den Abend hatte sich Nietzsche, der sich seit einiger Zeit nicht mehr von Cécile vorlesen ließ und stattdessen fast jeden Tag allein die Oper aufsuchte, eine Karte für die Operette *Fati Nizza* besorgt. Es war eine im alten Nizza angesiedelte simple Geschichte aus Liebe und Intrige, die Nietzsche im aktuellen Repertoire neben *Carmen* am meisten schätzte und die er nun zum vierten Mal genießen wollte. In der Oper wäre er vor dem Trubel der Narren sicher, die gerade am »fetten Dienstag« in frenetischer Begeisterung durch die Gassen der Altstadt und zu später Stunde durch die Bars und Restaurants zogen.

Am liebsten hätte Nietzsche Nizza am *mardi gras* ganz verlassen, aber er wusste nicht wohin. Die Stadt war ihm neben Sils zum letzten Ort geworden, an dem er sich heimisch fühlte. Ein kürzlich absolvierter Besuch in Monte Carlo, bei dem er in der Oper endlich Wagners *Parsifal* hatte hören wollen, ließ ihn verstört zurück. Wie fremd war er sich in Monte Carlo vorgekommen, und wie erleichtert war er, als er wieder zurück in Nizza war!

Wagners letztes Werk hatte ihn tief beeindruckt. Das musste er sich eingestehen, doch konnte er das vor niemandem außer seinem Vertrauten Köselitz zugeben. Hatte er nicht seine vernichtende Kritik an Wagners Musiktheater zuletzt ganz und gar am *Parsifal* festgemacht? Einzig Köselitz wusste etwas von der Bewunderung, die Nietzsche hinter seinem Hass noch immer für Wagner hegte. Dem Freund in Venedig schrieb er nach der *Parsifal*-Vorführung von Monaco, es sei ein sublimes, ein ganz außerordentliches Erlebnis gewesen, eine Synthesis von Zuständen, die auch den differenziertesten Gemütern als unvereinbar gelten würden. Es sei von einem Mitwissen und Durchschauen, das eine Seele wie mit Messern durchschneide. Dergleichen gebe es bei Dante und sonst nicht.

Nietzsche war vom *Parsifal,* den er zuvor als den eigentlichen Sündenfall Wagners, nämlich als Kniefall vorm Katholizismus und damit als Rückfall in die Romantik gegeißelt hatte, zutiefst erschüttert. Er fühlte sich von dieser Musik und von der dramatischen Handlung in die höchsten Höhen gehoben und zugleich am Grunde seiner Seele zerstört. War nicht sein ganzes Trachten darauf ausgerichtet gewesen, Wagner zu überwinden? Hatte er es sich nicht zur Aufgabe gemacht, den Romantiker, den Décadent und schließlich auch den frommen Katholiken und deutschtümelnden Antisemiten aus den Köpfen des gebildeten Europas zu vertreiben, um seinen Zarathustra an dessen Stelle zu setzen?

Der *Parsifal* hatte ihm gezeigt, dass er damit gescheitert war. Alles, was jetzt noch von ihm kommen konnte, die Umwertung aller Werte oder der Wille zur Macht, alle Hauptwerkvisionen, die zahllosen epochalen Eingriffe seines Denkens in die Geschichte, zu denen er sich fähig glaubte, wären wohl tatsächlich nichts weiter als Literatur, bedrucktes Papier, toter Buchstabe, vor allem angesichts des Lebens und der Wirkung der Wagnerschen Musik.

Die Oper von Monte Carlo verlassend zerfielen ihm seine Visionen von Größe und Gelingen in einer Sekunde zu Staub. Die finale Abrechnung mit Wagner, die noch ausstand, und für die er ein kleines Nebenwerk geplant hatte, hätte für den ehemaligen Sternenfreund vernichtend sein sollen. Wagner sollte von diesem Zeitpunkt an vor der Geschichte ein Verfluchter sein, ein Verbannter auf der Teufelsinsel des Vergessens, ein Aussätziger auf St. Helena.

Bis zu diesem Abend in Monte Carlo hatte Nietzsche vor, dieses Buch zu schreiben, in diesem oder im nächsten Jahr, er konnte von seinem Plan nicht abrücken, weil er gerade diese Tat schon so lange wie nichts anderes von sich erwartete. Aber nun würde er es nicht mehr schreiben können. Der Kampf, den er weiterzuführen hätte, war bereits verloren. Das war die Erkenntnis, die er in der Oper von Monaco gewonnen hatte. Er, der nie aufgeben wollte, der sich geschworen hatte zu siegen, koste es was es wolle, den nach und nach alle verlassen hatten, der niemals lieben durfte, er, Faust ohne Gegenüber und ohne Gretchen und also ohne Schuld, der auch noch sein eigener Mephisto werden musste und der in Ermangelung eines Gegenübers mit sich selbst die Wette mit dem Teufel eingegangen war, – er fühlte zum ersten Mal den Schmerz der endgültigen Niederlage in sich wüten und sah, wie nacheinander alle Feuer, die er entflammt hatte, verlöschten.

War noch etwas möglich? Sollte er weiterkämpfen? Was konnte er noch erreichen, da es den *Parsifal* gab? Nach wem könnte es ihn noch verlangen, da ihn Lou verlassen hatte? Sollte er zwischen Nizza und dem Engadin noch Jahre, Jahrzehnte vielleicht, hin und her irren und dabei langsam vergessen, was er einmal gewesen war und was er einmal gewollt hatte?

Er setzte sich auf eine Bank am Hafen. Die Nacht kam mit starken Windböen übers Meer zu ihm. In diesem Augenblick, als das Brausen des zugleich kühlen und milden Januarwinds durch seinen Anzug, durch sein Hemd und bis auf die Haut wie eine zärtliche Berührung drang, spürte er, wie eine ungekannte Leichtigkeit von ihm Besitz ergriff, von der er wusste, sie würde ihn gleich wieder verlassen und die ihm diesen einen flüchtigen Moment lang wie eine heitere blaue Lichtung im düsteren deutschen Wald erschien.

Dieses kurze sanfte Gefühl bescherte ihm einen starken Gedanken, der ihn tröstend durch die Nacht bringen sollte: »Der Philosoph hat einsam zu sein, einsam und unverstanden, denn wo ihm Zustimmung entgegenkommt, gerade da hat er verloren. Die Aufgabe des Philosophen ist das Standhalten gegen alle Widerstände. Was könnte ihm Zustimmung bedeuten? Was Erfolg? Soll er in weißen Gamaschen, mit gewichstem Schnurrbart und Pomade im Haar vor einer Blaskapelle stehen und Preise entgegennehmen? Welchen Wert hätte dann noch sein Denken? Nicht der Applaus ist seine Bestimmung, sondern der Kampf auf verlorenem Posten, den er niemals aufgeben durfte.«

Wie es seine Art war, musste er diesen Gedanken in eine kräftige und deftige Form gießen, erst dann würde er ihn zu seinem Schatz rechnen können, und so sagte er leise zu sich in die mediterrane Winternacht: »Unsereiner muss hübsch vom Schicksal geschmort werden, wenn wir schmackhaft werden sollen.«

Jetzt, am späten Nachmittag des Fastnachtsdienstags, ging dieses merkwürdige Paar, das Cécile und er waren, am steinigen Strand entlang. Sie atmeten noch einmal gemeinsam die milde Luft der Engelsbucht. Sie wussten nicht, dass es das letzte Mal wäre. Cécile hatte ihren alten Schützling am Arm eingehängt, um ihn vor einem Sturz auf den Felsen zu bewahren, und während er nach unten sah, seine Schritte genau setzend, sagte er zu ihr, diesem Kind, das nie seine Schülerin hatte werden können und das er noch immer Lichtjahre von seiner geistigen Welt entfernt glaubte, Köselitz sei am Ende.

Sie gingen weiter vorsichtig Fuß vor Fuß über die vielen großen und kleinen Steine, die den Strand bedeckten, und Nietzsche schwieg zunächst. Dann fuhr er fort: Ein Musiker, dessen Musik niemand möge, der in einer Ecke sitzen bleibe und immer mehr verbittere, sei eine lächerliche Figur. Er sei wie eine Tänzerin, mit der niemand tanze wolle. Sie könne sich noch so schön herausputzen, sie bleibe einfach sitzen. Diese Tänzerin könne niemanden für sich begeistern, was immer sie täte, und wenn sie noch so schön tanzte, immerzu wendeten sich die Tänzer von ihr ab. Sie würden lieber mit viel hässlicheren Tänzerinnen tanzen als mit ihr, und sie könnte sich einfach nicht erklären, weshalb das so sei. Nach und nach würde die

Tänzerin verbittern, würde erst sich selbst hassen und dann alle Tänzer, die sie verschmäht hatten, und schließlich stürbe sie aus Gram über ihr unverstandenes Schicksal abseits aller Tanzböden und jenseits der Musik.

Ein Musiker brauche nichts so sehr wie die Zustimmung. Er lebe vom Applaus und von der Liebe seines Publikums. All das gehe an Köselitz vorbei, seine Kompositionen seien ausnahmslos im öden All verhallt, kein noch so zurückhaltender Applaus habe jemals sein Ohr erreicht. Er verrotte in einem feuchten Palazzo hinterm Canal Grande, verfaule bei lebendigem Leib in unmittelbarer Nachbarschaft zu dem Haus, in dem Richard Wagner in der Fülle seiner Erfolge und im Bewusstsein des unendlichen Reichtums seiner schöpferischen Kraft vor vier Jahren und neun Tagen in die Unsterblichkeit eingegangen sei. Der leuchtende Leichnam Wagners scheine ihm, Nietzsche, heute noch lebendiger als der wurmstichige Kadaver des Pietro Gasti.

Ja, sagte er weiter, während ihn Cécile fest am Arm fasste, weil sie fürchtete, er könne bei seinem Monolog vergessen, auf seine Schritte zu achten: Ein Musiker brauche nichts so sehr wie den Erfolg, aber bei einem Philosophen sei das keineswegs so. Ein Philosoph brauche das Gegenteil von Zustimmung und Liebe, er lebe aus dem Bewusstsein der Ablehnung heraus, aus der Gewissheit, gegen alle und gegen alles zu stehen, und er müsse gerade hierin standhaft bleiben bis an sein Ende.

Der Widerspruch, der Misserfolg, auch Hohn und Spott, seien das wahre Element des Philosophen, die Verneinung sei die Substanz, aus der er schöpfe, die Verachtung, die Ächtung stellten die Wirkungen dar, aus denen allein er sich selbst immer neu erfinde. Ein Philosoph, der etwas auf sein Philosophieren halte, müsse wenigstens auf dem Scheiterhaufen enden. Er vergegenwärtige sich immer wieder das Triumphgeheul Giordano Brunos, als die Flammen zu ihm hinaufschlugen. Bruno habe in diesem Moment alles erreicht gehabt, was ein Philosoph erreichen könne. Bruno sei das vollkommene Vorbild für alle Philosophen aller Zeiten.

»Das klingt für mich nach einem Leben ohne Freude, das klingt verbittert. Man möchte mit so einem nichts zu tun haben«, sagte Cécile und fuhr fort: »Das Philosophendasein muss ja dann eine einzige Qual sein, und ich frage mich, weshalb das überhaupt jemand auf sich nimmt.«

Wie Recht sie habe, entgegnete ihr Begleiter, doch sei es genau besehen noch schlimmer. Er blickte angestrengt zu Boden, während er weiterging, um ja keinen Stolperstein zu übersehen. Denn nicht nur die ganze Welt stehe gegen den Philosophen, er müsse zuletzt auch noch gegen sich selbst aufstehen. Von Zeit zu Zeit müsse er sich von all seinen Erkenntnissen, von seinen gesammelten und gestammelten Weisheiten trennen, müsse diese von sich ablösen und auf den Misthaufen der Geschichte werfen – so wie er es seit einiger Zeit mit seinem bisherigen Werk tue. Er habe all seine publizierten Schriften mit neuen Vorreden versehen, um sie endgültig von sich abzuwerfen. Er habe dabei diesen Winter einen großen Schritt in Richtung Gesundheit getan, und er habe den Eindruck gewonnen, seine unabsehbare Krankheitszeit gehe allmählich zu Ende. Er werde als Weisheitsgreis einmal kerngesund durch Nizza promenieren, man werde ihn kennen und grüßen, er werde elegant den Hut lüften und aus freundlichen Augen alle Welt grüßen. In den Cafés werde er sitzen und den Tag genießen, so wie er eben sei, essen und trinken werde er wie ein Gott in Frankreich, im Meer baden und um fünf die vier Uhr Welle begrüßen, und keinerlei Ambition werde ihn dann noch antreiben, genauso wenig wie ihn die Erinnerung an das abgelebte Dasein seiner philosophischen Bemühungen quälen werde. Das habe er kürzlich geträumt, und bisher seien seine Träume immer wahr geworden.

Da er aber jetzt gesund würde, sehe er die Notwendigkeit, sich von seiner bisherigen Philosophie zu trennen, denn diese sei nichts anderes als das Resultat seiner lebenslangen Krankheit, sei sein Kampf gegen diese Krankheit gewesen und der Versuch, sich ihr nicht ganz und gar auszuliefern. Nun aber und in Zukunft werde er aus der Gesundheit heraus philosophieren, und das könne nur bedeuten, dass der Kampf zu Ende sei, dass sich die Wogen glätteten und sein Denken so ruhig und gelassen würde wie das Meer in der Engelsbucht bei Windstille.

Er lachte laut heraus. Den Eintrag in die Geschichtsbücher, den er so inbrünstig angestrebt habe, werde er seiner Schwester überlassen. Ihm würde nichts mehr daran liegen, von der Nachwelt ein Denkmal gesetzt zu bekommen. Der Ruhm, der jetzt noch in den Marmorbrüchen von Carrara schlummere, sei der seiner Schwester. Das wunderbare Lama werde dereinst als Großkolonisatorin und Erzimperialistin in die Geschichtsschreibung eingehen. Ganze Generationen von Gymnasiasten würden den Namen Nietzsche ehrfürchtig aussprechen, aber nicht Friedrich Nietzsche werde in ihren Geschichtsbüchern stehen, sondern Eli Nietzsche, die Königin von Neu-Germanien und Sonnengöttin von Paraguay. In den Werken, in denen seine Schwester als Neugründerin des deutschen Volkes auf lateinamerikanischer Erde verehrt würde, werde sein Name noch nicht einmal als Fußnote erscheinen. Und das sei ganz nach seinem Wunsch. Ein Philosoph müsse nicht nur die ganze Welt gegen sich haben, er müsse von dieser Welt auch noch gründlich vergessen werden. Dann erst habe er sein Ziel erreicht, dann sei sein Nirwana perfekt, dann habe er den fürchterlichen Kreislauf der verfluchten Seelen durchbrochen.

Er hatte sich wieder in einem seiner Monologe verfangen, aus denen er sich nur selbst befreien konnte. Einen Themenwechsel ließ er nicht zu, sondern kam immer wieder auf sein Ausgangsproblem zurück, bis er es erschöpft zu haben glaubte. Cécile hörte mit innerer Unruhe zu, sie wartete nur darauf, auch selbst zu Wort zu kommen, sie hätte ihm gerade heute viel Neues zu sagen gehabt. Sie wollte es ihm sagen, wie sie es der ganzen Welt sagen wollte, doch ihm vor allem, denn er sollte es wissen, sollte es von ihr erfahren, einer Verliebten, die seine Vertraute war und der das Herz überging.

Cécile wollte Nietzsche von Guyau erzählen, den sie kennengelernt hatte und der sie so sehr an ihn erinnerte, der sich mit ganz ähnlichen Problemen wie Nietzsche auseinandersetzte und den Nietzsche überdies auch schon gelesen hatte – aber sie fand an diesem Nachmittag nicht den richtigen Zeitpunkt und auch nicht den Mut, davon anzufangen.

Sie hätte ihm sagen müssen, dass Guyau wie er Philosoph sei und dass er von der intellektuellen Welt sehr geschätzt, ja offen bewundert werde und dass ganz Paris ihm zu Füßen liege und ungeduldig auf sein nächstes Buch warte. Doch gerade das konnte sie Nietzsche nicht sagen. Zu deutlich spürte sie, dass die Enttäuschung über sein Schicksal eine Dimension angenommen hatte, die ihn von allem Abschied nehmen ließ, auch von sich selbst. Sie hätte ihm sagen müssen, dass Guyau wunderbar sei, dass er sie ohne alle Umstände zu seiner Schülerin gemacht habe und dass sie jeden Tag von ihm lerne. Dass sie ihn im selben Zug zu ihrem Liebhaber gemacht habe und er dabei in kürzester Zeit zu ihrem Bräutigam geworden sei und dass auf diesem Gebiet sie *seine* Lehrerin sei.

All das konnte sie ihm nicht sagen, ohne befürchten zu müssen, dass Nietzsche darüber einen Nervenzusammenbruch bekäme. Ebenso wenig sagte sie ihm, dass sie ein Buch von Lanzky aufbewahrte, das den ebenso dreisten wie einfältigen Titel *Dionysische Tänze und Sprüche* trug, und das Lanzky für Nietzsche bei ihr hinterlegt hatte.

Während sie darüber nachdachte, wie sie ihrem Begleiter diese Dinge sagen sollte, wurde ihr klar, dass es nichts mehr gab, das Nietzsche nicht zutiefst kränken würde. So gingen sie zurück in die Stadt, bahnten sich schweigend einen Weg durch die Menge der Verkleideten, strichen wie schwarze Schatten durch die bunten Reihen der Kokotten und Harlekine, der Pulchinellen und der Clowns. Mancher dieser Narren näherte sich dem ernsten Paar mit Grimassen oder aufgeregten Posen, als könne er es aufheitern. Bei Cécile wäre das ein Leichtes gewesen. Seit sie Guyau kannte, schien sie der glücklichste Mensch auf dem Planeten zu sein. Sie war fest entschlossen, ihr mühsames und erniedrigendes Gewerbe aufzugeben, gegen den dringenden Rat ihrer Großmutter, die die Verarmung fürchtete.

Cécile fürchtete seit Anfang dieses Jahres nichts mehr, sie hätte schreien können vor Glück, durch die Stadt tanzen wie diese Verrückten hier, die um die von gelben Mimosen überquellenden Blumenwagen herumsprangen und sinnloses Zeug in die Menge riefen, die auf der Straße aus Flaschen Champagner und Rosé tranken, Blumen, Bonbons und Konfetti warfen und den Pastis um sich her verspritzten. Doch so lange sie an der Seite Nietzsches ging, verzog sie keine Miene. Das war sie ihm schuldig, dieser Ernst war das einzige, was sie ihm noch geben konnte.

Unter den Verkleideten, denen sie begegneten, war, ohne dass sie ihn erkannt hätten, Lanzky. Er erkannte das schwarz gekleidete Paar in der bunten Menge sofort. Er folgte ihnen, bis sie sich in der rue des Ponchettes nach kurzem Abschied trennten. Nietzsche ging auf sein Zimmer, und Cécile wandte sich eiligen Schrittes zurück zur Stadt.

Lanzky im weiten rotweiß gesprenkelten Harlekinkostüm mit weißer Halskrause hatte Mühe, ihrem Tempo zu folgen. Er folgte einer großen schlanken Frau, einer Schönheit, in deren Erscheinung ganz Europa einen betörenden Auftritt hatte, der Süden mit schwarzem wild gewellten Haar, der Osten mit dem von den hoch sitzenden Backenknochen geprägten Gesicht und der Norden mit einer langgliedrigen Klarheit und der Höhe des Wuchses. Sie war eine Frau, die ihren Kopf sehr hoch hielt, das fiel Lanzky jetzt besonders auf. Sie ging schnell und sicher und zugleich, als würde sie eine Last auf ihrem Kopf balancieren. Lanzky dachte an ihre Beine, die weit ausschritten, während sie alles, was sich ihr unabsichtlich an Narren in den Weg stellte, sicher umkurvte. Er fühlte, wie das Wogen ihres Busens beim Gehen zum Rhythmus seines Herzschlags wurde, wie sein eigener Körper in diesem Rhythmus immer leichter wurde, wie er sich darin nach und nach aufzulösen schien, um selbst nichts anderes mehr zu sein als dieser Rhythmus.

Er spürte, dass er sie verloren hatte, etwas trieb sie an, sie war zielstrebiger, schneller, bestimmter als noch vor Kurzem, unerreichbar fern schien sie ihm nun, und mit jedem Schritt entfernte sie sich weiter, er hielt kaum Schritt, er wusste, er würde nie mehr mit ihr zusammenkommen und hatte sie im selben Moment aus den Augen verloren. Er lief umher, zuerst die Straße, in der er sich jetzt befand, hinauf und hinunter, dann kopflos in benachbarte Straßen, kreuz und quer, eine halbe Stunde lang, und schließlich wieder zurück zu dem Punkt, wo er sie verloren hatte. Resigniert setzte er sich an den Straßenrand, jemand begoss ihn im Vorbeigehen mit Champagner, es war ihm gleichgültig, sein Kostüm triefte, doch er dachte immer wieder, dass er sie noch fragen wollte, ob sie Nietzsche seinen Gedichtband gegeben habe.

Er ließ den Kopf hängen. Als er Minuten später wieder aufsah, erblickte er sie auf der anderen Straßenseite, derselbe Gang, dieselbe Körperhaltung, aber jetzt war sie verkleidet, und neben ihr ging ein Mann, und – hatte er etwa zuviel getrunken? – dieser Mann war doch Nietzsche. Nur war er jetzt ebenfalls verkleidet und vor allem: sein Schnurrbart fehlte, er war rasiert! Als französischer General aus der napoleonischen Zeit ging er umher, einen Säbel an der Seite, den Dreispitz auf dem Kopf. Vielleicht war es Napoleon selbst, der mit diesem Kostüm dargestellt wurde. Er sah genauer hin, ganz genau, und dann wurde es ihm deutlich, ja, sicher, das war kein anderer als der als Napoleon verkleidete Nietzsche, der jetzt neben Cécile ging, Nietzsche hatte sich in den Kaiser der Franzosen verwandelt. Das stand ihm gut, fand Lanzky, und zugleich rieb er sich die Augen, um sich von dieser Fata Morgana, diesem Alptraum einer urplötzlichen Verjüngung und Aufrichtung des Meisters zu befreien. Der stets leicht gebückt gehende Gelehrte nahm nun die imponierend aufrechte Körperhaltung des Herrschers ein. Dabei schien es, als sei er um wenigstens eine Kopflänge gewachsen. Hatte er nicht immer voll Ehrfurcht von Napoleon gesprochen? War nicht Napoleon derjenige, dem er am meisten nacheiferte, den er am tiefsten bewunderte? Und nun erlaubte sich Nietzsche diesen Scherz? In der Verkleidung des Imperators am Kehraus durch die Straßen Nizzas zu gehen? Was hatte Cécile aus ihm gemacht?

Je länger er hinsah, desto klarer wurde ihm, dass es keine Täuschung war. Der Mann, von dem sich Cécile in der rue des Ponchettes verabschiedet hatte, trat jetzt in der rue Berlioz völlig verändert aus dem Haus. Wie konnte er dorthin gekommen sein? Derselbe Mann, der eben noch schwermütig sein einsames Zimmer aufgesucht hatte, war jetzt in heiterster Stimmung und in bester Laune. Der Denker, der so tief gedacht hatte, wie noch nie ein Mensch vor ihm, und der mit der ganzen Erdenschwere des Daseins beladen war, schien jetzt im Kostüm des Napoleon Bonaparte so frivol und leichtfertig die Straße hinunterzuspringen wie ein nie erwachsen gewordener Hans im Glück.

Und sie, Cécile, sah sie nicht aus wie eine indianische Königin, gewandet in einen langen bunten Umhang aus Flicken und Strass, behängt mit bunten Bändern und Knotenschnüren, geschmückt mit einer schwarzweißen Feder im Haar? Die beiden lachten und scherzten, sie tranken abwechselnd in vollen Zügen aus einer Champagnerflasche, und plötzlich, sie waren schon fast aus seinem Blickfeld verschwunden, nahm dieser wundersam verjüngte und gekräftigte Napoleon-Nietzsche Cécile unter der Hüfte und hob sie hoch, als wäre es nichts. Früher hätte Nietzsche davon auf der Stelle einen Hexenschuss bekommen, dachte Lanzky und wunderte sich. Was war das für ein Schauspiel, das man ihm hier bot? Konnte er noch seinen Sinnen trauen? Wollten sie ihn in den Wahnsinn treiben? Führten sie das hier auf, um ihn zu demütigen, noch mehr zu demütigen, als er es ohnehin schon hatte ertragen müssen? Es erschien ihm sinnlos, dem Paar zu folgen. Zu sehr waren die beiden auf sich bezogen, wie in einer unsichtbaren geschlossenen Kapsel des Glücks schwebten sie durch die Menge der Enthemmten, ohne die sie umschwirrenden Narren auch nur zu bemerken. Dann bog das Paar um die Ecke in Richtung Altstadt und verschwand aus Lanzkys Blickfeld.

Lanzky erhob sich erst nach langen Minuten des Brütens und mit unendlicher Mühe. Er fühlte sich uralt, er verstand nichts mehr. Mechanisch schlurfte er durch die zahllosen umherlaufenden Menschen, die sich an vielen Orten spontan zu einer tobenden Menge verdichteten, in Richtung Bahnhof. Eine tief empfundene Gleichgültigkeit gegenüber allem und jedem machte sich in ihm breit. Gerade so wie er war, im Harlekinkostüm mit weißer Halskrause und nach altem angetrocknetem Alkohol riechend, bestieg er den erstbesten Zug, der in Richtung Italien abging. Sein weniges Gepäck ließ er zurück. Er schwor sich, nie wieder den Boden der Stadt Nizza zu betreten.

7.

Nietzsche kam gegen dreiundzwanzig Uhr aus der Operette *Fati Nizza*, nahm auf der Cours Saleya einen Cognac, den er in einem Zug hinunterkippte. Verkleidete irrten über den langgestreckten Platz zwischen der Promenade du Midi und der Altstadt, manche grölten zotige Lieder, deren Texte er nur in Bruchstücken verstand. Alle paar Minuten zogen kleine Musikkapellen vorbei und veranstalteten einen ungeheuren Lärm, der dem Philosophen jedes Mal durch Mark und Bein ging.

Am Ende des Karnevals hatten sich die meisten der unermüdlichen Narren zu dieser Stunde in die Bars zurückgezogen, durch die wild zusammengewürfelte Blaskapellen streiften, um kurze, aber dröhnende Konzerte zu geben. So schallte es in der ganzen Altstadt nach Hörnern, Trompeten und Posaunen, manche trugen Kontrabässe mit sich herum und gesellten sich den Bläsern zu, andere liefen mit umgehängten Pauken umher, um, wie es sich gerade ergab, der einen oder anderen Kapelle ihren Rhythmus zu leihen.

Nizzas Altstadt präsentierte sich an diesem Abend als eine Welt in Auflösung. Es herrschte eine freundliche Anarchie, die nur hier und da von hysterischen Schreien oder kurzen Streitigkeiten, die manchmal in ein harmloses Handgemenge ausuferten, durchbrochen wurde. Der Traum von der Auflösung der Ordnungen, den der Mensch in allen Gesellschaftsformen träumt, schien für einen Abend Wirklichkeit zu werden. So schien es dem Philosophen, in einem Korbstuhl vor dem Café *Baie des Anges* sitzend, und auch wenn er wusste, dass dies nur eine geborgte, von den Herrschenden nur kurzfristig gestattete Anarchie war, so fühlte er sich an diesem Abend doch darin aufgehoben.

Der Schock, den der *Parsifal* in ihm ausgelöst hatte und der ihn auf seine eigentliche Berufung als Philosoph geführt hatte, wirkte weiter in ihm nach. Es war ihm klar geworden, dass es sein Anspruch zu sein hatte, jeden Anspruch aufzugeben, seine Arbeiten würden jetzt nicht mehr im Horizont der Welterlösung, sondern im Fortgang seines eigenen Verschwindens, des Löschens seiner Spuren bestehen. Auf ihn wartete kein Scheiterhaufen wie auf Giordano Bruno. Er musste diese Auslöschung selbst betreiben, und genau darin bestünde von nun an sein philosophisches Geschäft. Eine große Erleichterung und eine Leichtigkeit machten sich in ihm breit, in manchen Augenblicken verdichteten sie sich zu einem Glücksgefühl, wie jetzt an diesem Abend in der von den Narren umspülten Bar, nach dem Besuch der Oper, im Tumult der anarchischen Kapellen.

Eine Stunde saß er vor der Kneipe und genoss die scheinbar angehaltene Zeit. Er hatte das weiße Pulver, mit dem ihn Cécile wieder versorgt hatte, zu sich genommen. Er fühlte sich bärenstark, als er wenig später die Stiegen zu seinem Zimmer hinaufkletterte.

Er ging zum Fenster, öffnete es und sog die kühle Luft tief in seine Lungen ein. Noch immer klangen aus der Altstadt die Töne der wilden Kapellen zu ihm herüber. Die Feiern des *mardi gras* gingen ihrem Höhepunkt entgegen. Aber es war ihm nun, als käme diese Musik aus einem Traum, der nebenan geträumt würde, von einer auf einem benachbarten Planeten lebenden Bevölkerung, die ihn in ihren Traum hineinhören ließ, ohne dass er davon behelligt würde.

Er schrieb in dieser Nacht wie besessen, er trank ein Glas nach dem anderen, der Cognac machte ihn nicht betrunken, sondern in Verbindung mit dem weißen Pulver nur immer wacher. Um fünf sah er zum ersten Mal auf die Uhr. Er betrachtete sein unberührtes Bett, das ihm nicht so vorkam, als lade es ihn ein, sich hinzulegen. Nein, heute würde er nicht mehr ins Bett gehen, er würde schreiben, bis sein Morgenspaziergang anstand, noch zwei Stunden, dann hätte er bereits das Wesentliche an diesem neuen Buch niedergelegt.

Das Tintenfass raste plötzlich die Tischplatte entlang. Nietzsche, eben noch gedankenverloren nach den richtigen Worten suchend, schnellte nach vorne und wollte es aufhalten, aber es stürzte zu Boden und zerbrach mit einem lauten Knall. Gleichzeitig durchfuhr ein gewaltiger Stoß das gesamte Haus und warf den Schreibenden von seinem Stuhl zu Boden. Ein weiterer Stoß folgte keine fünf Sekunden später, und sogleich gab es eine ganze Abfolge solcher Stöße, nur waren sie jetzt noch heftiger als die beiden ersten.

Die Bücher stürzten von den Regalen. Die Wand ihm gegenüber bekam einen breiten Riss von der Decke bis zum Boden. Die gläserne Deckenlampe riss aus der Verankerung und krachte dicht neben dem Schreibtisch klirrend auf die Erde. Nietzsche wälzte sich instinktiv in eine Ecke des Zimmers, er hatte keinen Zweifel daran, dass er gleich mit dem einstürzenden Haus in die Tiefe gerissen und dabei verenden würde. Seine Schrift würde dann Fragment bleiben, aber das Wichtigste hatte er bereits gesagt. »Ariadne!«, rief er in die donnernde, schwankende Nacht, »Ariadne, wo bist du, wo ist dein Faden?« Und ein Lachen ergriff von ihm Besitz, das so laut und donnernd durchs Zimmer schallte, dass er es auch noch hören konnte, als die Deckenbalken vor seiner Tür herunterkrachten, ein Lachen, vor dem ihn selbst eine namenlose Furcht ergriff.

Wäre dies nun also das Urteil, das über ihn verhängt war? Nicht der Scheiterhaufen wartete auf ihn, sondern das Verschüttetwerden. Vielleicht würde er so tief verschüttet, so gründlich verschwunden sein, dass man seine Überreste erst finden würde, wenn sie nicht mehr zu identifizieren wären. Doch mit ihm würde diese letzte Schrift gefunden werden, unter die er noch nicht einmal seinen Namen gesetzt hatte. Sie würden diese Schrift lesen, um mehr über den Kadaver zu erfahren, den sie daneben gefunden hatten. Sie würden den Stil dieses Textes vergleichen mit anderen Texten, einer würde sagen, dieser Ton komme ihm bekannt vor, dann würde man sich seiner erinnern, würde diese Schrift mit seinen veröffentlichten Schriften vergleichen, und sie würden sofort bemerken, diese hier sei von ihm, dem im Frühjahr 1887 endgültig und spurlos Verschwundenen, und von da an würde seine eigentliche Wirkung beginnen, die Wirkung eines vergessenen Werkes und seines verschollenen Urhebers, der zuletzt alles anstrebte, nur keine Wirkung.

8.

Die Häuser erbebten in ihren Grundfesten, unter den heftigsten Schwankungen schienen sie wie vom Erdboden emporgehoben, um im nächsten Augenblick in sich zusammenzustürzen. Krachend und berstend rissen die Mauern auseinander, brachen Kalk und Bretter aus den Wänden und Decken und stürzten krachend nach unten, Ziegel fielen reihenweise von den Dächern und zerbrachen in tausende von Teilen, mit schrecklichem Klirren zerbrach das Glas der Fensterscheiben und Laternen und stürzte zur Erde und gesellte sich zu den zertrümmerten Stuckmassen und Balustraden, mit denen die Gesimse vieler Gebäude verziert waren.

All dieses chaotische Getöse wurde durchtönt vom jammervollen Geschrei der Menschen. Aus den Häusern stürzten Frauen, kaum bekleidet, in den Armen fast nackte Kinder haltend, sie eng umklammernd, Männer in den seltsamsten Negligés, Damen der Halbwelt mit übernächtigten Augen und mit all der Schminke und dem Puder, der für das Gaslicht, nicht aber für die Morgensonne gedacht war, dazwischen Dominos, Bajazzos, Harlekine, die aus den Ballsälen geströmt waren. Wie scheinbar ungerührte Geister des Untergangs irrten venezianische Masken durch die Straßen, unter denen der Jammer groß war.

Als sich das Beben beruhigt zu haben schien, klopfte Nietzsches Wirtin an seiner Zimmertür. »Herr Professor«, rief sie von draußen, »Sie müssen das Haus verlassen. Es kann jeden Augenblick einstürzen!«

Nietzsche erhob sich mühsam, kam aus seiner Ecke heraus und ging, vorsichtig über die Scherben der zerbrochenen Lampe steigend, zur Tür. Er horchte, ob die Wirtin noch davorstünde und hörte nichts. Er verspürte keinerlei Furcht und hatte keine Lust, das Haus zu verlassen, um sich in das draußen zweifellos herrschende Durcheinander zu begeben und die

Panik der Menschen miterleben zu müssen. Er wollte weiterschreiben und zwar sofort und ohne Störung.

Die Wirtin schien aufgegeben zu haben und gegangen zu sein. Nietzsche schlich fast lautlos zu seinem umgestürzten Stuhl zurück, hob ihn auf und wollte sich setzen, als es von draußen rief: »Herr Professor, um Gottes willen, leben Sie noch?« Wieder entstand eine Pause. Noch einmal hoffte der Angesprochene, die Wirtin würde abziehen, wenn er sich nicht meldete, da setzte sie hinzu: »Ça alors! Herr Professor, was ist mit Ihnen, ich komme jetzt herein.« – »Unterstehen Sie sich!«, brüllte Nietzsche, »ich arbeite und möchte nicht gestört werden.«

Darauf kam von draußen keine Antwort mehr. Nietzsche horchte noch eine Weile, dann hörte er die Wirtin davonschlurfen. Er setzte sich auf seinen Stuhl. Er stellte fest, dass sein Zimmer außer dem großen Riss in der Wand und einer zertrümmerten Lampe keinen Schaden genommen hatte. In dem Augenblick, da er sich wieder auf sein Thema konzentrieren und die Feder in ein frisch geöffnetes Tintenfass tunken wollte, gab es einen erneuten Erdstoß, der so gewaltig war, dass er das Haus meterhoch zu heben schien und die Mauern mit fürchterlicher Gewalt durchschüttelte.

Nietzsche klammerte sich mit einer Hand an seinem Stuhl fest, bedeckte die beschriebenen Blätter mit der anderen, womit er zugleich den Tisch fixierte. Das noch volle Tintenfass machte sich erneut selbstständig, glitt, wie von Magneten angezogen, über die Tischplatte und stürzte zu Boden. Im selben Moment, da er es aufschlagen und zerbrechen sah, hörte er, wie draußen vor seiner Zimmertür etwas mit lautem Knall zusammenkrachte. Es war, als würden erneut Balken und Steine aus der Decke brechen und zu Boden fallen.

Nietzsche blieb sitzen und horchte in die darauf entstandene Stille hinein. Er wagte nicht, sich zu bewegen, da er das Gefühl hatte, die geringste Erschütterung könne nun das Haus zum Einsturz bringen. Es dauerte nicht lange, da gab es Schreie und lautes Rufen auf dem Hausflur. Die Stimmen kamen die Treppe herauf und sammelten sich, so schien es ihm, direkt vor seiner Zimmertür. Ein panisches Konzert aus endlosem Palavern, Jammern und Schreien schien dort zur Aufführung zu kommen.

Nietzsche fluchte in sich hinein. Hier entstand seine vielleicht wichtigste Schrift, und um ihn herum ging es zu wie auf dem Schlachtfeld von Marengo. Das konnte er sich nicht bieten lassen. Jetzt sprang er auf, eilte zur Tür, riss sie auf und wollte »Ruhe!« brüllen, als er eine kleine Gruppe von Menschen auf der von seiner Zimmertür nach unten führenden Treppe um eine liegende Person stehen sah, von der er nur die in alten Pantoffeln steckenden Füße sehen konnte. Er erkannte diese Hausschuhe sofort. Sie hatten ihm in den letzten Monaten jeden Morgen den Kaffee hereingebracht.

Er trat näher hinzu und fragte einen der Gäste, was geschehen sei. Die Wirtin, sagte dieser, sei eben von einem herabstürzenden Balken erschlagen worden. Er zeigte auf sie: »Sie ist tot.«

Nietzsche blickte zwischen den Umherstehenden hindurch nach der am Boden liegenden Person und sah unvermittelt in die weit aufgerissenen gebrochenen Augen der Frau, die ihn eben noch ermahnt hatte, das Haus zu verlassen. Um ihren Kopf herum war eine große Blutlache entstanden. Eine Nachbarin war über sie gebeugt und beweinte die Tote.

»Sie hat mich eben noch aufgefordert, hinauszugehen«, sagte Nietzsche leise.

»Sie hat bei allen geklopft und sich um die Sicherheit ihrer Bewohner gesorgt«, gab der andere Gast zurück. »Und sie hat auf jeden Fall Recht gehabt. Beim nächsten Erdstoß könnte das Haus ganz zusammenbrechen. Jetzt ist sie selbst zum Opfer geworden.«

»Stellen Sie sich vor«, sagte Nietzsche mehr zu sich selbst als zu seinem Gegenüber und wie unter Hypnose. »Ich habe gezögert herauszukommen, habe mich bitten lassen, sie hat vor meiner Tür gewartet, hat sich Sorgen gemacht, dann habe ich sie weggejagt, sie hat noch einmal gewartet und ist dann erst gegangen.« Und nach einer Pause: »Hätte ich sofort reagiert, wäre sie noch am Leben.«

Der Mann neben ihm sah Nietzsche an. »Niemand konnte

vorausahnen, ob und in welcher Sekunde das passieren würde. Sie haben keine Schuld. Es handelt sich um höhere Gewalt.« Nietzsche schüttelte den Kopf. »Im juristischen Sinne mögen Sie Recht haben«, sagte er und wandte sich ab.

Inzwischen trug eine Gruppe von Nachbarn, die aus den Ponchettes-Häusern herbeigerufen worden waren, die Tote die Treppe hinunter, um sie draußen aufzubahren. Die Umherstehenden wurden von den Einheimischen aufgefordert, mit hinauszugehen. Ganz Nizza war nach draußen gestürzt, niemanden hielt es mehr zwischen den vier Wänden oder auch nur in der Nähe der Häuser, von denen jedes einzelne augenblicklich zusammenfallen konnte. Freie Plätze und die öffentlichen Anlagen wurden von der Menschenmasse jetzt bevorzugt aufgesucht, um weit genug von aller Gefahr entfernt zu sein. Die meisten Menschen, die herumirrten, waren nur halb bekleidet, andere steckten noch in ihren Kostümen, viele wirkten übernächtigt und betrunken. In den Parks wurden die ersten Zelte aufgebaut.

Der Gast, mit dem sich Nietzsche unterhalten hatte, sah diesen noch einmal fragend an: »Sie müssen mit hinauskommen, bis man uns die Erlaubnis gibt, wieder hineinzugehen.« Nietzsche schüttelte den Kopf: *»Amor fati«*, sagte er und schlurfte zu seinem Zimmer zurück. Sein Gegenüber, der den letzten Ausspruch nicht verstanden hatte, schüttelte seinerseits den Kopf und eilte unter Umgehung des herabgestürzten Balkens und der Blutlache, die die tote Concièrge hinterlassen hatte, die Treppe hinunter.

Der Philosoph setzte sich wieder an den Schreibtisch. Er würde wahrscheinlich doch noch länger auf seine vollständiges Vergessenwerden warten müssen. Es kümmerte ihn nicht. Er tauchte die Feder ein und begann zu schreiben. Das ist gut, dachte er, schrieb, von Begeisterung ergriffen, weiter und vergaß die Gefahr, in der er sich befand, gänzlich.

An diesem Tag gab es keine weiteren Erdstöße mehr.

9.

Er schrieb den gesamten Aschermittwoch hindurch. Dabei verbrauchte er bis auf die letzte Brotkrume alle Lebensmittel, die sich in seinem Zimmer finden ließen, eine halbe Flasche Cognac, zwei Äpfel, ein Rest thüringisches Bauernbrot, das ihm seine Mutter vor zwei Wochen geschickt hatte, ein paar hauchdünne Scheiben Bündnerfleisch, das er schon im Oktober aus der Schweiz mitgebracht hatte.

Um das vierstöckige Haus herum, in dem er allein zurückgeblieben war, herrschte das vollkommene Chaos, aber er, wenn er aus dem Fenster sah, blickte über die kleinen vor ihm liegenden Fischerhäuser der Ponchettes hinweg übers Meer, das so ruhig vor ihm lag, als sei gar nichts geschehen oder als sei das Geschehene nicht der Rede wert.

Erst gegen Mitternacht schloss er das Buch ab. Sicherlich war dies nur eine erste Fassung, aber er hatte alles Wesentliche gesagt. Es war ein Gewaltakt, das gestand er sich jetzt ein, und es machte ihn stolz, es geschafft zu haben. Er hatte sich einen übermenschlichen Druck von der Seele geschrieben. Der Karneval und das Beben hatten das Unterste zuoberst gekehrt und ihn schließlich alles sagen lassen, was ihm auf dem Herzen gelegen hatte und von dem er vor noch gar nicht so langer Zeit gefürchtet hatte, es werde ihn einmal um den Verstand bringen. Die trügerische Gewissheit des Schriftstellers überkam ihn, gerade etwas Großartiges geschaffen zu haben. Er wusste, wie schnell sie sich verflüchtigen würde. Aber er wusste auch, dass es keine andere Art der Gewissheit für ihn geben konnte.

Niemand hatte sich in den letzten zwanzig Stunden um ihn gekümmert. Das Haus, in dem er saß und schrieb, war die ganze Zeit über totenstill gewesen. Er selbst hätte tot sein können, niemand hätte davon Notiz genommen. Er konnte sich nicht vorstellen, wie es draußen jetzt wirklich zuging. Plötzlich reizte es ihn, das von der Katastrophe zerrüttete Nizza zu besichtigen. Gegen zwei Uhr in der Nacht vom 23. auf den 24. Februar verließ er mit Mantel, Hut und Stock bekleidet das Haus. Er fühlte sich wie ein Dienstmann, der mit aller ihm verfügbaren Objektivität dem Geschehen gegenüber auf Inspektionstour geht. Hatte er die Zeitgenossen bereits so weit hinter sich gelassen, dass ihn nicht einmal diese Katastrophe zu erreichen vermochte? Einen Augenblick grauste es ihn vor sich selbst, dass er angesichts des Elends, dem er jetzt auf jedem Schritt begegnete, so ruhig blieb, ja dass ihn bei diesem Anblick eine fast unheimliche Heiterkeit überkam.

Er steuerte instinktiv zuerst die Hotels an, in denen er gewohnt hatte. Zuerst ging er auf Umwegen durch die wenigen Altstadtstraßen, die noch passierbar waren, zur Pension de Genève. Die beiden obersten Stockwerke waren zerstört, das sah er schon von Weitem. Das Dach war abgetragen, der fünfte Stock fast ganz heruntergebrochen, und auch im vierten waren die Außenmauern nur noch zu Teilen erhalten. Die Zimmer, in denen er den dritten und den vierten Teil des Zarathustra geschrieben hatte, existierten nicht mehr. Vor dem Hotel lagerten die Gäste, saßen auf Bänken oder hatten sich in Droschken zurückgezogen, manche lagen auf Decken, die sie auf der feuchten Erde ausgebreitet hatten. Es war bitterkalt.

Der Wirt der Pension de Genève, der zwischen den apathischen Gästen herumlief und sich auch jetzt noch um ihr Wohlergehen sorgte, erkannte Nietzsche beim Näherkommen. »Herr Professor! Sie leben! Was für ein Glück! Wir haben schon mit dem Schlimmsten gerechnet. Aber sehen Sie, Ihre alten Zimmer, in denen Sie so viel geschrieben haben – völlig kaputt. Ein Glück, dass Sie diesen Winter nicht bei uns eingezogen sind.«

»Hélas! Eine Pilgerstätte weniger für die zukünftige Menschheit. Das hätte Ihren Nachfolgern schönen Profit gebracht«, sagte Nietzsche und lachte. »Ach«, gab der Wirt zurück, »wer denkt denn an den Profit seiner Nachfolger? Wer denkt jetzt überhaupt ans Geld?«

»Sehen Sie, das ist ja das Gute an so einem Ereignis. Es gibt den Menschen den Geschmack für das Tragische zurück. Die wahren Bedingungen unserer Existenz treten ihnen vor die Augen, und aus ihrer Verzweiflung erwachsen die primitiven Lebensinstinkte neu.«

Die alte schwäbische Pfarrersfrau kam leichtfüßig auf Nietzsche zu. Er hatte seine letzten Sätze in einer Art Predigerton gesprochen und war dabei lauter geworden, so dass die Frau sie auch aus einer gewissen Entfernung verstehen konnte. »Sie reden wie ein böser Geist, Professor«, sagte sie zu ihm im schwäbischen Tonfall. »Auch jetzt noch sind Sie der alte griesgrämige Philosoph des Untergangs. Reicht Ihnen denn noch nicht, was Sie sehen?«

Er antwortete nicht darauf und sah an den Hausmauern empor. Die Wintersaison in Nizza wäre vorzeitig zu Ende, die *Capitale d'Hiver* würde in wenigen Tagen menschenleer sein. Eine Katastrophe für die einzige Industrie, die es hier gab, den Fremdenverkehr. Jetzt wandte er sich der Schwäbin zu, die ihn auch schon früher gern ein bisschen provoziert hatte, und sagte: »Gnädigste, vielleicht haben Sie Recht. Wenn es einen Typus gibt, für den eine Katastrophe wie dieses Erdbeben etwas Positives hat, dann ist es der Philosoph. Das Denken, wenn man es als solches bezeichnen kann, ist mit den Kräften, die im Erdinneren wüten, aufs Engste verknüpft. Er ist selbst der böse Demiurg, der hinter der Katastrophe steht. Man könnte vermuten, sie sei auf sein Geheiß geschehen.«

»Heiligs Blechle«, rief die Pfarrersfrau, »nicht einmal die Katastrophe kann Sie von Ihren aberwitzigen Reden abbringen. Aber Sie schwätzen immer noch wie ein Pfaffe. Hinter diesem Ereignis steht leider kein gefallener Engel, auch wenn Sie noch so gern etwas von dem hätten. Dahinter steht einzig und allein Gott. Er stellt uns auf die Probe. Wie viele fallen vom Glauben ab, gerade weil so etwas geschehen konnte, weil Gott es geschehen ließ! Ein guter Gott würde das nicht zulassen, sagen sie. Doch solange die Menschheit so schwach ist, wird uns das Paradies nicht geöffnet werden. Das Reich Gottes liegt noch in weiter Ferne. Das zeigt er uns, wenn er uns solche Katastrophen schickt und wir mit Anklagen oder gar mit der Abwendung von Gott darauf reagieren.«

»Ich bewundere Sie, Madame, für Ihren Glauben«, sagte Nietzsche. »Wir sind vielleicht – aus ganz unterschiedlichen Gründen – die beiden einzigen glücklichen Menschen, die sich im Moment in dieser Stadt finden lassen.«

Der Wirt hatte sich aus dem Gespräch, das er in seiner Tiefgründigkeit für typisch deutsch hielt, verabschiedet. Er hatte Wichtigeres zu tun, als über die theologische Bedeutung des Erdbebens zu räsonieren. Nietzsche verabschiedete sich von der alten Frau, deren Gesicht auch angesichts der allseitigen Not Glück auszustrahlen schien.

Nietzsche konnte nur ahnen, was der Glaube für das Innenleben dieser Menschen bedeutete. Ihm war dies immer unerreichbar gewesen. Er musste alles, was ihn tragen konnte, aus sich selbst entwickeln, und er musste es immer wieder von neuem tun, denn kein Gedanke, keine Erkenntnis blieb jemals bestehen.

Und wenn er etwas gefunden zu haben glaubte und es in ein Buch bannen wollte, um es festzuhalten – trug es ihn denn? Er wusste in diesem Augenblick, nichts von alldem, was er tat und dachte, hätte jemals die Dichte und die Gravidität des Glaubens dieser einfachen Frau, die wie erleuchtet vom Unglück vor ihm stand und die noch im Fegefeuer allen Anfechtungen widerstehen würde.

Er steuerte die Gegend am Hafen an, überquerte die von den im Freien kampierenden Menschen überquellende Place Garibaldi und ging, wie von einer unsichtbaren Macht gelenkt, die rue Ségurane hinunter. Am Straßenrand war ein Notlazarett aufgeschlagen worden, ein großes weißes Zelt, aus dem das Wimmern und Stöhnen der Verwundeten drang. Er ging kalt vorüber. Sie alle, die da schrien und stöhnten, waren doch nur dazu da, den Einen, Einzigen hervorzubringen, auf den die Geschichte zulief und mit dem sich das Blatt der Zeit wenden würde. Was lag also an ihrem Leiden?

Wurde in diesem Nizza, in dem jetzt so viel gestorben worden ist, nicht auch schon wieder im selben Maße menschliches Leben gezeugt – gerade jetzt in dieser Stunde ging alles auch in der Katastrophe weiter, ja er konnte sich gut vorstellen, dass sich auch und gerade auf dem Höhepunkt des Bebens eine ungeheure Zeugungswut Bahn gebrochen hatte.

Jeder Einzelne dieser vielen Menschen, die er in einer endlosen Reihe von Stehenden, Liegenden und auf nach draußen geholten Stühlen Sitzenden hinter sich ließ, während er weiterging, war das Ergebnis eines Geschlechtsakts. Das wurde ihm jetzt so deutlich wie niemals zuvor bewusst, und er erkannte in dieser Selbstverständlichkeit plötzlich die dahinterliegende Monstrosität. Er sah in der Menge nichts anderes als die Ausgeburt einer seit ewigen Zeiten zügellosen Gier nach der Fortpflanzung, einer nie zu stillenden blinden Geilheit nach Reproduktion, die unablässig jede Handlung, jede Rede durchdrang und der die Menschen unterworfen waren wie die Ochsen dem Joch.

Plötzlich durchfuhr ihn ein kalter Schauer. War er zu Schopenhauer zurückgekehrt? Würde er sich wieder dem Pessimismus hingeben? Niemals! Er hatte Schopenhauer hinter sich gelassen und Wagner gerade vollständig überwunden. Er stand jetzt allein auf der Bühne der Epoche. Sein Schicksal wäre das der Epoche, daran konnte kein Zweifel bestehen. *Er* wäre ihr Schicksal.

Am Ende der Straße, in der er nach seiner Ankunft vor fünf Jahren zuerst gewohnt hatte, bemerkte er schon von Weitem an ihrer gebeugten Haltung Céciles Großmutter. Er freute sich, sie am Leben zu sehen. Sie hielt, in Decken gehüllt und tief gebeugt, ein kleines, scheinbar für sie ganz allein brennendes Holzfeuer am Lodern. »Wie geht es Ihnen?«, sagte er, als er vor sie hintrat. Sie blickte mühsam auf. »Wie soll es schon gehen nach so einer Sache? Sehen Sie nach oben. Es ist alles zerstört, die drei obersten Stockwerke sind nicht mehr zu retten. Wir sind am Ende.«

»Und Cécile? Wo ist *sie*?«, wollte Nietzsche wissen.

Die Alte stand unter großen Beschwerden auf und ging zu einem Holzstoß, um ihrem Feuer neue Nahrung zu geben. Während sie die Scheite schichtete, sagte sie: »Ich vermisse sie seit gestern. Sie hat die Nacht auf Mittwoch in der rue Berlioz verbracht. Sie hatte da einen neuen Kunden, der sie seit Wochen ganz gemietet hat. Ich habe gestern jemanden hingeschickt. Im Musikerviertel ist alles ruiniert, sagen die Leute. Es muss dort besonders viele Tote gegeben haben. Von Cécile wusste niemand etwas zu berichten. Sie ist bestimmt nicht mehr am Leben.«

Nietzsche schwieg. Cécile hätte sich nach dem Beben sofort um ihre Großmutter gekümmert, wenn es ihr möglich gewesen wäre. Darüber gab es gar keinen Zweifel. Dass sie seit nun fast vierundzwanzig Stunden nicht in der rue Ségurane aufgetaucht war, bot also in der Tat Anlass zur Sorge.

»Ach übrigens, Monsieur«, sagte die Alte, »das hat sie mir für Sie gegeben. Ich sollte es Ihnen schon länger aushändigen, aber Sie sind ja nie wieder bei uns vorbeigekommen.« Sie wühlte in einer Reisetasche, in die sie offenbar ihre wichtigsten Habseligkeiten gepackt hatte und zog gleich darauf etwas hervor, ein in Pergamentpapier eingepacktes schmales Buch. Sie übergab es dem Philosophen, der es wie etwas in der Hand hielt, das er gar nicht haben wollte. Nichts trieb ihn dazu an, das Papier jetzt zu zerreißen und den Band herauszuholen.

»Warum habe ich überlebt?«, fragte ihn die Alte nach einer Pause, in der sie nur schweigend beieinandergestanden hatten und in der Nietzsche die richtigen Worten zum Abschied suchte, sie aber nicht fand. Sie sah ihn starr von unten heraus an. »Warum ich, Monsieur? Ich wäre so gern tot, schon seit zehn Jahren flehe ich darum, endlich sterben zu dürfen, und jetzt kommt dieses Unglück, und es trifft das Kind, und ich lebe weiter. Sie sind doch ein so kluger Herr. Sagen Sie es mir! Warum muss ich weiterleben und Cécile ist tot? Warum hat Gott das so gewollt?«

Nietzsche blieb noch ein paar Sekunden stehen und sah auf die gebeugte Frau hinab, die gar keine Antwort zu erwarten schien, sich wieder ihrem Feuer zuwandte und sich so verhielt, als sei er schon weitergegangen.

Die Gegend um die Hafenbecken herum erschien ihm größtenteils unversehrt. Nietzsche setzte sich auf eine Bank und blickte auf den dunklen Schlossberg hoch. Dann packte er doch das Büchlein aus, das er eben bekommen hatte. Er las Autor und Titel: Paul Lanzky: *Dionysische Tänze und Sprüche*. Er senkte den Kopf auf die Brust. Er hatte nicht einmal mehr die Kraft, seinem ersten Impuls zu folgen und das Buch ins Wasser zu werfen. Als er aufstand, steckte er es in die Jackentasche und nahm es mit auf sein Zimmer.

Wieder in seiner demolierten Wohnung angekommen, schrieb er an Reinhart von Seylitz in München und berichtete ihm über das Erdbeben von Nizza: *Wir leben in der interessanten Erwartung, zugrunde zu gehen. Dank einem wohlgemeinten Erdbeben, das nicht nur alle Hunde weit und breit heulen macht. Welches Vergnügen, wenn die alten Häuser über einem wie Kaffeemühlen rasseln! Wenn das Tintenfass selbstständig wird! Wenn die Straßen sich mit entsetzten halbbekleideten Figuren und zerrütteten Nervensystemen füllen. Ich fand alle meine Freunde und Freundinnen, erbärmlich unter grünen Bäumen ausgestreckt, flanelliert, denn es war scharf kalt, und bei jeder kleinen Erschütterung düster an das Ende denkend.*

Nietzsches Angaben in diesem Brief enthielten wenigstens einen Fehler, denn *eine* Freundin hatte er nicht gefunden. Cécile blieb nach dem Erdbeben verschollen. Auch die Räummannschaften, die ans Werk gingen, als Nachbeben längere Zeit ausgeblieben waren, fanden nichts von ihr. Sie entdeckten allerdings Guyau, verschüttet in einem Keller, der ihm als große Luftblase gedient hatte und ihn überleben ließ. Er saß drei Tage und drei Nächte ohne Mantel oder Decken in dem feuchten kalten Loch und kam mit einer schweren Lungenentzündung wieder ans Licht.

Diese Lungenentzündung bewirkte in den folgenden Wochen, dass seine Tuberkulose voll zum Ausbruch kam. Er blieb als schwer Lungenkranker in Nizza. Verwandte, die ihn in ein Schweizer Sanatorium überstellen wollten, wies er mit dem Hinweis ab, er habe in Nizza noch etwas zu erledigen. Ein Jahr lang wurde er in den Krankenhäusern behandelt, saß in Decken gehüllt am Meer und machte Spaziergänge auf der Promenade des Anglais. Er sprach kaum noch, niemand konnte ahnen, was in ihm vorging. Die Arbeit an seinem neuen Buch war zum Erliegen gekommen. Er schien zu warten, doch niemand konnte erraten, worauf.

Er ähnelte Nietzsche schließlich noch mehr als zuvor, da er nun selbst auch gebeugt ging und sein Gesundheitszustand sich mit jeder Woche, die verstrich, verschlechterte. Das gab ihm allmählich das Erscheinungsbild eines alten Mannes. Gut ein Jahr nach dem Erdbeben, am 31. März 1888, verstarb Jean-Marie Guyau, die philosophische Hoffnung Frankreichs, im Alter von dreiunddreißig Jahren in Nizza an der Schwindsucht.

Nietzsche sollte Guyau nie kennenlernen. Er verbrachte auch noch den Winter 1887/88 an der Côte d'Azur. Als er im Oktober ankam, waren die Spuren des Erdbebens kaum noch zu sehen. Der Winter verlief still und brachte Nietzsche keine neuen Bekanntschaften. Sein Gesundheitszustand war stabil, jedenfalls ging es ihm besser als in vorangegangenen Wintern. In den fünf Monaten, die er in der Stadt war, wagte er es nicht, in die rue Ségurane zu gehen, um nach dem Schicksal Céciles zu fragen. Mehrmals ging er über den *Cimetière du Château* und suchte nach ihrem Grab, ohne je fündig zu werden. Aus Naumburg hatte er sich einen Ofen schicken lassen, mit dem er sein neues Zimmer in der wiederaufgebauten Pension de Genève beheizte. Auch hatte er wieder einen Schlafrock im Gepäck, einen »verbesserten Schlafrock«, wie er Köselitz schrieb. So fühlte er sich diesen Winter recht behaglich und klagte weniger über Beschwerden als in den Jahren zuvor.

In der Oper wurde immer noch *Carmen* gegeben sowie ein weiteres Werk von Bizet, *Die Perlenfischer*. Nietzsche verliebte sich in diesem Winter in Delibes Oper *Lakmé*, ein rokokkohaft-exotisches Kostümstück, das er sich fünf Mal ansah und dessen süßliche Musik wie Balsam auf ihn wirkte. Da er niemanden mehr hatte, der ihm vorlas, musste er seine Lektüren wieder selbst vollziehen, was ihm erstaunlich gut gelang. Auch seine Augen schienen besser zu werden.

Im November 1887 erschien Nietzsches später so wirkungsvolle Schrift *Zur Genealogie der Moral*. Aus Dänemark erreichte ihn zugleich die Nachricht, dass ein in Kopenhagen lehrender

Philosoph eine ganze Vorlesungsreihe vor dreihundert Zuhörern über ihn und seine Philosophie hielt. In keinem seiner Briefe aus dem Herbst 1887 vergaß er diese Tatsache zu erwähnen. Mit dem dänischen Hochschullehrer, Georg Brandes, den er fortan als seinen Entdecker betrachtete, nahm er Briefkontakt auf.

Als er Anfang des Jahres 1888 hörte, man könne bei der staatlichen Lotterie eine halbe Million Francs gewinnen, überkam ihn der Wunsch, reich zu werden. Er spielte einige Wochen lang, ohne etwas zu gewinnen. Währenddessen reifte in ihm die Einsicht, dass zum Reichtum der Gedanken auch der des Geldbeutels gehören müsse, damit man als Denker seinen geistigen Gehalt würdig nach außen vertreten könne. Ihn wunderte, dass er diese Erkenntnis nicht schon viel früher gehabt hatte. Seine schlechte Gesundheit und seine zeitweise tiefe Verbitterung führte er jetzt allein auf seine Armut zurück.

Am 2. April, dem Ostermontag, drei Tage nach Guyaus Tod, verließ Nietzsche Nizza zum letzten Mal. Er fuhr diesmal in Richtung Turin, wo ihn das Ende seiner wachen Existenz erwartete. Im Zug las er in einer Zeitschrift einen Rückblick auf das Erdbeben an der Riviera, das im Februar 1887 mehr als 2000 Opfer gefordert habe, besonders viele auf der italienischen Seite. Er stieß in diesem Artikel auf einen angeblich überlieferten Ausspruch Napoleons, den dieser angesichts der Leichenberge nach der Schlacht von Marengo von sich gegeben haben soll: In einer einzigen Pariser Liebesnacht sei diese Zahl an Toten bereits wieder kompensiert.

Das hätte auch sein Ausspruch sein können, sagte sich der Reisende, das war ihm ja ganz ähnlich durch den Kopf gegangen, in der kalten Nacht nach dem Beben. Dann dachte er lange über seine unbezweifelbare innere Nähe zum Kaiser der Franzosen nach. Vor allem beschäftigte ihn die Frage, wie die Großen dieser Erde enden. Tief versunken in diese Gedanken und durch seine extreme Kurzsichtigkeit behindert, bestieg Nietzsche in Savona einen falschen Zug und landete anstatt in Turin in dem Ort Sampier d'Arena in der Nähe von Genua.

Sein Koffer fuhr allein nach Turin weiter. Noch einmal ging er wie der Schatten seiner eigenen Erinnerungen einen Nachmittag durch sein geliebtes Genua, von dem aus er fünf Jahre zuvor nur wegen des Klimas ins abweisende Nizza aufgebrochen war. Noch einmal war er für ein paar Stunden *il piccolo santo*.

10.

Als Paul Lanzkys Briefe an Cécile unbeantwortet blieben und er auf Nachfrage von der Großmutter erfuhr, dass sie verschollen und höchstwahrscheinlich beim Erdbeben ums Leben gekommen sei, bat er um die Übergabe ihrer Tagebücher. Er begründete sein dreistes Ansinnen damit, dass diese Aufzeichnungen ohne Zweifel einmal von großem Wert sein würden, da Cécile den bedeutenden Philosophen, dessen epochaler Durchbruch unmittelbar bevorstehe, so gut wie vielleicht kein anderer Mensch kennengelernt und minutiöse Aufzeichnungen über ihr Zusammensein mit ihm geführt habe. Außerdem sei er, Lanzky, der Einzige, der sich in angemessener Form um diese Dokumente kümmern könne. Würde sie ihm diese Blätter verweigern, so wäre dies ein unschätzbarer Verlust für die ganze Menschheit.

Die Großmutter lehnte diesen Wunsch unter Hinweis auf die strikte Intimität der Tagebücher zuerst ab, zeigte sich aber einverstanden, als ihr Lanzky eine größere Geldsumme anbot.

Céciles gesammelte Aufzeichnungen gingen so in den Besitz Lanzkys über, der mit einer Publikation warten wollte, bis Nietzsches Popularität ihren Höhepunkt erreicht hätte. Unterdessen fuhr Lanzky fort, weitere Werke im Geiste Nietzsches zu produzieren, so die Gedichtbände *Apollinische Lieder* (1901) und *Amor Fati. Neue Gedichte* (1904), das eine deutlich auf Lanzkys auch über die Jahrhundertgrenze hinaus bestehende Nähe zu Nietzsche anspielende Widmung enthält: *Den Manen Nietzsches gewidmet*.

Zu diesem Zeitpunkt war Nietzsches europäische Rezeption, angeregt durch Elisabeth Förster-Nietzsche, die als gescheiterte Kolonialistin aus Paraguay zurückgekehrt war, auf dem Höhepunkt. Nietzsche wurde in wenigen Jahren zu einem Kult-Autor, wie ihn die abendländische Zivilisation noch nicht gekannt hatte. Seine Schwester, die diese Entwicklung geschickt vorantrieb, gründete in Weimar das Nietzsche-Archiv und begann damit, seine Werke, darunter auch und gerade solche, die der Philosoph nicht fertiggestellt hatte, zur Publikation zu bringen. 1901 kam es zu der ersten Veröffentlichung von *Der Wille zur Macht. Versuch einer Umwertung aller Werte. Herausgegeben von Peter Gast unter Mitwirkung von Elisabeth Förster-Nietzsche*, ein Buch, das Nietzsche nie geschrieben hatte.

Merkwürdigerweise verstummte der zuvor so schreibfreudige Lanzky nach 1904 vollständig. Gerade er, der der erste und lange Zeit einzige wahre Nietzsche-Verehrer gewesen war, beteiligte sich an der nun um sich greifenden Nietzsche-Mode nicht. Die Gründe dafür liegen im Dunkeln und werden wohl nie in Erfahrung zu bringen sein. Lanzky hat sich nicht dazu geäußert.

Seine Literatur wurde vergessen. Eine Zeit lang korrespondierte er mit dem Nietzsche-Archiv, namentlich mit dessen erstem Sekretär Heinrich Köselitz alias Peter Gast beziehungsweise Pietro Gasti. Dann riss auch diese letzte Beziehung zu Nietzsche ab. Er arbeitete als Hotelier in der Nähe von Florenz, bis die Faschisten an die Macht kamen und ihn wegen angeblich feindlicher politischer Gesinnung, tatsächlich aber wohl aufgrund seiner jüdischen Herkunft, zuerst schikanierten und schließlich verfolgten.

Aufgrund der verbrecherischen Prozesse, die Mussolini gegen ihn einleitete, verlor Lanzky sein gesamtes Vermögen und alle seine Güter. Er flüchtete altersschwach und mittellos aus Italien und fand ein Unterkommen im Hotel Bellerive in Lugano, wo ihm die verwitwete Besitzerin als Dauergast, Buchhalter und Großvater für ihre Enkel eine letzte Heimstatt gab. Sein Todesjahr ist unbekannt, es muss um 1940 liegen.

Eine von dritter Seite dem Nietzsche-Archiv angebotene Übernahme von Lanzkys Nachlass wurde, da man ihn für einen talentlosen Epigonen hielt, abgelehnt. So blieben auch Céciles Tagebücher unbekannt. Als man im Jahre 1947 Lanzkys Nachlass in der Universitätsbibliothek von Basel entdeckte, fanden sie sich unter seinen Papieren nicht.

MY ROAD FOUND YOU

LYN DENISON

Book edition 2024

Cover design by Lyn Denison and Jo Havens

About ... My Road Found You

What if you wanted to change your old life before it changed you?

She desperately needed to escape, and it was all going to plan until that fiery accident. Waking in hospital to the sound of a soothing voice gave her a glimpse of a future she'd craved, but could she wish her past away by pretending to have no memories of it?

Lou Baxter's divorce had been amicable, she loved her job, her daughters, and even her wonderful, irritating mother. Then an injured young woman with beautiful dark eyes called her her guardian angel, and her life became so much more complicated.

The standalone fifth book in the Friends and Lovers series.

(Triggers... mention of past physical abuse and domestic violence, mention of past knowledge of drug use and drug dealing.)

For Glenda, my Little Treasure

Also, many thanks again to my Red Pencil Brigade,
Glennie, Jan, the other Glenda, Maggie and Marg
Once again it involved combing through my final draft,
checking on my casual spelling,
imaginative grammar
and my flights of fancy.
I really appreciate the time you all invest in making the finished product so much better.

CHAPTER 1

'I take it there were no other names? On the envelope, I mean,' Mac Donovan asked as her friend Pete Warren turned the car into the hospital car park and pulled into the specific space marked *POLICE*. 'Not even a return address?'

'Nope. Just your name,' he said as he switched off the engine. 'Mackenzie Donovan. Not just Mac. Mackenzie. Plus your address. Your street address, for fuck's sake. Who would have that?'

Mac shrugged. 'Pretty sure no one on the force, including me, would give out that info to someone we didn't know and trust. We all use post boxes. Right?'

'Right,' Pete agreed. They hurried through the wide doors into the hospital, past emergency and on to the bank of elevators. 'Wouldn't want disgruntled felons turning up on our doorsteps, now would we?' He grimaced as he jabbed at the *up* button.

Mac admitted to herself she was worried. Unless it was all innocent. It could turn out to be. But a niggling feeling prickled somewhere in the back of her mind and she wasn't so sure. She'd occasionally experienced these inexplicable feelings before in her years on the police force. She'd learned to listen to them. Three years ago those feelings had saved a woman's life and nearly cost her her own.

Her hand went automatically to lightly massage her thigh. The physical wound had healed but the emotional scar remained. Which was why she paid heed to that particular sensation of disquiet now.

'It could be completely innocent.' Pete voiced her thoughts as the doors slid open and they stepped into the lift. 'Third floor,' he muttered and then looked across at Mac. 'That's why we're asking you to see if you can identify her. It's all we've got.'

'Of course.' What else could Mac have done?

'Gave me a hell of a surprise when the boss showed me that scrap of paper. It wasn't your handwriting. I know that. This was kind of spidery,' Pete said. 'I didn't recognise her either. The woman, I mean. Never seen her before. And here's me thinking I knew everyone you knew. And vice versa,' he added when she raised her eyebrows at him.

'I do have a life apart from you and the gang,' she felt the need to say. A half dozen of their friends from primary school days kept up their friendships and Mac treasured them. After thirty years they were family.

It was comfortable, supportive. They lived in a fairly large city, and all socialised with lots of people, workmates as well as that special group of close friends.

Now Mac's life revolved around, focused on her wife, Liv, and their children. They were her everything. Mac's heart gave that familiar lurch when she thought about Liv, the woman who had stolen her heart, and in all probability saved her life from sliding into one of boredom and self-pity. Liv with her dancing blue eyes, her blond curls, and her loving heart she'd given to Mac.

Liv also came with her now eighteen-year-old daughter, Izzy. Quiet. Intelligent. So much like Liv. Then there was Jamie. Talkative. Outgoing. Ingenuous. He was twelve years old now and growing up so fast. Mac hoped he'd never change, that life wouldn't kill all that he was. She knew she'd do everything in her power to prevent that.

Izzy and her girlfriend, Cass, had started their respective courses at the University of Sydney so Liv and Jamie had gone to Sydney for a long weekend to visit them. Yesterday— God! Was it only yesterday? Mac missed Liv and the kids so much more than she'd even imagined she would. It felt like a month.

She'd been sitting on the couch desultorily channel-surfing after talking on the phone to her three favourite people. She wanted the warmth of Liv beside her, wanted to know Izzy was in her room FaceTiming Cass. She so wanted to listen to one of Jamie's long, long stories about something he'd seen on the Discovery Channel.

Then the lights of Pete's car had flashed across the glass panel in the front door as he turned and parked in their driveway.

'Maybe you met her when you were away on one of your training courses,' Pete was saying as the lift doors slid open again.

They headed down the hospital hallway and at the end of the corridor Mac could see three people.

She recognised their boss, Superintendent Steph Alston, otherwise known as the Super, or out of her hearing, the Top Cop. She was a tall mid-forty-ish woman with neat greying hair and a no-nonsense persona. She'd transferred from the east coast a year or so ago when their previous boss retired. Pete was convinced she batted for Mac's team and Mac wouldn't be surprised. Liv had rolled her eyes at Pete's continued curiosity about the newcomer. To date the only information he'd uncovered was that, outside of the job, Steph Alston appeared to have no private life or a partner, male or female.

Two young constables stood a little apart from their boss and Mac felt a twinge of sympathy for them. They had probably been first responders and must be exhausted from what had to be extended shift hours, apart from the trauma of the accident.

'Is she awake yet?' Pete asked as they joined the group.

Superintendent Alston shook her head. 'The doctor's still in with her.' She gave Mac a quick smile as she shook Mac's hand. 'Thanks for coming in, Mac. Pete's explained about your connection?'

'Yes. It's something of a mystery.' In the room were two nurses and the doctor standing around the hospital bed, but Mac couldn't really see anything of the blanket-covered form. Medical machinery and monitors beeped away. 'Pete said it was a truck accident out at Hadley's Bridge.'

Her boss nodded. 'Notorious site, they tell me. Today we've got one fatality and this young woman.' She frowned as she glanced through the open door. 'As soon as Dr Andrews gives us the okay you can go in and see if you recognise her.' She turned to the two young officers. 'You both know Sergeant Mac Donovan?'

The young, uniformed police officers nodded quickly, admiration in their expressions, and Mac shifted a little uncomfortably.

'Constables McGovern and Jones just got here and were about to go through their report with me.' The Super indicated they continue.

When the young woman spoke up Mac could see she was a little in awe of the Superintendent. 'We took the call. Oh. I'm Hannah McGovern and this is Josh Jones,' she added for Mac's benefit.

She gestured to her even younger looking partner who Mac suddenly recognised. She recalled her friend, Dee's husband telling her his twin nephews had both applied for the police force.

'According to the occupants of the other car involved,' Hannah McGovern continued, 'the truck was speeding. They didn't think the driver attempted to decelerate and the truck ploughed into the back of their car just before Hadley's Bridge. Unless the driver was DUI, we're thinking he must have fallen asleep at the wheel or had a medical episode.'

Mac frowned. The area was a known accident *black spot,* and she knew of three or four fatalities out there in as many years. This was the first one since an attempt had been made to address the issue. A section of the road was reconstructed to straighten the severity of the curve leading up to the bridge and until last night the general consensus was it had been a success.

Hannah McGovern consulted her notebook. 'One of the witnesses, John Warry, who was driving—'

'Warry?' Mac looked at Pete who had also stiffened in concern. 'From the BMW dealership?'

'Yes.' Hannah glanced up quickly. 'He's okay. Just a few bruises, I think. His passenger's all right, too. One of his employees, Will Marshall. They were heading back from a meeting.'

Warry was a good friend of theirs, part of their group. Mac would have to ring his wife, Del, and check on him.

'His car's badly scraped on one side,' the constable

continued. 'Mr Warry said when the truck hit them his car did a 360-degree spin at least twice. He was a bit hazy about that. His vehicle ended up skidding along the bank on the top side of the road, which was lucky in itself. If it had spun the other way it would have been a different outcome. As you probably know there's quite a steep drop over the other side of the road.'

'The jack-knifing truck missed them, too, so more luck all round.' Josh Jones shook his head, his eyes wide, and Mac thought he was trying not to look like he'd been watching a car chase movie. 'There must have been centimetres in it going by the tyre marks on the road.'

'We documented it all,' Hannah said seriously. 'Mr Warry said by the time they got themselves out of their car the truck driver was lying on the verge. Unfortunately, he was deceased. The prime mover was upright and had smashed into the guard rail, but the trailer had jack-knifed and tipped on its side as it slid towards the bridge. Mr Marshall said he climbed up to check if there was anyone else in the cab because the engine had caught fire, but he had to get down pretty quickly.'

'The woman?' Superintendent Alston motioned to the hospital room. 'She wasn't in the cab of the truck?'

'No. Not then. But she had to have been travelling in the vehicle. Mr Marshall said he thought he saw a couple of duffel bags and a backpack in the cab before he had to jump down.'

Mac frowned. 'So the woman was out of the truck as well?'

Both young constables nodded. 'She must have been in the truck when the accident happened though,' Hannah McGovern said again. 'Unless she was walking along the road, but that seems unlikely. There were no other vehicles, on the road or down the embankment. We pulled up just as the fire really took hold of the trailer.'

'The whole thing was pretty much a shell by the time the fire brigade and the ambulance arrived,' Josh took over.

'Where was the young woman when you got there?' the Super asked and the two police officers exchanged a quick look.

'Initially we had no idea she was there,' said Josh. 'Will Marshall told us there wasn't anyone in the truck's cabin so we just assumed the driver had been on his own.'

'I'd sent Josh up the road to put out the caution signs for any traffic approaching and the firies were hosing the truck down,' Hannah continued. 'It was pure luck we even...' She swallowed. 'I had stepped over the guard rail right near the bridge to see how far the back of the truck was hanging over the bank and I heard her. Well, I heard a noise, and I shone my torch around and there she was, at my feet. She must have fallen down the embankment and she'd somehow crawled up to the road. One of the paramedics helped me get her up and onto a stretcher.'

'Was she conscious?' Superintendent Alston asked.

'Not fully. I asked her her name and she just sort of shook her head. The paramedics were checking her over and she murmured something about the truck driver. Asked how he was, I think. Before we could question her further, she passed out.' Hannah frowned. 'And about the truck driver. I think somebody, the woman I guess, must have pulled him out of the truck because of the way we found him.'

'Maybe the men in the other car got him out,' suggested the Super.

'They said they didn't, and I honestly don't think he'd

have been capable of climbing down onto the road on his own. His legs were pretty smashed up.'

The Superintendent grimaced. 'Right. Then it looks like we'll have to wait until we can talk to our Jane Doe in there.'

'Jane Doe?' The doctor queried as she walked out of the room to join them. 'You haven't identified her yet?'

The Super shook her head. 'Not a skerrick of ID on her and everything in the truck was burnt. The driver had a wallet on him so we've identified him. He's from Queensland. Nothing on the woman though, apart from the scrap of paper in her pocket that had Mac's name on it.'

The doctor raised her eyebrows as she turned to Mac, and Mac shrugged. She knew the attractive young doctor. She'd been part of Mac's convalescence. Mac had been wounded while she was on duty in the Prime Minister's protective detail. Their Jane Doe was in the very competent hands of Dr Jen Andrews.

'Any thoughts on who she might be?' the Super continued, looking at Mac. 'Do you know anyone from Queensland, allowing for the fact the woman and the driver possibly knew each other?'

Mac shook her head. 'Don't think so. I did most of my training in Sydney, some in Melbourne, but only one very short stint in Brisbane. Can't think of anyone it could be. It was a long time ago though.' She turned to Pete. 'Didn't you say she was younger than us?'

'She looks younger,' Pete said with a shrug. 'But you know, looks can be deceiving. I saw her before they cleaned her up and she could have been anything between twenty and forty.' He shook his head. 'Hell of a thing not having any ID on her.'

'I'd put her in her early, maybe mid twenties,' the doctor said.

'What do we know about the truck driver she was travelling with?' The Super directed her question at Pete.

'Edward Blaine. Now that's a hell of a thing, too.' Pete shook his head. 'And get this for a coincidence. His address on his license was Airlie Beach in Queensland. The truck was registered there as well. So we spoke to Tess Wainwright, on the off chance she'd recognise the company or the driver's name.'

'That's right.' Mac nodded. 'Tess lived up there for years before she came home.'

'We thought it was worth a phone call.' Pete shrugged again. 'Tess knew of the Trucking Company. She thought the driver was a friend of her ex or whatever, Jimmy Smith, and also the guy who was going out with Jimmy's cousin. Brutus? Bruno? Or some-such. Anyway, Tess had met this Blaine bloke but didn't even know he was a truckie. Our deceased driver also had two DUIs a couple of years back.'

'Then I'll be getting on to the Airlie Beach station in the morning.' The Superintendent pursed her lips. 'They should be able to fill us in. Till then, unless you can identify Jane Doe, Mac, I guess it's a waiting game.'

CHAPTER 2

She heard a voice. Barely a whisper. Young. A teenager maybe? Bubbly and bright for all that it was soft and non-intrusive. How could someone sound so upbeat while speaking so softly? She strained to hear. Had she lost part of her hearing?

Then there was an even softer, lower voice. A truly beautiful voice. Mellow. The sound seemed to float over her, as though cool, soothing fingertips had touched her heated skin, and it calmed her just a little.

Where was she? Who were they?

She slowly opened her eyelids a slit, just enough to see, and she waited for her fuzzy vision to clear. She was in an austere room with pale walls and ceiling. But she knew that, didn't she? She thought she'd seen the room before when shadowy shapes milled around. This time she could only see two forms. Two women?

The bubbly one spoke again. The young angel. That was the first thought to filter into her sluggish brain. She sounded like an angel. She focused on the bright voice and it morphed into a hazy image of a young woman. She was wearing a pink and white striped shirt and black slacks. Medium height. Shoulder length light coloured wavy hair. She couldn't quite make out her features, but her voice smiled.

Was she an angel? Were they both angels? That surprising thought shuffled around in her mind.

Had she died? No. Not that. Her heartbeats picked up speed and she pulled herself together as the sound of the monitors in the background changed. She moved her head and pain shot through her, making her moan, and the beeping sound increased.

'What's wrong?' The young voice was filled with concern. 'Will I get Dr Jen?'

'Yes. She's on her way. Check the room next door first.'

Cool fingers touched her face.

'Shhh. You're okay,' soothed that other angel. A hand rested gently on her shoulder, and she felt the light touch roll over her. 'Don't try to move.'

At the sound of the mellow voice her anxiety faded and she felt her heartbeats slow, the pain subsiding a little. She swallowed, tried to get some moisture into her dry mouth.

Cold, wet ice dampened her lips and she lapped at it with her tongue. It was ambrosia. She carefully turned her face into the cooling hand that still cupped her cheek. 'Thank,' she swallowed, 'you.' The words sounded hollow, as though they echoed in a tunnel. She barely recognised the wavering voice, but it had to be hers.

'Welcome back,' said that smooth angel's voice.

Yes. Definitely an angel. She was… Her words floated away and she frowned. A choir. Yes. Glorious. Like a choir.

She opened her eyes properly then, blinked, and gazed at the woman bending over her. The other, so fascinating angel. Yes. A woman. Older. Light blue shirt, dark blue slacks. Hair pulled back. Grey eyes. Sympathetic eyes. And her mouth… She was beautiful. She was just… So beautiful. 'Angels?' she got out through stiff lips and the woman's eyebrows rose.

'Not exactly,' the throaty voice said, and it held a hint of humour. 'You're in the hospital. Can you tell me your name, what we should call you?'

She closed her eyes again. Her name. No! No one must know. 'No!' she said. 'I don't…'

The machinery's beep rose, and those amazing fingers soothed again.

'You're all right. You've been in an accident.'

'An accident?' She frowned. The pain in her head clutched at her again and she tensed until it thankfully subsided a little.

'You don't remember?'

'No. I don't… I don't think…' She closed her eyes as a wave of exhaustion washed over her. And suddenly a scene flashed into her mind, shadowy, fading and then brightening, flickering like an old black and white clip. Everything was skewed. Sideways?

She'd been sleeping, was tucked into an uncomfortable bed in a small dark space, and something jerked her awake. Someone was swearing, loudly and colourfully.

Then deafening noise seemed to explode everywhere.

Her hands moved agitatedly as she relived her terror. The beautiful woman took hold of one, held it firmly, grounding her as she murmured soothingly.

An engine screamed along with the screeching of tyres.

Metal scraped and shrieked. Loss of momentum had her thrown like a rag doll into the stiff curtains, and they tore from their mountings. She began to fight against the musty-smelling cloth that seemed to be wrapped around her, until her arms came free. She looked wildly about, trying to orient herself. They were still moving and in the seconds before glass, definitely the windscreen, shattered, she saw the low railings of a bridge hurtling towards her in the wedge of the headlights' brightness.

She closed her eyes and her muscles barely had time to react as there was a deafening crash and she was propelled forward again, over into the passenger seat, into the footwell. Then their motion stopped and everything went quiet.

She began to panic, and she frantically pushed herself upwards. Something crunched in her mouth, between her teeth, on her tongue, and her stomach heaved as she spat out grit and the coppery taste of blood. Once she was relatively upright she drew in a painful lungful of air and kicked her legs free of the remnants of the curtain. She clutched onto the dashboard as a wave of dizziness made her feel faint.

Most of the shattered windscreen had gone. The headlights were still on, an arc cutting through the darkness, illuminating the crumpled guard rail, the bridge. Particles, dust or maybe insects, danced in the beams of light and something acrid teased her nose. She fancied she could taste it, mixed with the blood and dirt. She knew that smell. She felt her throat close on a scream. Fuel. And was that smoke? Fire!

She turned to the driver who was lying awkwardly, still belted into his seat. He made no sound, and he wasn't moving. She climbed over onto the console and squeezed his shoulder, called his name.

'Eddie! We have to get out!' Her voice sounded disembodied. 'There's smoke.' She shook him again, harder this time, but he was unresponsive. 'Eddie!'

Her muscles reacted automatically. She leant backwards, awkwardly raising her feet, kicking at what was left of the windscreen that clung stubbornly by an edge. Once it was clear she crawled over the dashboard, out onto the hood, gagging on the smoke and fumes. Sliding across the heated bonnet, she swung around on the side mirror, hung there, and felt for the step. She heaved on the driver's side door handle and somehow she managed to get it open.

The driver hadn't stirred, and she called to the wiry man again.

Unconscious. The word struggled into her brain, had her fumbling for the man's seatbelt buckle. She grabbed handfuls of his flannel shirt and strained to drag him out from beneath the steering wheel. He was a dead weight, and she had him half out of the cab when she lost her footing. She held onto his shirt as they fell to the road, his inert body landing on top of her. Winded, she fought for breath, then pushed him off her. She stumbled to her feet, groaning in pain as she swayed groggily.

There was an orange flicker in the corner of her eye. Fire. The terrifying word screamed inside her head again, and she bent down, fighting another wave of nausea. She grabbed Eddie's shirt and her shoulders strained as she dragged him forward and onto the verge, away from the now burning truck. One hand slipped and she lost her grip on the fabric, and she lurched backwards. Her leg slammed into the low guardrail and she fell into the darkness.

'Dark. It's so dark,' she repeated hoarsely, and the soft,

warm fingers that still held her hand, squeezed reassuringly.

'Shhh,' murmured that same liquid voice. 'You're safe now.'

Safe. *Safe now,* said that wonderful voice. In that moment she relaxed gratefully into sleep. And she let herself believe that at last she was safe. Yes. Safe at last.

CHAPTER 3

'You'd best come in then, Mac,' Dr Andrews said in a lowered voice. She led Mac and the Superintendent into the room. 'We've got her sedated.'

Mac looked across at the two women on the other side of the bed. She knew them, too. The older one, Lou Baxter, she remembered, had been in charge of the ward during Mac's own stay in the hospital. She was a tallish, competent and empathetic nurse who had also grown up in the town like Mac. Although she didn't look that old, she must be nearing forty, Mac surmised, as she'd been a year or two ahead of Mac at school.

The younger teenager was her daughter, Brodie. Her dark slacks and pale pink and white striped short sleeved shirt indicated she was part of Heidi's Angels, a group of young people who volunteered at the hospital, helping out where needed. They assisted patients who had trouble feeding themselves, read to them, or were simply a listening ear. The program had been in operation for over a year and Mac knew it was extremely successful. Izzy and

Cass had been part of it, too, and hoped they could find a similar group in Sydney.

She mouthed a soft hello to the mother and daughter before turning to the woman in the bed.

It wasn't easy to separate the young woman's features from her wounds. Dark lashes fanned her cheeks and white gauze covered one side of her face. There was also a scrape on her chin and her bottom lip was split and looked painfully swollen. One of her hands resting on the covers was also gauze-covered.

Mac shook her head at her boss's enquiring look. Lou Baxter gently held back spikes of dark hair that fell across the patient's forehead, uncovering the spider-like line of neat stitches, the dark bruise across the right side of her forehead from her hairline to her eyebrows. The skin around her eye was also turning a purplish black.

Moving to the end of the bed, Mac studied her from a different angle, and she shook her head again. 'No. I'm afraid I don't recognise her,' she said and then stopped and frowned. Something, a shadowy something, teased at the back of her mind. Did she know this woman? The faint memory faded away. 'I don't think so, anyway.'

'When were you last in Queensland?' The Superintendent's softly spoken question distracted her, and the moment vanished.

'Must be at least seventeen years ago and, as I said, I was only there for a couple of days, maybe a week. My main training was in Sydney,' Mac replied.

'We don't know for sure how old the young woman is, but if you subtract seventeen years she could have been a young child or a pre-teen,' Her boss suggested, and Mac searched her memory again.

'I didn't…' She paused. 'Actually, I did work with the

Police and Citizen's Youth sports program for a couple of months across Sydney but there were a lot of children, some probably as young as five or six and up to sixteen or so.' Mac studied the young woman again, trying to imagine her as a child or a teenager. She sighed. 'No. I'm sorry. I don't think I recognise her.'

The Super sighed too. 'Not to worry, Mac. It was a long shot, even though she had your name in her pocket. The fact she did could be for any number of reasons. Let it simmer for a while. Who knows, something might come to you when you least expect it.'

'You think she knows you somehow, Mac?' Brodie Baxter turned big, surprised eyes on Mac. 'Maybe you arrested her? Could she be a criminal?' she whispered.

'Now! Now!' began the Super sternly as Brodie's mother admonished her, too.

'Brodie!' Lou put her hand on her daughter's shoulder. 'Nothing you see or hear leaves this room.'

Brodie bit her lip. 'Oh, no. I'd never say anything.'

'I'm afraid that's how it has to be,' the Superintendent warned. 'We wouldn't want this young woman's family learning of the accident via the media, would we?'

Brodie shook her head. 'No, and I won't. I promise.'

'There is some swelling around the right side of her face,' the doctor told Mac. 'That could change her look so maybe in a week or so you could come back, hmm?'

'She hasn't been conscious long enough to tell you her name?' Mac asked and the doctor and nurse exchanged glances.

'No. Not to me,' said the doctor. 'Lou was here the last time she stirred but she didn't offer any information.'

The Super turned to the nurse. 'Did she say anything at all?'

'Nothing. A little while ago, before you all arrived, I think she was reliving the accident and she became quite agitated. I calmed her, explained where she was, and asked her again what we should call her.' Lou frowned. 'For a moment she looked almost terrified, I presume because of the accident. I reassured her she was safe and that seemed to soothe some of her panic. Then she just shook her head and drifted off again. I'm not sure she…' She looked back at Dr Andrews and shrugged.

'We're not sure about the knock on her head,' the doctor said. 'We'll be doing extensive tests to rule out various possibilities. She assuredly has a concussion. We're watching that. It's also possible she has some form of amnesia, which could be temporary or even worse. We'll have a better idea once we begin running the tests.'

After another look at the patient, they all, apart from Lou Baxter, began moving towards the door.

'I'll wait for you in the staffroom, Mum,' said Brodie.

Lou stayed by the bedside and Dr Andrews glanced at the watch pinned to the pocket of her scrubs. 'Isn't your relief due?' she asked, pausing and looking back at the nurse.

Lou nodded. 'Any minute now.'

'I suppose there's no point in distributing any photos just yet while her face is swollen,' the Superintendent was saying, 'but that's one road we'll probably go down. We'll start with Missing Persons first. Still, thanks for coming in Mac. Let me know if anything comes back to you.'

'I will, Boss.' Mac went to turn away.

'Oh, and there's something else.' Dr Andrews frowned worriedly as she glanced back at the patient, voice lowered again. 'She has scars.'

'What sort of scars?' asked the Superintendent.

'On her back.' She paused. 'I'd say she's been beaten?'

They gazed back at the doctor in surprise mixed with horror.

'Could have been with a leather belt. One of the more vivid scars looks like it might have been caused by a buckle.'

The Super drew a sharp breath. 'How recent?'

The doctor shrugged. 'Not recent.'

'When she was a child?' Mac asked, wondering if she could connect that terrible scenario with one of her cases. But she'd never worked in that section so—

'Probably childhood,' the doctor said carefully. 'And maybe teens. Some seem older than others. We don't know her exact age so until we can talk to her, we can't say for sure. We can only surmise.' Dr Andrews shook her head. 'Who knows what she's been through.'

They were in the corridor now.

'For fuck's sake!' the Superintendent exclaimed as she looked back at the young woman in the bed. 'What have we got here?' She turned to Mac. 'This added info not connecting any dots for you?'

'No. Nothing. None of my cases involved children, thank God. Without a name we can't get any relatives here to visit her either, and that's sad. But I'll sleep on it and call in again tomorrow to see how she is.'

'Good idea,' said the Superintendent. 'With a bit of luck when the poor kid wakes up she might recognise *you*.'

CHAPTER 4

Amnesia.

She'd heard them talking about it and she knew what it was. Amnesia. It happened when you couldn't remember your past. No memories. She almost moaned but stopped herself. She didn't need to draw attention to herself just at the moment. She needed time to think. To think this through. It didn't help that her thought processes were still a little erratic.

Of course, if Mac Donovan did suddenly recognise her, well, all control would be taken out of her hands.

Mac Donovan. She swallowed. She would have known Mac anywhere, she thought, as she'd snuck a peek at her through her almost closed lids. She was older of course. Weren't they both?

Mac would have been about twenty back then. Her hair was shorter. Maturity had only strengthened the planes and angles of her face. It was easy to see why she'd had a huge baby crush on the older woman. How she wished she could have simply greeted her, told her what a positive Mac had been in her negative life.

But that would be a huge mistake. One thing would lead to another. There'd be questions about people and places. Everything she wanted to forget. If anyone needed to have no memories of their past it was her. Hadn't escaping from that past been her sole focus all these weeks?

Nothing in her life was going to change. Running was all she'd had left.

She'd always dreamed of something better… For her entire life, probably. But specifically, she'd been actually physically running for three months now. She'd heard one of the nurses mention the date this morning so she knew exactly. It would be three months tomorrow that she left home. Months of truck-stops, seedy hotel rooms, basic youth hostels, and even the occasional park bench.

Home. She bit off a laugh. Such as it was. She hadn't thought of anywhere as home in over a decade or more. Before she knew any better, that had been reserved for the nondescript house she had grown up in, part of a family she'd thought was normal in the beginning, until she'd been old enough to notice the other families in their street, in the suburb.

Other families didn't have a nervous, anxious mother or a posturing, unpredictable father who would disappear for days or weeks and who'd return all full of himself. Or worse still, he'd be depressed and angry. Even Lucia's family was an improvement on her own. Until she realised how wrong she'd been about that, too.

The only bright spot had been her pretty, wilful, loveable little sister. She could still hear her mother's worried voice, *Look after your sister.* Yes, well, that was her major failure. Familiar pain clutched at her. *Oh, Natalie.*

Three months ago, she'd left. She'd known for quite some time there was nothing to keep her there and, more painfully, nothing worth staying for. She'd been lying to herself that Lucia— No! That had probably been over for a long time, although a small part of her clung to her. Habit mostly.

Lucia's family would never change and there was no way she'd exist on the crumbs Lucia was prepared to throw her. She sighed. Correction. The only crumbs Lucia would be able to throw her. That would be simply fraught with a danger Lucia refused to acknowledge, when it suited her.

On the surface Lucia had been her own father's little princess, but they were both street-smart enough by then to recognise the truth, that the princess position only held true as long as Lucia played by her father's rules. Secretly breaking those rules wasn't any sort of life. Not a life either of them could sustain unless they'd both been totally committed.

If she could have simply resigned from her job the way other people did… Other people? No, they definitely weren't other people. Questions would have been asked and if she'd \answered them truthfully they wouldn't have liked, or accepted, the answers. No way did anyone slight them. Betray the family or make any sort of stand. It wouldn't have been worth testing the possible consequences.

Her only hope was to disappear off the proverbial face of the earth.

Once she'd decided on that course of action, she hadn't allowed herself to be deterred. It hadn't taken a lot of planning. She'd kept it simple, but precise and meticulous. She had to pay close attention to details because they were masters at finding those who they even suspected had crossed them. Not that they knew she had. Still, it was safer to leave no loose ends for anyone to pick up.

She supposed once in a while she'd made her own luck. If you stretched the meaning of the word. She had always seemed to sense when she should step away and she'd managed to avoid undue attention.

But she knew you didn't depend on luck. It could run out at any time. Luck wasn't something her family knew much about. Luck was never there when they really needed it. Not having any expectations meant no disappointment. So no, she'd never trust in luck.

Danger was more in their ballpark. It was as though she'd lived with some form of danger all her life. Her father had thrived on it and look where that had got him. Meanwhile, it had crippled her mother, physically and emotionally. And Natalie, pretty, loveable, so full-of-life Natalie... She couldn't go there. Not when she felt so weak, so vulnerable.

She sighed brokenly. Family. Family lost. And family found. She had been naïve enough to think she'd done just that. Found... She had to have been delusional. She sucked in a breath, forgetting for a moment, and cringed as the pain reminded her. She couldn't only blame her bruised ribs. Her heart hurt, too. Dramatic? Not her. She could almost laugh at that. What heart? She had no heart anymore.

Looking back, it was all about that supposedly found family. They had taken her in when she'd been lost and alone. Not altruistically. That wasn't their way. Simply as payment - for services rendered by her father? After she'd finally allowed herself to think, all the pieces slowly fell into place, and anger and remembered hatred had claimed her.

At the end all she could think about was leaving.

She almost wished she'd wanted out because of something simple, she reflected. Like she'd stolen from them for instance. Even if thieves were punished if they dared to disrespect the boss, the family. No, this was the other end of the spectrum. And unforgivable. She'd informed—

Don't go there! Her mind screamed at her. No thoughts into the universe. No prodding karma.

No one had uncovered that truth. Yet. It was nearly two years ago, she told herself, and if they'd been going to find out they already would have. It had been totally necessary, deserving, if not completely successful. In some measure it had given her just a small amount of closure. As though anything ever could.

Would the family care once they realised she had gone? Would Lucia?

Her working position in the family business would be easy enough to fill. Running the nightclub bar wasn't rocket science. She had no doubt the opening would have been taken by the new member of the family. And Lucia, she'd made her choice.

Then again, maybe Lucia's father would have been pleased to see the back of her. She was quite convinced he suspected about her and Lucia even though he'd made no mention of it after... It was immaterial in his scheme of things. Women together? She could see them all smirk, hear the usual ribald comments about what only men had to offer. Besides, Ivan's only daughter could never be like that. A dyke.

There had been that time when she'd continued to rebuff Lucia's brother. Duke had been persistent and complained to his father. Ivan's only interest had been to ask her if she thought his son wasn't good enough for her.

She'd made some inane comment about not being ready to settle down, and it passed over. She'd been terrified Duke would find out and use it against them. So had Lucia. They'd cooled it for a while.

As the head of the family, Ivan's plans where their lives were concerned were all that counted. Women especially kept their place in his world. It wouldn't have crossed his mind that things would be any other way, the misogynistic narcissist that he was. No one questioned his orders, not even his sons, let alone the women.

No matter that she had occasionally threatened to do otherwise, his daughter wouldn't have considered thwarting him. She'd been all talk. She'd proved that. Deep down she'd always known that about Lucia.

It was her own fault she'd thought that things, at least the most important thing, could be different. She had wished they were. And a mere female bartender in Ivan's club crossing him? Never. Even if he had, to all outward appearances, taken her into his family. She wasn't his blood.

She was under no illusions there. His benevolent example of family looking after its own, looking after those loyal to the family, was part of that very illusion.

Yes, Ivan set the rules and even her own father, as badass as he liked to think he was, had meekly taken the fall for the family. He still had at least ten years of his sentence to serve. Plus the extra after she'd…

Her father's stupid confession had almost spoiled everything. Ime Radic, Lucia's youngest brother, had walked away, supposedly guilt-free according to the justice system, strutting around the bar, throwing his money around, buying drinks for the idiots who slapped him on the back and took the free alcohol.

Ivan had thought her anger that night was the result of

her father's conviction. He'd told her in all seriousness that her father's loyalty was being rewarded; and that she had to remember she was now part of the family, just like his own sons and daughter, under his protection. Having Lucia slip into her room later that night, holding her close, had been a small consolation.

But her anger burned, and she bided her time, finally ensuring Ime got some measure of punishment, retribution for his crime. And it had added to her father's sentence. Although it would never be enough.

No, she'd never blatantly crossed any of them before that. Until she discovered the truth. The cold, painful truth.

In the beginning she'd naively thought it was all about her father. She'd done exactly what she was told from the moment it started. She had been a child, and he had been her parent.

She still remembered the first time. It was a week before her ninth birthday. Her father was back, riding on a high while they waited fearfully for his moody fall that usually followed.

There was a small package in an innocuous plastic shopping bag which he'd placed into the wire basket on the handlebars of her bicycle. On top of the bag he'd set her favourite soft toy. It was a rainbow-coloured teddy bear her mother had bought her years earlier. The whole scene looked so jaunty as a little girl, small for her age, took her teddy bear for a bicycle ride.

He'd told her where to deliver the bag and a woman had been waiting for it. The woman, older, no one she knew, had taken the package and given her a lollipop. At that time she hadn't understood what was involved but when she'd turned the corner, out of sight, she'd thrown the lollipop into the gutter. Some inner sense had warned her not to be beholden to them even then.

A couple of years later when she'd realised the packages contained drugs she'd refused to take the parcel from her father. That's when he reminded her about the other side of himself. He'd taken off his belt and left red welts that scarred her back. Even worse, he'd warned her how annoyed he'd be with her mother if she didn't do what she was told and deliver the packages.

So she'd ridden her bicycle about the suburbs with her rainbow teddy bear, until he decided her age made her look too suspicious. Then he recruited her little sister.

But that all seemed a lifetime ago.

Months ago she'd known it was past time to make the break. There was no one left, and her father didn't count. She wanted another life; one that didn't involve having to be continuously on her guard, watching what was going on around her and who came and went.

To her relief, Duke had married someone else. Lucky woman! But later, when his wife was going through an uncomfortable pregnancy, he had started pressuring her again. She'd been furious at his wandering hands, his sordid innuendos, and he'd not taken her derogatory comments well.

One evening when the family gathered for dinner Duke had maliciously asked Ivan if he'd noticed how close she and Lucia had become. They'd all fallen silent and her heartbeats had almost choked her. She waited for Lucia, fiery on the odd occasions when her anger rose, to stand up and rage at her brother. But Lucia said nothing. She'd always been very successful at hiding that part her life from her family. She'd been secretive about the women and the occasional guy she'd dated.

Then Duke turned from his sister and smirked at her. He asked why neither of them had ever had boyfriends. They must be dykes, he'd stated contemptuously, and she'd slapped him. Ivan stood up angrily and clapped his hands. He'd had enough, he'd said, and his cold eyes met hers. He said he admired her spirit, but she had overstepped her place. In clipped tones, he'd told her not to push him, and she knew he meant it.

He turned to Lucia and told her she'd been playing around for too long. He'd pushed his finger into her shoulder a few times to make his point. That's when Ivan had dropped his bombshell. Later Lucia had admitted she'd known it was coming. It was unacceptable and the final straw.

She'd pleaded with Lucia, to no avail. Underneath her promises she was her father's daughter. Lucia's compromise sickened her. She had to leave. The right moment had presented itself to her. Her plans were all set.

The question had been where she would go. She was limited to Australia because she had no passport, and surely Australia was big enough. But town or country? She'd had no preference. The only criteria had been that it was far enough away to escape the family's tentacles. Somewhere she could slip into the background, get lost in a different world.

She'd liked the idea of a country town, close-knit, but that wouldn't work. It would be harder to hide in a small town. Maybe a medium-sized city. But where?

The next problem was getting there, without leaving any trace. Disguise herself? She'd done that a couple of times. She'd started by cutting her long light brown hair, then darkening it. She'd used a couple of cheap wigs and although she'd found them uncomfortably itchy, she'd persevered.

But how would she travel? Planes and trains were out, as were hire cars. Apart from the cost that would eat into her small amount of savings, they were far too traceable. Cash, no banks. There had to be no paper trail.

Hitch-hiking. The very idea filled her with terror. She'd be walking a very fine line between being invisible and the small amount of protection being visible would give her. No standing on the roadside, thumb out, and private cars. Passing cars meant more exposure. Besides, hitchhiking was illegal in some states, and she wanted no police attention.

That left truck-stops and long-distance truckies. Her decision made, she'd built a route that hopefully the family wouldn't be able to follow. Short and long distances in various random directions and destinations. Different trucking companies. All designed to mislead.

She began heading south to Melbourne via the Princes Highway, hitching a ride from the busiest truck stop. For the next couple of months she'd barely stopped. There was Melbourne to Adelaide and back again. A long haul up to Brisbane. Various rides west, once as far as Alice Springs and the Red Centre. Back on the coast she'd stayed a few days in a rundown beach shack to recoup.

The last one, and it seemed it had almost literally been that, she'd picked up a ride in Newcastle. Eddie was en route to Adelaide with a few stops along the way, he told her. The route suited her, and she planned to remain hidden in the truck during his quick pick-ups or drop-offs. Easy-peasy trip, Eddie had told her cheerfully.

He had seemed relatively innocuous and casually asked her if she was travelling off the grid. She'd made vague references to a stalking ex. He'd nodded and muttered, 'Bastard!' He'd then told her sternly that no woman deserved that sort of treatment, and that she was doing the right thing by leaving the tosser behind. She'd nodded and the subject had then been dropped and he'd moved on to other topics. He was a bit of a non-stop talker but she could cope with that, and he didn't undress her with his eyes like some of them.

She'd just started to let herself relax a little as they drove south from Newcastle when he'd had a call about an unscheduled pick-up in Sydney. Her first instinct had been to tell Eddie to pull over, let her out. But they were already on the outskirts of the city and her reaction would look suspicious. She'd stayed out of sight in the truck's sleeping compartment, and the stop had been mercifully short.

Then Eddie turned into the service station nearby to refuel, and she'd had to make a quick visit to the restrooms. As she walked around the corner of the building, heading for the truck, her heart almost stopped when she'd collided with a young guy in overalls who was devouring a large sausage roll covered in tomato sauce.

'Whoa!' he'd said, sidestepping her. He wiped his mouth with the back of his hand and then his face lit up in a cheeky smile. 'I don't usually let anyone get between me and my lunch. But on second thoughts, you just feel free, gorgeous.' He paused and looked at her quizzically. 'Hey, don't I know you?'

She was horrified. It was one of Lucia's young cousins who was barely out of his teens. Nicky, she thought they called him. She'd heard Lucia's brother, Duke, saying dismissively that Nicky was a few bottles of beer short of a carton. 'No. I don't think so,' she said, drawing in her cheeks to hopefully disguise her facial features. 'I'm not from around here.'

'You're not? Wow! Then you have a double.' He peered at her. 'Well, different hair, I guess. Bit skinnier.'

She'd known she had to get away, and quickly. 'Sorry. I need to get going.' And with her heart in her mouth, she'd hurried over to Eddie's truck, climbed up into the cab beside him and not looked back. The incident had unsettled her. She knew Nicky worked for Ivan's family and if he was on his lunch break…

The Radics had warehouses all over Sydney. There must be one nearby. Surely Eddie hadn't had any dealings with them. It would be too coincidental, and too cruel. At that thought she'd sunk back into her seat, pulled her hoodie further over her hair and hoped against hope Nicky would forget the incident.

She wasn't able to draw a proper breath until they were out of the city. Eddie was on his way south along the M1 to another couple of short drop-offs, then crossing to the Hume Highway south to Canberra before continuing west. At least that had been the plan. She had no idea why he'd made this detour.

She frowned, bringing a picture of Eddie into her mind. It was hazy but she recalled he was a short stocky guy who came from Airlie Beach. He told her he'd spent his youth in Darwin and talked about that at length. Then he'd followed a trucking job to Queensland and liked it so much he'd stayed there. Twenty years, he'd said.

He was definitely rough around the edges but at least he was respectful in his way. No inappropriate touches or sexual innuendos. In fact, his raspy voice changed a little when he spoke of his missus. His old ball and chain. He'd sighed when he said it and he'd gone quiet for a while before he told her his wife usually accompanied him but that she'd stayed home to recuperate from an operation. Ladies' troubles, he'd said ominously.

Somewhere past Wollongong, after another drop-off or pick-up, and they'd left the coast, he'd skirted the question of her ex again. She wasn't sure he accepted that she was travelling alone with no young bloke in tow because of the implied violence. She could hardly admit the truth there. Because blokes, young or old, violent or not, don't do it for me, she'd wanted to say, but she'd simply shrugged. Leave no clues, she reminded herself.

She told him she was eventually going to catch up with family in Adelaide. He seemed satisfied with that and offered another monologue about what should be done with cowards who knocked women and kids about. He'd asked a few innocuous questions about her family, accepted her superficial answers, and told her he was pleased to have her company.

She glanced around her hospital room. Now she was thinking a little better, and her brain wasn't quite as foggy, she wondered how he was. She'd have to ask them.

She frowned as her mind suddenly created a split-second flashback. She saw him crunched over the steering wheel, saw no detail in the darkness, but she was aware of the urgency caused by the smell of smoke. She remembered pulling his body away from the truck, seeing blood on his face in the flash of light from the fire. She didn't remember much after that. She'd have to ask…

But amnesia… The word flashed into her mind again. It would be all the cover she'd need, wouldn't it?

And suddenly she was tired again and her eyelids fell.

CHAPTER 5

'Louisa Baxter!' her mother had stated at breakfast, running her eyes over her daughter's neat uniform. 'You're working too hard at that hospital!'

'What are you doing up so early when you don't have to be?' Lou shoved two more slices of bread into the toaster for her mother. She had a serious case of bed-hair and Lou hid her grin. 'The girls won't be stirring for an hour.'

'I'm old. Apparently. And they say old people don't need as much sleep. Whoever those all-knowing, know-it-alls are that set the benchmarks. Probably workaholic daughters, if the truth be known,' Cynthia Lawson said grumpily. She put her iPad on the breakfast bar and poured herself a cup of tea.

'You're not old,' Lou said fondly, wishing she had a dollar for every time she'd told her mother that. With all that added revenue maybe then she could think about retiring. She suppressed a smile. As if she would, even if she was the workaholic her mother was always telling her she was. Her job meant so much to her and she loved it. 'Sixty-four is not old.'

'So says someone who isn't even forty.'

'Almost forty.'

'Next birthday. Once you reach the big four-O you'll be far more disinclined to add another year. You just mark my words,' her mother finished gloomily, and Lou laughed.

'I'm sure I shall.' Lou balanced her slice of toast and rosella jam on her travel mug of tea and slung her bag over her shoulder. 'Deanne and Brodie both have early lectures so they'll be taking Deanne's car. You'll have to play taxi and drop Em off to school this morning. Okay?'

Cynthia saluted. 'Okay, my Cap-it-tan. All right there on my iPad, with alarms, thanks to my technology-obsessed granddaughters. More to the point, how come you're going into work early again?'

'Two staff off sick. You know how it is.'

'I know that you're far too good-natured to refuse when you're asked to step in.' Cynthia frowned. 'The magic word is *no*! Learn to say it once in a while.'

'I often do. Just not today.'

The older woman sighed. 'You look nice.'

Lou paused. 'Well, thank you, Ma.'

'Don't Ma me. You do. Look nice, I mean. I like your hair like that.'

Lou checked the tight bun at the back of her head, concentrating on preventing a sudden urge to blush. 'It's sensible and keeps my hair out of the way. I had a bit of extra time this morning so I tried for something more professional than my usual sort of *I'm in a hurry* messy bun. And I'm getting too old for ponytails.'

'Rubbish! Anyway, that looks,' her mother paused, 'classy.'

'Classy. I'll take that. We nurses aim for classy.' She chuckled.

'You're blushing. Is there someone who's caught your eye?'

'Caught my—?' Lou paused as she was about to take a bite of her toast. She felt heat warm her cheeks again. 'Oh, for heaven's sake, Mum. Who? You know everyone I work with. If they haven't caught my eye by now they're not going to, wouldn't you say? And I'm not blushing.'

'Okay, it's just the heat in the kitchen then. No pun or whatever intended. You aren't blushing. My mistake. Someone who's pushing forty wouldn't blush.' She held up her hand when Lou gave her an indignant look. 'No one new on staff then?'

Good grief! There it was! Her mother's signature knowing smirk. She was a master of that irritating expression. Well, Lou wasn't going to give her the satisfaction. She could bet she'd already cross-examined her granddaughter about the comings and goings at the hospital. Brodie would have been just as eager to share.

Those two were so alike in some, no, in most ways. Lately their project seemed to be to find her a date. Lou needed that like she needed the proverbial hole in the head. Complications abound in that direction, she reminded herself. Whichever direction she chose.

Whichever direction—? Not now! she admonished herself. She'd made a pact with herself not to think about that, in whatever particular… In fact, in any direction. Especially not when her mother threatened an interrogation. If she was running true to form her mother would start out innocently enough, but things would quickly deteriorate into fully-fledged prying.

'Are you ignoring your mother, Lou Baxter?'

'Never! The lovely old crone won't let me.' Lou concentrated on her slice of toast and sighed in resignation. 'I'm willing to bet my daughter has shared all the information you so desperately need, as totally unfathomable as that need may be. And,' she held her mother's gaze and mimed a yawn, 'how boring the said info is.'

'Brodie and I just make idle conversation. You could try talking to me more yourself. Getting anything out of you is like pulling teeth. It's not as though you're guarding secrets that would put national security at risk.'

'Oh, yes. National security.' Lou chuckled. 'As if I'd even recognise anything like that if I heard it. Before it filtered through, any international incident would have been and gone, all part of yesterday's news.' Then, for some inexplicable reason she had a picture of the group of police personnel murmuring together outside a hospital room. And a small, damaged figure in the hospital bed.

'Brodie did mention they'd put on more staff,' her mother commented purposefully.

'Brodie doesn't seem to compute the concept of discretion. I'm going to have to have that discussion with her again.'

'Oh, piffle!' exclaimed Cynthia. 'I simply have an inquiring mind. Brodie and I both do. Besides, we never discuss anything specific. Brodie understands that. So how does me keeping abreast of new staff hurt anything anyway? I'm your mother and I like knowing when your dating pool has expanded.'

'Bloody hell!' Lou muttered and rolled her eyes.

'It's the only place you're going to meet anyone,' Cynthia continued. 'You're either here or at the hospital.' She gave a shrug. 'You know Brodie never tells me anything personal. Quite truthfully, I'm not even interested in patient ailments. I can conjure up enough of my own at my age. Let me tell you I get any number of organ recitals down at the Senior Citz. I don't need to know that sort of,' she made quotation marks with her fingers, "personal stuff". For example, Brodie didn't tell me where Mavis Hughes had a nasty carbuncle. Having her arrive at bingo with a bright purple ring cushion, and the pained expression on her face when she sat down kind of gave the game away.'

'Mum! For heaven's sake! Enough!' Lou exclaimed with as much authority as she could muster after she'd hastily swallowed a laugh. 'Mavis Hughes is a lovely woman and she'd be mortified if she knew we were invading her privacy. So, no more about anyone's medical procedures and most definitely no more matchmaking. I repeat. I don't have the time or the inclination to exhaust myself trying to fit a relationship into my busy and,' she paused for emphasis, 'perfectly satisfying life. Okay?'

'Ooooh!' Her mother held up her hands and wiggled them in surrender. 'My daughter, the scary boss. So terrifying.'

'Mum, please,' Lou begged. 'Can we put this dull and uninteresting subject to rest. Again! Or, if you keep pushing me into this conversational corner I just might be forced to quiz you about a certain guy at the said Senior Citizens' Club.'

'Humph!' muttered her mother.

'Is Artie Parker still saving you a seat at bingo? So nice of him,' Lou added with an innocent look.

Her mother pursed her lips. 'Aren't you going to be late for work?'

'Bye, Mum. Oh, and Em has soccer practice this afternoon. I'll ring if I can't collect her. Okay? Have a good day. I love you heaps, too.' Lou laughed as she hurried out to her car.

At the hospital Lou pulled into her usual car space and switched off the engine. She heard herself give a loud sigh and took a last gulp of her tea. Her mother was incorrigible, and Brodie wasn't much better. At the moment they seemed relentless, constantly intent on interfering in her love life.

Love life? Lou scoffed. Another of life's mysteries she wouldn't recognise if it planted itself in front of her and did a song and dance number. Or a striptease. She bit off a laugh. She had to keep her sense of humour, right?

To be honest she didn't think she'd ever had the popular perception of a love life. Even in her teens she hadn't been interested in the sort of social life some of her friends had thrived on. She wasn't a party girl.

She hadn't been a natural student. She'd had to work hard to gain the results she wanted. So partying was out. Not that her friends had stopped trying to get her to *let her hair down*, as they called it. Only when her last secondary school exam was behind her had she allowed herself to relax. She'd swallowed her reservations and given in to her friends' admirable persistence and let them drag her along to the *School's Over!* party.

That had been a total eye-opener.

She remembered looking around and seeing everyone pairing up. All her friends had boyfriends, and everyone was drinking, laughing, dancing, kissing. And more. Ew! Was this the done thing? she'd asked her friends. They'd fallen about laughing. So, step one, they'd told her, apparently the one and only step, was to look for a guy. Not that there had been all that many free ones.

Did she really want a boyfriend? she'd asked herself. Did she want a guy's hands all over her? And the kissing thing? Quite honestly, not so much. She'd accepted a drink and it wasn't awful, so she had another. Surprisingly, after a couple of drinks she decided looking at guys seemed a little easier.

More people arrived and she thought they were older. That's when she met James. He'd strolled over to her, put his hand on the wall behind her head and leaned into her.

'Haven't seen you here before. I would have remembered.'

She groaned inwardly at the memory. He'd thought he was so cool. Still, he had been good looking, in a *sure of himself* way. Confidence, something she knew she lacked, was a positive quality. She hadn't disliked him, and her friends told her he was a catch. He was five years older than she was, she'd learned later, impressively grown-up, and when he asked her out on a date she accepted. It was comfortable being like everyone else.

Many's the time she'd wondered where their relationship, for want of a better word, would have gone if the circumstances had been different. She wouldn't have been all that upset if he'd called it off. No, the break-up, and she'd felt instinctively it was coming, wouldn't have left her heartbroken. Disappointed maybe.

Of course, then there was sex. She'd always tuned out when her friends talked and giggled about that subject. So fascinating. Not! They'd teased her about being shy and naïve but, actually, she hadn't had a lot of interest in it. Or hadn't allowed herself to, as it distracted her from her studies.

When it happened she had been annoyed, mostly with herself, because she'd allowed him to talk her into moving from kissing, which was quite pleasant, and fumbling about, more frustrating than pleasant, to actually having sex. It certainly wasn't his entreaties that involved pleading phrases like *if you really loved me,* and *girls didn't understand how physically painful it was for guys if they didn't,* etcetera.

She'd known deep down that she didn't love him. She'd liked him but… And anyway, was not having sex any less painful for women? It was just a different pain. She'd admit she could get aroused sometimes and it was difficult to not give in to his entreaties. It seemed her hormones could occasionally rage as well as everyone else's.

James, ably assisted by those flaring hormones, and with the help of her curiosity, had worn her down. Eventually she *had* given in. I mean, why wouldn't she have been curious, too? Sex got so much airplay. And after they'd had the much-lauded sex, she decided it was way over-rated. The original *false news,* as far as she had been concerned.

Then, while she dithered about getting up the courage to ask her doctor for a prescription for contraceptive pills and depending on James's proficiency with condoms, which had turned out to be not-so-expert, she reflected wryly, she had fallen pregnant with Deanne.

That changed everything. James's parents and her father, and to a much lesser extent, her mother, had decided it would be best if they married. Yes, well, best for whom?

All she remembered from that time was being simply overcome by terror, at marriage, at motherhood, at calling a stop to her nursing studies, at her life as it had looked at eighteen. She'd wanted to simply run away, because she knew she hadn't wanted to get married to anyone. Not even James.

Lou sighed again. Following on that thought came the usual one to fill her with that painful guilt. If she hadn't married James she would have only had Deanne, because she never considered not having her. But she would never have had Brodie and Em, and there was no way she could see herself without them. Without the three of them. She loved her daughters dearly.

To be brutally honest, her marriage hadn't been particularly horrible. Far from it. They had both tried, in their different ways. They'd failed, then tried again. Eventually, they'd lost themselves in their careers. James was a lawyer who still worked locally, and she'd returned to her nursing. They'd just been totally unsuited, something James would never admit to, at least not until he met his second wife.

Her ex-husband's second wife was a psychologist who worked at the hospital. Lou quite liked Sharni Pereira, which was a good thing, and quite fortunate, as they were workmates. Although they would never be bosom buddies, she thought wryly, it was all very civilised. Civilised. That was the word. She gave a resigned chuckle. But best of all it made it all normal and easy for her daughters and their relationship with their father. As a father she couldn't fault James.

Lou just wished people, mainly her mother, didn't think just because James had happily moved on and remarried, that she needed to do the same. And you would think her mother would be the last one to try and push her into another marriage. She herself had never remarried after her own divorce.

Lou's father had not exactly been a pillar of the community. As a young child she had loved him, but as she became more aware of his drinking problem, that love had tempered somewhat. Her mother had called it quits when Lou was barely a teenager and her sister was still in primary school.

Lou still saw her father occasionally around the town, when she couldn't avoid him. Henry Lawson swore he was related to his namesake, the famous Aussie bush poet. Her father's drinking binges always led to street corner orations of Lawson's poetry. *Andy's Gone with Cattle* was a particular favourite. It used to embarrass a young Lou but now she accepted him as part of the scenery. She was past letting it bother her.

Her life now was as complicated as she wanted it to be, as she allowed it to be. She loved her job, her daughters, and her completely irritating mother. Why add anyone new to the equation and take a chance on upsetting the balance?

Her mother was right about one thing though. If she *had* wanted to meet someone, work was the only option. She rarely went out. In fact, the only place she went apart from home, grocery shopping and work was to Em's soccer matches during soccer season when her work roster allowed, and to the monthly book club meeting at Chaplin's Bookshop.

Even she knew that was just kind of sad.

Deanne and Brodie had mentioned dating apps once. Only once. She'd shot that idea down very forcefully. Swiping right, or left, or whatever, wasn't for her.

She thought about the new staff members her mother was referring to. Two new female nurses and one new male doctor. Choice of three, suggested her mother with a laugh the previous time they'd had that same exasperating conversation. That would be two, she'd wanted to say facetiously. If she'd been interested. It would have to be the women as she had no inclination to take on a relationship with another man. Her marriage to James had cured her of that.

She supposed *cured* was a little harsh, she thought guiltily. James hadn't been violent, rarely drank, and she knew he consciously tried not to be controlling. She'd realised in the first few years of their marriage she'd allowed him to be the stereotypical man of the family. She'd been young, inexperienced, and her father had not been the best role model. It hadn't been easy to admit she'd overreacted about everything, confusing James and, to be honest, herself. At that time she couldn't have said what she wanted.

Had anything changed there? she asked herself ironically.

She sighed again, knowing she had definitely been a little unfair to her ex-husband. It was hardly James's fault she'd allowed herself to be caught up in the heteronormative, male-female, love-and-marriage thing.

She'd never been sexually attracted to James, not the way she felt she should have been. Neither had she been attracted to women. During her marriage sex had become something she felt James needed. She hadn't instigated it, leaving it up to him, and she'd thought maybe she was asexual.

She'd had Deanne and Brodie before she'd even had time to consider all that being married had entailed. She hadn't been the world's best wife, certainly not for an up-and-coming lawyer. They'd separated when Brodie was three. Allowing herself to be talked back into making another try at their marriage by James, and with hindsight, his mother, had resulted in Emma. Amazing little Em, who was the light of their lives.

When their marriage faltered again nine years ago James had accused her of being involved with someone else, focusing on a particularly attractive male doctor who had developed a reputation for sharing himself around. She'd laughed at him. What else could she do as she swallowed her guilt.

She hadn't wanted to even confess to herself that Shaz Warwick, a fellow nurse and known lesbian, had totally surprised Lou by kissing her one night in the shadows of the hospital parking garage. Had she given Shaz interested vibes?

That question regularly raised its head after her mother's persistent sorties into her love life, or lack thereof, and it had started to, yes, bother her. It didn't take much to recognise the reason why it annoyed her. Because, like it or not, it forced her to be honest with herself. She was an adult and heading for forty years old, for heaven's sake. She was mature enough to admit it, too.

The bottom line was that women interested her, even if those thoughts had started unconsciously. Shaz Warwick's kiss had been as bright as a neon sign flashing in the darkness. Totally unmissable.

Not that she'd been attracted to Shaz, she berated herself forcefully, although she had wavered about whether or not she *could* be attracted to her. Shaz was gorgeous in a forbidden, yet excitingly androgynous way. And she *could* kiss.

However, kissing Shaz Warwick aside, she knew the reasons for their marriage breakdown had rested on both their shoulders. After the tiring time it took to sort everything out, Lou could only be relieved that their divorce had been reasonably amicable. And she supposed she should be grateful that James had met Sharni and fallen for her. It had taken any burden of their failure off Lou, off both of them.

No. Lou's moment of life-changing self-discovery hadn't been the specific woman. It had surely been that kiss. Suddenly kissing a woman had dotted all Lou's i's and crossed all her t's. Terrifyingly.

She'd told Shaz thanks, but no thanks, as enjoyable as

the kiss had been. Shaz had taken her rejection well, said it was a pity, and they'd moved on. The other woman was now happily involved with another nurse and had been for a couple of years. Since then Lou had never acted on her internal revelation, as much as she might have wanted to. She always banished that thought before it could take hold. Far too complicated.

Anyway, she hadn't met a woman who made her want to resurrect her secret thoughts, made her inclined to share... Until now.

Oh, no, no, no, no. She severed that thought before it had a chance to take hold.

She'd been thinking about her mother's meddling. Honestly! As much as she loved her, that woman could be so vexing sometimes. All the recent teasing from her mother and Brodie, culminating in this morning's absurd conversation, had shuffled those thoughts back into her mind. It wasn't a subject she needed to give any mind-space at the moment.

Not for any particular reason, she assured herself. Just generally. She needed to switch off that train of thought... Derail it. Blow it off the tracks. She groaned. Was she getting quietly hysterical? She glanced at the time and climbed out of the car, her focus thankfully going to her ward.

As she hurried towards the hospital the bruised face of their Jane Doe flashed into her mind and she quickened her step. For some reason the unknown, wounded young woman huddled in the hospital bed struck a chord deep inside her. More so than any of her previous patients over the years. That was disquieting enough, but she'd forced those other thoughts into the back of her mind. She could rationalise it.

This unnamed young woman had suffered a huge trauma, and she needed Lou, and of course her staff, to nurse her back to health. The agitated hand had clutched hers, seeking assurance, and safety, and the dark wounded eyes she had trouble getting out of her mind were simply part of it, part of her job. Rationally, that's what it was. Right. She was rational, almost forty-year-old Lou Baxter.

She headed into the hospital.

CHAPTER 6

Changeover was far busier than usual as four new patients had been admitted overnight. Two had fairly serious conditions and needed special care, which meant it was some time before Lou could get away to check in on Jane Doe.

Since she knew the young woman's condition was stable, and her medical team was pleased with her recovery, there wasn't any great urgency for Lou to... She was just doing her usual conscientious job, she told herself.

As she walked along the corridor Mac Donovan came towards her.

'Visiting our mystery patient?' Lou asked quietly, and then admonished herself for stating the obvious.

'Yes, and she seems so much better,' Mac said with a smile. 'What a difference a couple of weeks have made.'

'They surely have. She's recovering a little more quickly than we expected. Some of the swelling has gone down on her face now.' Lou paused. 'Do you...?'

Mac shook her head ruefully.

You still don't recognise her?'

'No.' Mac frowned. 'Sometimes something shifts at the back of my mind but I can't quite grab onto it. I can't even decide if it's a real memory or just wishful thinking, hoping I can find a name for her.'

Lou nodded sympathetically. 'Dr Andrews said she explained to JD…' She gave a soft laugh. 'That's the name Brodie gave her. Jane Doe. JD. It seems to have stuck. Anyway, Dr Andrews asked her about the envelope addressed to you that they found, and she claims she doesn't remember why she had your details in her pocket.'

'Mmm.' Mac was still frowning. 'Jen, Doctor Andrews, thinks she might have some form of amnesia.'

Lou nodded. 'Yes. Although her physical injuries don't point to that. They're starting to think it's the trauma of the accident. Although she can't remember the actual crash, she has had a couple of nightmares about it.'

'Jen told me about that, too, and it's not surprising. She said she couldn't remember why she was in the truck either, or how well she knew the truck driver, but she was pretty upset when they told her the guy hadn't made it. Again, that's understandable.' Mac sighed and shrugged. 'I can't imagine how terrifying it must be to lose your past. Unless your past is so bad you don't want to remember it,' Mac added, almost to herself.

'Let's hope it's not that,' Lou said, the idea forming a tight clutch in her chest. She looked at Mac and knew they were both thinking about those pale scars on JD's body. How could it not be? There had to be some awful abuse involved. They'd decided not to ask her about that until she was stronger.

The truth was no one knew anything about this young woman. She was a mystery.

'The trouble is when the Super asked her if we could take her photo, circulate it to see if someone recognised her, she seemed upset about it.' Mac shook her head. 'Refused to have the photo taken.'

'She did?' Lou was surprised. 'Did she say why?'

'No. She got so agitated we decided to leave it for a while. But we thought that could be a bit of a red flag.'

'It might not be as suspicious as it sounds,' Lou suggested, hoping it was so. 'It could simply be the result of the accident and the amnesia. I suppose we just have to wait and see.'

'I guess so,' Mac agreed. 'Actually, I'm hoping Tanya... You remember Tanya Wainwright?'

'Oh, yes.' Lou replied. 'Army nurse and a friend of yours.'

Mac nodded. 'Tanya will be back in a couple of weeks. We were in Sydney together for a while when her army training and my police training overlapped. Tanya might remember something, if the young woman is from Sydney. It's a pretty slim chance but,' she shrugged, 'you never know.'

'The Superintendent said the trucking company had the truck coming south through Sydney and Canberra en route to Adelaide.'

'Yes, and if I did come across her years ago, I'm thinking it would have to have been there, in Sydney.' Mac checked the time. 'Well, I'd better get off to work. I'll see you. And Lou. Let me know if she says anything,' she paused, 'about anything, hmm? And I'll come straight here.'

Even as Lou nodded she shocked herself with her first thought. *It depends on what she says.*

Swallowing her disquiet, Lou continued on and paused in the doorway of the next room. Their Jane Doe was seated cross-legged on the bed, one elbow on one knee, her head resting on her hand, as she focused on an iPad balanced on her other knee.

She was wearing a pair of old shorts and an equally old t-shirt that Lou recognised as having belonged to Lou's daughter, Deanne. Since their patient had lost everything in the fire Brodie had collected some unwanted clothing from her sister who was about the same size as the young woman. Wearing proper clothes instead of a hospital gown would have to cheer JD up, Brodie decided.

She felt a little twinge of pride that her daughter, her three daughters, were kind, thoughtful young people. How had she managed that through the mess she felt she'd made of her own life? Having to get married. Caving to family pressure when she definitely hadn't wanted to. And later allowing herself to be manipulated into second chances when—

Not to mention pushing her real self, whoever that was, into the deep recesses of herself.

She dragged her mind back from her self-deprecative thoughts. She seemed to be slipping into that mindset far too often lately. It would be so easy to blame that on her mother and Brodie interfering in her private life, but... If blame was to be named it was all on her.

Here at work, she reminded herself vehemently as she silently watched JD, her patients needed and deserved her full attention.

The iPad Jane Doe was focused on as she frowned in concentration, had a distinctive pink cover. Lou recognised that, too. Brodie's father had replaced her old, pink-covered iPad with a new model as she'd prepared to start her first year at the university. Brodie had donated the old iPad to this young woman who had been left with nothing.

Even with the shadows of the bruises on her face, Jane Doe, now JD, was an attractive young woman. Lou could acknowledge that. Couldn't she? More to the point, she admonished herself, should she? And the even more germane question was why did she feel she had to ask herself that? Make such an issue of it? It was all her mother's fault for reviving those distracting thoughts!

She sighed. JD *was* beautiful. Anyone could see that. Her short dark hair fell over her forehead, feathered the tops of her ears and the back of her neck in a careless style that some women needed hours in a hair salon to achieve. She had a small nose, and now that a lot of the swelling had gone down, well-defined cheekbones, a firm jaw line, a faint dimple in her chin, and her mouth… The cut on her lower lip was barely visible now and her lips, they were—

Lou pulled herself up again, but her heart seemed to squeeze as she gazed at the young woman, sympathy welling inside her. Mac was right. How horrifying it must feel, waking up in a hospital among strangers and remember nothing of your life, be it good or bad.

The young woman looked up and pink tinged her cheeks as she gave Lou a quick, tentative smile, a smile Lou couldn't quite stop herself acknowledging she had been waiting for.

'I hope there are more interesting books besides *Great Expectations* on there,' Lou said, indicating the iPad, as she continued into the room, fairly confident she'd donned her professional persona. 'For some unknown reason Brodie particularly disliked that one and complained endlessly when she had to write a book report on it.'

'No. Not Dickens. I thought I'd try *Pride and Prejudice*,' JD replied, and a shadow momentarily washed over her face. 'I guess I don't remember reading it. But surely I must have. Everyone probably has. Brodie said it was a classic.'

'Well, I didn't read it until I left school. And that,' Lou pretended to look around for eavesdroppers as she waved an admonishing finger, 'is a closely guarded secret.' She smiled ruefully. 'I was more inclined to read what I wanted to read than what I was supposed to read, even though that wasn't one of my set books.'

JD laughed delightedly. 'I see. You were a rebel back then?'

'Back then? Are you saying I don't look like rebel material now?' Lou rolled her eyes. 'Okay. Full disclosure. I was hardly that, then or now, as much as I'd like to think I was.'

'Sadly, you definitely don't look like a rebel.' JD's laugh had morphed into a teasing smile. 'Just saying,' she added when Lou looked exaggeratedly disgruntled.

'Oh, dear. That's disappointing. So what you're really saying is that I look like a boring old matron?'

'Matron? Are you the matron? Is that what they call you?' JD asked with raised eyebrows, a teasing smirk lifting the corners of her mouth.

'I'm an RN. And a CN. Sometimes NUM,' Lou replied in kind, and then grimaced ruefully. 'I meant matron as in, an older female and upstanding member of the community.'

'Okay.' JD drew out the word. 'CN. NUM. What do they call that? Initialisms? Does that mean you have secret nursing names?'

'No, nothing secret. Idiosyncrasies of the profession maybe. I read somewhere they're called apronyms or reverse acronyms, apparently. Something like that. So, a Registered Nurse, a Clinical Nurse and sometimes Nurse Unit Manager.'

'Impressive. I mean you are. Impressive. No. Really,' JD assured Lou when she gave her a sceptical look.

Lou's cheeks felt warm and she hoped she wasn't blushing. Again. *Impressive?* How she wished—

'UMC?' JD chuckled. 'Upstanding member of the community. Very much so. That said, then let's address O, M and B, as in *old, matron,* and *boring,*' JD continued. 'You are definitely not old.'

'Sometimes I feel old.' Lou did. Right now. Looking down at the young face regarding her with what Lou hoped wasn't, and wished was, just simple admiration. She did hope it wasn't more than that, didn't she? That would be just too complicated, and she'd have to be... Okay. She could admit it. Professional. That was the word.

'I'd say... Thirty-two,' JD said with conviction and Lou couldn't stop herself laughing spontaneously. 'Not me,' JD clarified. 'You. I think you're thirty-two.'

'That's flattering.'

'Oh. Thirty-three then?'

Lou shook her head. 'Try thirty-nine.'

'No way!' JD said incredulously.

'Oh, yes. I have a twenty-year-old daughter.'

'Brodie's twenty? Or are we talking about Brodie's sister, the generous previous owner of my clothes?' She held the faded T-shirt away from her chest for emphasis.

Lou's gaze went down to the slender fingers clutching the T-shirt, stayed until JD released the soft material and it fell back over the delightful swell of her nicely shaped breasts.

'Yes.' Lou quickly drew her gaze back to JD's. 'Brodie's sister, Deanne, is twenty and Brodie's nearly eighteen. I also have a twelve-year-old.'

'Wow!'

'Exactly!' Lou said. Three daughters. Thirty-nine. Oh yes. That was definitely old and boring, especially to someone as young as JD. 'I think we can put *matron* back on the table.'

'No way with the *matron* either. And, trust me, you really don't look thirty-nine,' JD said seriously, and her eyes held Lou's gaze for long moments.

Lou suspected her heart momentarily forgot to beat. Something definitely was amiss in her chest.

'What are we up to?' JD continued brightly. 'You also said you were boring. Boring? Nope. Not that. You're not boring either.'

The young woman smiled up at her again and Lou's breath did what was becoming that familiar flutter. What was wrong with her? Should she mention it to Dr Jen? 'Thank you for the *not old and boring*. Now, at the risk of sounding not boring but repetitive, how are you feeling?'

JD laughed softly. 'Actually, my favourite not-matron, I'm good. Better. My headache's almost gone now.' She sobered just as suddenly. 'I just—' She gulped a breath, and a mixture of emotions flittered over her face. Uncertainty. Fear. Mostly fear.

'I'm sure Doctor Andrews told you you're doing exceptionally well.' Lou sat on the side of the bed and automatically took the young woman's hand. This need to touch her was just simply empathy, she told herself. 'I know it's a worrying time for you right now, but it will get better. Is there anything in particular I can help with?'

'No. Nothing really.'

'Nothing?' Lou raised her eyebrow in what she hoped expressed professional encouragement. Professional. Yes. Just that. Again.

'I guess I'm…' JD's teeth worried gingerly at her bottom

lip and she winced a little. 'Doctor Andrews said I'm almost okay to leave the hospital. Well, I think I am. I'm not really sick. My wounds are healing and I'm just a bit sore. My bruises, I mean.'

'There's no hurry, no pressure for you to leave.'

'But I don't want to take up a bed someone else might need.'

'You aren't doing that.' Lou gave her hand a small shake.

'And I can't pay, or anything. I have no money.'

Lou smiled. 'Although it gets some bad press sometimes, we do have a free public health system here in Australia. Which means,' she waved her other hand, 'no charge.'

The worried frown remained in place and Lou felt her pulse pick up speed again as she squeezed JD's hand reassuringly. 'You can tell me if there's anything else worrying you, you know.'

'I know.' JD paused. 'It's so strange to not have any money. Or anything at all, like a driver's licence for instance. If I ever had one.'

'You can replace that.' Lou paused. She knew Jen had spoken to their patient about her condition and JD had to be concerned. Did she want to talk about it? 'I'm sure Dr Andrews and the other doctors explained to you about the different types of amnesia, didn't they?' Lou asked and the young woman nodded. 'You don't have anterograde amnesia because you've shown you can remember new information, which is good. The main thing is to try not to worry. Let your body heal at its own pace.'

'Okay,' JD said softly, and Lou wished she sounded more positive.

'And as far as things like your driver's licence for

instance are concerned, when the time comes, you'll probably just need to do a new driving test.' Until she remembered her name, Lou didn't add.

JD rubbed her forehead, still not meeting Lou's eyes. 'I suppose I would have to take a new test. And I think I remember Superintendent Alston telling me they can give me a temporary licence. Until they find out who I am. But…' She sighed. 'Maybe I didn't drive. Before, I mean.'

'It's more than likely you did. Try not to project too far ahead. Not easy, I know, but at the moment you just need to take things a step at a time. Concentrate on getting stronger. And you know you can talk to any of us about anything. Talking it over is better than worrying silently, don't you think?"

JD nodded again. 'Dr Pereira, the psychologist, said that, too. I try not to worry but...' She gulped a breath. 'Maybe I'll never know who I was,' she said flatly.

'Mac told me you didn't want them to take your photograph. Why was that?' Lou asked quietly. 'If they did there's a chance someone might recognise you. Your family, for instance. They could be searching for you. And besides, you'll need a photo eventually for your licence.'

JD's gaze fell. 'It's just… I'm still all bruised so I can't really look like myself. I mean, what I really look like. So that wouldn't help, would it?'

'Maybe not quite yet.' Lou didn't want to push so she gave JD's hand a pat and stood up, breaking their contact. 'Oh, and with respect to the money. That *is* one thing you don't have to worry about. Brodie's group, Heidi's Angels, asked around, and they've collected some money for you to get you on your feet.'

'Money? They did?' JD was incredulous. 'Brodie told me about the group. Who did they ask?'

'Lots of people, most donated anonymously.'

'You mean people, strangers, want to help me when they don't even know me?'

'Of course. Even though this is a reasonably large city, parts of it can be a fairly close-knit community.'

JD's eyes widened in amazement. 'Who would do that?' she asked softly, almost to herself.

'A couple of organisations got on board as well. The CWA ladies held a bake sale at the weekend to help you out.'

'The CWA ladies? You mean Nancy and Fee who've called in a couple of times?'

'That's two of them.' Lou smiled at the young woman's surprised expression and then JD began to smile back, a smile full of wonder. That smile. Lou knew she waited, watched for it, and there was that unsettling feeling fluttering inside her again. It was one she knew she really should examine, but was afraid to... She tensed a little.

The young woman must have sensed her momentary withdrawal and her smile faded. Lou just as suddenly wanted that smile back. 'Nancy's cupcakes and scones are renowned around here,' she added quickly.

'Oh. Yes.' JD relaxed a little. 'They are. Best I've tasted.' She gave a little frown. 'Well, that I remember tasting. I guess my recommendation wouldn't hold a lot of value.' She sat up a little straighter. 'I just can't believe people are being so nice. I mean, I could be anyone.'

Lou shrugged. 'Most people react to vibes. You give off good vibes.' Mixed with more than a little mystery, Lou could have added. She looked at JD, seeing the slight flush that coloured her now not-so-pale cheeks.

There was definitely a mystery surrounding the young woman and occasionally Lou saw something in her eyes. It was fleeting. She couldn't quite put her finger on it but... Could Jen be right? Did this young woman, this stranger, remember more than she was prepared to tell them? And if so, what did that mean? What could she be hiding?

'Good vibes?' JD repeated softly. 'I'd like to think I was good,' she said thickly. 'But for all anyone knows I might not have been. What if I wasn't? I could have been a bitch. Or anything.' For long moments she kept her gaze on the iPad discarded in her lap before she looked up at Lou again. 'But I can try to be a good person. From now on, I mean. That would count, wouldn't it?' Her dark eyes pleaded with Lou, her hand reaching out, and Lou took it again.

'I'm sure it would.' She gave the soft hand a squeeze and kept hold of it. 'I'm also sure you already are. Good vibes, remember?

JD nodded. 'Yes. Good vibes.'

She smiled again and Lou's gaze slid back to her lips. They looked soft. Inviting. So kissable... Lou almost gasped at her thoughts. What was she thinking? What was she even—? She made herself let go of the hand she held. She was being so unprofessional.

'What is it?' JD asked worriedly. 'What's wrong?'

Lou wiped a shaky hand over her forehead. 'Nothing. Really. Just a slight headache.' She pulled herself together and pasted a smile on her face. 'I actually came in to tell you Brodie will be here soon to give you the money I was telling you about, your money, a nest-egg to help you until you get on your feet.'

JD's dark eyes held hers for long moments. 'I don't ever remember anyone...' A flush coloured her cheeks again and she looked away. 'I mean I can't believe people would do that, be so kind.'

'Well, perhaps we don't give kindness much airplay these days, but it does still exist. I like to think most people have some basic goodness in them.' Lou chuckled. 'Until they prove me wrong.'

'And do they often?' JD asked. 'Prove you wrong.'

'What can I say to that? Let's see. Not often. I am trying to be upbeat here.' Lou laughed and then sighed. 'It's easier to give people the benefit of the doubt, don't you think? Far less stressful.'

'I think you might be right,' JD said carefully. 'At least everyone I've met since I ended up here in the hospital has been totally amazing.'

'I'll be sure to tell everyone you said that.' Lou made a show of plumping the pillows behind the young woman.

'It's true.' JD paused just slightly. 'You've been wonderful,' she added softly.

Lou could see the flutter of JD's pulse above the loose neckline of her T-shirt and her own pulse picked up speed. *You've been wonderful.* Heat washed over Lou's body. *You?* And somehow Lou knew the young woman was not using the plural *you.*

A heady excitement began in the pit of her stomach, scaring her, and she tamped it down. No! She couldn't allow this... This? This, whatever it was. Attraction. She was attracted to— No! No! In all her nursing career she'd never... She knew a few nurses who'd become involved with patients but she hadn't felt the slightest... Until now. She had to defuse this—

'I can't even begin to thank you,' the young woman was saying earnestly.

'No thanks necessary.' Even in her own ears her voice was far too effusive. The conversation needed some sort of leveller. 'We're all just doing our jobs.'

Something flickered in JD's dark eyes. 'Oh. Well. I still say thanks,' she said flatly.

'Gratefully received.' Lou made herself smile reassuringly. 'So, now you're about to become a woman of means Brodie and her friend, Mish, thought you might like to go shopping tomorrow. How would you feel about that?'

'Shopping? You mean, away from the hospital? But…'

'Dr Andrews thinks it will do you good to step outside, get some fresh air.'

'I… I don't know…' JD bit her lip. 'I'm not sure I'm ready, for that.'

'What? Fresh air?' Lou teased. 'Don't worry, we'll start out slowly. Today Brodie has plans to take you for a walk around the hospital gardens— '

'Not just the gardens,' Brodie said cheerfully as she breezed into the room. 'We're going to check out the pond. The ducklings are so cute. Do you like ducks?'

'Ducks?' JD blinked.

'You do remember ducks, don't you?' Brodie asked with a worried frown as she glanced at Lou, momentarily panicked.

Lou straightened and stood back from the bed.

'Ducks?' A teasing smile lifted the corners of JD's mouth. 'As in quack, quack?'

'Quack! Quack! Exactly. Thank heavens!' Brodie clutched her chest theatrically. 'I thought I'd traumatised you or something. So, where are those old sneakers I brought in for you yesterday. They'll do until we can get you new ones tomorrow.'

'Tomorrow?'

'Mm.' Brodie gently moved JD's legs around until she was sitting on the edge of the bed. JD wore a pair of the hospital-provided non-slip socks and Brodie slid one of the shoes onto JD's foot and began adjusting the laces. 'When Mish and I take you shopping. Mum told you, didn't she? Then you'll have your own clothes. And shoes,' she added as she reached for the other sneaker.

JD looked a little apprehensive and Lou decided she'd remind Brodie about taking things a little slowly. They didn't want to overwhelm their patient, even though Lou sensed spontaneous would work better with JD rather than giving her too much time to over think things.

'It will just be for an hour or two,' Lou said calmly, 'so you can get some clothes, some toiletries. The shampoo here is adequate.' Lou wrinkled her nose. 'But I think you'll enjoy choosing something yourself, hmm?'

'I guess.' JD looked down. 'I'm just...'

Lou moved closer to the side of the bed again as Brodie finished tying the laces on JD's other shoe. 'You're just a little unsure?' Lou said softly, while the sensible part of herself kept reminding her JD was her patient. *Her patient.* The words echoed inside her head. Then *professional* joined in and she floundered between knowing she should leave and knowing she'd stay. 'It's quite understandable that you might feel a little overwhelmed.'

'Yes.' The young woman reached automatically for Lou's hand again, clutched it in both of hers, held it to her chest.

Did she even realise she was doing it? Lou wondered, as an unfamiliar throbbing filled her with panic, delicious panic. 'It's also normal for you to feel a little reticent after what you've been through,' she said hurriedly.

'It sure is,' Brodie reiterated and beamed at JD. 'We're all in awe.'

'Thank you, but I think I'm sort of...' JD took a deep breath. 'Terrified.'

Lou should put a stop to this handholding, this need to touch… She pulled herself together, but left her hand where it was. She'd held the hands of hundreds of patients during her career. Although technically, JD was holding *her* hand.

'You've had a bad trauma. A shock.' She tried to distance herself from her intrusive, unprofessional feelings and made herself slip her hand from JD's. 'This hospital, this room, feels safe. I know you take a few walks along the corridor, but you have to set foot outside the building sometime and probably it's best for it to be sooner rather than later. You know and trust Brodie, don't you?'

JD nodded again.

'She'll bring you straight back here whenever you want her to, if it gets too much for you. Won't you, Brodie?'

'Absolutely.'

'Okay,' JD said softly. 'A walk in the gardens. Then tomorrow, shopping.' She looked at Lou. 'Will you be coming, too? Shopping, I mean.'

Lou heard Brodie's smothered snicker. She knew her mother wasn't a shopper.

'I'm afraid I can't. I'm on duty. Apart from that my daughter's closer to your age.' Lou knew she should be repeating that to herself like a mantra. 'She'll have more of an idea about where to go, for, well, age-appropriate clothes.'

'Age appropriate?' JD and Brodie repeated together, and they pointed at each other and laughed.

'Mum!' Brodie giggled. 'You sound like you're as old as Gran and she's not even that old.' She turned to JD. 'And talking about my grandmother, wait till you meet her. Mum says she's sixty-four, going on twelve.'

'She is?' JD glanced at Lou and raised her eyebrows.

'Maybe fifteen on a good day,' Lou said wryly and JD's spontaneous chuckle warmed Lou.

'I think I'd like your mother if she's anything like you,' JD said, looking at Lou.

And there went Lou's racing heartbeats again.

'She is and she isn't,' put in Brodie, expression all thoughtful. 'Gran, I mean. Like Mum. Probably a, let's see, a naughty Mum.'

'Brodie!' Lou exclaimed as Brodie and JD burst out laughing again.

'Well, she is,' said Brodie. 'If I said half the things Gran says you'd be telling me I'm being inappropriate, Mum.'

Lou held up her hand to her daughter, effectively stopping any more comments.

JD coughed, distracting Lou's censorious attention from her daughter. 'But getting back to the *age*-appropriate,' she emphasised the *age*, 'you don't… Actually, I could be an old twenty-year-old, or a young forty-year-old, don't you think?'

Amusement continued to dance in JD's dark eyes as she looked at Lou, and Lou had trouble catching her breath. Breathless. This young woman stole her breath and… and her words…

'If I was a tree,' JD continued, 'we could examine a cross-section of me and count the rings so we'd know…' JD paused, and her eyes suddenly darted about. 'I must have, you know, read about that somewhere. About trees. And things. Mustn't I? Maybe I was a gardener.' She examined her hands, looking flustered. 'Gardener's hands? I don't think so. But I could have worn gloves.'

'We can check that out on our walk,' Brodie put in, patting JD's arm soothingly. 'I'll quiz you on flower names and if you were a gardener you'll be able to tell me. Okay.' She looked at Lou, 'Are we right to get going?'

'You are. Just take it slowly and Brodie, come right back if JD gets tired.' Or distressed, she thought but didn't say it out loud.

She watched them head off down the corridor. JD looked back once and Lou gave her an encouraging smile. She surely had to be nearer Brodie's age, she reminded herself. Lou would do well to remember that.

CHAPTER 7

Alone now, JD sat and looked at the bright yellow wallet she held in her hand and tears welled. She hadn't let the wallet go since Brodie presented it to her after their walk in the garden.

She remembered when she'd first seen Brodie, thinking she was an angel. Now JD knew she was. The eighteen-year-old was kind, generous and sweet. And JD's other angel, her special guardian angel, as she'd started thinking of Brodie's mother, was... She dashed away a tear before it could fall.

Lou... She knew she should think of her as Nurse Baxter, be professional, but... Her mind didn't have far to wander to suggest Lou was everything she'd ever wanted when she'd allowed those kinds of thoughts to slither through the chink in her hard-fought armour. Lou was so beautiful.

And not just her lovely face, her kind grey eyes, her lips that made JD feel the need to dampen her own lips with her tongue-tip, taste... Not just her body that JD wanted to wrap her arms around, and… No, it was all that, physically, but so much more. So very much more. Those kinds of thoughts spelled danger, she knew that, but…

Why now? A mixture of emotions swirled inside her. Why now? When her life was in such a shambles. Why would the universe pick this moment for her to find someone who was all she knew she'd been yearning for her entire life? She tried to laugh at her dramatics, but her self-derision was half-hearted at best.

All those years, hadn't she thought she was in love with Lucia? She *had* loved her. Still did, although her feelings for her had changed. Lucia had been her only friend, but… With Lou it was so different. She couldn't explain it. She just knew. And it had to be in the middle of the total mess her life was right now.

She should have told the truth. She was twenty-eight years old. An adult. No one could make her go back if she didn't want to, and she surely didn't. Yes, safe to say she'd made an absolute mess of her life. Again. No, still.

JD sighed. She looked at the small card tucked into the wallet. It had a smiling Lego minifigure on the front and written neatly inside it said, *Hey, JD. Hope you like the best wallet in the world. Jamie Murray.*

Hey, JD? That's what everyone called her now. JD equals Jane Doe, Brodie had told her with a grin. JD. She'd have to keep thinking of herself that way in her mind. It would help her focus, not slip up. Her old name had to be gone. It would be safer that way, wouldn't it? She sighed as she clutched her wallet.

Lou had been waiting for them when they returned from their *first adventure,* as Brodie referred to their walk around the gardens. Lou said she'd seen them through the window as they walked back into the hospital, and she wanted to check all was well.

Brodie had beamed and teased JD about failing her flower test, telling her mother that their patient definitely wasn't a gardener. Lou's smile had been sympathetic as she put her arm around her daughter's shoulders, giving Brodie a quick hug as she admonished her for teasing JD.

All *was* well, JD had assured Lou. It almost was. Even if she'd had to fight down the urge to move closer to Lou so Lou would put her arm around her, the way she was doing to Brodie.

Jittery nerves had made her babble on about the ducklings while Lou smiled at her. Actually, it had been great to get out, she told Lou, to breathe in the fresh air, the scent of the tall pine trees and the well-kept garden beds of flowers. She had recognised the lovely fragrance of the roses, but that was all she'd been able to identify.

No one had ever taken an interest in their garden while she was growing up. All she'd managed was to mow the patchy grass when it grew too high for her to play basketball with her sister. The previous owners had left a slightly askew hoop nailed to the side wall of their unkempt home and it had been something to do to get them out of the house.

Her parents would never be called proud homeowners. She pushed those thoughts aside as Brodie laughed and told Lou that at least JD now knew what geraniums were. And she'd never forget the snapdragons because Brodie had showed her how to pinch the bottom of the flower to make them look like they were talking.

It had been a wonderful afternoon. Brodie's effervescent company. And the sunshine. The feel of its warmth on her face. She could almost convince herself that all was right with her world. But of course, she couldn't, because it wasn't.

Back after her walk, Nancy and Fee, the CWA ladies, had arrived when Lou was about to leave. How she'd wanted to take Lou's hand, keep her there, but she knew Lou was on duty and wasn't her personal nurse. But Lou stayed as the two elderly women beamed happily and passed a small, gaily wrapped parcel to Brodie.

'We've got a surprise, JD,' said Brodie cheerfully, her eyes, Lou's eyes, sparkling. 'A couple of surprises actually.'

Nancy leant over and put a small box on her table. 'A couple of cupcakes for you, too, seeing as you said you liked the others.'

She smiled. 'They were delicious. Thank you.' She slid a glance at Lou. She was smiling, too.

'Close your eyes and hold out your hand,' said Brodie.

She stilled, as a flashback from her childhood felt like a blow to the centre of her chest. Her father and his belt. *Close your eyes and hold out your hand.* She always did. It was easier that way. She felt the shaking of her sister's small body as she hid behind her. Then her hands had stung with the pain. Not as much as it did when he lashed her back.

'JD?' Lou's soft voice brought her back to the present.

'Oh. Sorry. I was just a little, um, dizzy for a moment. But I'm okay now.'

'Are you sure?' Lou asked, concerned, and she walked closer. She reached out, her fingers feeling for JD's pulse. 'Should I get Dr Jen?'

'No. Really. I'm fine now. Just tired I think.' She made herself smile, only just stopping herself from turning her hand so her fingers could clasp Lou's. 'After all, I have had an adventure out into the big wide world.'

Lou continued to look concerned.

'Want us to come back tomorrow?' Brodie asked sympathetically but JD shook her head.

'No. Please stay. All of you.' She put out her hand to Brodie, palm up. 'I like surprises,' she infused her voice with what she hoped would allay their concern. 'I'm pretty sure I remember that I like surprises,' she added with a wry smile. 'So, hold out my hand and close my eyes. Right? Um, it's not something alive and wriggling or anything, is it?'

Brodie laughed delightedly. 'No. I promise.' She put a small rectangular package in JD's hand. 'Okay. Open your eyes.'

JD looked at the gaily wrapped gift with its colourful curling ribbons. 'Is today going to be my birthday?' she asked as brightly as she could as she began to open the present.

'Maybe,' said Brodie.

She unwrapped a bright yellow wallet covered in pictures of colourful Lego pieces.

'We know you lost all your money and everything in the fire, so we had a fund-raiser and now you have some money. But you needed something to put it in.'

JD gazed at the wallet, pulled open the Velcro closing and unfolded it. Inside were many notes in various denominations, and a small card.

'There's five hundred dollars there. When you get out of hospital you can go into the bank and they'll give you a keycard to your account. You have to sign stuff but…' Brodie shrugged. 'And,' she pointed to the wallet, 'there's a place in there to put the keycard and your driver's licence when you get them, too.'

'It's…' JD looked at them and got a lump in her throat. 'Five hundred dollars? That's so much. I don't know what to say. Thank you.'

Brodie gave a laugh. 'I know the colour of the wallet is kind of bright but Mac Donovan's son, Jamie, donated it. Apparently, he got two wallets last Christmas and he decided you'd love it.'

JD swallowed. 'I do. Love it. It's just… Five hundred dollars, that's too much.'

'Oh, that's only some of it. There will be a bit more in the bank.' Brodie said.

Before JD realised what was happening Brodie leaned in and gave her a hug. The lump in her throat grew as Lou and the two elderly women smiled at her. These people were kindness personified. She'd never met anyone like them. Well, she had. Only once. The memory of a younger Mac Donovan swam into her mind but she shoved it away. She couldn't go there, not unless she admitted to her lies, even if they were lies by omission.

Her gaze locked with Lou's, and she wondered if Lou experienced that same quiver of emotion, of need. And was she catching a slight shift in Lou's expression, in her body language? Or was it simply wishful thinking again?

Lies by omission, she repeated to herself. They were still lies, and if she told the truth would she lose all this now she'd found it? She so didn't want to, and she prayed to whoever that she could keep it, keep them in her life. Keep Lou…

CHAPTER 8

Yesterday's walk had gone well. They all agreed about that. Brodie had entertained the family with a blow-by-blow account last night at dinner and Lou had taken it all in, wishing she could have joined them in the hospital garden. After seeing JD this morning Jen Andrews had given Lou a positive report just before the doctor raced off to see another patient.

For the rest of the afternoon yesterday Lou had valiantly tried not to revisit JD. Their mystery woman was just another patient, she kept telling herself, and she knew all members of her staff were more than competent. She'd know soon enough if anything was amiss.

As she went about the ward she kept reminding herself that tonight Brodie would share every detail of the walk out into the hospital grounds. JD was a popular subject of conversations in their house these days.

But as far as telling herself not to revisit JD? Who was she kidding? Of course she'd given in. When she saw

Brodie and JD heading back into the building, she'd told herself she was simply checking on her patient. *There are none so blind, etc…*

Regardless, she was so glad she'd been there to see JD's pleasure when Nancy, Fee and Brodie had given her the new wallet and the money. Tears had welled in those dark eyes and when she'd looked at Lou…

That look was… Lou's heartbeats ramped up thinking about it. It seemed to ask so many questions. Well, only one. Lou tried to tell herself she didn't recognise that heady request in JD's beautiful eyes, but she knew she did. The answer was so simple. Or it could have been if reality didn't wave its persistent, and yes, totally authentic, flag.

Reality. Lou was beginning to hate that word. Along with the tenacious bullet points her mind followed it up with, like JD was her patient, she was who-knew-how-many years younger, and the absolutely indefensible truth, that Lou was being uncharacteristically unprofessional.

What could be more real than the fact that she was a very nearly middle-aged woman showing all the signs of becoming a cringe-worthy cougar? Then there was the fact that the mystery surrounding this young woman could explode completely if her family, possibly a husband, turned up. She hadn't been wearing a wedding ring but… Oh. So. Real.

And the result was… Lou had spent a sleepless night chastising herself and putting her inappropriate feelings into a box and firmly closing the lid. She could be… No, she *was* a consummate professional. Okay. There was that word again. Another word she was beginning to dislike intensely.

As she'd made her way to JD's room yesterday, she'd explained *professional* to herself, reiterating all its connotations. That had been yesterday.

Today, it was her duty, her professional duty, to ensure JD was still fine with the proposed excursion. She would check in with her before Brodie arrived. Do her due diligence. Just to check on her patient, see that she was still fine about the shopping plans in case Brodie and Mish tried to be over-persuasive if JD had changed her mind.

Because her patient still needed observation, it was acceptable, in a professional capacity, for Lou to wish she could go along with them. She almost laughed out loud at that thought. It was hilarious on a couple of levels.

Firstly, regarding the meaning of the word, *observing*. She was definitely splitting hairs over that. *Observing* JD was in danger of tipping from the despised professional into the very unacceptable personal, '*watching JD's beautiful face*'. Definitely unacceptable.

Which brought her to shopping. Shopping was far from her favourite pastime. It was just an occasional necessity she was forced to fit into her busy life. The girls would have laughed and teased her mercilessly if they'd known she actually wanted to go shopping with JD. With anyone.

When Lou, still wrestling with another word, as in *denial,* walked into JD's room and saw the young woman was sitting on the edge of her bed dressed in the same T-shirt and shorts, the shabby sneakers already on her feet, she completely melted. She could have seated herself in a chair and simply looked at her. She was so... Lou was completely gone. Her traitorous heart wanted what it wanted, no matter how unacceptable.

'I see you're ready to go,' Lou finally said, hoping her smile was encouraging. 'That's a positive sign.'

'Sort of.' JD grimaced. 'Will it be...? Brodie said it wasn't a big shopping centre.' She looked at Lou and away again.

'I guess I'm a little apprehensive about, well, being with a lot of people. You know?'

'I do. And that's quite normal. The main thing is you know Brodie, and you've already met Brodie's friend, Mish, haven't you?'

'Yes. She's really nice. Brodie said she'd been away and just started back working with Heidi's Angels.'

Lou nodded. 'Her family went on a cruise for her grandparents' wedding anniversary. Brodie and Mish have been friends since they first started school together.' Lou felt like she was babbling.

'That sounds great.'

Lou's heart lurched again at the wistful note in the young woman's voice.

'To have friends you've known most of your life I mean,' JD continued. 'Brodie said Mish's family owned a bookstore.'

'Chaplin's Bookshop. It's always been part of the town. Mish's aunt runs it now and Deanne works there part time.' Lou glanced at the couple of paperbacks on JD's bedside table. 'You seem to like books.' Safe subject? 'Do you prefer ebooks to the physical books.'

'I like both, I think. Nancy and Fee left me those the first time they visited. They said they were mysteries. I'm going to try one to see if I like them.' She gave a small shrug.

'Once you get used to leaving the hospital maybe taking a short trip down to the bookshop could be something else you might enjoy,' Lou suggested.

JD turned and looked out the window. 'This... It looks like a nice town,' she said. 'I've been watching people passing by and just getting on with their lives. I suppose I'll have to, at some stage, do that, too. You know, get on with my life. I'll need to find somewhere to stay, find a job.' She folded her arms across her chest and her gaze fell. 'I don't know what I can do, as a job, I mean.'

Lou put a hand on JD's shoulder. 'Hey, I thought we weren't going to worry and not get too far ahead of ourselves. You aren't alone, JD. You have support, and a lot of people here who will help you whatever you choose to do.'

'But what if I never know what sort of job I can do? No one will employ me if I don't have any qualifications. Maybe I could work in a shop. Something like that.'

Lou gave her shoulder another squeeze before she stepped back. 'It will all work out. In the meantime, small steps, hmm? I'm sure you'll feel better if you have your own clothes.'

JD looked down at the old T-shirt she was wearing. The faded decal was obviously a rock band. 'It was kind of Brodie to give me these clothes. I don't know this band.' She gave a crooked smile. 'Not that I remember what music I like.'

The only music in her recent past had been the less than outstanding bands Ivan sometimes employed in the bar on Friday and Saturday nights.

'That's Roxy Newton's band,' Lou indicated the T-shirt. 'Roxy and the other members are all locals, and they're very successful. They have a big following, especially around here. Roxy's a good friend of Maddie who runs the book-shop and Roxy's family have a property outside of town on the way to Canberra. You'll have to ask Brodie to put some music on that iPad.'

'Music?' Brodie walked into the room, followed by her friend, Mish. 'You like music, JD? There're already some playlists on it. If you want to keep that old one,' she added, pointing at the iPad on the bedside table. 'I thought maybe you could use some of your new stash to trade in my old one on a newer model.'

'No. I like that one,' JD said quickly. 'I don't think I know much about iPads and all that stuff but I'd like to keep it until you need it again.'

'Well, you're in luck. It's yours. I already have a new one, thanks to my dad.' Brodie picked up the iPad and opened its pink cover, holding it out. 'See this icon. That opens to a couple of my playlists.'

'Does it include some of Roxy's music?' Lou asked, indicating JD's T-shirt. 'I was just telling JD about Roxy's band.'

'But of course. Roxy's fantastic, isn't she, Mish? We're practically Roxy's groupies.' Brodie's fingers played over the iPad and some rock music filled the room. 'She's very popular and she's even been on television.'

'That's high praise.' Lou laughed.

'Hey!' Brodie exclaimed, mock frowning at her mother as she switched off the iPad and put it back on the bedside table.

'Maybe the quieter stuff,' Lou said, and Brodie shook her head.

'You're showing your age, Mum. We go to Roxy's concerts a lot, don't we, Mish?'

Mish Chaplin nodded, as she brushed a strand of dark hair back behind her ear, the light catching its reddish tinge. 'Always do. And that's not only because Roxy's my Aunt Maddie's girlfriend.'

'She is?' Lou asked before she could stop herself. She knew Maddie and Roxy were friends and occasionally Roxy sat in on their book club meetings. She thought back to their last meeting and Roxy's— Oh. Lou felt as though a light bulb flicked on over her head. Why hadn't she twigged? Maddie and Roxy.

'Of course she is,' said Brodie. 'Get with the program, Mum,' she teased.

Lou felt her cheeks warm and she didn't meet JD's eyes.

Mish gave Brodie a little shove. 'Aunt Maddie and Roxy have never been very out because my family is,' she pulled a rueful face, 'kind of homophobic, so give your mother a break, Gossip Queen.'

'Gossip Queen? Moi?' Brodie looked scandalised. 'Don't you let my gran hear you say that. She prides herself on holding that crown. But getting back on track—'

'That will be a first,' murmured Mish and giggled when Brodie gave her an admonishing look.

Then she held up her finger. 'I've just had a great idea. Why don't we put JD's picture on television, say on *A Current Affair* or something like that, to see if anyone recognises her?'

JD's face visibly paled. She looked more than horrified.

Lou stepped over and gently took JD's arm. 'No one's putting your photograph anywhere without your consent,' she hurriedly assured the young woman as she gave Brodie a warning glance. 'I'm sure we can leave all that for Superintendent Alston.'

'Oh. Yes. I was just rambling. Sorry.' Brodie looked contrite.

'It's okay.' JD swallowed and Lou knew it wasn't all right. 'I just don't want… I mean with my bruises,' she touched her face nervously, 'I don't think I'll really look like me, what I think I really look like, until all the swelling goes down properly.' She stopped talking and drew a ragged breath.

'Of course.' Brodie reached out and squeezed her other arm. 'I didn't think about that. And you're right. Forget I even mentioned it.' She smiled at JD and quickly changed the subject. 'So, are you sure you're up to this shopping trip?'

'I guess so.'

Lou looked carefully at JD and she knew she was trying to cover as much of her apprehension as she could. Lou could understand JD being a little unsure about mixing with other people again but why was the young woman so wary about having her photograph taken and shown? Was it really the warning sign Mac and Superintendent Alston were concerned about?

Surely JD realised she couldn't hide in this hospital room forever. As much as she might want to. She must have been heading somewhere before the accident. Lou knew she could always leave town, move on... Would she do that? Lou glanced at JD again, blinking the concern from her own eyes. If this young woman left… The truth was, Lou never wanted to not see those dark eyes…

'Right. The mall is calling,' said Brodie cheerfully. 'We're so going to enjoy this. Let's go.'

'And I'd better go and check on my other patients.' Lou started for the door with them.

'Oh, and Toby's going to drive us,' Brodie added.

'Toby?'

Lou paused at the hesitance in JD's voice. They all stopped.

'Yes.' Brodie told her. 'Toby Fox. Or Toby Fox Patterson, to give him his full title.' She rolled her eyes. 'He pretty well goes by his Mum's name now. His mother owns an accounting firm. He's Mish's boyfriend and he's a great guy. Makes amazing furniture and stuff.'

Mish gave a giggle. 'My father says this town is incestuous. Everyone knows everybody and is probably related. Toby's boss is almost Brodie's uncle.'

'Exactly.' Brodie nodded. 'Niall Crane is my Aunt Amber's fiancé. We've been waiting years for them to get married. You should hear what Gran says about it. She thinks they might already be married and are just teasing us all.'

'Brodie!' Lou shook her head and gave JD a wry smile. 'Probably best not to say anything about anyone around here until you know how closely they're connected. Just a rule of thumb.'

JD looked from one to the other and actually burst out laughing. 'Something tells me you aren't joking, are you?'

Lou, Brodie and Mish replied together. 'No.'

'Then Toby, who works for your almost uncle, is coming shopping with us?' JD moved forward and they all started walking again.

'Yes. But not *with* us exactly. He's going to drop us off and then do a furniture delivery. He'll pick us up when we're ready to leave. Toby's a sweetie,' continued Brodie. 'Wish he had a brother. I'd grab him for sure. But he's just got one sister and she's only a baby.' Brodie stopped. 'Oh my god!'

'What?'

They all stopped again.

'Maybe you have a boyfriend who's looking for you, JD. Do you think you have?'

A boyfriend? Lou's breath caught in her throat. Hadn't that already occurred to her? Why wouldn't someone like JD have a boyfriend? Boyfriends? A husband? No, she wore no rings, she reminded herself.

'A boyfriend?' JD's eyebrows raised in surprise as she looked back at Lou and away again.

'You could have. He could be...' Brodie stopped and

took her arm. 'Are you okay, JD? I'm sorry. I shouldn't have…' She turned to Lou. 'Mum, I think JD's pale again.'

'No. I'm fine,' JD assured them. Her eyes kept skittering back to and away from Lou's. 'I just hadn't thought… I mean… No boyfriend. I'm sure I would have remembered…'

CHAPTER 9

She sat at the breakfast bar that separated the kitchen from the dining room and took a sip of her coffee. A coffee she'd made from a pod in an exotic looking machine on the counter. Delicious.

It was so peaceful here, too, with just the occasional creak of old timbers and the iron roof, the intermittent chatter of birds in the garden. The house gave off such harmony, togetherness. She supposed it wasn't just the house, a rambling old ranch style, spread out and comfortable, but it was the people who lived here, their love for each other, their laughter and joy.

Peace and harmony. She'd felt it the moment she walked inside, even allowing for her heightened nerves from just being here.

With Lou. She couldn't even begin to believe… With Lou.

She'd heard people talk about places like this, that gave off feelings of warmth, of comfort, but she'd never experienced it before, certainly not in her childhood home, or the one she'd escaped from.

She sighed appreciatively. Why wouldn't she be appreciative? she asked herself. It was so different from the hospital room as well. And it was Lou's home.

The kitchen was bright, with its light terracotta-coloured tiles on the floor, the natural pine cabinets and the grey and white flecked rich cream countertops. The window over the sink let in the warm afternoon light. It all screamed an acceptance to anyone who was fortunate enough to be invited into this wonderful house.

Now that was her. She couldn't believe it, that she had been welcomed in by this particular family. It all seemed to have moved so quickly.

One afternoon, a couple of days after her shopping expedition, Tony, one of the orderlies, had wheeled a comfortable chair into her room. He'd showed her how to reline it and lift the footrest.

When he left she tried it out. It was just so comfortable after the hospital bed, and she'd delighted in it, especially since she suspected she had Lou to thank for it.

The next afternoon she'd been sitting in the chair, completely lost in one of Nancy's paperback mysteries. She'd never done a lot of reading. She had always been so sort of strung out, unable to relax. It had taken up so much of her time, being watchful of everyone and everything. Now she could only wonder why she'd never realised how amazing it was to lose herself in stories, in characters.

Then Brodie breezed into her room with an older woman in tow.

'Hey!' Brodie greeted her with her sunny smile.

She smiled back. Who couldn't smile at the young girl's friendly face. 'Hey, yourself.'

'I've brought us company,' Brodie said and slipped her arm around the waist of the tall, grey-haired woman beside her.

The woman who was smiling at her must be related to Brodie. The resemblance was obvious. She had the same shaped face and generous mouth. She was Brodie, forty years on.

'This lovely lady,' said Brodie proudly, 'is my grand-mother. JD, meet Cynthia Lawson.'

She leaned up in the recliner to take the woman's outstretched hand, went to get up.

'Stay there,' Brodie insisted and pulled another chair forward for the older woman. 'I'll sit on the bed. Gran's been dying to meet you.'

'She has?'

'Oh, yes.' Cynthia Lawson laughed. 'Brodie's always talking about you. I'd have been up to see you sooner, but I had to skip town for a week or so. Went to Canberra with the CWA committee for a chat, for want of a better word, on aged care and other relevant subjects.' She pulled a disgusted face. 'With a heap of politicians.'

'That sounds very…' JD paused.

'I know. Sounds as boring as bat…' She stopped when her granddaughter narrowed her eyes at her.

'Language, Gran! Language!' warned Brodie.

Her grandmother pursed her lips and her eyes twinkled. 'As I was saying, young lady,' she said meaningfully at Brodie, 'you'll be pleased to know it wasn't as boring as it sounds. A couple of them got quite heated and it was so satisfying pushing their buttons—'

'Gran!' Brodie exclaimed again. 'They run the country, and you promised you'd behave.'

'When? I don't remember promising any such thing.

Let's use the *run the country* expression loosely, too, shall we? But to get back to my story, there's nothing more intimidating than half a dozen pensioners on a mission to figuratively brainwash a mob of politicians. Of course, finding those with brains...' She wiggled her eyebrows and laughed. 'Joking, of course. Some of them, the important ones, did listen to our concerns,' she finished and sighed. 'All in all, we think it was positive and not a complete waste of time.'

Cynthia Lawson grinned at JD. 'So did I sound as *Don't mess with me!* as I try to be?'

JD laughed. 'Absolutely, Mrs Lawson.'

'Oh, stop with that Mrs Lawson. I haven't been married for, if I was counting, which I'm not, about twenty-five or so years. Wonderful, freeing years they've been, too. You can call me Cynthia, or, my preference is Cyn. As in S-I-N. Because it's fitting.'

Brodie shook her head. 'You are incorrigible, Gran. And a complete fraud. Sin indeed!'

JD chuckled, liking the woman immediately. So this was Brodie's grandmother and, therefore, Lou's mother. Her eyes were grey, like Lou's.

'Are you playing to the audience again, Mum?' said a husky voice and JD's attention swivelled to the doorway.

Lou stood there with her expression a mixture of fondness and exasperation. She glanced across to JD. 'Oh, good. The chair arrived.'

JD swallowed and hoped she wasn't blushing again. 'Yesterday. It's amazingly comfortable.'

'Good. I see you've also met my mother who omitted to tell me she was coming to visit so I could warn you.'

'Warn this lovely young woman about what? Not your

notorious mother, I hope,' said Cyn. 'As you can see, JD, I'm totally misjudged. I'm a pussycat.'

Lou shook her head. 'If you say so.'

'I do, and as you can see, we arrived back early from the Halls of Power. Who'd want to stay there any longer than they had to, hey? Brodie was about to start her shift so I hitched a ride up to the hospital so I could meet the Baxters' favourite patient.'

'I'm a favourite?' JD joined in the light banter, trying for smugness. She looked across at Lou and felt herself flush. Maybe not so smug. She so wanted to be Lou's favourite, but…

'You sure are our favourite,' stated Brodie. 'Everyone says so. And Gran has had this brilliant idea.'

Lou groaned. 'I'm almost afraid to hear this.'

'Did I also tell you there was a terrible occurrence at this very hospital the day Lou was born?' Cyn asked JD, her tone portentous. 'Two babies, born minutes apart, were mixed up in the nursery. There's a serious, sense-of-humour-less woman out there with an amazing life-of-the-party daughter and,' she smirked at Lou and then looked despondently at the floor, 'I think I'm far too traumatised to continue this story.'

'Oh, please don't stop now,' said Lou and winked at JD. 'I really can't recall ever seeing this poor woman before in my life. I'm not sure how she slipped past security. However, I suspect she was meant to be on the stage, despite her worst enemy being over-acting.'

'Cruel,' muttered Cyn. 'Very cruel, and when I've cared for you like you were my own.'

JD watched the byplay between mother and daughter, saw the underlying affection, and it clutched in her chest. She even pressed her hand there, to hold on to the feeling.

She was torn between laughing with them and crying for herself, for all she'd missed.

'I think you two have upset JD,' Brodie put in hurriedly. 'They're just joking, JD. Really. They do that *all* the time. And Gran is really Mum's mother.'

JD swallowed and felt herself smile. 'I do see the resemblance between the three of you, and I'm not upset,' she said and then couldn't decide how she felt. To be so relaxed with your mother to be able to share such jokes with each other, it was way out of her experience. And it had been funny. Suddenly a laugh, a genuine, affirming laugh bubbled out of her.

Brodie's worried expression disappeared, and she bit off a giggle. 'They are hilarious, right? But can I get back to Gran's big idea?'

Lou sat down beside her daughter on JD's bed. 'Okay. I can't believe I'm saying this but let's hear your big idea, Mum.'

'So,' Brodie began again before her grandmother could comment. 'You know how Dr Jen said JD will be well enough to leave hospital soon and she'll need somewhere to stay? Gran has suggested JD could move in with us. It would be perfect, Mum. Wouldn't it? JD could have Nana Lottie's room now she's decided to stay indefinitely in Perth with Uncle David, and we, actually you, could provide medical supervision for JD's convalescence.'

JD was having trouble computing it all. All her brain could play on a loop was, *living in the same house as Lou*. She glanced across at her and Lou looked as startled as JD felt.

'We can help JD get her driver's licence and she wants to get a job so when she's well enough we can help with that, too,' said Brodie. 'Ticks all the boxes, Mum.'

That was how this all came about. A bright kitchen. The

comfiest bed in a lovely big room with its own en suite. And she was living with Lou. She could barely believe it. She still half expected to wake up and find it was all a lovely dream.

Of course, in the beginning, it wasn't all that easy. When Brodie had voiced her grandmother's idea, JD couldn't miss the play of emotions that crossed Lou's face. Shock. Disbelief. Horror. That had been painful to watch. And then there was something else, something she couldn't believe was there. Want.

For a moment she'd wondered if she'd really seen it. That split second Lou had struck a chord that soared in JD. Had she imagined it was there because she had wanted to see it? Even now, remembering that moment, had her heartbeats picking up speed.

She couldn't recall all that was said between Cyn, Lou and Brodie. She suspected she was in shock. Then Dr Andrews had joined them, heard Cyn's idea, and given it a resounding thumbs-up. For the doctor, hearing the Baxters had the room, did tick all the boxes, as Brodie kept repeating.

So, with those relevant boxes ticked, here she was, settled into the wonderful Baxter household, in Nana Lottie's lovely room.

Nana Lottie, Brodie had explained conspiratorially, was their paternal grandmother. She was one very fierce lady, Brodie had told JD expressively as she shared a knowing look with Cyn. The doctor and a slightly shell-shocked Lou had left them, and JD had been alone again with Brodie and Cyn in her hospital room. Her proposed move into the Baxter house was a done deal.

'What if Nana Lottie Baxter decided to return?' JD had felt compelled to ask.

'OMG! We're not even game to think about her coming back,' Brodie had said, wide-eyed. 'She'd been staying with Dad after Grandfather Baxter died and Dad eventually had had enough.'

Cyn chuckled. 'Oh, Lottie's not so bad. Her problem was her husband had her on a pedestal all their married life. Treated her like a porcelain doll. She thought your father would take over when Philip died, and when she realised he wasn't going to she got a tad crusty.'

'Crusty. Whoa!' Brodie said. 'Deanne and Em and I felt like the Von Trapp kids before Maria arrived.'

'Um,' JD swallowed. 'What does your father, your mother's, well, husband... What does he think about me taking his mother's room?'

'Ex-husband,' said Brodie and Cyn together.

JD gradually drew some air into her lungs. Ex-husband. As in not Lou's husband now.

'Mum and Dad are divorced,' Brodie continued, 'and I know Dad would be just as horrified if Nana Lottie returned.'

'As if Lou hadn't already given a home to irreverent-but-very-entertaining me, my soft-hearted daughter let her ex-husband guilt her into taking Lottie Baxter in,' Cyn said fondly. 'Lou's a veritable saint.'

Soft-hearted. A saint. Had Lou been guilted into taking JD in too? she'd wondered.

'Now, none of that kind of thinking,' Cyn admonished her. 'I saw that idea written all over your face. No one's been coerced here today. Believe me, you are nothing like Lottie Baxter, praise everyone and everything.'

Brodie pulled her phone out of her pocket and stood up. 'I'm going to ring Deanne and Mish and tell them,' she said excitedly, stopping to give JD's sock-clad foot a shake as she passed her chair.

JD had looked back at Cyn.

'We both know my daughter's fine about this. Just blindsided a little.' She laughed. 'So don't you go giving it another thought.' Cyn levelly held her gaze. 'Lou's, in fact we're all looking forward to having you stay with us.'

As JD slotted into the comings and goings of the Baxter family, she didn't at any time feel like she wasn't wanted here. She just fell more in love with Lou Baxter. She could acknowledge that.

She did her very best to keep her feelings at bay but sometimes it was difficult. Especially when she looked up to find Lou's gaze on her and in that split second before she looked away she could believe Lou felt the same. There were those delusions again!

The sad part that tore at her heart was that she knew, all things considered, she had no right to even think of taking it further. Not that Lou would. Deep down JD knew that. It was so unlikely. Wasn't it?

Yes, what a difference the almost two months here had made to her life. And that was after the nerve-wracking months she spent trying to cover her tracks, cutting all ties with her past. Not forgetting the train wreck of the twenty-eight years that made up that past.

When she walked out of the bar in Sydney, left Lucia and her family, she could never have imagined it, following unscheduled routes, traversing the country. Till she'd climbed into the cab of Eddie's far-from-new truck, oblivious of fate's plans for her, and how her life would change so dramatically.

She'd been given a new life. Had it actually happened in

another life? A parallel universe? Sometimes she could almost believe, or wish, it had.

Before that terrible truck accident that had claimed Eddie's life and almost her own, her life had been focused on simply escaping. To stay back in Sydney had meant borderline death, the death that was a chipping away at the essence that was her, drawing her deeper into a life she hated. It had felt that way.

Staying would have meant her life would rotate on the same axis it had always spun on, existing in that shadowy world that teetered on stepping back and forth across the line between the inside and the outside of the law, entrapping her.

How many times had she told Lucia how much she hated their lives, while Lucia had pointed out none of it had anything to do with them. They weren't criminals, had committed no crimes.

But she had. She'd kept telling herself she'd just been a child, a minor, that she'd not knowingly broken the law. But in hindsight… She'd started to question it when her father had given her bicycle and the contents of its carrier basket to her younger sister. And how devastatingly that had ended. *Oh, Natalie.*

After her father was sentenced to jail and the house was sold to pay his debts Lucia's family had literally taken her in, and for a few years she'd simply existed. She'd had a number of jobs since she left school, none of them inspiring, so it had been easy to be drawn into Lucia's family. She had her own room in the family home in the upstairs floors of what had previously been an old pub, and she started work in the bar section of the nightclub on the lower floor.

For a long time she hadn't allowed herself to think about any of it, especially her father's connection to

Lucia's father, Ivan Radic. Eventually of course she'd had to face it. Working in the bar, seeing the comings and goings, hearing things she couldn't un-hear… Recognising it for what it was hadn't been that complicated. To her so-called new family, laws were simply suggestions that didn't apply to them. And her own father had worked for the Radics.

She'd also known that Lucia was part of that family, and Lucia…

Lucia. Beautiful. Sultry. They'd known each other since they were kids. By the time they weren't kids any more they had fallen in love. She knew she had. Lucia had always sworn she had too, but…

Love had had a different meaning to Lucia. It didn't mean finding it acceptable to marry a man you'd only met once on a trip back to your father's home country, a man your parents had chosen for you and brought to Australia to marry their only daughter. It was insane in this day and age. She'd told Lucia that and Lucia had shrugged.

'It's what my father wants,' she'd said.

'But you don't want it.' She paused. 'Do you?'

'Of course not. I prefer you,' Lucia ran her finger down the middle of her chest, pausing between her breasts, wriggling her finger inside her bra, teasing her nipple.

'Lucia! Not here,' she'd whispered as her breath caught, her body responding at the familiarity. 'Everyone's home. Anyone could come in.'

Lucia pouted and removed her hand. A small part of her clung to what used to be, had still wanted to put that hand right back where it had been. She suspected Lucia knew that. She reminded herself Lucia had no right. In the past few years she had secretly met up with other women to explore her options, as she called it. It barely hurt anymore.

'Tonight,' Lucia had whispered back, her tone a promise. 'I'll come to your room tonight.'

She'd swallowed, almost tasting Lucia's full lips. She'd started to hate her body for that moment of wanting it, when she knew her feelings for Lucia had changed, that probably any warm body would have meant as much. 'But this guy, do you even remember him? It was over a year ago. You never even mentioned him.'

'Yes, of course I remember him. And what could I tell you about him anyway? It hadn't been decided. His family came from the same town as my father's. The families were friends before my father came out to Australia. He was okay. Not ugly. We got on all right.'

'Got on all right? Are you serious, Lucia? If you marry him he'll expect you to sleep with him, have sex with him.'

Lucia shrugged again and averted her gaze.

A sudden revelation hit her like a punch to her stomach. 'You've already slept with him, haven't you?' she asked, a knife now twisting in her chest, even while part of her was barely surprised.

'I sort of suspected what our families had in mind so I checked him out. Do you think I wanted to be with someone who might turn out to be disgusting.'

'Disgusting?' she said flatly, and Lucia didn't comment. 'Can I take it that he wasn't,' she paused, 'disgusting, and that you didn't mind having his…' She swore and walked over to the window, looked unseeingly out at the pots of coloured flowers in the courtyard. That and the small garden looked so, almost innocent. She felt numb, totally disconnected. How could Lucia change so much? Or was she the one who had changed?

'It didn't exactly turn me on. It wasn't awful. And you know I've always thought I was bisexual.' Lucia gave an exasperated sigh. 'It meant nothing to me. You do. Te dua.'

'How can you say you love me when you…? This whole thing, with you and other women, me, and him, is obscene. You prefer women, Lucia. Us aside, you can't throw your life away like this on someone you hardly know. You'll have to refuse to marry him.'

'I can't. You know what my father's like. No one refuses him. I've always been terrified he'll find out about us. Remember when Duke tried to, you know, out us?'

'I think your father knows anyway.'

'He can't know.' She looked horrified. 'Why do you think that? Have my brothers said anything?'

She hated to see the fear in the other woman's eyes. 'Why do you think he's doing this? This, buying you a husband.'

'It wasn't… Dad said it was time for me to marry before I got too old—'

'Twenty-eight isn't too old.'

'Back home women are married before they're twenty. And Dad didn't buy me a husband. His family paid for me.'

'Lucia! For fuck's sake! Can you hear what you're saying? This is 21st century Australia and not the Dark Ages.'

Lucia crossed the room to stand close to her. 'It doesn't have to make any difference to us,' she said softly. 'I promise. We can still be together when we can. If we're careful.'

'Careful. Sneaking around but with another pair of eyes watching us. Great! Can you even remember when we last shared a bed?'

'It's been too dangerous. You know that. It's not that I haven't wanted to. What we had was special and we could have it again.'

'Lucia, I've changed. So have you. Apart from that, don't you think this guy is going to notice you aren't in his bed?'

'I'm going to say I prefer separate rooms.'

'You can be sure he'll agree to *that*!'

'He badly wants to come to Australia so he'll agree to anything.'

'This whole thing is ridiculous. We used to love each other, Lucia.' Had she finally used the past tense? And actually admitted it to herself. Out loud. 'I don't want to share anyone, especially not you. How can you even ask me to do that, especially with some fucking guy. I can't do that.'

'Why not? We've always loved each other?'

She took Lucia's hand. 'We do. We're friends, best friends. Just. Friends. You know that's true. We've grown up, want different things. Even if I wanted to I couldn't do this if you're married. I'm leaving. We can both go. As friends. Get away from all this, the bar, the family, living on a knife edge expecting the police to arrive on any given day.'

'That's crazy and it won't happen. You know my father pays for protection.' Lucia pouted moodily.

Her father had told her, bragged that Ivan had some police in his pocket. It was why she'd had to be careful who she told her story to. 'Your father is a criminal,' she whispered, 'and so is mine. Do you really want this life?'

'What's so bad about it? I keep telling you we aren't involved.'

'Right! It buys your food, your clothes.' She grimaced. 'It pays my wages. And *I* don't want to live like this. I never have. But I don't want to lose you.'

'I don't want that either.'

'Then come away with me. Let's be free of it all. I have to be, Lucia. But I don't want to leave you behind.'

'I can't. My father will never let me, us, go. You know that.'

'I'm choking here. A little bit of me dies each day. I've been thinking about it. Making plans.' She knew, if she left, she might be taking a chance… Depending on how Ivan saw it. After all, it wasn't as though she was a blood relation of the Radic family. She shivered. Ivan was possessive and could very well see her as part of his property, too. He needed to know she wasn't.

'You really believe we can go together?' Lucia laughed. 'I can't believe you think that's possible. We don't leave our families.'

Deep down she'd known Lucia would never come with her, didn't care enough for her to take the chance, give it all up. With a stab of guilt she realised it didn't upset her the way it would have a year or so ago. Sadly, knowing this, she'd still had to try to convince her.

'Remember when you tried before,' Lucia warned her. 'Your father found out and brought you back. Have you forgotten what he did to you? You still have the scars on your body from his belt. Who knows how he found out, but he did.'

She knew how he'd known. At first she'd thought it was her mother. She was terrified of her husband. But there was someone else who needed something so much she'd bartered the information. She'd stayed, hadn't tried to leave again, because after he'd beaten her he'd promised to beat her mother, who by then was frail, and ill, and totally without hope. And he'd threatened her younger sister. *Oh, Natalie.*

'If your father could find you then,' Lucia continued,

'what makes you think we could escape *my* father with all his contacts. He knows everything. He treats you as another daughter, and even though you aren't his blood, I don't even want to think about what he'd do to you when he found you. Because he would find you.'

'He doesn't own me, Lucia. No one does,' she said forcefully. 'I'm going to go. With or without you. I can't stay here and see you married to that... that... Whoever he is.'

'It's Arion. That's his name. Arion Sula. He's thirty-two. My father will give him work.'

'Right. Maybe he can take over my job in the bar,' she said bitterly and shrugged. 'Because I can't stay,' she repeated, and knew she meant it.

'I won't let you—' Lucia began angrily just as her oldest brother, Bart, walked into the sitting room.

'Have I walked in on a Lucia tantrum?' he exclaimed light-heartedly. 'Another day, another Lucia drama.'

She'd swallowed the surge of fear his appearance caused her. Had he heard anything? Of Lucia's brothers she thought Bart was the best of the three of them, but he was still his father's son. She struck a pose, lifted her hands palms up, and then let her hands fall.

Bart shook his head. 'You should stop letting her lead you around, little chosen sister. Now, my real sister here was always a spoilt brat. And she still is. Stand up to her.'

'I'm not spoilt!' Lucia's voice went up another notch.

'Cool it, Sis.' Bart turned back and jerked his finger towards the front of the property. 'One of the barmen hasn't turned up. Dad wants you out there. And Lucia, you might as well give her a hand for a change. Flash those boobs of yours around, get the guys shouting drinks.'

'Fuck you!' Lucia threw at him and he laughed.

'Oh, so sweet, baby sister! Remember tomorrow we're

going out to the airport to pick up your boyfriend.' He chuckled at the word. 'Maybe he can tame you, hey?'

'Not likely,' Lucia exclaimed as she'd walked away.

~

JD sighed, remembering, and she glanced around the kitchen again. This house, this family, this town, it was a world away from the one she'd left. It was everything anyone could ever ask for…

She checked the time, stood up and washed out her coffee mug. She touched her back pocket, felt her Lego wallet. That now contained the temporary licence Mac Donovan had arranged for her after she'd retaken her driving test. She had to pick up Em from soccer training and then they'd collect Em's grandmother from her bridge afternoon.

JD had insisted she could take on these small jobs to pay her way. To help Lou out too, for her kindness, for letting her be a part of this world, Lou's world, which was everything she'd ever wanted. JD's dreams come true.

CHAPTER 10

JD parked Cyn's Camry and walked across to the field to collect Em after soccer practice. Last weekend she'd attended Em's first game of the season, along with Cyn, Brodie and Lou. It had been a family outing. Only Deanne was missing - she was working in the bookshop.

How alien that had been. Climbing into Lou's large SUV, surreptitiously watching Lou's profile as she smiled at the girls' banter as they drove to the park. Walking with them as they crossed to the stand, finding seats, other parents greeting Lou and Cyn.

She'd been a little taken aback when a tall man strode up to her and held out his hand.

'It's great to see you on the mend,' he said, a smile lighting his face, and then he sobered. 'I'm John Warry. Just Warry will do. You probably won't remember me but I was there the night of the accident out by Hadley's Bridge. You're looking so much better than the last time I saw you.'

'Oh.' JD shook his hand. 'I, um... No, I don't remember

much from that night.' She swallowed, her mouth suddenly dry.

'You don't seem to be any the worse for wear, Warry.' Lou stepped up beside JD, her fingers lightly taking hold of her arm, steadying her.

'Will Marshall, our service manager, and I were in the other car,' Warry said as a pleasant looking woman joined him and slipped her arm around his waist.

'Morning, Lou. Cyn. Girls,' she said, 'and you must be JD.' She grinned when JD looked surprised. 'I'm Del Warry and this is my husband. Our daughter, Liss, is in the same team as Em. Em's told us all about you.'

'She has?' JD was surprised, and just a little disconcerted. She wasn't sure what to say and the feel of Lou's warm fingers holding her arm had more than shifted her focus. She wanted to relax and lean into her but she knew she couldn't. She glanced at Em and the young girl giggled.

'I just tell everyone how great you are, JD,' Em said. 'Oh, and that you don't like homework much either.'

Em had cheekily tried to get JD to help her with her homework, but JD didn't want to admit her own schooling was very spasmodic. To say she had been a fair to middling student was probably being generous. How often had she been kept away from school to look after her ailing mother and her younger sister. She'd never had the opportunity to even consider what she wanted to do after high school. Life got in the way of that. Luckily Brodie had saved her, stepping in to help her sister with her science project, and admonishing the remorseless Em.

'No secrets in this town, JD,' Del laughed.

JD managed to smile at the friendly woman and she slid a glance at Lou. She was smiling, too, and her fingers were still warm on JD's arm.

'Can't argue with that,' Cyn joined in the conversation. 'And pleased to see you and Will came through the accident unscathed, too, Warry.'

'We were pretty lucky. Awful about the truck driver though.' He frowned and glanced sympathetically at JD. 'Did you know him well?'

'No. Not very well.' What else could she say? Eddie had talked about his life but…

Lou interceded. 'Nice to see you two again. The game will be starting in no time so we'd all best find seats,' she said to the Warrys, gently shutting down the conversation. 'And Em, Liss, it looks like the team's beginning warm-ups.' She started them towards the stand, only then releasing JD's arm.

Then JD was joining Cyn and Brodie high-fiving Em for good luck and watching Lou give her daughter a final hug before she ran off to join her teammates. They followed Cyn up into the stand. A normal family outing. Such a thing had never been her normal. She couldn't remember ever going out as a family.

When she'd seen this soccer field she had been taken aback by the size, how well-kept it was. The park was huge with two separate football fields, a cricket pitch and two unpretentious wooden stands for spectators. Each field had a shed for storing gear, and at the other end of the huge green space Em told her there was even a dog park.

The field where she'd played soccer at the PYC when she was younger couldn't compare to this. It had been a few shared pitches with uneven surfaces, and far too many children trying to use them.

Now, days after Em's game and back at the park, she drew in the scents drifting on the breeze, feeling the tickle in her nose of some nearby freshly mown grass. She crossed to join the four young girls out on the field, watching quietly as they dribbled the soccer balls. Then they stopped, placing the balls in a line, talking and gesticulating towards the goal, obviously practicing their penalty shots. Over by the shed she could see a short, muscular woman moving some boxes inside. Em had pointed her out as the team's coach.

Em turned, saw her approaching, and grinned. 'Hey, JD. Come and properly meet my friends. There was too much going on last game day.'

Em, Lou's youngest daughter, at twelve was a mixture of her older sisters. JD thought she looked the most like her mother, with her grey eyes and darker hair. She was bright and bubbly, and she loved her soccer. And, Em, she'd told JD levelly when they met, was short for Emma, but no one called her that.

The moment warmed JD, standing out on the field, the sun starting to dip in the sky. The absolute serenity of it moved her as the smiling faces of the young girls beamed at her. The four of them were so different, their colouring going from dark to white-blond, but they all had that same glowing joy of life. The way kids should.

It swept her back to her sister, Natalie, to their constantly unstable, volatile life. Had they ever had moments like this? Just once. For her it was those weeks when Mac Donovan gave her some hope. Then it returned to their normal. Until it fell completely apart. She quickly shut out the memory.

'These are my friends and teammates,' Em was saying. 'Zoe, Bronte and Liss.'

JD raised a hand in greeting as she desperately held onto the present. 'Great win last weekend. Had a good practise this afternoon?' she asked, and they nodded. 'I saw you all performing some good moves.' She indicated the soccer balls. 'Your coach seems to be packing away the gear. Is she looking for your equipment?'

'Not these.' Em picked up her ball and spun it on her finger.

'Wow! Impressive.' JD beamed at her. 'Very professional.'

Em laughed as she fumbled the ball. 'These are new. We only got them today. They're our personal balls. See.' She held out her soccer ball that had *Em* emblazoned with their team logo. The others showed her their own personalised soccer balls.

'My Mum got us some sponsorship for the season, and we all got one. See. I'm Zoe.' The tallest girl, sporting blond pigtails, told her. 'Mum gets sponsorship for lots of youth teams,' she said proudly.

'That's great. Does she work in sports?'

'Zoe's Mum's the mayor,' Em filled her in.

'Oh. That's great, and your personalised soccer balls are awesome. So, were you lining up to try some penalty kicks?'!

'Yes. We always practice trying to bend it like Beckham,' Em put her ball back down on the turf and the other girls did the same. 'Want to watch?'

JD raised her eyebrows. 'Bend it like Beckham? You mean David Beckham?'

'Well, sort of. We call it that because of the movie,' Em continued, her eyes widening when JD still looked baffled. 'You mean you've never seen *Bend It Like Beckham*?'

JD shook her head, and the four girls exchanged horrified looks. 'Really?' they chorused.

Zoe narrowed her eyes. 'You live with Em, don't you?

And isn't it your turn to have our sleepover this Saturday, Em?'

The four girls exchanged more meaningful glances and nodded.

'Right,' Em said gleefully. 'It's our sworn duty to show you what you're missing, JD. Everyone should see *Bend It Like Beckham.* You're going to watch it with us on Saturday night.'

The four girls put out their hands, one on top of the other. '*Bend It Like Beckham,*' they said together and threw their hands in the air.

'Okay. It's like this,' Em began, and the others added their take on it, all talking at once.

JD heard phrases like, put spin on the ball, and curve through the air. Em was making a movement with her hand, arcing towards the goal net. JD's heartbeats picked up as she realised what they were explaining, and she was back on that untidy pitch in the second-hand boots Mac Donovan had found for her.

She used to be able to do that. She remembered how proud she'd been when Mac had been amazed at her prowess. Mac had given her a shabby soccer ball and she'd hidden it from her father. She'd spent hours, just her and that soccer ball, until her father had found it and...

Could she remember how? She felt a sudden overwhelming urge to step back to that time and put a foot to a soccer ball, be in that remembered short space of time where she was safe and free. And *hope* hadn't been just a word.

'Can I have a go?' she asked, pushing more memories back into the past. She was met with four startled expressions that slowly morphed into grins.

'Have you played soccer?' Em asked. 'Do you remember it?'

JD shrugged. 'Maybe I did play. Perhaps when I was about your age,' she added when they looked suspiciously at her. 'I'd just like to try if you'll let me. It sounds awesome.'

'Go for it!' Em grinned and picked up her ball and handed it to JD.

JD placed it on the grass and lined up the ball, jokingly making a big thing of describing the ball's proposed trajectory with her hand the way Em had. The girls smirked. She stepped back, hoping she wasn't setting herself up to fail, which was probable.

She bent the knee of her supporting leg, mindful of the direction of her foot. Now to concentrate on getting her timing right. She leant her body back to get some height and trusted in her muscle memory. The ball curved into the goal.

All four girls looked at her, obviously astounded.

'Can you do that again?' Em asked almost suspiciously as Zoe passed her her own soccer ball.

She repeated the goal. 'Lucky shots, hey?' she said, and the four girls all began talking at once again.

'Can you show us how you did that?' asked Bronte, the shortest girl with almost white-blond hair.

Em raced over and retrieved the two balls from the goal net as Bronte placed her ball and waited for JD's instructions. She showed each of them in turn with varying degrees of success telling them it was all about practice.

'Can you do other things?' Liss asked.

'Oh, you guys were doing pretty well yourselves when I got here.' She took Liss' ball and dropped it onto her toe, bouncing it from one foot to the other, until she caught it and held it motionless between her toe and her leg. She started bouncing it again before putting a spin on it and moving her foot around the ball in the air. After a couple of fumbles she got it right. She settled the ball again, spun a little and caught the ball with her heel.

Oh my god! She was filled with excitement. Her body had come alive. It was ridiculous that she could still do this. She executed another couple of flip ups before catching the ball between her knees and then handing it back to Liss.

The girls excitedly began trying to copy her moves and showed her their own.

A voice behind JD startled her and she looked around to see the coach had joined them. 'So, who have we here?' asked the woman. Close-up she looked to be in her mid forties, and she had obviously been into sports all her life. She was fit and tanned.

'This is our coach,' said Em proudly and the coach gave her shoulder an affectionate squeeze. 'And this is JD, coach. She's a friend of ours and she's staying with us for a while.'

'Ah,' said the coach. 'You're the JD that Em talks about all the time. I feel like I know you already.'

'I'm the Baxters' lodger.' She laughed self-consciously and felt her face flush.

'Missy Coglin.' The woman held out her hand and JD shook it. 'I'm the coach of this magnificent team. And my name isn't really Missy. That's my nickname. Actually, it's Amanda but I barely recognise that anymore. They called me Missy back in my playing days because I had this knack of missing goals.' She laughed and then sobered. 'Something you don't appear to do. Who did you play for and when?'

'I've never played on a team. At least I don't think I have.' JD swallowed. Now for the lies.

'JD has amnesia,' Em put in in a whisper. 'She had an accident and she doesn't remember.'

'I see.' Missy nodded. 'The truck accident out by Hadley's Bridge?' She gave a crooked smile when JD looked surprised. 'No secrets in this town.'

'Em's grandmother warned me about that at the week-end,' JD said.

'Actually, my niece, Hannah McGovern, was one of the first responders.'

JD paused. 'Yes. Hannah McGovern. They told me she was the one who found me. I guess she saved my life.'

Missy nodded. 'Hannah's a good kid. Loves her job. She's going to make a good cop. Amnesia, hey? And you don't remember playing soccer?'

'Watching the girls kicking the ball before, it... maybe I played when I was at school.'

'At school?' Missy gave her a look of disbelief. 'In that case I can't understand why nobody snapped you up? You must have lived in the boonies.'

JD shrugged again. 'Perhaps my kicking before was probably just beginner's luck,' she repeated, trying to play it down.

'Okay.' Missy drew out the word, gave her a sceptical look. 'All right. So, are you looking for a job?'

'What sort of job?'

'Oh, the worst kind of job. Unpaid, but you'd get lots of uplifting expressions like, *hearty thanks,* and *greatly appreciated.*' She waggled her eyebrows encouragingly. 'I've just lost my assistant coach. She's gone off and got herself married and moved to Adelaide. Very inconvenient. Nice guy though. I knew it was coming but haven't found a replacement. How would you like to take on the position?'

JD was surprised. 'I don't think I know anything about coaching.'

'Maybe not,' said Missy, 'but you've got some moves. Don't suppose you've got a Blue Card, have you?'

'No.' JD knew what they were. You couldn't work with children if you didn't have one.

'No matter. We can sort that out. Maybe I'll talk to Steph Alston and hurry it along. Unless you have any criminal convictions?' She raised an eyebrow.

'No.' That at least wasn't a lie. 'I don't think I have. But I don't remember.'

'Hmmm.' Missy pursed her lips. 'You don't exactly look like a felon but there have been some baby-faced killers.' She grinned and then sobered when she realised she had an audience. 'Just teasing JD, you guys.' She reassured the worried young players. 'So what do you say, JD? Want to be the unofficial, until we sort out the paperwork, assistant coach, of the best team in the tournament?'

Em wrapped her arms around JD and gave her a long, tight squeeze that almost pulled them over. 'Say yes, JD,' she said excitedly. 'You can bring me to training and save Mum or Gran having to do it. It just means you come earlier, and you can help us train to bend it like Beckham and teach us all those tricks.'

'Now, now, girls.' Missy put in sternly. 'We're not talking tricks, we're talking genuine good ball-play.' She turned back to JD. 'When can you start? Thursday afternoon?'

JD hesitated.

'Good. Thursday. Advisory capacity until I can talk to Steph.' Missy glanced at her watch. 'We've got about twenty minutes before Tess arrives to pick you three up and,' she looked at JD, 'as long as you've got nowhere to be…?'

'We have to pick up Em's grandmother,' she began.

'Not for half an hour,' said Em helpfully. 'And she probably won't be ready then anyway. You know how Gran loves to talk.'

'Cyn Lawson is well-known for that.' Missy grinned. 'Right. Game on. Em and Bronte, you're with JD. Zoe and Lissie, you're with me. Shoot those other balls off the field and let's get down to it.'

By the time the game was over they were all laughing. An attractive young woman appeared on the sideline and Missy waved her over. With a wink, she introduced JD as their new assistant coach. Tess Wainwright was apparently collecting her daughter, Bronte, as well as Zoe and Liss. As they walked off the field the girls told Tess about their game and Tess smiled at JD.

'You've been quite a hit,' Tess said. 'Great to have you working with the girls.'

Missy Coglin smiled and gave JD a nod.

Everyone called goodbyes, Missy locked up the shed, and they headed to their cars.

Em chatted about soccer as they turned into town to pick up Cyn from the CWA hall. Suddenly JD realised Em had stopped talking and she gave her a sideways glance. The young girl looked pensive.

'Something on your mind?' JD asked her.

Em sighed loudly. 'I know mum says we have to respect your boundaries and that we're not to talk about your amnesia, but can I ask you something?'

'Sure. I'll answer if I can,' JD said carefully.

'You play pretty good soccer,' Em began. 'Do you think

you kind of remember some stuff from before? Like soccer for instance.'

JD's mouth went dry. This was the worst part because she hated lying. 'I don't know. Some things... Playing soccer, well, it just seemed natural, so I think I must have played before.'

'Actually, you're brilliant,' said Em and JD had to laugh.

'That's stretching it.'

'No. It's not. Are you sure you didn't play for the Matildas?'

'I hope I'd remember that,' JD said dryly, and they both laughed. Em's favourite subject was the Australian Women's National Soccer team.

'I know. Who would forget the Matildas?' Em sighed, clutching her soccer ball in her lap. 'You must have remembered them then?' Em added hopefully. 'They're all so-o-o amazing. Zoe's our goalkeeper and she wants to be like Mackenzie Arnold. Bronte's small and fast like...' Em chatted enthusiastically again about specific players. 'So you don't remember them?'

'I'm not sure,' JD said carefully, and Em continued.

'The Matildas are my heroes. I've told Mum and Gran I want to play professional soccer when I grow up. I mean, as my job. Do you think I'll be able to, JD?' she asked seriously.

'It's good to have something to strive for, Em.' What could she say to the young girl? During the short time she'd played soccer she remembered Mac telling her many times that she was promising, and she'd started to dream.

They'd managed to keep it a secret from her father until he eventually found out she was playing, and where she was playing. He always found out. At first she'd thought it was because going along to the PYC hadn't been his idea, nor had he been consulted, and this was why his anger flared.

For once her mother had spoken up, timidly suggesting it might be good for both girls. Good for what? Her father asked. Her mother tried to tell him they said she showed promise, that she might be able to join a proper team. He'd laughed and shot down any hope that had started to grow.

Her mother had tried again to persuade him but her father had answered with his fists. When she'd stepped between them he'd almost knocked her unconscious. By the time the bruising had subsided and she'd secretly ventured back to the club Mac Donovan had gone.

Of course, he'd found out she'd disobeyed him and this time he'd used his belt. The truth came out. He didn't want her anywhere near the police. They didn't need the pigs coming around. Going back a third time would have been foolish and futile. No. Losing soccer had been nobody's fault but her own. She'd simply given in.

She was only half listening to Em as she decided she was far from a shining example for anyone, let alone the bright, bubbly young girl beside her. It was no good looking too closely at her own life. She'd had no goals. Not until it was almost too late.

Once she'd started to climb out of her depression she decided to try to fix it though. Seeing Lucia's brother, Ime, paid for his crimes became almost an obsession. Her first goal, her first win. Now she was reaching for her only other goal, focusing on leaving her past life behind. She clung to the hope she'd been successful in that so far. She had, hadn't she? Even allowing for the truck accident, she'd let herself think things looked hopeful. As long as she was careful.

She drew herself out of that past.

'I just love the Tillies,' Em said with a heartfelt sigh.

'You do know every player in the Matildas team would have started out just like you,' she reminded Em.

'I guess.' Em gave a laugh and nudged JD with her elbow. 'And they didn't even have the famous JD helping coach them either, did they?'

They stopped for a red light and JD nudged her back. 'Don't get your hopes up with that because I've never done any coaching before. Well, none that I remember,' she added quickly and slid a glance at Em who was grinning broadly.

'I can't wait to tell Mum and Gran.'

What was she thinking? she asked herself. It wasn't a good idea. She'd have to find a way to get Em to play down this latest development. Maybe she could tell Em she was nervous, worried about failing, and wanted to be low-key until she was comfortable with it.

Or she could tell Missy Coglin she'd changed her mind. Unlikely to work, because she imagined Missy was all *Woman on a Mission.* But it was worth a try. The thought of not taking the job felt like ashes in her mouth. It made her realise how badly she wanted to be involved with the sport that had been such a highlight of her young life. Giving it up had just about crushed her spirit.

'Told you so. No sign of Gran.' Em laughed as JD pulled up near the CWA hall.

JD had picked Cyn up before and always had to go inside to find her. She'd even drawn JD into a game of bingo one morning and now she had JD accompanying her once a week. Not that JD minded. It was kind of fun, and the people that were part of the Senior Citizens' Club were so nice. It gave her more warm feelings, for a part of life she knew she'd missed.

'Guess we'll have to go and round up your grandmother,' she said, and Em murmured but she made no move to undo her seatbelt. JD raised her eyebrows. 'I don't really want you to wait in the car without me,' she began.

'No. I'll come with you. It's just…' She bit her lip. 'Can I ask you something else, about the amnesia thing?'

JD waited for her to continue.

'Does Mum remind you of someone, do you think?' Em asked.

JD's whole body tensed. 'Your Mum?' Her voice sounded thin in her ears. 'I don't…What makes you think that?'

Em shrugged. 'Sometimes you just look at her sort of puzzled, and I thought, you know, maybe your memory might be telling you she looks like someone you knew.'

'Oh.' What could she say to that? But then Em was looking past JD and her face lit up with a smile.

'Gran!' She undid her belt, jumped out of the car, and then ran around to give Cyn a hug.

'I take it that you missed me, sweet cheeks.' Cyn laughed and hugged her granddaughter back. 'How was training?'

JD stayed clutching the steering wheel, and she made herself exhale. Nicely saved by Cyn, she thought. Em had noticed JD watching her mother. Had she been that obvious? She must have been for a twelve-year-old to pick up on it.

Cyn smiled at JD as she buckled herself into the front passenger seat.

'And guess what, Gran?' Em effused from the back seat now, giving up the front seat to her grandmother. 'JD's got a job with Ms Coglin. She's going to be our assistant coach.'

'She is?' Cyn raised her pencilled eyebrows. 'You are?' she turned and asked JD.

'I am. Apparently. As soon as the paperwork is done. Not quite sure how it happened but…' She shrugged.

'It happened because she's brilliant,' Em almost screamed, and her grandmother and JD winced. 'You should have seen JD, Gran. She must have been a soccer star. Coach thinks so, too.'

Cyn was regarding JD and she began to flush.

'I don't remember that,' she said thinly. What else could she say?

CHAPTER 11

Em's soccer team won their match on Saturday. Much to JD's embarrassment, Em decided JD joining their coaching team was the reason for the win. To call it an actual coaching team that included just Missy and JD was a bit of a stretch though, even if Cyn and Lou seemed quite impressed.

The evening before Lou had told JD to take her SUV as Zoe, Bronte and Liss were coming straight from soccer for their sleepover. Lou was rostered on at the hospital and would take Cyn's Camry, so on the way to the game JD dropped Cyn off for a special committee meeting at the Senior Citizen's Club.

Although she'd been nervous taking Lou's car for the first time, they were all home safely and the car had been a dream to drive. JD spent a few hours after lunch kicking a soccer ball around the back yard with the girls and then she'd come inside to start preparing dinner.

Spaghetti bolognaise, the girls had decided they wanted, and JD opened Lou's recipe book. Luckily it seemed an easy enough recipe and as she began to collect the ingredients Cyn joined her.

Her committee meeting at the Senior Citizens' Club had dragged on she said after her friend Nancy had dropped her home just after lunch. She'd immediately retired to her room for what she referred to as her *Nana nap.* Sometimes, she said, all those old people at the Club wore her out.

'I can't believe I slept for so long.' Cyn yawned and stretched her arms above her head before sliding onto a seat at the breakfast bar. 'Last thing I remember was hearing squeals of laughter from the soccer match out the back.' She glanced towards the open sliding glass doors as the same sounds continued. 'Surely the match must be into extra time by now.'

JD grinned. 'They love their soccer.'

'That they do. Need any help with that?' Cyn indicated JD's food preparations.

'No. All under control.' She poured the older woman a cup of tea she'd just made and passed it to her.

Cyn took a sip and murmured appreciatively. 'Just the way I like it. You're amazing and I've decided I'm going to legally adopt you,' she said, making JD laugh.

'Lou and Amber might have something to say about that. They may not want another sister.'

'Lou might not, but not for the reason you might think.'

Concerned, JD looked across at her and Cyn wiggled her eyebrows and then shrugged.

'That aside,' she deflected. 'The big question is,' she paused now for emphasis, 'what did we do before you came to live with us?'

A rush of anxiety rose in JD's chest and lodged in her throat, and she swallowed. 'I don't... Cyn, I hope I'm not pushing my way into... Because if I am overstepping—'

'Now stop right there,' Cyn cut in quickly. 'I didn't mean that at all. You're a joy to have around. You aren't doing anything except making all our lives easier. You help with the cooking,' she waved her hand to encompass the kitchen, 'and you know none of us are keen on that. We're all eating healthier with less takeaways. You listen to the girls when they want to talk. You step in as taxi driver. You put up with me, and I'd be the first to admit I'm an acquired taste.'

JD went to speak and Cyn waved her hand again.

'Don't tell me I'm not annoyingly eccentric or I'll be grossly offended.'

JD laughed nervously. 'You're the most amazingly eccentric person I've ever met.'

'Thank you,' Cyn acknowledged her compliment. 'That you remember,' she added with a teasing smirk.

JD swallowed again. *That you remember,* she repeated to herself. She couldn't afford to let down her guard. 'Exactly,' she said quickly.

'But do you know what you do most of all?'

There was that pause again, and JD's nervousness increased.

'You're such a help for Lou,' Cyn finished.

'I am?' JD all but deflated with relief and she flushed.

'You are. And I love you for it,' Cyn said sincerely.

'I… Um, thanks.' JD's emotions were skittering about in a mixture of pleasure and guilt, the latter a warring mess of regret for her lies, jostling with what she felt for Lou.

Cyn sighed. 'My daughter is her own worst enemy,' she continued. 'I worry about her overextending herself. She always has done. I know why, and to be honest, a lot of it's my fault. You see, after Amber was born I wasn't all that well. Looking back I'm sure I had post-natal depression.

Nobody talked about the subject back then. At least not to me. You were just expected to get on with it. My ex-husband was next to useless, and Lou took on so much, even though she was only eight years old. I don't think she's ever let that nurturing thing go.'

Lou was a caring nurse, mother and daughter, JD acknowledged, so the description certainly fit her. Nurturing? It was such a comforting word, conjuring up safety. JD wished she could have identified with that. Nurturing, for her, had been a huge burden she'd had to carry, her parents being who they were. *Look after your sister.* How her mother's words haunted her. But, unlike Lou, she'd failed. *Oh, Natalie.*

'I know Lou feels the same about her job.' Cyn shook her head. 'She loves it, and us, but I don't want her to burn out. I've been so concerned she'll make herself ill trying to do everything herself. You've taken a little of that concern off my shoulders, JD. That she'd let you help out is a miracle in itself. So, my thanks are all for you.'

'I don't need any thanks, Cyn. I want to help. Lou's been so wonderful to me, when I was in hospital and here. I'm so grateful to her, to all of you, for giving me somewhere to stay, for allowing me to be part of your wonderful family, especially when you know nothing about me.'

Cyn gave her a level look. 'Alright. I know this was my idea, and in the beginning I'll admit I was a little bit concerned about how it would work out. But it has. Surprisingly so. And, by now, I think we know enough about you.'

She held JD's gaze, and JD had the same uneasy feeling she sometimes got with Dr Jen, that she had the suspicion that perhaps JD's amnesia didn't ring true. The question rose uneasily in her mind again. Surely not. The doctor would have said, wouldn't she? And now Cyn… No. Her disquiet had to stem from her own guilty conscience.

'We've all come to like you, JD,' Cyn continued. 'There's nothing not to like.' She paused again. 'But…'

JD's heartbeats accelerated again as Cyn took a noisy breath. 'What?'

'It's nothing really.' Cyn waved a hand. 'Nothing I…' She huffed another breath. 'Look, there's just something I want to say. About Lou.'

'Lou?' JD's heart continued to throb in her throat.

Cyn took another sip of her tea, her expression considering. 'Although my daughter always gives the impression she's strong, can take on the world, she's more vulnerable than she'd admit she is.'

'She certainly works hard,' JD said as a hundred thoughts swirled inside her. What was Cyn trying to say? Was she simply generalising her concerns? After all, the family really *didn't* know anything about her. If they did there was every chance they'd ask her to leave. Their lives were so far removed from JD's other world they probably couldn't even contemplate such a life. Why wouldn't Cyn be concerned for her daughter, and her granddaughters?

Unless… Oh no! Had Cyn realised the confusing feelings she had for Lou? Confusing? She could almost laugh at that. There was no confusion. She was wildly attracted to Lou. Had she been so transparent that Cyn could see it? Em sort of had. Cyn must have realised how JD really felt about Lou and she was warning her off. That had to be it. She glanced nervously at the older woman, trying to read her steady expression.

Yet if Lou had been married to a man why would her mother think there was any possibility that Lou might be interested in JD? Could Lou be into women? Was that the reason for her divorce? So many questions bombarded her. Her throat closed again, and emotions churned inside her as she had a running battle with herself. She should be honest, tell Lou and Cyn the truth. It was the right thing to do, but…

She had left all that behind, screamed a voice inside her, and she didn't have to be any part of that old life anymore. She couldn't go back. Not now, when she had had a small taste of what her life could be.

And how would she even begin to… In that moment she had no words to explain. She was just trying to make a new life for herself. Was that so wrong? To want a new life, one worthy of someone like—

Someone like Lou.

All at once, standing there with Cyn, the need to admit rather than deny how she felt about Lou almost overcame her. How freeing it would be to actually say the words, put them out into the universe, that she thought Lou was the most honest, caring person, and that she found Lou attractive and… All she wanted was to wrap her arms around her, hold her close, never let her go.

You can't do that, another voice taunted her bitterly. It was the fantasy of the romance novels she'd never allowed herself the luxury of reading. Well, not after the first couple. They'd filled her with a wistfulness she couldn't let herself dwell on, knowing she'd just be setting herself up for disappointment and worse if she let herself believe them.

Which was just what she was doing here. All fantasy. If they knew the truth they'd surely ask her to leave. Because even if Lou was bisexual, what would someone like Lou see in someone like her? Lou knew nothing about her. Jane Doe. She wasn't even JD. She was someone with nothing, and by her own choice, not even a name.

Her heart hurt. If Cyn was trying to tell JD she knew how she felt and that there would be no chance Lou would be interested in JD, she kind of knew that. There was no need for Cyn to tell her. Lou was Cyn's daughter, and blood was thicker than water. Even JD's own dysfunctional family bandied that saying around when it was to their benefit. Lucia's did, too. She'd have to reassure Cyn there was no need for her concern.

'Cyn, I'd never hurt Lou,' she said with conviction.

'I know you wouldn't, love. You certainly wouldn't mean to, but...' Cyn shook her head. 'I know you're grateful to Lou. I see that. And I know Lou does, too.'

'I am,' JD said sincerely.

'Because of that...' The older woman groaned. 'Look, all I'm trying to say is you've been through a traumatic experience, and you need to take the time to get over that. Not just physically, but emotionally. It's sometimes difficult to sort feelings out, especially when you're recovering from something life-changing, like you are. Your feelings, emotions, are probably chaotic.'

Chaotic? If Cyn only knew.

'It's not easy to recognise what's genuine from, well, what's simply empathy. My daughter is amazingly caring. For her, nursing isn't just a job, it's a vocation, and she'll support you right through this.'

'I know she will, and I don't want Lou to think—'

'She doesn't,' Cyn put in quickly. 'And of course she hasn't said anything. I know she realises how much you appreciate her attentions. But I wasn't really only talking about you. It's both of you.'

Wait. Did Cyn mean she thought Lou might have feelings for JD? Did she? She was clutching at straws, she thought sadly. But there was that prickle of pleasure that persisted in building inside her and she shut it down as Cyn rolled her eyes.

'Oh, for crying out loud! I don't know exactly what I'm trying to say. I'm just so bad at this! Look, JD, I know I'm not explaining myself very well and actually, I probably am talking about both of you.' She frowned. 'Lou might feel she's nursing you back to health, and that her job with respect to that isn't quite done. And you, being the person you are, might think that the need to repay that kindness is more than just that.'

No. JD cringed inside. It wasn't like that. Her feelings for Lou were absolutely real, unsullied by her bleak unsavoury past. They were the purest feelings she'd ever felt. She knew they were. Didn't she? How could Cyn think otherwise?

She swallowed, thinking of Lou, her lovely face, her smooth throat that she wanted to press her lips to, the curve of her… Oh God! How she wanted to… Alright, maybe her feelings weren't so pure, depending on what connotation you put on the word.

She knew she was blushing as she looked at the older woman and away again.

Cyn walked around the kitchen island and pulled JD into her arms, holding her in a tight hug until JD relaxed against her. Then she stepped back and looked into JD's eyes. 'Don't be upset with an old woman who thinks she sees things and is notorious for opening her mouth before she puts her brain in gear. I love my daughter, JD. So much. And you, you're fast becoming one of my favourite people. I want you both to be happy. But mostly, I don't want either of you to be hurt. You know that, don't you?'

JD nodded. In the back of her mind she suspected it was

too late for that. For her. She just had to ensure Lou wasn't hurt either.

'But know that I'm on your side,' Cyn finished cryptically.

JD had no idea what to say so she slid the cutting board over to the older woman and handed her the carrot she'd been grating.

'Right.' Cyn chuckled. 'Let's conquer this bolognaise mountain.'

~

The four young girls were stretched out on the floor on two double air-mattresses, lying back against mounds of pillows. They'd watched *Bend It Like Beckham* and had a lively conversation about it with JD and Cyn. Now the girls were watching replays of the Matildas' matches.

Just before dinner Lou had called to say she would be late, and after the movie and the girls' dissection of it, Cyn had taken herself off to bed, grumbling about Lou's boss taking advantage of Lou's good nature. JD had to admit during her stay in hospital she'd noticed Lou seemed to be on the ward for long hours.

Her concentration drifted from the television screen and the girls' chatter, and she mulled over everything Cyn had said. Her mind threw up all sorts of solutions, from asking the social workers at the hospital to find her other accommodation, to simply hitching another ride out of town. That would solve everything, wouldn't it?

No! Her heart seemed to drown out any such thoughts. She needed longer with Lou. That was the bottom line. She wanted to bask in her warmth, the kindness in her grey eyes. And not just that. She wanted to… Yes, well, that wasn't going to happen. But she could dream. Just a little longer.

When Lou's car eventually pulled into the driveway JD stood up immediately and went to open the door to the garage for her. She watched the car pull inside and Lou climb out. 'Hi. You must be exhausted,' JD said as the garage door rolled closed.

'And hi to you. As to the exhausted, I think I'm too exhausted to recognise it.' She gave JD a tired smile. 'What's the old saying, home is the hunter home from the hill and the sailor home from the sea, and other weird bits and pieces that seem to be spinning around in my fried brain? But I'm definitely all the better for my welcome home committee,' she added lightly as she stepped into the house.

JD laughed as Lou came inside and she closed the door after her. JD's heart sang.

'How's the sleepover going?' Lou lowered her voice. 'Sorry I left you with all that. I forgot Mum usually has an early night after her committee meetings.'

'It's been fine. Your mother's just gone to bed actually. The girls are great and I've enjoyed it. Oh, and I loved the movie.'

'You really hadn't seen it before?' Lou asked. 'I mean, it didn't jog any memories?'

'No. No memory of it so it was all new to me.' JD made herself laugh, wishing she could just tell her that was one thing that was true. 'So, would you like some dinner? There's leftover spaghetti bolognaise?'

'That would be amazing.' Lou drew in a breath. 'Especially if it tastes as good as it's residual smell. I think I had a sandwich about three.'

'What? You must be starving.'

'I am.' Lou greeted the girls before turning back to JD. 'You relax. I'll just have a quick shower and then I'll find something to eat.'

She continued on down the hallway and JD went into the kitchen and heated a serving of spaghetti bolognaise. She was just shaving some fresh parmesan on the top when Lou returned, wearing a pair of colourful loose lounge pants and a much-worn light grey long-sleeved Henley shirt. On her feet she had a pair of warm purple socks.

'Oh. I could have done that,' she said as JD handed her the bowl of food. 'You didn't have to, but thank you.'

'That's okay. Careful now, it's hot. What would you like to drink? Tea? Coffee? Wine?'

'Wine would be great. I think there's a bottle of white in the fridge. Have some yourself if you'd like.'

'I don't think I'm much of a drinker,' she said, and Lou raised an eyebrow.

'You remember that?'

JD shrugged. 'Don't know. It just feels right.'

Lou nodded. She took a mouthful of her dinner and murmured appreciatively at the first bite. 'Oh. That's delicious. My compliments to the chef.'

JD gave an amused shrug. 'Can't take all the credit. It's your recipe. It said *Lou's bolognaise.*' She took a glass from the cupboard and poured the wine. Then she added an ice cube to Lou's glass because she knew that was how she liked it. She passed the wine to Lou and after a pause she reached for another glass and poured a small amount of wine for herself.

She actually did know she'd never been much of a drinker. She'd only been drunk once. When they were about sixteen Lucia had taken two bottles of wine of dubious quality from her father's bar. They had an old blanket and they'd hidden in what had been their secret spot, in some bushes in the small park at the end of the street. It had all seemed so exciting, lying together on the rug, kissing, drinking the wine straight from the bottle.

It would be romantic, Lucia had promised when she planned it. It had been, for a while, until the cheap wine on an empty stomach had done its job on her. There had been nothing romantic about throwing up or the massive headache the next morning, along with the pain.

Her father had caught her sneaking into the house afterwards, seen her pallor, smelled the wine, and she'd felt his fists. As he'd thrown her into her room, snarling the horrible names he'd called her, she'd curled up in a ball on the floor, feeling some relief that he hadn't used his belt.

She had to stop herself touching the small almost invisible scar over her eye where his ring had cut her skin.

The pain of his physical abuse aside, she didn't care for the unnerving feeling of losing control. It had slowed her reflexes and meant she hadn't been able to elude her father. She vowed never to allow that again. Losing control wasn't safe back then. She'd had to be ever watchful.

It still wasn't really much different, was it? Although the repercussions wouldn't be physical, which was her father's answer to everything. Here she couldn't let down her guard for fear she slipped up and gave herself away about her past.

She looked at the glass of wine, rethinking. Just a small amount… It wasn't the best idea but, somehow tonight, after her conversation with Cyn, she felt the need to maybe take the edge off her almost overwhelming feelings about Lou. Her impossible feelings. She'd finished her pain meds, she reminded herself, so it was all right there. It was safe here… She picked up the glass and followed Lou into the living room.

Lou had settled at one end of the three-seater sofa, eating her dinner, her glass of wine on the end table beside her. JD sat at the other end, clutching her wine, tentatively sipping it. She was far too close to Lou but not close enough.

She wanted to shuffle closer. Especially when Lou noticed the glass of wine in JD's hand and gave her a smile. She loved it when Lou smiled at her. She could happily spend the rest of her life looking at that smile, at her beautiful face.

Stop! Her rational mind screamed at her yet again. What was she thinking? How was she slipping back into that mindset? Hadn't she left all that behind, where her happiness depended on someone else? Hadn't she spent her life waiting for the crumbs Lucia…

It had made her sad, coming to realise how much their relationship had changed, hers and Lucia's. Gone were the teenagers, the young women in love. For the last few years Lucia had been steadily pulling away from her. Lucia dictated when she furtively came to JD's bedroom, how they were with her family. Even when they were away from her family, which had been rare of late, being together couldn't ever look like they were any more than friends. And she'd allowed it all to happen.

No! She swore she wouldn't do that again. She had to be worth more than that, and she would be. Her life was in her own hands. She was responsible for herself now and she knew what she wanted, she told herself.

And herself definitely wanted Lou Baxter. That was the absolute truth in her myriad of lies.

CHAPTER 12

She slid another glance across at Lou, watched her enjoying her meal, and she made a promise. She promised herself she wouldn't put any of her expectations on the other woman. Lou had her own life, a full life, and didn't deserve the extra drama of someone like her, someone broken and needy. And deceitful.

Fortunately, the young girls provided the distraction she needed. They paused the soccer match they were watching so they could tell Lou about the movie and their subsequent conversation with JD and Cyn. Em's expression was all horror again as she reminded her mother JD hadn't seen *Bend It Like Beckham* and how they'd had to save her.

'Yes, it definitely sounds like more new ground for you?' Lou teased and JD shrugged.

'Apparently. I did like the movie though.'

Lou nodded. 'I did, too. Very entertaining.'

If only JD could stop herself surreptitiously watching the other woman. She determinedly took another small sip of her wine. It wasn't too sweet or too tart. Cool and refreshing.

'What's the verdict on the wine?' Lou asked quietly.

'Nice. Kind of tickles going down. Do you want a top-up?' she asked as Lou drained her glass.

'No, thanks. Any more and I'd go out like a light.' She stretched out her legs and wiggled her feet in their purple socks. 'I feel like I've been on my feet all day.' She gave a rueful laugh. 'Come to think of it, I have been on my feet all day.'

'What you need is a foot massage.'

'That sounds like heaven.' Lou rolled her eyes. 'Let's Google a mobile masseuse and see if she has a spot on her schedule at,' she glanced at the time, 'probably when all self-respecting masseuses are justifiably calling it a night.' She laughed and before JD could over think it, she put her empty wine glass on the end table and slid closer to Lou.

'I'm not qualified,' she said quickly. 'Well, I don't think I am, but I could have been in my shadowy past.' She patted her thigh. 'Put your feet up here and I'll pretend I am. I'm willing to give it a go.'

Lou looked surprised.

'If you're game,' JD added, holding Lou's gaze. Now it was her turn to be surprised. Had she said that? The wine really had taken her edge off. Could a few sips of wine do that?

'Is that a challenge?' Lou raised a teasing eyebrow. 'You'd better not be all talk.' She swung around and lifted her feet onto JD's lap.

All talk? She absolutely was. JD almost told her that although she'd never had her feet massaged herself, she knew all about tired feet. When she had finished a long night and early morning in the bar, she remembered wishing she'd had someone to rub her aching feet. If she... She took hold of one of Lou's feet and paused.

'Ah! All talk then?' Lou chuckled.

JD began kneading her instep and Lou sighed, murmured her appreciation.

'Oh my god! Whatever you're doing, don't stop.'

'What's going on here?' Cyn asked as she stood looking over the back of the couch.

JD started guiltily. She hadn't heard Cyn's approach. The warmth that had filled JD at Lou's enjoyment cooled suddenly and she felt herself blush.

'Those sounds are positively R-rated,' Cyn continued dramatically, obviously enjoying herself. She indicated the four young girls on the mattresses where Em had returned from the microwave with a fresh bowl of popcorn. 'Might I remind you two we have impressionable young people here.'

JD's hands had paused, and she shot a startled glance at Lou. Cyn was teasing. Right?

'Take no notice of her, JD,' said Lou casually, head resting back, eyes closed. 'Pretend she's not here and continue working your magic.' She turned in Cyn's direction and opened one eye. 'I thought you were safely tucked up in bed, Mother. Apart from that, your timing is appalling,' she said with a heartfelt whine. 'Don't interrupt JD.' She lay back and wiggled her toes. 'This is just too, too good, so I repeat, don't you dare stop, JD.'

'Working your magic? I see!' Cyn winked at JD. 'Wait while I add magic making and experienced masseuse to your many talents. However, there are vulnerable young girls listening to everything,' she added in a mock stage whisper.

Giggles came from Em and her friends. 'No, we're not

listening, Gran,' said Em innocently. 'We're watching the Matildas.'

'Clancy massages Mum's feet,' Zoe put in. 'Mum has to wear high heels when she's being the mayor and she loves Clancy's foot massages.'

'My mum does that to Carolyn, too,' said Bronte, wiping her white-blond hair back from her face. 'Carolyn says she loves it, and Mum says she loves her.' She wrinkled her nose. 'It's pretty gross actually.'

This comment drew more giggles. JD wasn't game to look at Lou.

'Bronte and Zoe have two mums,' Em clarified. 'And Lissie and I have a mum and a dad.'

'I don't think Mum rubs Dad's feet.' Liss frowned and then brightened. 'She writes books though and Dad says she's amazing.'

'Your mother does write wonderful books,' Lou said. 'Didn't you say Del's third one is due out soon, Mum?'

'So Deanne tells me.' Cyn leant on the back of the sofa. 'They launch her books at Chaplin's Bookshop,' she told JD. 'Del's had some very impressive reviews after her first book came out and her second book was just as good.'

Em raced over to the bookshelves, came back and handed JD two books. 'Both autographed,' she told JD proudly. 'That's Lissie's Mum's and the manga is Clancy's. She's Zoe's other mum.'

'Wow!' exclaimed JD. 'There are lots of awesome mothers around here.'

Lou chuckled and reluctantly put her feet on the floor.

JD wanted them back.

'And speaking of mothers,' Lou glanced up at Cyn. 'Did we wake you, oh awesome one?'

'No. Anyway, you're not supposed to hear a thing with

these earplugs in.' Cyn tapped her ear. 'Fail! Guess mine are those all-hearing ears.'

'I'm pretty sure there would be no disputing that,' Lou said wryly, and JD swallowed a chuckle.

'I wanted to read for a while and I left my glasses out here.' Cyn picked them up off the side table and wiggled her eyebrows. 'Just remember not to say anything you don't want me to hear.'

'Definitely not going to happen.' Lou made a serious face at her mother who was grinning broadly. Lou looked across at JD, shook her head and laughed again. A faint flush of pink coloured her cheeks and JD wanted to reach out, feel that warmth against her palm, touch…

Her own face heated and she turned away, concentrated on the television screen where the Matildas' players were racing up the field again. It wouldn't be wise to look at Cyn.

Lou checked the time and sighed. 'Is it that late? At the risk of sounding like an un-awesome mum, I guess it's time for bed,' she said, and the girls protested. She stood up and reached for the remote. 'Okay. We'll set it for another half hour and then it goes off.' She waved her finger at the girls. 'It's sleep time.' Everyone murmured goodnight and Lou picked up her dinner dish and glass before turning to JD. 'Ready for bed?'

Oh my god! JD's senses almost… Once she'd seen an electrical power box explode in a shower of sparks. That was pretty much what was happening in her brain.

Cyn was still standing there, reading glasses in hand, and went to comment, but Lou held up her hand as she moved into the kitchen. 'Not a word, mother of mine.' She put her dish in the dishwasher, held out her hand for JD's empty wineglass, rinsed it with hers, and turned back to her mother. Her cheeks were a little pink again as she took

Cyn's arm. 'Let me escort you to your room, on the off chance you've forgotten the way.'

JD bit off a laugh and Cyn grimaced at her.

'I'm not an old lady, you know. Not that old anyway. And, fair warning, I'm documenting this,' she pointed to Lou's hand on her arm, 'this elder abuse,' Cyn said, looking back as she reached her bedroom door, and she winked at JD again. 'Good night, you magician you.'

''Night, JD.' Lou smiled at her. 'And heartfelt thanks for the massage.'

JD stepped into her room and closed the door. She leant back against it and sighed, wishing things could be different.

And things *were* different next day.

CHAPTER 13

It was Lou's day off and it looked like JD might get to spend some time alone with her. Deanne was working and Brodie was studying with a friend. Cyn had promised Em she'd take them all roller-skating, and it had been arranged Deanne and Brodie would meet Cyn and the girls at the rink later.

Alone with Lou. JD's heartbeats ramped up.

Cyn was finishing her cup of tea as she waited for the girls to get ready. 'Don't forget we're taking advantage of the special deal with the skating rink and the restaurant next door, so we'll all be out for dinner before I drop the girls home. Now, seeing as you two don't want to join us, I think you should take this opportunity to have a relaxing afternoon,' Cyn said to Lou before she turned to JD. 'You too, JD. You've been whizzing around all week and you're supposed to be recuperating.' She looked at them sternly as they worked together tidying the kitchen after lunch.

'I'm fine,' JD and Lou said together, and they laughed.

Cyn shook her head at them. 'Although why you'd opt out of such an exciting afternoon and evening I can't imagine, tearing around the roller rink trying not to hear some loud tinny excuse for music over the raucous screams of tumbling people on wheels.'

'You don't have to go, Mum.' Lou paused as she was emptying the dishwasher. 'I said I could take the girls.'

'It's okay, love. Just having a whinge. Nancy's going to be there with her family so we can sit and have a chinwag. Just as long as they don't want me to try rolling anywhere. If we were meant to do that we'd have been born with wheels.' When Lou's mobile rang her mother shook her head and made a clucking noise. 'If that's work, Lou, don't answer it,' she said with a frown. 'You need a day off.'

JD watched as Lou picked up her mobile. Surely she wouldn't have to go in to work. That would be so disappointing, even if JD was a mixture of excitement and apprehension at the thought of spending some time alone with Lou.

Lou looked at her mobile, read the caller ID, and frowned before she answering the call. 'Hi, James. What's up?'

James? Who was James? JD wanted to ask. Was it her…? Did Lou have a boyfriend? JD swallowed and wondered why she hadn't considered that. Lou Baxter was beautiful, and divorced, so obviously she was available. Of course she must have someone in her life. She tried to tell herself that fact didn't, well, hurt.

She slid a glance across to Cyn who was sitting at the breakfast bar grimacing at her teacup. The older woman raised her pencilled eyebrows.

'What do you mean?' Lou asked as she rolled her eyes at her mother. Her gaze met JD's and she looked quickly away. 'Excuse me a minute.' She pointed at her phone and walked down the hallway towards her room. They heard the door close behind her.

JD watched Lou's back, the way her shoulders seemed to tense. Had Lou been embarrassed? Was this James, whoever he was, saying something to upset her? As Lou's door closed JD turned back to Cyn.

'Her ex,' Cyn said, and gave an eye roll that matched her daughter's.

'Is he…?' JD paused. 'Does he upset her?'

'Once in a while.' Cyn sighed. 'James can occasionally go all pompous lawyer, and he forgets he's not in the court-room. Lou will talk him down from himself. Truthfully, all men can be upsetting, can't they?' She laughed softly as JD swallowed her own comment. 'Now here's where you have to say your amnesia has to be a positive. Don't suppose you remember any of the young guys you've dated.'

'No. I don't,' JD said carefully. *I've never dated men*, she wanted to say but didn't. Not that she'd dated all that many women either. Lucia was the only long-term relationship, for want of a better word, that she'd had.

'Maybe you dated women?' Cyn said, wriggling those expressive eyebrows again.

JD was convinced Cyn could sometimes read her mind. Had she been that obvious? No wonder Cyn thought there was a need for their cryptic talk yesterday. 'Perhaps I did,' she replied, valiantly refusing to react to Cyn's teasing.

'Clever girl.'

It was JD's turn to raise her eyebrows.

'Wish I'd always thought like that.' Cyn sighed. 'In my young days…' She gave a soft laugh. 'And contrary to popular belief it wasn't that long ago. So back then things were far less, shall we say, liberal. It was all but set in stone for the majority of women. Grow up, get married, have kids, settle in a house with a picket fence. Monday's washing day, Tuesday's ironing, blah, blah, blah. My mother, rest her soul, used to laugh when she sang that song.' Cyn sighed again. 'I fell for all the hype.'

Did Cyn mean she might have—? 'You mean you'd have chosen a woman if you'd had the chance?' Had she voiced—?

'I think I might have,' Cyn said softly, and JD flushed.

'I didn't actually mean to ask you that. I'm sorry if I was rude.'

'You weren't.' Cyn waved her hand dismissively. 'Oh, I probably wouldn't have. We were all pretty naïve, no, make that clueless, back then. Didn't know anything about it, about that option. Choosing a woman, I mean. I don't remember anyone talking about it. Not in my conservative circles anyway. Although come to think of it there were a few women I realise now who were unmarried, just good friends, and seemed very happy about it.'

JD knew she had to be nearly forty years younger than Cyn yet she couldn't say there had been any lesbian role models around her when she herself was growing up. There had only been Lucia, and they had just about stumbled into each other.

Lucia had found one of her brother's magazines he thought he'd hidden, and they'd giggled at the soft porn. Then they'd come upon what was supposedly the archetypical heterosexual male turn-on involving two women together. They'd somehow stopped giggling and taken it from there. Not that JD hadn't thought about kissing Lucia before that. It had been confusing until that magazine and the resulting kiss.

'No, my comment was said in retrospect,' Cyn was

saying. 'I suppose Henry, the girls' father, wasn't so bad in the beginning. Then his job got stressful, he started drinking more, it affected his work, and they put him off. No one would employ a drunk, and things went downhill from there.'

'I'm sorry,' JD said, and Cyn nodded.

'Me, too. For the girls' sake mostly.' Cyn looked through the kitchen window. 'I was worried about Lou when I divorced Henry. Amber was still really young but Lou was close to her father, and I had to watch him destroy her illusions. That wasn't easy.'

'It must have been painful.' What else could JD say? At least she'd never been under any illusions about her own father. She couldn't remember a time he'd been at anything other than rock-bottom in her eyes.

'Mmm. I tried to talk to Lou about all that years later, the first time her marriage to James got shaky,' Cyn continued. 'I'd always worried James would look better to her than he was, compared to her own father. Henry slowly chipped at Lou's adoration and when I tried to apologise to Lou about letting it happen she…' Cyn paused to gather herself. 'She told me she knew exactly who her father was and that his illness aside, her concern was always about me.' Cyn gave a quiet laugh. 'How about that?'

When Cyn smiled it was so genuine and emotive JD reached across and gave the older woman's hand a quick squeeze.

'I love my girls,' Cyn said and sighed. 'Probably don't deserve them.'

'I think you do,' JD said softly. 'I think you're a great mother and grandmother. Anyone would be happy to have you.' I dearly would, JD wanted to say. Because she would.

'About that adoption,' Cyn said, her voice a little gruff, 'full steam ahead with that then?'

JD laughed. 'Definitely. I'd be honoured.'

Cyn looked at her with a little frown. 'Your parents, they must be worried about you.'

JD felt her heart drop. Oh god! If only... 'Maybe I don't have any. I don't feel like...' She shrugged.

'Or a partner. Dr Jen thinks you must be in your twenties.' Cyn looked at JD's left hand. 'No ring, but you could have been married.'

'Don't feel that either,' JD said as lightly as she could. 'I think I'd be more anti-marriage.' She smirked. 'I'm pretty sure that's my vibe.'

'I'd be the last person to knock a woman's, ah, vibe.' Cyn pulled a face.

'You never wanted to get married again, Cyn?'

'Me? Nope. Never found anyone male or female that I thought was worth the trouble. I'm basically a selfish old broad.'

'Oh, sure.' JD laughed softly. 'Now you're protesting too much. You're not selfish, old or, well, broad.'

Cyn laughed too. 'I swear I *am* submitting your adoption papers.' She sobered. 'Seriously though, and also with hindsight, I wish I hadn't allowed Lou's in-laws to put so much pressure on Lou and James to get married. Because Lou was pressured. I think we both were. At least by the time Amber grew up I'd learned from that mistake. Amber isn't in any hurry to go all conventional. She and Niall Crane are taking their time with their relationship and that's fine by me.'

'Wait!' JD held up her hand. 'I think I've got this. Brodie's friend, Mish's, boyfriend, Toby, works with Niall

Crane. Right?' JD chuckled. 'And Niall Crane is also Zoe's uncle.'

'It's like *Days of Our Lives* around here, isn't it?' Cyn said, obviously relieved they'd lightened the subject.

'Well, I don't know what that is, but it's nice to just be sort of part of a community,' JD said. And not just a community. One not involved in shady activities, she could have added.

'For your information, *Days of Our Lives* is an old TV show that started back in my mother's day. Mum and her friends never missed it.' Cyn laughed softly. 'It had all the dramas. Husbands making eyes at other men's wives and vise versa. Scandalous! Who was the secret baby's not-so-secret father? That always got the tongues a-wagging.' When JD still looked confused Cyn frowned. 'Are you trying to make me feel old?'

JD bit off another chuckle. 'No, no. Not at all. I think I can fill in the blanks though.'

'It was a soap opera that started in the sixties, loads of illicit goings-on, guaranteed to have the viewers glued to their TV sets. But all I meant was, everyone knows everyone around here and,' Cyn sighed, 'even if it sounds awful, it's really not all bad. I suppose it's quite comforting sometimes, when you compare it to a big impersonal city.'

'It is when they all seem to be such nice people.'

Cyn gave her a serious look, seemed about to comment, and then let it go. 'Mmm,' she said noncommittally.

JD had been trying not to listen for snippets of Lou's conversation, knowing it was impossible in the large house. 'Is Lou's ex-husband…? He's not, um, violent or anything?'

'Lord, no! Nothing like that.' Cyn assured her. 'Even though I knew Lou wasn't happy in her marriage there was never any doubt they both loved the girls, so I kept out of it.

I had to walk a fine line sometimes. Oh, James is all right. They're just not suited. Never were.'

JD tried not to be too pleased about that.

'As I said, James is self-important as only a high-flying lawyer can be. But he's never shirked his responsibilities as a father. He was always a bit controlling though, when they were first married. In the beginning he expected her to stay home with the kids, doll herself up when he needed to parade her at work things. That wasn't Lou.

'Trouble was she was so young when she got pregnant. They hadn't been dating all that long and I thought she was about to break up with him. There wasn't as much stigma attached to sudden pregnancies then as there was in my day, but James' parents got their knickers in a knot over it. Especially his mother. She went all dramatic and said they'd never be able to look anyone in the eye, etc. The whole nine yards. Silly woman. She's the infamous Nana Lottie, by the way.'

'Oh. Then I suppose she, Lou's mother-in-law I mean, was upset when they got a divorce,' JD said, forcing down her guilt at talking about Lou behind her back.

'You could say that, yes. I'm fairly sure she refuses to believe the divorce ever happened and Lou and James have just chosen to live in separate houses.' Cyn sighed. 'I tried to tell Lottie back in the beginning nobody batted an eyelid over unplanned pregnancies but the whole Baxter family was upper crust and old school.

'It didn't help that I'd been divorced for a while at the time, which meant my credibility was obviously negligible. There was no way I could tell them my truth. Divorcing Henry was like casting aside a huge burden I'd been carrying so I'd have been lying if I didn't admit to feeling a certain freedom in my divorcee status.

'Anyway, even Lou's father had to put in his two cents worth when he found out – Shock! Horror! – that Lou was in the family way. It was no surprise to me he sided with the Baxters, intent on pushing her into marriage. James' mother aside, you know what men are like when they get up a full head of steam and decide to be bloody-minded.'

'Does she still love him?' JD almost whispered.

'Humph!' Cyn exclaimed. 'What's love these days? If you mean all that hearts and flowers hogwash and cue the bloody violins, then no, I doubt she ever did, but as I said, he wasn't an awful husband. They broke up once before when Deanne and Brodie were small.'

'And they got back together?'

'Mmm. All a big mistake. Lou admits that. But we do have the wonderful Em.' Cyn smiled broadly. 'So it wasn't all negative. I suppose I shouldn't bad-mouth James too much. There was no lying or cheating with either of them. I guess they have that bond when it comes to the girls. Which is sort of how it should be. With reservations.'

'How do the girls feel about their father? They haven't talked about him much.'

'Probably because he's been away overseas at a conference and combined holiday while you've been here. I think his wife joined him after the conference. They must have just returned home. He does have a good relationship with the girls, and they don't hate spending time with him.'

'Do the girls like his new wife?' JD knew she shouldn't ask but…

'They do. She's a nice woman and although I hate to admit it, they suit each other, Sharni and James. Lately, the fact that the girls enjoy spending time with their father probably has more to do with Sharni. Deanne and Brodie like her and she has serious drip, according to Em.' She pulled a face. 'Whatever that means, but she's smiling when she says it, so I think it's positive. Drip? Meant t e opposite in my day.'

JD nodded, still watching for Lou's return.

'She's a sexy looking woman, James' second wife,' Cyn clarified. 'Now if I was going to change sides I'd do it for her. Never mind drip, she's serious *hubba hubba.*'

JD bit off a disbelieving laugh. '*Hubba hubba*? That awesome, hey?'

'You better believe it. Has a look of that TV chef, Nigella Lawson. No relation to us of course. More's the pity.'

'And how does Lou feel about it? Her ex's wife?'

Cyn shrugged. 'She seems okay with it. As long as the girls are alright, she's alright.' Cyn gave a soft laugh and held JD's gaze. 'You do know, besides being a good masseuse, you have other magical powers, don't you, JD?'

'Magical powers?' JD had to laugh. 'What are these magical powers exactly?'

'You draw people to you, make them unburden their souls.'

'Maybe I'm just a good listener.' Or it was the subject matter, that she just wanted to know everything about Lou.

'You always listen to me, quite genuinely, too, and I know you take everything in. But I also think you're a bit of a worrier, so I shouldn't be putting any of our problems onto you when I know you have worries of your own.'

JD frowned and then gave a small sigh. 'I don't know that I did before. Worry, I mean.' She felt herself flush at her understatement. That was probably up there challenging the spot for the biggest lie she'd told.

Her reality had been just that. It seemed like she had been concerned about everything her entire life. 'I suppose I worry now about who I am, where I came from,' JD said as dismissively as she could. At least worrying about that was feasible, didn't sound like a lie. 'But I suppose under the circumstances that's sort of natural. I have to keep reminding myself Dr Jen thinks it will all come back to me,' she added quickly.

'Do you want it to?' Cyn asked and JD paused as the older woman gave her another assessing look.

CHAPTER 14

Did she want that? To remember? No! She wanted to shout her reply. Never! She never wanted any of that back! She wanted right here. Just this. A family. A mother like Cyn, amusing, teasing, sometimes irritating, but always loving. Most of all, she wanted Lou.

Before she could begin to form a comment JD heard Lou's door open and she turned to see her walking down the hallway. Cyn pursed her lips and JD moved over to the breakfast bar, not wanting Lou to think she'd been watching for her.

'Can I change my mind?' Lou slipped onto a stool beside her mother. 'I will have a cup of that tea you've just made, JD.'

'What did good old James want?' Cyn asked as JD busied herself pouring Lou's cup of tea.

'Mainly to arrange to spend some time with the girls.' Lou turned her mobile absently between her fingers. 'I had to remind him it's more difficult now they're older.

Deanne's working more hours at the bookshop. Brodie's really committed to Heidi's Angels and her studies. And Em is very involved with her soccer and now her choir's practising for the eisteddfod. I'll have to get the girls to talk to him themselves.'

Cyn leaned over and grabbed a chocolate chip cookie out of the jar on the counter. 'To tide me over till later,' she said as she bit into it.

Lou shook her head. 'You always told me that would spoil my dinner.'

'Nothing spoils JD's cooking,' Cyn said around a mouthful of biscuit. 'I suppose they enjoyed their overseas trip?' she asked.

'They did.' Lou laughed. 'I didn't tell him I'd already heard all about it from Sharni at the hospital last week.' She took the tea JD handed her and thanked her. 'I work with my ex-husband's wife,' she told JD.

JD nodded. 'That's…' She paused and Lou smiled.

'Civilised?' she suggested.

'Yes. That. Not stressful then?' JD asked and Lou gave a soft laugh.

'Not at all. I worked with Dr Pereira before she met my ex-husband.'

'The Dr Pereira I saw at the hospital?' JD had liked the psychologist, even though she had been totally on edge trying to keep to the script she'd written for herself. No memories, she'd had to keep telling herself.

'That's her. She's kept her maiden name.'

The four girls bounded down the hallway, all dressed in their jeans and T-shirts emblazoned with their soccer team logo. The commotion continued as Cyn and the girls went out to the car. JD and Lou said their goodbyes, Lou reminding Em to forbid her grandmother from so much as thinking about putting on a pair of roller skates.

'As if!' said Cyn and Em in unison, and they drove off laughing.

Then JD found herself back in the kitchen with Lou as they finished their tea. They were alone. This was what JD had wanted, yet now she was a jumble of nerves. What could they talk about?

'Is this quiet loud to you?' Lou asked and JD laughed as some of the tension left her. 'When those four get together the decibels go up. Add my mother and it's a wonder the council doesn't send out technicians to check the noise levels.'

'It's great that Em has such a nice group of friends.'

'It is. Em, Zoe and Liss have been friends since they started school and Bronte moved here a couple of years ago.'

'They're all so dedicated to their soccer team.'

Lou nodded. 'I ran into young Hannah McGovern at the hospital a few days ago. Remember her? She was one of the police constables who responded the night of your accident. Her aunt is Em's coach and she told me how grateful Missy was to have you helping out with the team.' She frowned a little thoughtfully. 'And about that, JD. Are you sure it isn't too much for you on top of everything you do here? For us.'

'No. Not at all. I really enjoy it. The girls, the whole team, they're wonderful, and so enthusiastic. Apart from that it's good to get out in the fresh air.'

'You're supposed to be taking it easy. You know you don't have to…' Lou bit her lip. 'I don't expect you to be our unpaid maid, or anything. I mean I really appreciate the help you give my mother, all of us actually, but please don't think you're obligated or anything.'

'I don't. Helping where I can makes me feel better about accepting your hospitality. Besides, I just like to keep busy. Stops me dwelling on things.' She wanted to say so much more but she knew she couldn't. 'As for the soccer, it's pretty special being able to help Missy with the team. Honestly, I don't have to do all that much.'

'Do you think you've been involved with sport before?' Lou asked in the careful voice she used when talking about JD's past.

'I might have been. It does seem to come naturally to me.' She shrugged. 'I suppose I just like being part of it. Missy is totally devoted to her team.'

'Yes, she's wonderful with the girls. She was a pretty good soccer player in her time, and I think she played in England for an English league, then for the Matildas once or twice until she was injured.'

'Getting injured must have been devastating.' JD shook her head. 'She told me her knee troubles kept recurring and she simply had to give up playing competitively. The girls showed me a couple of games she played in.' JD smiled. 'Missy's something of a heroine to them.'

'I seem to think you are as well.' Lou smiled at JD and JD flushed. 'Em told me all about your goal kicking prowess, so maybe you were involved in the game somehow, hmm?'

'It would be good to think I was, but…' JD shrugged.

Lou nodded sympathetically. 'You can only relax and give it time,' she added as she walked across and rinsed out her empty cup. 'And speaking of relaxing, at the risk of disturbing the gods I'm so going to enjoy my time off. Should we go and sit in the living room? I've got a book to read for my book club and I really want to finish it. How about you? Unless you have something else you want to do?'

Just sit with you, JD wanted to say but she reached across the back of the couch and held up the book she'd left there. 'I want to finish my book too. I started it a couple of days ago.'

They sat down in what JD now thought of as their seats, one at each end of the couch. Lou bent her head so she could read the title of JD's book. '*Coaching Youth Soccer*?' She grinned.

'Missy recommended it,' JD said.

'Wow! You're certainly taking the position seriously. That's great.' Lou's smile lit her face.

'I guess I am. The girls are doing really well in the competition so far.'

'Mmm. They were the champions in their age group last year and because they've played together as a team for a couple of seasons, I think it shows.'

'Missy says she's hoping they'll get into the state finals, and I agree they're good enough.' JD looked down at her book. 'From what I've seen,' she added softly.

They read quietly for a while and JD did begin to relax. The house had a lovely ambience and was usually filled with talking, laughter, music and comings and goings.

Today, as she sat beside Lou, it was so quiet JD could hear the corrugated iron roof occasionally expanding and contracting in the sunshine, and the whispering scrape of the leaves of the native trees at the side of the house. She imagined she could hear Lou's even breathing, but of course that was being fanciful.

Lou has been married, JD reminded herself. 'Cyn said the girls' father is a lawyer.' Only when Lou looked across at her did she realise she'd spoken her thoughts out loud again. 'Oh. Sorry.' Her face felt hot, and she knew she was blushing. 'I didn't mean to pry. Cyn just mentioned, um...'

Lou sighed. 'My mother has no filter so don't tell her anything you want to remain a secret. Unless it's something you actually want leaked,' she added wryly and chuckled. 'James is a lawyer and it is fortunate our divorce was quite amicable, especially for the girls.'

'It wasn't really Cyn's fault,' JD felt she had to clarify the flush of guilt warming her face. She certainly hadn't tried to discourage Cyn from talking about Lou's ex-husband, and Cyn loved to talk. 'I think… I might have asked her. When you were on the phone. She said he's a good father,' JD added quickly, and Lou gave a soft laugh.

'He is. James is a great lawyer, son, father and if you asked Sharni she'd tell you he's a great husband.'

'Oh.'

'Just not for me,' Lou said without malice.

'What…? Why was that, do you think?' JD asked, wondering at her courage.

'Timing probably.'

JD blinked. 'Timing?'

'Neither of us was ready for marriage, parenthood, and all that it entailed. I know I wasn't. Not that I'd change my life and not have the girls. I love them and wouldn't be without them. But, back then, suddenly I was barely twenty-one with two toddlers and a husband who was studying twenty-four seven for his law degree. I'd always wanted to go into nursing but that fell by the wayside.' She shrugged.

'It hardly seems fair.'

'I can't blame anyone but myself. The decision or choice or whatever was mine. There's nothing like raging hormones and curiosity to derail your life.' Lou shook her head derisively. 'Which is why I've made sure the girls are very informed about that. And I did get back to nursing, so…'

'It wasn't love?' JD asked tentatively and Lou laughed again.

'Love. When we got married? Not really. Oh, I liked James well enough. He was handsome, smart, and had a future all planned. It covered all the conventional bases, so to speak, and should have been enough.' Lou grimaced self-derisively. 'I guess it wasn't for me.

'You've never been in love?' JD asked softly.

A dull flush coloured Lou's cheeks and she looked down at the book in her hand. 'No, I don't think I have.' She looked across at JD. 'Do you wonder if you have?'

It was JD's turn to look away. She didn't want Lou to see… She just wished she could tell her that she'd thought she'd been in love with Lucia, but that now she knew it was nothing compared to what she felt for Lou. This wanting to be with her like this, wanting to slip her hand into Lou's, kiss her. Her mouth. Her beautiful body. JD's own mouth went dry, and her voice rasped. 'I don't know.'

Lou sighed. 'Oh, JD. My apologies again. It's insensitive of me to ask you about your past.'

'It's okay.' If only JD could bury her ever-present guilt. 'Dr Jen said anything could trigger my memories so maybe talking about things could do that.'

'Perhaps.' Lou shook her head as she looked across at JD. 'There's no point in trying to force it though. So, we just relax and give you time to heal. Remember?' She smiled and turned her attention back to her book.

Her beautiful face was soft with sympathy and JD wished she could slide across the couch, lean into Lou, and… She stopped the direction of those thoughts. She had no right to think them. Guiltily, she stole a glance at Lou again and she had to swallow a gasp of surprise when she saw that Lou was looking at her legs. A quiver of pleasure began in JD's stomach and began moving south.

Their eyes met and then they both looked quickly away.

CHAPTER 15

'I, um… The wound on your leg is healing very nicely,' Lou said a little huskily.

Oh, no. JD could feel herself flushing? She automatically took hold of the hem of her shorts, pulling it up a little so Lou could see the whole wound. The cut had been deep but clean and was about fifteen centimetres long. Dr Jen had assured her eventually she would barely be able to see it.

Lou leant forward and gently ran her finger along the skin below the scar. 'Any soreness left?'

JD was sure her entire body had frozen as Lou's finger burned a trail along her thigh. Could you freeze while certain other parts of your body were totally melting? 'No. Not really,' she got out, knowing she was flushing too. 'It's remarkably good, considering, isn't it? Dr Jen thinks I cut it on part of the broken windscreen, but I don't remember.' That was at least the truth, she thought.

'Young Dr Brady did an amazing job on it,' Lou said, her gaze still on the wound.

'He did. But I think it had as much to do with your fantastic nursing,' she added with a breathy chuckle. 'So, thank you, too.'

'Well... maybe...' Lou started and stopped. 'What about the wound on your forehead?' She actually moved closer as JD held her hair away from the neatly stitched gash. 'Yes. That looks fine, too. Also healing nicely.'

Their eyes met again and now JD thought she really might actually ignite. Her gaze skittered over Lou's face. Colour also washed Lou's cheeks and JD couldn't drag her yearning gaze from the flutter of the racing pulse that beat in Lou's throat. She wasn't imagining the heavy tension around them that was bordering on combustible. She allowed herself a delicious moment to believe she wasn't the only one who felt it.

Suddenly Lou set her book aside and stood up. 'Actually, I think I need a bit of exercise.' She waved vaguely at the sliding doors that led outside. 'I might go out onto the patio. I've been promising myself for ages that I should attack the weeds in the planter boxes out there. They've run amok.' And then the patio door was sliding open, and she was gone before JD could offer to help.

Lou obviously wanted to be alone. JD's teeth worried her bottom lip. She sat there watching as Lou knelt down, her back to JD, and started pulling weeds from a planter box of colourful crotons. The boxes ran along the length of the deck.

What had happened? Had JD been too inquisitive? Pried about Lou's ex-husband? Could it be that the sudden heightened awareness she was sure hadn't been one-sided, actually was just that? One-sided. No. She hadn't been wrong about that. Lou had felt it, and she'd shut it down.

There was only one reason why she would have. It had to be because JD had been too obvious, and she'd embarrassed Lou. She burned with humiliation. She'd tried not to let herself… What? Stare at Lou? Ogle her? Even Em had noticed JD looking at her mother. Now…Oh, no! Had Lou thought JD was leering at her? Something had made Lou want to get away from her. It could only be that. She had embarrassed Lou with her admiring gaze. JD was mortified.

But there could be another reason. That Lou wasn't interested. Yet Lou *had* looked at her, too. Really looked at her. She was just checking your wounds, she reminded herself and her thoughts descended into chaos as her mind bounced back and forth.

She sat there trying to take in the words she was reading but of course nothing was computing. She kept glancing up, no matter how many times she told herself not to. She peaked over the top of her book, watched Lou's movements as she knelt beside a planter box, moved on to the next one. How could JD not admire the curve of her hips, the way her shorts moulded her lovely backside?

She just wanted to run her hands over Lou's body.

Oh, right! She chastised herself. Like that was totally possible. If Lou was disconcerted by JD looking at her, or, realistically, wasn't interested, then there was no way she was going to overstep and spoil this fragile— Whatever this was! No matter how much she might want to.

Yet she couldn't help thinking about what she would do if they were simply two people who had met under normal circumstances. JD could flirt a little, ask her out for coffee or a drink. Of course Lou would say yes and… Right, so that was torture, and she was a masochist.

The next time JD's eyes rose to check on Lou she had

disappeared. JD straightened in her seat, then leant sideways to take in the length of the patio. But Lou had gone. Had she moved around to the side of the house? Then she caught a slight movement and realised she could see Lou's head between a couple of planters. Why would she be lying on the ground?

She stood up for a better look and stiffened when she realised Lou was sprawled on her back on the lawn. When Lou struggled to sit up JD raced outside. 'Lou! What happened?' She jumped down the two steps and slid to a stop, kneeling beside her. JD's heart was in her mouth as she took in Lou's pale face. 'Are you hurt?'

'Fuck!' Lou exclaimed throatily, and then grimaced a little apologetically at JD. 'I wasn't looking and I just took a tumble off the decking. The planter boxes were supposed to be in lieu of railings. Unsuccessfully, it seems.' She moved and cringed. 'Crap! I think I've twisted my ankle.'

'Oh no!' JD looked down in horror. Lou's ankle had already started to swell.

Lou pushed herself into a proper sitting position and ran her hand over the swelling. She caught her breath in pain. 'I think it's just a grade one sprain,' she said thickly, almost to herself. 'I just need to rest for a minute.'

'How can I help? Do you think you'll be able to stand up?'

'I don't... Probably not on my own I don't think. I'll need you to give me a hand while I pull myself up?'

'Let me lift you.' JD stood up but Lou protested.

'I'm too heavy. You'll hurt yourself. If you can take my hand and I can just get my weight on my other foot I might be able to push myself up.'

JD needed to counterbalance Lou's weight but each time JD went to lift her Lou sank back. She knew what Lou was doing. She was trying to protect JD and JD gave her an admonishing huff. 'Lou, please. Just relax. We can do this.'

'I'm too heavy for you,' Lou said again, so JD simply stepped behind her, slid her arms around her and heaved. Lou protested but pushed up with her good leg and stood. JD left her arms where they were for long minutes before she slowly unlocked her arm muscles. But she'd hold her lightly until she was sure Lou was stable.

That her arms were folded across Lou's midriff, below her breasts, was not lost on JD. She mentally took herself to task. This was an emergency situation and she had no right to even think…

It was apparently pointless telling her wildly beating heart and dancing nerve endings anything at that particular moment.

Slowly releasing her hold, JD took a step back, watching to be sure Lou had got her balance. However, Lou groaned in pain when she tried to put weight on the injured ankle. She automatically reached out and put her hand on JD's shoulder, but she gave a small moan every time her sprained ankle took any weight. JD cringed in sympathy.

They struggled as they tried to move slowly towards the house and Lou grew even paler with each shuffling step.

JD slipped her arm around Lou's waist and Lou leaned heavily against her. She sighed in resignation. 'Thank you. I guess… Can you just take some of my weight on that side.'

'I should get an ambulance,' JD said but Lou quickly decried that idea.

'No. Just help me get inside.'

By the time they made it up the couple of steps onto the patio deck Lou could only sink onto the chair JD dragged across to her. She knew there was no way Lou could walk through the house to the car. Because JD *was* taking Lou to the hospital. Then she remembered the wheelie walker that was in the hall cupboard. It had been left behind by Nana Lottie, Cyn told her.

'Wait! I've got an idea.' JD hurried inside.

Lou raised her eyebrows when JD returned with the wheelie walker.

'If you sit on the seat we can use it like a wheelchair.'

'They aren't meant to be used like that,' Lou started to say but at the serious look on JD's face she made no further comment. She transferred from the chair to the seat on the wheelie walker.

JD pushed her inside, then closed and locked the sliding door behind them.

'If you push me over to the couch I'm sure if I elevate and ice it the swelling might go down,' Lou said.

'Just wait while I look it up on my phone,' said JD as her thumbs raced across the screen.

'I *am* looking at it and I'm a nurse,' Lou stated with a quirk of her lips.

'Yes, well, it looks like it's sprained badly to me. And the swelling is worse now.' JD quickly read out the symptoms of a sprained ankle. 'Pain when you weight bear.' She raised her eyebrows at Lou. 'Tenderness when you touch the ankle, and I can see bruising already. Did you hear a popping sound when it happened?'

Lou tsked. 'Don't think so. I was too busy drawing a breath and telling myself how stupid I was as I fell.'

JD frowned as she continued reading. 'It also says here—'

'You're going to take the word of Doctor Google rather than your own nurse,' Lou put in.

'It also says here,' JD repeated, undeterred, 'that you should call your doctor if you have pain and swelling and you suspect a sprain, which you have and do. You could have damage to your ligament or broken a bone in your ankle, or both.'

Lou held up her hand as JD's voice thinned with worry. She took hold of JD's wrist and gave it a little shake. 'The pain is in the softer part of my ankle rather than directly over the bone so I would say it's more likely to be a sprain.'

JD dragged her focus from Lou's fingers on her arm and reached across, took Lou's bag from the dresser and deposited it on her lap. 'We're still going to check it out,' she said resolutely. 'And before you say anything else I'm totally convinced Cyn will chop me off at the knees if I don't insist you get it looked at. You know she will.'

Lou sighed exasperatedly. 'JD, I assure you, there's no need for that. I can deal with it.'

'I don't think so. I'm sorry, Lou. I'm the last one standing and I seriously think you need to go to have your ankle checked out.' JD almost laughed at the expression on Lou's face, a mixture of disbelief right through to resignation. 'What if it *is* broken?' JD repeated softly.

'I'm positive it's not broken, and I don't need—'

'If it was me or Cyn or one of the girls, what would you do?'

Lou opened her mouth and closed it again. She sighed loudly as JD started for the internal door to the garage. 'Now who's being bossy?' Lou muttered and JD tried to smile encouragingly, more for her own sake than Lou's.

As they turned into the hospital car park after their quick and silent drive, Lou repeated dryly, 'You know I could have tended to this myself.'

'No, I couldn't know that. That's why we're here,' JD said lightly, parking in front of Emergency. 'And it appears everything they say about nurses and doctors being the worst patients is spot on,' she added as she hopped out of the car and ran across to nab a wheelchair.

JD recognised the orderly, Tony, who met them as JD wheeled Lou into the hospital. He was the same one who had delivered the comfortable recliner chair to her.

'Oh, wait!' he said, grinning at them both. 'I remember you. I seem to think positions have been reversed. What's happened to your patient, Nurse JD?'

JD laughed, more from relief that they were actually here and that the emergency room didn't look too busy.

'Old football injury,' stated Lou sardonically and JD and the orderly laughed again.

Then the emergency nurse looked up, recognised Lou, and everything went into swift mode. JD ended up sitting down on her own as Lou was wheeled away, still observing that everyone was overreacting. She did turn before she disappeared around the corner of the corridor, and her eyes met JD's. She shook her head and gave JD an ironic smile.

JD sat for a moment and took a couple of deep breaths. It seemed as though she hadn't taken a proper breath since she found Lou on her back on the lawn struggling to sit up. Now she had to ring Cyn. She checked the time. She didn't know how long they would be at dinner, but she didn't want Cyn returning to the house and finding Lou and JD missing. She hadn't even thought of leaving a note.

She hurriedly dialled Cyn's number and held the phone slightly away from her ear as the phone was answered and terrible music almost drowned out the older woman's voice.

'It's JD.'

'JD? Is everything all right?'

JD swallowed. 'No. No, not really. But it's kind of okay now,' she added quickly and proceeded to fill Cyn in and answer all her questions. They agreed Cyn would stick to the original plan. They'd have dinner and Cyn would drop Em's friends home. JD would ring her as soon as Lou had seen the doctor and, depending how long it took, Cyn would meet JD and Lou at home or at the hospital. Until then, JD would sit and wait.

CHAPTER 16

By the time they arrived home JD was exhausted so she knew Lou would be feeling far worse. She climbed out of the car and quickly moved Nana Lottie's wheelie walker up to the open passenger side door of the car and Lou didn't complain. She simply let JD help her to lower herself onto the seat so JD could wheel her into the house.

They hadn't made it to the garage door before Cyn and the girls appeared, worried frowns on their faces. Once they were in the living room Cyn crouched down and looked into her daughter's pale face. 'You could have stayed in hospital overnight, you know,' she said quietly as she leaned in and gave Lou a gentle hug.

Tears rose in JD's eyes at Cyn's soft tone. She'd never heard it from the older woman before. Cyn always projected a no-nonsense persona.

'It's just a sprain, Mum. And why would I want to stay there when everyone I want to be with is here?' Lou said thickly.

JD's tears did fall then, and she fought to control them.

Everyone I care about is here. Maybe Lou was including her. How she desperately wished she were. Would it hurt to pretend, just for a moment—

'I'll just get the crutches out of the car,' she said as Deanne and Brodie hugged their mother. When JD returned, in command of herself again, the two girls stood close to Lou obviously not wanting to break their contact with her.

'We convinced Em to lie down, not an easy task, but as usual she was so over-tired after the sleepover she went out like a light,' said Deanne.

'JD.' Cyn had pushed herself to her feet now. She reached out a hand to JD and JD took it like a lifeline. 'Thank you,' Cyn said sincerely. 'I'm so glad you were here with Lou.'

'I'm glad, too,' Lou said, breaking the charged moment between her mother and JD. 'If I'd been alone I probably would have ended up having to crawl inside. Or sleep on the lawn.'

JD swallowed another pang of guilt. What if she said what she was thinking? The truth. That had JD not been here upsetting Lou with her inappropriate crush, then Lou probably wouldn't have gone out onto the patio in the first place. At the very least she wouldn't have been distracted enough to slip off the deck. Guilt seemed to be her constant companion these days.

'Now,' Cyn rubbed her hands together, still speaking in hushed tones, 'I'm thinking you two haven't eaten so I've got a couple of ham, cheese and tomato sandwiches ready to toast.'

'I'm not very hungry,' said Lou tiredly, 'but JD must be.' She turned to look enquiringly at JD.

'I am, I guess.' JD frowned. 'You probably should eat

something as well, Lou. I mean, they've given you painkillers, haven't they? Food with those is a good idea, isn't it?'

'Nurse JD's right.' Cyn had gathered herself. 'Now. What say we settle you in bed with a sandwich and a cup of tea, Lou? Do you want a shower first?'

Lou shook her head. 'Don't think I'm up to that. I'll have one in the morning. Bed does sound good though, if you don't mind handing me those wretched crutches, JD.' Lou gave the offending crutches a disagreeable look. 'Not that I'm confident I'll ever master them.'

'We'll wheel you through on that contraption,' Cyn said firmly, brooking no argument.

'It's not meant for this,' Lou began again.

'Maybe not,' said her mother, 'but this is Lottie Baxter's and she never has less than the best model on the market. It'll do its job. You can face the crutches tomorrow.'

'From what I can see that's very extensive strapping,' Brodie said as she inspected her mother's foot. She made a show of putting her hands on her hips. 'I don't know, Mum. Can't let you out of our sight, can we?' she teased.

Lou chuckled. 'It should teach me not to take a shortcut launching myself off the patio rather than using the steps. So, if I have to be pushed to the bedroom want to save your grandmother doing it, Brodie?'

JD motioned for Cyn to follow them. 'You go and help Lou into bed,' she said quietly. 'I'll toast the sandwiches.'

Cyn nodded. 'Heartfelt thanks again, love,' she said before following Lou and her daughters down the hall to the bedroom.

JD found a tray and arranged the plate with the neatly cut toasted sandwich triangles, some napkins, and a mug of tea on it. She carried it down to Lou's room and found her propped up on her bed, her ankle raised on a pillow. Her mother and daughters had helped her change into sleep shorts and a t-shirt.

Cyn sat on the opposite side of the bed, Brodie was sitting cross-legged on a rug on the floor and Deanne was sprawled out beside her sister. JD set the tray carefully on Lou's lap and stood back.

'Where's your sandwich?' Lou asked.

'It's okay. It's in the kitchen.' JD waved in the direction. 'I'll just go and...'

'Bring it in here,' said Cyn. 'Lou's just started telling us the no doubt censored version of the event. We'll need you to fill in the redacted bit.'

Lou shook her head at her mother and JD laughed. When she hurried back with her sandwich Cyn patted the bed, indicating JD should sit beside her. 'Both of you eat,' she said to Lou and JD.

Once JD bit into the sandwich, the warm melted cheese teased her tastebuds, and she realised she was ravenous. Looking across at Lou, she could see she felt the same.

'Right,' said Cyn once Lou's sandwiches had been eaten and she was sipping her tea. 'Tell all, Lou.' She gave her daughter a steely stare. 'And don't leave anything out.'

Brodie gave her grandmother a knowing look. 'Oh, that's *so* where Mum got her interrogation technique from,' she said, and Cyn wagged a finger at her.

'Aren't genetics terrifying?' Cyn remarked dryly. 'Now. Out with it, Lou, and full disclosure, mind.'

'Well,' Lou began and gave a précis of the afternoon, cutting it down to a couple of sentences, and the other three turned to look at JD.

She shrugged, looked at Lou and away again. 'Um. What she said.'

Brodie and Deanne burst out laughing.

'Shhh!' said Lou. 'You'll wake Em.'

'I'm awake,' said a sleepy voice from the doorway. Em raced across and slid onto the bed beside her mother, careful not to jostle her foot. Cyn reached out and rescued the tray as Em wrapped her mother in a hug. 'Are you okay, Mum?' she asked worriedly. Her hair was mussed from sleep, and she looked down at her mother's strapped ankle and frowned sympathetically. 'Oh, wow! Does it hurt?' A tear rolled down her cheek.

'Don't cry, Em. I'm fine, love. Just sprained my ankle. I'll be right in no time.' Lou smoothed back her youngest daughter's hair and kissed her cheek.

'What happened?' Em asked and her sisters looked at each other, chuckled, and pointed at JD.

'JD was just about to fill us in,' Brodie said, fixing her with a gaze that would have done her grandmother proud.

With an apologetic look at Lou, JD told all. Not the part where JD's yearning looks had frightened Lou out of the house. She left that right out of the narrative, knowing Lou was just as reluctant as she was to try to explain that moment of… What? Mutual attraction? If she thought that often enough maybe it would be true. Fantasy versus reality. She resisted the urge to rub her chest where the pain clutched at her heart.

By the time the household was settled, and JD had had a shower and crawled into bed, she was so tired she barely had time to think about the ramifications of Lou's accident. As she drifted into a deep sleep she remembered thinking Lou would need assistance until she was back on her feet. She would be able to help Lou's family do that.

After some initial readjustment they fell into a new routine. JD took over a few more of the car duties, mainly involving Em, ferrying her to school, to soccer and choir practices. The eisteddfod in Canberra was getting closer which meant the choir had extra rehearsals each week. Em was part of the junior choir and Brodie was in the senior one. Brodie juggled that with her studies and her roster with Heidi's Angels.

That changed routine allowed JD to spend more time with Lou. Cyn, Deanne or Brodie helped her with her shower each day, for which JD was grateful. She wasn't sure she would have been able to cope with that.

JD's friendship with Lou also deepened. As they spent far more time together JD could almost relax when she was with her. However, that same subtle sliver of awareness between them never dissipated. It grew stronger, and JD clung to the hope that it could become something more. Until she remembered... Her elation then plummeted into despair as she tried to hold tightly to hope.

With Cyn being heavily involved with the CWA committee she was away a couple of mornings a week. JD took over driving Lou to her GP's appointments and to the physio sessions the doctor recommended.

They also went along with Cyn to bingo and, although Lou complained about going, Cyn insisted. JD and Cyn shared a secret smile when it was obvious Lou was enjoying herself. The first time they went, on the drive home Lou tutted and told them both to stop smirking. She'd grudgingly admitted it hadn't been the worst time she'd spent in her recuperation.

One afternoon JD did a few errands for Lou after dropping Cyn off at City Hall where her friend Nancy worked in the basement café. Nancy would drive Cyn home later. JD was looking forward to getting back so she could spend time with Lou. These moments were even more precious because Lou was going to return to work next week, where she'd be on administrative duties.

Every nerve ending in JD's body ramped up a little when she turned the car into the garage. She was free until she needed to collect Em from school and take her to choir practice. That meant a couple of hours with Lou, and she'd grown to really cherish their alone time. Sometimes they quietly read together and other times, the times JD loved, they talked.

Lou had begun to open up about parts of her life, her youth growing up in the town, anecdotes about the girls, and more often than not they laughed when the stories involved Cyn or Nana Lottie. Lou shook her head fondly when she talked about the two older women and their veiled dislike of each other.

JD stepped out of the car and slipped off her sneakers, putting them tidily on the shoe rack before walking into the house. She halted when she saw Lou standing holding onto the back of the couch as she reached out with one crutch trying to slide the one on the floor over towards her.

'What happened?' JD asked as she hurried forward to pick up the fallen crutch.

'I was going to my room to have a nap and one of these aggravating crutches slipped out of my hand and slithered away from me. Typical. The damn things hate me,' she said in exasperation. 'I'm just so clumsy these days and I can't believe how often I seem to need a nap,' she finished, her voice thinning in agitation. 'This bloody ankle…' She shook her head.

JD passed her the crutch, making sure she had it firmly in place. Despite Lou's pointed comments, she was reasonably proficient with her crutches now, but JD usually watched her carefully to see she was settled safely. 'I know it seems like it's taking ages to recover but you're doing so well,' JD said soothingly and Lou sighed.

'Sorry. I'm just grumpy. And impatient. I guess it's because I'm not used to being so bloody feeble. And you're the last person I should be taking my ill-humour out on.' She gave JD a smile that turned JD's knees to water. 'Forgive me?'

'I'd…' JD swallowed her words. *I'd forgive you anything.* 'Of course. No forgiveness necessary.' She made herself smile back. 'Why don't you go on through to your room and I'll make us a cup of tea.'

'That sounds great.' Lou gave a self-derisive grumble. 'I was going to make one but decided it was too much trouble. I feel so bloody useless at the moment.' Lou stopped, balancing on her crutches. 'But you shouldn't have to make it, JD. I should do it myself. You do enough already.'

'Rubbish! It's no trouble. I was going to make one for myself anyway.' She pointed along the hallway. 'Nurse JD says bedroom.' Oh, God! Had she really said that? She turned away towards the kitchen so Lou didn't see her blush.

'Right.' Lou gave a laugh. 'Quite honestly, Nurse JD is terrifying. I'm thinking I've created a monster here.' She continued chuckling, and her crutches clicked on the timber flooring as she started down the hallway. 'Oh,' she paused, 'can I order lemon and ginger tea?'

'Of course,' said JD as levelly as she could. 'My favourite, too.'

As Lou disappeared down the hallway JD clutched the counter edge. *Nurse JD says bedroom?* She almost passed out just thinking about it. She had to put any thoughts like that right out of her mind.

She started the kettle boiling and set out their mugs, her heartbeats still fluttering erratically. She would be alone with Lou in her bedroom. She'd been in Lou's room before but with everyone in the household focused on helping Lou there had usually been someone else there. But today…

She valiantly switched off her wayward thoughts and finished making the tea. Drawing a calming breath, she headed down the hallway.

Lou was half-sitting propped up against the headboard and JD kept her gaze on the tea as she set both mugs on the bedside table.

'Are you comfortable?' she asked with a frown. Lou certainly didn't look at all relaxed.

'Yes. No.' Lou sighed. 'I'm fine. Sort of.' She gave JD a crooked smile. 'You know, in the past when I'm working and have to get up early I've often yearned to spend more time in bed. But now that I'm forced to, I have to say this bed and the bedroom are getting very old. I may need to repaint it with a new colour when all this is over, just to save my sanity.'

JD chuckled, looked down at Lou's legs, and then frowned again. 'I have it on good authority, and I'm quoting the best nurse in the business, that you shouldn't be crossing your ankles.'

'This best nurse in the business sounds like a bossy old broad,' Lou said and stretched out her legs.

Oh, those legs. JD could look at them all day. Long, shapely, lightly tanned. She dragged her eyes away. 'And,' she said hurriedly and paused for emphasis, 'you should have your ankle elevated. Let me get a pillow. And maybe another one for behind your back. That can't be comfortable.'

'Definitely bossy,' Lou repeated.

'But not old,' JD teased back as she reached across Lou to get the pillow at the head of the bed beside her. She was still wearing her socks and as she shifted her weight one foot slipped out from under her on the polished wooden floor and she pitched forward across Lou's body.

CHAPTER 17

JD had automatically put out her hands and one hand landed on either side of Lou. She managed to take most of her weight on them but… All her brain could tell her was that her breasts were on Lou's. It felt amazing. And wonderful. Actually, it was fucking wonderful. The tiny sound Lou had made also seemed to be replaying on a delighted loop in her mind as well.

Their eyes met and JD could have sworn everything had happened in slow motion, but now time had absolutely stopped. Neither of them moved.

'Oh.' Did JD breathe that or was it Lou? Maybe they'd both said it.

JD's nipples hardened and she had to stop herself just giving in to the sensation and sliding them over Lou's. And it wasn't just her breasts that had come alive. She was so close to the inviting curve of Lou's neck. She yearned to nuzzle the smooth skin.

She drew in the faint perfume from the lemongrass soap Lou used. She knew it was from her soap because it had been on the grocery list and JD had stood in the supermarket aisle drawing in the familiar scent. Until she'd realised how long she'd been standing sniffing the soap and quickly added it to her trolley. It had made her feel like a stalker.

A pulse fluttered at the base of Lou's throat, beat in triple time with her own, and JD's eyes rose. She loved Lou's grey eyes, and she lost herself in the darkened depths. They had definitely darkened. Was Lou as aroused as JD was? Oh god! If she wasn't…

She couldn't bear to see it if she wasn't, because… She wouldn't be. She dragged her gaze from Lou's only to find she was focusing on Lou's perfect lips now, wanting to taste them. Desperately wanting to taste them.

Lou's hands had reached up, began pressing against JD's shoulders, holding her away. But not exactly holding her away. JD's senses were mega-tuned to every nuance. Yes, Lou's hands were just holding JD up. They were definitely not pushing her away.

But those lips! JD was mesmerised. She swallowed a needy moan as her tongue-tip quickly dampened her dry bottom lip as it quivered. It had to be quivering. Every other part of her body was. And Lou's hands, were they slowly relaxing, lowering, letting JD move closer?

'Lou.' Had JD said that? Or just thought it. The name had drifted across her mind, shimmered there, and she needed to hear it, sigh it… *Lou*. She must have said it, and it had sounded soft, wanting, aroused. So aroused. Just the way she was thinking it.

She looked back at Lou. Her eyes were dark pools now in her flushed face and then she closed her eyes, dark lashes now resting on her cheeks.

Soft breath teased JD's lips. Had Lou raised her head?

Lou's eyelids opened slowly then and JD's whole body came alive at the burning look in the darkened pools of her beautiful eyes. She'd yearned to see that matching need. Dreamed about it. Never thought she'd ever see it. But there it was. And JD gave a grateful sigh as she closed the small space between them.

Their lips met.

Lou's lips… They were so wonderfully soft, so intoxicating, and when Lou gave a throaty moan JD's body went to water. Her arms gave out and her body settled on Lou's. Exciting. So exciting. Oh. If Lou touched her, she'd…

But Lou's hands were pushing against her shoulders again. She pulled her mouth away from JD's and drew a shaky breath. 'JD, we… Stop,' she whispered, and her hands pushed at JD again.

Some thread of reality caught at JD and a hundred doubts almost overwhelmed her. 'I'm sorry. Did I hurt you? I'm too heavy. I…'

'No,' Lou said huskily. 'Oh JD. You're not. Never.' Then she relaxed her hands, slid her arms around JD and tucked JD's head into her shoulder, held her.

Home. JD thought. This is what home feels like. At last. She blinked away an errant tear.

'We shouldn't,' Lou murmured thickly as JD pursed her lips against Lou's warm skin.

The heat of it only fed her arousal, so she kissed Lou again, then nibbled tiny feather-soft kisses against her neck. Lou's arms still held her close, one hand rubbing JD's back.

'You taste divine,' JD murmured, and Lou slowly relaxed her hold. JD lifted her head. 'I've wanted to do that for so long,' she said thickly.

'You have?' Lou's eyes took in JD's face, and she gave a small shake of her head. 'I have too,' she breathed. 'But…

Oh God!' Lou rubbed a hand across her eyes. 'We can't… We can't do this.'

'Why not?' JD asked, holding Lou's gaze. In that moment Lou was everything, and everything but Lou faded into JD's background. Right then she had no past. There were no lies. There was just Lou and the indisputable fact that this was meant to be. JD's meant-to-be. She was sure it was Lou's as well. It couldn't not be.

They stared at each other and then they were kissing again. Soft quick nibbling kisses. Long slow kisses. JD surrendered Lou's lips, gently kissed her forehead, her eyelids, her cheekbones, the line of her jaw.

'We have to stop,' Lou said, words with barely any conviction.

'Why?' JD's lips teased her earlobe and Lou's body responded, pressing into JD.

JD rained kisses down into the curve of her neck and Lou moaned again. Their breasts still strained together, and JD's nipples tightened. She slid a hand up over the curve of Lou's side, up over the mound of her breast, palmed Lou's hardened nipple through her clothes, and the sound Lou made had JD's nerve endings careening around inside her. She desperately needed Lou's fingers, her lips, on her, too.

'God, you feel wonderful,' JD said into Lou's mouth as she claimed her lips again.

For a moment Lou's hand cupped JD's breast, her fingers finding JD's nipple too, and then she was pushing against JD's body. 'We have to stop,' she repeated, her voice breaking. 'Right now. If we don't, we won't be…' Her voice died and she gasped a breath.

'We won't be able to,' JD finished softly. 'I think I'm there now,' she added thickly.

'JD. Please. I can't.'

The pressure of Lou's hands on her shoulders again had JD almost collapsing as she forced her tensed muscles to relax. Every nerve-ending protested, and cool air assaulted her heated body as she used her hands to slowly push herself up until she was sitting on the edge of the bed beside Lou, facing her.

She unconsciously took hold of one of Lou's hands, like she did when she was in hospital, and interlaced their fingers. And Lou let her. Her teeth worried her bottom lip as she waited for Lou to speak. Surely she wasn't going to…? Her heartbeats pounded in her chest, almost choking her.

Lou struggled into a sitting position and JD unconsciously helped her. 'I need to get up,' she said, and JD stood up too, her knees shaky, as Lou swung her feet around and rested them on the floor.

'I think we should go into the living room. We need to talk and,' Lou swallowed, 'this is far too…Can we talk? Please.'

JD nodded. She passed Lou her crutches, picked up their tea, and followed Lou along the hall. 'Would you like me to heat your tea or make a new cup?'

'No. But thanks.' Lou sat on the couch and JD set the cups on the breakfast bar.

She helped Lou get her foot settled on a cushion on the coffee table and sat down beside her. Drawing a steadying breath, she turned sideways, sitting cross-legged, her hands on her thighs, close enough to reach Lou if she let her, but not crowding her.

'I shouldn't have allowed that to happen,' Lou said softly. 'I'm truly sorry.'

'I'm not. Sorry, I mean. And I'm pretty sure I was the one who landed on you. I wanted it to happen. Um, not the squashing you exactly but the… I've wanted to kiss you. You must know that.'

'JD, I…' Lou rubbed a hand over her eyes again. 'I have a responsibility here. To provide a safe environment for you. Can't you see that?'

'You are.'

'By allowing myself to…' She gave a negating movement with her head and raised a shaking hand to push a wayward strand of hair back behind her ear. 'I think not.'

'You are providing a safe environment, Lou. It's the safest I've ever, well, I've ever felt. Since the accident,' she added quickly. 'But that's got nothing to do with…,' JD made a movement of her hand between them, 'with us, with what happened.'

'It has everything to do with it. I should never have kissed you, allowed it to escalate like that.'

'And if I wanted it too? You didn't force yourself on me. If anything it was the other way round. Maybe I should be apologising to you. But I won't because I'm not sorry. It was,' JD swallowed, 'wonderful.'

Lou flushed. 'JD, you don't know what you're—'

'Please don't say I don't know what I'm doing. I'm not a child, Lou.'

'I know you're not.' Lou shook her head and then seemed to gather herself. 'JD, I'm thirty-nine years old, and you're obviously so much younger.'

'You don't know that,' she said urgently, frustrated, wishing she could tell Lou the truth. The words were forming in her mind. But, if she did… 'I'm not,' she said. 'I don't feel that much younger than you. When I kissed you, when we kissed each other, age was the last thing on my mind. And I don't think it was on yours either.'

'I'm divorced,' Lou said flatly. 'I have three children.

Responsibilities. To my family. To myself. I can't just…' She paused.

'Allow yourself to have a life, too,' JD finished softly.

'I do have a life. You know that. And so do you. Even though you don't remember it at the moment, you do. You have had a life, away from here, with other people. Your family. Maybe someone special who's searching for you, desperate to find you. That's why we can't.'

'If there was someone special, I'd know. I'd feel it,' JD said, wanting Lou to see her truth.

They gazed at each other for long minutes and JD reached out, rested her hand on Lou's thigh, eyes burning into hers.

Lou took her hand, held it gently. 'JD, things haven't changed. I'm still a thirty-nine-year-old divorced woman who's never…' Pink colour rose in her cheeks. 'I've never had a relationship with a woman. With anyone since my divorce, actually.'

JD's breath caught in her throat. 'Never?' she asked, scarcely believing it. How could someone as kind, as beautiful…?

Lou shook her head. 'A couple of uninspiring, I guess you'd call them, dates with guys, but not for years.' She paused. 'But with women, no, never. A few fumbling, tipsy kisses with someone, a woman, at university that completely terrified me.

'Then, a few years ago, a colleague kissed me. A female colleague. Equally as terrifying for different reasons. And I was completely sober.' Lou grimaced. 'It did force me to acknowledge there was an alternative, that I liked kissing women.'

'You had, you and your colleague, had…' A shaft of

pure jealousy clutched at JD. Did the woman still work at the hospital? Were they…?

'No. I didn't take it any further. I liked her as a workmate. Nothing else. So, no. No relationship.' Lou sighed. 'I suppose most people would say I've had a totally boring life. I married James when I was eighteen years old. I've brought up the girls. I've worked. There's been no one.' She gave a wry smile. 'Male or female. So.' She shrugged.

'Lou, I don't see how this matters,' JD began.

'It does.' Lou squeezed her hand. 'You don't need that burden as well, JD.'

'Burden?' How could Lou be a burden. As JD saw it any so-called burdens stemmed directly from her. Her lies. Her hidden past.

What she'd had with Lucia? Could she call that a relationship? She told herself it wasn't but… It surely wasn't what JD had wanted it to be.

But did whatever she had had with Lucia deserve to be simply discarded as not being part of her past? None of it existing? Without Lucia's youthful friendship JD knew she might have spiralled like her mother, been totally broken. Or, even worse, slipped down the ever-present rabbit-hole into their fathers' criminal lifestyle.

Guilt rose in her again as she pushed the thoughts aside and slid closer to Lou. 'Maybe I haven't either,' she said thickly, part of her hating herself for saying it.

'That's my point, JD. You don't know what you have or haven't had, that you aren't in a relationship. You could be married, engaged, or committed to...' Lou looked away. 'When you regain your memory it will… I guess what I'm trying to say is I don't want a 'fill-in' fling. I have daughters. I decided a long time ago that I don't want to bring anyone permanent into my life unless they plan on staying.'

Silence hung heavily between them.

'If my memory comes back and there's no one…' JD's whispered words, begun in hope, faded away as Lou shook her head again.

She looked at JD, her eyes pain-filled. 'I wish with all my heart that I could say that but… You have to see that that's another reason we can't do this. The bottom line is you do have another life, JD, and you'll want to go back, return to that life.'

No! JD's mind screamed. She never wanted it back. Especially not now she'd seen how it could be.

'If there was nothing, no one special in my past, would you want me to stay?' JD whispered, and Lou looked away again. So that was a no.

Silence fell again and peripheral sounds intruded. Birds still chirped and chattered outside. The breeze still teased those branches that scratched on the side of the house. And JD's heart ached. She'd asked her questions and Lou had answered, her silence saying it all.

Deep down JD had known. Lou was right. She wasn't just protecting herself. She had her daughters. It was up to Lou, her right to step back. If she knew the whole truth… As it was JD was still Jane Doe. A no one who could be anyone. Why *would* someone like Lou want to take a chance…

'I understand,' she said softly. 'I do. I could be anyone. So why would you…?' Her voice broke. She went to pull her hand away from Lou's but Lou tightened her grip.

'No. JD.' Lou reached out, her other hand cupping JD's cheek. 'It's not you. It's this situation. We can't no matter how much we, I, might want to, and I do. I want to. I want you. So much. But…'

'You want me?' JD whispered in disbelief.

'Who wouldn't, JD? I think you're remarkable. But…'

'But I could be anyone.' JD finished flatly.

'You aren't just anyone, JD. I didn't, I don't mean you to think like that. I simply can't allow myself to move past the fact you could have people… Someone… Someone who has every right to…'

'I don't. There's no one.'

'You don't know that, JD. And it wouldn't be fair on them, would it, if we…?'

Once again JD wanted to scream out her denial.

'One day your memory will come back and…'

'What if it doesn't?'

'Mac and the police are doing everything they can to find out who you are. We just have to give them time.'

I know who I am, and I hate that person. The thoughts bombarded JD's mind. I like the me I am now. I *want* to be the me I am now. How she wished… 'I know I love you, Lou,' she said, and meant it with all her heart.

'JD.'

A tear trickled down Lou's cheek and JD reached out, gently wiped it away with her thumb. Her other hand still held Lou's and she raised it to her face, felt its softness against her cheek. She closed her eyes and placed an evocative kiss in her palm. 'I don't want to know who I was, Lou. I want this. I want you.'

Lou turned her hand, twined their fingers. 'Oh JD.'

Her low, breathless tone, husky with wanting completely undid JD. Every part of her dissolved, wanted to fall into, around Lou, make love to her—

The alarm on JD's iPad laying on the coffee table in front of them rang loudly and they both jumped apart like secret lovers exposed. Which they were, JD thought as she drew a steadying breath.

'I have to, um, it's time to pick up Em,' she said, pointing at the trilling noise.

Lou nodded and gave a quick rueful smile. 'Not the best timing, but it is the best timing.' She went to continue and paused. 'JD, I suppose I'm kind of overwhelmed. By this. By us. I never thought I'd ever be so attracted to anyone that I wouldn't be able to…' She blew out a noisy breath. 'I can't seem to keep my hands off you.'

Please don't! JD wanted to exclaim. Don't keep your hands off me. I want your hands all over me. She tried to stifle her soft, needy moan, and Lou reached out, ran a finger lightly down JD's cheek, that finger stopping on JD's lips.

'You're gorgeous, do you know that?' Lou's eyes drank in JD's features. 'Just gorgeous,' she repeated softly and bent forward, her lips replacing her finger.

JD melted into the gentle, evocative kiss, savoured every sweet, sexy, so arousing feeling. And then Lou moved reluctantly away. They both moaned.

'I just need some time,' Lou said thickly. 'I never thought there was any chance of this, of us being any more than what I… It was my secret, my personal fantasy.'

'It's not a fantasy,' JD said. 'But it is fantastic. And it is real. It can be real.'

A wave of different emotions washed over Lou's face before she seemed to steel herself. 'Give me some time, to think about all this. And that kiss just again proved I can't do that when you're, when we're so close. I need to work it out. Can you give me that, JD?'

In that moment, actually, in any given moment, with that kiss still lingering on her lips, JD would have given her anything. 'Take as much time as you need. Just know,' JD paused. 'Well, you know.' She stood up. 'I should go. Em will think I've forgotten her.'

She walked back to the garage, slipped on her sneakers and climbed back into the car. All the way to Em's school she kept asking herself if that had actually happened. Or had she been dreaming.

She'd kissed Lou Baxter. And Lou Baxter had kissed her.

CHAPTER 18

Since those kisses, and their talk, Lou and JD had been careful with each other. Not that they had had any time alone. There was always someone at home, usually Cyn, who had cut back on her outings, wanting to spend time with her daughter.

However, one day Cyn said she had to go into a CWA meeting and after spending the morning worrying that Lou felt uncomfortable being on her own with her, JD decided she needed to give Lou her breathing space. She headed off to do some grocery shopping. She took her time and when she returned she was relieved to find Lou and Cyn in the living room.

She started stowing away the cold foods in the fridge, laughing as she told them she'd seen the soccer coach in the store buying packets of chips and chocolate bars and how embarrassed Missy had been.

'Missy actually got all flustered when I looked in her trolley. Seems she needs snacks because she gets nervous when her team in the UK league is playing.' She looked across the breakfast bar and caught a strange look on Cyn's face. Her stomach muscles tightened. 'Is something wrong?' she asked. Lou? She hurriedly stepped around the breakfast island towards the living room.

'Ah.' Cyn began and stopped.

Then Lou turned to look over the back of the couch.

'Are you okay?' JD asked her worriedly.

'I'm fine.' She slid a quick look at her mother. 'We just had a phone call. From Superintendent Alston.'

JD's body went completely numb. Had her past come closer, caught up with her? What else would the Police Superintendent…? Had they found out who she was? How had they? She drew in a shallow breath and took a couple more steps on her now rubbery legs.

If they had discovered who she was wouldn't the Superintendent, or even Mac Donovan, have called in to tell her to her face? Or… 'What did she want?' she managed to say, her voice relatively steady.

'We don't know,' Lou raised her eyebrows. 'She just said they'd like to see you.'

'Oh. Have they found out something?'

'She didn't say, couldn't tell us I suppose.' Lou looked at Cyn again. 'Mum took the call about ten minutes ago.'

'They just want to see you,' Cyn repeated. 'It didn't sound too serious, so I wouldn't worry. Probably just something to do with the accident.'

'I guess. Must be that.' JD tried for casual when she was anything but calm. 'Did they say when they want to see me?'

'Now I think.' Cyn shrugged. 'Might as well just go in there, hmm?'

'Yes. I… I suppose I should.'

'Would you like us to come with you?' Lou asked evenly and JD shook her head.

'No. I'll be okay. I'll just…' She looked at the groceries on the counter.

'I can do that.' Cyn stood up. 'May be best to shoot in and see what they want. Get it over with.'

Get it over with? JD looked across at Cyn. Was there something the older woman wasn't telling her? 'Mmm.' JD pulled herself together and glanced at the time. 'I have to pick Em up though. If I'm held up…' Or they put me in jail. She only just stopped herself voicing that illogical, totally hysterical thought.

'I can collect Em,' Cyn said. 'You mightn't be able to ring if you aren't finished so let's just say if you aren't back here by two-thirty I'll go. Oh, and Steph Alston said to ask for Mac at the desk.'

'Right. Okay. I'll see you both later then.' She took a deep breath and began to turn away. *Ask for Mac.* Could that mean Mac had remembered?

'JD.' Lou said and she paused. 'I really don't think there's anything to worry about. It'll be fine.'

JD nodded and walked back out to the car before she could do what she wanted to do. Which was to curl up beside Lou and have the rest of the world go away.

She wasn't sure how she made it the short distance to the police station but the next thing she knew she was turning into the station car park. Another car pulled out and JD slotted Lou's SUV into the empty spot. She reached out and switched off the ignition. Thoughts, questions, still ricocheted in her mind, each imagined scenario getting worse than the last.

She could scarcely catch her breath, and she realised she was bordering on hyperventilating. She made herself slow her breathing the way Lou had shown her and after a while she felt calmer. This was ridiculous, she admonished herself. She wasn't a criminal.

Just tell them the truth, she told herself, before they say they know. That was the sensible thing to do.

Time had passed and no one had come looking for her. And why would Ivan Radic search for her anyway? She wasn't related in any way to his family. He couldn't really have known about Lucia and her or he would have taken action. Actually, she supposed he had. Hadn't he found Lucia a husband? That was pretty affirmative action.

It wasn't as though she'd left him in the lurch as far as her job went either. His soon-to-be son-in-law had wanted to slot into JD's job. He'd made that absolutely clear. As difficult as that had been she'd even trained him.

There was no reason now why she couldn't simply tell Mac and her boss she'd regained her memory. It was perfectly feasible. Dr Jen had said so. She was under no obligation to give them all the sordid details of her family or Lucia's. If she told them the basic facts, her name, maybe tell them she had no family. After all, as far as she was concerned, her father was dead to her.

Then this absurd situation she'd managed to get herself into would be over and most of the heightened *fight or flight* response she lived with would end.

Besides, she told herself once again, it was the right thing to do. Having to lie, if only by omission, to Lou and her family seemed to choke her more each day. She paused. But if she told Lou... More thoughts, different but still so alarming, threatened to overcome her again.

The urge to simply run, catch a bus out of town, destination anywhere, and disappear again... Running away. She never had run, physically or metaphorically, as she grew up. Until she'd lost— She'd simply turned inside herself, until she could function again. She hadn't exactly run away. Not until she left Sydney. But was that running or escaping? Whatever. Now she wanted to forget everything. Except Lou.

Now there was Lou.

She made herself climb out of the car. In a daze she walked across the car park and entered the building. It was almost surreal. Her life. Her mistakes. The thought of escape filled her again.

Then Mac Donovan was coming towards her. She must have gone to the desk, asked for Mac, stood waiting…

'JD.' Mac smiled at her. 'How are you?'

'I'm good.' She took a steadying breath. 'Much better, thanks.'

'I can certainly see the improvement now that impressive shiner has faded.' Mac grinned. 'How's the head?'

JD automatically lifted the hair on her forehead. Her hair was growing, was longer, and she supposed she should get it cut… 'It's healing well. Lou says you can hardly see it.'

Mac leant in and looked at the cut. 'She's right. The surgeon did a fantastic job.'

'Um, you… Superintendent Alston wanted to see me?'

Mac sobered. 'Yes. Come on. We'll go on up.' She turned to the elevators and pushed the button.

Two other people stepped into the lift with them, precluding further conversation, and JD's tension rose. She stood beside Mac as the lift slid upwards, and she darted a sideways look at the woman she'd remembered so vividly from her childhood, trying to gauge her demeanour. There was no indication Mac had recognised her so they couldn't have—

The doors slid open, and JD followed Mac a short distance across the hallway. The blinds were open on the glass windows of the office and she could see the Superintendent working at her desk, her grey hair shining under the lights.

Mac rapped on the open door and her boss looked up. She nodded and motioned them in. JD tried unsuccessfully to read her expression as Mac followed her, closing the door behind her. A closed door now? A little unsettling. That same instinct to run swelled inside JD again.

Superintendent Alston stood up and gave a measured smile as she reached over and held out her hand. JD took it, hoping her palm wasn't clammy with nerves. Mac's boss's demeanour said this was an official meeting.

'Good to see you, JD. Sit down. You're looking much improved.'

'I am. Thank you.' JD perched nervously on the edge of the seat and Mac took the chair beside her, relaxed in contrast to her boss.

The Superintendent sat down again. 'We've finally had the forensic reports back from our investigations into the accident,' she said without preamble, as she leant forward, arms on her desk. 'We wanted to talk to you about it. You haven't remembered anything else, had any flashbacks?'

JD shook her head. Now was the time to—

'How are the nightmares?' Mac asked softly and JD turned to her in surprise. 'Still having them?'

Mac knew about her nightmares? Then again, the doctors and Lou had probably told them about that, too. 'No. Not really. No nightmares since I left the hospital.'

'You're settling in with the Baxters, I hear.'

JD turned back to the Superintendent. Was her smile a little warmer?

'I get regular updates from Lou. We're members of the same book club,' she explained.

'Oh. Yes. I'm really grateful for Lou's, for their hospitality. They're a wonderful family.'

'They are.' The policewoman shuffled some papers in front of her and JD swallowed anxiously.

She really had to tell them the truth, but before she could decide how to broach the subject the Superintendent continued.

'Now, getting back to the accident. About the cargo? You said before you thought it was automotive parts?

'Yes. I think that's what the driver, Eddie, must have told me. Car and farm machinery parts. I'm hazy about that.' And she honestly was as Eddie hadn't talked much about the deliveries and pick-ups he made. 'I don't remember actually seeing what the truck was carrying though.' That at least was also the truth.

Unless she'd had to visit the restrooms, she'd always hidden away in the truck's sleeping cabin when they stopped and if Eddie had noticed he hadn't commented.

Of course there had just been that one terrifying moment in Sydney though, when she'd almost collided with Lucia's young cousin, Nicky. But she thought she'd got away with pretending he had mistaken her for someone else.

'It seems the trucking company's manifest wasn't totally accurate.' The Superintendent's words drew her out of her thoughts. 'We also found evidence of drug residue. Quite likely it was a sizeable shipment.'

'Drugs?' JD's mouth went dry. Her startled gaze went from the Superintendent to Mac and back to the Superintendent. Surely they didn't think she— 'I didn't know that.

I swear.' Drugs! As if she would. Her sister's ravaged face flashed before her. *Oh, Natalie.*

'We're not suggesting you did know,' Mac said quietly and put a settling hand on her arm.

'It's true. I didn't,' JD said earnestly, fighting down her rising panic. 'Because I'd never...' Her voice died as she swallowed the sob that rose inside her. There was no way she could tell them the truth now. About Natalie. And her father. About Lucia's family. If they knew she wouldn't blame them if they did decide she had to be mixed up in this.

And Eddie? A transporter of drugs? No. She'd never believe it. It was so out of character. But couldn't her own father be as charming as all get out when it suited him?

'The trucking company of course denies all knowledge of the drugs and that's still under investigation,' Superintendent Alston continued. 'From what you do remember, did anything strike you as suspicious?' she asked, and JD could barely make herself shake her head.

What if she gave them something? 'I think... Maybe the truck had a roller type door on the back. It was pulled down. I don't remember seeing it open or what was inside.' That could be true. Actually, it was true. She had seen the back of the truck as she hurried away from Lucia's cousin.

The Superintendent frowned and held JD's gaze. Those steady light blue eyes pierced her and JD had to bite her tongue to stop herself blurting out the whole crazy mess that had been her life.

Suddenly the Superintendent took a photo out of a file on her desk and placed it in front of JD. 'And this is the truck driver?'

JD looked at it. 'Yes,' she said slowly. 'I think it is. Though he looked older than that.'

Photograph. A sudden thought had her feeling dizzy. Could they have found out who she was from the photograph they'd taken of her weeks ago for her licence? But she'd looked so different. Short hair. A different colour. She'd lost a little weight and she'd consciously pulled in her cheeks to make her face look longer, narrower. Surely not.

'The police in Airlie Beach have spoken with Eddie Blaine's widow,' Superintendent Alston continued after a long moment and JD drew a shallow breath. 'The devastated woman broke down and said her husband had never done anything like this before. She has cancer and her treatment is expensive.'

'Oh, no. That's awful. But did she know?' JD asked, her mouth dry. 'About the drugs?'

'She said she wasn't aware of anything to do with the extra jobs her husband had taken on,' the Superintendent frowned, 'and she was sure he hadn't known it was drugs either, but that seems unlikely. As far as she knew he had dropped off and picked up packages on a few trips out of Sydney. The wife couldn't remember if he'd mentioned any names, but the Drug Squad in Sydney is working on it.'

A frisson of fear shot through JD. She was almost sure if it was drugs Eddie had collected, they would have been from one of Ivan Radic's warehouses. Should she tell them? But if she got involved—

'It seems to be true Eddie Blaine was simply trying to make extra money to pay for his wife's medical bills.' The Super shook her head. 'The police up there are inclined to believe her. There's never been any previous indication Blaine was involved with drugs, personal or dealing.'

JD knew Eddie thought a lot of his wife. His whole demeanour had changed when he talked about her. She could believe he would have done anything, taken any chance, for her. But drugs? 'He was a nice guy,' JD heard herself say, a quiver in her voice. 'I do remember that,' she added softly.

The Superintendent held JD's gaze again and JD tried to prepare herself for whatever revelations she sensed were coming. 'It seems he picked you up in Newcastle.'

CHAPTER 19

'New...Newcastle?' JD's pulse started to race. She hadn't been expecting that. How could they know?

Superintendent Alston nodded. 'According to Mr Blaine's widow. The truck driver rang his wife regularly and he told her you had hitched a ride in Newcastle. So, Newcastle means nothing to you?'

'No.' JD got out. The atmosphere in the office had heightened. She wasn't imagining it. Or was it just—?

'He said you were young, and he told his wife he was worried about you.'

'Worried? About me? Why?'

'He suspected you were running from an abusive boyfriend.'

'Boyfriend?' JD almost choked on the word. 'No. I... That couldn't...' She stopped. What could have given Eddie that idea?

She cast her mind back to their intermittent conversations. What had she said? Eddie had done most of the talking. He'd mentioned his wife, but not that she was so ill. Surgery. That's right. Women's troubles, he'd said.

Oh. Actually, she *did* remember he had asked if she had a boyfriend. And yes, she had let him think she had broken up with a guy, implying he was a stalker, and that she was meeting family in Adelaide. It was easier than explaining the truth.

But the abusive relationship? That had been her father's area of expertise. How had Eddie picked up on that? He'd left her in no doubt that he was totally anti-violence against women. Had he been thinking JD's fictitious stalker boyfriend had been physically violent towards her? Maybe he'd been more astute than she'd given him credit for.

'JD?' Mac said her name and she turned back to her. 'Dr Andrews felt she had to report that she'd found signs of historical physical abuse, scars on your back.'

Reflex action had JD stiffening in her chair. She felt momentarily disoriented and dizzy. She heard her father's harsh words, the way he'd doubled the belt over, snapped it, the awful crack it made. Then there was the sound of it hitting her… and the pain.

She shook her head. 'I don't… I can't remember.' She looked down at her hands clasped in her lap, her knuckles white, and she fought to make herself relax. She looked up at Mac and then at the Superintendent. 'Why would I remember that? If it happened,' she said through tightening vocal cords.

'It obviously did happen,' Mac continued gently. 'Although not recently.'

JD could only shake her head.

'Dr Andrews suggested your amnesia might not have been caused by the accident alone. If you couple that with what had to have been traumatic past abuse, I imagine your mind might need to close off, take a break from it all.'

JD felt herself slump back into her seat. If only…

'We certainly don't want to pressure you,' Mac said. 'We thought maybe if we told you about the information we've gathered it might nudge your memory.'

'There's more?' JD asked in a small voice.

'With the help of the wife,' Mac's boss took over, 'we think we have a fairly accurate idea of the route the driver took. He dropped off and picked up freight from Airlie Beach to Brisbane and south to Newcastle, where you hitched a lift.

'From there he continued on to Sydney, down the coast to Wollongong and Bateman's Bay to Canberra. His company then had him heading straight to Adelaide. Our concern is why he would make an unscheduled detour here. We think it's more than feasible it involved a drug drop-off and we're working on where that would have been.'

'It wasn't a legitimate delivery?' JD suggested. 'Maybe the spare parts?'

'Not according to the manifest.' She sighed. 'We're aggressively investigating possible associations here, and Sydney and Canberra police are working on it from their end.'

Sydney? JD's heartbeats ratcheted up again. Surely Eddie couldn't have been involved with the Radics.

But that stop at the Sydney warehouse. Then Eddie had pulled into a service station a few buildings down the street where she'd run into Nicky. He'd obviously been on his lunch break, and she knew he worked for his Uncle Ivan. Oh God! Fate wouldn't be so cruel, would it?

Another thought occurred to her. If Eddie had

mentioned her to his wife, would he have mentioned her name? Not that it mattered, as she'd given him another false name. Rachel. Rachel Anderson. But her name? Wouldn't that be a question JD would ask, especially as she was supposed to not know who she was?

'Did he tell his wife my name?' she asked and held her breath.

'She couldn't recall it,' said Superintendent Alston. 'I'm sorry, JD.'

And JD fought to keep the relief from her expression.

'Anyway, we thought you should know where our investigations are taking us,' Mac put in.

'Right.' JD's mind was buzzing. 'Thank you,' she managed.

Mac's boss stood up, moved around and sat against the edge of her desk. 'Just know we're a step closer to finding out who you are, JD.'

'That's good.' JD tried to keep her voice even, positive. 'I'll think about all you've told me. Maybe I'll remember something.'

They drew the meeting to a close, thanked her for coming in and Mac accompanied her back to Reception.

'Don't stress over all this too much, JD,' she said. 'These investigations just take time but we're closer to a breakthrough.'

They just take time. JD thought as she climbed into Lou's SUV and started the ignition. She took a deep breath. She'd made it through this but of course her previous relief was short-lived. Now she had to go back to the Baxters'.

Lou and Cyn would expect her, and rightly so, to give them some idea about why she'd been summoned to the police station. They *had* invited her into their home, so they deserved to know some of it. She didn't really have to explain, and the police would expect a certain amount of discretion.

But drugs. That took everything up another level. Who could blame Lou and Cyn if that was all too much for them. It was something the Baxters deserved to know.

~

By the time she got back from the police station Cyn had collected Em, and the young girl was about to go to her room to do her homework.

'Soccer practice in the backyard in half an hour, JD?' Em asked JD hopefully and JD managed to smile at her.

'Absolutely, but homework first, okay?'

When Em left them with a groan and then a grin JD joined Lou and Cyn in the living room. They looked at her expectantly as she sat down beside Lou. She was still wavering about how much she should tell them.

'Have they…?' Lou began and bit her lip.

'No.' JD shook her head. 'Still JD,' she said as lightly as she could. 'They've worked out the truck driver's route from Queensland to here.' She paused. 'He told his wife I hitched a ride in Newcastle.'

'They think you're from Newcastle?' Lou asked as Cyn watched on. 'Well, that's a start, JD.'

'Um. No. Eddie picked me up there. I was hitchhiking so I might have come from somewhere else.'

'Oh. Yes, I suppose so.' Lou sighed. 'That's disappointing.'

'Yes.' JD swallowed and looked down at her clasped hands.

'Was that all?' Cyn asked and JD felt her eyes on her.

She had to tell them. They deserved to know. 'They

found evidence that there were drugs in the truck,' she said quickly.

Lou and Cyn were silent.

'I wouldn't… I swear I wouldn't be involved in that. I know I wouldn't,' JD said quietly, earnestly. 'I've never taken drugs. I just know I haven't. And Mac and the Superintendent said they knew I hadn't.' She looked from Cyn to Lou, trying to gauge their reactions.

'You had no trace of drugs in your system after the accident,' Lou said. 'And there were no external signs you'd been a drug user.'

The police would have known that, too, JD suddenly realised. Which could be why they hadn't taken her association with the drugs any further. Some of the tension left her body.

JD stood up. Her muscles felt shaky now and she wanted to run, use up some of the energy surging around her body. 'Eddie's wife told them he didn't know me and that I'd simply hitched a ride with him in Newcastle, going south.

'I truly had no idea about the drugs.' She swallowed a lump of tears in her throat as the silence stretched. She didn't even try to press the point about not remembering. 'Do you want me to leave?' she asked huskily.

'Leave?' Lou stood up then, took a limping step towards her, and pulled her into her arms. 'No,' she said, holding JD's head against her shoulder. 'Of course we don't.'

JD sank gratefully against her. They stood like that for wonderful moments until Lou seemed to remember she had her arms around JD and she slowly let her go, stepped away. Her cheeks were a little flushed as she turned to her mother.

Cyn came forward and also gave JD a hug. 'We'll have

no more talk of leaving,' she said as she looked down at JD. 'It's bingo at the Senior Citz tomorrow. You don't want to miss that, do you?'

'Never,' JD breathed and wiped away the tears that had streaked down her cheeks. 'You're sure? About me staying?' she asked, looking from one to the other, and they both repeated they were. 'Thank you,' she said sincerely as they all sat down again. Now JD's muscles had turned to jelly and she wanted to fall back onto the couch, or into Lou.

'Of course, I won't hold you to staying for the CWA meeting after bingo tomorrow,' Cyn added.

The burst of adrenaline in JD's body that had her spiking moments ago at the thought of having to leave started to settle when Cyn continued as though it was just another day, that JD hadn't brought the shadowy world of drug activity into their safe haven.

'Not after the morning I had down there today,' Cyn continued. 'It was a circus. I was just about to tell Lou, wasn't I?'

Lou gave her mother a fond smile and JD had to blink back another swell of tears. She loved this family. All she wanted was to reach across and hold Lou's hand, for so many reasons. Comfort. Gratitude. But simply because now she knew exactly what that elusive, so very special love was. Love the way it was meant to be. She really loved Lou.

'There was a bit more of an uproar than usual.' Cyn rolled her eyes. 'Fee brought her sister along.'

The tightness in JD's chest relaxed a little more. This was Lou and Cyn's way of saying it was all good, that nothing had changed.

'Oh dear,' said Lou. 'Joanie was there? How is she?'

'Much the same. She's Fee's older sister,' Cyn explained

to JD. 'Joanie's supposed to have been in the first stages of dementia for years. In fact, the first stage has lasted so long we're beginning to think it's not dementia but simply her personality.'

'Mum! Dementia's a horrible thing. Joanie can't help that her symptoms might have changed her a little.'

JD coughed to cover her smile as Lou admonished her mother. She just sat and soaked up the wonder of still being part of this family.

'Now, Lou. We all know Joanie's always been a bit different. Oh. Not different in that way. I mean she was married to Fred until she sent him to an early grave. Mind you, he probably chose that as his best alternative.' Cyn frowned. 'Though she was close to her friend Eloise when we were at school. Poor Eloise was the only one who would put up with her nonsense.'

Lou groaned. 'Mum! Where is this going?'

'Fee's young granddaughter, Jordy, was with them. You know she's seventeen now? Good heavens, I remember when she was a baby.' Cyn smirked at JD. 'Not a word about old age either.'

JD made a zipping movement across her mouth and spoiled it by chuckling.

'Is this story likely to be finished before dinner?' asked Lou casually and was ignored by her mother.

'So young Jordy identifies as they/them. I understood where she was coming from because Em explained it all to me just the other day, so I was all over it. Anyway, someone said *she,* and Jordy said *they*. That went back and forth a little as everyone tried to get their heads around it.

'We'd just exhausted the subject when Joanie tuned in and said but there was only one of Jordy. Fee tried to distract Joanie – Fee's a saint when it comes to her sister –

but Joanie kept up with the *they* is plural but there's only one Jordy, isn't there?'

'Mum.' Lou appealed. 'You're awful. I know this story is going to be a car accident, but I'm not going to be able to look away, am I?'

'I know,' said Cyn. 'But just wait, Lou. It gets worse. So, Fee says that yes, there's only one of their wonderful Jordy but what Jordy means is she doesn't want to be labelled as male or female. But she has bosoms, says Joanie, and if Fee hadn't grabbed her finger Joanie would have poked one.'

Lou groaned again and put her hands over her face. 'Mum, stop!'

'No, don't!' JD almost choked. 'I have to know what happened next.'

'Please, JD, don't encourage her,' Lou said weakly.

'Well, Fee said quite reasonably – she's definitely a saint – that they shouldn't get personal. As if with Joanie! But anyway. By then Joanie's pursing her lips and Jordy asks us when does her Great Aunt Joanie ever not get personal. I can tell you there were unanimous nods of agreement all round at that.

'Then Joanie's peering at Jordy and says sweetly if she's they that means she should be seeing two Jordys, and if that was so, then she needed to get new glasses and Fee should make the appointment immediately. Poor Fee tried to tell her that no, her glasses were perfectly fine.'

'Good grief!' Lou exclaimed under her breath as JD shook with laughter.

'By this time Jordy was glaring, and Fee took her sister's arm trying to head her for the door. Joanie's a little thing and a puff of wind would normally blow her away, but she became the immovable object. Well, said Joanie, I find that intimidating. One of Jordy is frightening enough, what with that ring in her eyebrow and that purple hair of hers, but two of them would just scare small children. Thankfully Jordy was speechless at that.

'A couple of us quietly apologised to Jordy, then we all tried to change the subject, all talking at once. Talk about bedlam!' Cyn blew out a breath. 'I had to sweep in with a plate of Nancy's cupcakes as a distraction. Joanie does love Nance's cupcakes.'

JD couldn't help herself. 'Did it work? The cupcakes I mean.'

'It did.' Cyn said. 'I'm always geared up to use the cupcakes as a diversion when Joanie graces us with her presence and throws any conversation into total confusion. And watching the gleam in Joanie's eyes makes me wonder if she does it on purpose. What do you think, Lou?'

'Nothing coherent,' said Lou dryly.

Cyn winked at JD. 'Promise me, Lou, if I ever get like that, just shoot me.'

JD looked across at Lou and she had collapsed back against the couch.

'Why do you never have a gun when you need one,' she murmured, and JD's heart swelled at the fond expressions on Cyn's and Lou's faces as they looked at each other.

JD hoped they'd think her tears were the result of laughing so much.

CHAPTER 20

The Canberra Eisteddfod weekend was a major yearly event on the Baxter calendar. Em's school choir had been runner-up last year and they were hopeful of taking out the top prize this year. Brodie's choir was competing for the first time and the sisters were excited.

Lou was working on Friday when the bus left for Canberra so Cyn went along with the girls. JD was committed to attending the soccer game on Saturday morning. She assured herself that was why she decided to stay home. It wasn't so she could be with Lou. Lou still wasn't completely mobile, she justified.

After the soccer game on Saturday without the family around her, JD returned to an unsettlingly empty house. Cyn, Brodie and Em had left for Canberra on the choir bus yesterday afternoon and Deanne was at the bookshop. JD tried not to be disappointed that Lou had accepted an apparently last-minute lunch invitation from a couple of workmates.

When they had started talking about the eisteddfod

weekend a few days ago JD was sure Lou was relieved Deanne would be with them so they wouldn't be alone. She admitted she was hurt but she had resigned herself to it. After all, Lou had said she needed time.

Then Deanne came home on Thursday night full of excitement. Maddie's girlfriend, Roxy, and her band, had picked up a week's gig in Adelaide and Maddie had decided to go with her for the weekend.

'She'll be back Monday morning and she's leaving me in charge of the bookshop,' Deanne said, so obviously pleased. 'Mish is going to help out and Maddie said it would be easier if I stay in her flat over the bookshop.'

Lou frowned. 'Deanne, it's wonderful she's trusting you but—'

'Mum.' Deanne held up her hand. 'I know what you're going to say, and no, I won't ask Josh to come over. I'm just looking forward to having a weekend of peace and quiet after this full-on household. I plan on getting lots of study done in between working.'

Cyn snorted and they all turned to look at her. 'Such a good idea staying at the bookshop. You won't have to fight the traffic to get to work.'

Brodie laughed. 'What traffic, Gran? She always cuts through the back way and she misses the city centre gridlock.'

'Still, great opportunity to study,' Cyn added blandly as Lou gave her a meaningful look.

'I wasn't thinking about Josh Jones,' Lou assured Deanne. 'I think he's a nice responsible young man.'

Josh Jones. JD recognised the name. 'The policeman who was with Missy's niece the night…'

'Yes,' Lou put in quickly. 'He's a good friend of Deanne's.'

She turned back to her daughter. 'As long as you ask Maddie's permission to have any friends over. It's Maddie's home, after all. With respect to Josh visiting, I'm quite confident we've covered everything with respect to sex and all it entails.'

'Mum!' Brodie and Em groaned together. 'Please!'

'And we don't need a refresher course,' Brodie added quickly and frowned at Deanne.

JD coughed to cover a giggle.

'No need for anybody to even think about anything like that, thank you,' Deanne said succinctly, her cheeks rosy. 'Josh and I are just friends. Anyway, he's on duty this weekend.'

JD had slipped into the kitchen and started serving dinner as they continued to tease Deanne. She'd had to quell her racing heart. So she *would* be alone with Lou after all. That would be pleasure and pain.

She needn't have worried because with everyone gone, and now Lou lunching with friends, JD ate her sandwich alone. She sighed. She had a sinking feeling Lou was avoiding her.

Last night Lou had retired early, saying she was tired from what had turned out to be a full-on day at work, so JD had watched a couple of mindless TV shows alone before going to bed herself.

How she'd wanted to go to Lou and… And what? Lou had asked for some space and JD knew she had to respect that.

She'd tossed and turned, and told herself it wasn't just about wanting to kiss Lou, hold her close, run her hands… Okay, so it was mostly that, she admitted as she sat up and plumped her pillow for the umpteenth time. It was also knowing this was the ideal time to confess the truth to Lou.

It continued to weigh on her conscience, especially since her meeting with Mac and her boss.

She wouldn't have to tell Lou everything, she decided again. Just the basics she'd been going to tell the police. Who she was. Where she was from. How she'd needed a new start and had no reason not to be moving on. This weekend, alone with Lou, would be the best time, if only Lou would give her the opportunity.

This morning, decision made, JD was up early, grabbed a quick breakfast, and set out for the soccer field to help Missy set everything up for the game.

At least Lou had come out to say goodbye before JD left. That's when she told JD she was meeting up with some work colleagues for an early lunch, and then they were giving one of their nursing friends a baby shower in the afternoon.

JD swallowed her disappointment and admired the gaily wrapped gift sitting on the breakfast bar before heading outside to Cyn's Camry. Lou had looked like she wanted to say something more but she'd simply said she hoped the team did well.

And they had, considering three of their regular players, Em, Zoe and Bronte, were competing in the eisteddfod in Canberra. Missy said it was a good opportunity to give some of their substitute players a run. They'd won 2-1 in the last couple of minutes when an impressive shot from Lissie found the corner of the net. Lissie had been ecstatic.

All in all, the soccer morning had been a little unusual. Firstly, there was no Baxter family encouraging their team. JD couldn't get used to that. It made her realise how often she looked up at them in the stands. Seeing Mac Donovan there had given her pause, too.

She also missed watching the trio of Em, Zoe and Bronte

on the field. As Missy encouraged her young players she paced up and down with more vigour, something JD wouldn't have thought was possible.

At halftime JD had automatically glanced into the stands to see Mac was seated with her stepson, Jamie, and an attractive woman with fair curly hair.

'Mac's brought her wife, Liv, along,' Missy told her, following her gaze. 'She's usually tied up with something at the school. She's a lovely woman and a popular teacher. My nieces and nephews love her.'

'You have more besides your niece the policewoman?' JD had been redoing the ponytail of one of their stand-in players who was a ball of nervous energy. She sent the young player along to get her half-time orange juice.

'I've got six siblings and they're all pretty prolific.' Missy laughed. 'Covering for me, the only childless one. I, however, have the best role. I love them all but can hand them back to their respective parents when I want to.'

From the stand Jamie Murray waved enthusiastically at them and they spontaneously waved back.

'Now if I could have been guaranteed a couple of young Jamies I'd have given a serious thought to motherhood.' Missy chuckled. 'You know young Jamie came up to me before the game and told me he was here so he could support his friend Lissie because she had to play today without Em, Zoe and Bronte.' Missy shook her head. 'Quite a kid, hey?'

JD thoroughly agreed. She looked back at the stand and caught Jamie's eye. She took her yellow Lego wallet from her back pocket and smiled as she waved it at him. He grinned, raised one fist in the air and jumped up and down excitedly until Mac steadied him and got him to sit down. Both Mac and Liv were smiling, too.

A shiver ran up JD's spine. That aside, ever since she'd noticed Mac in the stands she had had an uneasy feeling, a tightness in her shoulders, feeling Mac's eyes on her. The disquiet had been helped along knowing Mac had seen her working with the girls before the game, before she'd known Mac was there.

With Mac's presence it hadn't taken much to let herself be drawn back to the field in the Sydney suburbs, see herself running with the ball, focused on her game, shutting out everything except a younger Mac's enthusiastic encouragement.

Well, she was relatively safe here now and she wasn't that skinny young girl anymore. But in the time she'd spent with Mac back then she'd been able to forget her fear for short moments and see there could be another existence. There hadn't been, but her remembered interactions with the young policewoman had given her a brief respite from what was her life.

Here, now, was that other existence. Did it have to be so fragile?

With a sigh, she cleared up after her quick lunch and decided to fold a load of laundry she'd done yesterday. The Baxter family laundry built up at an alarming rate and she'd just started sorting another load to go in the washer when the doorbell rang. She paused and tensed as she always did at sudden, unexpected sounds, momentarily poised for flight.

Taking a calming breath, she walked quietly down the hallway and peaked around the wall towards the door. All the while she told herself she was being ridiculous. She was safe here, she reminded herself, and it was probably someone trying to sell something. Besides, she knew the outside security door was locked.

She walked up to the door and opened it cautiously, surprised to see Mac Donovan herself standing there, as though JD's previous thoughts had conjured her up. Her heartbeats racked up a notch and she told herself to stay calm. If Mac had been going to recognise her she would have already done so, wouldn't she?

Mac smiled and looked around at the house and the recently clipped front hedge. 'I've always liked Lou's place. It has a real welcoming air about it. I'm actually compelled to look at it every time I drive by.' She turned back to JD. 'Anyway, I thought I'd drop in and see how you were after the boss's revelations a week or so ago.'

'Oh.' JD paused. Had it only been, what, ten days ago? Time seemed to race past when she was enjoying her new life. It hadn't been so before with a job she heartily disliked and the disquiet of her relationship with Lucia.

She took a shallow, calming breath. Now she'd made up her mind, was committed to telling Lou the truth, she thought the weight of her deception would dissipate, but it hadn't. The fact that there were so many other people she'd eventually have to tell only added to it.

Mac was one of them. *If she was going to recognise you she would have already,* she told herself again. 'I'm okay. But it's nice of you to think of me.'

'It was obviously quite a shock last week but honestly, we couldn't see you were involved.' Mac shrugged. 'Had to check out everything to do with the investigation though.'

Investigation? JD felt a stab of renewed apprehension before she told herself they would have to follow up on the discovery of the drugs. She'd just have to hope their inquiries wouldn't lead them anywhere specific. 'No further news?' she asked, feeling the question would be expected of her.

'Nothing much.' Mac shook her head. 'Lou not home?'

'No. She's at a baby shower.'

'Ah.' Mac nodded. 'That's right. Sarah's pregnant.'

Cyn was so right. Everyone did know everyone else here, at least in their circle in the city.

'Can I come in for a minute?' Mac was still smiling easily.

'Of course. Sorry.' JD reached out and unlocked the door. 'I should have asked. I was just…' *Pull yourself together,* she admonished herself. 'Would you like coffee? Or tea?'

Mac stepped inside and locked the security door behind her. 'I'd love a coffee. Thanks.'

JD turned and Mac followed her into the kitchen. She slid onto a stool at the breakfast bar as JD switched on the machine and took out two coffee pods. Watching the machine meant she didn't have to look at Mac. She'd have to eventually of course. Social convention decreed it. It would be rude not to.

'This old house is as beautiful inside as it is outside, isn't it?' Mac said casually enough. 'Always love the atmosphere homes give off. And this place has it in spades.'

'Yes. It's lovely. You've been here before?'

'Mmm. I had a stint in hospital myself a couple of years ago and I got to know the doc and Lou quite well. Our kids all go to the same school and our daughter and her girlfriend worked with Brodie up at the hospital. My wife, Liv, and I consider Lou and her family to be good friends.'

Missy had told her the attractive woman that was with Mac at soccer this morning was her wife. She couldn't say she was surprised Mac was a lesbian. Had she sensed that back when she'd had a ten-year-old's crush on her? She was being fanciful. At the time she hadn't realised she was a lesbian herself, hadn't had a name for her feelings. Not until she'd kissed Lucia years later.

'A nicer family you wouldn't find,' Mac was saying.

'I totally agree.' JD didn't have to feign a smile as she turned back from the coffee maker. 'They're all amazing and I can't even tell you how much I appreciate them letting me stay here. I'm not sure what I would have done if they hadn't taken me in.'

She placed a second mug under the machine and glanced at Mac over her shoulder again. A momentary frown creased Mac's forehead, and another shaft of fear shot through her. Maybe this wasn't a social call, and Mac was here on official police business? Was she going to ask JD to leave? Had Lou—?

'You coming to stay was Cyn's idea, I hear,' Mac said lightly enough. 'Now, Lou's mother is a character, isn't she? Although Cyn's a little younger than my grandmother was, they were great friends before my grandmother passed away. Both were always huge supporters of the CWA.'

'Cyn makes me laugh,' JD said as she passed Mac her coffee. 'Milk? Sugar?'

'Milk, thanks.'

She opened the fridge, added milk to Mac's coffee and her own. Then she set out a couple of Anzac biscuits she'd made the night before last with Em's enthusiastic help. They were JD's, the whole family's favourites, since Em brought the recipe home from a cooking lesson at school. Em had been so excited about the upcoming trip to Canberra JD had suggested cooking the batch of biscuits to distract her.

Mac took a biscuit and picked up her coffee, sipped it, then murmured her approval as she bit into the biscuit.

'Now that's delicious. Love them crisp with a hint of chewy.'

'Would you, um, like to sit in the living room?' JD suggested, feeling something of a fraud. It was Lou's house, after all.

'It's a nice fine day.' Mac stood up and looked out at the back yard. 'Want to sit out on the patio? I remember how lovely it is out there.'

'Yes. Of course.' JD crossed and slid open the glass doors and they moved outside.

She waited while Mac glanced around, at the nicely mown lawn with its soccer net, the native trees, and the flutter of a group of fairy-wrens, the dowdy-coloured hens and the showy vivid blue males, darting busily. JD loved the peacefulness of it, the joy of kicking the ball around with Em.

With her nerves jangling she almost sat on one of Em's soccer balls. Putting her drink on the small table between the chairs she picked up the ball and turned, about to set it back on the deck. 'Ah, Em was practising yesterday. She must have left it here.' Her voice faded as Mac looked from the soccer ball to meet JD's gaze.

There was something in Mac's eyes, her expression...*Oh my god! She knows!*

The thought hit JD like a blow, and she froze. No! Please no! The words screamed inside her. She wasn't ready for this. Recriminations filled her.

What had possessed her to leave that particular piece of paper with Mac Donovan's name on it in her jacket pocket anyway?

She'd delved in her backpack as she sat waiting for Eddie to fuel the truck in Canberra. He'd just mentioned he had a drop-off here and she'd recognised the name of the town, had taken the old envelope out to check it.

She had wavered, trying to decide what to do. Should she part ways with Eddie there? Look for… As she'd clutched the paper in her hand Eddie had returned and she'd only had time to shove it in her jacket pocket.

She was ridiculous! she'd shouted at herself as Eddie pulled the truck back onto the highway. Had she even thought she might— Only a fool would hang on to a memory that was nearly twenty years old. And how reliable were those memories, that memory, anyway? How much had she embellished the reality of something that happened when she was barely ten years old, afraid of everything.

Her mind was filled with a vivid flashback. As she lay in her hospital bed feigning sleep she'd listened to the conversations around her. The doctor was there and the nurse, her nurse with the wonderful voice. Lou Baxter.

Two more people had joined them. She'd even opened her eyelids enough to get a look at them as they stood by her bed. The newcomers were both tall women, and both had short hair, one greying, the other fairish. The older one wore a police uniform. Police? That had frightened her.

Then she'd focussed on Mac Donovan, and recognition hit her. If she'd been physically capable she'd have sprung from the bed and escaped. What would it mean if Mac recognised her, connected her with her father, with the Radics? But she wouldn't…

Her machines had beeped and Lou had taken her hand, gently reassuring until the beeping slowed.

That night she'd recognised Mac Donovan immediately, even after all these years. She was older of course, they both were. She'd stayed still as Mac and the policewoman were talking quietly.

She watched Mac studying her, saw her shake her head again. 'No. I'm afraid I don't recognise her,' she'd said softly, and then stopped and frowned. 'I don't think so, anyway.'

Relief had washed over her, she remembered that.

'When were you last in Queensland?' The older woman's softly spoken question had drawn Mac's attention again.

They thought she came from Queensland? A little of her tension left her.

She'd heard Mac say it was at least seventeen years ago, that she must have been a child. And then Mac had said something that made her blood run cold. She said she'd worked with the Police and Citizen's Youth sports program, and she'd looked at JD again.

After long terror-filled moments she'd swallowed another murmur of relief when Mac repeated that she didn't think she knew her. Someone, the older policewoman, the Superintendent, had said to the young angel they wouldn't want family learning of the accident via the media. She'd had to bite back a laugh at that. As if her father in his jail cell would have had a thought for her. Maybe Lucia would have, but not her family.

They'd gone on to discuss her injuries, and Mac had asked if she had been conscious long enough to tell them her name. Her nurse had told them no. Lou. That's when she'd first heard her name. Later Cyn had told her it was short for Louisa. Even then, in her fear and pain, she'd known she was drawn to her guardian angel. To Lou.

And the policewoman had told Mac something might come to her when she least expected it. Now, in the peace and quiet of Lou's back garden, it seemed that time could have come.

Did Mac really know? After all this time? JD had completely frozen as that scenario flashed across her mind. The air about them seemed to hum and JD wished she wasn't so unsure, that she could gloss over it, believe Mac's visit was purely social.

Mac stood up, took the soccer ball from JD's hands and tossed it up in the air a couple of times. Then she passed it to JD who caught it reflexively. She held the ball to her chest and couldn't look away from Mac.

'You remembered?' Her voice was just above a whisper and Mac nodded.

CHAPTER 21

'I didn't until after the soccer match this morning.' Mac sat down and motioned JD into the chair beside her. 'I had lunch with a friend of mine, Tanya Wainwright, a few days ago. She's an Army Nurse and we were lucky enough to be training in Sydney at the same time. Years ago. I asked her if she had any idea where I might have met you and we went through our memories.' Mac smiled crookedly. 'We both agreed they were the best couple of months.'

'How did you remember?' JD asked, resigned, part of her filled with relief, the other not able to completely banish the apprehension.

'It wasn't straight away. With Tanya. She just reminded me I'd become pretty invested in working with the kids at the Police Citizens' Youth Clubs. We decided that was the most likely place I'd met you.

'We both took on teaching different life-skills there. I worked with the sporting teams. But I also did a little cooking as well. They must have been desperate letting me loose in the kitchen.' Mac gave a laugh and then paused. 'But my main job was working with the soccer teams, all ages, six to sixteen. There were lots of teams, boys and girls. They were low socio-economic areas, and the PCY were doing a great job.'

JD nodded.

'Then this morning Jamie wanted to show the team some support while a few of their players were in Canberra. Liv was able to come too, so we went to the game. I was watching you with the girls warming up.'

'I just kind of help out. I was usually there dropping off and picking up Em anyway. Lou was at work and it meant Cyn didn't have to rush around. I just slipped into it. Proximity, I guess.' JD swallowed. 'How did you…? It was so long ago.'

Mac nodded. 'You were younger than Em and her friends are now.' She shifted in her chair.

JD's brain seemed to have shut down. She should be valiantly searching for a way through this, an escape. But honestly, she didn't want to go. She wanted so desperately to stay. They were the only words that seeped into her mind. Her new world was threatening to crumble. And she wanted to cry.

'You know, when it came back to me, I remembered thinking at the time you could have become a professional soccer player,' Mac said and took a sip of her coffee. 'You had that certain something. I saw it back then and when I watched you with the girls before the game and at halftime, something chipped away at me.

'We went out for lunch afterwards to the Rose Garden Tea Rooms, Liv's favourite place. I was relaxed, gazing out over the roses, and it suddenly came to me. So clearly.'

Then Mac said her name, a name she hadn't heard in so many months. It sounded almost alien.

'So how long have you had your memory back?' Mac asked almost gently, and JD couldn't meet her eyes, made no comment. 'Ah.' Mac sighed softly when JD was silent. 'You never forgot?'

'I...' JD felt panic rise up in her, but it had nowhere to go. 'Yes,' she said flatly. 'I just…'

'Why?' asked Mac.

She raised her hands in surrender and let them fall. 'It was easier.'

'You *are* running from something then?' Mac said after long moments.

'I guess…' She swallowed. 'I am.'

'And would I know about this something?'

'Know about—? No!' JD said quickly. 'No, it's not what you think.'

'What do you think I think?' Mac parried and she looked at Mac then and sighed.

'I'm not a criminal, if that's what you're thinking. I swear I'm not.'

'All right. No rap sheet I take it.'

'No. And no arrest warrants.'

'So?'

'I just hated my life. And I needed… I wanted to get away from it. Start afresh. I didn't want to be me, that person, anymore. I still don't,' she added softly. 'I just want to be JD.'

'Don't you have a family who must be worried about you? Someone who cares about you? In Sydney, I presume?'

'There's no one.'

Mac frowned. 'I remember I met your mother. We talked a lot about you. And your sister. I can't remember her name, but I seem to think she was a lot younger than you, about two or three.'

'Natalie.' JD said. 'Her name was Natalie. And there's no one now.'

'Now?' Mac paused. 'Want to tell me what happened?'

JD shrugged. 'I don't know where to start.'

'So how about starting with what happened to the promising young soccer player after I left.'

'Just what you said.' She tried to keep the accusation out of her voice. Mac's encouragement, the first positive thing that had happened to her in her life, simply stopped. 'You left.'

There was a long moment of heavy silence.

'I had to come home. I'd just finished my course when my best friend rang to tell me my grandmother had been taken to hospital. I did try to find you to say goodbye, but I left a note at the office for your mother with my address on it if she ever needed to contact me. The envelope you had wasn't in my handwriting, so she must have got my message. She didn't tell you?'

JD shook her head. 'I didn't find your note but I think she might have started to write to you because I found that addressed envelope in her things. There was only the envelope though.'

'Your mother passed away?'

'Yes. Years ago. She just gave up, I think.' She looked at Mac and then down at her hands. 'My mother's health... She was never very well. I guess you probably knew my parents' marriage wasn't exactly made in heaven.'

Mac nodded. 'I suspected as much. Your mother was,' she paused, 'her demeanour was almost timid. I never saw your father. I don't think he came to the youth club.'

'He didn't. Not while you were there. He... My mother

was terrified of him. We all were,' she added bitterly. 'He was always a sadistic coward.'

'Is that where those scars on your back came from?' Mac asked softly and JD looked up, resigned.

'Yes. My father. You…? You saw them then?'

'I haven't. Dr Andrews told me about them when I was trying to work out how I'd have known you. She suggested that you might have been an abused child, that that could have been how our paths might have crossed. But I've never worked in that section of the police force. That takes special people.'

JD grimaced. 'Did Doctor Jen tell everyone?'

'Of course not,' Mac assured her. 'Just Superintendent Alston and me. Lou probably knows.'

She hadn't mentioned it. JD sighed. 'As I said, my father loved throwing his weight around, especially with those smaller than he was. And he loved his belt. And not where anyone would see the results.' JD shook her head as a phantom pain crawled over her back at the memory. 'My mother and I tried to shield my sister and mostly we did.'

'At what cost,' Mac said, her voice tinged with controlled anger. 'So why stay with him?'

'I have asked myself that, but the only answer I can come up with was that was the way he was, and that was all we knew. And also we didn't know there was anywhere we could go. Many times I wanted to just pack up and leave but my mother didn't want to go. I couldn't leave them.' She sighed. 'Anyway, my sister… Natalie became a little wild,' JD said carefully, choosing her wording. 'She got mixed up with the wrong people and I tried…' She felt the sudden coolness of a tear on her cheek and wiped it away. 'I failed.'

Mac handed her a tissue from her pocket and JD took it

and thanked her. She pulled herself together as Mac sat silently waiting for her to continue.

'She died, of an overdose.' JD gave a bitter laugh. 'She was murdered. Her boyfriend,' she almost spat out the word, 'might not have put the needle in her arm but it was all on him. He got her started on it and he sabotaged everything we did to get her off them.'

'I'm sorry to hear that,' Mac said with quiet sincerity.

'She was found…' JD paused as a wave of pain washed over her. 'I found her, alone, near death, in an abandoned building used by squatters. I called an ambulance but they couldn't save her. It killed my mother. Her boyfriend got off scott free. Then, my father was arrested and convicted of drug dealing.'

'Your father supplied your sister's drugs?'

She shrugged. 'He might as well have. He worked for Natalie's boyfriend's family. I should have known… I probably did but I don't think I let myself look too closely.' The guilt still ate at her. 'So when my father went to jail I went to live with a friend's family and,' she shrugged again. No need to paint the full picture, her couple of years simply shutting out everything that had happened. And then her agonised acknowledgement of it all. 'Eventually I just wanted out. To get away. That's why I left. I was hitching a ride with Eddie and here I am.'

'Why didn't you contact me when you first came across my address?' Mac asked.

'I didn't know until last year when I found that envelope that you'd left your details with my mother. Our old neighbour passed away and his daughter rang me to tell me there was a box in his shed with my mother's name on it and did I want it? My mother must have given it to the neighbours for safe keeping. There wasn't much in it.

Marriage certificate. Birth certificates. That sort of thing. And the envelope with your name on it. That's all I brought with me. I left the rest behind.'

'You were going to contact me then?'

JD paused again. 'I don't know. I was just kind of moving around and when Eddie told me where his next drop-off was I remembered you lived here. At a petrol station I took the envelope out of my backpack and shoved it in my jacket pocket when Eddie came back.'

Silence fell again.

'Are you going to tell?' JD got out at last.

'I suppose I should.'

If she did and Lucia's family found her… If her name got into the police system, they had informants everywhere and… She couldn't prevent the momentary fear that clutched at her, and Mac paused.

'Is there something you aren't telling me?'

'My father has friends,' she said softly.

'And that's a problem?'

She shrugged. 'Maybe I don't want to put it to the test.'

Mac was watching her carefully. If JD just left? If she asked Mac to forget…? She knew that was putting Mac in a bad position and Mac didn't deserve it. And what about Lou? Was it fair to let Lou think she'd simply moved on?

Maybe Lou would see it as an answer to whatever this was between them. A solution to all problems. Pain clutched at her.

'I'd already decided to tell Lou,' JD admitted to Mac. 'This weekend, while everyone's away. I know she deserves to know. I've felt awful keeping it from her when she's been so kind, opened her home to me when she didn't have to, when she had no idea who I was.'

Mac was watching her still and guilt clutched at her

again. 'I haven't done anything unlawful, Mac. I swear,' she said earnestly. 'I didn't know about Eddie and the drugs, or I wouldn't have stayed riding with him. He just seemed like a nice, average guy, and I got no bad vibes from him.'

'That's pretty much what the Boss and I concluded. They, Eddie and his wife, were struggling financially to pay for what was his wife's life or death medical treatment. Doesn't condone the fact that he chose to deliver the drugs of course.' Mac shrugged. 'But the guy obviously cared about his wife.'

'What will happen to her now? His wife.' JD asked. Her heart went out to the woman who now had to face her dire condition on her own.

'The boss made a lot of phone calls and set her up with an organisation in her area that's going to help her out. There are some amazing groups if you know where to find them and the Super's an expert at sorting them out. As a boss, the Superintendent is the best I've worked with in a long time.'

They fell silent and JD was surprised that part of her numbed brain registered that the leaves still rustled in the breeze and various birds continued to chirp.

'You will have to tell her, won't you?' JD said, resigned. 'The Superintendent.'

Mac nodded. 'I will.'

'When will you tell her?'

Mac's gaze met hers.

'I mean, can you wait?' JD took a deep breath. 'Until I tell Lou. Maybe until Monday.'

Mac ran a hand over her jaw line and then she shrugged. 'I don't suppose another few days will matter in the scheme of things.'

'Thank you.' JD struggled to get the words out around

the lump in her throat. 'And I *will* tell Lou. You have my word.'

'You know, part of me can understand why you wanted to change your life.' Mac paused. 'Did you ever tell anyone about your father, the way he treated you?'

'No. It would only have made it worse back then.'

'Did your mother ever try to put a stop to it?'

'Not really. I'm pretty sure he'd already broken her spirit, probably before Natalie and I were born. She wasn't supposed to have any more children after me. When she had my sister it was a difficult pregnancy and birth. It was touch and go, with both of them.' JD gave a derisive laugh. 'Our neighbour told me that, years later. My father never gave my mother any sympathy. I suppose I thought it was up to me to protect Mum and Natalie where I could.'

Mac bit off an exclamation of disgust. 'Cowardly bastard,' she murmured.

'No argument from me.' She paused. 'It stopped though,' JD said coldly. She slid a sideways glance at the other woman. 'I almost killed him,' she admitted flatly. 'There was just a split second in it.'

Mac was looking at her expectantly.

'After my sister died my mother…' JD shook her head. 'Her health kept deteriorating before my eyes. We were both so devastated. And he didn't seem to care that Natalie… She was such a pretty, effervescent kid.' JD had to drag herself out of the past. 'When she died I could feel myself unravelling.'

'That must have been harrowing.' Mac said gently.

'Our life was like a play we all kept re-enacting. I would stand there waiting. I'd learned not to run. It was worse if I did. My mother would whimper, feebly ask him to stop. Natalie would cower behind me. And he'd slowly undo his belt buckle, zip the belt out of his belt loops, double it over and...' JD took a deep breath. 'A few days after Natalie died, I snapped.'

Once the crack in her protective wall appeared, it all came out. 'He shoved my mother because she wasn't doing something he thought she should be doing, and she fell against the wall. I think she momentarily lost consciousness because she didn't move. I thought she was dead too. I called him…I can't remember what I called him, but they were the worst names I could come up with, and he turned on me. His hands went to his belt, and I literally saw red, as though a curtain of blood dropped over my eyes.

'We'd been about to start making dinner and the flying pan, a heavy old one, was there. I picked it up and I flew at him, took him by surprise, and I hit him, twice I think. He fell onto a chair and I went to hit him again. I knew I wasn't going to stop.' JD felt a surge of renewed horror, at what she could have done.

'My mother must have struggled to her feet because she grabbed my arm and held it back and kept telling me he wasn't worth it. He's not worth it, she kept saying.' JD gulped shallow breaths at the memory. 'Lucky for me, it brought me to my senses. Because he wasn't. Worth it, I mean.'

She looked quickly at Mac again. 'He got up, swore at us, kicked a couple of chairs over. I screamed at him, told him never to touch us again, that I'd call the police. I remember feeling so, almost formidable. And fearless.'

'He didn't retaliate?'

'No. At that time I don't think I even contemplated he might. You know I always thought my father was a big man but in that moment I saw him as he truly was. He was only a few inches taller than I was. Thin. Just, well, small.' She drew herself back from the past.

'I'm not sure if the threat of the police did the trick or the fact that the neighbours called out to ask what was going on. I'd been pretty loud, I guess. He left and I don't think we spoke to each other again. He came back but,' JD shrugged. 'He left us alone.'

'Now he's in jail?'

'Yes. For multiple offences. Possession and dealing drugs which they discovered when he was arrested for manslaughter. He was involved in a brawl in the city and they had clear CCTV footage of him king hitting a guy who later died.'

'And your sister's boyfriend?'

'They arrested him later. Drugs.' JD didn't tell Mac she'd been the one to inform on him. 'Justice was partially served,' she added bitterly.

Mac sighed. 'I'm sorry you had to go through all that.'

JD nodded. 'It took me a while to get into a place where I recognised I had to get away from it all, find a new life.' Lou's lovely face flashed into her mind, and she fought the urge to cry. How she'd grown to love this new life and all it meant. Lou. Cyn. The girls. Oh, Lou. Her hand went unconsciously to her chest until she realised what she was doing and dropped it back to her lap.

'You know you can have a new life here,' Mac said softly. 'If that's what you want.'

For a moment JD let her heart swell with hope. 'I hope I can but, I suppose it will depend.' Her gaze fixed on her fingers, now clasped together in her lap. 'I'll understand if Lou, when I tell her, if she wants me to leave.'

'I've always found Lou Baxter to be an understanding woman,' Mac said, and JD gave her a sad smile.

'I know she is. But this is her home. Her family.' JD shook her head and Mac sighed.

She reached over and patted JD on the knee. 'Try not to worry about that. Just tell her what you've told me.' Mac stood up. 'I'd best get back. Ask for me again at the desk when you come into the station on Monday, and we'll go and tell the Super together.'

And then Mac left.

CHAPTER 22

Alone now, JD returned to the back deck and sat staring at the tranquillity of the garden. How she would miss this if she had to leave. She felt conflicted, wavering between numbness and relief that the dark cloud of it wasn't hanging over her head anymore.

There was a heaviness in her chest though, at not knowing how this was going to play out. She shouldn't be surprised. Hadn't she expected this would happen? Now it was time to face the situation that was wholly of her own making.

The sun was hanging lower in the sky now and she sighed and went inside. Time to think about dinner. She had planned to cook something special for the two of them but with Lou spending lunch and the afternoon with friends JD knew she wouldn't be looking for a big meal. In fact, she may not even be home for dinner. She hadn't exactly said.

Maybe a garden salad, with chicken strips, and the dressing JD mixed that Lou particularly liked. She had barely started washing the lettuce when Lou's car turned into the driveway. JD felt a rush of pleasure, followed by anxiety that the time for her *tell-all* was drawing ever nearer. She'd given Mac her word.

She slowly dried her hands and stepped up to the breakfast bar as Lou appeared. 'Hi,' JD said, her cheeks feeling a little warm.

Lou looked lovely in her dark slacks and a simple steel grey silky blouse that she'd loosely tucked in at the waist. She'd folded the cuffs of her sleeves back halfway to her elbow and the top couple of buttons were undone showing a moderate amount of cleavage. Her hair was caught up in a loose messy bun and the colour of her blouse brought out the grey of her eyes. Her wonderful lips curved up into a smile.

Stunning, JD thought. And hot.

'Our team clocked up another win, hmm?' Lou said, her smile widening, as she slid onto a stool at the breakfast bar.

'You heard?' JD had been going to text her the score but didn't want to interrupt Lou's lunch. 'Good news travels fast then?'

Lou laughed softly. 'Some modern-day bush telegraphing it seems. Lissie texted Em about her winning goal and Em passed the message on to me.'

'The girls were so excited. It happened in the last minutes and Lissie's Mum caught a video of it on her phone. They'll be all fired up to show you.'

She held up her own phone. 'Oh, I've already seen it and it was a great shot. The general consensus is it was all due to you. Lissie, in fact all three girls, were convinced you had taught them that technique.'

'Really? I don't think so.' JD felt herself flush. 'I just encourage them where I can. Missy does all the training.' JD needed a change of conversation. 'So, would you…? Um, what do you feel like for dinner?'

Lou groaned. 'Not much. We had a great lunch and then we seemed to be nibbling goodies all afternoon at Sarah's shower.'

'I was going to make a light chicken salad. How does that sound?'

'Great. Small serve though.' Lou looked at JD, then away again. 'I'll just have a shower and change into something more comfortable.' She flushed slightly and was gone.

Something more comfortable? Oh, God! JD reined in her wayward imagination and forced her concentration back on the salad. Lou returned wearing comfortable old jeans and a soft green and grey flannel shirt.

They sat at the breakfast bar eating their meal and the conversation revolved around the soccer match and talk of the other choirs in the eisteddfod. A string of texts flowed between Em and Brodie and their mother. JD had been called upon to tell Em in detail about the highlights of the match from her point of view. Then Cyn had given Lou a review of the afternoon's recitals and declared their choirs were going to blitz the competition.

'How was the baby shower?' JD asked as they finished cleaning up the kitchen.

'Fun. I hadn't been to anything like that in, well, I can't remember the last time. Sarah got some lovely gifts. A couple of cute outfits, in blue because she's just found out she's having a boy, a half dozen cuddly toys, and lots of practical things like baby soap and shampoo and an entire box of nappies.' Lou sighed. 'Sarah and her husband are ecstatic about the baby as they've been trying for a family for a couple of years.'

'That must have been stressful,' JD acknowledged. 'Cyn

was telling me one of Nancy's granddaughters and her husband have had all the tests and they can't find any reason why they haven't fallen pregnant. Nancy thinks if they were each married to different people they wouldn't have had any problems.' JD grimaced. 'Cyn says Nancy isn't fond of her granddaughter's husband.'

Lou gave a quick laugh as they automatically retired to the couch with cups of tea, Lou at one end, JD at the other. Very circumspect. JD's heart seemed to be throbbing in her throat. Now was the time to tell Lou.

She'd considered a couple of ways she could open the conversation but right now those thoughts were just a mess of words swirling in nervous looping spirals.

'Have you ever…? I mean you don't remember ever thinking about…?' Lou stopped, and heat rose in her cheeks.

'About?' JD asked, drawing her mind back from its tortured thoughts.

'Um, maybe having a family of your own,' Lou finished and JD blinked in surprise.

She hadn't. And she couldn't remember ever discussing it with Lucia. The only children she'd had any interaction with had been Lucia's brother's families. She'd kept herself slightly apart from them, easily done as Bart's and Duke's wives hadn't been all that interested in her. And she'd had no wish to become any more involved with the Radics than she had to be.

Involved? She almost laughed at that thought. It was ludicrous really, considering she was sleeping with the daughter of the family. If you could describe the time she intermittently stole with Lucia as anything other than friends with occasional secret benefits, one Lucia had never acknowledged could be anything more than that. Calling it involved was a stretch. Perhaps when they were teenagers it had been, but things hadn't been the same between them for a long time.

'You mean have children myself?' JD shook her head. 'No. I don't think so.'

Lou nodded and sipped her tea. 'I'm sorry. That's too personal and I shouldn't have asked, what with you not remembering and, of course, preferring…' She swallowed.

'Women?' JD finished for her. 'Preferring women is, well, me.' She gave a small shrug. 'I know that's how I feel,' she said and held Lou's gaze. 'One woman, actually.' JD almost didn't recognise her own voice. Low. Aroused. And the air about them thickened.

'Oh,' Lou murmured and exhaled an unsteady breath. She rubbed her hand over her eyes. 'I knew this, with everyone away, would be far too…' Her mug of tea was trembling in her other hand, and she set it down on the side-table. 'I was even going to go on to dinner and a club with my friends so I wouldn't have to…' she shook her head, 'to be alone. Alone with you.'

So Lou *had* been avoiding her. She'd suspected as much but she couldn't blame her. Still, there was that hurt again. 'But you didn't go with your friends,' JD said flatly and watched a jumble of fleeting emotions cross Lou's face. 'Can I say I'm glad you didn't?' she asked, part of her reminding herself she might not like Lou's answer.

Lou's expression softened. 'You know you can tell me anything. I just… Sometimes I simply over think… And I worry…' She took a breath. 'No, I didn't go out to dinner.' Lou bit her lip. 'I wanted to be here. With you,' she finished in a rush.

Oh! JD's body started to hum, burned where Lou's gaze seemed to touch every centimetre of her. Her pulse rate accelerated, and her thighs pressed together as her centre throbbed. Couldn't Lou see what she was doing to her?

It had been weeks since they'd kissed, those wonderful kisses. Since Lou had said she didn't want to rush into anything, and asked JD to give her time. That time hadn't changed JD's feelings towards Lou and her need to touch her again had not abated one iota. It was a constant.

Now she wanted to spring across the few feet between them, mould her body to Lou's and kiss her slow, erotic way down every wonderful curve of her. That want, that need, wiped everything else from her mind.

'Don't look at me like that, JD. Or I won't be able to…'

'Then don't.' JD did slide across until she could cup Lou's beautiful face with her hand. 'Please,' she said thickly and lowered her mouth to Lou's, kissing her gently, leaving her the option of pulling away.

But Lou didn't stop her. She gradually fell into that slow, craving kiss as she wrapped her arms around JD, pulled her impossibly closer. JD moaned as they delighted in each other's lips for heated, sensuous, time-stopping moments. Then their kiss deepened, tongues seeking, passion rising, and they were lost in each other.

When they pulled reluctantly apart they were both breathless.

'Lou,' JD said huskily. She slid soft kisses down the curve of Lou's neck, across to settle between her breasts in the open V of her blouse, murmuring her delight at the softness of her flushed skin, the taste of her. 'Let me make love to you?' she said against the pulse that beat erratically at the base of Lou's throat.

Lou's fingers slid into JD's hair as she held her fiercely against her. Then she lifted JD's chin so she could look into her eyes. 'I want you to. I want to. So much. But…I don't know if I can.' Her voice broke and she swallowed.

'We can take it slowly,' JD said, turning her face slightly so she could place a soft kiss in the palm of Lou's hand. 'As slow as you want to.'

'We can't.' Lou closed her eyes, and her lips trembled. 'I do want to, but there's something I need to tell you before…'

Something I need to tell you… Pain clutched at JD. No. She was the one who should be telling Lou. The need to confess warred with the arousal that still surged in her at Lou's closeness, her heat, every nuance of her. The words began to form but Lou spoke before JD could.

'I told you…Before… There's been no one since my ex-husband. Man or woman. There wasn't anyone I… Until now. That's what I wanted you to know. Until you,' she finished so softly JD only just heard her.

Raw emotion clutched at JD and tears welled in her eyes. She brushed them away, not taking her eyes from Lou. 'I want to be…Let me be your first, Lou,' JD said thickly. And your forever, she wanted to add, but her voice failed her as her feelings for this woman burned inside her. Then came the doubt. Did she have any right to want that?

Lou took JD's hand again, held it against her heart. 'You can't say I'm your first, JD,' Lou said just as emotively, and JD could only look back at her with heavy regret, wishing she could say she was.

Lou sighed brokenly. 'That didn't come out right. I didn't mean… I don't care how many partners you've had. It's not that. But don't you see, JD, that your first, that special woman, may be waiting and worrying about you?'

The truth trembled on JD's lips. There had only been

Lucia, and she cares enough to want me to share her with her husband, she wanted to say.

Lou smiled sadly. 'She's probably your age and...You deserve that. Someone who knows—'

'Knows? That she's a lesbian?' JD asked, confused, while part of her, in the background, repeated, tell her. Tell her.

'That too. A lesbian... I meant... Someone who hasn't already had a life, a marriage, a family...' Lou shook her head and JD put her finger on her lips.

'I love your life, Lou. And your family is incredible. As to the lesbian thing,' JD smiled crookedly. 'If you want to put a label on it, I think you do know you are, and who cares what age you are when you realise it. Some people go their whole lives without acknowledging it while some are born knowing. Memory or not, I know I am.'

'You think you always knew? That you were a lesbian?' Lou asked.

JD shrugged and gently raised Lou's hand, kissed it. 'I know now. And I know you do, too.'

Lou looked down at their joined hands. 'Once...' Lou whispered hoarsely, and then her words came tumbling out. 'Years ago, way before my colleague kissed me, I read a book that had a lesbian love scene in it, quite explicit, and it excited me. Not just the titillation of it but the fundamental revelation that made me re-evaluate. It started to fill in all the blanks in my life, led me to the terrifying thought that maybe this was why I was so unhappy in my marriage. I realise now that was only part of it but I contemplated telling James I wanted a divorce, and even why. It seemed only fair to tell him.

'But I had my two wonderful girls and they adored their father. They were small, weren't even at school, and I looked at them and I was horrified with myself. I couldn't get past how it would affect them, especially growing up in a broken home.'

'So you didn't tell him,' JD said, and Lou shook her head.

'I wasn't brave enough. I just told myself it was a dream, an illusion, and got on with raising Deanne and Brodie. Even when we broke up before Em was born it was more to do with James's job. He'd become so immersed in it he barely saw the girls.

'I accused him of being involved with someone else, my guilt driving me I suppose, and part of me wished he had been. He denied it of course because he wasn't and, to be honest, he had every right to be upset. He was indignant, hurt, and I was consumed by that guilt. It all escalated and we separated.

'The girls were always so happy when their father came to see them, and I allowed my mother-in-law to feed my guilt.' Lou let her head rest back against the couch as she continued to clutch JD's hand. 'And James talked me into giving our marriage another try, for the girls' sake. James is a very good lawyer. He was far more articulate than I was,' she added dryly and gave a hiccupping sigh.

'Your daughters are amazing young women,' JD said, her feelings in a turmoil, and Lou bit off a half sob, half laugh.

'I don't know how we managed that, all things considered.' She paused. 'When I kiss you, I feel like I've been waiting for you all my life. Yet I can't help thinking that... What if, for you, there *is* someone else...'

'I'm sure there isn't anyone else,' JD said as uncertainty clouded Lou's expression. 'Only you.' Tell her the truth, she screamed at herself again. 'There's only you,' she began, and her breath caught in her throat as she watched Lou's expression soften. 'Give us a chance, Lou.' Her voice broke as emotion overcame her.

Lou looked seriously into JD's eyes. 'I'm still not brave, JD,' she admitted softly.

'You are,' JD told her sincerely, the look in Lou's eyes erasing everything from her mind except the wonder that Lou could be as attracted to her as she was to Lou. And it only ignited her already burning arousal. 'You're the bravest person I know,' she said and had never meant anything more in her life. Who else would simply take someone in, knowing nothing of their past, who they were. 'And the most beautiful. Not just your looks, Lou.' She put her other hand over Lou's heart. 'You're beautiful here.'

'Don't, JD,' Lou whispered. 'Don't say nice things to me…'

'Why?'

'Because you melt me, make me want to…' Lou's lips trembled and she squeezed JD's hand, holding it as she had so often before. She softly kissed JD's palm and then released her. 'We have to be sensible. And if we were we'd stop,' she added uncertainly.

'Stop what exactly?' JD asked, her body burning with wanting Lou, barely daring to think that maybe… Lou's flush deepened. JD was so aware that Lou's heartbeats raced in time with her own, that she was breathing just as shallowly as JD was.

Lou waved a finger between them. 'This.' Her voice wavered.

JD gently took hold of Lou's finger and brought it to her lips, kissed the tip, sucked it gently for a moment. How could her body not respond as Lou's breath caught. She leaned slowly forward, put her lips to the curve of Lou's neck, moaned as she slid kisses over her skin.

'JD…'

'Please don't ask me to, because I don't think I can. Stop, I mean.' JD looked up into Lou's eyes, dark now, and she could have drowned in them. 'You're so, so beautiful,' she said sincerely.

'I'm too old for…' Lou's voice faded.

'For me?' JD returned to kissing Lou's throat, nibbled the line of her jaw. 'For this?'

'For this. And yes, for you,' she said thinly, although her fingers were back in JD's hair, refuting her words.

'No,' JD whispered as she moved her lips back to Lou's ear, teeth gently teasing her lobe. 'You're so not.'

'I'm nearly 40 years old.' Lou's breath caught in a gasp as she threw back her head, giving JD easier access to the curve of her throat. 'I'm divorced. I have three daughters. My mother… You're so much younger,' she finished, as though she'd told herself all those things so often the words came out automatically.

'You don't know how old I am.' JD let her lips nuzzle down to the line of Lou's shirt, fingers popping another couple of buttons. Her body was on fire. 'Do you know I could come with my lips just kissing you here,' she breathed between Lou's breasts and the sound Lou made was half moan, half sigh, all arousal. Glorious arousal.

'Please!' Lou drew a shuddering breath.

The sultry tone held everything JD needed to hear.

'Don't stop! Please don't stop.'

Those impassioned words ran all over JD, tantalising her nerve endings, making her skin prickle. She could see the jut of Lou's nipples beneath her thin shirt, and she slid her hand under the hem, up over her midriff again until she cupped one full breast. When she felt Lou's hardened nipple she teased it with her fingertips. Lou's breath caught and she arched against JD.

They strained to get closer, kisses heated. JD reached between them and unbuttoned the rest of Lou's shirt, pushed it open and gazed at her lace-covered breasts. She bent down and took one nipple in her mouth, sucking and nibbling through the semi-transparent bra.

The sound of their ragged breathing filled the room.

Somehow JD found the strength to stand up, and she reached out to Lou, taking her hand and pulling her up beside her. Their bodies moved together again, and they continued kissing, long, so exciting, breathtaking kisses that shook JD to her core. She'd never felt so turned on and those low, throaty sounds Lou made consumed her.

By mutual unspoken consent they moved down the hallway, bodies joined, fingers touching, lips tasting, JD supporting Lou so she didn't hurt her ankle. Then they were in JD's bedroom and JD closed the door behind them. She automatically turned the lock, and it slid into place with a slow click. Locked doors gave some modicum of safety. It had become ingrained in her.

Lou had leant back against the door now and JD followed her, moved against her, stomach to stomach, breasts to breasts, and those drugging kisses continued. Time was inconsequential as they drank in each other.

Lou's knees began to crumple, and JD moved her leg between Lou's, held her against the door, bracing her. Proud nipples thrust into her hands and Lou's fingers tangled in her hair, her lips devouring JD's mouth. When JD moved her thigh against Lou's core she exalted in her response.

'Ohhh.' Lou moaned as their lips broke apart and they gulped breathily. 'You're so… This is…'

JD kissed her again and time slowed once more. Or raced. She couldn't have said. All that existed was Lou's perfect mouth, its softness. 'Your lips…I could kiss you past forever,' she whispered. 'Just never stop.'

Lou's fingers in her hair stilled again and their eyes met. For a moment JD was terrified she'd spoiled everything, that Lou would recoil, would push her away, but Lou's eyes glittered with the same fire that burned inside JD.

Thank God! Or whoever. Just thanks. Her thumbs lightly brushed Lou's taut nipples again and they moaned in unison.

'I know I said we shouldn't be doing this, JD, but right now…' Lou kissed JD's forehead, each eyelid, the tip of her nose. And her lips. 'Right now I can't think of a single reason why we shouldn't. Can you?' The whispered words were barely a question.

'Not a one.' She nuzzled her lips up the curve of Lou's neck then teased her earlobe again with her tongue. 'It feels so like we should.' There was no past. Just now.

'JD. Please. I can't think when you… I can't…'

'Don't think. Just feel, feel how much I want you.' She lowered her head, sucked on one of Lou's nipples through her bra again and the ache between her legs surged through her entire body at Lou's low, broken murmur of need.

With trembling fingers she slid the open shirt off Lou's shoulders and reached around to unclasp her bra and tossed it aside. 'Oh.' The sound sighed out of both of them as JD cupped one full warm breast in her hand before slowly lowering her head to take the now naked, tightened nipple into her mouth.

Lou wrapped her arms around her, held her in place. 'JD,' Lou said brokenly, fingers fumbling to lift JD's t-shirt, 'I need to see you, too.'

JD tore her shirt over her head, dropped it on the floor beside Lou's, discarded her bra, then leant back into her. When their naked breasts touched JD thought she'd combust. She drew in a trembling breath. Lou's gorgeous breasts swelled against hers and she held Lou tightly in her arms.

Somehow they'd moved over to the bed, and JD pulled at the waist of Lou's jeans, fumbling with the button, lowering the zipper, pealing the pants over her hips until they fell to her ankles. With unsteady hands Lou slid JD's shorts over her hips. They hurriedly removed their underwear and then stood there for long moments, holding hands, staring at each other in wonder.

'My knees have gone to water,' Lou said shakily, and JD paused, suddenly anxious.

'Your ankle, is it okay?' she asked, concerned she'd forgotten about it, and Lou gave a half laugh.

'I have no idea,' Lou said as she fell back onto the bed. 'Not sure I have ankles at the moment. Ankles definitely don't have my focus right now.'

JD gave a soft laugh and let her eyes move downwards, over Lou's long legs, and she gave Lou a crooked smile. 'No worries. Ankles, beautiful ankles,' she ran her hand lightly down Lou's lower leg, 'are all present and accounted for. And delectable. Just saying.' She climbed onto the bed and slowly ran her fingertips back up over Lou's foot, her leg, her thigh, over her stomach, pausing on her breast, up over her chin, settling on her soft lips.

They stared into each other's eyes, caught in the wonder, before JD moved, leaning above Lou, and Lou reached out, ran her hand lightly down from the indentation of JD's waist, over her hip, her fingers settling on JD's thigh.

'I've tried to imagine you like this so many times, but it was nothing like this.' Lou moved her fingers back up over the swell of JD's breast, teased a nipple. 'It was nothing like the real you. You're just so beautiful.'

JD gave a nervous laugh. 'You're the beautiful one,' she said thickly, her eyes moving over Lou, gazing at her full naked breasts, the curve of her waist, the dark curls below her slightly rounded stomach, her long legs. She reached out and her hand trembled as she touched Lou reverently. She ran a finger over the curve of one of Lou's breasts, over the valley between them to the other, and teased a puckering nipple.

Lou gave a soft broken groan, and she pulled JD closer, leaned forward and lavished JD's nipple with her tongue.

JD's breath caught and she raised herself again, straddling Lou's body. She felt their mingled dampness as she moved them together, slid... JD's arousal suddenly peaked, and her climax took her by surprise. She erupted in a surge of unadulterated pleasure, her body melting onto Lou's.

'Oh, darling.' Lou was kissing her, hands holding her face, whispering incoherently as JD floated back to earth.

She took deep breaths, waited a moment while her heartbeats steadied. 'I'm sorry. Too fast,' she began but Lou kissed her again, swallowing her words.

'You're so amazing,' Lou stammered. 'You make me feel... I have no words. Powerful. You make me feel powerful, and I've never felt like this.' The words ran into one another. She paused, gazed into JD's eyes. 'Touch me,' she said, her expression sending renewed arrows of pleasure through JD's body.

JD changed her position slightly, ran her hand down between their bodies, slowly slid her finger into Lou's wetness and she lowered her lips to tease one of Lou's nipples. She slipped a finger inside Lou, slid it almost out and Lou's hips rose, moved agitatedly against her finger, setting the pace.

Lou's hands clutched JD's head, held her against her breast. 'Please,' she begged, and JD's centre throbbed at the sound.

She moved herself against Lou's thigh as she felt her own arousal surge again. She used the pad of her thumb to slowly circle Lou's clit, then faster, and Lou suddenly stiffened and began to shake as her climax took hold.

Oh god! JD knew she'd never tire of the sounds Lou made as she came, and she erupted just after her.

JD lay her head on Lou's breast, felt her heart swell with love, and she fought to hold back an aching sob that rose in her chest. A lone tear ran down her cheek.

The sobs started slowly, then gathered, and she cried as soft hands smoothed her hair, wiped at her wet cheeks and then simply held her close. Small kisses touched her forehead, and she felt something inside her let go, burst from her, and she wept for the emotion of it. For her mother. For her bright, bubbly little sister. For the absolute wonder of Lou Baxter. And for the ever-present probability that she might lose this, lose Lou.

'Shh.' Lou murmured. 'I'm here.'

The deep voice soothed her, enfolded her, and just before she fell asleep she heard herself say, 'Dreya. My name. It's Dreya Marino.'

CHAPTER 23

Dreya. Lou whispered it to herself, felt the name on her tongue, her lips.

Lou lay there in the semi dark room, body deliciously relaxed, trying to sort through the jumbled thoughts in her mind. It was still night. The bedside lamp burned with a low light. Had they switched it on? She couldn't remember. She'd been so aroused, so wrapped in a cocoon of want. She'd never felt anything like it before. It had been amazing. Yet terrifying. But the most incredible experience of her life.

Of course she'd known after that first kiss weeks ago that she wouldn't be able to just ignore her feelings. No matter how often she'd told herself she should. And why. She'd be hard pressed to remember any of those reasons now. She didn't want to.

From the first moments in the hospital as the young woman had lain in the bed, small and hurt, her injuries vivid against her pale skin, Lou had known she was special. And when she'd opened her dark frightened eyes, looked helplessly, needfully at Lou, clutched her hand, she'd felt it deep down in every part of her.

Lou suspected from that very moment that her soul had known what her soul wanted. It had wanted to help the young woman heal, to protect her, to keep her safe. It had wanted her. For the first time in her life she'd known what it was like to want someone wholly. Of course she'd tried to deny it, her mind a jumble of thoughts running towards her, and away from her.

Having her here in her home, so close, wasn't the best idea, but she hadn't wanted to let her go, move out of her life. She tried to tell herself she felt safe in that her mother and daughters were here too. A buffer or sorts, between them, keeping that necessary space.

How could she have deluded herself that her feelings wouldn't escalate? She could have refused her mother's suggestion to have JD stay with them, but the young woman needed to recuperate, she'd justified. Needless to say every moment spent with her only deepened her feelings.

Then they'd kissed. More delusion as she tried to tell herself it had simply surprised her. Who had she been kidding? That very same delusional her, that was who. That kiss had been inevitable, simply decreed by fate. Predestined.

And a weekend alone together? Abject foolishness. Space. That's what was needed. Space between the usually rational her, and the totally besotted her she became when she allowed her intoxication… Yes, that's all she could call it. Her intoxication with this wonderful young woman, who was awfully scarred, had secrets, and dark, so beautiful eyes.

Honestly, she'd known it was inevitable. That kiss.

She'd rambled on and on about her reasons why they... She'd scarcely been aware of what she was saying as her nerve endings cranked up her arousal. She'd tried to explain she'd had precious little to offer. She owed JD that. There was her inexperience with a woman. That she came second-hand, she grimaced, with a ready-made family, as wonderful as they were. Not forgetting their age gap.

But of course, it had been exactly, precisely inevitable.

She glanced down at the woman in her arms, at the spiky dark hair, longer now, the curve of her soft lips, the fans of dark lashes resting on her cheeks. The small almost invisible scar above her right eyebrow. She wanted to kiss that, take the hurt away. And the more visible scars on her back. The cruelty inflicted on an innocent child, who, despite all that pain, had grown into this wonderful, beautiful young woman.

A wave of pure sensation almost overwhelmed her. She felt it to her very depths. Want. Need. She needed to hold her close, never wanted to let her go.

And love.

A lump caught in her throat and she leant forward, placed a soft kiss on her forehead. She was in love with this beautiful young woman and had been for so long. And JD had said she loved Lou too. She held the warm, precious body against her and closed her eyes.

She must have slept again, and she only stirred when her arm protested and cramped. She eased it out, careful not to wake the sleeping woman, who only murmured and snuffled in her sleep, her arm around Lou's midriff tightening before she relaxed again.

Dreya. That was her name. She must have remembered some of her past. When had her memories started to return? How long had she known her own name? Why hadn't she said?

Lou remembered those long hours when she was in hospital and the quiet sobs that had clutched at her patient when she thought no one could hear her. Lou had sensed it wasn't simply her injuries from the accident that caused the deep sorrow, the painful sobbing. It seemed to come from the very depths of the injured young woman.

From those first moments she'd had a burning need to know what had happened in her life to cause that pain. It had to have something to do with those scars on her back. Doctor Jen had shared Lou's horror. How could anyone…? A parent? Her father?

Now, as she slept in Lou's arms, Lou could see some of the faint raised lines on her back highlighted by the lamp-light. She wanted to kiss each and every mark, even though she knew she could never take away the pain that she must have endured.

If she remembered it. Or had she buried it deep down, memories better forgotten, if that was at all possible. When they'd discussed it after they found the old scars Dr Jen and Lou had decided it had been a blessing if she couldn't remember it.

Would she now?

She looked at JD's beautiful face, innocent in sleep. JD. No, it was Dreya. An unusual name. Was it short for something else? And she tried not to think about Jen's uncertainty about her injuries. Had the doctor been right in her suspicions? Dreya. Had she known her real name all along?

JD…Dreya moved her leg slightly where it lay over Lou's hip, tangling her leg even more with Lou's and she sighed against Lou's breast. Just that light puff of warm breath set Lou's body alight again. She was so aware of the triangle of JD's dark curls, soft and warm on her hip. Her centre throbbed.

Emotions raced around inside her, and she could only wonder at her renewed arousal. Her nipples tightened and she had to stop herself moving JD's mouth to them. She was shocked by her own physical reactions. She'd never considered herself to be all that sexual. Not before last night. Occasionally she'd even been mildly concerned by her lack of interest in sex, but now...

Had her body been sleeping, just waiting for someone, the right someone, to awaken her?

For awakened she was. She wanted this feeling forever. Right or wrong, this mysterious young woman, whoever she was, whatever she'd done in her past, was her right one.

Whatever she'd done? Lou swallowed. How bad could it be? There was too much genuine thoughtfulness, innate kindness in the young woman. Lou knew they'd have to talk about it and a feeling of disquiet clutched at her. For a moment she even wished JD's memories had remained locked away inside her.

Suddenly a thought gave her pause, a thought impossibly more conceivable now. That someone else had held JD – Dreya – just as Lou was, and had more right to do so. Hadn't she been saying all along this could be so? Yet last night it couldn't have been further from her mind. Now it was a probability she didn't want to acknowledge.

Because it would be too painful to have this, and then lose it.

She stifled a soft moan at the thought and when she glanced down dark eyes were watching her, still soft with sleep. A slow smile lifted the corners of her beautiful mouth and all thought of the past left Lou. She simply wanted to kiss her. 'Hi,' she said huskily.

JD's smile grew. 'Hi yourself.' She blinked. 'Is it morning?'

'I have no idea,' Lou said and glanced at the window with its curtains undrawn. 'Not quite. Early, I'd say.' She held JD's gaze, and she saw the moment she remembered.

JD's eyelids closed for long moments before she sighed softly. 'I told you, didn't I?' she said shakily, her warm breath alive on Lou's skin again.

'Dreya,' Lou said, and she swallowed. She'd meant it to sound casual but even she heard the depths of emotion in the sound of the name on her lips.

Dreya. Although the name swirled around them Lou still thought of her as JD. Her JD. But was she someone else's Dreya? That thought again stabbed her like a knife wound.

JD's arm around Lou tightened and then she relaxed, went to move, but Lou pulled her to her, held her close. And they melted into each other.

'We should…' Lou's voice failed her as her mind filled her with so many things she wanted to say but knew she shouldn't because she didn't know how to say them. Who are you? Are you someone else's? Am I going to lose you? Do I have to let you go?

'I love you.'

Lou couldn't breathe. Had she heard…? Was it her aching heart that had conjured up words she shouldn't want, but at this moment desperately wanted to hear again?

'So much,' JD added on a sob.

Lou's muscles relaxed and JD pushed away from her. She slid off Lou's body, glorious in her nakedness. As she sat beside her, eyes not meeting Lou's, Lou could only look at the beautiful face, the wonderful body, knowing the way she felt in Lou's arms. And Lou wanted her back there.

'I'm sorry. I shouldn't have said that. Before or now. Not when there's so much else I need to say.' JD went to get off the bed and Lou reached out, caught her hand.

'Don't leave. Stay. Please.'

Slowly JD sat down, and Lou's needy heart could only swell with taking her in, capturing the sight of her. The vulnerable expression on her lovely face. Apprehension. Resignation. Her upturned breasts with their rosy nipples, the indentation of her waist, the curve of her hips, the dark patch of soft hair between long legs bent now as she sat. And Lou simply wanted her. Her JD.

'Tell me,' she said gently.

JD took a shaky breath and after long, heavy moments, she began to speak. 'My name's Dreya. Andrea Marino. And my father is in jail.'

'For what he did to you?' Lou couldn't stop herself asking, horrified again that her own father could be responsible for the scars on her back.

'He did...But not for the scars, no. It was for dealing drugs.' Shaking her head, JD reached out and meshed her fingers with Lou's.

Lou held her hand and raised it to her lips, kissed it, and JD's lips trembled as a tear ran down her cheek. 'Don't cry, love. Please.' Lou swallowed her own tears. 'I didn't mean to make you cry.

'It's not you,' JD said. 'It's...' She shook her head, her obvious sadness clutching at Lou's heartstrings.

Lou covered their joined fingers with her other hand, held it to her chest. 'Is it too painful? Talking about it. You don't have to—'

'No. I do have to. I mean I need to tell you. I've wanted

to for so long.' She took a steadying breath. 'Mac Donovan called in yesterday.'

Lou frowned, momentarily confused. 'Oh. I see. Mac remembered you then?'

JD nodded. 'She was at the soccer match yesterday and afterwards she suddenly remembered where we'd met. It was in Sydney, when she was doing part of her police training, and she volunteered at the Police Youth Club. I was about ten and Mac was so nice. It was just, maybe fate, and at the time I think it saved my life, such as it was then.

'That first day I knew my sister was safely with my mother, shopping for groceries, and I was just walking around, staying away from home. My father wasn't always there but that day he was. I was walking past a sports field, full of kids. They were laughing and having fun. The sound was so… It was joyous, and I wanted to be part of it, so I squeezed through the fence.

'Mac saw me watching the girls' soccer team and asked me if I wanted to play. I'll never forget that day. It was magic. Even though I'd never played before the soccer ball became part of me, and I could forget everything on that field. It was just absolutely freeing. I was almost drunk on that feeling. It felt as though I was meant to be there. I went back most afternoons if I could sneak away.' A small smile fluttered over JD's face. 'Mac said I was a natural.'

Lou sat and watched that smile come and then disappear, and she gave JD's hand another squeeze.

'It was something I could do and do well. I was so proud of myself. And Mac was… For the first time in my life I felt like someone saw me, was proud of me, too. It was beyond exhilarating.'

JD ran a finger absently down Lou's arm and Lou knew she wasn't aware she'd done it.

'I even got my mother to come along to watch when my father was away. Mac talked to her,' JD paused and frowned. 'I never knew what they talked about. I should have asked Mac about that.'

'I don't suppose Mac knew about your father back then, because I couldn't see her not doing something about it if she did,' Lou said, and JD shook her head.

'No. No one knew. My mother wouldn't have said anything. She was too frightened of him. Anyway, Mac said she left my mother her name and address. I found it in my mother's things after she died.'

'You were coming to see Mac?'

'I don't know. Not consciously.'

'I take it you stopped playing soccer?' Lou asked. 'Why, when you said you enjoyed it so much.'

'My father found out. Someone had seen us at the youth club, the police youth club, and he was definitely not on friendly terms with the police.' JD grimaced. 'He turned up at the field one afternoon when Mac wasn't there. It was probably after she left. He was all charm and smiles, gave some excuse and we left.'

Now the painful memory made her flinch. She let go of Lou's hand and wrapped her arms around herself.

'Did he...?' Lou swallowed, not wanting to voice her suspicions and JD nodded.

'He slapped and shoved my mother around, I got between them and... He gave me a belting and told us not to go anywhere near anything involving the police. I snuck back once hoping to see Mac, but she'd gone. I never saw her again and our lives went on as before.

'Yesterday Mac told me she left so suddenly because her grandmother was ill. She suspected my father's possible violence against my mother, she said, and she told her colleagues about her suspicions. No one ever followed it up that I know of.'

Lou couldn't bear to think of JD as a vulnerable child carrying such a burden. She took hold of JD's hand again. 'I can understand why you wanted to put it all behind you. When did you start to remember?'

JD avoided Lou's eyes. 'I'm so sorry, Lou. I never forgot,' she admitted thickly. 'I only pretended I did.'

Lou was taken aback. 'You pretended to have amnesia?'

JD's face paled and she tightened her grip on Lou's hand. 'I didn't mean to lie. I just wanted… In the beginning I just wanted to forget my old life. The old me. That's why.'

Lou thought back to her few conversations with Dr Jen about JD's amnesia and the doctor's concerns.

'I'd left Sydney,' JD rushed on. 'I was heading anywhere, just away from it all. I wasn't consciously coming here but when Eddie said he had a detour to make and mentioned the town I remembered Mac's address. Then there was the accident.' She paused. 'And then there was you.'

'Oh, JD. Dreya,' Lou corrected, and JD shook her head.

'JD. Please, Lou. I want to be JD. I don't want her life, Dreya's life,' she said agitatedly. 'But now Mac knows and she's going to tell Superintendent Alston and I'm terrified my past won't ever let me go.'

'You said your father was in jail. Will he try to find you when he's released?'

'It's not just that. It's…' JD shook her head again.

'Have you been in jail, too?'

JD looked stricken and Lou sat up, pulled her close. 'Oh, love. I don't care about that.'

'I haven't. I swear.' JD's voice was muffled against Lou

and Lou sat back so she could look at her. 'I—' She swallowed another sob. 'It's all so…'

Lou's hands cupped her face. She placed a soft kiss on JD's lips. 'You know you can tell me anything, my love.'

'I… What if you…? I'm not sure if I could bear it if you hate me, Lou.'

'I could never do that.' Fear and worry filled Lou's chest but she knew she spoke the truth. Whatever she'd done, this wounded young woman filled her heart with a love she never thought she'd find. And knowing JD now, how bad could it be? What could she want to hide? Was it simply her father's criminal record? Surely not drugs? Lou knew there was no sign of drugs in JD's system at the time of the accident or that there ever had been.

'You said your father was involved with drugs? Is that it? Did you…'

'No. Yes.' JD shook her head. 'Not the way you mean.' And then she told Lou about delivering packages for her father when she was a child.

Lou was speechless with horror.

'When I got too old my father had my sister doing it. Natalie…' More tears welled in JD's eyes, trickled down her cheek. 'When my sister… When Natalie reached her teens she got involved with a wild, older crowd. If I'd known, realised in the beginning... But I didn't.

'I was working by then, filling in at a branch on the other side of the city. When I arrived home at about ten at night Natalie wasn't there. My mother didn't know where she was, and I had no idea where to even start looking for her.

'She came home at midnight, drunk. Well, I thought she was drunk until I saw the needle marks in her arm. I was devastated. She was barely thirteen. I was so angry, and I can see now I handled it badly. I came on too strong and Natalie and I fought. I should have just gone to the police.'

Lou watched as a wave of remembered pain washed over JD's face.

'When I found out an eighteen-year-old guy had given her the drugs I should have...' She drew another shaky breath. 'My father came home in the middle of it, when Natalie and I were arguing about it. I told him who had given Natalie the drugs and my father knew him, worked with him.'

'Your father didn't go to the police himself?' Lou asked.

'No. He was furious with me when I suggest reporting him. He forbade me to go anywhere near the police. Then he turned on Natalie, slapped her across the face, screamed at her to keep away from the guy. Natalie actually stood up to him, said he was her boyfriend, that they loved each other, and that he was going to marry her. She raced to her room and locked the door.

'With Natalie gone my father turned on my mother and me. By that stage my mother was totally incapable of defending herself, so I tried to protect her. We simply rode it out until he left us.

'After that it became a continual battle to try to keep Natalie safe, away from the dealer.' JD shook her head. 'She also bragged they'd had sex.'

JD clutched Lou's hand to her chest. 'She was just thirteen,' she repeated and closed her eyes to gather herself. 'I knew him, too. The guy. And his family. I knew them well. I was friends with his sister.' She paused and a flush coloured her cheeks. She looked at Lou and away again.

'More than friends?' Lou asked gently and JD nodded.

'Lucia was my best friend, since we were kids, and I loved her.'

Lou pushed aside a shaft of jealousy. She had no right to that. Unless JD still loved her. Was her friend…? Lucia? Was she, had she been searching for JD all this time? She must be out of her mind with worry.

JD seemed to read her mind.

'No, Lou. Not now. We weren't…' JD moved closer, and she still clung to Lou's hand. 'Not for a long time. Please believe that.'

'Then she wouldn't be looking for you?' Lou tried not to ask but needed to.

'No.' JD shook her head. 'She knew I'd left. I'd asked her to come with me, get away too. We'd been friends for so long. I thought I loved her and that she loved me, but things had changed between us. Then her father arranged her marriage, and she intended to marry the guy. She probably has by now.'

'Her father arranged her marriage?' Lou was astounded. You heard about such things but… 'You mean she agreed to marry this man?'

'Yes.' JD nodded. 'She didn't want her family to know she was a lesbian. Bisexual.'

Lou was incredulous. 'She'd marry to keep it secret?'

'Oh, yes. Her family, they were… Her father and brothers are criminals. My father worked for them. Anyway, Lucia thought we could carry on being together, secretly. I couldn't. I'd decided I was going to change my life and that was when I made up my mind to escape it all.'

They were both silent for a moment.

'And your sister?' Lou asked, not sure she wanted to hear the answer.

'I spent years trying to keep her away from the drugs. Natalie had so much going for her. She was beautiful. Smart. It was such a waste.' JD swallowed again before continuing.

'When she was young my mother and I tried to shield her from my father all the time. We failed I guess. He terrorised us for so many years. Even though he didn't hit her Natalie saw what he did to my mother and me. She would simply try to be invisible when he was there. How could she not be affected by it all? I think the drugs were her escape.'

'So your father knew about your sister and the drugs? Did he do anything?'

'No,' she said flatly. 'And the drugs were taking a toll on her. I could see that. I threatened to go to the police again. He reacted with his fists, but he'd been drinking and that time I was too quick for him. That's when I went to Ime, her boyfriend… Boyfriend! She was only a child, and he was five years older than her.

'I warned him to leave her alone, that she was underage, and threatened him I'd go to the police, too. He laughed at me and said I couldn't prove a thing. He reminded me his family had bought the police.'

Lou gently kissed JD's hand. 'Was that true?'

'Yes. I found out later it was. So I went to his father. He was an awful man, but I was distraught, desperate, and I screamed that Ime was a paedophile and a drug trafficker. Then I realised who I was talking to, screaming at, and I thought he'd…'

Lou could see the remembered terror flit across JD's face, her body tense. Who were these people she was involved with?

JD looked across at Lou. 'He quietly warned me never to

speak to him so disrespectfully again. I didn't know the real meaning of the word ominous until Ime's father spoke to me.' She shuddered. 'But at least he must have listened because he also said he'd handle his son. Lucia, Ime's sister, told me later her father took to Ime physically, beat him, and warned him away from Natalie.

'That didn't work. Natalie was smitten with him and the drugs. She always went back, no matter what help we got her. Just before her eighteenth birthday she overdosed. She'd go away for days. This time she hadn't come home, and something told me it was different. I went looking for her and when I found her she still had the needle in her arm. He'd left her to die alone. She was gone before the ambulance reached the hospital.' JD sighed, obviously revisiting the past. 'It was all so futile.'

Lou took JD in her arms again, held her as she sobbed.

Eventually JD sat back and scrubbed her hand across her face. 'Natalie's death was too much for my mother. She just faded away. And not long after that my father was inadvertently caught up in a police crackdown on drugs. He was involved in a brawl and someone died. They searched him, found drugs and,' JD grimaced derisively, 'that was it. He could have told them who he worked for, but he didn't.

'It was all so much to take in at the time. I could barely function. I'd lost my sister and my mother. When my father was arrested, well, lawyers cost money, he had debts, so our house had to be sold. Lucia offered me a place to stay and I was too distraught to care. Lucia was my only friend.

'Her father, that same man, gave me a job in the bar of their club. He said he was rewarding my father's loyalty. Who knows what his real reasons were. My father. Or Natalie.' She shrugged. 'I was barely getting through each day and I took the job to be near Lucia because she was all I had left. But mainly because I couldn't... I couldn't do life, anymore. I think I had a sort of breakdown, and it took time for me to drag myself out of it.'

'It sounds like you'd been fighting it all for too long.' Lou said softly. 'Have you talked to anyone about this? A therapist?'

JD sighed tiredly and shook her head. 'I liked Doctor Pereira at the hospital. Maybe I could... Later maybe.'

'I think it might help,' Lou said.

'That was a low, the lowest time in my life,' JD continued flatly. 'I thought Lucia loved me but after a while I realised we'd drifted apart, wanted different things. I knew I needed to break away, make a new life, to save my life. So, when she told me she was marrying a guy her father had chosen for her, I left.'

JD held Lou's gaze. 'Can you forgive me, Lou?' she asked in a small voice. 'For not telling you.'

Tears filled Lou's eyes then as she thought about the despair of JD's life, and she put her arms around JD and gently held her close. 'There's nothing to forgive,' she said thickly, and they sank back onto the bed and cried together.

'Last night,' JD said eventually, her throat husky from her tears. 'It was wonderful. For me.'

They were facing each other now and Lou's heartbeats fluttered in her chest. 'It was for me, too,' she said, her gaze not wavering from JD's.

'Have I spoilt it? Telling you all that.'

'No,' she said honestly. 'Nothing could do that.'

'Oh, Lou.' JD ran a finger lightly down the line of Lou's jaw, rested her fingertip on Lou's mouth and then leaned forward to kiss her. 'I love you so much,' she said brokenly.

'I love you, too.' Lou whispered back, knowing it was

true but not able to think where it was going. Only that she wanted it, didn't want to give it up. She returned the soft, loving kiss in kind and then the kiss deepened. They moved into each other, fitted their bodies together, and made slow, gentle love until spent, they slept.

CHAPTER 24

On Monday morning, Lou found herself at the police station, sharing the lift with JD and Mac Donovan, on their way to Superintendent Steph Alston's office. JD had asked her to be there for support, and Lou didn't want to be anywhere else. She'd asked for the day off work and if Mac thought it was strange for her to be accompanying JD she made no comment.

Forty-eight hours. It had taken a mere forty-eight hours to change her life.

By the time her mother and daughters arrived home the previous night they were exhausted from their full-on weekend. They'd had a quick meal, talking nonstop about both choirs' wins and the amazing solo performance from Em's friend, Bronte.

After dinner they showered and went to bed, leaving JD and Lou alone. They quietly tidied away dinner, trying not to be awkward with each other. Then there was the pause for a stolen kiss at JD's door before Lou reluctantly continued down the hall to her lonely room because they hadn't decided what if anything they were going to tell Lou's family.

Lou wasn't sure what she'd expected after her wonderful night with JD. It had been amazing. The feelings she had for JD had grown since she'd first seen her, injured and holding onto Lou as though Lou was her only lifeline. Lou had tried to deny the truth. She couldn't even remember when her professional care had changed into the personal. She suspected it had always been very personal.

Then came JD's revelations. To say she'd been taken aback hearing JD's story was an understatement. She was still trying to get her head around it all. Yet the thought that stayed with her was the pain she felt knowing what a terrible life it had been for JD. And Lou was sure JD had downplayed a lot of it.

Yesterday had been an escape, a step back from reality, with the freedom they'd had to be together on their own. They'd been so lost in each other. But life, of course, didn't stand still.

This morning, after sleeping alone last night and yearning for the warmth of JD beside her, part of Lou could only wonder that the weekend had actually happened.

Then she'd glance at JD, see the soft colour washing her cheeks as their eyes met and all Lou could seem to focus on was her body's almost indecently quick response to the images that flashed across the screen in her mind. Making love. The feel of their naked bodies together. Questing fingers, the touch of soft lips… It was addictive. JD was addictive.

But reality had been the typical Monday morning with the customary chaos as the household came to life. Her reality, and JD's, slipped back into the usual, with packing lunches, making breakfast, checking with Cyn about her plans, getting Em to school, dropping Brodie at the bookshop so she could meet up with Deanne and they could head off to lectures as soon as Maddie arrived back from Adelaide.

Lou knew this morning her mother had sensed things had changed, her enquiring gaze going from Lou to JD. When Lou told her mother she was taking a day off to go with JD to talk to Mac and Steph Alston Cyn had simply nodded. For once she hadn't asked questions. Lou was so grateful for that even though she knew her mother wouldn't be able to control her curiosity for long.

As Lou reached out and switched off the car in the police station car park she sighed as the sudden silence roared in her ears. She turned, took the hand JD held out, and placed a soft kiss on her knuckles. She desperately wanted to hold JD in her arms, but she didn't want to undermine the younger woman's fragile composure.

'I wish I could put my arms around you,' she said huskily, and JD nodded.

'I wish you could too. I just want to dissolve into you, but I know I can't. I need to stand on my own two feet with this.' She bit her lip worriedly 'I hope it will be all right.'

Lou squeezed her hand. 'I'm sure it will.'

'But I've lied,' JD began, and Lou reached out with her other hand, rested a gentle fingertip on JD's trembling lips.

'Not lied,' Lou said.

'A bit of a moot point,' JD said with a shaky half smile.

'Just tell the Superintendent what you told Mac and me.' Lou held her gaze and JD nodded.

Reluctantly they climbed out of the car and walked into the station.

In the elevator with Mac now, Lou glanced at JD's pale face and felt the seriousness of it clutch at her. She moved a little closer, her hand sliding into JD's, giving her cold fingers a reassuring squeeze.

'Have you told the Superintendent that you remember who I was?' JD asked and Mac shook her head.

'No. I felt it would be best if initially it came from you. All I said was you had something to tell her.'

'Okay.' JD nodded. 'But you'll have to tell her you've remembered where we met, won't you? I don't want it to cause any trouble for you.'

Mac chuckled. 'I'm sure the Super will make allowances for my hazy memory.' She sighed when JD didn't smile with her. 'I'm sorry, JD. Look, we can play this any way you want to, but I should tell you I checked out your father's conviction and the bottom line is the Super will need to know what you know.'

'What I know? About what?' JD's hand tightened around Lou's fingers.

Lou knew JD's main worry was her concern that if she told them everything, Lucia's family might find out where she was and that she may have to face them again? Lou couldn't see any need for that to happen. However, the truth was, there had been drugs in that truck and, as police officers, Mac Donovan and Steph Alston had a duty to investigate.

'Just tell her what you told me,' Mac encouraged JD softly, repeating Lou's words.

'Most of it's not really relevant. I didn't know anything about the truck or Eddie.' JD's voice thinned and Lou sensed her panic take hold of her. 'The Superintendent just wants to know who I am, doesn't she?' she appealed to Mac.

'Of course,' said Mac. 'Just start with that.'

Lou turned to face JD, and she cupped her face with her

hands. 'It's going to be fine, love. I'm here with you and I really think the Superintendent and Mac need to know everything you know.'

JD looked into Lou's eyes and Lou saw some of her agitation thankfully subsided. 'Alright. I just… I don't know any actual details.'

'I know,' Lou said softly and placed a gentle kiss on JD's forehead.

They both suddenly realised they weren't alone in the lift and turned to look at Mac.

'Ah,' said Mac, obviously reading the situation.

'Mac,' Lou began. 'I…'

'This is all on me,' JD said hurriedly at the same time.

'This?' Mac asked, looking from JD to Lou. 'You two? It's new?'

Lou nodded. 'We haven't told anyone yet.'

Mac smiled and held up her hands. 'It's not for me to comment, Lou. In fact, it's none of my business. But,' she smiled genuinely, 'congratulations.'

'I love Lou,' JD said, 'and I don't want her involved in any of this, Mac, because she doesn't have anything to do with it.'

Lou's heart gave a little jolt in her chest at JD's words. *I love Lou.* She knew she'd never tire of hearing that. 'Mac knows—'

Before she could continue the elevator door dinged loudly and slid open, and they could only cross the hall and file into the Superintendent's office. Steph Alston greeted them and Mac found an extra chair for Lou. They sat down opposite Mac's boss and she raised her eyebrows.

'Mac tells me you wanted to talk to us, JD,' she said easily, 'so I presume you've remembered something.' Her clear blue eyes held JD's and JD coughed anxiously.

'Yes.' JD unconsciously reached out and clasped Lou's hand.

The Superintendent's astute gaze slid from JD to Lou and back to JD.

'On Saturday,' JD continued, 'Mac told me she remembered where we'd met.'

'She did?' Now the Super's narrowed gaze settled on Mac.

'I asked Mac to wait until this morning before she told you,' JD added hurriedly.

Lou knew the last thing JD wanted was to cause any dissension between Mac and her boss.

'Actually, I begged Mac to wait because I wanted to tell, I needed to tell Lou first. I thought she deserved to know because in good faith she invited me into her home and…' JD swallowed and then she began. 'We, Mac and I, met in Sydney when I was a child. I was about ten years old and Mac was training soccer teams at the PYC. I was… It was there.'

The Superintendent looked at Mac again and Mac nodded. 'I was volunteering while I was undergoing training in Sydney. I hadn't associated this grown-up JD with her ten-year-old self.'

'And I feel I should admit before we go any further that I've been lying about…'

'JD,' Lou said quietly, and she gave the hand she held a little shake.

A rueful smile touched JD's lips and then it was gone. 'Okay. Perhaps not exactly lying, but not telling the whole truth.'

'How so?' asked the Superintendent as she sat back in her chair, arms folded, her expression unreadable.

'You see,' JD continued, 'I was just trying to escape my

old life in Sydney. I wanted to make a fresh start somewhere, and because of the crash I've ended up here. When they told me all my identification was lost in the fire I thought it was the best way to stay lost.

'I overheard the doctors talking about amnesia and...' JD slid a quick glance at Lou. 'I've never forgotten who I was and I'm sorry I pretended I had. I just didn't want my old life to infringe on this new one, or define me in any way.'

The Super's eyebrow hitched a little higher. 'You aren't suffering from amnesia?' She leaned forward, elbows on her desk, and she steepled her fingers as she held JD's gaze. 'You've known all along who you were?'

JD nodded and her gaze turned to Lou again. Before Lou could comment JD sat up straighter.

'Lou didn't know. No one knew,' she said resolutely, holding the policewoman's gaze now. 'Not even Dr Andrews.'

'Right.' The Superintendent pursed her lips and then let out an eloquent breath. 'So, you didn't want anyone to know your identity because you were simply wanting a change of scene?'

'Sort of.' JD let go of Lou's hand and nervously brushed a strand of hair back behind her ear.

Lou could see JD swallow as she picked up on the Superintendent's far from pleased expression. She obviously wasn't impressed by JD's reasons. Lou was worried, too.

'I just wanted to get away, anywhere. But not specifically here. That just happened,' JD finished, her voice thin.

'So how did Mac fit into this? Were you looking to make contact with her?'

'No. Not exactly. Not consciously.' She explained about

finding Mac's name and address and how it came to be in her jacket pocket.

'And you remembered Mac from your childhood? She must have made quite an impression on you.' She raised her eyebrows at Mac who shrugged.

'She did. My home life wasn't that crash hot and for a short time Mac helped me get away from it.' JD slid a quick glance at Mac and Mac shifted uncomfortably.

'I just wish I could have done more,' Mac said.

JD sighed. 'You did what you could, Mac. I also remember there were a lot of young kids in that program. I was just one of many.'

'But the only one who could handle a soccer ball the way you could.' Mac reached out and squeezed JD's shoulder, lightening the heaviness caused by her boss's barely concealed disapproval. 'It's disappointing you fell through the cracks.'

'It was on me, too, Mac. I should have wanted it more.'

'Tell me about your home situation.' The Superintendent drew them back on track. 'Who was responsible for the scars on your back? Your father?' she asked, her tone a little gentler now, and JD nodded.

Lou desperately wanted to put her arms around JD again, hold her close. JD looked down at the floor, and Lou took her hand again, lifted it and gently kissed it. 'None of it was your fault, love,' she said softly, and JD looked up at her, tears in her dark eyes.

No one spoke for heavy moments, and Lou turned to Steph Alston. 'He used his belt and sometimes his fists on her and it was ongoing,' she told her. 'He should be in jail for life, and they should throw away the key.'

'I suspected he beat his wife,' Mac said, 'but I didn't know about his daughters. Before I left I suggested they check into my suspicions of domestic violence but it doesn't appear that anyone followed it up.'

The Super let out another sigh. 'I'm truly sorry about that, JD. It's deplorable that no one investigated it,' she said. 'Any apologies I can make wouldn't come anywhere near making it right.'

JD's fingers tightened in Lou's. 'It was on my father. No one else.'

Mac gave a small cough. 'My apologies, too, JD.'

The Superintendent's gaze moved from JD to Mac and back again, before she wiped a hand over her face and sighed again.

'And I'm sorry but I have to ask you more questions, JD. Firstly, what *is* your real name?'

'Oh. Sorry. It's Dreya Marino.'

The name still sounded alien to Lou.

'Dreya Marino,' the Super repeated. 'And is there any other reason why you needed to hide your identity from us that we should know about?'

'I...Yes.' JD tried to decide where to start. 'My father is in jail,' she began.

Mac's boss nodded. 'Well, I suppose there's some measure of closure that he's now paying for his unforgivable actions. Lou's right, he's where he should be.'

Lou could see JD trying to decide how to continue and it was almost physically painful knowing she couldn't step in, that it was up to JD how much she told them.

'JD,' Mac said softly. 'It's all right. The boss needs to know what you told me.'

JD looked at Lou before she took another deep breath. 'As I said, my name, it's Dreya... Actually, it's Andrea Marino, and my father, Paul Marino, will be in jail for at least another ten years.'

'Paul Marino.' The Superintendent was silent for a moment. 'I don't recognise the name. And he was convicted of child abuse?'

'No. Not that.' JD shook her head. 'No one knew about that except my mother but as I explained to Mac, it did stop.'

'When he went to jail?'

'No. A few years earlier. After I tried to kill him,' JD said flatly. 'My mother stopped me. No one knew about that either.'

'I see.' The older woman quietly processed JD's confession.

There was that extended silence again and Lou wanted to burst in and defend JD, but she made herself hold back.

'If your father's jail time had nothing to do with domestic violence or his physical abuse of you, what was he convicted of?'

'Initially it was manslaughter. He was involved in a brawl and a man died.' JD paused. 'Drugs were found on him and during the course of the investigation, the police discovered my father was a big part of a drug dealing operation.'

'Drugs?' The Super sat back.

'Please believe me,' JD said with conviction. 'I was telling the truth when I said I didn't know about the drugs in Eddie's truck. I swear I hadn't done anything illegal. It was just that my life, my family, I thought it might have triggered… I just didn't want to tell you in case you thought I could be involved. When you said there were drugs in Eddie's truck, I didn't want to tell you my name or anything. I didn't want you to associate me with my father. Or the drugs.'

The Superintendent frowned, her fingers tapping on her desk.

'Tell the Super the rest,' Mac said softly. 'About your sister.'

JD did. 'Although my father didn't exactly supply my sister with the drugs himself the people he worked for, one of his associates, did. Afterwards...' She took a shaky breath. 'I needed someone to pay. I couldn't bear that my father was alive, and she was dead. He started to beat my mother again and that's when I attacked him. My mother stopped me. I threatened him, told him I'd go to the police, and we had this sort of stand-off. For a while. Until he was arrested.'

Lou leaned across and slid her arm around JD. She knew having to admit to the next part worried JD.

After a moment JD sat up straight again. 'My mother died not long after my sister, and then my father went to jail. For a few years I was completely lost. A friend let me stay with her,' JD paused, 'and her family gave me a job. It was bar work, in their club, and it was easier for me to just sort of stay there until I could drag myself back out of my depression. Eventually I decided I had to make a change in my life, escape from everything.' She swallowed and shot a quick look at Lou. 'This is my change.

'When the truck crashed, and I ended up in the hospital, well, looking back it was as though fate had jumped onto my side for once.' JD shook her head. 'In the beginning it was easier to pretend I had amnesia so that I could keep my old life separate.'

She glanced apologetically at the Superintendent again. 'I was going to recuperate, recover some of my innocuous memories, and then keep moving. But this place, this town, and Lou...' JD looked at Lou and Lou's heartbeats thundered at the emotion in their dark depths. 'I couldn't believe that there were people who were so kind and nice, and I wanted to be part of it. I still do. So much.'

Lou's heart ached as tears ran down JD's cheeks, and JD brushed them away.

'That's all I think I wanted to say,' she finished thickly. 'And again, I'm sorry.'

In the background Lou could hear the murmur of voices outside the office, the whirr of a copier or printer, but inside the office there was only silence, until Steph Alston sighed.

'That's quite a story,' she said, 'and thank you for telling us, JD. Or do you prefer to be called by your real name now?'

'No.' JD shook her head. 'I just want to be JD.'

The Superintendent nodded and looked across at Mac. She paused as though trying to decide where to take the conversation next. 'Actually, we've had some additional information come in this morning from Sydney. We'd like to run it past you, JD, if you're up to it.'

JD was holding Lou's hand and her fingers tightened again. Lou could almost feel the ramping up of JD's heartbeats as she prepared herself to hear what Steph Alston had to say. Surely there was no chance the recent drug issue would have anything to do with JD's father. He was in jail, after all.

'Does the name Ivan Radic mean anything to you?'

JD stiffened and Lou's heart sank. 'Yes,' she said in a small voice. 'My father worked for him.' She paused. 'And I did too.'

CHAPTER 25

'You did?'

JD watched the Superintendent carefully but couldn't decide if Mac's boss was surprised or not. She didn't give much away.

'Yes. The bar I worked in, it was in his club,' JD said as evenly as she could. After all, the club was legitimate, or as legitimate as Ivan Radic could be. Deals did happen there, but JD had learned to turn her back on anything she knew she wouldn't want to know. 'I worked there for a couple of years.'

'So you knew him personally?'

JD nodded. 'His daughter and I were school friends.' More than friends, she thought but decided they didn't need to know that. She could feel Lou's steady gaze, too, and she squeezed Lou's hand.

'I see.' The Superintendent paused for long moments. 'My colleagues in Sydney seem to think that the drugs Eddie Blaine was carrying in his truck were supplied by the Radics.'

'Can they prove that?' asked JD carefully. If she told them about meeting Lucia's cousin, Nicky, and where she met him—

'It's early stages and the situation is sensitive,' the Superintendent said without inflection. 'Still in the gathering information stage. We're sure we know where the drugs were going here in town, and we have surveillance set up, because we suspect Ivan Radic might come looking for his merchandise.'

Dread filled JD at the thought that any of the Radics could come here. 'But the drugs were destroyed, weren't they?'

'We've kept that information under wraps from this end, haven't even let the drug component out to the media.' She grimaced. 'Obviously there's communications between the supplier and the buyers here. All indications are the supplier is demanding payment and the buyers are denying they received the product, no doubt using the truck accident to back up the reason for their non-payment. According to the Sydney task force there appears to be something of a stalemate at the moment.'

'But they, the Radics, have contacts in the police,' JD said urgently. 'I know they have. I mean…' She stopped, knowing she was dipping her foot in dangerous waters. There was no way she could say anything about the information she'd given to the police about Ime Radic. Naming her trustworthy contact could very well endanger him. 'I heard one of Lucia's brothers say they'd paid off someone before,' she corrected. 'Actually, it was probably more than just one person in the police. I think the Radics consider they're completely protected.'

'They've suspected as much for some time, apparently, so now they've been keeping information on a need-toknow basis. And I'm sure I don't need to tell you this conversation of ours is confidential. You can be sure the officers in the Drug Squad have had Ivan Radic on their radar for years.' She paused slightly. 'Are you in contact with Lucia Radic?'

'No!' Anxiety ramped up JD's heartbeats.

'Is she likely to make contact with you?'

'She doesn't know I'm here. None of them do. I've left all that behind me.' JD could hear her rising panic in her voice. Surely they weren't going to ask her to—

The Super held up her hand. 'We need you to keep out of it, JD. The detectives in Sydney have plans in place and we wouldn't want to jeopardise their operation.'

'I never want to see the Radics again,' JD reiterated. Regret tugged at her when she thought about her friendship with Lucia, but she'd made a clean break from her too because keeping in touch was too risky.

'Do they think Radic *will* come here himself, Boss?' Mac asked the question that swirled inside JD.

'They're hoping he will.'

Those words filled JD with even more fear. She had no wish to face any of them again.

'Personally, I don't think Radic will handle this himself,' the Super continued. 'A couple of detectives from the squad should be here before the end of the week. We'll know more then. Meanwhile Sydney police are keeping a close watch on Radic. As I said they've been trying to get something on him for years. This is the closest they've been.' She sat back again and gave JD a level look.

JD stiffened. She thought she knew what was coming and she was torn between wanting to help and wanting to protect the small space she'd built, away from the life she'd left behind.

'The detectives might want to interview you.' The Super's sharp gaze held JD's again.

However, it was Mac who spoke. 'JD, we realise how difficult all this is for you, and we appreciate that you're cutting ties with your past. But any information you can give us might help us finally put these people away.'

Mac's genuine empathy chipped away at the wall JD had tried to build and wanted to protect. Here, in this new life, it all seemed almost surreal, like a movie she'd once seen... But she knew it was very real and flashes from the past flickered across her mind.

Ivan Radic after her father had been sent to jail, telling her benevolently she was now family, under their protection. Bart Radic, the son and heir, who was a nice enough guy, outwardly at least, and never showed signs of the vicious streak lurking in his father's eyes. Duke, the second son, more like his father, who liked to bait his older brother by telling him to toughen up. Ime, the youngest, even worse than Ivan, now in prison, exactly where he deserved to be.

Growing up as close as she'd been to Lucia, she'd often wished she could be part of Lucia's close-knit family. Before she realised how her father was involved with the Radics. Before she allowed herself to put all the clues together to make the sordid whole.

She knew she'd turned a blind eye to a lot of it, never allowing herself to examine it too closely. Until it had overwhelmed her, and she'd run, quite literally, for her life.

But dare she tell Mac and her boss what she knew? She glanced sideways at Lou, beautiful and kind Lou, and she felt like her heart was being crushed in her chest. JD loved her so much. The real terror for her was getting Lou and her family involved in what had been her far from conventional life.

'Whatever you tell us here definitely stays between Mac and I,' the Superintendent said earnestly. 'You have our word. We don't intend to release your real name. That stays here, too.'

'I'm worried,' JD got out between the lump of terror inside her that suddenly made it hard to speak. She stood up, walked around the office, arms wrapped around herself. 'I don't want Lou or Lou's family involved in this. I couldn't…' JD's voice died on her.

Lou stood up too, put her arms around JD, held her until some of the tension went out of her body. 'I only know what you've told me, JD, and I can guess you played a lot of it down, but this has nothing to do with anything other than bringing these people to justice, don't you think?'

'I couldn't bear it if anything happened to you,' she said softly, brokenly.

'It won't, love.' Lou put her finger under JD's chin and lifted it until she could place a soft kiss on her lips.

'Lou.' JD held her tightly and buried her face in her shoulder for emotive moments until Lou stepped back a little and gave JD an encouraging smile. 'Come on,' she said gently. 'Sit down, and I think you should tell them everything you know.'

JD let Lou lead her back to her chair, and she clung to Lou's hand again. It had become an unconscious lifeline for her. With her gaze fixed on her hand clasped in Lou's she cleared her throat and began. 'My father, when he was arrested, was working with Ivan Radic and he could have turned him in, but he chose to stay loyal.' And she told them all she knew about the Radics since they had taken her in.

'As I said, I was at my lowest at that time. I thought I'd lost everything except my friendship with Lucia, with Ivan Radic's daughter. She was my best friend, and that's how I came to stay with the family. If I'd been in my right mind I would have refused but it took me so long to get over everything that had gone before.'

'Does the daughter work for them too?' the Super asked.

'No.' JD shook her head. 'Females in the Radic family are fairly low on the food chain. As far as I know, Lucia, her mother and her sisters-in-law don't have anything to do with the family businesses. When I left, Lucia was about to get married to a guy chosen for her by her father. Women are just commodities to them.'

Both Mac and her boss raised their eyebrows expressively again.

'There's not much I can tell you about the Radics' businesses. I know they have warehouses around Sydney. They also have the club. Although I worked in the bar I kept away from them as much as I could. And as far as Eddie was concerned, I had no idea he was delivering drugs. I still find that hard to believe.'

She paused. 'But if he did, or was working for them, I think I know where he collected the drugs.' She gave them the address and explained her reasoning. 'I can't be sure the warehouse on Eddie's route is one of Ivan Radic's but it was in the same street as the service station where Eddie refuelled, and I ran into Ivan's nephew, Nicky.'

The Superintendent jotted down notes. 'Nicky Radic?'

'No, Nikolin Bogdani. He's Ivan's sister's son.'

'Is there a possibility this Nicky guy will tell Ivan Radic he saw you?' Mac asked.

'I'm fairly sure I convinced him he was mistaken, that I wasn't who he thought I was. But I don't think he'd tell

Ivan anyway. Even though he's his nephew he's intimidated by his uncle. Most of the family are.' She hesitated again. 'He might brag to Bart or Duke though.'

JD tried to answer all their questions and finally it was over. Lou and JD left the police station and on the short drive home Lou reached across and claimed JD's hand, holding it on her thigh.

'Thanks for coming with me today,' JD said tiredly. 'I just, well, thanks. I'm not sure I could have done it on my own.'

'I was happy to, love.' Lou gave her a quick smile before returning her attention to the traffic bunching up in front of them. She sighed. 'I know talking about it brings back unhappy memories but now maybe you can try to put it all behind you.'

'I have to tell Cyn. And the girls,' JD said, almost choking with regret, and Lou nodded.

'I know. But you don't have to do that straight away, not if you aren't up to it. I'm sure they'll understand. Mum will be fine. She loves you. Almost as much as I do.' Lou smiled again.

'Your mother's wonderful. Just like you. So, um,' JD paused, shoving the Radics to the back of her mind. 'The girls and…,' she focused on the houses they were slowly passing as they crawled along with the traffic. 'What…? I mean, how much do you want to tell them? About us. Would you rather not tell them yet?'

'I want them to know, JD.' They'd stopped at a traffic light and Lou took hold of JD's chin, gently turned her head to face her. 'But do you?'

'I do. I love you so much, Lou.' JD bit her lip. 'But I'm really worried about all this. My past.'

'That's exactly what it is, JD. Your past. You and I are

now. As I said, the girls love you. My mother wants to adopt you, apparently.' She grinned. 'And I, let's just say, my bed was, last night—' Lou stopped as the driver behind them blew their horn to remind her the lights had changed. 'Oh, so sorry,' Lou muttered ungraciously as she moved them forward.

JD relaxed a little and laughed softly. 'So, you were saying, last night your bed was…? Uncomfortable? Too big?'

Lou bit off a laugh. 'Try too lonely. And too unsatisfying. Yes, definitely unsatisfying.'

'I'm sure I could help with that,' JD said, grateful their banter was negating some of the stress of the morning.

Lou moaned. 'I know you could.'

'Can I…? I mean, your bed or mine? We could test yours out now, do you think?' JD asked as they turned into their street.

They groaned in unison as they saw Cyn's Camry parked beside the garage.

Lou sighed. 'That puts paid to my proposed seduction scene.'

JD bit off a laugh. 'Oh my god! Don't you dare forget what you had planned, Lou Baxter,' she warned as the garage door opened and they drove inside.

JD walked around the car and Lou stopped before entering the house, her hand on the doorknob. She turned back to JD and JD stepped up, pulled her in for a quick, desperate kiss. 'But if you do forget I'm going to remind you,' she whispered.

Cyn was waiting for them as they walked into the kitchen.

'Well,' said Cyn, setting three mugs on the countertop.

'Two left home and two returned, so I'm thinking no one is in jail. That's a positive.'

'We weren't expecting a welcoming committee, were we, JD?' Lou said as she slipped onto a stool across from her mother. 'How come you're not still at the CWA morning tea?' Lou glanced at the time. 'Or lunch?'

'Thought you might be looking for bail money.' Grinning, Cyn poured cups of tea.

JD waited until she'd put down the kettle before giving the older woman a hug.

'Oh.' Cyn blinked and then hugged JD back. 'That was a surprise. An enjoyable one.'

'Thanks,' JD murmured. 'For the tea and for the support.'

'No thanks necessary.' Cyn patted JD's shoulder. 'Take a seat, love. As I always say, you'll always be needing a nice cuppa after being interrogated by the police.'

'Mum!' Lou shook her head and frowned at her mother. 'Give JD a break. It was pretty traumatising for her.'

'Then I take it this was more than a simple update.' Cyn held JD's gaze. 'Going to tell me what it's all about? And I'm thinking this will be a sitting comfortably affair. Right?' she added as she herded them towards the living room.

After they sat down with their tea JD gave Cyn a very abridged version of what the police said about the drug situation and Eddie's truck. Finally she came to the part about pretending she couldn't remember her past. She stood up, walked agitatedly about the living room, unable to look at Cyn. There was silence when she'd finished. 'I'm guessing you don't want to adopt me now,' she tried to laugh.

Lou's mother stood up too, put her arms around JD. 'I'd be proud to have you in the family,' she said and raised her eyebrows. 'But I don't think I need to go to so much trouble to do that.' She looked at Lou and then back to JD. 'Do I?'

'Um.' JD felt herself blush. 'What...?'

Cyn shook her head, giving JD's waist a little squeeze. 'You two! I've known for ages. You were walking examples of smouldering looks. I'll admit I was hoping having us all out of the house last weekend might do the trick. I can see it did.'

JD and Lou automatically made murmurs of denial that quite honestly sounded half-hearted at best.

'Oh, for heaven's sake.' Cyn rolled her eyes dramatically. 'You think I don't know what's been going on these past weeks? And then last night when we arrived home from Canberra, I wasn't so tired I couldn't see you were both glowing like lit candles. I also remember what after-sex looks like.'

'Mum!' Lou exclaimed indignantly. 'You can be so... so...'

There was so much colour in Lou's cheeks JD almost laughed. She would have if she hadn't been blushing herself. Lou was right. Her mother could be so... so...

'Perceptive?' Cyn suggested, looking pleased with herself.

Lou seemed to deflate. 'Mum, I need you to be serious. Please believe me when I say I wasn't looking for this to happen.'

'I know, love,' Cyn said and held her hand out to Lou.

Lou joined Cyn who pulled her daughter into a three-way hug with JD. When they stood apart they all wiped away their tears.

'I don't know why it happened,' Lou began.

'I'd say it was meant.' Cyn patted her daughter's cheek. 'I'm so happy for you both. I've watched you looking after everyone, Lou, and all of us are so grateful, but now it's time for you to have this. And JD, you've had to cope with things in your life no child or young woman should have to deal with. You deserve this too.'

'Thank you, Cyn,' JD whispered as they all shed more tears.

'Calls for more tea,' said Cyn gruffly. She fumbled in her pocket for a tissue and blew her nose. 'Stay there, you two, and I'll refresh our cups.'

JD looked into Lou's eyes and they moved together, held each other close, only separating as Cyn returned with a small tray of cups of tea. They sat down again and this time JD sat on the couch, closer to Lou, and kept hold of her hand.

'You know, JD, I suspected there was more to the amnesia thing,' Cyn said, 'and I'm sorry you felt you had to do that.'

'I think I was still in shock after the accident when I made the decision. I went to tell you and Lou so many times,' JD admitted and then bit her lip, coming to a decision. 'It also crossed my mind since they told me about the drugs in Eddie's truck that it brings my past, and things, dangerous things, closer. I absolutely don't want you all involved.'

JD paused, knowing what she should do but it was the last thing she wanted. 'I think maybe I should move out in case the Radics come here,' she finished quickly and looked from Lou to Cyn.

Both women objected adamantly, and Lou looked at JD with a worried frown.

'JD, you aren't moving out,' Lou said. 'You can't while all this is in play. It's not safe for you, even though the police are keeping you out of it. I wouldn't be able to rest knowing you were on your own.'

'But what if they found me, came here…' JD began.

'I agree with Lou,' Cyn said. 'We've already got those security cameras and they're adequate, but Nancy's son-in-law just upgraded hers to a back-to-base or some such. The security company comes to check if there's a breach. We could call on him to check ours. Or get James involved. He could add us to his company's security checks until all this is over.'

They discussed it all through lunch. By the time JD left to pick up Em from school and take her to soccer practice Cyn and Nancy had arranged for Nancy's son-in-law to be there in the morning to overhaul their security system.

'I don't often get the chance so I'm coming with you to soccer practice, too,' Lou said. 'And I think we should tell the girls tonight, about us,' she added. 'If you're alright with that?'

JD, who now sat in the car beside Lou, a hand resting on her thigh, a sliver of hope growing inside her, was very fine with that.

~

JD was waiting to serve up dinner that evening as soon as Deanne arrived home. Nervous anticipation fluttered in her stomach as the time to tell the girls about everything drew closer. Brodie and Em chatted happily as they set the table and when JD looked across at Cyn the older woman gave her an encouraging smile. Lou poured a glass of wine for her mother and herself, but JD declined. She had a feeling wine on a jittery stomach wouldn't be wise.

Then Deanne rushed in, dumped her backpack in her room and sat down at the table. 'Sorry I'm late. I called in to see Maddie and she'd just got a couple of boxes of new arrivals so I stayed to help her unpack them. I just love new books. And,' she paused for effect, 'I have the best news. For JD anyway.'

'What news?' asked JD.

'You said you wanted a job, so I think I've found you one.'

'You have?' her mother asked her, and Deanne nodded.

'Yep. At Fox and Sons. You see I had told Mish you intended getting a job and she told Toby and when his mother said they were looking for staff he suggested you. His mother knew about JD's accident and she said to come in for an interview. Next Monday at one. It's all set up. Just part time to begin with.'

'I don't know if I'm qualified,' JD began. 'What sort of job is it?'

'Clerical.' Deanne said. 'Easy as, according to Toby.'

'But—' JD stopped when Lou put a hand on her arm.

'It's worth going for the interview, isn't it, JD? Part time would be ideal. To get you started.'

It would be, JD acknowledged, but she hadn't worked in an office for years. And the couple of clerical jobs she'd had, if you used the term clerical loosely, weren't for firms like Fox and Sons.

Additionally, the fact that they still thought she was suffering from amnesia made it more complicated. She'd have to tell them, too, at the interview. Wouldn't she? She nervously rubbed her forehead with her hand. She just didn't want to let anyone down.

Unaware of JD's ambivalence, Deanne gave a sniff. 'Is that devilled sausages?' she asked JD. 'My favourite.'

'Everything's your favourite,' said Em as she took the plate of food JD passed her.

The girls bickered good-naturedly as they settled down to eat. JD forced down nervous bites as she saw her pile of worries mounting. She'd added a job interview to the now looming concern, the one about telling Lou's daughters the truth about her amnesia. And about Lou.

Em collected the plates when they'd finished. 'Are you sure you're finished, JD?' she asked. 'You've only eaten half of yours.'

JD gave a cough. 'Yes. I'm finished. Kind of not very hungry,' she said as all eyes turned to her. She made herself dive right in, before she chickened out. 'Actually, I have something to tell you, too.'

Em left the plates on the breakfast bar and hurried back to her seat, a worried frown on her face. 'You're not sick, are you?'

'No. I'm fine.'

'Or…' Em looked as though she was about to cry. 'You aren't leaving, are you?'

'No,' JD said quickly. It gave her a warm feeling that the young girl would have been upset if she'd left.

Em's expression was all concern. 'Then what is it?'

'Em,' Lou said gently. 'Let JD talk, love. She has something to share with us.'

'It's just… I've got my memory back.'

'You have?' Em sprang out of her chair and ran around the back of JD, enveloping her in a hug from behind. 'Does that mean you remember if you used to play soccer?'

'Oh my god!' Brodie rolled her eyes. 'Is that all you can ask? You have a one-track mind, Em.'

Em returned to her chair. 'So have you, JD?'

'Yes. When I was younger than you, but I didn't have the opportunity to continue playing.'

'Have you remembered your family and where you came from?' asked Brodie and JD nodded.

'I don't have a family anymore. My mother and my sister died, and I was on my own.' JD had decided not to talk about her father.

'Oh. That's so sad.' Brodie said sympathetically and then she smiled, Lou's smile. 'You have us now though.'

'That's…' JD blinked back sudden tears.

'Brodie's right,' put in Em. 'We can be your family.'

'Thanks, Em. And I'd be honoured to be part of this family.' JD swallowed again and slid a glance at Lou who gave her a nod.

'Whoa! I've just had a thought,' Brodie continued, a knowing look on her face. 'What about a boyfriend, JD? Did you have one before? Is he looking for you? You're not going back to him, are you?'

'No. No boyfriend.' JD looked at Lou and away again.

'Great.' Brodie beamed across at JD. 'I was just teasing you about a boyfriend. I knew you didn't, because we thought…' She stopped and exchanged a quick look with Deanne.

'About that,' Lou said into the moment of silence, a slight flush on her cheeks. 'There's something else we wanted to talk to you all about. You know your dad and I have been divorced for ages and I haven't been… Actually, for a while I've been sort of reassessing my life and,' she swallowed, 'trying to decide how I want to go forward. With my life.'

Em looked at her mother, a little puzzled. 'You mean dating?' she asked.

'Dating. Yes.' Lou picked up her dessert spoon and put it down. 'And about that—'

'You're going to date someone?' Em asked, obviously excited. 'Who? Do we know them already?'

'Yes.' Lou slid a quick glance at JD.

'Mum!' Brodie gave an eye roll that would have done her grandmother proud. 'You don't have to put yourself through this. We already know.' She looked meaningfully at JD.

Cyn bit off a laugh. 'Surprise! Surprise!' she murmured.

'You know?' asked Lou as JD blinked at Brodie and then Deanne.

'Of course,' said Deanne. 'We live here too. And we love you. Both of you. How could we not know?'

'Know what?' Em put in.

'Mum and JD,' Brodie said, beaming.

'Mum and JD what?' She looked from one to the other.

Lou gave a soft cough. 'You see, JD and I, well...'

'Are dating,' finished Brodie and nudged her younger sister whose mouth fell open in surprise.

'They're dating?' repeated Em, and then she grinned. 'Oh. Mum and JD. They're *dating!* Wow! Really? Hey, that'll mean I'll have a mum and a dad and two other mums.' She marked them off on her fingers. 'There's Dad and Sharni and now Mum and JD. Are you and JD getting married, too, Mum?'

It was JD's turn to blanch in surprise. Married? To Lou? Could they? Would Lou want to? Did JD want to? There was only one answer to that. Yes. A hundred times yes. But...

'I dibs being matron-of-honour,' said Cyn sweetly, giving Lou and JD her best evil smile.

'No, no,' said Brodie. 'You'll have to give Mum away

because...' She stopped and frowned. 'Because you'd be better than anyone else,' she finished diplomatically, and Cyn's smile widened.

'Of course I would be,' she said. 'And you three will be beautiful bridesmaids.'

'Settle down, girls,' Lou put in quickly and turned to give Cyn a steely stare, 'and mother,' she added succinctly. 'We, JD and I, just wanted you all to know that we care about each other and that it's new, and we hope you're all okay with it.'

'More than okay,' said Deanne. 'Congratulations.'

'Absolutely fine with it,' said Brodie, giving Deanne a high-five and then turning to do the same with Em.

Em's smile lit her face and then it faded. She frowned as they all looked at her. 'Um, so you like each other. Right?'

Lou glanced at JD. 'We do. Very much, Em.'

'So that means you'll be sleeping in the same bed, won't you? Then...' Her frown deepened. 'I don't think JD should move into your room, Mum.'

JD couldn't have spoken if her life had depended on it.

'Em, we've spoken about this,' Lou began.

'Oh. My. God,' muttered Brodie softly. 'Please let's not have *the* talk again.' She looked at her sister. 'Not cool, Em!'

'No. The sex thing is okay,' Em continued blithely. 'It's just if JD *has* to move into your room, Mum, I think we should keep it a secret. We can't tell Dad.'

'Why not?' Lou asked in a thin voice. 'I'm sure your father won't be, ah, concerned about it.'

'No. Because he might tell Nana Lottie. And then,' Em put her hand over her mouth and widened her eyes, 'Nana Lottie might decide to come back if her room is free.'

'Em!' exclaimed Lou, Brodie and Deanne together.

'What's that about out of the mouths of babes?' Cyn asked quietly in a strangled voice.

'It's not that I don't love Nana Lottie. I do,' Em appealed. 'But she is kind of bossy. And scary.'

'Terrifying,' said Deanne, tongue-in-cheek.

'Make that absolutely terrifying,' agreed Brodie and turned to give Em another high five.

'Formidable,' suggested Cyn, her expression studiously bland. She gave Lou a questioning look. 'What? You won't get any argument from me,' she said. 'I vote we make a family pact here and now. Your mother and JD sleeping together is going to be,' she paused theatrically, 'our special family secret.' She made a sign with her hand, vaguely reminiscent of a Girl Guide Salute, and her granddaughters followed suit.

Lou shook her head in disbelief.

A spontaneous giggle, part amusement, part relief, escaped from JD. She grabbed Lou's hand and held it tightly.

'And just so you know,' continued Em when they'd all finished laughing, 'I definitely won't be getting a boyfriend or a girlfriend. Or getting married. Because I like sleeping alone. You know, spreading out.'

'You do look like a starfish in bed,' Brodie agreed. 'So that's probably a good idea.'

'I like starfish,' said Em. 'But mostly I don't like those kinds of friends because I don't want that sort of stuff interfering with my soccer.' She looked at JD. 'So, what's for dessert?'

Maybe, just maybe, JD thought as she looked at her new family, this wonderful life could be hers.

A week later she could feel it being torn away from her.

CHAPTER 26

In something of a daze JD walked out of the impressive building housing the offices of Fox and Sons. She was along the street and opposite Chaplin's Bookshop before she remembered to glance around in search of anyone who looked even slightly out of place.

In the week since she'd spoken to the police she had been unnerved and ever vigilant where the Radics were concerned. Being watchful had been a permanent part of her old life. Now it seemed she couldn't escape it here.

She moved to the side of the footpath and pretended to be fiddling with her phone while she checked everyone out. Once she had decided everything seemed as usual she relaxed a little and moved on.

If Deanne had been working at the bookshop she would have called in to thank her again for arranging her job interview, but Deanne and Brodie both had uni lectures today.

After worrying about it for days, JD couldn't believe she'd been about to walk into the upmarket building for the first job interview she'd attended in years.

But then again, Flynn Fox's PA, Maeve Heathcote, with her kind face and friendly demeanour had had a soothing effect on her and she almost convinced herself she was relaxed. She'd had JD seated in the casual setting around a low table in her boss's large office and drinking a more than passable cup of coffee before JD's nerves could overwhelm her.

They'd been joined by an unusual woman with hair reminiscent of unfettered steel wool. JD had hurriedly schooled her features when the woman introduced herself. Johnny Walker. It was her real name, apparently, and she'd given JD a firm handshake and an assessing stare before she folded her angular body into a chair opposite JD. Then her facial expression changed, softened, as she smilingly accepted the coffee Maeve Heathcote handed her.

'Jane Doe,' Ms Walker stated, back to the business at hand. 'Of course we'll need your real name. But till then, you prefer JD?'

'Yes.' JD swallowed. Legally, if she managed to get this job, she knew she would have to use her given name and... Wait! How much did this woman know about her supposed amnesia? Her subsequent recovery? 'You know about all that?'

'All off the record, my dear,' said Maeve Heathcote sympathetically as she sat down with them. She tsked gently. 'So terrible for you. But I hear you were extremely lucky to escape that awful accident out by Hadley's Bridge.'

'I was.' JD gathered herself and tried to wake up her numbed brain. 'And I feel I should say up front that I don't know that I'm qualified for this job. I'm not sure I've had the experience I think I need to have.'

Johnny Walker nodded. 'On paper, perhaps not. Since the position is part-time initially, you'll have the opportunity to train in-house. It means we're happy for you to learn as you go. We've also spoken to your referees who assure us you will be more than capable of working with me.'

JD raised her eyebrows, fighting down a sudden rush of uneasiness. Working with this obviously efficient woman? She drew a shallow breath. And what had Deanne actually told them? She must have— 'Referees?' she asked thinly.

'Cyn and Lou Baxter. Mac Donovan. The Police Superintendent,' said Johnny Walker matter-of-factly.

Mac and— She couldn't believe everyone had spoken up for her. 'They told you about my memory, about getting it back?'

'No. Our boss told us,' Johnny Walker said. 'Discretely of course. Apparently, young Brodie told Mish and Toby, and Toby mentioned it to his mother when they were talking about this position. Toby's mother is Flynn Fox, our boss.'

'Oh.' She'd have to ask the girls to be careful who they discussed—

'They all speak very highly of you,' Johnny Walker said lightly, and beamed at JD.

JD had a moment of terror as the weight of expectation threatened to engulf her on top of everything else, but Ms Walker's practical job description and positivity calmed her. Amazingly, she could organise her week, so she was still available to help coach the soccer team twice a week.

The interview was short, certainly not the sort of interview JD had expected, but, most importantly, she didn't think she'd disappointed the in-command-of-herself Johnny Walker. Between them, the two women explained the basics of the job, about the company, right down to the opportunities for advancement. Before JD knew it they were finished and were heading towards the lift.

'It's a wonderful company to work for,' Ms Walker was saying as the elevator doors opened.

A young child in pink overalls, wearing an animal-shaped backpack that was almost as big as she was, raced out, slid off her backpack, and threw herself at Maeve Heathcote.

The older woman gathered the child up and gave her an enthusiastic hug, making the child giggle delightedly and JD smile automatically. 'You're getting to be such a big girl, Miss Lucy,' Maeve said to the sturdy toddler, who had rosy cheeks and bouncing loose blond curls. She had wrapped her small arms around the older woman in a borderline strangle hold.

'And too big for you to be lifting her, Maeve. You'll hurt yourself,' said the very attractive woman who followed the child out of the lift. She picked up the discarded backpack, the furry animal looking incongruous with her smart suit. She turned to JD and held out her hand. 'You must be JD. Mish and Toby told us about you. I'm Flynn Fox and this is my rowdy daughter who seems to be trying to kill my PA with her over-zealous adoration. Lucy, let Maeve breathe.'

The child now had her dimpled hands on Maeve Heathcote's cheeks, kissing her enthusiastically.

Her mother shook her head fondly, her expression in contrast to her successful businessperson look. Her striking look. Confident posture. Tailored clothes. 'So, JD. Thanks for interviewing for the job. I trust it went well.'

'I hope it did.' JD felt herself flush. Flynn Fox. She was way out of JD's past sphere of reference, and she was impressed. This poised, self-assured woman would be her boss? 'And thank you,' she managed to say. 'For considering me.'

'Not at all,' said Flynn Fox. 'And such a relief to have your memory back.'

'Yes.' What else could JD say?

'Okay, I'm off back to work,' Johnny Walker stepped into the lift, her arm holding the door open. 'If you're ready, Ms, ah, JD.'

And JD could only join her.

'She's got plenty to keep her occupied until Gian picks her up,' she heard Flynn Fox say as the doors closed. Then Johnny Walker told JD to expect a phone call in a couple of days which was, evidently, a formality. JD should be prepared to start work next Monday at 8.30 sharp.

Now JD strode up the street to where she'd parked Lou's SUV. She had the job! It was barely believable. Feeling surprisingly positive now that she'd settled down, she was so relieved she decided a celebration might be in order tonight. She gave the street a cursory glance before continuing past the car and around the corner to the bakery in Main Street.

Cupcakes definitely said success, and the bakery owned by Nancy's daughter, Leah, specialised in cakes and confectionary. Their cupcakes were as good as Nancy's. All family recipes, Cyn had told her.

The café was busy as usual, and customers filled the few tables out on the street. JD stepped inside the doorway and joined the queue waiting to be served. Most of the tables inside were taken as well, and the buzz of conversation filled the air. She couldn't wipe the smile off her face when she thought about telling Lou later. A job at Fox and Sons, starting Monday no less.

'Dreya?'

She stiffened. Had she imagined…? No. It was horrifyingly real. Her mind said run, but her feet refused to move.

'Dreya,' the voice repeated. 'Over here.'

She knew who it was of course. But she had to be hallucinating. She was the last person JD expected to see. There was no way she could be here.

Slowly JD turned to find Lucia Radic sitting at a small table off to her right. Had her father sent her? On stiff legs she moved around an empty table to stand looking down at her. 'Lucia! What are you doing here?' she whispered, barely able to speak.

'Looking for you. What else?' Lucia shrugged. 'Sit down.' She held JD's gaze. 'Please.'

JD glanced agitatedly around her. Her knees were decidedly weak and she slid awkwardly into the chair opposite Lucia. 'I can't believe... Are you alone? How did you find me?'

Lucia gave a soft laugh. 'I'm alone. And truthfully, I was about to give up on finding you. I was,' she looked into her coffee cup, 'about a mouthful of coffee away from leaving when you walked in. I thought I was seeing things.' Her dark eyes roved over JD. 'You've cut your long hair. Changed the colour.' She pursed her full lips. 'It looks different. In a good way. I still recognised you.'

A trickle of perspiration ran down between JD's shoulder blades as a jumble of fears bounced around inside her. 'But...'

Lucia sighed. 'Please stop looking at me like that, Dreya. It's only me. Well, it is at the moment. That's why I'm here. To warn you. Dad knows somehow and it might be best if you're gone when he comes here.'

'Hey, JD. How're you?' The bright young voice startled JD so much she literally jumped.

'Sorry I gave you a fright.' The young girl wearing an apron and carrying an order pad grinned apologetically. 'I thought you saw me. What'll you have? Your usual skinny cap?'

'Oh. Yes.' JD slid a glance at Lucia. 'Do you want another coffee?'

'Love one,' said Lucia smiling at the young girl. 'I'll have a flat white. And what about those delicious biscuits I saw in the display cases at the counter.'

'Great.' The young girl gave JD an enquiring look and then turned it on Lucia. 'I know JD will have her favourite, an Anzac biscuit. What about you?'

'Make than two Anzac biscuits,' Lucia said and looked at the young girl's name tag. 'Leah. Right?'

'No.' She chuckled again. 'That's my Mum. She owns the bakery. I'm Ava. I'm only helping out because I had the day off school to go to the doctor.' She turned to JD and waved her wrist. 'Doc says I'm good to play on Saturday. One win out of the last two games and we're in the semi-finals like your team, JD.'

'That's really fantastic, Ava.' JD forced herself to smile. 'Great news about your injury.'

'Sure is. I'll be right back with your coffees. Oh, and your bikkies.'

'Hiya, JD.'

Before JD had time to more than draw a steadying breath a hand thumped her on the shoulder. She looked up to see Missy Coglin, who'd paused as she was heading out the door carrying a couple of packets of cookies.

JD blinked again. 'Coach!' This was surreal. 'Hi,' JD got out.

'Just had one of Leah's coffees myself.' She held up the paper-bag in her hand. 'I can never resist a snack for later either.' Missy looked interestedly from JD to Lucia. 'Ava told me she'll be back on the field this weekend. Her team's missed her.' When JD made no comment she grinned easily. 'I'll let you get back to it. See you tomorrow arvo,' she said as she continued on her way.

'JD?' Lucia asked.

JD swallowed. 'Just a nickname.'

'And you know everyone in the town?'

'No. Just... Missy coaches Em's, I mean, the under twelves soccer team and I help her out. Ava's in the next age group up.'

Lucia angled her head enquiringly as she looked at JD. 'I'm having trouble seeing this, seeing you, quiet, always-keeps-to-herself Dreya Marino, knowing everyone, everyone knowing her. And picking up a nickname, too, for fuck's sake.' She raised her hands expressively. 'I can't believe it. I've been here for hours trying to track you down. I got nothing. No one had any knowledge of an attractive, dark-haired newcomer to town called Dreya Marino.'

'You've asked people about me? By my name? Who?'

'Everyone. I've been up and down the street casually asking and came up with absolutely zilch. The bookshop and the drapery around the corner. The library because librarians know everything. Not that we ever read much. A sports' store and a gym. A deli. No one has ever heard of you, and then you turn up out of the blue, and suddenly everyone knows you. How come?' She gave JD a level look. 'This is a pretty impressive veil of secrecy. JD,' she added pointedly.

'Not secrecy exactly.' How much should she tell Lucia? 'I just know Ava and Missy from soccer.'

'Soccer? You're playing soccer again?'

'No. Just helping the coach. That was her.' JD indicated the woman who had just left.

'Soccer. Okay. I suppose I shouldn't be surprised. You were so obsessed with it that time. I remember you used to try to get me into it with you.' Lucia wrinkled her nose. 'I was hopeless and refused to play. I was more inclined to fall over the ball than kick it anywhere. In fact I did fall over it and skinned my knee, if you remember.'

'I do remember.' JD couldn't help a small smile. Lucia was right. JD hadn't even been able to convince Lucia to come to a game. 'I'm working with the kids now. Young soccer players. I love it and I feel like I'm contributing something, you know?'

'So who's Em?'

'Em? Oh. One of the girls on the team. Probably the best player at the moment. I met her mother and—'

'Her mother?' Lucia smiled suggestively. 'Oooh! Are you into cougars now?'

'Lucia! It's…' JD let out an exasperated breath. 'Her mother's a nurse at the hospital where I ended up after an accident.'

'Accident?' Lucia sobered. 'What sort of accident? Were you hurt?'

'A traffic accident. Not much damage. All healed now.'

Ava returned with a tray and set out their coffees and cookies. 'Enjoy,' she said cheerily as she left them.

'A traffic accident? Dreya!'

'Don't call me that. Please. I'm just JD. Nobody around here knows my real name.' Well, almost nobody. What if she told Lucia the police did? Now if Lucia had asked anyone about her in relation to a truck accident at Hadley's Bridge, she might have found JD fairly quickly.

Lucia watched her carefully. 'Okay,' she said at last. 'JD,' she said distinctly. 'What's all this about? If you've got some little con going I promise I'm not here to upset it.'

'Con?' JD was appalled. 'Lucia, these are nice people. When have I ever—? There's no con.'

'Of course there isn't. I was just needling you. I knew there wouldn't be. You'd never step over that sort of line. I know you, remember.' She narrowed her eyes, looked at JD's lips.

'Don't.' JD used to wait for one of Lucia's sultry looks. Once. Not anymore.

'Don't what?' Lucia leaned in closer. 'I've missed you. So much. Don't tell me you haven't missed me, too.'

JD lifted her coffee mug to her lips, took a shaky sip. 'We were over before I left, Lucia. You know that.' JD looked pointedly at the engagement ring on Lucia's finger. No matching wedding band. That was a surprise. 'I thought you'd be married by now.'

Lucia shrugged one shoulder. 'I told Arion I wasn't quite ready. Maybe after Christmas.'

JD shook her head. 'Will the wedding ever happen?'

'Who knows? I guess I let Arion believe Dad needs time to get used to the idea of his favourite daughter being married. He doesn't know Dad couldn't care. Being Dad, he's more interested in whether or not Arion is fitting in with the family business.'

'And is he?'

Lucia shrugged. 'He's doing your job now.' She paused and added softly. 'He's not as good as you were.' When JD didn't comment she shrugged again. 'Is he fitting into the business? For now Arion's quite happy playing the role of Ivan Radic's prospective son-in-law rather than my husband.'

Ivan Radic. At the mention of that name JD's anxiety rose again. Lucia's father knew where she was! The horrifying thought swirled around her. And why would he be interested? 'You haven't told me how you found me. I've been careful—'

'Doesn't matter how careful you've been. You must have known Dad would come after you for his money.'

'Money?' JD's whole body stiffened. 'What money?'

Lucia pursed her lips exasperatedly.

'Lucia! What money?' A sick feeling rose, twisted in JD's stomach.

'From the club. Money went missing from the safe the night before you left.'

'There was no money missing,' JD whispered urgently.

'There was,' Lucia said with a pout. 'That's when I decided maybe I didn't know you as well as I thought I did. How could you think you'd get away with it? Like Dad would let that go.'

'If money was missing I didn't take it, Lucia.' JD said urgently. 'I swear. How could you think I'd be that stupid? I know your father, what he's like. I was cutting all ties, making a new life. Why would I do something as ridiculous as stealing money from him and giving him a reason to come after me?'

'Well, the money's missing. Seven thousand.'

'Seven thou—!' JD's mouth went dry. 'That was the bar float.'

'And you had the combination to the safe, were the last to lock it away.'

JD ran a hand over her face. 'No, I wasn't. Arion was there. You know I'd spent the week showing him the ropes so he could take over my job. He had the combination, too.'

'Arion? Why would he take the money?' Lucia's eyes fell to her engagement ring and quickly away. 'He wouldn't do that,' she said, a little uncertain now.

'He knew I was leaving. I didn't take the money so...'

JD held Lucia's gaze. 'I've never lied to you, Lucia, and I'm not lying now. I swear I didn't take it.'

Lucia took a sip of her coffee. 'I'll find out when I go home,' she said quietly and then shook her head. 'I wondered where Arion got the money for my ring,' she added almost to herself. 'Fuck!" she said softly. 'He gave it to me the week after you left.' She looked at JD and away again.

What could JD say? She knew she was telling the truth, and she could see Lucia did, too.

'I really couldn't believe it was you, you know,' Lucia admitted at last. 'But Dad does.'

'And I can't believe your father would think I'd do that.' JD swallowed, her mind a mass of thoughts, none of them calming. 'I worked there for years and I've never taken a cent. Arion had been there, what? A month at most. Your father knew Arion had the code, too. Didn't he even consider it was him?'

Lucia shrugged. 'Duke told me it was you. He never mentioned Arion. Fuck! Now I think about it, Duke gloated about it. He's always had it in for you since you told him you weren't interested in him.'

JD ran an agitated hand over her eyes. 'Oh, God! What a mess!'

'I did try to talk to Dad about it, but he wouldn't discuss it. He told me it was none of my business and that he'd...' she paused.

'He'd what?'

'He said he'd fix it.'

JD's heart rate picked up. 'Fix it?' She could barely repeat the words. 'And if you're here and he knows I'm here,' she said flatly, 'what am I going to do?'

Lucia didn't meet her gaze.

'I can't give him seven thousand dollars I didn't take, Lucia.'

'He does know you're here, but not exactly where,' Lucia said. 'Not yet. But he'll find out. He always does. Dreya…' She sighed. 'JD. You know, in the beginning, because of the money, I knew you wouldn't come back, but I honestly thought you'd get in touch with me. Then, as the weeks passed I started to think I was wrong. That I'd never see you again. After all we'd been to each other.'

'Lucia—'

'If not as lovers,' she said softly, 'then friends. I thought you'd come back because of that. Dreya, we've known each other all our lives.' She wiped away a tear. 'I have really missed you.'

'I've missed you, too. But I'm sorry, Lucia. I didn't want that life anymore.'

They were silent for a moment.

'You kept saying that.' Lucia sighed. 'And I guess I knew. Deep down.'

'I'm sorry.'

'I know you are. So am I.' She looked into JD's eyes and her gaze softened. 'Seeing you again only makes me realise…' She gave a self-derisive laugh. 'It makes me wish Dad hadn't found you. But then I wouldn't have either.' She looked away and brushed a tear from her eye.

'How *did* you find me?' JD repeated.

'Good or bad luck, depending on how you look at it I guess,' Lucia said after a long moment. 'I went to Aunt Ariana's birthday party and my cousin Nicky delighted in telling me he'd seen your double at a servo near work. He said she even had that little scar over her eye.'

JD's finger went to the almost invisible scar.

'I remember when your father did that,' Lucia said. 'It

was the night we got drunk down at the park. So when Nicky mentioned the scar, that was kind of telling, I suppose. I started to believe him because, I guess I wanted to believe him. Until he said he'd got to feel you up. Yeah right!' She scoffed. 'I could see you letting him do that, the little creep.'

That comment drew a soft laugh out of JD. 'He could be that lucky, hey?'

'Not in his lifetime.' Lucia laughed too, and then sobered. 'But I kept thinking about that scar.' She paused. 'Was it you?'

JD nodded. 'As you said, just bad luck. Wrong place, wrong time. I was hitching a ride. We'd stopped to refuel.'

'Hitching a ride? You were hitchhiking? Fuck, Dreya! What were you thinking? It could have been anyone driving. A serial killer—'

'It was in trucks, not private cars.' JD could admit now it could have been fraught with problems. 'Most of them were nice enough guys,' she said a little defensively.

'Trucks!' she exclaimed. 'Wait!'

JD frowned at the change of tone in Lucia's voice.

'A truck near the warehouse? They didn't...' Lucia stopped and JD met her gaze and looked quickly away. 'That accident you were in, was it a truck accident? For fuck's sake, Dreya! It was, wasn't it? Now it all falls into place. Tell me you weren't involved in all that. God, you must have been.'

'I wasn't! Lucia, I had no idea Eddie, the truck driver, even knew your father.'

'This is worse than I thought. I heard them yesterday,' Lucia continued. 'Dad and the boys. That's how I knew to come here. They were talking about you. About finding you.'

No! JD wanted to scream. Not now when she'd found—

'I stayed listening because they mentioned you. Bart was saying how upset he was about you taking the money because you were almost family, and you didn't do that to family. He said he didn't think it could be true. Dad was still furious. He raved on about giving you a home because he owed your father.'

'But how did they know where I was?'

'It was Duke. They'd put it out there they were looking for you and Duke said he'd heard from his cop friend that there'd been a girl turned up here after the truck accident, and that there was a resemblance. He had a photograph.'

'A photograph?' It had to be the one she'd had taken for her temporary licence. But how—

'Some cop had sent it to Duke. I think it came from another cop here. He said you had short hair but when he showed it to Dad and Bart they decided it looked like you. They all talked over each other. It was Duke who kept saying the truck accident and you turning up in the same place was too much of a coincidence.

'That's when Dad got really mad, and he went on and on about you and the stolen cash and the lost merchandise. Meaning drugs, right? The next thing I knew Duke, well, you know what he's like, he made some comment about you being dead meat and Bart kept saying no guns, they only brought trouble.'

'Guns?' JD whispered.

'That was Duke big-noting himself,' Lucia said. 'But they were talking about finding you and making an example of the guys they'd sent the drugs to at Kingstone Auto Parts. Duke said his cop friend said you were probably still there, and it would be killing two birds with one stone. Bart swore at him and they all started yelling again.'

JD clasped her hands together to stop them shaking. Killing—?

'Arion called me then and I had to move in case they caught me listening. But it gave me somewhere to start looking for you. Kingstone.' Lucia paused. 'I found the auto parts place, parked and watched it for a while, but I didn't really expect to find you there. Just tell me you weren't involved with the truck stuff, Dreya,' she finished urgently.

'Of course I wasn't. How can you even ask that, after Natalie?'

'Right. No. You wouldn't.' Lucia reached out, squeezed JD's hand. 'But I'm sure they're convinced you are, and I know they're coming here.'

'When?'

Lucia shrugged. 'Don't know. They've got something else going on, so it won't be, like, tomorrow. But soon, so you've got time to go.'

Go? JD's heart sank. How could she go? Leave Lou? But she'd have to. She couldn't bear to have Lou, Cyn or the girls involved. Mac Donovan. She could tell Mac and—

Lucia looked at the time and swore. 'I have to get going. I don't want Dad to know I've been here.'

'How did you explain getting away?'

'They think I'm taking my friend Ruth to see her parents. You know Ruth Gabon? The silly bitch lost her licence because she hadn't paid her speeding tickets, so she asked me to drive her up there. Since it's on the way I told her I had some things I wanted to do on my own, away from the family. I said I'd drop her off and pick her up on the way back.'

'Lucia. What if she—'

'Tells Dad? No way. She can't stand Dad or Duke because Duke broke it off with her. Remember Duke told her Dad didn't think Ruth was good enough for him, the chickenshit. Didn't help when Ruth found out he had been cheating on her with her friend, actually ex-friend, Chantelle.'

'But that was years ago.'

'Hell hath no fury like a wronged Ruth Gabon. No chance she'll say anything if she thinks I'm getting at Dad and the boys.' Lucia looked at her worriedly. 'But you have to go, Dreya. Get away. Promise me you will.'

'I've got a life here, Lucia. I don't want to leave. I can't give it up.'

'Have you met someone?'

'It's kind of early days,' JD began.

'Then take her with you, Dreya. But go.'

'I could phone your father, tell him I didn't take the money.'

'And the drugs?' Lucia raised her eyebrow.

'They were burned in the fire. Didn't they tell your father that?'

'Knowing Dad, that would be immaterial. Someone's got to pay for them. They said the truck was heading to Adelaide. Is that where you were going? I mean will you still go there?'

JD shook her head. 'I don't know.'

'Wherever you do go, please let me know. I won't tell anyone. I just don't want to, you know, never see you again.' Lucia held JD's gaze and then she stood up. 'I better go.' She picked up the Anzac biscuit she hadn't touched and took a bite. 'Your new favourite, hey? Better than the macadamia and white chocolate ones you used to like?'

JD shrugged and stood up, too. Lucia leaned across and kissed her on the cheek.

'Be safe, Dreya. Please,' she whispered and then she was gone.

While she tried to gather herself JD sat and made herself sip her almost cold coffee, although she couldn't face her biscuit. The Radics knew she was here. She could barely get past that thought. She weighed up her options. Stay here and out of sight or go and leave all this, and especially Lou, behind. Not just Lou, but Cyn and the girls, soccer, and the chance of a job. But missing money and drugs? She swallowed a groan.

Her life now was so far removed from Dreya Marino's. But it was everything to JD.

She glanced at the time, gulped the last mouthful of her coffee and wrapped her uneaten biscuit in a napkin. It would look suspicious if she left her favourite biscuit on the table. She'd give it to Em later.

Before she left she took advantage of a lull in the influx of patrons and bought a box of cupcakes before hurrying back to Lou's car, feeling as though eyes bored into her back. She'd made her decision. She pulled away from the curb and headed towards the police station. She needed to talk to Mac and the Superintendent.

CHAPTER 27

To say Mac and her boss were surprised to hear what JD had to say was an understatement. And JD told them everything.

'Lucia Radic warned you to get away from here?' the Superintendent asked incredulously. 'Because her father and brothers were threatening you?'

JD nodded. 'Ivan Radic thinks I stole money from the club safe. I swear I wouldn't be so foolish,' she said frantically. 'He wants his money and I haven't got it. I never had it. He also knows I was in Eddie's truck when it crashed so they think I'm involved somehow with the missing drugs.'

She had to calm her rising fear, that same urge to run. She knew the Radics, knew things she had tried not to know. But the police would probably know as much, if not more than she did. She suddenly remembered something else. 'Oh, and Kingstone Auto Parts. That's where Eddie was to drop off the drugs. Lucia mentioned it.'

Mac and her boss exchanged a look.

'You knew that?' JD asked.

'We had a reasonably reliable tip-off, so we've had our suspicions,' the Superintendent said after a moment. 'Did your friend tell you when the Radics are coming here?'

'Soon, Lucia said. In the next few days I think.' JD sat stiffly on her chair and her panic rose again. 'I don't want to leave!' Her voice thinned. 'I can't leave Lou! Or the girls!' She wanted to tell them her new life was starting to fall into place, that she even had a new job. And Lou. Mostly Lou.

'Do you know exactly who's likely to be turning up here?' Mac's question halted her downward spiral and JD shook her head.

'No. I wouldn't have thought Ivan would come himself. Or Bart. They would usually send Duke and a couple of his enforcer thugs, but this time...' JD shrugged. 'I don't know?' She clasped her fingers together. 'What do you think I should do?'

'We'll sort it out.' The Superintendent stood up. 'I think I need to make some calls in light of this,' she said, and she paused as she passed JD. She reached out, gave JD's shoulder a gentle squeeze. 'Thanks for telling us all this. Mac, can you take over here?'

Mac nodded and turned back to JD. 'No one can tell you what to do, JD, and no, you shouldn't have to leave.' She paused. 'I take it you've decided not to.'

'I can't, Mac.' JD swallowed sudden tears. 'I love Lou but,' she shook her head, 'I'm worried. Can we keep them safe?'

'Did the daughter know about Lou?'

'Not by name, no. But...Oh, God! Mac, if anything happened to Lou...'

'We'll be increasing the patrols,' Mac said, surprising JD.

'You're already patrolling? Around the Baxters'?'

'Yes. Since you told us about the Radics. And we're

keeping a watch on the Auto Parts store.' Mac frowned. 'We were hoping we were wrong about the owners. Their family has been part of the town for generations and none of them have ever been in this sort of trouble. However, our concern is the position of the business. It's not ideal as it's in the middle of town, just off Main Street. Do the Radics know about your amnesia and that you haven't been using your real name?'

'I don't know that either. I don't think so, but I had to explain to Lucia why everyone was calling me JD. I said it was a nickname.'

Mac frowned thoughtfully. 'How did they find you anyway? Did your friend say?'

'Lucia told me they had my photograph. I didn't see it, but she said they mentioned my short hair. I think it was the one from my licence.'

'From your licence?' Mac looked concerned. 'What makes you think it was that photo?'

'It has to be that one because it's the only photo I've had taken.' She paused and fought another wave of fear. 'Lucia said Duke got it from his cop friend in Sydney, and that a cop here had sent it to him. How would they get a copy of that photo?'

Mac pursed her lips and picked up her mobile phone. 'Boss. Can you come back in here for a minute. Something's come up.'

'It has to be on our end,' Mac said when she'd told the Superintendent about the photo. 'I think we definitely have a leak.'

'For fuck's—' The Super drew in a calming breath. 'Okay. That's disappointing,' she said carefully. 'Then it's time to go ahead with our little plan. Light the fire, Mac, and see who pops out of the smoke.' With a grimace she turned to JD. 'We'll take care of this,' she said firmly as she left them again.

'The best thing you can do is go home and stay there, JD,' Mac said.

'But I have to collect Em from school and then there's soccer practice...'

'All right. The school and the soccer field are away from the city centre. But limit yourself to that.' Mac gave a wry grin. 'Can't ask you not to go to soccer, what with the finals in a couple of weeks, can we, honorary assistant coach? How's the Blue Card coming?'

'I've applied,' JD told her, 'but haven't heard yet.'

'Shouldn't be a problem. And Jamie tells me your team have the finals' position in the bag.' She sobered. 'But seriously, JD, all that aside. Don't come anywhere near town. Alternate between cars, Lou's and Cyn's, even Deanne's. Try to stay at home as much as you can till we get through this. Same goes for the Baxters. Ring us if anything doesn't seem right.'

Having to explain the situation at dinner that evening took a little of the shine off her new job celebration. At least Em was impressed. She'd peered through the curtains and came to tell them that the bad guys might be watching them because there was a strange car parked in the street. Her mother had to repeat the seriousness of the situation as Em was more excited than distressed.

JD and Lou exchanged glances, and Lou had taken a look herself before terrifying JD by going outside on the pretence of checking their mailbox. She'd returned to say it was Mac's friend Pete Warren on duty in an unmarked car. She sternly forbade anybody to go near the windows or do anything that might draw attention to them.

Later, JD had a shower and then walked quietly down to

join Lou. She closed Lou's bedroom door behind her and stood gazing at Lou as she sat in bed, her reading glasses on and a book in her hand. She looked up and smiled, setting aside the book and glasses.

'At last,' Lou said softly, and JD strode across the room to fall onto the bed.

She lay across Lou and buried her face in the curve of her neck, grazing her skin with soft kisses. 'I'm so sorry, Lou. About all this. I seem to be dragging you all deeper and deeper into it.'

'Stop thinking like that, love. We just have to do what the police tell us and trust them to handle it.' Lou rubbed her back and then turned to nip JD's earlobe, making JD shiver. 'We'll just be careful,' she added, her breath continuing to tease, and JD shivered again and cuddled into Lou.

'Careful?' JD whispered. 'Lots of meanings for that word, hmm?' She lifted her head so she could look down at Lou. 'You know, this could be considered not being all that careful.'

'Oh. It isn't?' Lou murmured, holding JD's gaze. 'With your beautiful body in my arms I'd have to admit I'm not feeling all that careful at the moment.'

The world, JD's world, suddenly shifted and she was in a safe cocoon with Lou. Some of her terrors receded enough for her to seal them off. She found herself grinning. 'Oh. So you're not feeling, um, careful?'

Lou feigned giving the question some thought. 'I'm feeling very, *uncareful*, actually.'

'Don't think that's a word,' JD quipped, her body tingling, waiting for Lou's touch, 'but I also don't think we're having a problem with any language translations, hmm?'

'So-o-o,' Lou drew out the word and JD let her gaze

slide down to Lou's wonderfully soft lips. 'Talking about not being careful…'

A shaft of pure desire raced down to JD's centre. She gave a low groan, raised herself, and slid down a little until she was level with Lou's hardened nipples thrusting against her thin t-shirt. She took a nipple in her mouth, teased it with her teeth and sucked it through the soft material that covered it.

Lou made a mewing sound that had JD spontaneously thrusting against Lou's thigh as arousal radiated from her centre. She pulled at the hem of JD's tank top. 'I need this off,' she said urgently, dispensing with JD's shirt and pulling off her own.

When their bare breasts rubbed together they both moaned thickly.

'Lou.' JD breathed her name and kissed her as she arched her hips into Lou. 'I can't believe how you turn me on.'

Then she found herself on her back with Lou looking down at her through heavy-lidded eyes. 'Right back at you, my sweet. Let me do something about that,' Lou said. 'Starting with getting us completely naked.'

JD let Lou pull off her sleep shorts and then she watched Lou shimmy out of her own. Both their breaths hitched as bare skin made contact with bare skin and Lou held JD's gaze as her hand slipped down over JD's body. Her fingers teased, gently at first, then slid more confidently into the dampness, and pure pleasure radiated from JD's centre and she bucked against Lou's hand.

'I love you,' JD murmured.

'I know you do,' Lou whispered into the curve of her neck.

The soft, aroused tone in Lou's voice played over JD's nerve endings and her senses soared.

'And I love you, too.' Lou said tenderly. She kissed JD reverently. 'Just never stop saying that because it completely undoes me and, well, all this undoing is... And you are incredible,' she said huskily as she slid a finger inside JD, and then another, making her pull Lou impossibly closer.

A low moan rose inside JD and Lou's wonderful mouth swallowed the sound.

'Touch me, too.' Lou's words were pure sensation, arousing and emotive.

They moved together, a fever of lips, fingers and tongues, and soft, silky skin, until they lay back in each other's arms, euphoric and sated.

~

By Friday morning, with no word apart from a quick check-in from Mac, JD's anxiety had tempered just a little. Still, she knew she needed to keep herself occupied and she decided the most productive way to do that was to cook.

She stood in the kitchen, Lou's recipe book on the countertop, ready to assemble her ingredients, and she realised she was smiling inanely. Thinking about her nights in Lou's arms seemed to do that. Make her smile. Among other things. Her body gave a delighted little throb at her thoughts and she shook her head. It was so, so intoxicating.

The click of the front door opening made her start in fright.

'Only me,' called Cyn. 'A pox on all mechanical contraptions.'

Cyn had just left for her CWA meeting. JD stepped into the hall as her heartbeats settled down. 'What's up?'

'Bloody muffler,' Cyn said in exasperation. 'I thought you would have heard it when I started to reverse out of the driveway. The Camry sounds like a truck. I've got to take it out to the service centre, and I can't get hold of Nance to tell her I won't be at this morning's meeting. Can you give her a call in five minutes? And if she's not answering, try Fee.'

'You're driving the car with a blown muffler?'

'No point in waiting around for a tow truck. Besides, the mechanic said it was okay but to take it slowly and keep off the main roads.'

'But if it's so noisy you could get a ticket.'

'Young Josh is on duty today. He just drove off and said he'd be back in half an hour so I'm safe there. Fingers crossed I don't run into any diligent traffic cops on the way.' Cyn wiggled her eyebrows. 'If I do I intend to swallow my pride and play the *poor old lady* card. The hard of hearing old lady.'

'You wouldn't, would you?' JD asked and Cyn gave a wicked smile.

'Oh, I definitely would.'

'I think I believe you! This I want to see, so I'm coming with you,' stated JD, setting down the canister of flour.

'Not necessary, love. You need to stay out of sight. Besides, I promise I'll drive like an actual little old lady.'

JD wavered. What if the Radics were here and they saw her? But Cyn would be keeping away from the city centre. She grabbed her phone and wallet. 'We can ring Josh and tell him where we are. I don't want you stranded if the car breaks down. We're going around the back streets so who will see me, and the service centre is out of town.' She gave

Cyn the *Don't mess with me* look, one she'd learned from Cyn herself.

With an exaggerated sigh, Cyn capitulated.

JD slouched down in the passenger seat and winced as the noise from the car seemed to grow louder as they bypassed the city centre. She was more than relieved when they arrived safely at the service garage via what Cyn referred to as the scenic route. They climbed out of the car and Cyn handed the keys to a mechanic she obviously knew.

'This is Ollie Stewart,' Cyn introduced him to JD. 'Best mechanic in the business, and the most handsome.'

The mechanic was about forty years old and had a nice face. He shook his head at Cyn. 'I keep telling you, Cyn Lawson, you're a flirt. Which, of course, will certainly get you a discount. Great timing, too. Your new muffler is just arriving,' he said, indicating the large ute that was turning into the driveway, 'so we'll soon have you back on the road. Meanwhile, ladies, grab a cup of coffee in the waiting room.'

JD only gave the white dual-cab a quick glance as she crossed the short distance to the office.

'I've had the coffee here before and it's not the worst,' Cyn said as she settled into a comfy chair.

JD went to get a coffee for Cyn and herself.

'Now, let's see if Nancy's switched her phone back on,' said Cyn. 'Then I'd better ring Josh and update him.'

When JD turned back with Cyn's coffee she saw a young guy stepping around the back of the ute that had pulled up behind Cyn's car. He was carrying what was obviously Cyn's replacement muffler. But it wasn't him who'd caught her attention. Suddenly her heart leapt into her mouth and she almost dropped Cyn's coffee. She immediately recognised the man who had climbed slowly from the passenger seat. Duke Radic.

She hadn't noticed the red letters on the door of the large white ute. Now they jumped out at her. *Kingstone Auto Parts.* The other man was walking over to Ollie Stewart, but Duke Radic had paused, removed his sunglasses, and he looked across at the office. Through the plate glass window his eyes locked with JD's. She froze mid step, and then, to her horror, he started towards her.

Cyn had her phone in her hand and JD hurriedly put the cup of coffee on a small table beside her. Glancing wildly around she saw the sign for the restrooms. 'I'm going to the toilet,' she said to Cyn, who blinked in surprise at her panicked tone. 'Can you ring the police.'

'The police? Why—?' Cyn paused, looked wildly around, and then she saw the man striding towards them. Horrified, she gazed back at JD's pale face. 'Is that…? Right. The police,' she said quietly. She nervously juggled her phone.

JD darted along the hallway and into the restroom, turning the lock behind her. There were two empty cubicles and the only window was small and high in the wall. She glanced worriedly at the flimsy door and even less substantial lock.

Grabbing her phone from her pocket she hit Mac Donovan's name, and her heartbeats ramped up as she waited for Mac to pick up. She'd barely whispered Duke Radic's name and her location when someone knocked firmly on the door. She left her call connected and slipped the phone into her shirt pocket.

'Come on out, Dreya,' Duke Radic said, almost conversationally. 'I just want to talk.'

She remained silent as she leant back against the wash-basin, her hands clasping the countertop. Her knees were definitely shaking.

Suddenly there was a noise, surely not as loud as it should be, and the door sprang open. Duke Radic was a big man, and he seemed to fill the open doorway. He stood casually, shoulder against the doorframe and crossed his arms.

'Dreya Marino, how about that. Long time no see.' He smirked. 'Love what you've done with your hair. Bit dykey though.'

JD swallowed. 'Leave me alone, Duke. I haven't got anything to say to you.'

'And I should care about that why? Because we've got things to say to you.' He gave a laugh. 'So it was you. You know I actually smacked Nicky around the ears when he said he'd seen you. And where. Who'd have guessed the little idiot was right.'

'There's nothing to say.' JD made herself look him in the eyes. 'I simply wanted a change of scene. I told your father I was leaving, and I worked out my notice in the bar. Why would you be even interested?'

'To start with there are seven thousand reasons why we're interested,' he said.

JD didn't want him to know Lucia had told her about the missing money. There was no point in getting her involved. 'What are you talking about?'

He laughed again.

'No. What's this really about?' She fought to keep her cool.

'The money you stole from the bar the night you left. It was your job. Float in safe, takings in the night drop box.

Danny said he was on security that night and he went with you to the bank. You had the combination to the safe, so you came back and took the seven thousand. Now we want it back.'

'I didn't take it. And I wasn't the only one with that combination. You all knew it.'

'Right! Dad, Bart and me? Like we'd take the money. It was a drop in the ocean to us.'

'And Arion. He had the code too. He'd been working with me all week.'

Duke paused. 'No way. He wouldn't have the balls.'

'Duke?' A voice came from the waiting room. 'You coming? I need to get back.'

Duke lifted his head. 'We'll be right there, kid,' he said easily, and in one step he was across the small room and took JD by the arm.

'I'm not going anywhere with you,' she said and tried to pull away from him.

His hand tightened on her bicep. 'Oh, I think you will. Unless you want me to frighten the old broad out there into a heart attack. Your new bimbo's mother, isn't she?'

'What...?' JD's words died in her throat. How did he know about Lou? Surely Lucia wouldn't—

'We have eyes everywhere. You know that. Now just follow my lead and everything, and more importantly, everyone, will be okay.'

'Where are you taking me?' JD continued to pull back against his hand gripping her arm, to no avail.

His fingers tightened, biting into her. 'Back to young Andy's brother's shop to pick up Danny and my car and then we'll head back to Sydney. Dad's waiting to talk to you.'

'I said I don't want to go anywhere with you, Duke,' JD began, hoping Mac had heard him, and Duke wrenched her arm painfully.

'Nobody cares what you want. Except maybe my sister.' His lips twisted in a salacious smile. 'You two can have a little girls-loving-girls' reunion,' he said nastily. 'Bloody dykes. The old man's a fool if he can't see what was going on. I told him and Bart often enough. Now, move it, Dreya. And play along. Unless you want somebody to get hurt.'

Back in the waiting room JD couldn't look at Cyn. There was no knowing what Duke would do if she tried anything. If she could just think of something once they got away and Cyn was safe. Fear clutched at her and addled her mind.

'Can't believe I've run into an old friend,' he said jovially as he walked them through the waiting room, his arm around JD's shoulder, other hand gripping her upper arm.

Cyn was standing now and looked across at JD. She wriggled her phone in her hand and JD knew she was letting her know she'd rung the police. She couldn't keep the concerned look off her face though. 'Do you know this man?' she asked firmly enough.

'Known each other for years, haven't we, love?' Duke said almost pleasantly. 'And we're going to catch up over lunch. Dreya's agreed to show me the best place to eat around here.' He moved them a few steps towards the door where the other man, Andy, fidgeted as he waited, his eyes flitting about.

'Didn't we already have a lunch date?' Cyn asked and JD gave a little shake of her head. She didn't want the older woman involved in this.

'Come on now,' said Duke cajolingly. 'I haven't seen this

lovely lady in months. She can ring you later. Okay?' He smiled at Cyn.

Fortunately Cyn didn't try to follow them outside. She stood in the doorway unable to hide her concern as Duke opened the door of the ute and helped JD climb inside.

CHAPTER 28

The back of the building housing Kingstone Auto Parts faced onto an access laneway. A chain-link fence, gates sagging open, surrounded the untidy area. The two barred windows overlooking the yard looked like they hadn't been cleaned since the concrete block building had been built. In contrast the back door was newer and more substantial.

Uneven stacks of wooden pallets, bits of discarded rusty steel, and other debris lay haphazardly about. A motorcycle, an older ute and a sizeable black sedan left one parking spot for the flashy utility. The young guy at the wheel, who hadn't uttered a word on the drive over, shut off the engine.

With her stomach in knots JD slid out of the ute onto the crumbling cement parking slab. Her eyes slid to the open gates before Duke took her arm again and started them towards the back door. Where would she run to if she could break away? The narrow lane was deserted, even if she was able to elude Duke.

'Don't even think about it,' he said, as though he had

read her mind, and he tightened his grip on her. 'You've got a date with the family.'

She pulled her arm from his hold and gave him what she hoped was a disgusted glare. 'I've told you I didn't take the money. And apart from Arion, you and Bart have the combination to the safe, too.'

He bit off another disbelieving laugh and shoved her after the driver who now had the door open.

Inside, the expansive space at the back of the business was reasonably well lit by long fluorescent lights, and they walked a narrow pathway through large racks full of automobile parts. Duke kept pushing JD in the back until they stopped in a cleared area to the left that obviously served as the office. A closed door on the right probably led into the public sales area.

Duke's muscle man, Danny Paul, stood to the right side, leaning against a wall. He gazed impassively at JD and didn't acknowledge her even though he'd been working security at Ivan's club for years. Another man, an older version of the young guy who had driven the ute, almost sprang from a creaking office chair.

'For fuck's sake! What's *she* doing here?' he ground out. 'Tell me you didn't go over to the Baxters'. You're the one who said the cops were patrolling around there.'

JD's stomach twisted and she fought down her panic. The Radics not only knew she was staying with Lou and her family, but they knew where she was living? How did they know? she asked herself again, hoping by some miracle Mac could still hear the conversation on the phone in her pocket.

'Don't take me for a fool, Barnett,' Duke said nastily. 'Didn't need to go anywhere near there. I knew it was worth checking out when the chatty auto mechanic told you that muffler was for the Baxter woman's mother. Fuck! How do you cope with all this neighbourhood watch shit? But I shouldn't complain in this case. It's been great for us, everybody sticking their nose in everyone else's business.'

'You can talk, Radic.' Barnett wasn't as tall as Duke but he stood his ground. 'You and all your cop informants. And I repeat, what's she doing here?'

'The lovely Dreya? She was right there with the old broad and so pleased to see me. Weren't you, doll-face? Wasn't any need to follow anyone anywhere. Easy.'

The young driver looked uncertainly at the other man and then back to Duke. 'What are you going to do with her?' he asked, his voice thin and nervous. 'You didn't say—'

Duke barked out a laugh. 'Settle down, kid. She's just coming back to visit the family. We've missed her.'

'We don't want anything to do with this,' said the older man, Barnett. 'I told you we don't have the fucking package. Ask her. Wasn't she in the bloody accident? She'll tell you the truck burnt out.'

Duke looked at JD and she moved half a step away from him. He didn't seem bothered. There was no way she could get away from him in here. He blocked the way they'd come in and Danny cut off the other door.

'So?' Duke said to JD. 'Got a reason you were even in that truck?'

'It was just a coincidence. I was hitching a ride. I had no idea Eddie was working for you. They think he went to sleep at the wheel, the truck hit the bridge, and it caught fire. Burned out.'

'What did I tell ya?' said Barnett derisively.

Duke ignored him. 'Aside from the fact I don't believe in coincidences, Dreya, who else was there after the truck crashed? Accidents always bring rubberneckers. Did you see these two there?' He waved a hand at the two Barnetts.

'I've never seen them before,' JD said. 'And the accident was at night on the highway outside of town. Barely any traffic. As far as I know the truck was well alight by the time the fire brigade arrived, and no one could have got near it.'

'But you survived,' Duke said, holding her haze.

'Eddie was killed instantly, and I don't remember much of what happened. I ended up down the embankment. I woke up in the hospital.'

'A lucky escape then?' he said sarcastically. 'We'll see how lucky you feel when we get back to Sydney.'

'And I told you I'm not going anywhere with you.' She lifted her chin. 'With all your contacts, surely sending you the full police report of the accident would have been a piece of cake,' she finished with far more bravado than she actually felt.

Duke held her gaze. 'Yeah well, we all know reports can be doctored.'

'I'm telling you no one got that package,' put in Barnett. 'It went up in smoke.'

'If we ever find out differently, and believe me we will find out, then I promise you we'll be back. And we won't be as friendly,' Duke threatened. He looked at his watch and took hold of JD's arm again. 'We have to get off.'

'I'm not going,' JD repeated, and her voice sounded almost steady as she pulled back from him. She motioned with her hand towards the man Barnett. 'I've got nothing to do with this,' she paused slightly, 'business deal of yours and I told you that cash was in the safe when I left.'

Duke laughed again. 'Then you need to tell the old man that yourself.' He turned to the other man. 'And don't consider this finished. We'll be watching you, Barnett,' he added menacingly.

'No need to,' said Barnett, not as intimidated as JD knew he should be. 'We told you the stuff didn't arrive, and it didn't. Ever consider the cops might have it? I mean, how would we know? Wouldn't put it past some of the bastards.'

'They don't. We checked,' countered Duke.

'Look, believe what you like, Radic. I've said all I'm going to say.' Barnett looked at JD and quickly away again. 'Except, did anyone see you come in here with the girl? We're not being dragged into anything like that.'

The murmur of voices from the front of the building made them all turn, and suddenly the door burst open. It caught Danny Paul, knocking him sideways, and he clutched at his shoulder. Police poured into the room. The element of surprise had two young policemen immediately overpowering the Radics' thug, restraining him.

Duke Radic spun around, and his hand clasping JD's arm pulled her off balance. She fell sideways into the older Barnett. He pushed her away and stepped backwards. As more uniformed police poured in he hurriedly put his hands in the air, surrendering.

When JD regained her balance she heard Mac's voice and searched for her in the melee. She saw her with another policeman and they were grappling with Duke. He was tall and strong, and he swung Mac into the end of a spare parts rack. She fell heavily and ended up sprawled on the floor. Two more policemen took her place, and they soon had Duke subdued and in handcuffs.

'You're making a big mistake,' growled Duke as they pulled him towards the door.

Mac was still on the floor and JD hurried over and knelt beside her. 'Mac! Are you okay?'

Mac groaned. 'Fuck! That wasn't planned,' she said, obviously annoyed, as she sat up. 'The bastard winded me.'

JD stood up again then and held out her hand, pulling Mac onto her feet, arm around her until she was sure the policewoman was steady. That's when JD saw the blood soaking through Mac's shirt sleeve. 'Oh my god! Mac, you're bleeding. You need an ambulance. I'll ring triple O,' JD panicked and fumbled in her shirt pocket for her phone.

'JD, stop!' Mac said with a crooked grin. She indicated the room full of men and women in uniform. 'The police are here. Ambulance right behind them.'

'Oh.' She shrugged apologetically at Mac and they both sort of laughed. JD sobered quickly and she pointed at Mac's bloodied shirt sleeve again. 'Well, you *are* bleeding. A lot.' And some of her blood had transferred to JD's shirt. 'Should you be standing?' JD asked worriedly, clasping Mac's undamaged arm. 'What if you faint or something.'

'Then I'll grab you,' Mac said with another laugh.

'Is it okay if I leave, Mr Barnett?' A young man stood inside the doorway looking uncertainly towards the older guy who was in the process of being handcuffed. 'The cops have closed the shop.'

His handcuffed boss shook his head. 'Yeah, go home. I'll ring you when we reopen,' he said, looking defiantly towards the police. 'Tomorrow. I'll sort it out. This is all bullshit.'

'Wait here until someone gets your statement,' Mac said to the young salesman who must have been out at the front counter.

A uniformed policeman leaned in the door. 'Ambos just

pulled up out front, Mac,' he said casually. 'Better get your arm looked at.'

'I'm coming, too,' JD said. 'I want to see you're okay.'

Mac shook her head but kept hold of JD's arm as they walked through the front and out to the ambulance.

'You didn't have to come with me,' Mac told her as the ambulance headed for the hospital. 'I probably don't need to go to the ED and I'm positive I don't have to lie down. In fact, it's bloody-well overkill.'

'Sure!' JD grabbed the edge of the stretcher as the ambulance turned a corner. 'You sound just like Lou when she sprained her ankle. Now, just relax. The paramedic said your cut will need stitches.' JD frowned. 'Those car parts were grotty, which means you could get an infection. They'll need to give you antibiotics. I guess you've kept up your tetanus shots.'

'Ooh! Someone's sounding like a medico. Seems like Lou Baxter is rubbing off on you.' Mac wiggled her eyebrows and JD felt herself blush. Mac patted her arm. 'I'm all good, JD. And I have had my tetanus booster,' she added, sounding far too together for someone laid out in a moving ambulance, her shirt off, her thin white T-shirt also splattered in blood, and her lower arm covered in a temporary bandage.

'Oh no!' JD exclaimed in concern. 'I forgot all about Cyn. I'll have to ring her. She'll be frantic.'

'All under control,' Mac said. 'When Cyn rang and told us you'd left with, to quote her, a huge ugly thug, the Boss sent someone over to check on her.' She pulled her own phone out of her pocket. 'And talking about my boss, I'm going to have to explain why I let someone who shall remain nameless,' she looked pointedly at JD, 'leave without making a statement.'

JD grimaced but before Mac could make her call her phone rang.

She checked the caller ID. 'Speak of the devil. It's our Top Cop,' Mac quipped as she answered. 'Hi, Boss, and before you ask, it's just a scratch.'

JD rolled her eyes and Mac grinned. Then she sobered as the Superintendent talked and Mac listened.

'That'll be fine. I'll tell her.' She glanced at JD and away again. 'Everything's under control back at the Auto Parts. Good. Yeah, I think the Barnett brothers are out of their depth with the Radics. Mm. I'll see you later. I'll bring her in myself.' She disconnected the call and smirked at JD. 'After our detour to the hospital, you, my dear, have a date with the good Superintendent. And so do I.'

'What if they decide to keep you in hospital?'

Mac scoffed. 'That's not happening.'

JD bit her lip. 'Are we in trouble? With the Superintendent, I mean.'

Mac looked delighted. 'You better believe it. Mega trouble.'

'But your wound does need attention,' JD began. When Mac laughed again she wondered if the paramedic had given Mac some sort of painkilling injection that was overworking.

'Just kidding.' Mac pursed her lips. 'But to be on the safe side, we could take Lou with us when we go. The Super likes Lou. She can put in a good word for us.'

CHAPTER 29

'You do know Duke's lawyer will have him released pretty quickly,' JD warned.

Mac was sitting on the bed in the Emergency Department waiting for a doctor to stitch the wound on her arm, and JD waited with her. Though the curtains were drawn on two sides they were barely isolated from the noise and action in the ED. It brought back flashes of memories of the night JD woke up in this very hospital. Before Lou.

'His lawyer can say what he likes,' Mac said firmly. 'Duke and his muscle-bound offsider will definitely be facing charges.'

JD looked sceptical. It wasn't the first time Duke had been taken into custody. No charges had previously looked like sticking. 'But you need proof—'

'Which we have. There's the recording of your phone call. Great work leaving your phone on, by the way. Plus, that young sales assistant, the totally unassuming Travis Jones, has been working undercover with the Barnett brothers at Kingstone Auto Parts for a couple of weeks. He's one of us.'

'He is?' JD was surprised. The counter salesperson had certainly been inconspicuous, one of those people who went unnoticed because they were so average.

'Remember Constable Josh Jones? Travis is Josh's twin brother. They're fraternal twins and don't even look as though they're related.'

Before JD could comment a short woman with fair curls stopped in front of them. She'd obviously been searching every cubicle.

'Mac Donovan!' she exclaimed accusingly. 'What were you thinking? What part of this is even slightly reminiscent of a perfectly safe desk job?' She reached out and wrapped Mac's head in her arms, holding her against her for long moments. 'How bad is it?' she asked, her voice uneven, as she gave Mac a little room to breathe.

'It looks worse than it is, Liv. Promise.'

Mac was looking up at her wife with such affection JD felt she should look away.

'I'll just be outside,' she said quietly, and Mac and Liv turned to her.

'Sorry, JD.' Liv said apologetically, her arm still around Mac. 'I was just so shocked…' Her eyes widened as she looked at JD's shirt. 'Oh! You're hurt, too?'

'No. I'm not. I…' She didn't think Mac's wife would want to hear it was Mac's blood. 'I'll just wait out here, give you some privacy.'

JD tugged the curtain across halfway and looked around for a chair. In her peripheral vision she caught some movement and then Lou stopped in front of her.

'Ohmygod! Ohmygod!' Lou's words ran together. She gasped at the blood on JD's shirt, went to pull JD to her and then stopped herself. Instead, she gently cupped JD's face. 'Oh, love. What happened? Mum said you were here and... Where are you hurt? Let me see.'

'I'm okay, Lou. It's not my blood,' JD said quickly and lowered her voice. 'It's Mac's.' She motioned to the cubicle and Lou looked in at Mac and Liv sitting on the bed. 'Mac cut herself on some auto parts and she's waiting for stitches.'

'Oh, thank God! I mean, not that it's Mac's.' Lou carefully pulled JD into a hug. 'I thought... You don't want to know what I thought,' she said desperately, and her eyes met JD's. 'I was terrified that...' She leaned forward and softly kissed her. 'I so love you,' she whispered against JD's lips.

'Lou.' JD's breath hitched. 'I love you, too,' she said, and they kissed again, the sounds of the hospital fading around them.

'Whoa! Love your bedside manner, Lou Baxter,' said a young doctor with a cheeky grin. He waggled his elbow. 'I knocked my funny bone before. Want to kiss that better, too?'

Lou gave him a look. 'Not going to happen. I have no idea where that elbow has been, Doctor Brady,' she said deadpan, and he laughed as he pulled back Mac's curtain and went inside.

'Hi Mac! And Liv! Someone here called for some stitches?' They heard him ask. 'Come on, let's get that done.'

'Don't you dare leave, JD. Lou, I'm deputising you,' Mac said as she walked past with Liv and the doctor, pointing at JD. 'She's in police custody until I deliver her to the Super. If I don't have her front and centre later, I'm pretty sure the boss will have me on traffic duty.'

'Not even likely,' said Liv. 'I'm going to persuade her to physically chain you to a desk.'

'You are?' asked Mac with a teasing laugh. 'You're going to persuade the Police Superintendent?'

'I most certainly am,' replied Liv firmly. 'And you know how persuasive I can be, Mac Donovan,' she added as they disappeared around a corner.

Lou glanced at JD and JD sighed.

'Why don't we sit down, and I'll fill you in.'

Lou stayed with JD while she made her statement at the police station, and it was late by the time they arrived home. The girls were in bed and Cyn hurried from the living room as soon as they came inside.

'JD. You're really okay? I've been swinging frantically between being terrified and relieved all day. Thank heavens young Hannah McGovern came and collected me from Ollie's when she did. I died a thousand deaths when that brute of a man took you off with him. Wait! Is that blood?' she asked as she came bowling over to JD. 'What did he do to you?'

'It's not mine, Cyn,' JD said quickly. 'Really. I'm fine. Not a scratch on me.'

Cyn pulled JD into a fierce hug that didn't feel like it was going to end any time soon. 'At first all I saw was Cissie Barnett's boy get out of that ludicrously large ute,' she said in JD's ear. 'Just showy male compensation, those trucks, if you ask me. Then you were telling me to call the police. To be honest it took me a moment to process what you said until that huge ugly-looking thug came in and followed you to the restrooms.

'That's when I realised he must have something to do with the people you were hiding from. I'd just got through to the police when young Barnett came into the waiting room and called out, looking for the thug. I couldn't believe it when he manhandled you past me and put you in that ridiculous ute,' She shook her head, still clutching JD close. 'Don't tell me that Barnett boy is mixed up in all this.'

'Two of the Barnetts were arrested,' Lou said. 'Chris Barnett owns the auto parts place, I think. He was a year or so ahead of me, and Andy, the brother, is older than he looks. I'm pretty sure he's Amber's age.'

'They're both involved in this? With the drugs? Cissie will be devastated.' Cyn leant back a little so she could hold JD's gaze. 'I wanted to go after you, JD, but Ollie held me back. I was trying to get into random cars, telling him you'd been kidnapped. By this time I guess I was a little hysterical and Ollie rang the police himself. He kept telling me the police said I was to stay there and let them handle it.'

'That was good advice, Mum,' said Lou gently. 'Now how about letting JD catch her breath.'

'Oh. Right.'

'I'm okay, Cyn.' JD slowly pulled back and Cyn reluctantly let her go. 'We saw your car as we drove in so I'm guessing it's all fixed.'

'My car?' Cyn blinked. 'Oh. Yes. My car. Ollie delivered it after lunch. Lunch. Dinner. What am I thinking? Have you eaten today, either of you?'

'Mum, relax,' Lou said calmly and gave her mother a quick hug. 'They gave us sandwiches at the hospital. We're fine.'

'All right then.' Cyn bustled into the kitchen, still agitated. 'I've got the kettle boiled so let's have tea at least while you tell me everything. I need to know because I can't begin to tell you all the very worst things I've been imagining.'

'Well, it has been really dramatic,' said JD and Cyn's expression brightened.

'I need all the details,' she said as she placed tea bags in mugs. 'And don't you leave anything out, JD.'

'Of course I won't.' JD knew Cyn wouldn't settle until she had the full story. She smiled at Lou and Lou mouthed a *Thank you*.

By the time they'd finished their tea, and JD had filled Cyn in on everything that had happened, they were all yawning and ready for bed.

At Cyn's bedroom door she turned and pulled them into a three-way hug before saying goodnight. JD followed Lou down the hallway into her bedroom and felt the last of her energy seep away.

'You look exhausted,' Lou said gently and cupped JD's cheek. 'Let's get you out of this bloody shirt and into the shower.'

Now JD was stretched out in the wonderful comfort of Lou's bed with Lou's warm body beside hers. She rolled over and snuggled into her and Lou held her in her arms and kissed her forehead. JD sighed.

'That was a very telling, heartfelt sigh,' Lou said softly, and JD heard the smile in her voice.

She lifted her head and smiled back. 'You know I feel like this is a dream, that there's no way it all happened.'

'It's been very real,' Lou said, frowning, 'but at least now we won't be waiting for those dreadful thugs to appear.'

'No, not that.' JD held Lou's gaze. 'I mean this. Us. Together like this.'

Lou sobered. 'Oh. Do you…?' She paused. 'Do you have any regrets?'

JD pushed herself up so she could look at Lou properly. 'Regrets?' she repeated incredulously. 'No! A hundred times no. How could I? Lou, you're…' She tried to tell Lou how much she meant to her but she couldn't seem to find words that were worthy. Raw emotion filled her and a tear trickled down her cheek.

Lou moved so she could hold JD's face in her hands and her thumb wiped at the tear. 'JD. What is it? Tell me. If I'm rushing you—'

'Oh, Lou, no. You aren't. You haven't. I knew the moment I saw you. No, it was when I woke up in the hospital, and I heard you. I thought you and Brodie were angels. But you, you were my special guardian angel.' She looked into Lou's lovely grey eyes. 'And I can't find the words…' She drew a shaky breath. 'I just love you, Lou. So much.'

'I love you, too,' Lou said, and they shared a gentle kiss.

'No regrets on your part?' JD asked as they drew apart, lost in each other.

'Not a one,' Lou said.

'Not even with everything that happened today?'

'No.' Lou took her hand and kissed it. 'It's just a relief they've been dealt with. Steph Alston said they'd arrested Duke Radic's father and brother in Sydney, too.'

'I don't know, Lou. I'm finding it difficult to believe it's over. I've seen them all arrested before, but they've never managed to charge them with anything.' JD bit her lip. 'But Mac said after the long investigation in Sydney they have enough evidence to make a strong case against them this time. And more people are prepared to testify too. Anyway, they're all being held in jail and Mac assures me there was no way they'll be getting bail.'

'I should think not!' Lou stated. 'Steph also told me they've found the guys who were feeding them information from here. One of them is making a long statement in exchange for a lighter sentence. It's happening in Sydney, too.'

'They were still part of my life, Lou. Some of it might cling to me because of that. I don't want it to reflect on you.'

'It won't. We'll leave it in the past, love.'

'Pasts kind of follow you though, don't they?' JD grimaced ruefully. 'Looking back, I can see my life was so… It seemed to wind along such set paths, no sidetracks, or options. If it hadn't been for that short time when Mac touched my life I don't think I'd have had any idea there could be an alternative.'

JD paused reflectively. 'I wonder how different my life would have been if I'd had more time with Mac's influence. With other people like her. I should have… I suppose you could say I took the easy path.'

Lou put her finger on JD's lips. 'You were a child, JD. How can you think your choices were easy?' She ran her fingers gently over the scars on JD's back. 'I don't know, can't imagine everything that happened to you, love, but nothing about it could be considered easy.'

'There were chances I could have taken. Right up to and even after my father went to prison. I clung to Lucia because she was familiar and I just drifted, in that family, knowing deep down who they were. It took me years to motivate myself into changing my life.'

'But you did,' Lou said.

'Thankfully. Now, here with you, I'm just so grateful.' JD looked down at Lou.

'That makes two of us, Lou said.

'I wanted a better life, Lou, and by some miracle I found

you. When I did I could see such a clearly defined path to everything I'd ever wanted. I looked at you, with your kindness and generosity, and it made me realise why I'd wanted, and needed, that change. You let me step into your life, share your wonderful family, and it was so much more than I could ever have imagined it could be. It made me want to see myself as a better person, in a better life. If I hadn't met you, I don't think I'd have had the courage to do that. I'd still be running away.'

'I'm sure you wouldn't have. You can believe me when I say you don't need to change a thing about yourself, my love. And it works both ways you know. You're everything I've ever dreamed of too. I don't care about either of our pasts. I simply want our future.'

They kissed again, soft, loving kisses that filled JD with such a warm hope for that future.

'Mac said they'd keep my name out of it,' she said, her head on Lou's chest. 'Do you think I can just be Jane Doe?'

'Or you could be JD Baxter. Or I could be Lou Doe. They looked at each other and laughed.

'Lou Doe? You'd sound like a board game.' JD kissed the hollow at the base of her throat.

'Now that would be *lou-doe-crous.*' Lou groaned. 'Good grief! Sorry. That was awful.'

They laughed again and then Lou sobered. 'JD?'

'Mm.' When she looked up Lou held her gaze.

'Personally,' Lou said softly, 'I like the sound of JD Baxter. Kind of goes together.' Her gaze moved down to JD's lips, then back to her eyes. 'What do you think?'

JD's heartbeats ramped up. Did Lou mean—? 'I think that sounds pretty great.' She swallowed. 'Like a sort of proposal,' she said, hoping she hadn't misconstrued.

'It is. So, what do you really think?' Lou asked. 'Would you do me the honour, JD?'

'That would be a yes,' JD said sincerely, overwhelming love filling her body. She smiled at the beautiful woman who held her safely in her arms. 'I love you and it would be me who'd be honoured to be the other half of Lou and JD Baxter.'

~

And three months later, Cyn Lawson walked Lou Baxter down the aisle, led by three beautiful, smiling bridesmaids, until they stood before the celebrant. With a huge smile Cyn stepped back and JD took hold of Lou's hand.

Before family and friends, Jane Doe, aka Andrea 'Dreya' Marino, changed her name officially to JD Baxter.

The End

THE BAXTER FAMILY'S FAVOURITE.

ANZAC BISCUITS

Ingredients –

I cup Rolled Oats (whole not instant/quick oats)

¾ cup Coconut

1 cup Flour (sifted)

½ teaspoon bicarbonate of soda/baking powder – mixed in 2 tablespoons boiling water

1 cup Sugar or 1 cup brown sugar or ½ cup Castor Sugar

150g or ½ cup Butter

2 tablespoons Golden Syrup or Treacle

Method

Preheat oven to 170C

Line 2 baking trays with baking paper

Mix oats, flour, coconut, and sugar in large mixing bowl

In a small saucepan stir golden syrup and butter over a slow heat until butter has fully melted (approx 3 minutes) and set aside

Mix the bicarb in hot water and then add to syrup and butter mixture (it will bubble)

Mix dry and wet ingredients until fully combined

Roll tablespoonfuls of mixture into balls and space out on baking tray

Use a fork to flatten balls

Bake for 12 minutes or until golden brown

Light and Chewy follow recipe above

Dark and Crunchy till they look like that but don't let them burn

Thin and Crispy change sugar to 1 cup of brown sugar then bake for 10-12 minutes

Experiment until you get them the way you like them

Store in an airtight container

(For something a little different – and remember, if you do add any of these, they are not true Anzac biscuits 😁)

add a small packet of dried cranberries

Or add dried tropical fruit

Or add a dash of maple syrup

Dip half of each biscuit in melted chocolate

Rough History of the ANZAC BISCUIT

Many Aussies consider there's nothing more Australian than an Anzac biscuit.

Anzac biscuits are an Australian (Aussie) and New Zealand (Kiwi) classic believed to have started out as unpalatable and almost indestructible nutritional sustenance issued to soldiers in wartime, a substitute for bread as bread went mouldy.

They have long been associated with the Australian and New Zealand Army Corps (ANZACS) established in WWI, and are now traditionally served on Anzac Day, Australia and New Zealand's day to commemorate the fallen. It is held on the anniversary of the landing of the ANZACS at Gallipoli, Turkey in WWI.

The soldiers could be creative with the Anzac 'tile'. Grated, with water added they became porridge. Soaked in water with jam added and baked over a fire they became a 'jam tart' of sorts. Add a photo and they became a photo frame. They were used as canvases to be painted on or written on and sent as messages or cards to family and friends.

The origin of the now 'sweeter' Anzac biscuit is contested and is quite different from the rations supplied to the soldiers. These were known to be sold to raise money for the war effort and were thought to be suitable to be included in comfort packages sent from home to soldiers overseas, a sweeter version of the tasteless staple.

The origin of the name has become less important than the representation of the spirit and sacrifice of the soldiers...Lest We Forget.

Often making Anzac biscuits is the first recipe young

Aussie and Kiwi kids learn to bake. The only decision to be made is your personal preference for crunchy or chewy.

But regardless, it's now something of an icon, our Anzac biscuit or bikkie. (It's also considered to be totally unAustralian to refer to it as a cookie.)

ABOUT THE AUTHOR

Lyn Denison is a writer of Lesbian Romantic Fiction.

So, what else about me? I was born in Queensland, Australia's Sunshine State, and I was a librarian for many years before retiring to write full time. My partner of over thirty years was also a librarian and then collections manager for an art gallery and museum. Apart from reading and talking about books I enjoy travelling, cross-stitch, crafts, and I am totally addicted to Lego.

I moved around a lot as a child and chances are I missed quite a bit of the educational necessities, so we won't talk about verbs and tenses and such. It makes my eyes cross and my face pale. (That's my story, etc... So be gentle with me.) The upside of moving around was the wonderful pool of different life's experiences. Some bad (character-developing), but mostly good.

I also read lots of everything from classics to so-called pot-boilers. For me reading is surely a delightful pleasure and I sincerely hope readers get some of the same delightful pleasure from reading my books.

And a last word from Lyn Denison...

As a reader myself I really hope you enjoy my books. As a writer I'd like to sincerely thank you so much for reading them. I would be totally grateful if you would take a moment to write a quick review for me, the writer, and for other prospective readers. Reviews and ratings mean so much. Each one is very appreciated and makes a huge difference. I also love hearing from readers or writers and will talk books anytime.

Contact Lyn: lynden@ecn.net.au
Find Lyn Denison at: www.lyndenison.com.au

OTHER BOOKS BY LYN DENISON

Dream Lover
Gold Fever
Silver Threads
Dreams Found
The Feel of Forever
The Wild One
Always and Forever
Getting There

The Chaseley Saga
Past Remembering
For All Time

Friends and Lovers series
Friends and Lovers
Safely Home
Sweet Sweet Revenge
An Inappropriate Affair
My Road Found You

Printed in Great Britain
by Amazon

56788223R00205